HEYNE BÜCHER

SCIENCE FICTION

Herausgegeben
von Wolfgang Jeschke

Von Larry Niven und Jerry Pournelle
erschienen in der Reihe

HEYNE SCIENCE FICTION & FANTASY:

Der Splitter im Auge Gottes · 06/3531
Luzifers Hammer · 06/3700
Todos Santos · 06/4072

Von Larry Niven:

Der Flug des Pferdes · 06/3817

Von Larry Niven und David Gerrold:

Die fliegenden Zauberer · 06/3489

in der BIBLIOTHEK DER SCIENCE FICTION LITERATUR:

Die fliegenden Zauberer · 06/8

LARRY NIVEN
&
JERRY POURNELLE

Fußfall

Roman

Science Fiction

WILHELM HEYNE VERLAG
MÜNCHEN

HEYNE SCIENCE FICTION & FANTASY
Band 06/4708

Titel der amerikanischen Originalausgabe
FOOTFALL
Deutsche Übersetzung von Alfred Hans
Das Umschlagbild schuf John Harris

Eine Hardcover-Ausgabe dieses Romans
erschien 1987 unter dem Titel
SATURN MINUS SECHS
im Rainer Wunderlich/Rowohlt Verlag, Reinbek

3. Auflage

Redaktion: Wolfgang Jeschke

Printed in Germany 1991
Umschlaggestaltung: Atelier Ingrid Schütz, München
Satz: Schaber, Wels
Druck und Bindung: Elsnerdruck, Berlin

ISBN 3-453-04293-X

Für Robert Gleason

Inhalt

PERSONEN

Die Entdecker

Linda Crichton Gillespie — *eine junge Dame der Washingtoner Gesellschaft*
Jeanette Crichton — *ihre Schwester*
Dr. Richard Owen — *Astronom*
Dr. Mary Alice Mouton — *Astronomin*
Major General Edmund Gillespie, US-Luftstreitkräfte — *Astronaut*

Washington

David Coffey — *Präsident der Vereinigten Staaten von Amerika*
Jeanne Coffey — *seine Gattin und Erste Dame des Landes*
Wesley T. Dawson — *kalifornischer Kongreßabgeordneter*
Carlotta Trujillo Dawson — *seine Gattin*
Roger Brooks — *Reporter der Washington Post*
Henry Morton — *Vizepräsident der Vereinigten Staaten*
James F. Frantz — *Stabschef des Weißen Hauses*
Dr. Arthur Hart — *Außenminister*
Hap Aylesworth — *politischer Sonderbeauftragter des Präsidenten*
Ted Griffin — *Verteidigungsminister*
Admiral Thorwald Carrell — *Sicherheitsberater des Präsidenten*
Peter McCleve — *Justizminister*
Alan Rosenthal — *Finanzminister*
Connie Fuller — *Handelsministerin*
Arnold Biggs — *Landwirtschaftsminister*
Jack Clybourne — *Geheimdienst, Abteilung ›Personenschutz‹*

Die Sowjets

Akademiemitglied Pawel Alexandrowitsch Bondarew — *Direktor des Lenininstituts*
Lorena Polinowa — *seine Sekretärin und Geliebte*
Marina Nikolajewna Bondarew — *seine Gattin*
Boris Ogarkow — *Parteisekretär am Lenininstitut*
Andrei Pjatigorski — *Stellvertretender Direktor des Lenininstituts*
General Nikolai Nikolajewitsch Narowtschatow — *Dritter, später Erster Parteisekretär*
Vorsitzender Anatoli Wladimirowitsch Petrowski — *Vorsitzender des Obersten Sowjets*
Ilja Trussow — *Präsident des KGB*
Dmitri Parfenowitsch Gruschin — *KGB-Offizier*
Marschall Leonid Edmundowitsch Schawirin — *Marschall der Interkontinentalraketen-Streitkräfte*

Überlebenswillige und Sonstige

Harry Reddington — *arbeitsloser Barsänger*
Jeri Wilson — *Lektorin bei Harris Wickes Press*
Melissa — *ihre Tochter*
William Adolphos Shakes
Gwen — *seine Frau*
Kevin, Miranda, Carl, Owen — *die Kinder der Shakes*
Isadore und Clara Leiber
George und Vicki Tate-Evans
Jack und Harriet McCauley
Martin Carnell — *Hundezüchter*
Ken Dutton — *Geschäftsführer einer Buchhandlung*
Cora Donaldson, Sarge Harris, Patsy Clevenger, Anthony Graves — *Freunde Ken Duttons*

Maximilian Rohrs — *Installateur in Bellingham*
Evelyn Rohrs — *seine Frau, ehemalige Dame der Washingtoner Gesellschaft*
Ben Lafferty — *Polizeichef von Whatcom County im US-Staat Washington*
Leigh Young — *einer seiner Beamten*
Whitey Lowenstein — *Schweißer*
Rosalee Pinelli — *Freundin von Roger Brooks*

Kosmograd

Oberst Arwid Pawlowitsch Rogatschow — *Kommandant von Kosmograd*
Aljana Alexandrowna Tutsikowa — *stellvertretende Kommandantin*
Nikolai — *früher Feldwebel der Sowjetischen Luftstreitkräfte*
Dr. Giselle Beaumont — *französische Naturwissenschaftlerin*
Der ehrenwerte Giorge N'Bruhna — *nigerianischer Politiker*
Captain John Greeley, US-Luftstreitkräfte — *Astronaut*

Die Fithp

Der Herr der Herde Pastempih-keph
Fathistih-talk — *sein Berater*
K'tarfukeph — *Gefährtin des Herrn der Herde*
Tshaupin-talk — *Gefährtin des Beraters*
Fukerith — *Sohn des Herrn der Herde*
Der Herr des Angriffs Kuthfektil-rasp
Der Herr der Verteidigung Tantarent-fid
Umerzieher-Zwei Takpassih (später Takpassih-jämp)
Umerzieher-Eins Rästapisp-mins
Fistartih-thaktan — *Priester und Kenner der Geschichte*
Peikartänk — *seine Gehilfin*
Kulpulih — *sein Gehilfe*
Achtschaftführer Prethitih-dämb
Tashajämp — *Gehilfin (später Gefährtin) Takpassihs*

Achtschaftführer Tshintithpit-mäng (Schläfer)
Shreshlimäng — *seine Gefährtin*
Grifflingsschiff-Führer Harpanet
Grifflingsschiff-Führer Siplisteph
Rashinggith — *Krieger (aus der Fithp des Jahres Null)*
Birithart-jämp — *Krieger in Afrika*
Phigoren — *Krieger in Afrika, gespeert*
Tiparteth-faft — *Wachoffizier*

Colorado Springs

Sergeant Ben Mailey — *Landstreitkräfte der USA*
Sherry Atkinson
Robert and Virginia Anson
Nat Reynolds
Joe Ransom
Wade and Jane Curtis
Bob Burnham
} *Krisenstab des Präsidenten*
Lieutenant General Harvey Toland — *Landstreitkräfte der USA*
Der ehrenwerte Joe Dayton — *Vorsitzender des Abgeordnetenhauses*
Senator Alexander Haswell — *amtierender Senatspräsident*
Senator Raymond Carr aus Kansas

Die Freischärler

Juana Trujillo Morgan
Lieutenant Colonel Joe Halverson
Major David Morgan
Captain Evan Lewis
Corporal Jimmy Lewis
Captain George Mason
} *Nationalgarde des Staates Kansas*

Krieger und Gefangene

John Woodward
Carrie Woodward
Alice McLennon
Gary Capehart } *Gefangene*
Fähnrich Jeff Franklin
Hamilton Gamble
Dr. Arthur Grace ›Tiny‹ Pelz
Jason Daniels
Samuel Cohen } *Soldaten des Kommandos ›Erzengel Michael‹*
Roy Culzer
Jay Hadley } *Raumfähre-Piloten*
Commander Anton Villars — *Kommandant des U-Boots Ethan Allen*
Colonel Julius Carter
Lieutenant Jack Carruthers } *Einsatzkommando der US-Streitkräfte*
Leutnant Iwan Semejusow — *Angehöriger der sowjetischen Expeditions-Truppe*
Brant Chisholm — *Pflanzer in Südafrika*
Mwubi — *Zulu-Krieger*
Niklaus Van Der Stel — *Angehöriger des südafrikanischen Kommandos*

Prolog

Wo sind sie?

ENRICO FERMI

Im fünften Abschnitt des Jahres Drei

Stürmischer Aufruhr herrschte auf dem Planeten. Wie schon seit Urzeiten jagten bunte Muster, Streifen und Schnörkel einander über seine braun in braun gefärbte Oberfläche. In seiner Umgebung brodelte es vor Aktivität: Milliarden eisiger Teilchen inmitten einer Vielzahl einander umgebender Ringe, Hirtenmonde, von machtvollen Magnetfeldern hochgepeitschte Staubfontänen — alles wirbelte mit der unfaßlichen Geschwindigkeit von 200 Makasrapkithp* pro Atemzug umher. In diesem Sturm manövrierte das Raumschiff mit dem Namen *Bote*.

Es verdroß den Herrn der Herde, daß sein Berater, der verzückt durch das dicke Doppelfenster hinaussah, nichts wahrzunehmen schien als die Schönheit der Szenerie. Der Herr der Herde war zuständig für industrielle Aufgaben, die Auseinandersetzung mit äußeren und inneren Feinden sowie die *friedliche* Integration von Schläfern und Raumgeborenen. Er hatte schon genug Schwierigkeiten ohne … *das*.

Das Hauptteleskop der *Bote* war von gleicher Qualität wie die astronomischen Einrichtungen auf der Welt, die sie hinter sich gelassen hatten. Die Raumsonde der Erd-

* Eine Norm-Rüssellänge (= 1 Srapk) mißt 1,77 m. 512 (= 8^3) Srapkithp ergeben 1 Makasrapk, entsprechend 905,13 m.

wesen war jetzt, nach astronomischen Maßstäben, ganz nah. Sie war auf dem Bildschirm deutlich und in Einzelheiten zu erkennen.

Eine kreisrunde Antenne. Von einem Ring an der Spitze eines langen Auslegers ging infrarote Wärmestrahlung aus — wohl die Energiequelle. An zwei weiteren Auslegern ragten Instrumente nach draußen — am einen vermutlich Kameras, am anderen eine Art elektronischer Sensoren. *Laß unsere Grifflinge einander berühren, damit ich weiß, welcher Herde du angehörst!*

Vierundsechzig Schläfer, die Arbeitsgruppe des Umerziehers, bemühten sich zu ermitteln, was über die Geschöpfe in Erfahrung zu bringen war, die das dort gebaut hatten. Bisher hatten sie Pastempih-keph, dem Herrn der Herde, nichts Nützliches zu sagen vermocht. Als sich die Kameraplattform zu drehen begann, zuckten seine Grifflinge unruhig.

»Ihr habt Eure Entscheidung vor nahezu acht Monden getroffen«, sagte sein Berater Fathistih-talk mit großer Gelassenheit, »und es damals nicht zerstört. Wie also könntet Ihr das heute tun?«

»Hier muß das zerbrechliche Spionage-Kleinstschiff der Erdlinge Unmengen von Weltraummüll durchqueren, der auf der Umlaufbahn kreist, muß Zusammenstöße, Strahlung und Schwingungen überstehen sowie alle möglichen Gefahren, mit denen die Beutewesen möglicherweise rechnen. Hier könnte ein Mißgeschick es am ehesten zertrampeln!«

»Wir waren uns einig, daß das Erkundungs-Kleinstschiff der Erdlinge keine Spur von uns finden soll. Unser Schiff ist vor diesem Hintergrund winzig. Sicherlich suchen uns die Erdlinge, unsere Beutewesen, nicht: Sie müssen ihr Erkundungs-Kleinstschiff lange vor unserer Ankunft ausgeschickt haben. Doch gäbe es etwas zu sehen, könnte seine Kamera dort es inzwischen entdeckt haben. Noch so unbedeutende Hinweise auf unsere Gegenwart würden in ihren Empfangsgeräten von uns künden ... und *dann* kommt ein Lichtblitz, ihr Sender verstummt. Würde so etwas nicht auch Euren Argwohn erregen?«

»Würdet Ihr Euch darum sorgen, wenn Ihr Herr der Herde wäret?«

Die Anspielung schmerzte, denn ursprünglich war Fathistih-talk in der Tat Herr der Herde gewesen und hatte seinen Gefrierschlaf in der Erwartung angetreten, es wieder zu werden. In seiner gegenwärtigen vergleichsweise untergeordneten Stellung schienen ihn die Sorgen in keiner Weise zu bekümmern, die auf den Schultern eines Herrn der Herde lasteten. Bisweilen argwöhnte Pastempih-keph, daß er sich über ihn lustig machte.

»In dem Fall«, gab der Berater gelassen zur Antwort, »würde ich dasselbe tun wie jetzt Ihr. Beim Durchgang des Erkundungskörpers stillhalten. Das Schiff nicht bewegen. Keine Mitteilung an die Arbeitsgruppe draußen aussenden. Mag es ruhig weiterfliegen. Bis das nächste kommt, haben wir unseren Stützpunkt fest ausgebaut. Dann mögen die Beutewesen versuchen, uns vor einem unbekannten Hintergrund auszumachen.«

Er wandte sich vom Bildschirm ab, der das Teleskopbild zeigte, und spähte in die weite, braungemusterte Welt mit ihren riesigen Ringen hinaus. Dem Herrn der Herde schien das eine demonstrative Geste.

Pastempih-keph sagte: »Ich mache mir Sorgen. Wir beschäftigen uns seit nicht einmal einem Jahr mit etwas, das die Beutewesen bestimmt einen Großteil ihrer Geschichte hindurch gründlich erforscht haben ... große, bunte Ornamente an ihrem Himmel. Sie dürften also besser wissen als wir, was sie zu erwarten haben. Was haben wir unterlassen?«

Außerhalb des breiten Hauptringsystems tanzte ein schmalerer Ring noch immer unter dem Einfluß der vom Triebwerk des interstellaren Raumschiffs *Bote* ausgehenden Turbulenzen.

November 1980

Als Linda Gillespie das Tor schloß und dann ganz mechanisch ein Stück Papier aufhob, das auf den Hof geweht war, merkte sie, daß sie begann, dies Haus — ein typisches kalifornisches Einfamilienhaus, umgeben von Dutzenden völlig gleicher — als Zuhause zu betrachten, das zweite seit ihrer Eheschließung. Zwar hatten sie verschiedene Häuser bewohnt, aber nie lange genug, um eins davon als *Zuhause* anzusehen. Fünf Umzüge in vier Jahren. Angehörige der Luftstreitkräfte mußten beweglich sein, vor allem ehrgeizige Kampfflieger. Am besten war es in Texas, in El Lago, gewesen, als Edmund in der Raumfahrtüberwachung gearbeitet hatte.

Aber das hier konnte doch nicht wirklich ein Zuhause sein. Sie hatten das Haus für die Dauer von Edmunds Abordnung zum Raumfahrt- und Raketenzentrum von Los Angeles gemietet. Jetzt, er war zum Piloten einer Raumfähre ernannt worden, stand ihnen ein erneuter Umzug bevor. Zurück nach Houston! Sie freute sich darauf. Houston behandelte Astronauten und ihre Angehörigen wirklich äußerst zuvorkommend.

Es war ein trüber Novembermorgen. Linda spürte die Kälte der Luft durch den Kaschmirpullover. Die Wolkendecke hing niedrig, und Nebel lag über Los Angeles. Durch die Feuchtigkeit, die in der Luft hing, roch man, daß es bald Smog geben würde. Von der Sonne war nichts zu sehen, doch sie würde wohl bis Mittag durchkommen. Es war nicht angenehm draußen.

Drinnen war es besser. Sie setzte sich mit einer Tasse Kaffee an den Küchentisch. Für einen Anruf von Ed war es zu früh. Außerdem rief er nie an, wenn er außerhalb der Stadt war. *So schön es ist, mit einem Raumfahrthelden verheiratet zu sein, so angenehm wäre es, von Zeit zu Zeit den Mann zu Hause zu haben.* Geistesabwesend blätterte sie die *Los Angeles Times* durch.

Zwar war sie nicht gern allein zu Hause, aber sie wollte auch nicht ausgehen. Ed konnte ihr zehnmal versichern, das sei völlig ungefährlich, viel sicherer als in Washington, wo sie aufgewachsen war, und sie glaubte ihm sogar — aber dort kannte sie sich aus, und in Los Angeles nicht.

Sie könnte den Küchenboden wachsen, fand sie. Eds Vorgesetzter, Colonel McReady, würde nächste Woche zum Abendessen kommen, und es war bekannt, daß seine Frau ihre Nase in alles steckte.

Es würde Ed nicht recht sein, daß sie den Fußboden bearbeitete — nicht jetzt. Lächelnd ließ sie den Blick auf ihrem Unterleib ruhen. Man sah überhaupt noch nichts, und ihr wurde auch nicht schlecht. Trotzdem behandelte Ed sie wie eine Puppe aus Meißener Porzellan, trug den Mülleimer hinaus, hob, was es zu heben gab und hatte im Bett Angst, er könnte ihr weh tun.

Bei dem Gedanken runzelte sie die Stirn. Seit sie schwanger war, hatte er das Interesse an ihr verloren! *Vielleicht will ich in einem Monat oder so auch nicht mehr. Wie er sich aufführt, muß ich das fast hoffen.*

Linda goß sich Kaffee nach. Das Klingeln des Telefons erschreckte sie so, daß ihr die Tasse aus der Hand fiel. Zum Glück war sie aus unzerbrechlichem feuerfesten Glas und klapperte nur laut über den Fußboden, während der Kaffee in alle Richtungen spritzte.

»Hallo?«

»Linda?«

»Ja?«

»Äh ... Hier spricht Roger.«

»Nanu, wie geht es?«

»Prima. Schön, daß du noch weißt, wer ich bin.«

»Na hör mal!« Den ersten Mann vergißt man nicht, sagte sie sich, die erste Liebe. So vieles hatte sie mit Roger zum erstenmal erlebt, noch als Schulmädchen und unmittelbar nach der Schulzeit. *Was soll ich ihm sagen? Daß er sich lange nicht gemeldet hat, ich das aber auch gar nicht gewollt hätte?* »Woher hast du denn unsere Nummer?«

»Wir Zeitungsleute haben da unsere Mittel und Wege. Ich würde dich gern treffen. Hast du Lust auf ein wirklich ungewöhnliches Erlebnis?«

Sie kicherte. »Roger, ich bin verheiratet.«

»Als ob ich das nicht wüßte. Glücklich?«

»Selbstverständlich.«

»Gut für euch beide. Es schlägt übrigens in Eds Fach. Im JPL* laufen Bilder vom Saturn ein. Wir können sie dort aus erster Hand ansehen.« Er ließ eine kurze Pause eintreten. »Ich berichte von hier aus über die Sache. Auch wenn es damit keine Lorbeeren zu ernten gibt, hab ich den Auftrag angenommen, weil ich mal 'ne Weile von Washington weg wollte. Wissenschaftler erklären das Ganze, und es kommen wirklich äußerst interessante Aufnahmen herein. Es sind auch Science Fiction-Autoren da. Die Sache ist im großen Stil aufgezogen. Wie wär's, wenn ich vorbeikäme und dich abholte? Ihr wohnt praktisch an meinem Weg. Ich versprech auch, daß ich nicht versuchen will, dich zu verführen.«

Ed war schon seit einer ganzen Woche fort. »Wirklich verlockend. Aber ich kann nicht.«

»Klar kannst du.«

»Roger, meine Schwester ist hier bei uns ...«

»Na und? Bis zum Abendessen bist du längst wieder zu Hause.«

Linda überlegte. Jenny war heute ausgegangen. Bilder vom Saturn. Zeitungsleute. Vielleicht ganz interessant. »Du sagst, Science Fiction-Autoren sind da. Auch Nat Reynolds?«

---

* Jet Propulsion Laboratory (JPL) der National Aeronautics and Space Administration (NASA) in Pasadena, Kalifornien, die Missionszentrale der *Voyager*-Erkundungsflüge im äußeren Planetensystem. — Anm. d. Hrsg.

»Ich glaub schon. Augenblick, ich hab hier 'ne Liste — ja, er ist da. Kennst du ihn?«

»Nein, aber Edmund liest seine Bücher so gern. Ich hab ihm eins zum Geburtstag gekauft. Meinst du, Reynolds würde es mir signieren?«

»Der Frau eines Astronauten? Na hör mal, die Jungs werden sich darum schlagen, dich endlich kennenzulernen.«

Nat Reynolds hatte einen entsetzlichen Kater, außerdem war es zum Aufstehen viel zu früh. Ein Wunder, daß er es mit seinem Porsche bis zum Parkplatz des Jet Propulsion Laboratory geschafft hatte.

Fast einen Kilometer lang parkten Autos neben der Straße, die zum JPL führte, das in einem einst verlassenen Trockental errichtet worden war. Unmittelbar vor dem Pressezentrum versperrten Ü-Wagen des Fernsehens fast die Zufahrt. Ein Gewirr von Kabeln wand sich über den Gehweg und verschwand durch offene Türen. Kameras und Reporter waren so zahlreich, als werde ein Bankraub live übertragen.

Der Von-Karman-Hörsaal war ein Tollhaus. Dicht an dicht drängten sich Naturwissenschaftler und Medienleute.

Letztere bestanden aus zwei Gruppen: Journalisten von der Publikumspresse und die Science Fiction-Autoren. Es war klar, wer zu welcher Gruppe gehörte. Die ersteren waren zum Arbeiten gekommen, und wenn es sich einige auch wohl sein ließen, mußten doch alle an den Redaktionsschluß denken. Die SF-Leute standen herum, gehörten sozusagen zum Dekor und nahmen die Atmosphäre in sich auf. Vielleicht würde eines Tages eine Geschichte dabei herauskommen, vielleicht auch nicht. Hier entstand *ihre* Welt, und sie waren als Zeugen dabei.

Da ist der Saturn!

Auf riesigen Bildwänden sah man die Fernsehaufnahmen in dem Augenblick, da sie von *Voyager* hereinkamen. Eine Nahaufnahme des Planeten zeigte schwarzweiße Strömungslinien und spiralige Windungen. Hunderte von Ringen, als betrachte man eine Schallplatte von ganz nah. Dann kam eine Weitwinkelaufnahme des Saturn mit seinen Ringen, in Farbe. Einzelne Abschnitte dieser Ringe wurden in Nahaufnahme gezeigt, Fotos der Monde. Alles sahen die Medienvertreter im selben Augenblick wie die Wissenschaftler, sobald es hereinkam.

Erneut wechselten die Bilder, und das angeregte Geplauder im Raum verstummte für einen Augenblick. Ein Mond wie ein riesiger Augapfel: ein *ungeheurer* Krater wie eine Iris, mit einer Spitze in der Mitte als Pupille. Eine Frauenstimme sagte: »Na, da haben wir ja wohl den Todesstern.« Nat grinste vor sich hin, ohne sich umzudrehen. Er brachte es nicht fertig, die Sache ernst zu nehmen. Auf einem der Bildschirme zeigte sich jetzt etwas wie ein ausgetrocknetes Flußbett oder auch drei ineinander gewundene Rauchfäden oder ... *F-Ring* sagte die Bildunterschrift. Nat setzte an: »Was, zum Teufel ...?«

»Wärst du gestern abend hier gewesen, wüßtest du es.«

»Ich muß zusehen, daß ich etwas Schlaf bekomme.« Nat brauchte sich gar nicht umzusehen. *Die* Stimme würde er in der Hölle wiedererkennen — er hatte gemeinsam mit Wade Curtis zwei Bücher geschrieben. Es klang, als habe der Mann einen voll aufgedrehten Verstärker im Kehlkopf. Das lag zum Teil an seiner militärischen Ausbildung, zum Teil an der Taubheit, die er sich als Artillerieoffizier eingehandelt hatte.

Er neigte zum Dozieren. »Der F-Ring«, sagte er. »Du weißt ja, es gibt die Ringe A, B, C, nur daß man sie in der Reihenfolge der Entdeckung und nicht entsprechend ihrer Entfernung vom Planeten bezeichnet hat, so daß das ganze System völlig wirr ist. Der F-Ring liegt unmittelbar außerhalb der breiten Ringe da vorne. Er ist ganz schmal. Niemand hatte ihn je gesehen, bevor die Raumsonden hingeflogen sind, und damals hat nicht mal *Pioneer* besonders gute Bilder davon geliefert.«

Nat hielt die Hand hoch: Schon gut, ich weiß, bedeutete die Geste. Curtis zuckte die Achseln und verstummte.

Aber der F-Ring sah keineswegs normal aus. Er sah aus, als seien drei Bänder aus Gas oder Staub oder weiß Gott was ineinander verknotet. »Total verdreht«, sagte Nat. »Wie kommt das?«

»Das wollte von den Astronomen keiner sagen.«

»Kann ich verstehen. Wenn ich mal Mist baue, juckt es mich nicht. Bei 'nem Wissenschaftler steht gleich die Karriere auf dem Spiel.«

»Ja. Nun, ich kenne kein physikalisches Gesetz, das *das* zuließe!«

Auch Nat kannte keines. Er sagte: »Was ist los, hast du noch nie drei verliebte Regenwürmer gesehen?« Wades zustimmendes Gelächter quittierte er wie einen ihm zustehenden Tribut.

Die Pressekonferenz begann. Techniker des JPL machten sich bereit, die Veranstaltung in sämtliche Räume zu übertragen, und eine der für PR zuständigen Damen ging daran, die Bildschirme im Konferenzraum auszuschalten.

»Hmm. Da kommen immer noch interessante Sachen«, sagte Curtis. »Und ich muß stehen. Dabei hatte ich einen Sitzplatz, noch dazu in der ersten Reihe, hab ihn aber an den Mann von der *Washington Post* abgetreten.«

»Pech«, sagte Nat. »Dann sehen wir uns das Ganze doch von der Vorhalle aus an. Jilly ist auch schon draußen.«

Am Vormittag des 12. November 1980 herrschte im Presseraum des JPL drangvolle Enge; zwischen zahlreichen Videogeräten schafften sich die Besucher mit den Ellbogen Platz. Roger und Linda waren zwar frühzeitig gekommen, aber nicht früh genug, um noch freie Sitzplätze vorzufinden. Ein Science Fiction-Autor im Buschhemd trat ihnen seine beiden Plätze in der vordersten Reihe ab.

»Sind Sie sicher?« erkundigte sich Roger.

Der Mann zuckte die Achseln. »Sie brauchen sie dringender als ich. Erklären Sie dem Kongreß, daß das Raumfahrtprogramm *von äußerster Wichtigkeit* ist, mehr verlange ich nicht.«

Roger dankte ihm und nahm Platz. Linda Gillespie war in der Nähe des maßstabgetreuen Raumfahrzeugmodells eingezwängt und wehrte einen weiteren Reporter ab, der sie interviewen wollte: wie fühlte sie sich, sozusagen auf der Erde festgebunden, während ihr Mann im Skylab war?

Sie sah hinreißend aus. Roger hatte sie nicht mehr gesehen seit — ja, seit wann? Erst zweimal seit der Heirat mit Ed. Natürlich war er auch bei der Hochzeit gewesen. Lindas Mutter hatte geweint. Wieso habe ich sie aufgegeben?, dachte Roger. Aber ich war damals ja nicht bereit, sie zu heiraten. Vielleicht hätte ich es tun sollen …

Wahrscheinlich alles Gefühlsduselei. Man erinnert sich gern an das Schöne. Unruhig rutschte er auf seinem Sitz hin und her. Und schön war es gewesen. Er sah verstohlen zu ihr hinüber, aber sie hielt den Blick aufmerksam auf das Modell gerichtet. Am besten, er vergaß das alles.

Die Schwierigkeit bestand darin, daß er keinen Bericht auf die Beine bekam. Es war einfach nichts Zusammenhängendes aus den Leuten herauszukitzeln. Sie waren zwar aufgeregt, sagten aber nicht, warum. Die Wissenschaftsjournalisten hielten gleichfalls den Mund. Sie alle kannten einander, und bei großen Ereignissen wie diesem hatten sie was gegen Außenseiter.

Roger kritzelte gelangweilt auf seinem Notizblock herum. Er riß sich nicht um diese Art von journalistischer Tätigkeit.

Er hörte: »Hast du noch nie drei verliebte Regenwürmer gesehen?« und sah auf. Eine Gruppe von Science Fiction-Autoren stand unter einem Bildschirm, auf dem zu sehen war ... ja, es waren drei verliebte Regenwürmer, oder auch ein unscharfes Foto von Spaghettiresten auf einem Teller, vielleicht war es auch einfach Störstrahlung. Er schrieb: »F-Ring: drei verliebte Regenwürmer«, und klopfte Linda auf die Schulter. »Hältst du mir den Platz frei?«

»Wo willst du hin?«

»Vielleicht krieg ich aus den Science Fiction-Leuten was raus.« Niemand schien sie zu fragen — vielleicht bekam er auf diese Weise einen neuen Blickwinkel.

»Es sieht aus, als ob es losginge.«

Frank Bristow, Pressesprecher des JPL, hatte seinen Platz auf dem Podium eingenommen. Roger hatte ihn flüchtig kennengelernt, als er sich in die Liste der Berichterstatter eintrug. Rogers Kollegen schienen ihn alle ebensogut zu kennen wie einander. Roger kannte niemanden.

Bristow stand im Begriff, die Pressekonferenz zu eröffnen. Der Leiter des *Voyager*-Projekts und vier Astrophysiker nahmen ihre Plätze an einem erhöht stehenden Tisch ein. Roger setzte sich wieder. Er wünschte sich weit weg.

Roger Brooks näherte sich den Dreißig, und das gefiel ihm nicht. Zu den vielfältigen Verlockungen in seinem Beruf gehörten zuviel kostenloses Essen und Trinken. Er achtete darauf, sich körperlich in Form zu halten, wenn er wieder einmal zu gut gelebt hatte. Sein glattes blondes Haar wurde allmählich schütter, und das machte ihm ein wenig Sorgen, aber sein Unterkiefer wirkte immer noch kantig und männlich und zeigte keine Spuren der weichlichen Rundungen, die er bei den anderen sah. Drei Jahre zuvor hatte er von einem Tag auf den anderen das Rauchen eingestellt und danach unter entsetzlichen Entzugserscheinungen gelitten. Seine Zähne waren wieder weiß, aber die Narben zwischen Zeige- und Mittelfinger der rechten Hand würden bleiben. Da hatte in Vietnam mal eine Zigarette zu Ende gebrannt, als er im Vollrausch gewesen war.

Dies hier war nur ein kleiner Auftrag, und gern hätte er größere gehabt. Geheimgehalten wurde hier nichts — alles, was *Voyager Eins* lieferte, wurde in die Welt hinausposaunt. Vermutlich hätten sie es am liebsten bis zum Mond geschrien. Der Kniff bestand darin zu verstehen, worum es ging.

Auch wenn es keine große Sache war, hatte sich das Kommen gelohnt, dachte er mit einem Blick auf Linda. Unbehaglich zuckte er zusammen, als alte Erinnerungen in ihm aufstiegen. Wie unerfahren sie damals gewesen waren! Aber sie hatten gelernt, und keine körperliche Beziehung zu einer anderen Frau war in seiner Erinnerung je so gut gewesen wie das letzte Mal mit Linda. Möglicherweise sah er das verklärt — vielleicht auch nicht. *Schluß damit! Wenn man es mir nun ansieht ... Worüber soll ich, um Himmels willen nur schreiben?*

Eine weitere Gruppe drängte sich unter dem Modell, das *Voyager* in natürlicher Größe nachbildete. Sicher Naturwissenschaftler. Die Science Fiction-Autoren in ihrer Nähe wirkten eher wie ihresgleichen als wie Medienleute. Sie gaben sich nicht die geringste Mühe, gelassen zu erscheinen. Es machte ihnen nichts aus, wenn andere ihre Begeisterung merkten. Journalisten taten so etwas nicht, sie versuchten, die übliche gelangweilte Miene von Unbeteiligten zur Schau zu stellen.

Die Pressekonferenz begann. Der Missionsleiter gab Erklärungen ab, teilte Einzelheiten über die Mission mit, nannte Leistungsdaten und so weiter.

»Sie schicken Bilder aus fünf Milliarden Kilometern

Entfernung«, sagte jemand zu seiner Rechten. Eine hübsche junge Frau mit langen Beinen, schlanken Fesseln und kurzem Haar, Bubikopf. Jeri Wilson stand auf ihrem Namensschild, sie kam von irgendeiner geologischen Fachzeitschrift. Trauring, aber das mußte nichts bedeuten. Sie war wohl allein. Vielleicht würde sie auch den Rest der Woche dasein.

Die für die Planung Verantwortlichen verließen das Podium, und die Wissenschaftler Brad Smith, Ed Stone und Carl Sagan gingen hinauf, um zu berichten, was die Mission ihrer Ansicht nach an Neuem erbracht hatte. Roger hörte zu und versuchte sich eine interessante Frage zu überlegen. In einer Situation wie dieser kam es darauf an, daß man auffiel, damit man später bekannt war und dann versuchen konnte, ein Exklusivinterview zu bekommen. Spielerisch warf er einige Entwürfe aufs Papier.

»Nicht ein paar Dutzend Ringe — Hunderte! Wir sind immer noch damit beschäftigt, sie zu zählen.« Eine lange Pause. »Manche sind exzentrisch.«

»Was heißt das?« erkundigte sich jemand leise.

Der Science Fiction-Autor im khakifarbenen Buschhemd antwortete, vermutlich glaubte er zu flüstern: »Die herkömmliche Annahme geht von vollkommenen Kreisen aus, in deren Mittelpunkt Saturn liegt. Jetzt haben sie ein paar Ringe entdeckt, die nicht kreisförmig, sondern elliptisch sind.«

Weitere Wissenschaftler äußerten sich: »... möglicherweise der größte Krater im Sonnensystem, im Verhältnis zum Himmelskörper, auf dem er sich befindet ...«

»Es gibt keinen Janus. Wo wir ihn vermuteten, sind zwei Monde, co-orbital, das heißt, sie haben dieselbe Umlaufbahn und wechseln bei jedem Durchgang die Plätze. Ja, wir wissen schon seit einer ganzen Weile, daß diese Umlaufbahnen denkbar waren. Es ist eine Standardprüfungsfrage in der Himmelsmechanik. Wir haben nur einfach nie etwas in der Art im Universum gefunden.«

Brooks notierte sich Einzelheiten dazu; sicherlich war es eine Erwähnung wert — Janus, der innerste Mond des Saturn, benannt nach dem doppelgesichtigen römischen Gott der Ein- und Durchgänge.

Er flüsterte das Linda zu, die zustimmend nickte. Auch die Wilson schrieb etwas.

»Die Speichen der Ringe gehen allem Anschein nach auf winzige Teilchen zurück, etwa in der Größe der Wellenlänge des Lichts. Der Prozeß scheint oberhalb des Ringes stattzufinden und nicht in ihm selbst.«

Speichen zwischen den Ringen! Die müßten eigentlich durch die Rotation der Ringe verschwinden, da sich die inneren rascher bewegten als die äußeren, *taten* es aber nicht. Merkwürdige Neuigkeiten von überall aus dem Saturnsystem. Einige von Brooks' Kollegen würden die Erklärungen sicher verstehen.

Doch die Pressekonferenz bot weit mehr, als Brooks erwartet hatte. Im Vergleich zu früheren Interviews mit Naturwissenschaftlern fiel ihm hier auf, daß keine Antworten kamen.

»Wir wissen nicht, was das bedeutet.«

»Wir möchten darüber noch nichts sagen.«

»Je mehr Daten wir von *Voyager* bekommen, desto weniger wissen wir über die Ringe.«

»Wenn wir mit den Zahlen ein bißchen herumspielen, können wir ziemlich genau erklären, warum die Cassinische Teilung so viel größer ist, als sie sein müßte.« Effektvolle Pause. »Natürlich erklärt das nicht die fünf schwach erkennbaren Ringe.«

»Hätte ich eine Liste mit allem aufstellen müssen, was wir *keinesfalls* zu sehen bekämen, hätten exzentrische Ringe ganz obenan gestanden.«

»Und ineinander verflochtene Ringe, Brad?«

»Völlig undenkbar.«

Brooks hatte den Eindruck, daß alle auf dem Podium

glücklich wirkten. Lustig ging es zu. Wenn er nicht über genug Hintergrundwissen verfügte, um das alles zu verstehen, wer dann?

Jemand von der Presse wollte wissen: »Habt ihr noch mehr über die Speichen? Ich hatte gedacht, daß das gegen die Gesetze der Physik verstößt.«

David Morrison von der Universität Hawaii beantwortete das: »Ich bin sicher, daß die Ringe alles richtig machen. Wir verstehen es bloß noch nicht.« Brooks notierte sich den Satz.

»Ich wäre jetzt gern mit dir in einem Motelzimmer«, sagte Roger. Sie spazierten über das Gelände des JPL: Rasen, Springbrunnen, fernöstlich wirkende Steingärten, eine Brücke, alles recht hübsch.

»Das ist viele Jahre her«, sagte Linda, »aus und vorbei.«

»Sicher?«

»Ja, Roger, ganz sicher. Sei lieb. Du hast es versprochen. Ich möchte nicht, daß es mir leid tut, mitgekommen zu sein.«

»Natürlich bin ich lieb«, sagte Roger. »Es ist wirklich schön, dich wiederzusehen. Und ich freue mich, daß du mit Edmund glücklich bist.«

Bin ich das? überlegte Linda. Natürlich, sogar sehr — *mit* Ed. Nur, wenn er fort ist, und ich mich um alles selbst kümmern muß und die ganze Zeit allein bin und die verdammte romantische Parfumwerbung und all das sehe, werde ich beim Gedanken an Major Edmund Gillespie unglücklich. Ich bin nicht sicher, ob uns die Feministinnen einen Gefallen damit getan haben, daß wir uns jetzt unsere Begierden eingestehen und zugeben, daß wir genauso scharf auf die Sache sind wie die Männer.

Sie lächelte breit.

»Nun?« wollte Roger wissen.

»Nichts.« *Nichts, was ich dir sagen würde. Aber es ist*

schön zu wissen, daß es Gesellschaft gäbe, wenn ich welche wollte ...

Das Mittagessen fand in der Kantine des JPL statt. Roger und Linda wurden an den Tisch der Science Fiction-Autoren gebeten. Die wußten auch nicht mehr als er. Aber das Ganze schien ihnen dennoch richtig Spaß zu machen.

Falls der Saturn Geheimnisse hatte, so gab er sie nicht preis. Sonderbar, daß die Autoren keine vernünftige Erklärung für die seltsamen Bilder mit den ineinander verflochtenen Ringen wußten.

Irgendwann rief Linda zu jemandem hinüber: »Nanu, Wes. Daß du auch hier bist ...«

Der Angesprochene war schlank, athletisch gebaut und trug eine ausgebleichte Baseball-Mütze. Linda stellte ihn den Anwesenden vor. »Wes hat Carlotta geheiratet«, sagte sie zu Roger. »Du erinnerst dich doch an Carlotta Trujillo, meine beste Freundin im College.«

»Klar«, sagte Roger. »Wie geht's?«

Einer der Autoren sah nachdenklich drein. »Wes Dawson ... Bewerben Sie sich nicht um Craig Hosmers Sitz im Repräsentantenhaus?«

»Ja.«

»Wes war schon immer für das Raumfahrtprogramm«, sagte Linda. »Vielleicht gebt ihr Jungs ihm eure Stimme.«

»Ist nicht unser Wahlbezirk«, sagte Wade Curtis. »Aber vielleicht können wir trotzdem helfen. Wir sind immer an Leuten interessiert, die was für die Raumfahrt übrig haben.«

Erst am Spätnachmittag brachte Roger Linda nach Hause.

»Du kannst gern mit reinkommen und meiner Schwester Jenny guten Tag sagen«, lud sie ihn ein. »Erinnerst du dich noch an sie?«

»Na klar. Ich mußte das kleine Biest doch immer schmieren, damit sie uns allein ließ.«

»Nun, inzwischen ist sie ein bißchen gewachsen.« Linda ging voraus und schloß die Haustür auf. Drinnen war es seltsam still. In der Küche hielt ein Magnet in Tomatenform einen Zettel an der Kühlschranktür. Roger las über Lindas Schulter mit.

Linda: Bin rasch zu 'ner Strandparty in San Diego. Charlene ist auch mit. Morgen bin ich zurück. Jenny.

Linda runzelte die Stirn.

»Strandparty?« fragte Roger.

»Sie studiert Anthropologie im ersten Jahr, verbringt aber einen großen Teil ihrer Zeit mit Tauchsport, wie auch ihr gegenwärtiger Freund.« Betrübt schüttelte sie den Kopf. »Mutter bringt mich um, wenn sie erfährt, daß ich sie die ganze Nacht über habe weggehen lassen.«

Roger schüttelte den Kopf. »Was, die Göre ist auf dem College? Mein Gott, Linda, die ist doch höchstens — na, fünfzehn?«

»Siebzehn.«

Roger seufzte. »Scheint doch länger her zu sein, als ich dachte.«

»Offenbar. Kaffee?«

»Aber immer.«

Sie machte den Kaffee. Ohne daß Roger ein Wort gesagt oder etwas getan hätte, spürte sie die Schwingungen in der Atmosphäre. Hatte sie das geplant? Unmöglich; sie hatte ja nicht mal gewußt, daß Roger da war. Außerdem hätte sie nicht einmal dann etwas eingefädelt, wenn sie es gewußt hätte, denn so gern sie Roger einmal gehabt hatte, Edmund mochte sie lieber ...

Obwohl es lange zurücklag, wußte Linda noch jede Einzelheit. Verwöhnte Studentin an einer bekannten Universität hat ein Verhältnis mit einem Reporter der

Washington Post. Ein Wochenende gemeinsam im Häuschen ihrer Eltern in den Bergen. Es war Sommer, und niemand außer ihnen war dort. Herrliches Wetter. Während sie die gewundene Straße emporfuhren, hatte ein merkwürdiges Vorgefühl in der Luft gelegen. Dieses Gefühl hatte sie seither nie wieder gespürt.

Bei Edmund war es anders. Er war älter und viel eindrucksvoller. Kampfflieger. Astronaut. Alles, was einen Helden ausmachte. ... *Alles, nur kein großer Liebhaber ... Das ist nicht nett, damit wirst du ihm nicht gerecht.*

Als sie Edmund kennenlernte, hatte auch ein Vorgefühl in der Luft gelegen. Es hatte angedauert, solange er um sie warb — und war in der Hochzeitsnacht dahingeschwunden.

Die Kaffeemaschine brauchte nicht beaufsichtigt zu werden. Linda wandte sich um. Roger stand ganz dicht hinter ihr. Es war nicht weit bis in seine Arme.

I

Gemeingefährliche Einzelgänger

1 Die Entdeckung

»Wenn man das Unmögliche ausgeschlossen hat,
muß, was bleibt, die Wahrheit sein,
wie *unwahrscheinlich* auch immer es sein mag.

SHERLOCK HOLMES in Conan Doyles
Das Zeichen der Vier

Zeit: Sechs Wochen bis zur Stunde Null

Die üppige tropische Vegetation an der Nordostküste Hawaiis hörte unvermittelt auf. Mit einem Schlag fuhr Jenny durch unfruchtbare Lavafelder; es gab weder Palmen noch Passionsblumen mehr. »Sieht aus wie die Rückseite des Mondes«, sagte sie.

Ihr Begleiter nickte und wies auf die Hänge rechts von ihnen. »Das ist Mauna Loa. Es heißt, daß es schreckliches Unglück bringt, Lava von ihr — für die alten Inselbewohner ist der Vulkan weiblich — mit nach Hause zu nehmen.«

»Wer sagt das?«

»Na ja, eben die alten Inselbewohner. Aber auch überraschend viele Touristen. Sie nehmen das Zeug mit und schicken es dann mit der Post wieder zurück.« Er zuckte die Achseln. »Unglück hin oder her, soweit bekannt ist, hat sie nie ein Leben gefordert.«

Captain Jeanette Crichton schaltete herunter, um die schroffe Steigung zu bewältigen. Das Gelände war trügerisch. Vom Strand aus hatte es ausgesehen, als schwängen sich die Bergflanken sacht zum Wasser hinab, wenn man aber hinauffuhr, wurde es entsetzlich steil. Erst dann merkte man, wie hoch die Zwillingsvulkane wirklich waren. Mauna Kea erhob sich 4202 Meter über den Meeresspiegel — und tauchte über 6000 Meter tief zum Meeresboden hinab. Damit war sie höher als der Mount Everest.

»An der nächsten richtigen Straße links«, sagte Richard Owen. »Stört es Sie, wenn ich ein bißchen döse? Ich habe kaum geschlafen.«

»Mir recht«, sagte sie. Sie fuhr weiter.

Nicht sehr schmeichelhaft, überlegte sie. Bändelt in Kona mit mir an, läßt mich hier rauffahren und schläft ein. Wie romantisch ...

Sie fuhr sich durch das schulterlange, dunkelbraune, ins Rötliche spielende Haar. Naß vom morgendlichen Schwimmen, wie es war, konnte es unmöglich besonders verführerisch sein. Auch sehr braun war sie nicht. Manchmal verliefen ihre Sommersprossen so ineinander, daß es aussah, als sei sie braun, aber dafür war es noch zu früh im Jahr. Nasse Haare, blasse Haut. Nicht gerade das, was sich die Männer unter einer typischen jungen Kalifornierin vorstellten.

Ihre Figur allerdings war in Ordnung, wenn auch etwas athletisch. Das Heer verlangte praktisch von allen Offizieren, daß sie täglich gut sechs Kilometer liefen, und sie tat das auch, obwohl man ihr die Auflage auf Wunsch vermutlich erlassen hätte. Der wadenlange Rock und das T-Shirt brachten ihre Figur gut zur Geltung. Aber das konnte nicht der Grund dafür sein, daß dieser Astronom sich ihr genähert hatte, ebensowenig wie sie von seiner Erscheinung sonderlich beeindruckt gewesen war. Dennoch hatte es anfänglich zwischen ihnen ein wenig geknistert, das aber war jetzt fast vorbei.

Er war die ganze Nacht auf. Und er wird es heute nacht wieder sein. Laß ihn schlafen, das hilft ihm ein bißchen. Was weiß ich denn, wie mir zumute wäre, wenn ich nach dem Stundenplan eines Vampirs leben müßte.

Jetzt lösten Weideland und Lavafelder einander ab. In

unregelmäßigen Abständen erhoben sich schlichte Pyramiden aus Lavagestein, sechzig Zentimeter Grundlinie, jeweils drei oder vier Steine unterschiedlicher Größe aufeinandergeschichtet. Man hatte ihr gesagt, es handele sich um religiöse Opfer der alten Inselbewohner. Keinesfalls aber konnten diese Pyramiden sehr alt sein. Mauna Loa brach ziemlich häufig aus, und über das Feld, an dem sie gerade vorüberkamen, waren im Verlauf des 20. Jahrhunderts sicherlich mehrfach Lavaströme hinweggegangen.

An der Gabelung bog sie links ab, und die Straße stieg noch steiler an als zuvor. Der gemietete Triumph-Sportwagen quälte sich aufwärts. Hier, auf der Seite von Mauna Kea, gab es kaum neue Lavafelder. ›Sie‹ galt als so gut wie erloschen. Es ging kilometerlang durch Weideland, das König Kamehameha einem britischen Seemann geschenkt hatte, mit dem er sich angefreundet hatte.

Richard Owen erwachte gerade in dem Augenblick, als sie die ›behelfsmäßige‹, aus Holz errichtete astronomische Station erreichten. »Hier bleiben wir«, sagte er. »Ich lade Sie zum Mittagessen ein.«

Besonders aufwendig war die Anlage nicht. Lange niedrige Baracken, umgeben von Lava und Schlamm und einige Bäumchen, die auf dem Lavafeld zu überleben versuchten. Sie stellte den Wagen neben mehreren Jeeps ab. »Von mir aus können wir weiterfahren«, sagte sie, »ich muß nicht unbedingt etwas essen.«

»Es ist Vorschrift. Akklimatisierung. Der Gipfel liegt ziemlich genau 4200 Meter hoch. Hier auf 3000 Meter ist die Luft schon ziemlich dünn. Man tut sich schwer, wenn man nicht daran gewöhnt ist — selbst das Gehen ist nicht leicht.«

Als sie die Holzbaracken erreicht hatten, gab sie ihm im stillen bereits recht.

Am Rande des Vulkans stand ein halbes Dutzend Observatorien. Richard stellte den Jeep vor dem der NASA ab.

»Darf ich auch durch das Teleskop schauen?« fragte sie.

Er lachte nicht. Vielleicht hatte er die Frage schon zu oft beantwortet. »Niemand sieht mehr durch Teleskope. Wir machen nur noch Aufnahmen.« Er ging ihr voraus, durch Korridore mit kahlen Wänden und eine eiserne Treppe hinab in einen mit Stahlrohr-Büromöbeln eingerichteten Aufenthaltsraum.

Eine Frau etwa in Jeanettes Alter nippte darin mit gerunzelter Stirn an einer Tasse Kaffee.

»Mary Alice«, stellte Owen vor, »Captain Jeanette Crichton. Sie macht für das Heer Satelliten-Fotoerkundungen und dergleichen. Dr. Mary Alice Mouton. Spezialistin für Asteroiden.«

»Hallo«, sagte Mary Alice mit nach wie vor gerunzelter Stirn.

»Schwierigkeiten?« erkundigte sich Owen.

»Tja.« Sie schien Jeanette überhaupt nicht zu bemerken. »Ich wollte dich bitten, dir mal was anzusehen, Rick.«

»Na klar.«

Dr. Mouton erhob sich und ging Rick Owen voraus. Kopfschüttelnd folgte Jeanette ihnen durch einen weiteren Gang und eine Treppe hinauf, vorbei an einem unaufgeräumt wirkenden Computerraum. Die sind einer so verrückt wie der andere, dachte sie. Aber damit war ja zu rechnen gewesen.

Eigentlich hatte sie nicht recht gewußt, was sie erwartete. Sie war zum erstenmal auf Hawaii. Auf Einladung einer Technikervereinigung hatte sie vor deren Kongreß über Satellitenbeobachtung gesprochen und einige Tage Badeurlaub angehängt, wollte vor allem die Sonne genießen. Da sie niemanden kannte, war es bisher ziemlich langweilig gewesen, und sie hatte erwogen, vor ihrer Rückkehr nach Fort Bragg ihre Schwester Linda und deren Mann Edmund zu besuchen.

Dann hatte sie draußen am Riff Richard Owen kennengelernt. Nach dem Schwimmen hatten sie miteinander gefrühstückt, und er hatte sie zur Besichtigung der Station eingeladen. Aus Andeutungen, die er bei Tisch und auf dem Weg herauf gemacht hatte, glaubte sie schließen zu dürfen, daß er versuchen würde, sich an sie heranzumachen. Sie hatte schon überlegt, wie sie darauf reagieren sollte — einen Schlafsack hatte sie mit.

Und jetzt schien sie mit einemmal Luft für ihn zu sein.

Sie folgte den beiden in einen kleinen, vollgestopften Raum. In einer Ecke stand ein großer Sichtschirm. Dr. Mouton machte sich an den Einstellknöpfen zu schaffen, und mit einemmal blitzte auf dem Monitor ein Sternenfeld auf. Einige weitere Handgriffe und die Sterne blinkten — ein, aus; ein, aus. Dabei schien einer von ihnen hin und her zu springen.

»Ein neuer Asteroid?« wollte Owen wissen.

»Dachte ich zuerst auch«, sagte Dr. Mouton. »Aber sieh mal genau hin und denk gut nach.«

Er betrachtete aufmerksam den Bildschirm. Jeanette trat näher, konnte aber nichts Auffälliges entdecken. Man macht an zwei verschiedenen Abenden Himmelsaufnahmen und vergleicht sie, indem man sie abwechselnd aufblinken läßt. Die Bewegung der Sterne ist so minimal, daß man keinen Unterschied merkt, aber alles, was sich vor dem Hintergrund der ›Fixsterne‹ bewegt, wie beispielsweise ein Planet oder ein Asteroid, befindet sich bei der ›Blink-Komparation‹ an unterschiedlichen Stellen. Werden nun beide Aufnahmen abwechselnd ein- und ausgeschaltet, wirkt es, als spränge der Himmelskörper, der sich bewegt hat, hin und her. Mit Hilfe des Blink-Komparators hatte Clyde Tombaugh den Pluto entdeckt. Das Verfahren gehörte zum Standardrepertoire der Fotoerkundung, weil man mit seiner Hilfe erkennen konnte, was sich im Zeitraum zwischen zwei Satellitenaufnahmen verändert hatte.

»Worin besteht die Schwierigkeit?« erkundigte sich Owen.

»Es ist zu schnell für den zeitlichen Abstand.«

»Nun, es ist ja ziemlich nah.«

»So nah nun auch wieder nicht«, sagte sie. »Ich hab mir die Aufnahmen geben lassen, die vor ein paar Wochen gemacht wurden. Das Ding bewegt sich so schnell, daß ich mir fast jeden Abend einzeln vornehmen mußte! Es hat eine hyperbolische Umlaufbahn.«

»Das gibt es doch überhaupt nicht!«

»So ist es aber«, sagte Dr. Mouton.

»Entschuldigung«, mischte sich Jeanette ein. Beide wandten sich zu ihr um. Offensichtlich hatten sie ihre Anwesenheit vergessen. »Was ist eine hyperbolische Umlaufbahn?«

»Das Objekt bewegt sich zu schnell für die Anziehungskraft der Sonne«, erklärte Dr. Mouton. »Es kann sich auf einer solchen Bahn aus dem Sonnensystem lösen.«

Jeanette runzelte die Stirn. »Und was könnte eine so rasche Bewegung verursachen?«

»Beispielsweise große Planeten«, sagte Richard, »wenn sie die Umlaufbahn eines Objekts stören ...«

»Es hat einen eigenen Antrieb«, sagte Mary Alice Mouton.

»Nun mach aber halblang!«

»Ich weiß, daß es blöd klingt, Rick, aber eine andere Erklärung finde ich nicht. Ich hab das Ding wochenlang zurückverfolgt, und es hat den größten Teil der Strecke *gebremst.*«

»Aber ...«

»Das kann weder an Jupiter noch an irgendeiner anderen Energiequelle liegen.«

»*Natürlich* nicht ... Mary Alice?«

»Die Computerzeichnung paßt einwandfrei, wenn

man ein angetriebenes Raumschiff annimmt.« Dr. Moutons Stimme war ausdruckslos geworden. »Sonst paßt nichts.«

Eine Stunde später. Zwei weitere herbeigerufene Astronomen hatten nach Begutachtung der Aufnahmen den Raum kopfschüttelnd verlassen. Einer von ihnen hatte die ersten Bilder als hundertprozentig echt bezeichnet — er hatte sie selbst gemacht. Der andere hatte erklärt, er könne nichts sehen.

Owen rief die Kollegen in Arizona an. »Laura? Rick Owen am Apparat. Wir haben hier was ganz Merkwürdiges. Habt ihr Aufnahmen aus der vorigen Woche, die den Ausschnitt südlich vom Löwen zeigen?« Er rasselte einige Koordinaten herunter und wartete ein Weilchen.

»Gut! Habt ihr sie euch angesehen? Könntest du das wohl jetzt gleich machen? Ja, ich weiß, daß es stört, aber glaub mir, es ist wichtig.«

»Sie halten es ja wohl nicht wirklich für ein großes angetriebenes Raumschiff?« fragte Jeanette.

Mary Alice sah mit flackerndem Blick zu ihr hin. »Ich habe alles andere probiert, und nichts paßt zu den Werten. Und *natürlich* habe ich auch die Möglichkeit von Pulsaren bedacht!« Das allerdings verstand Jeanette nicht.

Sie tranken Kaffee, während Owen telefonierte. Schließlich legte er den Hörer auf. Sein Blick wirkte besorgt. »In Kitt Peak haben sie es gesehen«, verkündete er. »Ein Computerfritze namens Tom Duff. Sie haben es ihm nicht geglaubt. Es ist genau da, wo wir es gesehen haben. Mary Alice, vielleicht macht dir jemand die Entdeckung streitig.«

»Als ob es mir darauf ankäme. Ich will wissen, was es *ist*«, gab diese zurück. »Rick, es ist *riesig*, bewegt sich mit eigener Kraft und kommt *auf uns zu!*«

✿

In Kalifornien war es gegen drei Uhr nachts. Jeanette hörte es dreimal klingeln, dann kam die schläfrige Stimme: »Ja?«

»Linda. Hier spricht Jenny.«

»Jenny? Ist was?«

»Das kann man wohl sagen, Schwesterherz. Ich muß deinen Mann sprechen. Sofort!«

»Was?« Nach einer Pause fuhr sie fort. »Na schön.«

»Mach ihm Kaffee«, fügte Jenny hinzu. »Er wird ihn brauchen.«

Dann hörte sie Major General Edmund Gillespies Stimme. »Was ist los, Jenny?«

»General, ich muß etwas Merkwürdiges berichten ...«

»General? Sprichst du etwa dienstlich?«

»Nun — mehr oder weniger. Ja, Sir. ich habe meinen Colonel bereits informiert, und er findet auch, daß es nicht schaden könnte, dich einzuschalten.«

»Augenblick mal, Jenny. Linda, wo bleibt der Kaffee? Ah. Danke. Schieß los!«

»Ja, Sir.« Während sie sprach, stellte sie sich die häusliche Szene vor: General Gillespie mit wirrem Haar auf der Bettkante, angespannt zuhörend. Vermutlich ging Linda im Hintergrund auf und ab und überlegte, was, zum Teufel, los war. Vielleicht war auch Joel aufgewacht. Das konnte sie nicht ändern. Die Sache würde einer Menge Leute den Schlaf rauben.

»Jenny, willst du allen Ernstes sagen, daß es sich um ein — *außerirdisches* Raumschiff handelt? Marsmenschen und dergleichen?«

»Sir, wir beide wissen, daß es weder auf dem Mars noch sonstwo im Sonnensystem Menschen geben kann. Aber drei verschiedene Observatorien bestätigen unabhängig voneinander, daß es sich um ein großes Objekt handelt, das sich rascher bewegt, als irgend etwas im Sonnensystem das vermöchte, seit Wochen abbremst und auf uns zuzukommen scheint.« Mit einemmal mußte sie kichern. »Ed, du bist doch Astronaut. Wofür würdest *du* es halten?«

»Der Teufel soll mich holen, wenn ich es weiß«, sagte Gillespie. »Stecken die Russen dahinter?«

»Nein«, sagte Jeanette.

Am anderen Ende entstand ein längeres Schweigen. »Das würdest du als Nachrichtenoffizier ja wissen. Bist du deiner Sache wirklich sicher?«

»Absolut, Sir. Es ist kein sowjetisches Raumschiff.« Es war ihre Aufgabe, derlei Dinge zu wissen. »Ich beobachte das sowjetische Raumfahrtprogramm seit zehn Jahren. So etwas könnten die gar nicht bauen. Wir übrigens auch nicht …«

»Jenn — Captain, wenn du Witze reißt, sehen wir alle alt aus.«

»Warum sollte ich, General?« gab sie zurück. »Ich hab doch schon gesagt, ich habe meinen Colonel mitten in der Nacht aus dem Bett geholt! Er geht der Sache auf dem Dienstweg nach, aber du kannst dir ja denken, was die mit einem UFO-Bericht machen würden.«

»Ich weiß, wen ich anrufen könnte«, sagte Gillespie, »es fällt mir nur schwer, die Sache zu glauben.«

»Ja, Sir«, sagte Jenny nüchtern.

»Mir ist klar, daß es dir genauso geht«, sagte Ed Gillespie. »Aber ich sehe, worauf du hinaus willst. Wenn es ein außerirdisches Raumschiff ist, müssen wir Vorbereitungen treffen. Wer ist dein Colonel?«

»Robert Hartley, G-2 vom Strategischen Heereskommando in Fort Bragg. Ich geb dir seine Telefonnummer.«

✿

Linda sah, wie ihr Mann auflegte. Er sah besorgt drein. »Was hat die Kleine angestellt?«

»Vielleicht einen Orden verdient«, antwortete Edmund. Er nahm den Hörer wieder auf und wählte.

»Und wen rufst du jetzt an?« wollte Linda wissen. »Das ist doch völliger Unsinn ...«

»Hallo, Colonel Hartley? Hier spricht General Ed Gillespie. Captain Crichton hat mir gesagt, daß Sie mit meinem Anruf rechnen ... Ja. Ja, sie hat schon immer einen klaren Kopf gehabt. Ja, ja, ich glaube ihr auch. Also, wie wollen wir vorgehen?«

Total verrückt, dachte Linda. Mein kleines Schwesterchen entdeckt fliegende Untertassen. Ich kann und will es nicht glauben. Andererseits ...

Andererseits hatte Jenny noch nie im Leben jemandem einen Streich gespielt. Sie trank nicht, nahm keine Drogen, und ...

Außerirdische? Ein Raumschiff von Außerirdischen, das sich der Erde näherte?

Sie sah, daß Edmund aufgelegt hatte. »Wie jetzt weiter?« fragte sie.

»Ich weiß nicht. Schwer zu sagen. Ich muß die Sache weitermelden. Der Präsident muß davon erfahren. Ich weiß nur nicht genau, wie ich das anstellen soll.«

»Das könnte doch Wes Dawson tun«, sagte Linda.

»Kindchen, du hast recht!« Er sah auf seine Uhr. »In Washington ist es schon nach sechs. Vielleicht ist Wes auf. Sonst *weck* ich ihn einfach. Hast du seine Privatnummer zur Hand?«

✿

David Coffey war seiner eigenen Einschätzung nach ein Nachtmensch, aber der Präsident der Vereinigten Staaten konnte es sich nicht leisten, morgens lange zu schlafen. Es gehörte sich einfach nicht.

Er durfte nicht einmal erwarten, daß man ihn zum Frühstück allein ließ, obwohl er großen Wert darauf legte. Während er sich auf die Terrasse setzte, um den wunderbaren Frühlingstag zu genießen, kündigte der Stabschef des Weißen Hauses, als rechte Hand des Präsidenten und Leiter des Präsidialamts ein Mann von beträchtlichem Einfluß, an: »Der Abgeordnete Wes Dawson, Kalifornien ...«

»Ich kenne ihn.«

»Er besteht darauf, mit Ihnen zu frühstücken.«

»Besteht darauf?«

»So hat er es zwar nicht formuliert, meint es aber offenkundig so. Er möchte, daß Sie ihm diesen Gefallen tun, auf Vorschuß, wie er sich ausdrückt. Die Sache, sagt er, dulde keinen Aufschub.«

David Coffey seufzte. Er spürte den Druck seines Gürtels. Auf elf war eine Kabinettssitzung anberaumt, und er hatte gehofft, vorher eine halbe Stunde schwimmen zu können. »Sagen Sie dem Abgeordneten Dawson, daß ich mich geschmeichelt fühle«, entschied er schließlich. »Und lassen Sie ein weiteres Gedeck auflegen.«

Fliegende Untertassen. Raumschiffe. Albernes Zeug, dachte der Präsident. So etwas brachten die Zeitungen in der Saure-Gurken-Zeit. Blühender Unsinn. Verrücktes Zeug. Nur war Wes Dawson nie verrückt gewesen, auch wenn er sich jetzt so zu gebärden schien.

»Ich möchte das richtig verstehen, Wes«, sagte Coffey, nachdem Dawson an seinem Tisch Platz genommen hatte. »Die Astronomen haben also ein Raumschiff gesehen, das sich der Erde nähert. Es wird nächsten Monat hier sein, und Sie wollen ihm entgegenreisen.«

»Ja, Mr. President.«

»Sie wissen ja wohl selbst, wie irrwitzig das klingt. Aber tun wir mal so, als ob es stimmte. Warum gerade Sie?«

»Irgend jemand muß es ja tun«, entgegnete Dawson. »Und daß ich mich so exponiert habe, nur um es Ihnen als erster sagen zu können, müßte Ihnen zeigen, daß mir die Sache am Herzen liegt.«

»Das sehe ich.«

»Als Mitglied der Ausschüsse für Raumfahrt und für Auswärtige Beziehungen bin ich der Ansicht, daß irgend jemand vom Kongreß an Bord sein sollte, wenn wir denen entgegenfliegen.«

»Und warum sollen wir das überhaupt tun?«

»Weil — weil es sich besser macht, Sir«, sagte Dawson. »Überlegen Sie doch einmal, Mr. President. Diese Außerirdischen sind von *sehr weit her* gekommen. Von einem anderen Stern.«

»Sind Sie dessen sicher?« wollte der Stabschef wissen. »Warum nicht von einem anderen Planeten?«

»Weil unsere Raumsonden alle in Frage kommenden Planeten gründlich erforscht haben. Auf ihnen gibt es keine Lebensbedingungen für eine Zivilisation«, sagte Dawson geduldig. »Der erste Schritt ist der schwierigste. Wir sollten die Außerirdischen auf einer Umlaufbahn begrüßen und sie nicht mit den Händen im Schoß hier erwarten. Meinen Sie nicht auch, daß die Geschichte der Pazifikinseln anders aussähe, wenn die Polynesier in seetüchtigen Booten draußen auf dem Meer gewesen wären, als die Europäer kamen? Hätte man sie nicht möglicherweise mit mehr Respekt behandelt?«

»Aha, ich verstehe«, sagte der Präsident. »Vielleicht haben Sie recht, Wes. Immer vorausgesetzt, daß an der Sache etwas ist.«

»Und darf ich dann hin?« wollte Dawson wissen.

David Coffey lachte. »Das wird sich zeigen.« Er wandte sich dem Stabschef des Weißen Hauses zu. »Jim, setzen Sie sich mit General Gillespie in Verbindung. Schaffen Sie ihn unverzüglich nach Washington, und auch die Frau, die das entdeckt hat.« Er seufzte. »Außerdem lassen Sie die Sache für die heutige Kabinettssitzung auf die Tagesordnung setzen. Mal sehen, was der Außenminister zum Thema ›Besuch vom Mars‹ zu sagen hat ...«

✿

Wes Dawson ging zu Fuß vom Weißen Haus zu seinem im Rayburn-Bau gelegenen Büro zurück. Er hatte zwar eigentlich keine Zeit dazu, aber es war ein schöner Vormittag, und der Spaziergang würde ihm guttun. Außerdem war er zu erregt, um gleich zu arbeiten.

Immerhin hatte der Präsident die Sache nicht von vornherein von der Hand gewiesen! Er würde an einer Reise ins All teilnehmen dürfen! Bedenken, daß der Präsident seine Zusage zu gegebener Zeit vergessen würde, wischte er beiseite — an einem so schönen Morgen wollte er an diese Möglichkeit nicht denken.

Er lächelte fröhlich. *Ich* habe es dem Präsidenten gesagt und auch gleich meinen Anspruch angemeldet, dachte er, und ich bin auch der richtige Mann dafür. Auf diesen Tag habe ich mein ganzes Leben lang gewartet. Ich bin gut in Form — na ja, ziemlich gut. Es wird besser werden. Ab sofort laufe ich jeden Tag.

Er rannte einige Schritte, merkte, daß das mit einem dunklen Westenanzug nicht praktisch war und lächelte erneut. *Noch heute nachmittag fang ich an. Und ich gehe nach Houston. Ein richtiges Raumfahrttraining. Nur gut, daß ich im Raumfahrtausschuß sitze ...*

Außerirdische! Die ganze Bedeutung der Sache wurde ihm in dem Augenblick klar, als er im Kapitol ankam. *Sie sind wirklich hier.* Die Geschichte der Menschheit würde in eine völlig neue Phase eintreten. *Die Suche nach außerirdischer Intelligenz ist zu Ende, die Außerirdischen kommen ...* Da würden die Miesmacher aber Augen machen!

Kaum hatte er seine Büroräume im Rayburn-Bau betreten, als ihn Mitarbeiter seines Büros mit Fragen bestürmten. Wes wußte, daß er zu spät kam, aber einmal konnte man sich das doch leisten! Er schob eine junge Frau beiseite, die sich ihm mit einer Handvoll Telefonnotizen näherte und ging an der Empfangsdame vorbei in sein Abgeordnetenbüro. Er konnte es nicht erwarten, Carlotta alles brühwarm zu erzählen.

Sie saß in seinem Sessel. Auf den anderen Sitzgelegenheiten im Raum lümmelte sich ein Dutzend Pfadfinder, vermutlich aus seinem Wahlkreis.

Ach je, dachte Wes und setzte sein verbindlichstes Lächeln auf.

✿

Carlotta konnte hinter Wes' gekünsteltem Politikerlächeln die Begeisterung sehen. Er brauchte ihr nichts zu sagen. Schließlich waren sie seit nahezu fünfundzwanzig Jahren zusammen und seit zweiundzwanzig Jahren verheiratet. Sie sah es ihm an.

Wes hat die Zusage. Botschafter der Menschheit im All. Na, sagen wir Konsul, oder wie auch immer man den Mann nennt, der nach dem Botschafter kommt. Den stellen bestimmt die Russen. Nur gut, daß ich ihm zugeredet habe, etwas Russisch zu lernen. Daß ihr Bett jetzt leer sein würde, war weniger schön, aber er sah glücklich aus. Er brannte sichtlich darauf, ihr alles zu erzählen.

Aber da waren die Pfadfinder. *Ungünstiger Zeitpunkt, doch der Termin liegt schon seit Wochen fest. Wer konnte damals ahnen, daß der Kongreßabgeordnete Dawson im Weißen Haus frühstücken würde?*

Die Jungen umdrängten Wes. Solche Besuche brachten ihm keine Stimmen ein. Warum konnten die lästigen Burschen nicht einfach verschwinden?

Es war nicht nett von ihr, so zu denken. Schließlich hatte sie sie selbst bestärkt herzukommen, Carlotta mochte Jungen, nicht nur Pfadfinder, Jungen ganz allgemein. Zwar empfingen alle Kongreßabgeordneten Pfadfindergruppen, die Washington besuchten, aber Wes und Carlotta fühlten sich gewöhnlich in ihrer Gegenwart richtig wohl.

Wenn Simon noch lebte … dachte Carlotta. Aber sie hatten ihn im Alter von drei Monaten verloren — woran auch immer Kinder in ihrem ersten Lebensjahr sterben: Tod in der Wiege, lautlos und tückisch.

Obwohl ihr die Ärzte gesagt hatten, sie könne keine weiteren Kinder bekommen, hatte sie es darauf ankommen lassen und wäre im Kindbett fast gestorben. Es hatte einen ganzen Monat gedauert, bis sie ihr Töchterchen in den Armen halten konnte, und einen weiteren, bis sie sich einigermaßen erholt hatte. Sharon würde das einzige Kind der Dawsons bleiben, der einzige Abkömmling zweier alter und geachteter Familien. Das lag jetzt fast zwanzig Jahre zurück. Sharon studierte am angesehenen Radcliffe College und machte sich nicht viele Gedanken um die Karriere ihres Vaters. Carlotta hatte nie richtig begriffen, warum das so war.

Es spielt keine Rolle. Alle Colleges setzen den jungen Leuten Flausen in den Kopf. Sie wird auch noch erwachsen. Carlotta erhob sich und ging zu Wes hinüber. »Hallo«, sagte sie. »Ich möchte dir Stamm 112 vorstellen. Sein Führer ist Johnny Brasicku. Johnny, das ist mein Mann, der Abgeordnete Dawson.«

Die Jungen waren nett, und sie stammten tatsächlich aus dem Wahlkreis. Wes schüttelte jedem von ihnen die Hand. Anschließend lächelte er schief zu Carlotta hinüber. Sie blinzelte ihm zu.

Die wichtigste Nachricht, die wir je bekommen haben, dachte sie. Möglicherweise die wichtigste, die überhaupt *jemals* ein Mensch bekommen hat. Wir sitzen hier und unterhalten uns mit Pfadfindern, während die Mitarbeiter beschließen, was wir zu denken haben und wie Wes abstimmen soll, und wir können nichts daran ändern. Brächten Kongreßabgeordnete einen Teil ihrer Zeit damit zu, Abgeordnete zu *sein* und über ihre Arbeit nachzudenken, *hätten* sie ihr Amt nicht. Eine sonderbare Art, ein Land zu regieren.

2 Vorankündigungen

Argwohn ist der Gefährte gemeiner Seelen
und der Fluch jeder guten Gesellschaft.

THOMAS PAINE
Gesunder Menschenverstand

Zeit: Sechs Wochen bis zur Stunde Null

»Das sollten Sie lieber nicht tun«, sagte Jeanette Crichton.

Richard Owen ließ die Hand auf dem Telefonhörer liegen und schnaubte dann. »Daran können Sie mich nicht hindern. Das Heer hat kein Recht, mir dreinzureden.«

»Habe ich doch gar nicht behauptet«, erklärte Jeanette. »Trotzdem finde ich, daß Sie es sich gut überlegen sollten.«

»Das habe ich bereits getan«, gab Owen zurück. »Die Sowjets müssen Bescheid wissen. Falls sie es bereits erfahren haben, ist es auf jeden Fall besser, wenn sie merken, daß auch *wir* es wissen.« Er nahm den Hörer ab und wählte.

Und was jetzt? überlegte Jeanette. Es stimmt schon, das Heer ist ihm gegenüber nicht weisungsbefugt, und vermutlich wußten die Russen es sowieso schon. Falls nicht, würden sie es bald genug erfahren. Mit ihrer großen, bemannten Raumstation hatten sie weit mehr im Weltraum vorzuweisen als die Vereinigten Staaten.

»Ich möchte bitte Akademiemitglied Pawel Bondarew

sprechen«, sagte Owen. »Ja, Bondarew.« Seine Finger trommelten ungeduldig auf der Tischplatte. »Pawel? Richard Owen aus Hawaii. Äh — ja, natürlich warte ich.« Er bedeckte die Sprechmuschel mit einer Hand. »Mit westlichen Ausländern dürfen die nur reden, wenn sie mindestens zu dritt sind«, sagte er zu Jeanette. »Sogar Leute, die so hoch stehen wie Bondarew. Bewußtseinsspaltung in Reinkultur... Aha, Akademiemitglied Bondarew? Ihre Kollegen sind da? Ausgezeichnet. Professor Richard Owen von der Universität Hawaii. Wir haben hier etwas Interessantes, und ich denke, Sie sollten das auch wissen...«

✿

Pawel Alexandrowitsch Bondarew legte auf und sah nachdenklich zur Zimmerdecke.

»Stimmt das?« Boris Ogarkows breites Bauerngesicht war zu einem fragenden Runzeln zusammengezogen, was ihm ein sehr unangenehmes Aussehen verlieh.

»Ja«, sagte Bondarew abwesend. Boris war der Parteisekretär des Instituts. Ein kaum gebildeter Angehöriger der Arbeiterklasse, der sich seinen Vorgesetzten durch unermüdlichen Einsatz für die Partei empfohlen hatte, obwohl er in keiner Weise brillant war. Er gehörte zu den in eine Machtposition Aufgestiegenen, für die ausschließlich unabdingbare Treue zum System eine Möglichkeit schuf, keine untergeordnete Tätigkeit ausüben zu müssen. Da er wußte, wie wichtig das Institut für die Sowjetunion war, mischte er sich nicht in dessen Aufgaben ein. Statt dessen sorgte er dafür, daß Lenin-Porträts in allen Arbeitsräumen hingen und daß sich *jeder*, ganz gleich ob Wissenschaftler, Sekretärin, Bürobote oder Hausmeister, an allen Abstimmungen beteiligte. »Ich kenne diesen Amerikaner recht gut«, fuhr Bondarew fort. »Ich habe mit ihm zusammen gearbeitet, als ich in den Vereinigten Staaten war, und gemeinsam mit ihm zwei Aufsätze veröffentlicht. Wegen irgendeines Hokuspokus hätte er mich nicht angerufen.«

»Möglich«, gab Andrei Pjatigorski zu bedenken. »Aber falls er sich nun irrt? Wir haben keinerlei Beweise.«

»Das wird sich zeigen«, sagte Bondarew. »Würden Sie mir den Gefallen tun, Andrei, Dr. Nosow am Observatorium anzurufen und ihn zu bitten, daß er seine Leute alle Aufnahmen durchsehen läßt, die in Frage kommen?«

»Gewiß.«

»Vielen Dank. Ich muß wohl nicht eigens betonen, daß Nosow, ganz gleich, was er findet, niemandem gegenüber die Angelegenheit auch nur mit einem Wort erwähnen darf.«

»Ich kann den Parteisekretär am Observatorium anrufen«, bot sich Boris Ogarkow an. »Er wird behilflich sein, die Sache geheimzuhalten.«

Bondarew nickte zum Zeichen des Einverständnisses.

»Aber, Pawel Alexandrowitsch, glauben Sie die Geschichte etwa? Ein Raumschiff von Außerirdischen, das auf die Erde zukommt?« Pjatigorski machte eine hilflose Geste. »Das ist doch völlig unglaubwürdig.«

Bondarew hob die Schultern. »Wenn Sie mir zustimmen, daß er nicht gelogen hat, bleibt uns nur die Wahl, ihm zu glauben. Die Amerikaner sind ausgezeichnet ausgerüstet. In den USA verfügt jedes Observatorium über Blink-Komparatoren und Computer. Das wissen Sie ebensogut wie ich ...«

»Wenn wir nur die Hälfte hätten ...«, sagte Pjatigorski. Oft genug mußte er selbst zusammenbasteln, was er brauchte, weil dem Institut für die Anschaffung elektronischer und optischer Ausrüstung im Westen keine Devisen zugeteilt wurden. Russische Laboreinrichtungen aber, die nicht für das Militär gebaut waren, funktionierten nicht besonders gut.

Erneut hob Bondarew die Schultern. »Gewiß. Es gibt

eine ganze Reihe von Gründen dafür, warum die Amerikaner es zuerst sehen konnten.«

»Vielleicht hat man es von Kosmograd aus gesichtet«, sagte Boris Ogarkow.

Pjatigorski nickte. »Deren Teleskope sind weit besser als unsere hier.«

»Ich werde mich erkundigen«, sagte Bondarew. Vielleicht bekam er eine Antwort, vielleicht auch nicht. Berichte von den sowjetischen Raumstationen unterlagen strenger Geheimhaltung. Häufig bekam Bondarew sie erst nach Monaten zu Gesicht.

»Wir müßten die Aufnahmen sehen«, sagte Pjatigorski, »sobald sie hereinkommen. Und Sie müßten mit Rogatschow Verbindung aufnehmen und ihm sagen können, wohin er seine Instrumente richten soll.«

»Kann schon sein«, sagte Bondarew. Er sah bedeutungsvoll auf seinen Untergebenen. Andrei Pjatigorski war ein ausgezeichneter Wissenschaftler, aber es dürfte seiner Karriere nicht förderlich sein, vor Boris Ogarkows Ohren die Richtlinien zu kritisieren, nach denen sie arbeiten mußten. Zwar würde Boris das vermutlich nicht weiterberichten, es sich aber bestimmt merken ...

»Es ist von entscheidender Bedeutung«, fuhr Andrei hartnäckig fort. »Falls es stimmt, daß die Ankunft Außerirdischer bevorsteht, müssen wir Vorbereitungen treffen.«

»Ist es nicht wahrscheinlich, daß man das in Moskau bereits weiß?« gab Ogarkow zu bedenken. »Vielleicht haben sie es bereits von Kosmograd erfahren.«

»Das glaube ich nicht«, sagte Bondarew gelassen. »Obwohl es selbstverständlich möglich ist. Sie wissen in Moskau viel. Aber ich vermute, daß wir das erfahren hätten — wenn schon nicht, *was* sie wissen, so doch, daß sie etwas von Bedeutung erfahren haben. Jedenfalls müssen wir erst einmal unsere eigenen Aufnahmen genau prüfen. Wenn sich das Objekt darauf zeigt, wissen wir mit Sicherheit, daß es kein fauler Zauber ist.« Er sah nachdenklich drein. »Jedenfalls kein gewöhnlicher fauler Zauber.«

❁

»Also«, sagte Richard Owen, »sie haben es noch nicht gesehen.« Er trat an das Fenster, von dem aus man die Straße zum Mauna-Kea-Gipfel überblicken konnte.

»Oder nicht zugegeben«, fügte Jeanette hinzu.

»Stimmt.« Er sah auf die Uhr. »Als nächstes eine Pressekonferenz.« Er sah sie herausfordernd an.

Sie schüttelte den Kopf. »Richard, ich kann Sie wirklich nicht daran hindern, aber ich halte es für falsch.«

»Haben die Menschen kein Recht, es zu erfahren?«

»Schon«, sagte sie. »Was meinen Sie, ob die Russen Ihnen glauben?«

»Warum sollten sie nicht?« wollte Owen wissen.

»Sie glauben nicht oft, was wir sagen. Sie wittern beständig Fallen und Hinterhalte«, sagte Jeanette.

»Nicht Bondarew«, protestierte Owen. »Ich kenne ihn schon lange. Er glaubt mir bestimmt.«

»Nun ja, aber werden seine Vorgesetzten *ihm* glauben? Mir kann es ja egal sein.«

»Sind Sie da sicher?«

»Wieso nicht?«

»Da kommt eine ganze Wagenkolonne die Straße rauf«, sagte Owen. »Staatspolizei und ein Stabswagen des Heeres. So was hab ich hier oben noch nie gesehen ...«

❁

Lieutenant Hal Brassfield war nervös. Er war höchstens zwanzig Jahre alt und konnte Jeanette nicht einordnen.

»Captain«, sagte er, »ich weiß wirklich nur, was in meinem Befehl steht. Ich soll Sie auf schnellstem Wege nach Washington bringen, höchste Dringlichkeitsstufe. Also haben wir das arrangiert. Auf der Ebene auf fünfzehnhundert Meter steht ein Hubschrauber bereit, der Sie nach Pearl Harbor bringen soll. Dort wartet eine abflugbereite Düsenmaschine der Marine.«

Jeanette runzelte die Stirn. »Ist das nicht etwas ungewöhnlich?«

»Worauf sie einen lassen kön- ... jawohl, Ma'am, das ist es. Zumindest hab *ich* so was noch nicht erlebt.«

Sie warf einen Blick auf den hastig nach Telefondiktat mit der Maschine geschriebenen Marschbefehl. Er ähnelte nicht im entferntesten den üblichen Einsatzbefehlen und schloß: »Im Auftrag des Präsidenten der Vereinigten Staaten, für den Präsidenten, James F. Frantz, Stabschef des Weißen Hauses.«

»Das ist vor etwa einer Stunde gekommen«, sagte der Lieutenant. »Mehr weiß ich nicht, Captain.«

»In Ordnung, Lieutenant. Aber irgend jemand muß in meinem Hotel Verschiedenes abholen und meine Rechnung bezahlen.«

»Wird alles erledigt, Ma'am. Aber wohin soll ich Ihr Gepäck schicken?« Er lachte in sich hinein. »Wohl kaum ins Weiße Haus. Aber eine andere Adresse ist in dem Befehl nicht angegeben.«

Jeanette nickte. In Washington wohnte sie gewöhnlich bei Onkel und Tante in Flintridge, das war also keine Schwierigkeit. Was der Präsident wohl von ihr wollte? Dringend brauchte er sie bestimmt nicht. Bis sie dort war, hatte ihm bestimmt ein Dutzend anderer etwas über das geheimnisvolle — was eigentlich? — sagen können. Sie kicherte.

»Was ist denn so lustig?« wollte Richard Owen wissen.

»Wie wollen wir das Ding eigentlich nennen?« erkundigte sie sich. »UFO paßt nicht — es *fliegt* ja nicht.«

Lieutenant Brassfield sah verwirrt drein. »UFO? Wollen Sie damit sagen, daß der ganze Zauber wegen einer *fliegenden Untertasse* veranstaltet wird?«

»So ist es«, sagte Jeanette.

»Augenblick mal ...«

»Es stimmt«, sagte Richard Owen. »Wir haben ein Raumschiff ausgemacht, das auf die Erde zukommt. Captain Crichton hat das Heer informiert.«

»Je weniger ich davon weiß, desto besser, was?« sagte Brassfield.

Jeanette dachte an Richard Owens bevorstehende Pressekonferenz und lachte. »Es wird Ihnen nicht schaden, Lieutenant.«

»Ja, Ma'am.«

»Sorgen Sie dafür, daß jemand mein Gepäck im Hotel Kamehameha in Kona abholt. Er soll einfach alles zusammenpacken und es wie der Teufel zum Hubschrauber bringen. Aber vorsichtig mit der Uniform! Wenn ich schon ins Weiße Haus gehe, möchte ich da nicht mit nackten Beinen aufkreuzen!«

✿

Das Hauptquartier des KGB lag dem Institut gegenüber am anderen Ende des Platzes. Sein tristes Backsteinmauerwerk stand in scharfem Kontrast zur säulengeschmückten Marmorfassade des Instituts. Pawel Bondarew schritt rasch über den Platz. Es war ein schöner Tag und so warm, daß er ohne Mantel gehen konnte.

Am Empfangstisch des KGB saß ein neuer Mann. Er sah sehr jung aus. Pawel Bondarew verzog das Gesicht. Nun, da mußte man eben Geduld aufbringen. Das hatte er gelernt, und so zwang er sich zur Gelassenheit, obwohl er vor Mitteilungsbedürfnis fast platzte.

Eine lange Menschenschlange wartete vor dem Empfangstisch: Männer in schlechtsitzenden Anzügen, Frauen in fleckigen Röcken und mit Kopftüchern, Bauern, Arbeiter, kleine Fabrikangestellte — alle hielten Formulare in den Händen, die zu unterschreiben waren, Erlaubnisscheine dieser oder jener Art. Heute waren weniger Bauern da als sonst; im Herbst würden sie zu

Hunderten hier stehen, weil sie Erzeugnisse aus ihren privat bewirtschafteten Hausgärten verkaufen wollten.

Bondarew schüttelte den Kopf. Absurd, dachte er. Warum arbeiten die Leute nicht, statt hier Schlange zu stehen? Typisch Rußland. Andererseits würden sie auch nichts tun, wenn sie nicht Schlange stünden, sondern sich einfach betrinken.

Er ging zum Anfang der Schlange. Ein Mann ganz vorn, mit einem runden Gesicht wie Boris Ogarkow, stierte ihn verdrießlich an, sagte aber nichts. Bondarew blieb vor dem Tisch stehen. Zwei Männer befanden sich an einem weiteren Tisch in der Nähe. Einen von ihnen glaubte er zu kennen. Er hämmerte auf einer uralten Schreibmaschine, die wohl noch aus dem Zweiten Weltkrieg stammte, einen Bericht herunter. In der Provinz gab es nicht oft neues Arbeitsmaterial, nicht einmal für den KGB.

Der Mann am Empfang übersah ihn, solange es ihm möglich war, blickte dann frech zu ihm auf und fragte: »Ja?«

Aha, so ist das also, dachte Bondarew. Nun schön. Er sagte ruhig, aber so laut, daß man ihn am nächsten Tisch auch hören konnte: »Ich bin Bondarew. Ich möchte den Offzier vom Dienst sprechen.«

Der junge Mann runzelte die Stirn. Der am Nebentisch hörte mit Maschineschreiben auf.

»In welcher Angelegenheit?«

»Wenn ich wollte, daß Sie das erfahren, hätte ich es Ihnen gesagt«, sagte Bondarew. »Und jetzt teilen Sie bitte dem ranghöchsten Offizier mit, daß ihn Akademiemitglied Bondarew, Leiter des Lenin-Forschungsinstituts für Astrophysik und Kosmographie, zu sprechen wünscht, und daß die Sache eilt.«

Das Stirnrunzeln des Mannes vertiefte sich, aber der Ausdruck von Dreistigkeit schwand aus seinem Gesicht. Ein Akademiemitglied hatte mächtige Freunde, und das Institut war am Ort von großer Bedeutung. Der andere ließ seine Schreibmaschine im Stich und kam herüber. »Gewiß, Genosse Akademiemitglied«, sagte er. »Ich werde den Genossen Orlow sofort informieren.« Er warf dem Mann am Empfang einen schiefen Blick zu und ging.

»Ich habe Anweisung zu fragen«, sagte dieser. Seine Stimme klang patzig.

Noch nicht lange dabei, dachte Bondarew, und es macht ihm Spaß, daß alle vor ihm kriechen oder sogar Angst haben. Er hat nicht damit gerechnet, daß jemand kommt, vor dem er selbst Angst haben muß.

»Folgen Sie mir bitte, Genosse Akademiker. Hier entlang.« Der andere KGB-Mann wies auf eine Tür.

Während Bondarew hindurchging, sagte der Mann am Empfang gerade: »Woher sollte ich wissen, daß er Akademiemitglied ist? Er hat nichts davon gesagt.«

Bondarew lächelte.

Das Büro war nicht groß. Der Schreibtisch war mit Papieren übersät. Bondarew erkannte den Beamten am Tisch zwar nicht, war aber sicher, daß er ihn schon einmal gesehen hatte.

»Ja, Genosse Akademiemitglied?«

»Ich muß Ihr Verworflertelefon für ein Gespräch nach Moskau benutzen, Genosse Orlow, mit dem Kreml. Es ist dringend. Niemand darf zuhören. Es geht um Angelegenheiten der Staatssicherheit.«

»In dem Fall müssen wir das Gespräch aufzeichnen.«

»Von mir aus, aber hören Sie auf keinen Fall mit«, sagte Bondarew. »Glauben Sie mir, Genosse, es ist in Ihrem eigenen Interesse.«

Es dauerte fast eine Stunde, bis das Gespräch durchkam. Dann ertönte laut dröhnend die Stimme des Dritten Parteisekretärs General Narowtschatow in der Leitung. »Pawel Alexandrowitsch! Es ist schön, von dir zu hören.« In weicherem Ton fragte er: »Geht es allen gut?«

»Ja, Genosse General. Marina und deine Enkel erfreuen sich bester Gesundheit.«

»Noch ein Jährchen, Pawel. Dann könnt ihr nach Moskau zurückkehren. So schwer es ist, noch müßt ihr dort bleiben. Deine Arbeit wird gebraucht.«

»Ich weiß«, sagte Bondarew. »Marina wird dankbar sein, daß es nur noch ein Jahr dauert. Das allerdings ist nicht der Grund meines Anrufs.«

»Sondern?«

»Ich spreche aus dem Büro des KGB über die Verworflerleitung. Der Diensthabende achtet darauf, daß niemand mithört. Die Sache ist von äußerster Wichtigkeit, Nikolai Nikolajewitsch. Wirklich von äußerster Wichtigkeit.«

✿

General Nikolai Nikolajewitsch Narowtschatow legte auf und trug sorgfältig alles in ein ledergebundenes Buch ein, das vor ihm auf dem Schreibtisch lag. Eine wohlhabende Dame hatte ihm vor vielen Jahren in Paris knapp zwei Dutzend davon geschenkt, voller leerer Blätter von ausgezeichnetem Papier. Jedes dieser Bücher hielt ein knappes Jahr vor, und nun blieben ihm nur noch zwei.

Er sah nachdenklich auf das Geschriebene. Außerirdische. Ein Raumschiff näherte sich der Erde. Blühender Unsinn!

Vermutlich nicht, dachte er. Zwar entsprach Pawel Bondarew seinerzeit nicht meiner Idealvorstellung von Schwiegersohn. Es wäre mir lieber gewesen, Marina hätte einen Diplomaten geheiratet, aber dumm ist er nicht. Er ist klug und vorsichtig. Nie würde er anrufen, wenn er seiner Sache nicht sicher wäre. Außerdem haben die Amerikaner es gesehen ...

Jedenfalls sagen sie das. Ein amerikanischer Naturwissenschaftler ruft einen sowjetischen Kollegen an. Ein Gefallen unter Wissenschaftlern.

War das möglich? Narowtschatow sah noch immer

auf seine Notizen, als könnten sie ihm etwas sagen, das er noch nicht wußte. Akademiemitglied Pawel Bondarew war intelligent, er kannte diesen Amerikaner, und er war davon überzeugt, daß es stimmte. Natürlich stimmte es — die CIA war raffiniert. Fast so raffiniert wie der KGB.

Und wichtiger noch — beim KGB würde man den Amerikanern *nicht* glauben. Er dachte daran, welche Schwierigkeiten ein KGB-Offzier in der Provinz haben würde, Moskau von einer Sache wie dieser in Kenntnis zu setzen, und nickte befriedigt. Es würde Stunden dauern, bis die höheren Chargen im KGB etwas wußten.

Was die Amerikaner gesehen haben, wird von sowjetischen Astronomen am Observatorium im Ural jetzt, da sie wissen, wo sie zu suchen haben, bestätigt.

Also ist es kein Unsinn, da ist wirklich etwas. Konnten die Amerikaner es gemacht haben? Wenig wahrscheinlich, aber sie hatten die Sowjets auch schon früher überrascht.

Ich muß etwas unternehmen. Aber was?

Narowtschatows kunstvoll geschnitzter Schreibtisch stand am einen Ende eines behaglich eingerichteten, eleganten und geschmackvoll gehaltenen Raumes mit hoher Decke. Das unvermeidliche Lenin-Porträt beherrschte eine der Wände, an den anderen hingen Wandteppiche aus der Mongolei, und den Fußboden bedeckten Perserteppiche. Hier konnte er arbeiten, sich aber auch entspannen, was leider immer häufiger nötig wurde.

Zum erstenmal hatte er den Raum als ganz junger Soldat zu Beginn des Großen Vaterländischen Krieges gesehen. Sein Regiment war dem Kreml als Wache zugeteilt worden, unmittelbar vor der Vertreibung der Deutschen, und so hatte diese Aufgabe nicht lange gedauert. Man hatte sie bald darauf abkommandiert, Jagd auf die Deutschen zu machen.

In dieser kurzen Zeit aber hatte er genug gesehen.

Nikolai Nikolajewitsch Narowtschatow würde nie nach Kirow zurückkehren, wo sein Vater im Hammerwerk arbeitete. Diesem war der Kommunismus freundlich gesonnen gewesen, hatte ihn aus dem Elend der Dörfer, wo die Bauern im Winter froren, nach Kirow gebracht, in die vergleichbar warme Stadt mit ihrer Industrie. So hatten seine Kinder zur Schule gehen und Lesen und Schreiben lernen können. Mehr hatte Nikolai nie gewollt, wohl aber sein Sohn. Eine Weltanschauung, in der ein solches Büro Platz hatte, war es der Mühe wert, daß man sich näher mit ihr beschäftigte.

Es dauerte dreißig Jahre, aber er hatte nie gezweifelt, daß er es schaffen würde. Parteiarbeit beim Militär, dann während des Ingenieurstudiums an der Moskauer Universität, bei dem er stets ausgezeichnete Noten in den Politkursen bekam. In den wissenschaftlichen Fächern hätte er besser abschneiden können, aber er wollte seine Freunde nicht verprellen oder beschämen, die er sich ausschließlich unter den Verwandten hoher Parteifunktionäre suchte. Wer nach der Macht strebt, braucht Freunde in hohen Positionen, und wer dort niemanden kennt, bemüht sich, die Bekanntschaft von deren Kindern zu machen.

Der große Stalin starb, und Chruschtschow begann seinen allmählichen Aufstieg zur Macht. Es war keine einfache Zeit, denn es ließ sich schwer voraussagen, wer bei der unvermeidlichen Auseinandersetzung Sieger bleiben würde. Beria war gefallen und mit ihm das NKWD, das dann in die zivile Miliz und den KGB aufgeteilt wurde … Nikolai Narowtschatow wählte seine Freunde sorgfältig und achtete darauf, ständig in Verbindung mit der Partei zu bleiben. Schließlich heiratete er die Tochter des Parteisekretärs der Russischen Sozialistischen Föderativen Sowjetrepublik, der größten Unionsrepublik der UdSSR.

Bald darauf kam es zu Chruschtschows Sturz, und die Partei wurde noch mächtiger.

Nun stieg er rasch auf. Er wurde ›politischer General‹. Zwar empfand er für die Angehörigen dieser Gruppe im großen und ganzen nichts als Verachtung, aber der Rang war nützlich. Mit ihm einher ging nicht nur gute Bezahlung, er verfügte jetzt auch über Beziehungen zur Armee und zu den Raketenstreitkräften. Im Unterschied zu einer ganzen Anzahl politischer Generäle hatte er sich seine Orden als Teilnehmer am Großen Vaterländischen Krieg und an anderen Fronten verdient wie auch seiner Ansicht nach den Platz, an dem er sich befand. Zwar war damit reichlich Parteiarbeit und Duckmäuserei verbunden, aber er hatte auch Fabriken errichtet, die tatsächlich produzierten. Er hatte dabei mitgewirkt, die Deutschen möglichst machtlos zu halten — wieso verstanden die Amerikaner eigentlich nicht, warum das den Sowjets wichtig war? Er hatte, wo immer möglich, korrupte Beamte entlassen und den Schaden in Grenzen gehalten, den die anrichteten, die er nicht fallenlassen konnte.

Als erstklassiger Spitzenmann, fand er, gehörte er an seinen Platz. Sein Sohn saß im Handelsministerium fest im Sattel, und seine Töchter waren gut verheiratet. Ein Enkel arbeitete im Institut für Internationale Beziehungen in Moskau ...

Und jetzt das!

Zumindest werde ich den Vorsitzenden als erster informieren. Marina, Marina, ich war mit deiner Wahl nicht einverstanden, aber ich sehe, daß ich unrecht hatte. Es war ein guter Tag, an dem du Pawel Alexandrowitsch Bondarew kennengelernt hast. Ein sehr guter Tag.

Er schob seinen Sessel zurück und erhob sich, dann ging er müden Schritts den Gang zum Büro des Vorsitzenden entlang.

✿

Das staunenswerteste Ereignis der Menschheitsgeschichte, und als es eintrat, war David Coffey Präsident der Vereinigten Staaten. Außerirdische auf dem Weg zur Erde!

Der Präsident saß an dem großen Tisch im Kabinettsraum. Die anderen, die bei seinem Eintritt gestanden hatten, setzten sich erst, als er Platz genommen hatte. David gewöhnte sich nur schwer daran. Er mußte sich immer wieder sagen, daß sie nicht ihm, sondern dem Präsidenten stehend ihre Reverenz erwiesen.

Es war Coffey klar, daß mindestens die Hälfte der Anwesenden der Ansicht war, seine Aufgabe besser bewältigen zu können als er, und ein oder zwei mochten damit sogar recht haben. Nur würden sie keine Gelegenheit dazu bekommen, das zu beweisen, nicht einmal Henry Morton, sein Vizepräsident.

Für den Außenminister Dr. Arthur Hart empfand David eine gewisse Hochachtung. Er hatte ein äußerst erfolgreiches Buch über Diplomatie verfaßt und mit Außenhandel ein Vermögen verdient. Da Hart häufig im Fernsehen auftrat, kannte der Durchschnittsbürger sein Gesicht vermutlich wesentlich besser als das des Präsidenten.

Doch er wird ebensowenig meinen Platz erobern wie Henry Morton. Hat nicht genug Biß. So gern er Präsident wäre — ihm fehlt der Machtinstinkt, ohne den man kein hohes Amt erreicht.

David sah die anderen Umsitzenden an. Gewiß war Hart der beste Kopf im Raum, aber es war auch kein überragendes Kabinett.

»Ich habe wohl kaum das Zeug zu einem großen Präsidenten«, hatte David seiner Frau Jeanne am Abend der Wahl anvertraut. Als sie widersprechen wollte, hatte er den Kopf geschüttelt. »Aber gegenwärtig *will* das Land gar keinen solchen Präsidenten. Die Leute haben die Nase von großen Dingen aller Art ziemlich voll. Und wenn ich schon kein bedeutender Präsident werden kann, versuche ich einfach, ein wirklich guter zu sein — das traue ich mir nämlich ohne weiteres zu.«

Bisher war ihm das gelungen. Das Kabinett war nicht hinreißend, aber wirklich gut.

»Meine Herren, meine Damen«, begann er, denn an der Spitze des Handels- und des Innenministeriums standen Frauen. »Statt der ursprünglich vorgesehenen Tagesordnungspunkte steht ein Ereignis zur Debatte, das Ihnen der Stabschef des Weißen Hauses sogleich vortragen wird. Eine Sache von äußerster Dringlichkeit. Jim, hätten Sie die Güte ...«

»Das ist ja verrückt«, sagte der Justizminister, Peter McCleve. »Mr. President, das ist unvorstellbar.« Er wandte sich Coffey zu. »Ich kann es gar nicht glauben.«

»Das dürfen Sie aber, Peter«, sagte der stiernackige Verteidigungsminister Ted Griffin. Er war gebaut wie ein Football-Spieler, und das war er in seiner Jugend auch gewesen. Für einen Mann seiner Statur sprach er mit erstaunlich sanfter Stimme. »Ich habe es schon gehört, unmittelbar bevor ich herkam.«

»Klar, von denselben Leuten, die es Dawson gesagt haben«, gab McCleve zurück.

»Sie scheinen der Sache äußerst gründlich nachgegangen zu sein.«

»Heißt das, Sie glauben die Geschichte?« wollte Arthur Hart wissen.

»Ja.«

»Aha.« Der Außenminister legte die Fingerspitzen zusammen, eine Geste, die ihn im Fernsehen berühmt gemacht hatte. Der Verfassung nach der ranghöchste Kabinettsminister, war er in Wirklichkeit nur der viertwichtigste Mann im Raum, denn zwischen ihm und dem Präsidenten standen, auch wenn niemand zu sagen gewußt hätte, wer nun Nummer zwei und wer Nummer drei war, dessen besonderer Beauftragte für politische

Fragen, Hap Aylesworth, und Admiral Thorwald Carrell.

»Nehmen wir mal an, es stimmt«, fuhr Hart fort. »Dann heißt doch die wichtige Frage: wie weiter?«

»Wir sollten es schleunigst den Russen sagen«, erklärte der Finanzminister Alan Rosenthal.

Amüsiert sah Arthur Hart zu ihm hinüber. Rosenthal konnte seine Abneigung gegenüber den Russen nicht immer unterdrücken. »Ich denke, irgend jemand wird das in der Tat tun müssen«, erklärte Hart.

»Nicht mehr nötig«, ließ sich Ted Griffin vernehmen. Als alle zu ihm hinübersahen, nickte er bestätigend. »Unmittelbar bevor ich herkam, habe ich erfahren, daß der Astronom aus Hawaii jemanden — angerufen hat ...« — er sah suchend auf ein Blatt, das er vor sich auf dem Tisch hatte — »einen gewissen Pawel Bondarew am astrophysikalischen Institut in der Nähe von Swerdlowsk. Wer hätte den Mann daran hindern können? Es gibt ja Direktwahl.«

»Was glauben Sie, wie lange es dauert, bis eine solche Sache von Swerdlowsk in den Kreml gelangt?« erkundigte sich der Justizminister.

»Vermutlich eine ganze Weile«, erklärte Arthur Hart. »Ich habe schon überlegt, ob nicht der Präsident selbst den Vorsitzenden anrufen sollte.«

»Moskau ist bereits im Bilde«, teilte Admiral Carrell mit. Seine knarrende Stimme ließ die allgemeine Unterhaltung ersterben. »Pawel Bondarew ist General Narowtschatows Schwiegersohn, seit zwanzig Jahren ein enger Vertrauter des Vorsitzenden Petrowski.«

»Hmm.«

Alles sah jetzt zum Stabschf des Weißen Hauses hinüber. James Frantz sagte in Kabinettssitzungen fast nie etwas.

»Wollen Sie sich dazu äußern, Jim?« erkundigte sich Arthur Hart.

Der Angesprochene lächelte freundlich. »*Wir* haben

es erfahren, weil Captain Crichton, die als erste davon gehört hat, General Gillespies Schwägerin ist. Seine Frau ist eine Studienfreundin Carlotta Dawsons, und der Kongreßabgeordnete Dawson war zum Frühstück hier.«

»Ich habe mich schon oft gefragt, ob sich auch nur ein einziges Land der Welt regieren ließe, wenn alle Informationen ausschließlich über die dafür vorgesehenen Kanäle liefen«, sagte Ted Griffin. »Die Russen wissen also Bescheid, und bevor wir diesen Raum verlassen, weiß es bei uns das ganze Land.« Er lächelte, als er die verblüfften Blicke um sich herum sah. »Ja, Captain Crichton hat gesagt, der Astronom werde eine Pressekonferenz einberufen.«

»Dann müssen wir entscheiden, *was* wir der Öffentlichkeit mitteilen wollen.« Der untersetzte und wohlgenährte Hap Aylesworth kämpfte beständig gegen sein Übergewicht an. Sein Kragen war stets aufgeknöpft und seine Krawatte immer gelockert. Selten sah man ihn auf Fotografien; sobald er einer Kamera ansichtig wurde, schob er sich gewöhnlich hinter einen anderen. Als Berater des Präsidenten für besondere Aufgaben half er diesem, politische Entscheidungen zu treffen; er beriet David Coffey bereits seit neun Jahren. Die *Washington Post* nannte ihn den Königsmacher.

»Anderes ist möglicherweise vordringlich«, sagte Admiral Carrell.

Aylesworth hob eine buschige Braue.

»Die Russen. Ich weiß nicht, ob es gut wäre, wenn sich der Präsident mit dem Vorsitzenden Petrowski in Verbindung setzte. Vielleicht sollte lieber ich General Narowtschatow anrufen.«

»Warum das?« wollte Ted Griffin wissen.

»Liegt doch eigentlich auf der Hand«, sagte Carrell. Er schob den Ärmel seines grauen Nadelstreifenanzugs hoch, um einen Blick auf die Uhr zu werfen. »Bestimmt machen sie sofort mobil, sobald sie ihrer Sache sicher sind. Militär, Zivilverteidigung, alles. Ted, ich möchte schließlich nicht, daß die russischen Militärs unruhig werden ...«

»Sind Sie Ihrer Sache sicher?« fragte der Präsident.

»Absolut, Sir«, bestätigte Admiral Carrell. »So sicher, wie man nur sein kann, Mr. President.«

»Und warum sollten die Russen annehmen, daß dies ...« — Justizminister McCleve brachte das Wort nur mit Schwierigkeiten über die Lippen — »dies außerirdische Raumschiff feindselige Absichten verfolgt?«

»Weil sie allem und jedem mißtrauen«, sagte Carrell.

»Ich fürchte, er hat recht, Peter«, bestätigte der Außenminister und schüttelte betrübt den Kopf. »Anders wäre es mir zwar lieber, aber genau so wird es sein. *Und* sie werden sehr bald eine offizielle Erklärung dafür verlangen, warum einer unserer Wissenschaftler einen der ihrigen angerufen hat, statt daß diese wichtige Nachricht über den vorgeschriebenen Weg gegangen ist.«

»Das ist doch Wahnsinn«, sagte Peter McCleve.

»Möglich«, gab Außenminister Hart zu. »Aber genau so wird es geschehen.«

»Fassen wir zusammen«, sagte David Coffey. »Die Sowjets werden demnächst unsere offizielle Position wissen wollen, aber ungeachtet dieser Position mobil machen.«

Admiral Carrell nickte zustimmend. »So ist es, Mr. President.«

»Was also sollen wir Ihrer Ansicht nach tun?« fragte Hap Aylesworth. »Wir dürfen keinesfalls die Hände in den Schoß legen, wenn der Rußki mobil macht. Das würde man uns im Lande übelnehmen.«

»Gewisse Senatoren sähen das bestimmt mit Entzükken«, sagte Coffey.

»Ja, und zwar Tauben wie Falken. Die einen würden sagen, daß es nie einen Grund zur Sorge gegeben hat und Sie zu Ihrer Gelassenheit beglückwünschen und die anderen lauthals ein Amtsenthebungsverfahren wegen Landesverrats gegen Sie verlangen«, bekräftigte Aylesworth.

»Admiral?« wandte sich David Coffey an Carrell. Auf dessen Meinung gab der Präsident viel. Sie kannten einander; seit vor mehr als einem Dutzend Jahren Vizeadmiral Carrell in das Büro eines frischgebackenen Kongreßabgeordneten gekommen war und diesem geduldig und mit schonungsloser Offenheit auseinandergesetzt hatte, wie die Marine auf einer Werft, die zufällig einer der Hauptarbeitgeber in Davids Wahlbezirk war, das Geld mit vollen Händen zum Fenster hinauswarf.

Inzwischen war Carrell nicht nur zum stellvertretenden Leiter der nationalen Sicherheitsbehörde, sondern auch zum Chef der CIA ernannt worden. Zwar hatte der Präsident erst kürzlich die Ernennung Dr. Arthur Harts zum Außenminister amtlich bekanntgegeben, aber seine Entscheidung, Thorwald Carrell zum nationalen Sicherheitsbeamten zu machen, schon vor seiner eigenen Amtseinführung getroffen. Die Ankündigung war dann am Tag nach der Ernennung Harts gekommen.

»Ich denke an eine Teil-Mobilmachung«, sagte Admiral Carrell. »Wir sollten den nationalen Notstand ausrufen.«

»Das ist doch Unsinn!« sagte die Handelsministerin Connie Fuller mit für eine so kleine Dame überraschend tiefer Stimme. »Wenn wir das tatsächlich für ein außerirdisches Raumschiff halten — und ich denke, uns bleibt nichts anderes übrig, wäre der Tag seiner Ankunft doch der bedeutendste in der Geschichte der Menschheit! Wir sitzen hier und reden über Krieg und Mobilmachung, jetzt, wo sich — wo sich alles ändern wird!«

»Darin gebe ich Ihnen recht«, sagte Arthur Hart. »Aber die Sowjets werden *mit Sicherheit* mobil machen ...«

»Und wenn schon«, sagte Connie Fuller. Ihre braunen Augen blitzten. »Sollen sie doch, zum Kuckuck! Zumindest eine der großen Weltmächte wird sich benehmen, wie — wie es sich für verantwortungsbewußte und intelligente Menschen gehört! Wollen wir denn, daß diese Außerirdischen — Mr. President, denken Sie doch nur an die Macht, die diese Wesen haben müssen! Sie kommen von einem anderen Stern! Wir sollten sie *willkommen* heißen, statt ihnen feindlich entgegenzutreten.«

»Diese Ansicht vertritt auch Wes Dawson«, sagte Präsident Coffey. »Er schlägt vor, ihnen auf einer Erdumlaufbahn zu begegnen. Er meint, das könne sie ein wenig beeindrucken.«

»Glänzende Anregung«, bestätigte Außenminister Hart.

»Schaden könnte es nicht«, pflichtete ihm Ted Griffin bei.

»Nur haben wir keine Raumstation«, gab Admiral Carrell zu bedenken.

»Aber die Sowjets«, sagte Connie Fuller. »Wenn wir sie bitten...«

»Das war meine Absicht«, sagte David Coffey. »Jetzt aber müssen wir zu einem Ergebnis kommen. Wozu wollen wir uns entscheiden?«

»Lassen Sie die Streitkräfte in Alarmbereitschaft versetzen«, beharrte Admiral Carrell, »damit sie notfalls eingreifen können.«

»Das läßt sich machen«, sagte Aylesworth. »Wir können die führenden Köpfe des Kongresses zusammenrufen, bevor wir weiteres veranlassen.«

»Die Schuld gleichmäßig auf alle verteilen«, knurrte Admiral Carrell.

»So in der Art«, stimmte David Coffey zu.

»Ich werde die Alarmbereitschaft vom Oval Office aus veranlassen.« Er erhob sich, und sogleich taten es ihm die anderen nach. »Mr. Griffin, ich glaube, es könnte nicht schaden, wenn wir uns ein wenig in die Pläne für unsere Zivilverteidigung vertieften.«

»Gewiß, Sir, nur untersteht die Bundesbehörde für

den Nationalen Notstand nicht dem Verteidigungsministerium.«

Coffey runzelte die Stirn.

»Sie ist eine unabhängige Organisation, Mr. President«

»Na schön, wenn's denn sein muß«, knurrte Coffey. Er wandte sich Jim Frantz zu. »Kraft Gesetzes?«

»Nein, Sir, die Behörde wurde per Verordnung geschaffen.«

»Dann erlassen Sie eine Verordnung, die das verdammte Ding dem Nationalen Sicherheitsrat unterstellt. Ted, ich möchte, daß Ihnen die Sache nicht entgleitet. In einer Stunde wird alle Welt Bescheid wissen. Gott weiß, was die Leute anstellen. Bestimmt wird es hie und da Panik geben. Sie alle«, fuhr er fort, »sollten Ihre Ministerien instruieren. Es hat keinen Sinn, die Sache zu verharmlosen. Am besten geben wir ganz offiziell zu, daß sich ein außerirdisches Raumschiff der Erde nähert und daß wir uns bemühen, seine Absichten festzustellen.«

»Mr. President!« Hap Aylesworth war entsetzt.

David lächelte. »Hap, ich weiß, Sie hätten es gern, daß mich die Leute für unfehlbar halten, aber es ist nun einmal nicht so. Das Pentagon verleiht die Unfehlbarkeit mit dem dritten Generalsstern, und im Vatikan schmückt sich der Papst damit, aber dem Präsidenten der Vereinigten Staaten steht sie nicht zu. Ich denke, das Volk weiß das auch, und falls nicht, wird es höchste Zeit, daß die Leute das merken. Wir sagen also einfach die Wahrheit.«

»Ja, Sir.«

»Ich schlage vor, wir treffen uns in zwei Stunden wieder hier.« Coffey wandte sich seinem Stabschef zu. »Jim, Sie alarmieren wohl besser die Krisenzentrale. Es sieht ganz nach einem langen Tag aus.«

3 Flintridge

An einer Parabel entlang fliegt das Geschick
des Menschen wie eine Rakete,
meist im Dunkeln, doch hin und wieder
auf einem Regenbogen

ANDREI WOSNESSENSKI
Parabelballade

Zeit: Sechs Wochen bis zur Stunde Null

Rumpelnd setzte sich das Gepäckband in Bewegung und füllte sich aus der Tiefe des Flughafens Dulles International mit Koffern und Taschen.

Gerade als Jenny nach ihrem Koffer griff, schob sich eine füllige Frau in einem gelbgeblümten Kleid mit einem gemurmelten »'tschuldigung« vor sie und nahm ihr eigenes Gepäckstück vom Band.

Und so einer Fettwalze wie dir soll ich das durchgehen lassen? dachte Jenny. Ihr Versuch, sich an der Dikken vorbeizuschlängeln, scheiterte. Sie setzte an, um etwas zu sagen, überlegte es sich dann aber anders. *Es ist sinnlos.* Sie mußte eben warten, bis ihr Koffer die Runde auf dem Gepäckkarussell beendete. Mit einemmal tauchte Ed Gillespie auf. Er faßte an der Fülligen vorbei nach dem Koffer, bevor er entschwinden konnte. So schwer er war, er hob ihn mühelos auf.

»Guten Morgen«, begrüßte er Jenny. »Ist das dein ganzes Gepäck?«

»Ja, Sir«, gab sie zurück. Im dunkelblauen Blazer und einer grauen Flanellhose sah er nicht die Spur militärisch aus. Sie lachte leise in sich hinein. »Es kommt nicht oft vor, daß ein General Gepäckträger für mich spielt. Noch dazu ein Astronaut ...«

Der Ausdruck, den das Gesicht der üppigen Frau bei dem Wort ›Astronaut‹ annahm, war sehenswert. »Ich hatte nicht mit dir gerechnet«, sagte Jenny.

»Ich bin vor etwa einer Stunde aus Kalifornien angekommen und hab gleich bei Rhonda angerufen. Sie hat mir gesagt, mit welcher Maschine du kommen würdest, und so hab ich auf dich gewartet.«

Er ging ihr voraus, eine Rampe zu den Taxen empor. Es sah aus, als folge ihm der Koffer, den er an seiner Schlaufe hinter sich herzog, wie ein Hund an der Leine. In Jennys Augen hatten Rollenkoffer mehr für die Befreiung der Frau geleistet als die meisten feministischen Initiativen.

Oben angekommen, winkte Gillespie eine Taxe herbei, in deren Kofferraum sich bereits sein eigenes Gepäck befand. Der Fahrer sah aus wie ein Inder oder Pakistani und sprach kaum Englisch.

»Müde?« erkundigte sich Ed.

»Was glaubst du wohl? Immerhin war ich gestern nachmittag noch auf Hawaii.« Es war ein langer Flug gewesen. Jennys Haar hing strähnig herab, und sie fühlte sich am ganzen Leib klebrig. Sie sah auf die Uhr. Halb acht. »Eine Marinemaschine hat mich nach El Toro gebracht, da hat man mich in einen Hubschrauber umgeladen und noch gerade so rechtzeitig nach Los Angeles geflogen, daß ich die Nachtmaschine bekommen konnte.«

»Hast du geschlafen?«

»Nicht richtig.«

»Dann versuch's jetzt«, sagte Gillespie.

»Dazu bin ich zu aufgekratzt. Wie geht es jetzt weiter?«

»Wir werden im Weißen Haus erwartet«, sagte Gillespie, und als er ihren Gesichtsausdruck sah, fügte er hinzu: »Du hast Zeit, dich umzuziehen.«

»Das will ich hoffen. Ich fühle mich abscheulich, alles scheint vor Schmutz zu starren.«

Während das Taxi der Stadt zustrebte, fragte Gillespie. »Wie fühlt man sich, wenn man eine Sensation hervorgerufen hat, Jenny?«

»Um was zu fühlen, bin ich viel zu müde. War es denn eine Sensation?«

Gillespie lachte. »Ach so, du warst ja unterwegs.« Er entnahm seiner Aktentasche ein Exemplar der *Washington Post*.

Die Schlagzeile AUSSERIRDISCHES RAUMSCHIFF ENTDECKT sprang sie an. Fast die ganze Titelseite beschäftigte sich mit der Neuigkeit. Tatsachen hatte der Artikel zwar kaum zu bieten, aber es wurde munter darauflos schwadroniert, und außerdem gab es einen Hintergrundbericht von Roger Brooks. Jenny runzelte die Stirn, als sie an ihr letztes Zusammentreffen mit Roger dachte. Sie warf Ed einen Blick zu. Er konnte eigentlich nichts über Roger und Lindas frühere Beziehung wissen.

Meine Schwester ist eine blöde Kuh.

Es folgten Interviews mit berühmten Naturwissenschaftlern und Bilder eines lächelnden Kosmologen, der den Nobelpreis bekommen hatte, außerdem Bilder von Mary Alice Mouton und Rick Owen. Er lächelte noch breiter als der Kosmologe.

»Dr. Owen ist ja jetzt wohl eine Art Berühmtheit«, sagte Jenny.

»Du auch«, gab Edmund zurück. »Zwar beansprucht dein Freund auf Hawaii den eigentlichen Entdeckerruhm für sich, hat aber durchaus deinen Namen genannt. Jeder Reporter im Lande würde dich gern interviewen.«

»Ach du liebe Zeit!«

»Du sagst es. Vor allem deshalb habe ich auf dich gewartet. Ein Wunder, daß dich die Stewardessen nicht erkannt haben.«

»Vielleicht doch«, sagte Jenny. »Eine schien mir besonders aufmerksam zu sein. Sie hat allerdings nichts gesagt.«

Das Taxi schlängelte sich durch den nicht besonders dichten Verkehr. Auf den Zubringer zum Dulles-Flughafen führten nur wenige Einfahrten. Ursprünglich waren gar keine vorgesehen gewesen, da er ausschließlich dem Flughafenverkehr vorbehalten sein sollte, aber den Politikern war es gelungen, ein halbes Dutzend durchzusetzen — vermutlich jeweils in der Nähe ihrer Wohnungen. Um jede dieser Einfahrten war eine Anzahl von Wohnhäusern und ein kleines Gewerbegebiet aus dem Boden gewachsen.

»Wie sie wohl sein mögen?« überlegte Jenny laut.

Gillespie schüttelte den Kopf. »Ich lese schon lange nicht mehr so viel Science Fiction wie als kleiner Junge.« Er sah einen Augenblick lang hinaus und lachte dann. »Eins ist sicher, dem Raumfahrtprogramm wird es nützen! Im Kongreß spricht man bereits vom Bau weiterer Raumfähren, damit der Stützpunkt auf dem Mond vergrößert werden kann — auf einmal tun die Mistkerle so, als wären sie schon immer große Raumfahrtbefürworter gewesen.«

Je mehr sie sich Washington näherten, desto dichter wurde der Verkehr. Am Ende der Schnellstraße standen sie hinter einer geschlossenen Wand aus roten Heckleuchten. Der Fahrer murrte etwas vor sich hin und versuchte, sich vorwärtszuschlängeln, ohne dabei auf das wütende Gehupe zu achten.

Jenny erkundigte sich: »Wen treffen wir im Weißen Haus?«

Gillespie zuckte die Achseln. »Wahrscheinlich den Präsidenten.«

»Um Himmels willen, ich hab ihm doch gar nichts zu bieten«, sagte sie. »Alles was ich weiß, steht in meinem Telegramm von gestern.«

Er zuckte erneut die Achseln. »Man wird ja sehen«,

sagte er, »wir gelten nun mal als die Fachleute. Immerhin haben wir als erste davon gewußt ...«

Als sie den Potomac überquerten, hatte der Nieselregen aufgehört, und die Sonne bemühte sich durchzubrechen. Trotz der morgendlichen Kühle war etwa ein Dutzend Jogger unterwegs. Jenny schloß die Augen. Sie dachte: Die Außerirdischen kommen, und ich bin berühmt.

Gillespie stritt sich mit dem Fahrer herum. Es war deutlich, daß dieser kein Wort von dem verstand, was Ed sagte. Er wurde nervös, und Gillespie wurde immer wütender.

»Laß mich mal«, mischte sich Jenny ein. »Wo sind wir hier?«

»Wenn ich das wüßte. Vorhin sind wir über eine Brücke mit steinernen Büffeln drauf gefahren.«

»Dann sind wir in der Nähe der Kathedrale«, sagte Jenny. Aus dem Taxifenster sah sie ein typisches Washingtoner Wohngebiet. Ältere Häuser, alle mit efeubewachsener Veranda. »Wo ist Norden?«

Gillespie machte eine Handbewegung.

»Schön.« Sie beugte sich vor und wies den Fahrer an: »Geradeaus, dann links.«

Der Mann wirkte erleichtert. Nachdem sie ein paar Nebenstraßen durchfahren hatten, nickte Jenny befriedigt. »Gleich sind wir da.«

»Warum, zum Kuckuck, können die keine Fahrer einstellen, die Englisch sprechen?« machte Ed seinem Ärger Luft. »Angeblich haben wir so viele Arbeitslose — aber keiner von den verdammten Taxifahrern am Flughafen unserer Hauptstadt spricht Englisch. Die dämlichen Politiker kriegen natürlich nichts davon mit — die werden ja von Fahrern am Flughafen abgeholt.«

Vermutlich hatten die Außerirdischen nicht nur Lösungen für Alltagsprobleme wie die Sache mit der Taxe, sondern waren auch so fortgeschritten, daß sie eine über eine Million Jahre bewährte Regierungsform und einen mächtigen missionarischen Drang mitbrachten. Das würde die Schwierigkeiten der US-amerikanischen Regierung mit einem Schlag lösen.

Das im glanzvollen Kolonialstil errichtete Herrenhaus Flintridge erhob sich auf einem sich breit hinlagernden Hügel. In ganz Washington gab es kein Dutzend solcher Besitzungen. Von der großen, mit Säulen verzierten Veranda aus war kein anderes Haus zu sehen. Der größte Teil des umliegenden Waldes gehörte zum Rock Creek Nationalpark, und das war sehr angenehm, weil niemand dort bauen durfte.

Die Taxe fuhr knirschend über die kiesbestreute Auffahrt des aus den siebziger Jahren des 19. Jahrhunderts stammenden Herrenhauses. Das haitianische Dienstmädchen Phoebe kam zur Tür, erkannte Jenny und verschwand blitzschnell im Haus. Wenige Augenblicke später trat Onkel Henry, Colonel Weston, aus der Tür. Ein solcher Onkel war sehr praktisch, wenn man sich in Washington aufhielt, denn auf Flintridge lebte es sich weit angenehmer als in jedem Hotel.

Da es in der ersten Etage, zu der eine großartig geschwungene Treppe führte, nicht genug Schlafzimmer gab, war Jenny in der zweiten untergebracht, wo ursprünglich die Dienstboten getrennt von der Familie gehaust hatten. Deren Kammern waren später zu kleinen behaglichen Apartments mit Badezimmern umgebaut worden. Allerdings ließen sie sich lediglich über eine schmale, gewundene Hintertreppe erreichen.

Jenny stellte ihr Gepäck ab und ließ sich auf das Bett sinken. Nur gut, daß es für Tante Rhonda um acht Uhr noch zu früh war. Sie hätte sich endlos über Jennys nicht existierende Sonnenbräune ausgelassen und nach jungen Männern erkundigt — beständig war Jenny Ziel ihrer unermüdlichen Kuppelversuche.

Tante Rhonda war liebenswert, aber sehr ermüdend,

wäre es vor allem jetzt, vor dem auf elf Uhr angesetzten Termin im Weißen Haus!

Jenny sah aus dem Fenster in den großen Wintergarten hinab und wäre beinahe errötet. Vor langer Zeit, nach einem Schulball, war es dort geschehen ... Kopfschüttelnd legte sie sich hin und versank in den weichen, schwellenden Federbetten.

Auch wenn Jennys Vater, Joel MacKenzie Crichton, nie ein Hehl daraus gemacht hatte, daß ihm die Gesellschaften zuwider waren, die Rhonda Weston dort für seine Töchter arrangierte »Der ganze Debütantinnen-Zirkus ist Mumpitz«, pflegte er zu sagen —, hatte er vernünftigerweise nicht versucht, sie davon fernzuhalten. So kam es, daß zuerst Linda und später Jeanette bei großen Bällen auf Flintridge die jungen Herren aus den passenden Kreisen der Washingtoner Gesellschaft kennenlernten. Ein einstiger Präsident der Vereinigten Staaten hatte den Glanzpunkt bei Lindas Ball abgegeben, während sich Jenny mit zwei Senatoren und dem Außenminister hatte begnügen müssen.

Niemand, der die Familie näher kannte, war im geringsten überrascht, als Jenny die Berufsoffizierslaufbahn einschlug.

✿

Ed Gillespie lenkte den Buick durch die offenstehenden Gittertore auf die Auffahrt an der Pennsylvania Avenue. Ein uniformierter Polizeibeamter prüfte seine Papiere, sah auf eine Liste und ließ den Wagen passieren. Vor dem Eingang zum Gebäude tauchte wie aus dem Nichts ein Fahrer auf. »Ich stelle den Wagen für Sie ab, Sir.«

Ein Soldat öffnete Jenny den Schlag, trat einen Schritt zurück und salutierte. »General, Captain, wenn Sie mir bitte folgen wollen ...«

Er führte sie zum Weißen Haus hinüber. Irgendwo aus der Ferne hörte man das Geplapper von Schulkindern, die die Hauptstadt besichtigten. Der Mann führte sie durch einen langen Gang.

In all ihren Jahren in Washington hatte Jenny nie Gelegenheit gehabt, das Weiße Haus kennenzulernen. Da ihre Eltern und Colonel Weston häufig ins Weiße Haus eingeladen wurden, einmal sogar zu einem Staatsbankett, hätten es die Mädchen sonderbar gefunden, sich einer öffentlichen Führung anzuschließen. Eines Tages kämen sie sicher an die Reihe.

Und heute ist der Tag, dachte Jenny.

Sie erreichten einen weiteren Gang. Ein junger Mann in grauem Anzug erwartete sie dort. »Elf Uhr«, sagte der Soldat.

»In Ordnung. Hallo, ich heiße Jack Clybourne und habe den Auftrag, Ihre Ausweise zu überprüfen.«

Zwar lächelte er bei diesen Worten, wirkte aber durchaus geschäftsmäßig. Er sah sehr jung und gepflegt aus, und äußerst athletisch.

Jenny kam es vor, als werfe er nur einen flüchtigen Blick auf Eds und ihren Ausweis. Ganz offensichtlich war er mehr an den Besuchern als an deren Papieren interessiert.

Dem entgeht wahrscheinlich nichts; und er hält sich für unwiderstehlich ...

Er führte die Besucher einen Gang entlang zum Oval Office, dem Amtszimmer des Präsidenten.

Dort sah es eigentlich genauso aus, wie man es aus dem Fernsehen kannte. Da sie in Uniform waren, salutierten sie vor dem Präsidenten, der hinter dem riesigen Schreibtisch saß.

David Coffey wirkte davon peinlich berührt. Er winkte ihnen grüßend zu. »Ich freue mich, Sie zu sehen.« Es klang aufrichtig. »Captain Jeanette Crichton«, sagte er mit einem leichten Heben der Braue, und Jenny war sicher, daß er sich ihren Namen merken würde. »Und General Gillespie. Ich freue mich, Sie wiederzusehen, General.«

»Vielen Dank, Mr. President«, sagte Edmund.

Ed ist ebenso nervös wie ich, dachte Jenny. Das hätte ich nicht gedacht. Sie sah sich verstohlen um. Hinter dem Präsidenten stand auf einem niederen Bücherschrank ein rotes Telefon. Aha, dachte Jenny, *das* Telefon. Im Hauptquartier des strategischen Luftkommandos standen im Arbeitszimmer des Befehlshabers zwei Apparate, ein roter für Kontakte mit den Luftstreitkräften, und ein goldener. Das hier dürfte das andere Ende der Leitung vom goldenen Telefon sein ...

Mit den Worten »Captain, ich möchte Ihnen Hap Aylesworth vorstellen«, wies der Präsident auf einen rotgesichtigen Mann, der mit gelöster Krawatte in einem Sessel saß. Er erhob sich, um Jenny die Hand zu schütteln.

»Nehmen Sie bitte Platz«, sagte der Präsident, »und berichten Sie mir alles, was Sie über den Fall wissen, Captain.«

Jenny setzte sich auf die Kante des ihr angebotenen Sessels, beide Füße fest auf dem Boden, den Rock vorschriftsmäßig über die Knie nach unten gezogen. »Viel weiß ich nicht, Mr. President«, begann sie. »Ich befand mich im Observatorium auf Mauna Loa ...«

»Wie kamen Sie dahin?« erkundigte sich Aylesworth.

»Ich hatte auf Hawaii bei einer Ingenieurstagung gesprochen und einige Tage Sonderurlaub genommen. Beim Schwimmen habe ich den Astronomen Richard Owen kennengelernt. Er hat mich eingeladen, das Observatorium zu besichtigen.«

»Owen«, sagte Aylesworth nachdenklich.

»Lassen Sie es gut sein, Hap, wir haben von allen Stellen Bestätigungen eingeholt, von denen wir vernünftigerweise annehmen durften, etwas zu erfahren«, sagte der Präsident. Er lächelte dünn. »Mr. Aylesworth wird den Verdacht nicht los, daß es sich um eine Irreführung handeln könnte. Wäre das denkbar?«

Jenny runzelte nachdenklich die Stirn. »Ich glaube nicht, Sir. Was könnte der Grund dafür sein?«

»Es gibt bestimmt mehrere Dutzend Science Fiction-Romane zu dem Thema«, sagte Aylesworth. »Naturwissenschaftler setzen sich zusammen und überzeugen die tumben Politiker und Militärs von der bevorstehenden Ankunft Außerirdischer. Vereinigt euch, Erdenmenschen! Schluß mit Hader und Kriegen ...«

»Der Bericht vom Luftstreitkräfte-Observatorium deckt sich aber mit den Angaben«, sagte Ed Gillespie. »Jetzt, wo sie wissen, worauf sie achten müssen.«

Der Präsident nickte. »Eine Reihe anderer Quellen bestätigt das ebenfalls. Hap, sollte das eine Verschwörung sein, hinge da eine riesige Menge von Verschwörern drin. Meinen Sie nicht, daß wenigstens *einer* inzwischen mit der Wahrheit herausgerückt wäre?«

»Ja, Sir«, sagte Aylesworth. »Ist es *sicher,* daß sich die Russen das nicht aus den Fingern gesogen haben, um uns abzulenken?«

Jenny und General Gillespie schüttelten den Kopf »Bestimmt nicht«, sagte Gillespie.

»Nun, wahrscheinlich haben Sie recht«, räumte Aylesworth ein. »Ich bitte um Entschuldigung, Captain, aber mir fällt die Vorstellung schwer, daß kleine grüne Männchen aus dem Weltraum auf dem Weg zu uns sind.«

»Oder große schwarze Männer«, sagte Ed Gillespie.

Neugierig faßte der Präsident Gillespie ins Auge. »Warum sagen Sie das? Wissen Sie etwas Genaueres?«

»Nein, Sir. Aber ebensogut wie klein und grün könnten sie groß und schwarz sein — die Wahrscheinlichkeit ist dieselbe. Wüßten wir, woher sie kommen, könnten wir uns vielleicht das eine oder andere zusammenreimen ...«

»Vom Saturn«, sagte Jenny. »Dr. Mouton hat eine Computersimulation gemacht.« Alice Mouton hatte ihren Gast mit einem wissenschaftlichen Vortrag beeindrucken wollen, und Jenny hatte gut aufgepaßt. »Wir kennen ihre Reisegeschwindigkeit nicht, und der Saturn muß sich seit ihrer Abreise bewegt haben, aber es gibt gute Gründe für die Annahme, daß sie ihren Flug an einer Stelle des Himmels begonnen haben, an der Saturn gestanden hat.«

»Also Saturnier«, sagte Aylesworth nachdenklich.

»Kaum«, sagte Ed Gillespie. »Der Planet bekommt keinesfalls genug Sonnenenergie, als daß dort komplexe Organismen entstehen könnten. Ganz zu schweigen von einer Zivilisation.«

»Ist das sicher?« wollte der Präsident wissen.

»Nein, Sir.«

»Derselben Ansicht sind die Leute von der nationalen Wissenschaftsakademie«, fügte der Präsident hinzu. »Zumindest die, derer ich habhaft werden konnte. Man vertritt allgemein die Ansicht, daß das Raumschiff von woanders zum Saturn geflogen sein muß. Bleibt nur noch festzustellen, von wo.«

»Vielleicht können wir sie fragen«, sagte Jenny.

»So seltsam das klingt, daran haben wir auch schon gedacht«, sagte Aylesworth.

»Und? Mit welchem Ergebnis?« fragte Gillespie.

»Nichts.« Aylesworth zuckte die Achseln. »Bisher haben sie keine Antwort gegeben. Immerhin bin ich jetzt überzeugt, daß die Sache ihre Richtigkeit hat, Mr. President.«

»Gut«, sagte der Präsident. »Wenn Sie dann bitte Mr. Dawson und Admiral Carrell hereinbitten würden ...«

General Gillespie und Jenny erhoben sich. Wes Dawson kam als erster herein. »Hallo Ed, hallo Jenny,«, sagte er.

»Aha, Sie kennen einander bereits«, sagte der Präsident.

»Ja, Sir«, sagte Ed Gillespie.

»Ach, natürlich«, fuhr David Coffey fort. »Sie haben ja den Kongreßabgeordneten von der Sache informiert. Kennen Sie auch Admiral Carrell?«

»Ja, Sir«, sagte Ed, »aber Miss Crichton wohl nicht.«

Der Admiral näherte sich dem Pensionsalter, und das sah man ihm an. Sein Haar war silbergrau, und um seine Augenwinkel lagen zahllose Fältchen. Er begrüßte Jenny mit kraftvollem Händedruck und fester Stimme. Offenbar wußte er, wer sie war. Als der Präsident alle zum Sitzen aufforderte, ließ er zuerst Jenny sich setzen und nahm dann gleichfalls Platz. »Gute Arbeit, Captain«, lobte er. »Nicht jeder Offzier hätte die Bedeutung dessen begriffen, was Sie gesehen haben.«

Interessant, dachte sie. Gibt er sich mit allen, die er kennenlernt, soviel Mühe? »Vielen Dank, Admiral.«

Dawson hatte den dem Präsidenten zunächst stehenden Sessel genommen. »Wie wird sich der Kongreß dazu stellen, Wes?« wandte sich der Präsident an ihn. »Darf ich mit seiner Unterstützung rechnen, wenn ich den Notstand erkläre?«

»Es wird bestimmt Widerstand geben«, gab Dawson zu bedenken.

»Verdammte Idioten«, knurrte Admiral Carrell.

»Warum meinen Sie, die Außerirdischen könnten uns nicht freundlich gesonnen sein?« wollte Wes Dawson wissen.

»Darüber weiß ich nichts, aber wenn die Sowjetunion mobil macht, ohne daß wir darauf reagieren, wäre das eine Katastrophe. Es könnte sie sogar zu Schritten verlocken, an die sie normalerweise nicht einmal im Traum dächten.«

»Tatsächlich?« sagte Dawson. Es klang mehr nach einer Feststellung als nach einer Frage.

»Werden die Sowjets mobil machen?« fragte der Präsident.

»Darauf soll Captain Crichton antworten«, sagte der Admiral. »Vielleicht glaubt Mr. Dawson eher jemandem, den er kennt.«

»Ja, Sir, das werden sie.« Sie zögerte. »Und wenn wir nichts tun, kann es Ärger geben.«

»Inwiefern?« fragte der Präsident.

»Es hängt mit ihrer Ideologie zusammen, Sir. Sofern sie eine Möglichkeit sehen, die Welt vom Kapitalismus zu befreien, ohne daß ihre Heimat dabei gefährdet ist, wären sie Verräter an ihrer eigenen Doktrin, wenn sie es nicht täten.«

Admiral Carrell fügte hinzu: »Alle unsere Rundfunksendungen werden gestört, und sie haben ihren eigenen Leuten noch *nichts* über das außerirdische Raumschiff gesagt.«

»Die Sache ist viel zu groß, um sie geheimzuhalten«, sagte Dawson, »oder nicht?«

Erneut wandte sich Admiral Carrell an Jenny. Diesmal nickte er ihr nur zu.

Wollen die mich auf die Probe stellen? überlegte sie. Nun denn, wie auch immer … »Sir, die Ostdeutschen und die Polen kommen bestimmt dahinter. Sofern die Sowjetunion ihre Wirtschaft nicht vollständig ruinieren will, kann sie unmöglich alle Beziehungen zu ihren osteuropäischen Satelliten abbrechen. Also wird die Nachricht früher oder später nach Rußland durchsickern, jedenfalls in die Städte.«

Der Admiral nickte hinter halb geschlossenen Augen.

»Unabhängig davon, was die Russen tun, dürfen wir nicht aus den Augen verlieren, daß sich das Raumschiff der Erde nähert«, sagte der Präsident. »Vielleicht kommen uns in wenigen Wochen all unsere kleinlichen Streitereien albern vor.«

»Ja, Sir«, sagte Wes Dawson, »sehr albern.«

»Es gibt noch weitere Möglichkeiten«, sagte Admiral Carrell. Obwohl er sehr leise sprach, hörten ihm alle zu — auch der Präsident.

»Welche zum Beispiel?« wollte Dawson wissen.

»Ich kenne sie nicht alle«, sagte Carrell gleichmütig. »Mr. President, ich möchte gern einen Stab von Fachleuten in Colorado Springs zusammenziehen. Eine von dessen Aufgaben wäre es, möglichst viele davon zu durchdenken.«

»Sehr vernünftig«, sagte der Präsident. »Aber warum Colorado Springs?«

»Das Loch«, sagte Admiral Carrell.

NORAD, dachte Jenny. Damit meinte sie das nordamerikanische Luftverteidigungs-Kommando, dessen Befehlszentrale sich in den tiefsten Tiefen der Granitfelsen des Cheyenne-Bergs befand. Es galt als der sicherste Ort des Landes, obwohl man sich darüber stritt, wie ›gehärtet‹ die Anlage wohl war...

»Wollen Sie selbst auch hin?« fragte der Präsident.

»Nicht auf Dauer.«

»Aber Sie werden zu tun haben. Also brauche ich jemanden, der mich auf dem laufenden hält.« Er sah nachdenklich drein. »Wir sehen uns Schwierigkeiten aus zwei Richtungen gegenüber: vielleicht von den Außerirdischen, und bestimmt von den Sowjets. Captain, Sie kennen die Russen, und Sie haben das Raumschiff entdeckt.«

»Nicht entdeckt, Sir...«

»So gut wie«, sagte der Präsident. »Sie haben seine Bedeutung erkannt. Außerdem haben Sie bereits alle Sicherheitsüberprüfungen hinter sich, sonst wären Sie nicht bei der Nachrichtentruppe.« Er drückte einen Knopf auf dem Tisch, und der Stabschef des Weißen Hauses kam herein.

»Jim«, sagte der Präsident. »Kann ich als Oberbefehlshaber Angehörige der Streitkräfte befördern?«

»Ja, Sir.«

»Gut, dann ernennen Sie diese junge Dame zum Major und gliedern Sie sie in den Arbeitsstab des Weißen Hauses ein. Sie wird mit Ihnen und dem Admiral zusammenarbeiten und mich regelmäßig über alles im Zusammenhang mit den Außerirdischen und den Sowjets informieren.« Er lachte leise. »Major Crichton und General Gillespie als Angehörigen der Streitkräfte darf ich doch sicher ohne den Umweg über die Verwaltung Befehle erteilen?«

»Gewiß«, bestätigte Frantz.

Major Crichton. Einfach so!

»Gut«, sagte der Präsident. »General Gillespie, der Kongreßabgeordnete Dawson möchte den Außerirdischen im Weltraum entgegenfliegen.«

Ed Gillespie nickte. »Ja, Sir.«

»Sie halten das für richtig?«

»Ja, Sir.«

Mit feinem Lächeln dachte Jenny, daß Ed es für noch richtiger hielte, selbst den Außerirdischen entgegenfliegen zu dürfen. Das verstand sie gut, denn auch sie hätte das gern getan.

»Unterstützen Sie ihn dabei!« gebot ihm der Präsident. »Kümmern Sie sich in Houston persönlich um seine Ausbildung! Möglicherweise begleiten Sie ihn bei der Mission, das allerdings hängt von den Russen ab.« Er verzog sein Gesicht ein wenig und sah dann auf die Uhr. »Man erwartet Sie beide drüben im NASA-Hauptquartier. Ich wollte Sie aber auf jeden Fall vorher sehen, um eine Entscheidungsgrundlage zu haben. Wenn Sie sich beeilen, kommen Sie noch rechtzeitig hin.«

»Ja, Sir.« Ed warf einen Blick zu Jenny hinüber, sagte aber nichts.

Der Präsident erhob sich, und alle folgten seinem Beispiel. »Der sowjetische Botschafter hat eine offizielle Erklärung dafür verlangt, warum eine so bedeutsame Nachricht in einem privaten Telefonanruf und nicht durch offizielle Kanäle weitergegeben wurde«, sagte er. »Eine Ihrer ersten Aufgaben besteht darin, sich zu überlegen, wie man die Sowjets davon überzeugen kann, daß kein Trick hinter der Sache steckt, Major.«

»Das ist möglicherweise nicht ganz einfach«, gab Admiral Carrell zu bedenken.

»Darüber bin ich mir im klaren«, sagte der Präsident. »Auch andere werden sich mit der Angelegenheit beschäftigen.« Mit einer Handbewegung entließ er die Anwesenden. »Major, man wird Ihnen einen Arbeitsplatz zuweisen, Gott weiß wo. Seien Sie nicht schüchtern, wenn Sie Material brauchen. Mr. Frantz wird sich darum kümmern, daß Sie alles Erforderliche bekommen. Ich erwarte täglich Bericht von Ihnen durch Admiral Carrell. Wenn er nicht anwesend ist, werden Sie selbst mir vortragen.«

Die Außerirdischen kommen, und ich bin dem Nationalen Sicherheitsrat unterstellt! Vortrag beim Präsidenten persönlich im Oval Office! Und alles, weil ich auf Hawaii schwimmen gegangen bin und mich von einem Astronomen hab abschleppen lassen. Meine Freundin Barbara glaubt nicht an Zufälle. Zwangsläufigkeit. Vielleicht ist da was Wahres dran ...

»Jetzt muß ich mir nur überlegen, wohin ich Sie stekken soll«, sagte der Stabschef. »Bestimmt will der Präsident, daß Sie in diesem Gebäude hier arbeiten. Wahrscheinlich muß ich dann jemanden in den Altbau ausquartieren.«

Er ging mit großen Schritten den Korridor entlang, und Jenny folgte ihm. Sie erreichten einen Tisch am Ende des Gangs. Der Mann, der sie zum Oval Office geführt hatte, saß daran.

»Jack«, sagte der Stabschef, »ich stelle Ihnen ein neues Familienmitglied vor, Major Jeanette Crichton. Der Präsident hat sie in seinen Stab aufgenommen. Nationaler Sicherheitsrat. Sie hat jederzeit ungehinderten Zutritt zu ihm.«

»In Ordnung.« Erneut nahm er sie gründlich in Augenschein.

»Das ist Jack Clybourne«, sagte Jim Frantz. »Geheimdienst.«

»Ich kümmere mich darum, daß der Chef gesund bleibt«, sagte Clybourne.

»Informieren Sie alle Sicherheitsleute, Jack.« Frantz wandte sich wieder Jenny zu. »Major, es wäre mir recht, wenn Sie heute nachmittag gegen vier Ihr Dienstzimmer beziehen könnten. Bis dahin habe ich bestimmt eines frei. Ach je — Sie sind ja mit General Gillespie gekommen und haben jetzt keine Möglichkeit zurückzufahren.«

»Das ist nicht weiter schlimm, Sir.«

»Gut. Danke.« Er wandte sich zum Gehen, hielt inne und drehte den Kopf zu ihr zurück. »Willkommen an Bord«, sagte er über die Schulter, dann ging er davon.

Jenny kicherte, und Clybourne lächelte ihr zu. »Er zerbricht sich pausenlos den Kopf.«

»Das habe ich gemerkt. Wie geht's jetzt weiter?«

»Fingerabdrücke. Wir müssen ja wissen, ob Sie es wirklich sind.«

»Aha. Wer macht das?«

»Ich, wenn's Ihnen recht ist.« Clybourne nahm einen Hörer ab und sagte etwas. Sofort kam ein weiterer gepflegt wirkender junger Mann heraus und setzte sich an den Tisch.

»Tom Bucks«, stellte Clybourne vor. »Major Jeanette Crichton. Die neueste Erwerbung des Nationalen Sicherheitsrats. Sie hat Zutritt beim Präsidenten.«

»Hallo«, sagte Bucks. Er sah sie gründlich an, und Jenny hatte den Eindruck, als präge er sich jede Pore ihres Gesichts ein.

Natürlich. Sie sind ja auch keine Romanhelden, sondern Geheimdienstagenten, die ihre Arbeit tun.

Clybourne ging die Treppe hinab voran und durch einen kleinen Aufenthaltsraum für das Personal. »Ich hab alles hier«, sagte er, holte eine große, schwere Tasche hervor und stellte neben die Kaffeemaschine, was er für die Fingerabdrücke brauchte.

»Muß das wirklich sein? Meine Abdrücke sind doch bei den Akten.«

»Selbstverständlich. Ich muß mich vergewissern, daß die hübsche junge Dame, mit der ich jetzt spreche, dieselbe Jeanette Crichton ist, die das Heer damals eingestellt hat.«

»Also schön«, sagte sie.

Er nahm ihre Hand. »Ganz locker, lassen Sie mich nur machen.«

Geschickt entledigte sich Clybourne seiner Aufgabe. Schließlich gab er ihr ein Glas Reinigungsmittel und einige Papierhandtücher.

Sie wischte sich die schwarze Schmiere von den Fingerkuppen, während Clybourne zwei Tassen Kaffee eingoß. Eine gab er ihr. »Jemand hat gesagt, daß Sie in Washington wohnen?«

»Ich bin hier aufgewachsen«, sagte sie. »Da fällt mir ein, können Sie mir eine Taxe rufen?«

»Klar. Wohin?«

»Flintridge. Das liegt in Connecticut, im Rock Creek Park.«

»Kenne ich.« Er sah auf die Uhr. »Wenn Sie zehn Minuten warten können, bringe ich Sie hin.«

»Ich möchte Ihnen keine Schwierigkeiten machen.«

»Kein Problem. Ich mach Feierabend und fahr sowieso in die Richtung.«

»In dem Fall gern. Vielen Dank.«

»Sie können am Haupteingang auf mich warten«, sagte Clybourne. Er nahm einen Notizblock aus der Tasche, auf dem das Dienstsiegel des Weißen Hauses prangte, notierte etwas darauf und entnahm einer anderen Tasche eine Sicherheitsnadel. »Tragen Sie das als vorläufigen Hausausweis an Ihrem Uniformaufschlag«, sagte er. »Ich bin in zehn Minuten bei Ihnen.«

Er lächelte erneut, und sie merkte, daß sie sein Lächeln erwiderte.

4 Blindekuh

Nur ein Schiff sucht uns,
ein schwarzbesegeltes unvertrautes,
im Schlepp hinter sich ungeheure und vogellose Stille.
Kein Kielwasser schäumt oder bricht sich.

PHILIP LARKIN
Der Nächste bitte

Zeit: Sechs Wochen bis zur Stunde Null

Obwohl ihm Nadja gesagt hatte, der Genosse Vorsitzende erwarte ihn, blieb General Narowtschatow an der Tür stehen, bis Petrowski ihn zum Nähertreten auffordern würde. Petrowski liebte keine Überraschungen.

Verglichen mit seinem eigenen Büro war dies hier spartanisch eingerichtet. Petrowski schien sich aus schönen Dingen wie Teppichen, Wandbehängen und Gemälden nichts zu machen. Er erfreute sich an seltenen Büchern mit kunstvollen Ledereinbänden und trank gern alten Cognac; darüber hinaus trieb er so gut wie keinen persönlichen Aufwand.

Früher einmal hatte Nikolai Nikolaijewitsch Narowtschatow befürchtet, es könne gefährlich sein, sich mit äußerlichen Zeichen von Wohlstand und Macht zu umgeben, wo es doch der Vorsitzende so offensichtlich nicht tat. Noch immer war er davon überzeugt, daß diese Sorge in den Anfangsjahren nicht fehl am Platze gewesen war; doch je höher er auf der Karriereleiter stieg, desto zahlreicher und wertvoller wurden die Geschenke, die ihm Petrowski schickte, bis deutlich zu sehen war, daß er seinen alten Weggefährten geradezu ermunterte, sich etwas zu gönnen, sich an Dingen zu freuen, die ihm nichts bedeuteten.

Nie hatte er mit dem Vorsitzenden darüber gesprochen. Es genügte, daß es sich so verhielt.

Jetzt hob der Vorsitzende Petrowski den Blick von seinen Notizen und lächelte ihm freundlich zu. »Immer herein in die gute Stube.« Er verzog das Gesicht und sagte: »Es scheint kein Witz zu sein. Die rücken uns offenbar wirklich immer näher auf den Pelz, was?« Er hob sein Teeglas und sah über dessen Rand zu Narowtschatow hinüber.

»Ja, Anatoli Wladimirowitsch.« General Narowtschatow hob die Schultern. »Den Aussagen der Astronomen zufolge wäre es für die Außerirdischen gegenwärtig ausgesprochen schwierig, der Erde nicht näher zu kommen. Sie bewegen sich mit großer Geschwindigkeit auf uns zu.«

»Und wann sind sie hier?«

»In ein paar Wochen. Es heißt, Genaueres lasse sich nur schwer sagen, weil das Raumschiff einen eigenen Antrieb besitze. Dadurch sei es in seinen Manövern unberechenbar.«

»Und Sie sind immer noch davon überzeugt, daß es sich nicht um einen neuen Trick der CIA handelt?«

»Ja, Anatoli Wladimirowitsch.«

»Ich eigentlich auch. Aber die Armee glaubt nicht an Außerirdische.«

Narowtschatow nickte. Damit hatte er gerechnet. Das könnte sich als großes Problem für einen Mann erweisen, der schon genug davon hatte. Der Vorsitzende sah alt und müde aus. Und was, wenn ...?

Als hätte der Vorsitzende seine Gedanken gelesen, fuhr er fort: »Ihre letzte Beförderung liegt schon sehr lange zurück, Nikolai Nikolaijewitsch, mein Freund. Ich möchte, daß Sie den Posten des Ersten Sekretärs übernehmen. Wir werden den Genossen Majarowin ins Politbüro erheben, wo er in Ehren vor sich hinrosten kann.«

»Aber ich bitte Sie ...«

»Doch. Gerade jetzt ist das richtig. Nikolai Nikolaijewitsch, ich hoffe schon lange, mich als erster Führer der Sowjetunion ehrenvoll zur Ruhe setzen zu können. Vielleicht tue ich das eines Tages auch, aber erst, wenn ich das Amt einem Würdigen übergeben kann. Sie sind der Getreueste, den ich kenne.«

»Ich danke Ihnen.«

»Nein wirklich, es ist die Wahrheit. Aber vielleicht bin ich nicht mehr lange bei Ihnen, mein Freund. Die Ärzte sagen ...«

»Unsinn.«

»Keineswegs. Doch bevor ich dahingehe, hoffe ich etwas noch nie Dagewesenes zu erreichen, nämlich Stabilität für unser Land, die Möglichkeit, daß unsere Besten ihm dienen können, ohne um ihr Leben zittern zu müssen.«

Das hatte es unter den Zaren nie gegeben, und auch nicht unter Lenin. So war Rußland nun einmal. »Dafür sind Gesetze erforderlich, Anatoli Wladimirowitsch. Bürgerliche Länder haben Gesetze, wir hingegen ...« Er zuckte beredt die Achseln.

»... hatten Terror. Das ist keine Lösung. Sie werden sich kaum an die Zeit Stalins erinnern, mir aber steht sie nur allzugut vor Augen. Chruschtschow hat sich selbst ausgelöscht, indem er versuchte, die Erinnerung an Stalin auszulöschen, und diesen Fehler werden wir nie wieder begehen. Doch er hatte recht, der Mann war ein Ungeheuer. Selbst Lenin hatte vor ihm gewarnt.«

»Er hat getan, was nötig war«, sagte Narowtschatow.

»Auch wir werden das tun, wie bisher auch. Aber genug davon. Was sollen wir bezüglich des außerirdischen Raumschiffs tun?«

Narowtschatow hob die Schultern. »Die Armee

macht mobil. Die Raketenstreitkräfte werden auf volle Kampfstärke gebracht, und wir bauen neue Weltraumwaffen.« Er runzelte die Stirn. »Ich weiß noch nicht, was die Amerikaner tun werden.«

»Ich auch nicht«, sagte der Vorsitzende. »Vermutlich dasselbe wie wir.«

Hoffentlich, dachte Narowtschatow. Falls nicht... Nun, immer und überall gab es ehrgeizige junge Offiziere, die bereit waren, einen Krieg vom Zaun zu brechen, wenn sie glaubten, daß sie ihn gewinnen könnten. »Wir haben auch den Kommandanten von Kosmograd von der Sache in Kenntnis gesetzt. Ich wüßte nicht, was ich sonst noch tun könnte.«

»Das genügt aber nicht«, sagte der Vorsitzende. »Was beabsichtigen diese Außerirdischen? Was könnte sie zu uns führen, über Milliarden von Kilometern? Immer vorausgesetzt, es handelt sich um Außerirdische und nicht um irgendeinen Humbug der CIA.«

Schon wieder? »Gemessen an einem solchen Humbug würde unser Raumfahrtprogramm wie Kinderspielereien erscheinen. Es sind bestimmt Außerirdische, und das Raumschiff besitzt einen Antrieb. Eher glaube ich an ein durch den Weltraum fliegendes Tier mit einer Rakete im Hintern als an einen Trick der CIA. Es ist mit Sicherheit ein interstellares Raumschiff, Anatoli Wladimirowitsch.«

»Das denke ich auch«, sagte der Vorsitzende. »Nur fällt es mir schwer, daran zu glauben. Was wollen diese Wesen? Niemand würde so weit reisen, nur um etwas zu erkunden. Bestimmt haben sie Gründe dafür, daß sie herkommen.«

»Sicherlich. Aber ich kenne diese Gründe nicht.«

»Die werden wir wohl erst erfahren, wenn sie bereit sind, sie uns zu nennen. Wir wissen zuwenig über all das.« Petrowski musterte Narowtschatow mit einem bauernschlauen Blick. »Ihre Tochter hat einen Raumfahrtwissenschaftler geheiratet. Ein kluger Mann, Ihr

Schwiegersohn. Klug genug, um regierungstreu zu sein, und intelligent genug, um zu verstehen, was Ihre Beförderung zum Ersten Sekretär für ihn bedeutet.«

»Ja.«

»Jemand muß unsere Maßnahmen koordinieren und kommandieren. Wer?«

Er meint etwas Bestimmtes, dachte Narowtschatow. Immer meint er etwas, das er nicht sagt. Er ist gerissen, manchmal zu gerissen für mich, denn ich verstehe ihn nicht.

Wer sollte kommandieren? Die Nachricht, daß sich ein Raumschiff der Außerirdischen näherte, hatte im Kreml eine Art Panik ausgelöst. Alle waren aufgeregt, und das empfindliche Gleichgewicht im Politbüro war in Gefahr. Wer konnte kommandieren? Narowtschatow zuckte die Schultern. »Ich hatte gedacht, Marschall Ugatow...«

»Gewiß wird die Armee Vorschläge machen, und wir werden sie uns ebenso anhören wie die vom KGB.« Der Vorsitzende sah nach wie vor nachdenklich drein.

Was hat er vor? Der Verteidigungsrat tagt in einer Stunde. Die Spitzen von Heer und KGB. Der Oberste Parteitheoretiker. Außerdem der Vorsitzende Petrowski und ich, weil mich Petrowski zu seinem Mitarbeiter ernannt hat. Bei der Zusammenkunft wird alles geklärt, dann kommt die Sitzung des gesamten Politbüros, und anschließend wird sich das Zentralkomitee hinter unsere Beschlüsse stellen. Nur — was werden wir beschließen? Er sah zu Petrowski hin, doch der Vorsitzende schien aufmerksam in einem Dokument auf seinem Schreibtisch zu lesen.

Was wollte Anatoli Wladimirowitsch? Die Sowjetunion wurde von einem Dreigespann aus Spitzenvertretern der Armee, des KGB und der Partei regiert. Wohl war die Partei dessen schwächstes Glied, doch zugleich hatte sie die größte Machtfülle, weil sie Beförderungen in den beiden anderen Organisationen steuern konnte. Andere Systeme waren erprobt worden, mit nahezu katastrophalen Ergebnissen. Nach Stalins Tod hatten Partei und Armee vor Beria Angst gehabt, dessen NKWD so mächtig gewesen war, daß er einmal in wenigen Wochen fast das gesamte Zentralkomitee kaltgestellt hatte.

Partei und Armee hatten sich verbündet, um der Bedrohung entgegenzuwirken. Damit, daß man Beria mitten aus einer Politbürositzung gezerrt und erschossen hatte, war die Spitze des NKWD liquidiert worden.

Plötzlich sah sich die Partei der von allen Banden befreiten Armee gegenüber, und was sie sah, gefiel ihr überhaupt nicht. Das Militär war in der Bevölkerung beliebt, und es konnte das Volk auf seine Seite bringen. Falls je die Herrschaft der Partei endete, würde nicht die Armeeführung wegen Landesverrats erschossen. Die Armee wäre sogar imstande, die Partei kaltzustellen, wenn sie die Möglichkeit bekam, ihre Kräfte ungehindert zu entfalten.

Da man das keinesfalls zulassen durfte, wurde das NKWD wiedereingesetzt. Man nahm ihm zahlreiche seiner Vollmachten, teilte es in die zivile Miliz und den KGB auf und ließ es zu keinem Zeitpunkt seine einstige Stärke wieder erreichen. Dennoch war es erneut mächtig geworden wie eh und je. Seine Agenten konnten beschuldigen und in ihre Dienste nehmen, wen sie wollten. Seine Arme reichten weit: bis hinauf zu den Spitzen im Kreml, im Politbüro, in der Partei und in der Armee. Wieder einmal änderten sich die Bündnisverhältnisse ...

Hier, in diesem Raum, war Herkunft unerheblich. Hier wie im Politbüro selbst war die Wahrheit bekannt. Keine der drei Gewalten durfte die Möglichkeit bekommen, über die anderen zu triumphieren. Armee, Partei und KGB: alle drei mußten stark sein, um das Kräftegleichgewicht aufrechtzuerhalten. Das, und nichts anderes, war das Geheimnis der Herrschaft über Rußland.

Petrowski war ein Meister in dieser Kunst, und jetzt

wartete er. Der Hinweis, den er gegeben hatte, war deutlich.

»Ich halte Akademiemitglied Bondarew für überaus geeignet, uns zu beraten und während dieser Krise an der Spitze unseres Raumfahrtprogramms zu stehen«, sagte Narowtschatow. »Sofern Sie damit einverstanden sind, Anatoli Wladimirowitsch.«

»Diese Empfehlung scheint mir passend«, gab Petrowski zurück. »Ich denke, wir sollten bei der Zentralkomiteesitzung das Akademiemitglied Bondarew vorschlagen. Selbstverständlich wird der KGB darauf bestehen, seinen eigenen Mann in diese Stellung zu bringen.«

Mit Sicherheit hatte der KGB bereits jemanden dafür parat, aber die Partei würde die Einsetzung bestätigen müssen. Eine weitere Entscheidung, die hier zu treffen war, bevor die Politbürositzung begann.

»Gruschin«, sagte Narowtschatow. »Dmitri Parfenowitsch Gruschin.«

Petrowski hob fragend eine dichte Braue.

»Ich habe ihn mir angesehen. Der KGB traut ihm, und er ist ein guter Diplomat. Die Parteileute, die ihn kennen, schätzen ihn. Und er hat Naturwissenschaften studiert.«

»Also gut«, nickte Petrowski zufrieden.

»Der KGB ist gespalten«, sagte Narowtschatow. »Einige halten die Sache für einen Trick der CIA, andere wissen es besser. Wir haben es selbst gesehen. Rogatschow hat es mit eigenen Augen in den Bordteleskopen von Kosmograd beobachtet. Die Amerikaner hätten so ein Raumschiff nie bauen können, Anatoli Wladimirowitsch.«

Petrowskis Bauernaugen verhärteten sich. »Möglich. Aber in der Armee glaubt man das nicht. Marschall Ugatow ist davon überzeugt, daß es sich um eine amerikanische Verschwörung handelt, die ihn dazu bringen soll, seine Raketen auf das Ding im Weltraum zu richten, während die Amerikaner gegen uns mobil machen.«

»Aber das täten sie nicht«, sagte Narowtschatow. »Gut und schön, wenn wir das in der Öffentlichkeit sagen, aber wir dürfen uns selbst keinen Täuschungen hingeben.«

Petrowskis Gesicht verfinsterte sich, und einen Augenblick lang empfand Nikolai Nikolaijewitsch Furcht. Dann lächelte der Vorsitzende dünn. »Vielleicht bleibt uns keine Wahl«, sagte er. »So oder so, die Sache ist geregelt. Ihr Schwiegersohn übernimmt die Verantwortung für unsere Vorbereitungen im Weltraum. Es ist ohnehin besser, einen Zivilisten damit zu betrauen. Lassen Sie uns die Beförderung von Marinas Mann mit einem Schluck Cognac feiern!«

»Sehr gern.« Narowtschatow trat an den Barschrank, nahm eine Flasche, eine Kristallkaraffe und Gläser heraus. »Was werden die Amerikaner nun tun?« wollte er wissen.

Petrowski hob die Schultern. »Mit uns zusammenarbeiten. Was bleibt ihnen sonst übrig?«

»Es ist nie klug, sie zu unterschätzen.«

»Als ob ich das nicht wüßte — ich habe es Ihnen ja selbst beigebracht.«

Nikolai Nikolaijewitsch lächelte breit. »Aber was denken Sie ganz persönlich?«

»Dasselbe wie Sie.«

Einen Augenblick lang überflog ein Schatten Narowtschatows Gesicht, dann sah er das schlaue Lächeln des Vorsitzenden. »Aha«, folgerte er, »der amerikanische Präsident hat Sie angerufen.«

»Nein, ich ihn.«

Nikolai Narowtschatow überlegte, was das zu bedeuten hatte. Petrowski war der einzige Mann in der Sowjetunion, der den Präsidenten der Vereinigten Staaten anrufen konnte, ohne daß Narowtschatow das umgehend erfuhr. »Weiß Trussow davon?« fragte er.

»Ich habe es ihm nicht gesagt«, sagte Petrowski achselzuckend.

Narowtschatow nickte zustimmend. Der KGB verfügte über viele Mittel und Quellen. Wer konnte wissen, was dessen Kommandant herausbekam? »Sie werden das also im Verteidigungsrat vortragen?«

»Ja.«

Nikolai Narowtschatow goß alten Cognac in zwei Gläser und reichte eines über den riesigen Schreibtisch. Lächelnd hob der Vorsitzende das Glas. »Auf die Zusammenarbeit mit den Amerikanern«, sagte er und lachte.

Narowtschatow hob sein Glas gleichfalls, empfand aber Furcht. Dies Raumschiff der Außerirdischen konnte nichts anderes als Schwierigkeiten bedeuten — ausgerechnet jetzt, wo er der Spitze so nahe war, konnte alles scheitern. Der KGB würde seine eigenen, hinterhältigen Pläne verfolgen und so verschlungene Wege gehen, daß nicht einmal alle KGB-Leute sie verstehen würden. Und die Militärs taten, was Militärs schon immer getan haben. Raketen wurden in Stellung gebracht, viele Finger lagen dicht über vielen Knöpfen.

Nikolai Narowtschatow kam sich so ähnlich vor wie der legendäre Tatar, der einen Wirbelwind gesattelt hatte.

Die Zuchthunde-Ausstellung war vorüber, und Martin Carnell fuhr mit seinen Preisen heim: einmal beste Zuchthündin, drei erste Plätze — und einmal bester Zwinger, womit er gar nicht gerechnet hatte.

In den Transportbehältern hinter ihm auf der Ladefläche herrschte Unruhe. Er schaltete das Radio aus, um genauer zu hören, was los war. Keins der Tiere schien krank zu sein. Darth war ein Welpe und die Fahrten mit dem Kleinlaster noch nicht gewohnt. Wahrscheinlich steckte seine Stimmung die anderen Hunde an.

Martin fuhr gemächlich die Fernstraße 66 entlang, nie schneller als achtzig. Auf keinen Fall sollten die Tiere unruhig werden — sonst bissen sie womöglich bei der nächsten Ausstellung einen der Preisrichter in die Hand!

»Ruhig, Jungs«, sagte er. Seine Stimme pflegte sie zu beruhigen. Dann schaltete er das Radio wieder ein.

Die Musik hatte aufgehört, und eine Stimme sagte: »Ich habe mit dem Vorsitzenden der Sowjets gesprochen ...«

Es klang wie die Stimme des Präsidenten: Martin drehte das Gerät lauter.

»Wir sind außerdem bestrebt, eine gemeinsame Reaktion auf dies außerirdische Raumschiff zu finden.

Amerikanische Mitbürger, unsere Wissenschaftler sagen, daß es sich hier um das bedeutendste Ereignis der Menschheitsgeschichte handeln kann. Jeder von Ihnen weiß jetzt, was wir wissen: ein großes Objekt, gut anderthalb Kilometer lang, nähert sich der Erde auf einer Bahn, die unsere besten wissenschaftlichen Köpfe zu dem Schluß kommen läßt, daß es einen eigenen Antrieb hat und unter Führung intelligenter Wesen steht. Bisher haben wir keinen Kontakt zu ihm herstellen können.

Es besteht kein Grund anzunehmen, daß eine Bedrohung von ihm ausgeht ...«

Breit grinsend schüttelte Martin den Kopf. Gern hätte er den Anfang der Sendung gehört. Wer immer den Präsidenten da persiflierte, er hatte dessen Stimme aufs i-Tüpfelchen genau getroffen. Mit einemmal lachte er so laut heraus, daß die drei Hunde hinter ihm zu bellen begannen. Was, wenn sich George Tate-Evans im selben Augenblick in die Sendung eingeschaltet hatte wie er? Würde er dann vor Schadenfreude platzen oder sich angstvoll unter das Bett verkriechen?

Die Gruppe wild zum Überleben entschlossener Menschen, die sich in Erinnerung an die Pionierzeiten Amerikas den Namen *Wagenburg* gegeben hatte, bestand noch, soviel wußte Martin. Allerdings verstand er nicht, wie er sich je mit diesen Spinnern hatte einlassen können. Vor allem ärgerte ihn, daß er bei der Sache ziemlich viel Geld in den Sand gesetzt hatte, bevor er wieder zu Verstand gekommen war. Der einzige Vorteil aus dieser Verirrung war gewesen, daß er sich von Zwergpudeln auf Dobermänner umgestellt hatte. Er hatte seinen ersten Dobermann, Marienburg Sunhawk, gekauft, weil sich ein solcher Hund ausgezeichnet als Wächter eines Hauses eignete, und dabei festgestellt, daß ihm die großen Hunde besser lagen.

Die übrigen Angehörigen der *Wagenburg* trafen sich bestimmt nach wie vor jeden Donnerstagabend und erwarteten die Menschheitsdämmerung. Was wohl George und Vicki jetzt unternahmen? Würden sie die anderen warnen und sich schleunigst in die Berge aufmachen? Vermutlich, das war ihre natürliche Reaktion, ganz gleich, was geschah.

Aber Leute als verrückt bezeichnen, die sich mit Hunden beschäftigen!

Eine wohltönende Radiosprecherstimme führte das Thema weiter aus, sprach über Krieg und Politik. Sie führte einen Physikprofessor ein, der auch Science Fiction schrieb und sich vom bevorstehenden Zusammentreffen mit den Außerirdischen wunderbare Dinge erhoffte. Martin begann sich zu fragen, ob er da einem Remake von *Krieg der Welten* zuhörte. Noch hatte er nichts von der Handlung mitbekommen, um die es doch eigentlich gehen mußte.

✿

Im San Fernando-Tal herrschte dichter Verkehr. Isadore Leiber fluchte leise vor sich hin, während er mit halbem Ohr auf die Nachrichtensendung hörte und sich zugleich besorgt fragte, um wieviel er wohl zu spät kommen würde.

Er hatte es einfach vergessen. Schließlich war heute nicht Donnerstag. Sein Gehirn hatte bis halb fünf träge vor sich hingedämmert, und dann mit einem Schlag: He, war heute abend nicht etwas? Na klar, Jack McCauley hatte eine Notfallsitzung der Gruppe anberaumt. Sie hatte wahrscheinlich mit dem ... Licht am Himmel zu tun. Am besten rief er Clara an und erinnerte *sie*.

Clara hatte von selbst daran gedacht und fragte sich, wo er wohl sei. Er kämpfte sich gegen ungewöhnlich starken Stoßverkehr zum Haus der Tate-Evans im San Fernando-Tal durch. Clara begrüßte ihn lachend an der Bordsteinkante, als er ausstieg, und erklärte, daß sie ihm in ihrem Wagen gefolgt war. Er umarmte und küßte sie, damit sie still war. Nachdem sie einander eine Weile atemlos in den Armen gehalten hatten, gingen sie zur Haustür.

Clara klingelte. In den wenigen Augenblicken, die sie warten mußten, schwand das Lachen aus ihrem Gesicht. Sie lächelte nicht einmal mehr und fragte: »Glaubst du, daß sie wütend sind?«

»Ja. Es ist meine Schuld, aber es macht mir, ehrlich gesagt, nicht viel aus. Nimm's dir nicht zu Herzen.«

»Sie haben es uns aber gesagt, das heißt, Jack hat es uns gesagt.«

Die Tür öffnete sich, und George Tate-Evans führte sie ins Haus. Er schien weder ärgerlich noch besonders zufrieden. »Kommt rein, Clara und Isadore! Was hat euch aufgehalten?«

»Mein Chef«, log Isadore. »Was ist denn los?«

George strich sich über die Stirnglatze und dann über sein schütteres, blondes Haar. Er war noch nicht vierzig, aber schon fast kahl gewesen, als Isadore ihn kennenlernte. Er gab zur Antwort: »Jack und Harriet haben ein paar Nachrichtensendungen aufgenommen und spielen sie jetzt ab. Clara, die anderen Frauen sind in der Küche und kochen was.«

Frauen, Küche, kochen. War es diesmal ernst? Zumindest schien *George* das zu glauben. Konnte es *so* ernst sein?

Überlebenstechniken. Spezialisierung. Kriegsfallregeln. Isadore ging zum abgedunkelten Wohnzimmer hinüber. Er wußte, wo die Stufen waren und wo die Möbel standen, er war oft genug dort gewesen. Er ging zu einem Sofa, das er im von der Leinwand zurückgeworfenen Licht des Projektors sah und setzte sich auf einen freien Platz.

Nur Männer befanden sich in dem Raum. Vicki war wohl auch in der Küche, wohin sich Clara gleichfalls begeben hatte. Clara! Also war auch *sie* überzeugt, daß es ernst war…

George trat an den Videorecorder. Zuerst erschien auf der Projektionswand das Wappen des Präsidenten, danach das Oval Office. Die Kamera fuhr auf den Präsidenten David Coffey zu, der gelassen und entspannt wirkte. Fast ein bißchen zu sehr, dachte Isadore.

»Liebe Mitbürger«, sagte Coffey. »Gestern abend haben Wissenschaftler der Universität von Hawaii eine verblüffende Entdeckung gemacht. Inzwischen haben Astronomen am Observatorium Kitt Peak und an weiteren Observatorien ihre Ergebnisse bestätigt. Mir vorliegenden verläßlichen wissenschaftlichen Angaben zufolge nähert sich ein ungeheuer großes Raumschiff der Erde, aus der Richtung des Planeten Saturn.«

Der Präsident hob einen Augenblick lang den Blick von seinem Redemanuskript und sah in die Kamera, so daß es schien, als spreche er jeden einzelnen persönlich an. Die Art, wie er das tat, hatte bei seiner Wahl eine nicht geringe Rolle gespielt. »Man hat mich informiert, daß das Schiff unmöglich vom Saturn selbst stammen kann, sondern einen sehr viel ferneren Ursprung haben muß. Auf jeden Fall nähert es sich der Erde äußerst rasch und wird in wenigen Wochen hier sein, wahrscheinlich gegen Ende Juni.«

Er ließ eine kurze Pause eintreten und sah auf die gelben Blätter vor sich, blickte dann erneut in die Kamera. »Da wir bisher keine Verbindung zu diesem Raumschiff haben, besteht auch keinerlei Grund zu der Vermutung, von ihm könne eine Gefahr für uns ausgehen. Die Sowjetunion hat gleichzeitig mit uns Kenntnis von dem Raumschiff erlangt und, wie uns unsere Beobachtungssatelliten zeigen, erwartungsgemäß ihre Streitkräfte in Alarmbereitschaft versetzt.

Wir können nicht tatenlos zusehen, wenn die Sowjetunion mobil macht, und so habe ich eine Teil-Mobilmachung der strategischen Streitkräfte der Vereinigten Staaten angeordnet. In einem Gespräch mit dem Parteivorsitzenden der Sowjetunion sind wir übereingekommen, daß wir die strategische Mobilmachung auf beiden Seiten begrenzen. Außerdem stehen wir in ständiger Beratung über eine gemeinsame Reaktion auf das Raumschiff. Ich möchte ausdrücklich betonen, daß es sich in beiden Fällen um reine Vorsichtsmaßnahmen handelt. Die Vereinigten Staaten haben nie Krieg gewollt, und wir wünschen insbesondere jetzt keinen, zu einer Zeit, da sich ein Raumschiff von außerhalb unseres Sonnensystems der Erde nähert.

Amerikanische Mitbürger, unsere Wissenschaftler sagen, daß es sich hier um das bedeutendste Ereignis der Menschheitsgeschichte handeln kann. Jeder von Ihnen weiß, was wir wissen: ein großes Objekt, gut anderthalb Kilometer lang, nähert sich der Erde auf einer Bahn, die unsere besten wissenschaftlichen Köpfe zu dem Schluß kommen läßt, daß es einen eigenen Antrieb hat und unter Führung intelligenter Wesen steht. Bisher haben wir immer noch keinen Kontakt zu ihm herstellen können.

Es besteht kein Grund anzunehmen, daß eine Bedrohung von ihm ausgeht, aber es gibt zahlreiche Gründe, es als eine Gelegenheit zu betrachten. Mit Hilfe des allmächtigen Gottes werden wir versuchen, diese Gelegenheit zu nutzen, so, wie wir Amerikaner Gelegenheiten stets genutzt haben.

Guten Abend ...«

Das Oval Office wurde ausgeblendet, und Nachrichtenkommentatoren kamen ins Bild. George schaltete das Gerät aus. »Die Kommentare können wir uns schenken. Die Burschen wissen auch nicht mehr als wir. Aber jetzt seht ihr, warum ich eine Notfallsitzung einberufen habe.«

Der Name *Wagenburg* stammte aus der Zeit, als sich lediglich vier Männer in Georges und Vickis Haus trafen.

Das war gegen Ende der siebziger Jahre gewesen, als gewisse Anzeichen für den Untergang der Zivilisation sprachen. Die Inflationsrate war zweistellig, und die Verbrechenskurve stieg steil an. Der Iran hielt über fünfzig amerikanische Botschaftsangehörige als Geiseln fest, ohne daß man etwas dagegen unternehmen konnte. Die OPEC-Banditen trieben, allem Anschein nach ungestraft, die Ölpreise nach Gutdünken in die Höhe. Welches Volk der Erde würde als nächstes sehen, was so deutlich vor aller Augen lag? Die Vereinigten Staaten waren nicht imstande, sich zu verteidigen. Der Geldwert fiel ins Bodenlose: anderthalb Cent betrug die Kaufkraft des Dollars, gemessen am Stand von 1980. Das deckte gerade die Druckkosten der Ein-Dollar-Note. Die Streitkräfte der Vereinigten Staaten waren keineswegs in verteidigungsbereitem Zustand, und die Sowjetunion baute unablässig Interkontinentalraketen, noch lange nachdem sie ihren Rückstand gegenüber den USA aufgeholt und auch noch, als sie die Vereinigten Staaten bereits überholt hatte.

Falls die Wirtschaft nicht zusammenbrach, würde der Atomkrieg das Ende bringen. So oder so schienen die Aussichten denkbar ungünstig, daß auf diesen Fall nicht eingestellte Menschen überlebten. Die *Wagenburg* verdankte ihre Entstehung gleichermaßen der Verzweiflung wie der Lust am Theaterspiel. Welches von beiden überwog, hing von den jeweiligen Schlagzeilen in den Morgenzeitungen ab.

Nach Reagans Wahl sahen die Dinge besser aus. Die Geiseln wurden in letzter Minute unmittelbar vor der Amtseinführung des alten Cowboys freigelassen ... aber die Mitglieder der *Wagenburg* trafen sich weiter. Der Dollar stieg und erholte sich. Eine wirtschaftliche Wende zeichnete sich ab, auch die Börse zeigte Anzeichen der Erholung, aber Geld für die Rüstung war nicht da, und die Sowjetunion baute weiterhin eifrig Raketen. Die *Wagenburg* stellte eine Liste dessen zusammen, was Überlebenswillige auf jeden Fall brauchten, und die Mitglieder kontrollierten gegenseitig ihre Vorräte. Vorgeschrieben waren, genau wie bei den Mormonen, Lebensmittel für ein Jahr, Handfeuerwaffen und Goldmünzen. Und sie träumten von einem Ort, wohin sie sich schließlich retten konnten, einfach für den Fall der Fälle.

In den späten achtziger Jahren zeigte sich, daß die Wohlfahrtsleistungen mit der Inflation nicht Schritt gehalten hatten, und die Zahl der Arbeitslosen war deutlich gesunken. Vielleicht bestand da ein Zusammenhang. Auch die Inflation selbst hatte abgenommen. Der Autogigant General Motors hatte seinen Schadensersatz-Prozeß gegen die Gewerkschaften wegen Streikfolgen gewonnen und ließ sich aus der Gewerkschaftskasse auszahlen; in Zukunft dürfte es wohl weniger Streiks geben. Die Kriegswaffen waren in das Reich der Science Fiction gerückt, der Durchschnittsbürger konnte sich kaum noch etwas unter alldem vorstellen. Die Sowjetunion aber hatte ihr Raumfahrtprogramm ständig weiterbetrieben, bis ihr praktisch der ganze Himmel gehörte, angefangen bei der Erdumlaufbahn bis weit hinter dem Mond.

Die *Wagenburg*-Leute trafen sich weiter. Sie waren älter und finanzkräftiger geworden. Vor vier Jahren hatten sie ein Stück Land außerhalb Bellingham erworben, einer verfallenden Stadt an der Pazifikküste nördlich von Seattle, nahe der kanadischen Grenze. Dort hatten vor langer Zeit, bevor das Fahrwasser versandet und die Wirtschaft nach Süden gezogen war, ein Hafen und eine Marinewerft bestanden. Die Stadt war als Angriffsziel ebenso wahrscheinlich oder unwahrscheinlich wie jeder andere Ort.

Sie alle verdienten gutes Geld, und ihre Berufstätigkeit machte es erforderlich, daß sie weit im Süden, in Los Angeles, blieben. Im Laufe der Jahre hatte der eine oder andere in einer Kleinstadt Wohlstand oder Frieden oder beides gefunden, andere ersetzten die Aussteiger, und die *Wagenburg* bestand weiterhin, eine Gruppe alternder überlebenswilliger Mittelschichtangehöriger, die nicht bereit waren, die Trennung von Los Angeles und ihrem nicht unbeträchtlichen Einkommen zu vollziehen.

Stets hatte sich die Gruppe regelmäßig donnerstags nach der Abendessenszeit zusammengefunden. Heute war Montag, es war Zeit zum Abendessen, und Isadore, der früh Feierabend gemacht hatte, bekam Hunger.

Jetzt also stand das Ende der Zivilisation bevor. In der Gruppe herrschte eine sonderbare Stimmung. Heute hörte man kein Gelächter, keine Klagen über die Trottel im Kongreß ...

Heute abend war es allen ernst.

»Mir paßt der Zeitpunkt überhaupt nicht«, sagte George. »Corliss steht kurz vor dem Schulabschluß, und den anderen Kindern wird es nicht gefallen, so unvermittelt aus dem Schuljahr rausgerissen zu werden. Mir selbst kommt es so quer wie nur möglich.«

Zustimmung ertönte um ihn herum. »Ich kann nicht weg«, sagte Isadore.

Der Lärm ebbte ab. Jack McCauley sagte: »Wieso nicht?«

»Ich kann meine Arbeit nicht aufgeben und krieg auch keinen Urlaub. Wie George schon gesagt hat, der

Zeitpunkt ist ungünstig. In den Reisebüros beginnt die Sommersaison, da gibt es viel zu tun.«

Jack knurrte mißbilligend. George fragte: »Und was ist mit Krankheitsurlaub?«

»Hmm ... vielleicht sitzen da vierzehn Tage drin.«

»Dann warte doch bis zum, sagen wir 10. Juni, Jack.« George fuhr fort, bevor der automatische Protest kam. »Bestimmt vergessen wir was. Is soll für uns die Stellung halten. Du nimmst dir also deine zwei Wochen Krankheitsurlaub, unmittelbar bevor die Außerirdischen die Erde erreichen und fährst rauf Nach vierzehn Tagen weißt du garantiert, ob du in die Stadt zurück willst oder nicht.«

»Dann fehlt uns immer noch ein Paar starker Arme«, meldete sich Jack brummig.

Isadore fand den Gedanken gut. »Ich frage Clara, ob sie die Kinder hinbringen will. Sie sollten so lange wie möglich in der Schule bleiben.«

»Nun, es läßt sich nicht ändern«, sagte Jack. »Aber wir anderen gehen, einverstanden?« Er sprach weiter, bevor jemand Einwände erheben konnte. »Bill und Gwen sind bereits oben in der *Wagenburg.* Das zweite Zisternensystem ist betriebsfertig, und Bill hat die Dekke über dem bombensicheren Unterstand fertig gegossen. Er sagt, daß der Brunnen noch gesäubert werden muß, aber das können wir selber machen, wenn wir da sind.« Er schob die Lippen in einer allen vertrauten Bewegung vor. »Eins noch, Is. Du fährst eine Woche, bevor die Außerirdischen landen, los. Wenn du länger wartest, kann es passieren, daß du es nicht mehr schaffst. Wenn die Menschen wirklich an das Raumschiff *glauben,* ist überhaupt nicht abzusehen, was sie alles anstellen werden.«

»Immer vorausgesetzt, die Sowjets lassen uns soviel Zeit«, sagte George.

Jack runzelte die Stirn. »Immer angenommen, daß es sich tatsächlich um ein Raumschiff von Außerirdischen handelt und nicht um was, das uns die Russen vor die Nase gesetzt haben.«

Alle zuckten die Achseln. »Darüber wissen wir nichts«, sagte Isadore. »Aber vermutlich wüßte der Präsident was.«

»Und du meinst, das würde er uns sagen?« sagte Jack. »Is, bist du *sicher,* daß du warten willst?«

»Ich muß warten.« Er hat recht, dachte Isadore. Wer, zum Kuckuck, weiß, was da gespielt wird. Außerirdische, Russen — ein Atomkrieg kann einem den ganzen Tag verderben. »Ich denke, daß Clara früh hinfahren will«, sagte er, »aber ich muß sie noch fragen.«

Die anderen nickten verständnisvoll.

Bei der Gründung der *Wagenburg* war festgelegt worden, daß jeder Erwachsene eine Stimme hatte, aber alle Stimmen einer Familie von einem einzelnen abzugeben waren. Der dahinterstehende Gedanke war einfach: wenn sich eine Familie nicht einmal darauf einigen konnte, wer sie vertreten sollte — worauf dann?

Zuerst hatte es Schwierigkeiten gegeben, weil Isadore fand, Clara könne an seiner Stelle die Stimme abgeben, aber sie kam mit Jack nicht gut aus, vielleicht war es auch umgekehrt. Jedenfalls hatte es zuviel Streit gegeben. Nach den ersten Jahren hatten sich die Dinge eingespielt, und nur die Männer stimmten ab, doch häufig besprach sich Isadore mit Clara, bevor er sich entschied.

»Wer geht noch?« wollte Jack wissen.

Die unvermeidliche Frage wirkte auf die Anwesenden unterschiedlich. Jack war ohnehin bereits gereizt, George sah betroffen drein und zeigte dann ein schlechtes Gewissen. »Nun … wir natürlich«, sagte er. »Unsere Frauen und Kinder.«

»Selbstverständlich. Wer noch? Wen brauchen wir, wen wollen wir dabeihaben? John Fox?«

Isadore lachte. »Natürlich wollen wir Fox. Er versteht mehr von der Sache als wir alle. Deswegen kommt er ja auch nicht. Ich hab mit ihm gesprochen. Er wird irgendwo im Tal des Todes kampieren, und für ihn ist das genau das Richtige. Mich aber hat er nicht eingeladen.«

»Und was, wenn sich Martie zeigt?«

»Ach je.«

Immerhin hatte Martin Carnell der Gruppe so lange angehört, daß er sich am Kauf des Grundstücks und des Hauses in Bellingham beteiligt hatte. Dann war er ausgeschieden, vielleicht hatte er finanzielle Schwierigkeiten bekommen und war später weiter nordwärts gezogen, ins Antilopental.

»Du verstehst mich falsch, George. Ich will nur darauf hinweisen, daß er einige gesetzlich abgesicherte Rechte hat. Was, wenn er plötzlich vor der Tür steht — bevor oder nachdem die Außerirdischen da sind?«

»Wir haben aus dem Anwesen eine Festung gemacht, seit er weg ist. Das hat gekostet.« Isadore grinste die anderen breit an. »Was ihm gehört, entspricht etwa der Hälfte dessen, was er eigentlich hätte reinstecken müssen. Die Sache ist schwierig.«

»Ja. Nun, ich treff ihn manchmal, und er ist immer noch allein. Er würde also keinen mitbringen.«

»Nur die verdammten Dobermänner«, sagte George darauf.

»Ist doch gar nicht schlecht. Wachhunde können wir gut brauchen. Er kann ja seinen eigenen Zwinger bauen.«

»Das sind Ausstellungshunde, keine Wachhunde. Sie sind zutraulich, verspielt und tun keinem was. Wären sie scharf, würde er keine Preise für sie kriegen.«

»Würden Plünderer wissen, daß es keine Wachhunde sind?«

Schweigen trat ein. Jack sagte: »Wollen wir ihn reinlassen, wenn er auf einmal dasteht? Immer vorausgesetzt, er hat Vorräte und Ausrüstung mit. Andererseits sehe ich keinen Grund, ihn extra anzurufen und einzuladen.«

Zustimmendes Nicken. Alle waren erleichtert. George

sagte: »Der Rote Harry möchte mitkommen, du kennst ihn ja, Harry Reddington.«

Zwei Köpfe wurden langsam geschüttelt. Jack McCauley fragte: »Hast du ihn in letzter Zeit gesehen?«

Zögernd nickte George. »Immerhin waren wir alle mal gute Freunde.«

»Nun?«

»Ja, vor kurzem.«

»Dann weißt du ja, wie er aussieht: er ist so fett und so fit wie ein Mops. Er kann ohne Stock nicht gehen und sieht aus, als ob er demnächst Zwillinge bekäme. Ihm ist in zwei Wochen zweimal jemand da hinten draufgekracht, das eine Mal hat er in seinem Wagen gesessen, das andere Mal in dem von seinem Chef. Beide hatten keine Kopfstützen, und die Anwälte haben ihm geraten, er soll sich eine möglichst dicke Wampe anfressen, ihr versteht: psychische Dauerschäden, Arbeitsunfähigkeit, damit die Versicherung ordentlich blechen muß.«

»Den können wir also streichen. Ken Dutton?«

»Er hat bloß rumgealbert, als du ihm angeboten hast, er könnte mitmachen.«

»Interessanter Mensch. Hat dies und jenes, das man gut brauchen könnte.«

»Jetzt ist es ernst. Warum hat er damals nicht mitgemacht, als es noch Spaß und Spiel war? Hat es am Geld gelegen?«

»Wohl zum Teil. Es waren ja nicht nur die Beiträge für den Ausbau, sondern auch Ausrüstung und Vorräte. Er muß Alimente zahlen ... Übrigens hat er Ausrüstung, nur andere als wir. Vielleicht liegt es auch daran, daß er nie was zu Ende macht.«

»Das ist kaum eine Empfehlung. Was für Waffen hat er?«

George lächelte zögernd. »Eine Armbrust, mit der er einen Bären umlegen könnte. Außerdem hat er eine ziemlich gut bestückte Bar.«

»Eine Armbrust! Er hätte mitmachen können und hat seinen Anteil nicht bezahlt, George!«

Isadore sagte: »Das könnte man auch von Jeri Wilson sagen. Und die wollen wir doch, oder?«

»Du bist verheiratet, Is. Und ich bin sogar *sehr* verheiratet.«

»Aber Martie nicht, und John Fox auch nicht, und ihn würden wir nehmen. Da sollen doch außer uns noch mehr Männer mitmachen, oder etwa nicht? Und es wäre nicht gut, wenn wir da oben deutlich mehr Männer als Frauen hätten.«

»Wir können nicht die ganze Stadt einladen«, sagte Jack. »Wir haben einfach nicht genug Platz, Is. Wen willst du denn noch alles anschleppen? Du hast *gewußt*, daß wir Harry nicht haben wollten, und du wolltest mit ihm sowieso nichts zu tun haben.«

»Es ist ja auch nur, weil in einem Monat ... Ich kann mir jetzt schon vorstellen, wie es uns allen schrecklich leid tut.«

»Das warten wir mal in aller Ruhe ab«, sagte Jack.

»Es könnte unsere Einladung zur Mitgliedschaft in der Galaktischen Union bedeuten. Vielleicht tanzt bald eine ganze Horde von ... komisch aussehenden außerirdischen Studentinnen hier herum, die uns mit billigem Flitterkram dazu bringen wollen, daß wir ihre Fragen beantworten ...«

George machte ein obszönes Geräusch. Zumindest Jack sah eher nachdenklich als belustigt drein. Isadore achtete nicht weiter auf die Unterbrechung und fuhr unbeirrt fort. »... und wer weiß, was bei denen billiger Flitterkram ist? Schön, wir verstecken uns. Irgend jemand muß ja. Einfach vorsichtshalber. Aber ... ich hör jetzt schon Leute, die mir was bedeuten, maulen, weil wir sie draußen im Regen haben stehenlassen.«

»Irgend jemand muß sich verstecken, bis wir wissen, was die von uns wollen. Und um sicher zu sein, belasten wir uns eben nicht mit schwierigsten Fällen.«

5 Wie sie rennen!

Tu dem andern an, was er dir zufügen möchte, und zwar als erster.

EDWARD NOYES WESTCOTT
David Harum (1898)

Zeit: Sechs Wochen bis zur Stunde Null

Von der Arco Plaza Mall tief unter der Erde führten Schächte vier Stockwerke hoch nach oben. Einige Müßiggänger saßen auf Bänken und sahen neugierig dem Rundfunkinterviewer zu. Das Studio war neben der Buchhandlung eingerichtet; man konnte durch große Schaufensterscheiben hineinsehen. Der Reporter befragte einen Science Fiction-Autor, der gekommen war, um sein neuestes Buch vorzustellen, und es sich nicht verkneifen mochte, etwas über das Raumschiff der Außerirdischen zu sagen.

Schon seit dem frühen Morgen herrschte im Buchladen Hochbetrieb. Ken Dutton sah Harry Reddington am Stock hereinschlurfen, hatte aber alle Hände voll zu tun, so daß er ihn nicht begrüßen konnte.

Früher, das wußte Ken, war Harry viel Motorrad gefahren, jetzt aber wirkte seine einst athletische Gestalt schwabbelig. Er war im Unterschied zu früher glatt rasiert und trug das Haar kurz geschnitten. Sein Bauch war wirklich so massig, wie man es Ken beschrieben hatte.

Harry blieb gleich an der Tür stehen und ließ den Blick über die Regale gleiten, bevor er auf Ken hinter der Theke zuging. »Hallo.«

»Tag, Harry. Was führt dich her?«

Harry fuhr sich durch das ergrauende Haar, dem man immer noch ansah, daß es einst flammend rot gewesen war. »Ich hab die Nachrichten gehört. Viel haben sie über das Raumschiff ja nicht gesagt. Es kommt immer näher ... die meisten von den Büchern hier dürften eine Stunde nach seiner Landung veraltet sein.«

»Manche bestimmt. Vielleicht die medizinischen. Vielleicht haben die was gegen alle möglichen Krankheiten und brennen darauf, uns das Geheimnis zu verraten. Andere möglicherweise nicht. Geschichte hat immer einen Sinn. Die hier ...« — Dutton machte eine Handbewegung zu einem Regal mit Militaria hin.

»Abwarten. Hast du heute schon mit George gesprochen?«

»Nein, hätte ich wohl müssen«, sagte Dutton. *Hol's der Geier, ich hätte mich an die Leute von der* Wagenburg *halten sollen, als sie mir die Mitgliedschaft angeboten haben. Mal unauffällig erkundigen.* »Ich geh nach Feierabend vorbei.«

»Viel Glück«, sagte Harry.

»Hast du mit ihnen gesprochen?«

»Ja. Sie nehmen keinen mehr. Sie kriegen allmählich Schiß. Ein bißchen vor den Außerirdischen, und die schwere Menge vor den Rußkis.« Harry sah nachdenklich drein. »George hat von einem Buch über Kannibalenküche gesprochen und meinte, es beruht auf richtiger wissenschaftlicher Arbeit ... wollte wohl 'nen Witz reißen.«

»Wir führen es nicht. Außerdem bin ich gar nicht sicher, ob ich dir gern eins verkaufen würde, Harry.«

»Man kann ja nie wissen ...« Harry konnte nicht länger an sich halten und lachte laut heraus. »Na schön, aber vielleicht brauchen wir Überlebenshandbücher. Ich dachte, ich seh mich mal um.«

Die Regale waren förmlich geplündert. Harry wählte einige Bände aus und trat damit an die Theke. »Das Gesundheitsministerium hat doch ein neues Buch herausgegeben mit Streckgymnastik. Habt ihr das schon?«

»Hatten. Ist längst ausverkauft. Andere waren schon vor dir so schlau.«

»Ken, du gehörst doch bestimmt zur *Wagenburg*, was?«

Ken zögerte. »Sie haben mal gesagt, ich könnte mitmachen. Ich weiß aber noch nicht, was ich tu.« *Und vielleicht ist es dazu auch schon zu spät, großer Gott.*

»Hast du schon 'ne Verabredung zum Abendessen?«

»Weiß nicht. Muß erst anrufen.« Er ging ins Hinterzimmer und wählte Georges Nummer. Vicki meldete sich.

»Hallo«, sagte Ken. »Ah ... hier spricht Ken Dutton.«

»Hör ich doch.«

»Ja ... ah ... Vicki, ist heute abend Sitzung?«

»Nein. Ruf morgen wieder an.«

»Vicki, ich weiß doch, daß Sitzung ist!«

»Ruf morgen an! Oder ist sonst noch was? Also dann, mach's gut!« Die Leitung war tot.

Ken Dutton ging wieder in den Laden zurück und sagte zu Harry: »Heute abend bin ich frei. Wir können gleich hier im Einkaufszentrum essen, dann haben wir keinen Ärger mit dem Stoßverkehr.«

✿

Jeri Wilson gab ihrer zehnjährigen Tochter einen Gute-Nacht-Kuß und stellte überrascht fest, wie leicht es ihr fiel weiterzulächeln, bis das Kind auf sein Zimmer gegangen war. Melissa ähnelte im Körperbau der Mutter, ihr Haar war etwas dunkler und nicht ganz so fein, und ihr Gesicht war recht hübsch. Sicherlich würde sie später einmal ihren Eindruck auf Männer nicht verfehlen.

Jeri wartete, bis der Lichtspalt unter Melissas Tür erlosch.

Jetzt schläft sie wohl. Bestimmt ist sie müde. Auch ich bin müde. Das Lächeln schwand von Jeris Gesicht. Es war ein so herrlicher Tag gewesen, der schönste seit Wochen, bis sie heimgekommen war und die Post gefunden hatte.

Sie ging ins Wohnzimmer. Einer teuren Vitrine entnahm sie eine rote Kristallkaraffe und ein dazu passendes Glas. *Die Muranosachen haben wir in Venedig gekauft. Eigentlich konnten wir uns die ganze Reise nicht leisten. Ein wunderbarer Sommer.*

Sie goß sich ein Glas billigen Sherry ein und setzte sich auf das Sofa. Sie konnte die Tränen nicht mehr zurückhalten.

Der Teufel soll dich holen, David Wilson! Sie nahm den Umschlag aus ihrer Schürzentasche; er war in Cheyenne Wells im Staat Colorado abgestempelt. Der Brief trug keine Unterschrift. Die Handschrift mochte die eines Mannes sein, aber sicher war Jeri nicht.

»Liebe Mrs. Wilson«, hieß es darin. »Wenn Sie Ihren Mann wirklich halten wollen, sollten Sie sich etwas einfallen lassen, denn er hat eine Neue.«

Natürlich hat er, dachte Jeri. Er ist ja schon seit fast zwei Jahren weg und hat vor sechs Monaten die Scheidung eingereicht. Es war unvermeidlich ...

So oder so, sie dachte nicht gern an die Sache. Bilder traten vor ihr inneres Auge: David kam nackt unter der Dusche hervor. Oder: sie lag mit ihm spät abends am Strand bei Malibu, beide in Hochstimmung vom Champagner. Sie hatten Davids Doktortitel gefeiert und sich geliebt. Zwar hatte das dritte Mal mehr Anstrengung gefordert als Erfüllung gebracht, dennoch war es eine zauberhafte Nacht gewesen.

Nach dem erstenmal hatte sie zu ihm gesagt: »Ich nehm schon eine ganze Weile die Pille nicht mehr ...«

»Ich weiß«, hatte er geantwortet.

Sie stellte sich gern vor, daß Melissa in jener Nacht gezeugt worden war. Bestimmt aber war es in jener wunderbaren Woche geschehen. Fünf Monate später gab Jeri ihre Anstellung als Wissenschaftslektorin für ein Hochschulmagazin auf. Davids Studium war beendet, er hatte eine erstklassige Stelle gefunden, und sie konnten das Leben genießen ...

Sie nippte an ihrem Sherry und leerte dann das Glas in einem Zug. Es kostete sie Mühe, es nicht zu Boden zu schleudern und zerschellen zu lassen. *Auf wen bin ich bloß so wütend?*

Auf mich selbst. Ich bin eine blöde Gans. Sie zerknüllte den Brief, strich ihn wieder glatt und goß sich ein weiteres Glas Sherry ein. So oft sie sich die Augen auch wischte, die Tränen kamen immer wieder.

Drei Gläser Sherry hatte sie getrunken, als das Telefon läutete. Zuerst wollte sie es ignorieren, aber vielleicht ging es ja um Melissa. Vielleicht war es sogar David; manchmal rief er noch an. *Was, wenn er es ist und sagt, daß er mich braucht?*

»Hallo.«

»Jeri, hier spricht Vicki.«

»Oh.«

»Hast du schon das Neueste gehört?« fragte Vicki.

Wie könntest du etwas über David wissen — »Was soll das denn sein?«

»Das Raumschiff.«

»... *was?*«

»Jeri, wo hast du denn den ganzen Tag gesteckt? Machst du Winterschlaf?«

»Nein, ich hab mit Melissa am Angeles Crest gepicknickt.«

»Dann hast du also die Nachrichtensendung nicht gesehen. Die Astronomen haben im Sonnensystem ein Raumschiff mit Außerirdischen entdeckt, das auf die Erde zukommt.«

»Du nimmst mich wohl auf den Arm?«

»Schalt doch einfach Kanal Vier ein! Ich ruf in einer halben Stunde wieder an. Wir müssen miteinander reden.«

Saturn also. Sie kamen vom Saturn, und niemand wußte, seit wann sie sich dort aufgehalten hatten. Jeri mußte an einen Bildschirm im JPL denken. Drei ineinander verflochtene Ringe. Davids schmerzhafter Griff um ihren Arm.

Das war — das lag doch mehr als zehn Jahre zurück! Da war ich um die Zwanzig, ich hatte David, und alles war Sonnenschein.

Das Telefon klingelte, kaum daß die Nachrichten vorüber waren.

»Hallo, Vicki.«

»Hallo. Nun, hast du es dir angesehen?«

»Ja.« Jeri kicherte.

»Was hältst du davon?«

»Außerirdische, die vom Saturn kommen. Toll! Vicki, ich wette, die waren schon da, als die *Voyager*-Raumsonde vorbeigeflogen ist. Ich erinnere mich noch genau an all die dämlichen Unterhaltungen damals. John Deming, Gregory und — und David und ich haben versucht, uns zu überlegen, wie ein auf einer Umlaufbahn befindliches Teilchenband so verdreht sein konnte. David hat damals sogar das Wort ›Außerirdische‹ *gesagt.* Aber es war ihm nicht ernst damit.«

»Das ist es jetzt aber, und genau darüber müssen wir uns unterhalten«, sagte Vicki. »Wir haben uns entschieden — die *Wagenburg* geht nach Bellingham. Du und Melissa, ihr könnt mitkommen.«

»Ach. Warum?«

»Nun, erstens haben du und David lange mitgemacht.«

»Das ist *ein* Grund«, sagte Jeri. »Und weiter?«

Vicki Tate-Evans seufzte. »Du verstehst was von Naturwissenschaft — und, nun schön, außerdem bist du attraktiv und ungebunden. Möglicherweise müssen wir noch einen alleinstehenden Mann an Bord ziehen.«

Interessantes Kompliment. Eigentlich nett, daß die mir das in meinem Alter noch zutrauen ... »Ach, wohl als Gespielin für Ken Dutton?«

»Den haben wir nicht eingeladen.«

»Gut.«

»Ich dachte, du magst ihn. Ich hatte sogar geglaubt ...«

Was du so denkst. Natürlich stimmte es. Ken Dutton hatte sich bei den Wilsons zum Abendessen eingeladen, nachdem ihn seine Frau verlasssen hatte, und als David nach Colorado gezogen war, kam er weiterhin. An einer Affäre lag Jeri nicht, obwohl das Alleinschlafen nicht schön war. David fehlte ihr sehr, in jeder Hinsicht, und Ken war nicht nur keineswegs unansehnlich, sondern auch *ungewöhnlich* aufmerksam. An dem Abend, als sie erfuhr, daß David die Scheidung eingereicht hatte, war Ken bei ihr gewesen, hatte sie tröstend in den Armen gehalten, ihr zugehört, und sie hatte ihn, wütend wie sie war, an Ort und Stelle verführt. Einige Nächte hatte er ihr Bett geteilt, dann merkte sie, worum es ihm ging.

»*Praktisch* war ich für ihn«, sagte sie jetzt. »Er brauchte nicht so weit zu fahren. Das war mir als Grundlage für eine Beziehung zu wenig.«

»Ach so«, Vicki lachte verlegen. »Wie auch immer, wir haben ihn nicht eingeladen, und ich soll dir sogar ausrichten, daß du ihn auf keinen Fall mitbringst. Das wäre also erledigt. Jeri, wir fahren nächste Woche. Isadore und Clara bleiben bis auf ein paar Tage vor dem Eintreffen der Außerirdischen hier. Es wäre ideal, wenn du mitkämst, aber du kannst auch warten und mit Isadore hinfahren, wenn dir das lieber ist.«

»Mhm. Vielen Dank, Vicki. Ah ... ich meld mich dann wieder, ja?«

»Unbedingt. Wir müssen ja noch gemeinsam die Ausrüstung überprüfen und feststellen, was David dagelassen hat und was du mitnehmen mußt. Ich helf dir gern dabei.«

»Danke. Hier ist ziemlich viel. Ich such alles raus. Vielen Dank, daß ihr mich dabeihaben wollt.«

»Ist doch selbstverständlich. Also dann.«

Jeri legte auf und zupfte nachdenklich an ihrer Unterlippe.

Außerirdische. Sie würden bald da sein.

Und sie hatten sich in der Nähe des Saturn versteckt gehalten, ohne Hinweis auf ihre Gegenwart, über ein Dutzend Jahre lang. Spricht das für friedliche Absichten?

Spiel jetzt nicht verrückt, mahnte sie sich. Aber immerhin, mochte es ratsam sein, sich nicht in einer Großstadt aufzuhalten, wenn sie kamen — vorsichtshalber.

Einmal hatte sie George und Vicki mit David und Melissa im Haus der *Wagenburg*-Gruppe in Bellingham im äußersten Nordwesten der Vereinigten Staaten im Staat Washington besucht. Hübsch war es gewesen, ein schöner Urlaub ...

Ihr letzter gemeinsamer Urlaub. Einen Monat später war David nach Colorado versetzt worden.

»Immerhin eine mächtige Gehaltserhöhung«, hatte er voll freudiger Erregung gesagt.

»Und was ist mit meiner Stelle?«

»Was soll damit sein, Jeri? Du mußt doch nicht arbeiten.«

»Schon, David, aber ich *möchte.*« Als Melissa eingeschult wurde, wollte Jeri etwas zu tun haben und arbeitete als freie Lektorin für einen Großverlag an der Westküste. Sie bewährte sich, ihre frühere Erfahrung kam ihr dabei zugute. Nach einem Jahr hatte sie Glück gehabt und eine Autorin entdeckt, die viel Hilfe mit ihrem ersten Roman brauchte, gutes Zureden, Händchenhalten, und das Manuskript mußte auch stark redigiert werden. Das Buch landete sofort auf der Bestseller-Liste.

Danach wurde Jeri fest angestellt. »Ich bin da unabkömmlich.«

»Das bist du bei mir. Und bei Melissa.«

»David ...«

»Jeri, es ist wirklich eine ganz unglaubliche Beförderung.«

Wie dumm von mir. Und von ihm. Warum konnte er mir nicht gleich sagen, daß sie ihn raussetzen würden, wenn er sich nicht versetzen ließ? Daß es viele eifrige junge Erdölgeologen gibt und die Großunternehmen lieber einen frisch Diplomierten einstellen als einen, der schon lange nichts mehr mit der Theorie zu tun hatte ...?

Er hat sich geschämt. Sie wollten ihn gar nicht mehr, aber er hat es nicht fertiggebracht, mir das zu sagen. Und bitten mochte er mich auch nicht.

Der Teufel soll es holen, *ich habe ihn gebeten!* Aber das ist nicht wirklich dasselbe. David, David, warum nur kann ich dich nicht einfach anrufen und sagen, daß ich zu dir komme ...

Warum eigentlich nicht?

✿

Ein herrlicher Frühlingshimmel lag über Washington. Trotz der Neuigkeit war es in der Stadt überraschend ruhig. Ihre Bewohner ließen sich nicht so ohne weiteres aus der Fassung bringen.

Roger Brooks ging zu Fuß vom NASA-Hauptquartier zum Weißen Haus. Für ihn war die Pressekonferenz der NASA unergiebig gewesen. Bei dem Kongreßabgeordneten Wes Dawson war das etwas anderes: er durfte zur Kosmograd hinauffliegen, der Raumstation der Sowjets, um von dort die Ankunft der Außerirdischen zu beobachten, großartig. Vielleicht sprang dabei sogar eine Geschichte heraus, aber um den Nachrichtenteil kümmerte sich Jose Mavis. Außerdem war noch reichlich Zeit, um Hintergrundmaterial zu sammeln.

Einen Augenblick lang hatte er gedacht, er habe etwas. *Jeanette Crichton entdeckt den Satelliten, und Wes Dawson geht mit der Neuigkeit zum Präsidenten.* Nur die wenigsten würden die Verbindung zwischen Linda

Crichton Gillespie und Carlotta Dawson erkennen. Er dachte immer noch über die Sache nach, als die Presseleute der NASA sie bereits in allen Einzelheiten schilderten. *Captain Crichton ruft ihren Schwager, den General, an, dieser benachrichtigt den Abgeordneten Dawson, der seinerseits den Präsidenten aufsucht.* Da lag alles offen für jedermann zutage, und jeder konnte es sehen. Mist!

Zu Fuß dauerte es zum *Mayflower* gut zwanzig Minuten. Trotzdem erreichte Roger es vor der verabredeten Zeit. Die Grillstube des Restaurants lag günstig, auch wenn man dort nicht besonders gut aß. Viel lieber wäre Roger in eins der französischen Restaurants in der Nähe der K-Street gegangen, aber heute traf er mit John Fox zusammen, und den bekam man in kein Feinschmekkerlokal, ganz gleich, wer bezahlte. Roger bestellte ein Glas Weißwein und lehnte sich zurück, während er auf seinen Gesprächspartner wartete.

Ohne Jackett und Krawatte hat ein Mann nirgendwo in Washington Zutritt, und so hatte sich auch Fox verkleidet: grauer Anzug mit sehr dezenter Krawatte. Mit diesem Aufzug aber hätte er niemanden hinters Licht führen können — seine Manschetten verrieten ihn, sie schlackerten ihm förmlich um die Handgelenke. Dürr wie ein Frettchen, mit knochigen Schultern und sichtbaren Muskeln sogar auf den Handrücken und im Gesicht, wirkte John Fox wie jemand, der gerade aus der Wüste zurückkehrt.

Roger quetschte sich hinter seinem Tisch hervor, um ihm die Hand zu schütteln. »Wie geht's, John? Schon gehört?«

»Ja.« Sie nahmen Platz. »Ich bin erstaunt, dich hier zu sehen.«

Das war nun tatsächlich nicht der Tag, an dem ein wildgewordener Naturschützer die Aufmerksamkeit der Öffentlichkeit erregen konnte! Roger hatte mit dem Gedanken gespielt, sich Nachrichten über das »Raumschiff der Außerirdischen« zu beschaffen. Aber wer etwas wußte, würde jedem alles erzählen, der zuhörte, es konnte also höchstens um Brosamen gehen, die von der Herren Fachleute Tische fielen.

Eine Weile hatte Roger über die Sache nachgedacht. Außerirdische, die vom Saturn kamen. Das ergab keinen Sinn. Bestimmt irgendein mieser Trick. Wahrscheinlich steckte die CIA dahinter. Als er in dieser Richtung nachforschen wollte, empfing ihn geradezu ein Sperrfeuer ungeheuchelter Verblüffung. Sofern die Ankündigung des Präsidenten versteckte Geheimnisse enthielt, würde er die keinesfalls in wenigen Sekunden entschleiern. John Fox hatte Roger auch schon früher mit Material versorgt.

Also sagte Roger: »Wenn ich mal 'ne Verabredung mit jemandem nicht einhalte, der mir eine Nachricht liefern kann, ruf die Polizei an, dann hat man mich entführt. Und jetzt sag mir, was du in Washington treibst. Ich weiß doch, daß du dich in keiner Stadt wohl fühlst.«

Fox nickte. »Hast du gehört, was sie mit dem Porzellansee vorhaben?« Auf Brooks' verständnislosen Blick hin erläuterte er: »Der lange Strahl.«

Zuerst sagte ihm auch das nichts, doch dann fiel es ihm ein — ach so, die Mikrowellen-Empfangsstation. Ein Sonnenkraftwerk auf einer Erdumlaufbahn brauchte einen ortsfesten Empfänger. »Es ist nur eine Versuchsanlage. Sie beansprucht nicht mal 'nen halben Hektar.«

»Sicher. Das Kraftwerk auf der Umlaufbahn bedeckt bloß zweieinhalb Quadratkilometer Himmelsfläche und liefert allerhöchstens tausend Megawatt, selbst wenn alles funktionieren sollte. Begreifst du nicht, worum es bei Versuchsanlagen geht? Wenn es klappt, wird es in größerer Ausführung gebaut, und dann ist eines Tages der ganze Himmel voller Silberrechtecke. Ich mag den Himmel! Ich mag auch die Wüste. Es *muß* was dagegen unternommen werden.«

Roger zuckte die Achseln.

»Auf jeden Fall dachte ich, hier könnte ich was erreichen, und bin extra mit der Nachtmaschine rübergekommen. Aber außer dir hält hier kein Mensch Verabredungen ein.« Er hob den Blick zur wartenden Kellnerin. Beide gaben ihre Bestellung auf.

Brooks machte sich aus reiner Gewohnheit Notizen. *Natürlich* hielt an einem solchen Tag niemand Verabredungen ein! Schließlich waren *Außerirdische* unterwegs.

»Angeblich will man damit saubere Energie gewinnen«, sagte Roger, »damit es keinen sauren Regen mehr gibt.«

Fox schüttelte den Kopf. »Das klappt nie. Je mehr Energie die Menschen zur Verfügung haben, desto mehr verpulvern sie. Natürlich braucht ein Elektrorasierer nicht viel Strom, aber was ist mit der Energie, die man braucht, um das verdammte Ding *herzustellen?* Und dann wird es nach ein paar Jahren weggeschmissen.

Je mehr Strom wir produzieren, desto fester etabliert sich die Wegwerfgesellschaft. Niemand tut etwas, um wirklich mit der Energie hauszuhalten. Nichts darf lange halten. Roger, ganz gleich, wie sauber etwas hergestellt wird, Umweltverschmutzung gibt es immer. Die lernen erst dann, ohne auszukommen, wenn sie das müssen.«

»Schön.« Brooks machte weiter Notizen. »Also, die neue Methode verschandelt die Wüsten mit Müll, versperrt den Blick auf die Sterne und zementiert unsere schlechten Gewohnheiten. Was ist außerdem daran zu bemängeln?«

Roger Brooks hörte nur mit halbem Ohr zu, während Fox seine Argumente vortrug. Neue waren nicht darunter. Wegen dieser Sache war Roger ohnehin nicht hergekommen. Zwar war Fox ein geschickter Argumentierer, aber die wirklich guten Geschichten würde Brooks erst bekommen, wenn er erfuhr, wie Fox gegen die Sache vorzugehen gedachte. Er hatte treue Anhänger, die bereit waren, sich an die Zufahrtstore vor Atomkraftwerken zu ketten oder den Verkehr auf den Straßen Washingtons lahmzulegen.

Heute aber würden nicht einmal seine Freunde Fox zuhören.

Ich tue es ja auch nicht, dachte Roger. Die Sache versprach keine Schlagzeilen. Brooks war versucht, sein Notizbuch wegzustecken, sagte statt dessen aber: »Das könnte sich morgen oder im Laufe des Tages als völlig unerheblich erweisen. Hast du mal überlegt, welche Art von Energie ein interstellares Raumschiff als Antriebsquelle benutzt? Wenn uns die Außerirdischen ihr Geheimnis verraten, könnte es sein, daß die Sonnenkraftwerke auf der Erdumlaufbahn selbst auf uns wie ein Stück Holz wirken, das man zum Feuermachen reibt.«

Fox schüttelte den Kopf. »Womöglich verstehen wir überhaupt nicht, was die benutzen. Außerdem ist es vielleicht viel umweltfeindlicher als alles, was wir haben. Jedenfalls ändert sich für uns deswegen in naher Zukunft nichts. Was auch immer das Licht am Himmel für uns tun mag, das Programm mit dem langen Strahl geht weiter, bis ich was dagegen unternehme. Und das werde ich. Ich hatte heute einen Termin bei Senator Bryant. Er hat ihn abgesagt. Jetzt muß ich eben warten.«

Brooks notierte: »John Fox ist der einzige in der Hauptstadt, der sich nicht die Bohne aus der Ankunft eines interstellaren Raumschiffs macht.«

»Hätte ich doch nur etwas mehr für dich«, sagte Fox. »Ich dachte, ich könnte dir was liefern.«

»Macht nichts.«

»Tu nicht so scheinheilig«, sagte Fox. »Du bist genauso verrückt und besessen wie ich.« Er hob die Hand, als Roger protestieren wollte. »Ist doch wahr. Mir geht nichts über meine Wüsten, und dir nichts darüber, deine Nase in alles mögliche zu stecken. Ich würde dir helfen, den Pulitzer-Preis zu kriegen, wenn ich das könnte. Du warst immer anständig zu mir.« Er lachte leise vor sich hin. »Aber heute ist kein guter Tag dafür. Heute haben alle nur Augen und Ohren für das verdammte Raumschiff. Glaubst du tatsächlich daran?«

»Na hör mal! Du weißt doch von dem weiblichen Heeresoffizier da auf Hawaii? Sie hat es selbst gesehen, und ich kenne sie. Ich kann mir einfach nicht vorstellen, daß sie sich in irgendwelche Machenschaften reinziehen läßt. Nein, die Sache ist bestimmt einwandfrei.«

»Möglich.«

Fox grinste breit. »Wir werden ja sehen.«

✿

Jenny sah sich befriedigt in ihrem Büro mit den schäbigen Möbeln um. Zum Glück waren es nicht besonders viele, denn keinesfalls hätten mehr in dem fensterlosen Kellergelaß Platz gefunden. Es enthielt einen Schreibtisch, auf dem das Telefon stand, einen kleinen Schreibmaschinentisch, drei Sessel und einen schweren stählernen Aktenschrank mit einem Sicherheitsschloß. Es hatte geheißen, man werde ihr noch ein Bücher- und Aktenregal hineinstellen, aber das war bisher ebensowenig aufgetaucht wie das Datensichtgerät.

Es war ein Kellerraum, aber er lag im Weißen Haus — das war eine Menge wert.

Das Telefon klingelte.

»Major Crichton«, meldete sie sich.

»Jack Clybourne.«

»Oh. Hallo.« Er war ihrer Einladung zum Kaffee gefolgt, nachdem er sie nach Hause gefahren hatte. Sie hatten sich hinaus in den Wintergarten gesetzt, und als sie auf die Uhr sah, stellte sie fest, daß zwei Stunden vergangen waren. Das war ihr schon seit Jahren nicht widerfahren.

»Selber hallo. Ich hab nur ganz kurz Zeit. Wie wär's mit Abendessen?«

Tante Rhonda rechnete damit, daß sie in Flintridge aß. »Woran hast du gedacht?«

»Ein afghanisches Restaurant. Basmati-Reis und Lamm vom Grill.«

»Klingt verlockend. Allerdings …«

»Ich ruf dich zu Hause an. Es ist nicht schlimm, wenn du nicht kannst. Dann würg ich eben 'nen Hamburger runter.«

»Eine Selbstmorddrohung für den Fall, daß ich nicht mit dir esse?«

»Ich muß jetzt weg. Ich ruf dich wieder an.«

»Du hast doch meine Nummer noch gar nicht«, sagte sie.

»Keine Sorge. Wir haben unsere Methoden. Tschüs!«

Sie legte auf. *Heiliger Bimbam, mir ist ganz wirbelig im Kopf. Ich muß wohl was essen. Ich hatte tatsächlich an ihn gedacht, kurz bevor es klingelte.*

✿

Der private Apparat auf Wes Dawsons Schreibtisch steckte in einem ledernen Gehäuse. Er klingelte leise.

»Ja?« meldete sich Carlotta.

»Ich bin's.«

»Wie geht's in Houston?«

»Es ist heiß, feucht und windig. Ich wohne im Hilton Edgewater, Zimmer 2133.«

Sie notierte sich die Zimmernummer.

»Du fehlst mir schon jetzt«, sagte er.

»Wer's glaubt. Wahrscheinlich hast du längst eine Schnecke aus Texas aufgegabelt.«

»Wenn ich ehrlich sein soll, zwei.«

»Paß bloß auf, ich komm dir auf die Schliche.«

»Klar doch. Kannst du Andy bitten, daß er sich um meine Ausschußarbeit kümmert?«

»Schon geschehen. Für was für eine Art von Sekretärin hältst du mich eigentlich?«

»Mittelprächtig.«

»Hmm. Mach nur so weiter, und ich verlange Gehaltserhöhung. Ich vermute, daß man in Houston von nichts anderem als den Außerirdischen redet?«

»Das kann man wohl sagen«, bestätigte Wes. »Sogar im Fernsehen gibt es nichts als Witze über Außerirdische. Manche sind nicht mal schlecht. Die Stimmung im Land scheint ganz gut zu sein.«

»Kommt mir auch so vor. Trotzdem habe ich Wilbur beauftragt, sich im Wahlkreis ein bißchen umzuhören«, sagte Carlotta. »Bis jetzt allerdings ist nichts dabei herausgekommen. Nicht einmal Anrufe, außer von Mrs. McNulty.«

»Ja, die schwebt wahrscheinlich im Siebten Himmel.« Mrs. McNulty rief durchschnittlich einmal pro Woche ›ihren‹ Abgeordneten an, gewöhnlich mit der flehenden Bitte um Schutz vor fliegenden Untertassen. »Weißt du, ich bin hier in ein ziemlich enges Zeitkorsett eingespannt. Aufstehen vor Tag und Tau. Und dann auch noch Fitneßübungen! Pfui Teufel!«

»Das wird schon gutgehen. Du bist ja schließlich in Form«, sagte Carlotta.

»In einem Monat sieht das noch viel besser aus. Ich werde gefallen.«

»Schön. Ruf mich morgen wieder an!«

»Mach ich. Und danke, Carlotta.«

Sie lächelte, als sie auflegte. Er hatte »danke« gesagt. Danke, daß du dich um alles kümmerst und mich in den Weltraum fliegen läßt ... Seit sie Wes kannte, war er geradezu verrückt nach dem Weltraum gewesen. Er hatte sich sogar als Mondsiedler eingetragen und war aus allen Wolken gefallen, als sie ihm mitteilte, ein Leben auf dem Mond komme für sie nicht in Frage. Sie hatte richtig Angst bekommen, als sie ihn damals gesehen hatte: Hätte er eine Gelegenheit gehabt, wäre er bestimmt ohne sie gegangen.

Diese Gelegenheit aber kam nie. Die Mondstation der Vereinigten Staaten war winzig und hatte nie mehr als sechs Astronauten umfaßt. Im Augenblick waren es sogar nur vier — verglichen mit fünfzehn Russen.

Die Sowjetunion hatte deutlich zu erkennen gegeben, daß sie ein weitergehendes Experiment der Vereinigten Staaten auf dem Erdtrabanten nicht gern sähe.

Präsident Coffey hatte nicht den Wunsch verspürt, in Erfahrung zu bringen, was sie wohl täten, wenn die Amerikaner mehr Leute hinschickten. Vielleicht spielte das alles keine Rolle mehr.

Carlotta Dawson widmete sich wieder den Papieren auf dem Schreibtisch ihres Mannes. Außerirdische oder nicht, wenn Wes seinen Kongreßsitz behalten wollte, war hier in Washington eine ganze Menge Arbeit zu erledigen.

6 Vorbereitungen

Es gibt Zeiten, da die Grundsätze der Erfahrung verändert werden müssen und da neben der Vorsicht auch Hoffnung, Vertrauen und Instinkt einen Anteil bei der Führung von Geschäften fordern, kurz, Zeiten, in denen das *Wagnis* die höchste Weisheit bedeutet

William Ellery Channing
Die Einheit

Zeit: Fünf Wochen bis zur Stunde Null

Akademiemitglied Pawel Alexandrowitsch Bondarew saß an seinem massiven Walnußschreibtisch und schnippte imaginäre Staubkörnchen von der hochglanzpolierten Platte. Das Büro war riesig, wie es sich für jemanden gehörte, der ordentliches Mitglied der sowjetischen Akademie und zugleich Leiter eines Instituts für Astrophysik war. An den Wänden hingen Farbaufnahmen von Spiralnebeln und Milchstraßensystemen und anderen endlosen Wundern des Himmels, aber vor allem mit dem neuen Teleskop an Bord der sowjetischen Raumstation Kosmograd aufgenommene Weltraumfotos, spektakuläre Jupiter-Ansichten, ebensogut wie die von der amerikanischen Raumsonde gemachten.

Außerdem hing ein Lenin-Porträt dort. Kein Besuch der örtlichen Parteivertreter brauchte Bondarew daran zu erinnern, daß das unerläßlich war. Sie mochten nichts von der Arbeit des Instituts verstehen — das Fehlen eines Lenin-Porträts würde ihnen mit Sicherheit sofort auffallen. Möglicherweise war es das einzige, was solche Besucher zu bemerken imstande waren.

Bondarew wartete ungeduldig und zuckte zusammen, als das Haustelefon schnarrte.

»Ja?«

»Er ist am Flughafen«, sagte seine Sekretärin.

»Aha.«

»Hier ist verschiedenes zu unterschreiben.«

»Bringen Sie es herein!« sagte Bondarew schroff.

Sekunden später öffnete sich die Tür. Lorena kam mit einer Anzahl Papiere herein.

Sie war klein und hatte dunkle, blitzende Augen. Ihre Fesseln waren schlank, und um ein Handgelenk lag ein Goldkettchen, das ihr Pawel Bondarew vor langer Zeit geschenkt hatte. Seit zehn Jahren war sie seine Geliebte, und er konnte sich ein Leben ohne sie nicht vorstellen. Soweit ihm bekannt war, hatte sie nichts außer ihm. Nach außen war sie die vollkommene Sekretärin, privat die vollkommene Geliebte. Gelegentlich kam ihm der Gedanke, sie liebe ihn aufrichtig, doch flößte er ihm so großen Schrecken ein, daß er ihm nicht weiter nachging. Gefühlsbindungen waren gefährlich.

Sie schloß die Tür hinter sich. »Wer ist das?« wollte sie wissen. »Warum schickt Moskau jemand her, der seinen Namen nicht nennt? Haben Sie sich etwas zuschulden kommen lassen, Pawel Alexandrowitsch?«

Er runzelte leicht die Stirn. Seit einiger Zeit sprach sie sogar im Büro so mit ihm, natürlich nur, wenn niemand in der Nähe war. Trotzdem — es war nicht gut für die Disziplin. Ein Tadel drängte sich ihm auf die Lippen, doch er schluckte ihn hinunter. Er würde dafür bezahlen müssen, heute abend, morgen abend, irgendwann in ihrer Wohnung ...

»Es hat nichts auf sich«, sagte er einfach. »Von Schwierigkeiten kann keine Rede sein, und ich war auf sein Kommen eingestellt.«

»Sie kennen ihn also.«

»Nein. Ich meine, daß mit dem Eintreffen von jemandem aus Moskau zu rechnen war.« Er lächelte, und sie schob sich näher an ihn heran, bis sie neben seinem Sessel stand. Ihre Hand lag auf seinem Arm. Er tätschelte sie. »Wirklich, es gibt keine Schwierigkeiten, meine Liebste. Beruhigen Sie sich. Es hat mit dem Anruf aus Hawaii zu tun. Erinnern Sie sich?«

»Aber ich soll es nicht erfahren.«

Er lachte. »Ich habe es auch meiner Frau und meinen Kindern nicht gesagt.«

Sie schnaubte verächtlich.

»Es ist ein Staatsgeheimnis, eine Angelegenheit der staatlichen Sicherheit! Warum sollte ich Sie hinters Licht führen?«

»Was haben wir mit der Staatssicherheit zu tun? Wie kann unser Land von fernen Milchstraßen her bedroht werden? — Was haben Sie angestellt? Pawel, so dürfen Sie nicht weitermachen!«

»Aber was ...«

»Sie wollen nach Moskau!« fauchte sie. »Dahinter steckt Ihre Frau. Sie war hier nie glücklich.« Ihre Stimme änderte sich, wurde kreischend, ahmte spöttisch den Ton einer großen Dame aus Moskau nach. »Nun, die Partei hat es für nötig gehalten, Pawel für einige Jahre hierher zu entsenden. Die Leute in der Provinz sind so untüchtig, da mußten wir das Opfer wohl auch bringen.«

»Es wäre mir lieb, wenn Sie Marina nicht nachäfften«, sagte er. »Außerdem haben Sie unrecht. Es hat mit einer Rückkehr nach Moskau nicht das geringste zu tun. Außerdem werde ich Sie mitnehmen, wenn es eines Tages dazu kommt. Welcher Russe will nicht in Moskau leben?«

»Ich. Ich möchte hierbleiben, und zwar mit Ihnen. Hier paßt Ihre Frau nicht so auf. In Moskau hätte sie Sorge, ihre Freundinnen könnten erfahren, daß ihr Mann eine Geliebte hat.«

Zwar hatte sie damit recht, aber es spielte kaum eine Rolle. »Das ist jetzt unwichtig«, sagte er. »Die Dinge werden sich bald ändern, früher, als Sie denken. Uns allen stehen große Veränderungen bevor.«

Sie runzelte die Stirn. »Das klingt ernst.«

»Mir war es noch nie so ernst.«

»Veränderungen zum Besseren?«

»Das weiß ich nicht.« Er stand auf und nahm ihre Hände in seine. »Aber mit Sicherheit gehen sie über unsere Voraussagemöglichkeiten hinaus und sind so tiefgreifend wie in der Revolution.«

Pawel Bondarew vertiefte sich in die ihm übergebenen Dokumente, warf aber von Zeit zu Zeit einen Blick auf den Mann, der sie gebracht hatte. Dmitri Parfenowitsch Gruschin war trotz seiner Jugend schon Oberstleutnant im KGB. Er trug einen so tadellos sitzenden Anzug aus weichem Wollstoff, daß er nur in Paris oder London geschneidert sein konnte. Gruschin war von durchschnittlicher Körpergröße und schlank, aber sein Händedruck war sehr fest gewesen, und er ging mit federndem Schritt.

Die Papiere bestätigten, was General Narowtschatow bereits gesagt hatte. »Aha«, sagte Bondarew, »ich soll nach Baikonur.«

»Ja, Genosse Akademiemitglied.« Gruschin sprach mit Achtung in der Stimme. Es war schwer, Schlüsse auf das zu ziehen, was er dachte, da er Gesicht und Stimme vollkommen unter Kontrolle zu haben schien.

Er hatte einen Brief von General Narowtschatow gebracht, in dem Marina und die Kinder nach Moskau eingeladen wurden. Die erforderlichen Reisebescheinigungen lagen bei. Marina würde sich freuen. »Hier ist noch viel ungesagt«, nahm Bondarew den Faden auf.

»Ich kann alles erklären«, sagte Gruschin.

»Bitte.«

»Man hat General Narowtschatow zum Ersten Parteisekretär ernannt«, sagte Gruschin zurückhaltend. Er ließ eine hinreichend lange Pause eintreten, um Bondarew Gelegenheit zu geben, das volle Ausmaß dessen zu erfassen, was das bedeutete. »Es wird im Lauf der Woche noch öffentlich bekanntgegeben. Im Politbüro macht man sich gewisse Sorgen wegen dieses interstellaren Raumschiffs. Viele Marschälle der Sowjetunion glauben nicht an Außerirdische.«

»Man hält es also ...«

»... für einen Trick der CIA«, ergänzte Gruschin.

»Unmöglich!«

»Das nehme ich auch an, ebenso wie der Vorsitzende Petrowski.«

»Und Genosse Trussow?«

Gruschin zuckte die Achseln. »Sie verstehen, ich sehe den Vorsitzenden des KGB nicht besonders häufig — allerdings hat man mir gesagt, daß der Verteidigungsrat einstimmig beschlossen hat, ein Wissenschaftler, der Zivilist ist, solle die Vorbereitungen zum Empfang der Außerirdischen leiten. Sie, Genosse.«

»Viel Ehre. Ich muß allerdings gestehen, daß ich für diese Aufgabe nicht besonders geeignet bin.«

»Wer ist das schon? Ich bin für den diplomatischen Dienst ausgebildet, doch — was für eine Ausbildung braucht jemand, der mit Lebewesen von einem anderen Stern zusammentreffen soll? Wir müssen tun, was uns aufgetragen ist.«

»Heißt daß, daß Sie als mein Vize mitkommen?« Es war üblich, für ein solches Projekt einen KGB-Funktionär als Personalbeauftragten mitzuernennen. Bestimmt würde der KGB darauf bestehen, seine Leute an hoher Stelle innerhalb der entscheidenden Organisation einzuschleusen.

»Nein, diese Aufgabe übernimmt ein anderer«, sagte Gruschin. »Ich habe Befehl, nach Kosmograd aufzubrechen.«

»Aha, Sie haben eine Ausbildung als Kosmonaut?«

»Nein, aber als Pilot.« Gruschin sagte es mit dünnem Lächeln. »Genosse Akademiemitglied, Ihr Schwiegervater hat mir gesagt, ich könne Ihnen vertrauen, also sage ich Ihnen alles, was ich weiß. Das ist ungewöhnlich. Noch seltsamer ist, daß mir Genosse Trussow persönlich eingeschärft hat, ebenso zu verfahren.«

In der Tat ungewöhnlich. Also nahm man das Raumschiff im Politbüro sehr ernst. General Nikolai Narowtschatow hatte gesagt: »Du darfst dem Mann vom KGB vertrauen, so weit das bei jemandem vom KGB möglich ist.« Was das zu bedeuten hatte, war nicht ganz ersichtlich.

»Was also muß ich wissen?« fragte Bondarew.

»Nicht alle Militärs«, sagte Gruschin, »werden mit uns am selben Strang ziehen, und nicht alle werden Ihrem Kommando unterstehen. Sie werden in Baikonur großes Geschick brauchen, um zu erkennen, welche Marschälle Ihnen vertrauen und welche nicht. Ich brauche Ihnen nicht zu sagen, daß das nicht leicht sein wird.«

»Nein.« Das durfte er ohne Gefahr sagen. Mehr aber nicht.

»Außerdem ist von wesentlicher Bedeutung, daß die Amerikaner keinen Einblick in das Ausmaß unserer Mobilmachung bekommen.«

»Ich verstehe.« *Aha. Einige der Marschälle sind offenbar nicht mehr bei der Fahne. Sie machen unabhängig von den Vorstellungen des Kremls mobil. Das dürfen die Amerikaner selbstverständlich nie erfahren!* »Was muß ich noch wissen?«

»Wer gegenwärtig in Kosmograd ist, und wen wir einladen werden.«

»Einladen?«

»Amerikaner. Sie haben uns bereits gebeten, einige ihrer Leute an Bord zu lassen, wenn das Raumschiff kommt. Das Politbüro wünscht binnen drei Tagen Ihre Empfehlung zu erfahren.« Er ließ eine Pause eintreten.

»Ich denke allerdings, daß man die Amerikaner einladen wird, ganz gleich, was Sie dazu sagen.«

»Aha. Und wenn die USA den Wunsch haben, werden andere Völker folgen.« Er zuckte die Achseln. »Ich sehe nicht, wie die alle in Kosmograd unterkommen sollen.«

»Ich auch nicht, aber das werde ich Ihnen mitteilen, sobald ich dort bin. Ebenso werde ich Sie über die an Bord befindliche Besatzung in Kenntnis setzen. Selbstverständlich bekommen Sie auch Berichte von Kommandant Rogatschow.«

»Ein guter Mann«, sagte Bondarew.

Mit bauernschlauem Lächeln sagte Gruschin, an dem sonst nicht viel an einen Bauern erinnerte: »Geradezu legendär — aber nicht alle sehen ihn so wie Sie.«

»Warum nicht?«

»Weil er Schwierigkeiten macht, wenn er vermutet, daß seine Mission in Gefahr ist. Aber technisch ist er der beste Kommandant, den wir für Kosmograd haben.«

»Doch Sie zweifeln — woran? Gewiß nicht an seiner Loyalität?«

»Nicht an seiner Loyalität zur Sowjetunion.«

»Aha.« In dieser Äußerung hatte etwas mitgeschwungen. Gelegentlich hatte es Rogatschwow an der nötigen Achtung vor der Partei fehlen lassen ... »Und in welcher Hinsicht macht er Schwierigkeiten?«

Gruschin hob die Schultern. »Kleinigkeiten. Ein Beispiel. Er hat seinen alten Feldwebel da oben, der während des Äthiopienkonflikts seinen Hubschrauber gewartet hat. Der Mann hat bei den Kampfhandlungen beide Beine verloren. Als er im Zuge der Rotation zur Erde zurück sollte, hat Rogatschow Ausreden gefunden, um ihn dort zu behalten. Er hat erklärt, ein Besserer stehe nicht zur Verfügung, und es sei für Kosmograd von großer Bedeutung, ihn dort zu behalten.«

»Und? Hat er recht?«

Gruschin hob wieder die Schultern. »Auch das werde ich in Erfahrung bringen. Verstehen Sie mich, Genosse Akademiemitglied. An Bord von Kosmograd werde ich nur einer der stellvertretenden Kommandanten sein, Erster Vize ist die Tutsikowa. Aber ich werde Ihnen unmittelbar berichten. Wenn es erforderlich ist, können Sie Rogatschow ablösen lassen.«

Bondarew nickte verstehend. Er empfand eine unbestimmte Furcht.

Ich bin für die Raumstation zuständig, aber es gibt eine ganze Reihe technischer Fragen. Welche sind wichtig, und welche nicht? Ich brauche Rat — doch wem kann ich trauen? Er lächelte dünn. Das war wohl auch das Dilemma des Vorsitzenden Petrowski und des Ersten Parteisekretärs Narowtschatow. *Deshalb hat man mir diese Aufgabe aufgehalst.*

Allerdings ist es eine glänzende Gelegenheit. Endlich, dachte Pawel Bondarew, endlich kann ich ihnen sagen, wohin sie das Raumteleskop richten sollen, und ich werde die Bilder sofort sehen können.

✿

Es war ein heller, klarer, sonniger Frühlingstag — die Art Tag, die es wert erscheinen ließ, daß man die Regenperioden ertrug. Die schneebekrönten Gipfel des Mount Baker und der Zwillingsschwestern erhoben sich majestätisch über den Vorbergen im Osten Bellinghams. Selbst für Alteingesessene war die Aussicht eindrucksvoll, und den aus Los Angeles Zugereisten blieb vor Staunen der Mund offenstehen. Sie standen in der Nähe des alten Rathauses, eines roten Backsteinbaus im Stil alter Ritterburgen, und sahen abwechselnd über die Bucht zu den San Juan-Inseln und dann wieder zurück zu den Bergen hin.

Als Kevin Shakes einen Uniformierten auf sich zukommen sah, überlegte er, was möglicherweise nicht in

Ordnung war. Sein Blick ging unwillkürlich zum Wagen hinüber — hatte er falsch geparkt? Eine typische Großstädterreaktion. In einer Kleinstadt wie Bellingham konnte man seinen Wagen abstellen, wo man Lust dazu hatte.

Der Uniformierte trug ein braunes, kurzärmeliges Hemd mit Dienstabzeichen und einen Revolvergürtel. Er war drei bis vier Jahre älter als Kevin mit seinen achtzehn Jahren. Breit grinsend nahm er den Hut ab, so daß dünnes Blondhaar in einer Art Treppenschnitt zum Vorschein kam. »Hallo, Miranda«, sagte er. »Ist das jetzt der ganze Verein?«

»Alle außer Papa und Mama.« Auch Miranda lächelte. »Leigh, das sind meine Brüder Kevin, Carl und Owen. Wir waren gerade einkaufen.«

Carl und Owen — dreizehn und elf Jahre alt, mit völlig gleichem, glattem braunen Haarschopf, aber dreißig Zentimeter Unterschied in der Körpergröße — sahen mißtrauisch auf den Uniformierten, der sich vorwiegend für Miranda zu interessieren schien. Er sagte jetzt: »Man könnte glauben, daß ihr den ganzen Laden leergekauft habt.«

Kevin sagte: »Vielleicht hat es Miranda schon gesagt, wir sind nicht allein da draußen. In dem Haus wohnen noch drei andere Familien. Jeder gehört ein Fünftel, und sie kommen alle auf Urlaub her.«

»Wird das nicht ziemlich eng?«

Kevin zuckte die Achseln. Mirandas Lächeln wurde zurückhaltender. »Ja. Es ist das erste Mal so. Eigentlich hatten wir uns abwechseln wollen, jede Familie eine Woche. Aber irgendwie scheint das nicht zu klappen. Mal sehen, was wird. Die anderen Familien sind nicht so groß wie unsere. Aber ich kenne sie nicht sehr gut.«

Miranda und der junge Polizist gingen ein wenig beiseite, um ungestört zu sein, und Kevin ließ sie. Als sie wieder im Wagen saßen, fragte er: »Wer ist das? Woher kennst du ihn?«

»Er heißt Leigh Young. Er war im Club, und wir haben Tennis gespielt. Er ist nicht besonders gut darin, könnte aber besser werden.«

»Gefällt er dir?«

»Schon.«

»Ich glaube, Papa hätte nichts dagegen, wenn du dich mit einem von der Polizei triffst. Kann nützlich sein.« Dann sah Kevin sich um, um sich zu vergewissern, daß die kleineren Brüder bei den Bergen von Lebensmitteln auf der Ladefläche saßen, bevor er den Motor anließ. »Voll wird es bestimmt.«

»Ja.«

»Was hältst du von der Sache, Randy? Meinst du, Papa hat recht?«

Sie zuckte die Achseln. »Zuerst hab ich gedacht, er spinnt.«

»Das weiß man bei dem nie so genau«, sagte Kevin. Miranda war nur ein Jahr älter als er, und sie hatten sich recht gut miteinander angefreundet, als sie Bruder und Schwester geworden waren. Sie kannten das undeutbare Lächeln ihres Vaters William Adolphos Shakes, der fleißig auf dem Heimcomputer alle Kosten ausrechnete. Er hatte in den letzten Jahren keinen Cent unnütz ausgegeben.

»... und jetzt kommt also tatsächlich ein Raumschiff mit Außerirdischen.«

»Ja, Mrs. Wilson hat gesagt, es hält sich schon lange versteckt. Sie behauptet, sie wäre in 'nem Labor gewesen, als irgendwas passiert ist. Aber damals wußte niemand, daß die Außerirdischen dahintersteckten. Warum sie wohl so lange gewartet haben?«

»Was weiß ich.« Miranda öffnete das Handschuhfach. »Zumindest ist es hübsch hier.« Sie schob eine Kassette in den Schacht des Geräts, und die laute Musik einer neuen Gruppe erfüllte die Fahrerkabine des Kleinlasters. »Nur gut, daß wir Kassetten haben«, überschrie sie den Motorenlärm.

»Ja.« Im Radio gab es an diesem gottverlassenen Ort bestimmt nichts Vernünftiges.

✿

William Shakes und Max Rohrs gingen zum Haus zurück, quer über die Betondecke, die Rohrs in der Vorwoche gegossen hatte. Sie war jetzt fest und trocken. Rohrs war hochgewachsen, breitschultrig und muskulös. Neben ihm kam sich William Shakes fast wie ein Zwerg vor, obwohl der Unterschied nicht *so* groß war. Rohrs sagte: »Das hätten wir. Wenn es Schwierigkeiten geben sollte, Sie haben ja meine Nummer.«

»Ja. Danke. Wir werden uns wohl gelegentlich wiedersehen.«

»Hoffentlich. Sie sind ein guter Kunde«, sagte Rohrs. »So wie Sie Leitungen legen, könnte man glauben, daß Sie ein Hotel aufmachen wollen.« Als Shakes nicht darauf einging, erklärte er: »War nur 'n Witz.«

»Nun, ich find es nicht zum Lachen. Es wird auch wie im Hotel. Drei Familien kommen noch. Ich denke, die Sickergruben reichen jetzt für alle. Betten sind jedenfalls genug da.«

»Trotzdem gibt es wohl ein ziemliches Gedränge.«

Shakes nickte. Ein feines Lächeln lag unter seinem nichtssagenden Gesichtsausdruck. Rohrs hatte die Sikkergrube im April angelegt. Man hatte ihm gesagt, die zweite Grube auf der anderen Seite des Hauses sei zu alt und zu klein. Keins von beiden stimmte. Rohrs konnte nicht wissen, daß unter der von ihm gegossenen Betondecke eine zweite, mit Steinen und Erde bedeckte lag — und unter ihr ein geräumiger Schutzkeller, von dem *niemand* etwas wußte.

Als Rohrs davonfuhr, konnte er in seinem Rückspiegel William Shakes' zufriedenes Lächeln sehen.

Jack und Harriet McCauley hatten Bill und Gwen Shakes sechs Jahre zuvor aufgefordert, der Gruppe *Wagenburg* beizutreten. Den Shakes war schon damals klar, worauf sie sich einließen, denn es war bekannt, daß Jack, Harriet und verschiedene andere das Überleben trainierten und ständig mit dem Ende der Zivilisation rechneten — ein Thema, über das sie sich endlos verbreiten konnten.

Es war nicht ganz klar, warum sie gerade auf Bill und Gwen Shakes verfallen waren. Vielleicht weil sie gut zuhörten und die McCauleys nie verspotteten? Die Shakes sahen keinen Anlaß, jemanden zu verspotten, der sich auf eine Katastrophe einstellte. Nur waren sie davon überzeugt, daß sich Katastrophen nicht voraussagen ließen. Ihrer Ansicht nach stellte sich die Gruppe auf etwas viel zu Spezifisches ein. Die Wirklichkeit würde sie übertölpeln, wenn es soweit war.

Also hatten die Shakes keineswegs begierig zugegriffen, sondern erst in aller Ruhe gemeinsam überlegt, worum es ging ... bis Bill begriff, worauf die Gruppe hinauswollte.

Sie schlossen sich an und zahlten ihre Beiträge, die gerade noch erschwinglich waren, kauften an Ausrüstung, was man ihnen vorschrieb, und pflegten sie. Waffen und Lebensmittelvorräte im Haus zu haben war nie falsch. Sie stapelten die Druckschriften und Bücher, lasen sogar einiges davon und brachten ihren Kindern den sicheren Umgang mit Schußwaffen bei. Bei den Donnerstagssitzungen sprachen sie sich entschieden für den Ankauf eines Refugiums in irgendeiner abgelegenen Gegend aus, möglichst in der Nähe eines Dorfs mit Ackerbau. Schließlich fanden sie etwas Passendes, und wie die übrigen Mitglieder der Gruppe übernahmen auch die Shakes ein Fünftel der Kosten.

Bill gefiel das Spiel, und er mogelte nicht. Die Gruppe bekam, wofür die Mitglieder bezahlt hatten — die Familie Shakes aber verfügte über einen ständig nutzbaren

Ferienwohnsitz, der sie nur rund zwanzig Prozent dessen gekostet hatte, was sie sonst dafür hätten bezahlen müssen. Außerdem investierten sie Zeit, Anstrengung und weiteres Geld, das Anwesen nicht nur einfach in Schuß zu bringen, sondern es zu einer richtigen Fluchtburg auszubauen.

Bill und Gwen arbeiteten gern mit den Händen, und die Jungen auch. Immer wenn es ihnen ihre Zeit erlaubte, fuhren sie mit dem Kleinlaster von Los Angeles nach Bellingham hinauf — Miranda und Kevin waren alt genug, um Bill am Lenkrad abzulösen — und schufen aus dem Chaos Ordnung, verwandelten mit Wonne das riesige alte Haus mit den zahlreichen Räumen geradezu in eine Festung. Es sah aus jeder Richtung aus wie ein L, war aber in Wirklichkeit X-förmig und damit größer, als ein Betrachter auf den ersten Blick vermutet hätte. Es stieß an ein Wäldchen, und das Grundstück war groß genug für Gartenland. Es gab Arbeit, aber auch Gelegenheit zu Ausflügen und zum Segeln mit ihrem Acht-Meter-Boot zwischen den San Juan-Inseln, einem der herrlichsten Segelreviere der Welt. Aller Wahrscheinlichkeit nach würde das Ende der Zivilisation nie kommen, oder auf eine Weise, die unmöglich vorauszusagen war. Bis dahin nutzten sie das Anwesen häufiger und intensiver als die übrigen Familien der *Wagenburg* zusammen.

Dieser Urlaub allerdings war nicht geplant gewesen.

Als Bill zwei Abende zuvor nach Hause gekommen war, konnten Gwen und die Kinder von nichts anderem reden als dem sich nähernden Raumschiff der Außerirdischen. In den Elf-Uhr-Nachrichten des Fernsehens gab es die kühnsten Zeichnungen davon, wie es aussehen konnte. Sie erinnerten Bill an ähnlich kühne Karikaturen aus den späten vierziger Jahren: verschiedene Entwürfe für ein atomgetriebenes Flugzeug. Aus *dem* war ja nichts geworden, aber das hier ...

Als ihn das Telefon um ein Uhr nachts weckte, hatte

ihn das nicht im geringsten überrascht. George Tate-Evans erteilte der Familie Shakes den Auftrag, nach Bellingham zu fahren.

Ich lasse mich nicht kommandieren, dachte Bill, sagte aber nichts, sondern überlegte bereits, was wohl sein Vorgesetzter zu der überraschenden Bitte um eine oder zwei Wochen Urlaub sagen würde. In einer Hinsicht hatte George recht: für so etwas wie diese Sache war die *Wagenburg* gedacht.

Zwar war es immer noch ein Spiel, aber jetzt wurde um Punkte gespielt. Bill war nicht sicher, wie die Kinder dazu standen. Miranda und Kevin hatten ihre eigenen Sorgen, und Karl und Owen kamen in ihrer neuen Schule nicht besonders gut zurecht. Sie hätten die Kinder niemals so spät im Schuljahr umschulen sollen. Aber alle taten brav ihre Arbeit im Gemüsegarten und kauften riesige Mengen Lebensmittel ein.

Bill versuchte, nicht an die Kosten zu denken und auch nicht an die Störungen ihres gewohnten Lebens, die das Ganze mit sich brachte. Er konnte die ›Krieg der Sterne‹-Haltung seiner Kinder nicht recht verstehen … und es war ihm auch unerfindlich, daß George und Vikki die Sache so todernst nahmen. Gwen schwankte. »Vicki macht sich richtig Sorgen«, hatte sie gesagt.

»Sieh das Ganze als Probealarm an«, hatte er ihr geraten. »Wir merken, wo noch Macken sind, und wenn später mal was passiert, wissen wir genau, was wir zu tun haben.«

Das klang nicht unvernünftig.

✿

Max Rohrs sagte an jenem Abend im Bett zu seiner Frau Evelyn, die in einem Buch las: »Ich glaub, ich mach Bill Shakes nervös.«

Ohne ihre Lektüre zu unterbrechen, fragte sie: »Hast du nicht gesagt, daß er klein ist?«

»Ja. Er reicht mir nicht mal bis zur Schulter. Seine Frau ist so wie er, nur ein Stück breiter, und die Jungs sind 'nen ganzen Kopf größer. Ich hab das Gefühl, er versteckt was.«

»Leichen?«

Das sagte sie nicht etwa, weil es sie interessiert hätte, sondern einfach, um etwas zu sagen. Max, der das merkte, lachte. »Nein, keine Leichen — aber mir liegen da zu viele Leitungen auf dem Grundstück. Jetzt haben sie schon wieder 'ne neue Sickergrube anlegen lassen, und ich glaub nicht, daß die nötig ist. Ich will dir was sagen, das sind bestimmt so Überlebensfritzen.« Er drehte sich auf die andere Seite. »Bestimmt haben sie Schußwaffen, riesige Lebensmittelvorräte und 'nen Bombenkeller. Wahrscheinlich unter dem Tennisplatz, den ich für sie gegossen hab.« Er runzelte die Stirn. »Seit einer guten Woche sind die wie aufgescheucht.«

»Ich hab heute von Linda gehört«, sagte seine Frau, übergangslos, wie es schien.

»Linda? Wie kommst du jetzt auf die?«

»Gillespie. Sie ist wieder in Washington. Der Präsident hat Ed und Wes Dawson zur Ausbildung nach Houston geschickt. Endlich darf Wes in den Weltraum.«

Neid beschlich Max. »Gut für ihn.«

»Linda wohnt in Flintridge. Ihre jüngere Schwester Jenny — du erinnerst dich doch noch an sie? — hatte was mit der Entdeckung des außerirdischen Raumschiffs zu tun.«

»Ach, *das* macht den Shakes wohl so nervös. Die Leute richten sich da bestimmt aufs Überleben ein.« Die Erwähnung Lindas ließ ihn daran denken, wie er seine Frau kennengelernt hatte. Er war damals als Matrose in Washington auf Landurlaub gewesen und hatte nicht gewußt, wo er die Nacht verbringen sollte. Jemand hatte ihm empfohlen, es einmal im Gemeindehaus nahe der National Cathedral zu versuchen.

Dort hatten sich zahlreiche junge Frauen befunden, eine so hochnäsig wie die andere, bis auf Evelyn und ihre Freundinnen Linda und Carlotta. Auch sie studierten am College, aber sie schämten sich nicht, mit einem einfachen Unteroffizier gesehen zu werden.

Vielleicht wäre es besser gewesen, wenn auch Evelyn die Nase hoch getragen hätte, dachte Max. Aber nicht für mich. Daß seine Frau klüger war als er, störte ihn nicht, und daß sie ihn rückhaltlos liebte, verblüffte ihn immer wieder.

Drei Wochen später war sie schwanger geworden. Keine Sekunde lang hatten sie über Abtreibung gesprochen. Sie ließen sich in der Kirche trauen, in deren Gemeindehaus sie einander kennengelernt hatten, und der Hochzeitsempfang fand auf Flintridge statt. Viele Angehörige Evelyns waren gekommen und auch Verwandte Lindas und Carlottas, wichtige Leute, die über Max' Zukunft gesprochen hatten und über Anstellungen, die er bekommen konnte. Es sah ganz so aus, als sei er ein gemachter Mann.

Nach dem Militärdienst war er nach Bellingham zurückgekehrt, um sich um seine Mutter zu kümmern. Evelyns Vater unterstützte sie ein wenig und ließ ihnen so viel zukommen, daß sich Max als Installateur selbständig machen konnte — aber es gab am Ort nicht genug Kunden.

Das lag jetzt nahezu zwanzig Jahre zurück. Er sah zu Evelyn hinüber. Sie las wieder. Ihr Nachthemd wirkte fadenscheinig. *Das hab ich ihr vor vier Jahren geschenkt! Wie die Zeit vergeht!*

Man hörte die Kinder auf der anderen Seite der Wand, aber nicht so, daß es störte.

Evelyn legte das Buch beiseite und schaltete ihre Nachttischlampe aus. »Hier in der Gegend sollen sich viele Überlebenswillige aufhalten«, sagte sie. »Aber niemand, den wir kennen, spricht darüber.«

»Sag du auch nicht weiter, was ich dir erzählt hab.

Die würden mir keinen Auftrag mehr geben, wenn sie wüßten, was ich gesagt hab.«

»In Ordnung, Liebling.«

»Du weißt ja, seit die Werft stillgelegt ist, gibt es nicht viel Arbeit für mich, und Shakes zahlt pünktlich ...« Doch seine Frau war bereits eingeschlafen.

7 Große Erwartungen

Die Erwartung läßt uns etwas Ersehntes teuer erscheinen, der Himmel wäre nicht der Himmel, wenn wir wüßten, wie es dort aussieht.

Sir John Suckling
Gegen die Erfüllung

Zeit: Zwei Wochen bis zur Stunde Null

Das Schlafzimmer war nicht nur sauber und aufgeräumt, es wirkte wie geleckt. So sah es überall in Jack Clybournes Wohnung aus.

Bei ihrem ersten Besuch dort hatte Jenny ihr Erstaunen nicht verhehlen können.

Jack hatte gelacht. »Das bringt der Beruf so mit sich. Wir sind viel auf Reisen und wohnen in Hotels. Weil wir nie wissen, wann der Zeitplan des Präsidenten geändert wird, bleibt gleich alles gepackt.« Trotz der peinlichen Ordnung wirkte das Schlafzimmer nicht unpersönlich. Es enthielt Fotos seiner Mutter und Schwester sowie des Präsidenten, außerdem Bilder, auf denen der Kreml zu sehen war, die Chinesische Mauer und andere Orte, die er besucht hatte. Buchklubausgaben füllten ein Regal an der Wand, und es ließ sich erkennen, daß Jack viel las, eine Schwäche für Geschichte hatte, aber auch Spionageromane nicht verschmähte.

Jenny stand vorsichtig auf. Sie meinte, ihn nicht geweckt zu haben, doch war das ohne weiteres nicht zu merken. Er hatte einen leichten Schlaf und hielt die Augen geschlossen, wenn er wach wurde.

Sie holte die Uniform aus dem Schrank. Bei ihrem ersten Besuch war ihre Kleidung auf dem Fußboden gelandet, aber die Ordnung, die hier herrschte, wirkte ansteckend ... Sie ging ins Bad.

Als sie zurückkam, war das Bett leer. Sie hörte die Dusche im zweiten Badezimmer. *Ein mustergültig rücksichtsvoller Liebhaber.*

Das Wort ›Liebhaber‹ schien ihr zwar nicht ganz angebracht, aber etwas anderes paßte auch nicht. Verlobt waren sie nicht und hatten auch nicht von Heirat gesprochen. Das Heer erwartete von Männern, daß sie als Lieutenants unverheiratet blieben, Captains durften verheiratet sein, und als Majore waren es die meisten dann auch; bei einer Frau allerdings bedeutete eine Eheschließung das Ende der Offizierslaufbahn.

Was auch immer Jack war — mit Sicherheit war er mehr als eine einfache Beziehung. Sie wohnten zwar nicht zusammen, teils, weil sowohl Heer wie Geheimdienst ziemlich prüde waren, auch wenn sie sich den gegenteiligen Anschein zu geben bemühten. Vor allem aber hatte Jenny keine Lust, all die Erklärungen abzugeben, die Tante Rhonda von ihr erwarten würde, wenn sie aus Flintridge auszöge. Trotzdem verbrachte sie viel Zeit in Jacks Wohnung. Er wie sie reisten viel und hatten unregelmäßig Dienst, aber es war klar, daß sie ihre Freizeit miteinander verbrachten, sofern beide in Washington waren und dienstfrei hatten.

Unterwegs hatte sie sich zweimal mit anderen Männern verabredet gehabt, aber es war nicht dasselbe. Irgend etwas fehlte. Zauber, dachte sie und gab sich keine Mühe, nach einem anderen Wort dafür zu suchen. Es genügte, daß es so war, und es war wunderbar.

»Abendessen?«

»Einverstanden. Soll ich kochen?«

»Du mußt nicht ...«

»Jack, ich tue es gern, und ich habe nicht oft Gelegenheit dazu.«

»Na schön. Dann müssen wir aber noch einkaufen, ich hab nichts im Haus.«

»In Ordnung. Ich fang schon mal an, und du kannst ja ...«

Sie sprach nicht weiter, weil er den Kopf schüttelte. »Laß uns zusammen gehen. Wir könnten unterwegs überlegen, was wir essen wollen.«

»Einverstanden.« Wie immer, bevor er das Haus verließ, nahm er seine Dienstwaffe aus dem in der Hose versteckten Holster und sah nach, ob die Kammern der Trommel Patronen enthielten.

Sie lachte leise vor sich hin und sagte: »Nach Hause wollte er mich bringen. ›Ich fahr sowieso in die Richtung‹, hat er gesagt.«

»Aber es hat doch funktioniert, oder?«

Sie nahm seine Hand. »Ja, und ich bin froh darüber.«

»Ich auch.«

Nach einer Weile blieb er plötzlich stehen und fragte: »Jenny, was, zum Teufel, geht eigentlich vor sich?«

»Was meinst du?«

»Das Raumschiff — Leute wie ich hören eine ganze Menge, reden aber nicht darüber. Auch mit dir würde ich es nicht tun, wenn es nicht auch deine Arbeit wäre — der Präsident hat Angst, Jenny. Wenn du das bis jetzt nicht wußtest, wird es Zeit, daß du es erfährst.«

»Angst? Jack — Liebling, wir wollen weitergehen.«

In der Wohnung hat er nichts davon gesagt. Hier auf der Straße ist es wahrscheinlich ungefährlich, wenn wir leise sprechen. So was Albernes. Es hört doch niemand zu ... »Was meinst du mit ›er hat Angst‹? Ich hab ihm ein dutzendmal vorgetragen und dabei nichts dergleichen bemerkt.«

»Dir und dem Admiral zeigt er es nicht«, sagte Jack, »aber Mrs. Coffey. Er macht sich Sorgen, weil das Raumschiff nicht antwortet.«

»Darüber zerbrechen wir uns doch alle den Kopf.«

»Ich glaube, er ist fest davon überzeugt, daß auch die Russen Angst haben.«

»Hm«, sagte Jenny. »Wir können natürlich nur vermuten, was sie wirklich denken.«

»Aber es stimmt doch? Jeder beknackte Funkamateur hat ihnen Botschaften geschickt, aber es kommt keine Antwort ...«

»Nicht nur die«, sagte Jenny. »Auch unsere Sicherheitsbehörde hat mit unseren stärksten Sendern versucht, Verbindung zu ihnen aufzunehmen, sowie das JPL über die große Goldstone-Antenne. Die Russen machen es ebenso.«

»Und alles vergeblich.« Trotz des warmen Juniabends fröstelte es Jack ein wenig. »Wer weiß, vielleicht hab ich auch schon Angst!«

Zwar war niemand in der Nähe, dennoch senkte sie die Stimme und sagte zögernd: »Auch der Admiral macht sich Sorgen.«

»Wahrscheinlich haben die Russen beschlossen, mobil zu machen?«

»Einen Beschluß kann man das nicht nennen, die machen automatisch mobil, sobald was Ungewöhnliches passiert, weil ihnen nichts anderes einfällt. Zum Glück ist die Lage drüben ziemlich stabil, denn ihre Theoretiker sind der Ansicht, daß Wesen, die interstellare Flugkörper herstellen können, *zwangsläufig* auch wirtschaftlich hoch entwickelt sind. Für sie bedeutet das natürlich, daß die Außerirdischen auch Kommunisten sind.«

»Das scheint mir kein zwingender Schluß zu sein.«

»Mir ebensowenig. Mit Sicherheit haben auch die Russen keinen Kontakt zu ihnen bekommen. Das Raumschiff reagiert einfach nicht.«

»Vielleicht ist es ein Roboter-Raumschiff.«

»Darüber haben wir nicht mal brauchbare Theorien, und der Admiral möchte dringend welche.«

»Von wem hat er sich beraten lassen?«

»Von wem nicht?« Jenny lachte. »Sogar ungefragt haben uns Hinz und Kunz ihre Ansichten mitgeteilt. Draußen an der Akademie der Luftstreitkräfte haben wir die merkwürdigste Sammlung von Anthropologen, Historikern, Politologen und anderen Wissenschaftlern, die du dir vorstellen kannst — sogar einen Hellseher. Aber nächste Woche gehen wir noch einen Schritt weiter: der Admiral hat eine Gruppe Science Fiction-Autoren eingeladen.«

Jack lachte nicht. »Vielleicht gar kein schlechter Gedanke.«

»Das finde ich auch. Die meisten sind an der Luftfahrt-Akademie, und mit einer kleineren Gruppe geht er in den Cheyenne-Berg. Ich soll übrigens nächste Woche auch dahin und bei dem Projekt mitwirken. Keine Ahnung, wie lange ich bleibe.«

»Fein — für dich. Du wirst mir fehlen.«

Sie drückte seine Hand und sah sich dann verstohlen um. Da es dunkel war, würde niemand sehen, daß sie sich in Uniform unpassend aufführte, und falls doch, so war es ihr gleichgültig. Sie stellte sich auf die Zehenspitzen und küßte ihn. Zuerst war er überrascht, dann drückte er sie fest an sich, und sie gaben sich einen langen Kuß.

»Zu essen haben wir noch immer nichts«, sagte sie schließlich.

»Nein. Was möchtest du?«

»Etwas, das schnell geht.«

Er lachte. »Hast recht. Wir haben bessere Dinge zu tun, als zu essen.«

✿

»Die Kirche hat schon immer die Möglichkeit eingeräumt, daß es andere Formen der Intelligenz als die des Menschen gibt«, sagte Kardinal Manelli. »Ein deutliches Beispiel dafür sind die Engel.«

»Sicherlich sind die christlichen Kirchen an diesem Raumschiff interessiert«, äußerte sich der Bischof der Episkopalkirche, »aber ich kann mich nicht der Ansicht anschließen, daß die Existenz Außerirdischer die Offenbarung widerlegt.«

Jeri Wilson hörte nachdenklich zu. Sie hatte an diesem Sonntagnachmittag ganz gegen ihre Gewohnheit den Fernseher eingeschaltet und war in dieser aus dem Kardinal der römisch-katholischen Kirche, dem Bischof der Episkopalkirche von Kalifornien, zwei protestantischen Geistlichen und dem Historiker Professor Boyd von der Universität von Kalifornien bestehenden Diskussionsrunde gelandet. Letzterer schien als Moderator zu fungieren und zugleich die anderen Teilnehmer durch provokante Äußerungen zu verunsichern.

»Und wenn sie nun noch nie etwas vom Christentum gehört haben?« fragte Boyd jetzt, »weder Berichte über Götter besitzen, keinerlei Vorstellung von Sünde und keinen Begriff von Erlösung?«

»Das würde an den Tatsachen *unserer* Offenbarung nichts ändern«, gab Kardinal Manelli zur Antwort. »Daran, daß die Auferstehung in *unserer* Geschichte stattgefunden hat, kann kein Raumschiff rütteln. Wir werden es ja bald genauer wissen, warum also spekulieren? Wenn Sie aber schon fragen wollen ›Und was, wenn?‹, ließe sich auch die Frage stellen: Und was, wenn sie sowohl das Alte und das Neue Testament haben oder schriftliche Überlieferungen, die eine erkennbare Beziehung zu diesen aufweisen?«

Das wäre in der Tat interessant, dachte Jeri.

»Ich wette, daß, was wir finden werden, mehrdeutig ist«, sagte einer der protestantischen Geistlichen. »Gott scheint nie eindeutige Äußerungen zu machen.«

»Das kommt Ihnen nur so vor«, sagte Kardinal Manelli. Die anderen lachten, aber in Jeris Ohren klang es gequält.

Es klingelte an der Haustür. Sie ging öffnen, obwohl sie die Sendung gern weiterverfolgt hätte. Melissa rannte durch den Flur und erreichte die Tür vor ihr.

Davor stand ein rothaariger Mann, dessen Bart schon

ins Weiße spielte. Sein Bauch quoll über den Rand seiner Bluejeans, und er wäre unter keinen Umständen in der Lage gewesen, seine Jeansjacke zu schließen. Unwillkürlich tat Melissa einen Schritt zurück, dann lächelte sie. »He, Harry!«

»Hallo«, begrüßte ihn Jeri. »Was führt dich hierher?« Sie trat zur Seite, um ihn einzulassen, und ging ihm zur Küche voraus. »Bier?«

»Gern, danke«, sagte Harry. Begierig nahm er die Dose entgegen. »Ich bin auf dem Weg zu Ken Dutton und dachte, ich schau mal kurz rein.«

Melissa war wieder auf ihr Zimmer gegangen. »Das kannst du deiner Großmutter erzählen, Harry«, sagte Jeri.

Er zuckte die Achseln. »Na schön, ich will was von dir. Ich muß aus meiner Wohnung raus.«

»Allmächtiger, Harry, du erwartest doch wohl nicht, daß *ich* dich beherberge?«

Er sah leicht gekränkt drein. »Du braucht es gar nicht so zu betonen.« Dann grinste er. »Nee, ich dachte nur, vielleicht könntest du bei den Leuten von der *Wagenburg* 'n gutes Wort für mich einlegen. Ich könnte jederzeit nach Bellingham fahren.«

»Harry, die wollen dich nicht.« Sie sah, daß ihn das traf. Aber jemand mußte es ihm sagen. Harry hatte gelegentlich für die Tate-Evans und auch für die Wilsons Aushilfsarbeiten gemacht, und obwohl ihn nie jemand ermuntert hatte, der *Wagenburg* beizutreten, wußte er Bescheid, weil David mit ihm darüber gesprochen hatte.

Harry zuckte gleichmütig die Achseln. »Dutton wollen sie auch nicht, aber dich.«

»Möglich, ich bin aber nicht sicher, ob ich möchte.«

Harry sah erstaunt drein.

»Ich überlege, ob ich an die Ostküste geh, zu David.« *Nicht jetzt, hat er gesagt. Aber jedenfalls hat er nicht nein gesagt!*

✿

Linda Gillespie trank ihren Margarita in einem Zug aus und stellte das Glas dann ein wenig zu laut auf den Tisch. Auch ihre Stimme war für die im Schummerlicht liegende Cocktailbar des *Mayflower* zu laut. »Verdammt noch mal, es ist einfach nicht recht!«

Carlotta Dawson hob die Schultern. »Du hast doch gewußt, was dir bevorstand, als du einen Astronauten heiratetest! Aber denk mal an mich: ich hatte gedacht, ich krieg 'nen netten Anwalt.«

»Sie hätten uns zumindest mit nach Houston nehmen können.«

»Wenn du so viel Zeit hast«, sagte Carlotta, »ich hab zu tun. Irgend jemand muß sich um seine Karriere kümmern, und Wes tut das jetzt garantiert nicht, wo er die Chance hat, an einem Raumflug teilzunehmen. Wenn du endlich auf andere Gedanken kommen willst, kannst du mir bei der Beantwortung der Wählerpost helfen.«

»Warum eigentlich nicht?«

»Es ist mir ernst«, sagte Carlotta. »Ich kann die Hilfe tatsächlich brauchen. Es ist schwer, intelligente Menschen zu finden, die Kalifornien kennen und trotzdem in Washington leben.«

»Kann ich verstehen.«

»Und warum fährst du dann nicht einfach heim?«

»Wir wollten sowieso alles tapezieren und streichen lassen, und als der Präsident Ed nach Washington beordert hat, haben wir uns gesagt, dann können wir auch gleich im Dachgeschoß noch ein Zimmer ausbauen lassen. Das Haus ist die reinste Baustelle und wimmelt von Handwerkern.«

»Dann besuch doch Joel.«

»Geht nicht. In seiner teuren Internatsschule werden keine Besuche von Muttis geduldet. Die stören nur.« Sie machte der Kellnerin ein Zeichen. »Bitte dasselbe noch einmal.«

»Nicht für mich«, sagte Carlotta. »Zwei sind mehr als

genug. Linda, sei vernünftig. Ed und Wes haben wirklich keine Zeit, das kannst du dir an fünf Fingern ausrechnen. Sie leben auf dem Stützpunkt ...«

»Ich könnte mir ein Hotelzimmer nehmen.«

»Das käme dich ziemlich teuer, und er hätte trotzdem keine Zeit für dich.«

Linda nickte. »Ich weiß. Aber es ist nicht recht.«

Carlotta lachte leise vor sich hin. »Die Außerirdischen kommen, unsere Männer geben sich die größte Mühe, Kontakt mit ihnen aufzunehmen — und wir sitzen hier herum und jammern, weil wir sie in Washington nicht zu sehen bekommen, statt von ihnen in Houston ignoriert zu werden.«

»Dir gefällt es doch selbst nicht.«

»Stimmt. Gerade wenn Wes in den Orbit geht, beginnen die Parlamentsferien, und dann wird es mir noch viel weniger gefallen — aber ich kann es nun mal nicht ändern.« Sie erhob sich, fischte einen Geldschein aus der Tasche und legte ihn auf den Tisch. »Es ist mein Ernst, Linda, ich kann Hilfe gebrauchen. Wie wär's, wenn du mich im Büro anriefst?«

»Na gut.«

»Die Begeisterung, mit der du das sagst, ist beeindruckend. Falls du es dir aber doch überlegen solltest — ich überhäuf dich hundertprozentig mit Arbeit. Mach's gut.«

Linda sah ihr nach und wandte sich dann wieder ihrem Glas zu. *Ich sollte ihr helfen. Dann hätte ich etwas zu tun ...*

»Woran denkst du gerade?«

»Äh ...« Sie hob den Blick und sah dort, wo gerade noch Carlotta gewesen war, einen Mann stehen. »Roger!«

»In Lebensgröße. Hast du etwa an mich gedacht?« Er setzte sich, ohne ihre Aufforderung abzuwarten.

»Nein.« *Er ist bestimmt schon um die Fünfzig, sieht aber immer noch ziemlich gut aus. Mancher Vierziger könnte sich da 'ne Scheibe abschneiden.* »Wieso sollte ich — nach fünf Jahren?«

Er lachte leise. »Weil du in meiner Stadt allein bist. Du hättest schon seit Wochen an mich denken müssen.«

»So was Albernes.« *Ich habe tatsächlich an dich gedacht, der Teufel soll dich holen!* »Woher willst du wissen, daß ich nicht auf meinen Mann warte?«

»Weil der in Houston hinter dem ehrenwerten Wesley Dawson herscharwenzelt. Bis vor einer Minute hast du hier mit seiner Frau Carlotta gesessen.« Er grinste sie breit an. »Ich hab mir die Gelegenheit entgehen lassen, sie zu interviewen, weil ich mit dir allein sein wollte.«

»Und wenn ich mit ihr gegangen wäre?«

»Hätte ich mein Interview gekriegt und mit der Frau des Botschafters der Vereinigten Staaten im Weltraum sprechen können. Jetzt muß ich mich mit der des Chauffeurs begnügen. Wie nimmt Ed es auf?«

»Nicht besonders gut ... Ich hab ihn noch nie so unruhig erlebt.«

»Das sieht man ihm aber nicht an. Er wirkt ganz kühl und gelassen, wie alle Astronauten.«

»Fürs Fernsehen«, sagte Linda. »Normalerweise ist Ed ja auch so, aber jetzt fühlt er sich übergangen ... Überleg doch nur. Die Sache mit dem Raumschiff ist das Tollste seit der Erfindung des Rades. Seine Schwägerin hat es sogar *entdeckt*, und dann kommt ein Kongreßabgeordneter her und schnappt Ed die Sache vor der Nase weg.«

»Du müßtest dich doch darüber freuen, daß es Wes ist. Wenn er es nicht wäre, hätte Ed den Auftrag trotzdem nicht bekommen«, sagte Roger. »Die Sowjets wollen keinen amerikanischen General, der hätte einen höheren Rang als Rogatschow. Das geht auf keinen Fall!«

»Eigentlich ist das Ed auch klar«, sagte Linda. »Aber das Wissen hilft ihm nicht. Was willst du hier?«

»Dich verführen.«

»Roger!«

Er zuckte die Achseln. »Stimmt aber. Ich hatte ein gutes Interview in Aussicht und hab die Dame sogar zu einem Glas hierher eingeladen. Dann hab ich dich gesehen und mich von Miss Henrietta Crisp von der Vereinigung der Geschäftsfrauen und Freiberuflerinnen abgeseilt. Sie hat vor Staunen den Mund nicht mehr zugekriegt.«

»Du kannst ja wieder zu ihr gehen.«

»Kann ich.« Er rührte sich nicht.

Der Teufel soll dich holen, Roger Brooks! Eigentlich müßte ich jetzt sofort aufstehen und hier rausgehen …

»Du hast mir gefehlt«, sagte er.

»Wer's glaubt. Dreimal in fünfzehn Jahren …«

»Hab ich eine Wahl? Du hast dich ja nicht scheiden lassen, und wenn Ed in der Nähe ist, willst du mich nicht mal aus hundert Metern Entfernung sehen. Was sollte ich denn tun?«

»Ja.« Das alte Gefühl kehrte wieder, Erregung und Vorfreude. *Geh jetzt sofort nach Hause!* Aber sie blieb.

Was ist mit mir los? Ich bin glücklich verheiratet, und alle fünf Jahre, wenn mich Roger Brooks aufstöbert, komme ich mir vor wie ein Schulmädchen bei der ersten richtigen Verabredung. Wie bringt er das nur fertig? »Vermutlich hast du mir auch gefehlt.«

Ohne aufzublicken sagte er: »Auch wenn ich dich nicht so oft sehe, heißt das nicht, daß ich nicht an dich denke.«

»Natürlich, und als nächstes erzählst du mir, daß ich der Grund bin, warum du nie geheiratet hast.« *Stimmt das womöglich sogar?*

Roger breitete seine Hände in einer übertriebenen Geste aus. »Na ja. *Irgendeinen* Grund muß es ja geben.«

»Wahrscheinlich hechelst du zu eifrig hinter Knüllern her. Ich bin für dich ja auch nichts anderes als eine Quelle für Knüller.«

»Nun mach aber 'nen Punkt.«

»Versprichst du mir, daß du nicht versuchen willst, Informationen aus mir herauszuquetschen?«

»Natürlich nicht.«

»Na bitte. Gut, daß du mich anlügst. Was tun wir jetzt?«

Er sah auf seine Uhr. »Zum Abendessen ist es ein bißchen zu früh. Wie wär's mit einer kleinen Ausfahrt aufs Land? Ich kenn ein schönes Restaurant in Fairfax.«

»Und dann?«

»Das kommt auf dich an.« Roger stand auf, ging um den Tisch herum und hielt ihren Stuhl.

»Ich muß jetzt gehen«, sagte Linda. Sie schob ihren Stuhl von Rogers Küchentisch zurück, aber er stand hinter ihr und fuhr mit den Händen unter den Morgenmantel, den sie trug. Sie spürte, wie die Knospen ihrer Brüste bei der Berührung hart wurden.

»Wozu die Eile?«

»Hör auf damit — nein, wirklich, Schluß! Roger, was soll ich Tante Rhonda sagen?«

»Abendgesellschaft in der thailändischen Botschaft. Ist spät geworden. Ein Senator hat dich über das Raumfahrtprogramm ausgequetscht, und du bist ihn nicht losgeworden.«

»Aber ...«

»Da findet tatsächlich eine große Gesellschaft statt, so groß, daß du dich in der Menge verlaufen hättest, wenn du hingegangen wärst.« Er beugte sich über sie und nahm eine ihrer Brustwarzen zwischen die Lippen.

Sie hatte geglaubt, sie sei vollständig befriedigt, aber seine Zunge erweckte Sehnsüchte in ihrem ganzen Körper. Roger war schon immer animalisch gewesen — auch damals, vor Jahren, an dem Nachmittag nach der Vorführung im JPL hatte er nicht genug bekommen können ... »Ist das dein Ernst?«

Er richtete sich auf. »Möglicherweise nicht.«

Mit einemmal kicherte Linda.

»Na schön, nicht die Spur«, sagte Roger. »Was hast du?«

»Ich hab damals Nat Reynolds' Autogramm nicht bekommen.«

»Nat — ach so. Blöde Kiste. Das Raumschiff muß die ganze Zeit dagewesen sein, als wir Saturn betrachtet haben. Der verdrehte F-Ring. ›Hast du noch nie drei verliebte Regenwürmer gesehen?‹ Weißt du noch? Der Antrieb von dem Ding muß das ganze Ringsystem durcheinandergebracht haben. Wahrscheinlich hatte es sich gerade erst beruhigt, kurz bevor *Voyager* II da hinkam.«

Linda streichelte seine Hand und legte sie dann wieder auf ihre Brust. Er stand dicht bei ihr. »Und selbst wenn du es gewußt und etwas gesagt hättest, hätten sie dich in die Klapsmühle gesteckt.«

»Ja. Ich hätte der Sache gründlicher nachgehen können und dann vielleicht ein paar astronomische Aufnahmen gefunden. *Irgendwas.* Ich hab damals nicht genug von der Sache verstanden. Seither habe ich dazugelernt.«

Sie lächelte zu ihm empor, ohne den Kopf zu heben. »Davon hab ich nichts gemerkt.« *Es ist gar nicht komisch. Nichts, was man lernen kann, nichts wird je den Nachmittag wiederbringen. Ich weiß es. Warum also suche ich weiter?* »Es war ein herrlicher Tag, Roger. All die Wissenschaftler und Autoren — du sagst, du hast dich mit Naturwissenschaft beschäftigt, willst du auf Science Fiction umsatteln?«

»Eigentlich hatte ich nicht die Absicht, aber vielleicht sollte ich das tun. Die meisten SF-Autoren sind verschwunden.« Er befeuchtete einen Finger und zeichnete ihr damit ein kompliziertes Muster auf die Brust.

»Was?«

»Ja. Die ein eigenes Wissenschaftssystem entwickelt haben, werden ständig befragt, und diejenigen, die sich mit der herkömmlichen Wissenschaft beschäftigen, findet man nur schwer. Weiß du was darüber?«

»Nichts Genaues.«

Er richtete sich auf und tat einen Schritt von ihr fort. »Großer Gott, du weißt ja *doch* etwas! Was?«

»Roger, ich habe gesagt …«

»Ach was! Ich merke, daß du was weißt. Linda, was ist es?«

»Es ist nicht wichtig. Jenny hat gesagt, daß sie mit den SF-Leuten zusammentreffen wird, in Colorado Springs. Es ist kein Geheimnis.«

»Colorado Springs. NORAD oder Luftfahrt-Akademie?«

»Keine Ahnung. Tante Rhonda weiß es wahrscheinlich — sie hat sich Jennys Telefonnummer in Colorado Springs geben lassen. Jetzt muß ich aber wirklich gehen. Laß mich bitte aufstehen.«

»Nun schön, wenn du darauf bestehst. Ich ruf dich morgen an.«

Sag nein. Sag ihm, es geht nicht … »In Ordnung.«

8 Start

Was wir voraussehen, geschieht selten;
im allgemeinen tritt das ein, was wir
am wenigsten erwarten.

BENJAMIN DISRAELI
Henrietta Temple

Zeit: Eine Woche bis zur Stunde Null

Das Haus stand gleichsam auf Stelzen oberhalb einer Schlucht in den Hügeln vor Los Angeles. Seit Jahren befürchteten die Ingenieure, es könne bei einem Wolkenbruch den Abhang hinabrutschen, aber zum Glück war der Fall bisher nicht eingetreten.

Wes Dawson stöberte in den Abstellräumen herum, die dadurch entstanden waren, daß man die Stelzen verkleidet hatte. In einem gewöhnlichen Haus hätte man das einen Keller genannt.

»Höchste Zeit!« rief Carlotta die Treppe hinab.

»Ich weiß.« Er öffnete einen alten Reisekoffer. Unnötiger Krempel, Erinnerungen sprangen ihn daraus an. Wiewardasnoch ... die Versöhnungskarte von ihr, einmal nach einem Streit zum Valentinstag ... ach, *da* ist sie gelandet! Der Maßkrug, an dessen zerschlagenem Rand er sich immer wieder die Lippe aufgeschnitten hatte. Ein inzwischen fast graues T-Shirt, auf dessen Brust er mit Mühe die amerikanische Flagge und darüber in der linken Ecke eine wirbelnde Milchstraße erkannte. Hundert Milliarden Sterne ...

Keine Zeit! Er schloß den Deckel über den Erinnerungen und ging nach oben. Das Haus war halb leer, alles Zerbrechliche wie auch alles von Wert war schon verpackt.

»Bist du noch nicht fertig?« fragte sie ihn. »Was willst du denn mitnehmen?«

Er grinste. »Weißt du noch, meine alte Baseballmütze?«

»Großer Gott! Was hast du bloß …?«

»Als Talisman, sie soll mir Glück bringen. Ich hab damit meinen ersten Wahlkampf gewonnen und sie bei der ersten Begegnung mit dem Saturn im JPL aufgehabt, weißt du nicht mehr?«

Sie wandte sich ab, und er folgte ihr. »Tut mir leid, daß du nicht mitkommen kannst.«

»Mir auch.« Sie sah ihn immer noch nicht an.

»Eigentlich müßtest du daran gewöhnt sein. Ich bin doch auch sonst selten da.«

»Stimmt, aber dann bist du in Washington. Vielleicht kommst du erst, wenn ich schon im Bett liege, aber ich weiß wenigstens, daß du da sein wirst. Oder ich muß hierher, und du bist immer noch dort, aber wir sind … großer Gott, Wes, ich *weiß* es nicht. Es fühlt sich anders an.« Sie goß Kaffee aus der Thermoskanne ein. »Ich hab mit Linda darüber gesprochen, und ihr geht es auch so, wenn Ed nicht auf der Erde ist. Sie spürt es richtig körperlich. Klingt das albern?«

Wes versuchte, sich nicht anmerken zu lassen, wie sehr es ihn zum Gehen drängte. Immerhin war Carlotta vor dieser Sache mit den Außerirdischen wirklich das Wichtigste in seinem Leben gewesen, weit wichtiger als der Kongreß oder sonst was. Jetzt aber, wenige Tage bis zur Begegnung im Weltraum, war das anders. Er würde sie sehen!

Es klingelte an der Tür, bevor er etwas sagen mußte. *Gott sei Dank, wer auch immer du bist, du kommst mir gerade recht.*

Es war Harry Reddington.

»Hallo Harry«, sagte er. »Komm rein, aber wirklich nur für einen Augenblick. Ich muß sofort weg, und Carlotta fährt mich zum Flughafen.« Er stupste ihn mit dem Finger an, denn Harry mußte man immer alles besonders deutlich sagen.

»Klar.« Harry schob sich mit Hilfe seines Krückstocks die Treppe hinauf. »Hallo, Carlotta.«

»Hallo.« Ihr Gruß klang nicht gerade begeistert.

Wes Dawson hatte einige Jahre zuvor als unerfahrener Abgeordneter im Verkehrs-Unterausschuß mit Motorradfahrern gesprochen. Damals hatte er noch selbst Informationen ›vor Ort‹ zusammengetragen, statt Leute nach Washington zu bitten, damit sie vor dem Ausschuß aussagten.

In einer Bar in San Bernardino hatte er sich dann vom provokanten Gehabe eines Hell's Angel zu einer heftigen Reaktion hinreißen lassen, woraufhin dieser aufgequollene Barbar Anstalten traf, ihm den Schädel einzuschlagen. Das allein wäre schon schlimm genug gewesen, noch schlimmer aber war, daß die Zeitungen es mit Wonne ausgeschlachtet hätten. Der rote Harry, seines Zeichens Barsänger, hatte die Situation mit einem Witz gerettet und Wes eilends aus der Bar geschoben. Erst draußen gestand Harry, daß er sich vor Angst in die Hose gemacht habe. Ob es nun stimmte oder nicht, jedenfalls mußte Wes lachen.

Ich habe eine Schuld bei Harry, die er nie eingetrieben hat. Und manchmal ist seine Gesellschaft ja auch ganz nett.

»Was führt Sie zu uns, Harry?« wollte Carlotta wissen.

Sie kannte die Geschichte mit der Bar nur aus zweiter Hand, andernfalls wäre sie freundlicher zu Harry gewesen, denn dann hätte sie gewußt, was für eine feindselige Atmosphäre damals dort geherrscht hatte.

»Ich hab gehört, du fliegst den Außerirdischen entgegen«, sagte Harry.

»So ist es!«

»Das ist ja nun wirklich allgemein bekannt«, fügte Carlotta hinzu.

»Na ja, und da hab ich gedacht, vielleicht brauchst du jemanden, der auf deine Sachen aufpaßt«, sagte Harry. »Ich bin zur Zeit freischwebender Künstler.«

»Nein«, sagte Carlotta mit fester Stimme. »Vielen Dank, aber das ist wirklich nicht erforderlich.«

Offenbar suchte Harry verzweifelt eine Bleibe, denn er war ungewohnt sauber und geradezu *unanständig* nüchtern. Außerdem wäre er sonst nie gekommen. Wes überlegte. Die meisten Dinge, die einen gewissen Wert hatten oder zerbrechlich waren, befanden sich gut verpackt auf Lager, bis auf verschiedene elektronische Geräte, Erinnerungsstücke und anderes, das wegzuschaffen keine Zeit geblieben war. Alles war so überraschend gekommen, nichts hatten sie ordentlich planen können. Angesichts dessen, daß Harry eigentlich keinen Schaden anrichten konnte und Wes sich einfach *großartig* fühlte, fragte er: »Harry, wo wohnst du zur Zeit?«

Carlotta sah argwöhnisch zu ihm hinüber.

»Hier und da.«

»Willst du nicht hierbleiben?« fragte Wes. »Nur für ein paar Wochen. Carlotta geht nach Washington und besucht dann Verwandte in Kansas, also ist niemand hier, außer einmal in der Woche der Gärtner. Es würde ja nicht schaden, wenn jemand alles ein bißchen im Auge behielte.«

Carlotta sah angewidert drein. »Harry ...«

Harry grinste breit. Er hob die Rechte, als stehe er vor Gericht. »Kein Besuch, keine Freundinnen, keine Parties. Ich schwöre, daß ich keinem sag, wo ich mich aufhalte.«

»Dann ist es ja in Ordnung«, sagte Wes. »Dein Ehrenwort haben wir zur Kenntnis genommen, und damit wäre das geklärt. Ich hab mir ein bißchen Sorgen gemacht, wo ich doch jetzt — wenn man von den Apollo-Besatzungen absieht — auf eine weitere Reise gehe, als je ein Amerikaner gegangen ist. Ich hab mir ein bißchen Sorgen gemacht, weil ich Carlotta hier lasse. Es ist ein gutes Gefühl, daß du da bist und das Haus hütest.« Schaden kann es nicht, dachte Wes. Bei Harry mußte man seine Worte vorsichtig wählen, aber im nüchternen Zustand war er ziemlich auf Draht. Außerdem log er nicht und würde eher von einer Klippe springen als Freunde bestehlen.

»Was ist mit Schlüsseln?« sagte Harry. »Und mit der Alarmanlage?«

»Ach, richtig.« Das würde kompliziert werden. Wes sah Harrys eifrigen Gesichtsausdruck und wußte, daß es bereits zu spät war. Dann besser die Sache gleich richtig machen. »Das schreib ich dir alles genau auf. Hier in der Schublade sind tausend Dollar in kleinen Scheinen, für *Notfälle.* Ausschließlich. Wir lassen das Geld hier. Es ist nicht einfach zu finden.«

Carlotta sah erneut zu ihm hin, und Wes lächelte. Sie kannte Harry nicht, sonst hätte sie gewußt, daß er das Geld *nie und nimmer* anrühren würde, wenn man ihm sagte, wo es war. Wenn er es beim Herumstöbern fand, was gar nicht ausbleiben konnte, käme er womöglich auf den Gedanken, er müsse irgend etwas damit tun, um den Dawsons zu helfen. Harry neigte dazu, es sich einfach zu machen, aber klaren Anweisungen widersetzte er sich nicht.

»Du brauchst auch eine Art Beglaubigungsschreiben«, sagte Wes. »Und vielleicht eine Telefonnummer, damit deine Freunde wissen, wo sie dich erreichen können.«

»Eure würde ich denen nicht geben«, sagte Harry.

»Das können Sie ruhig tun«, sagte Carlotta. »Die Nummer von dem Apparat da wird ungefähr jeden Monat geändert.« Sie wies auf das oberste der drei Telefone. »Sagen Sie nur keinem die *anderen* Nummern.«

Wes spannte einen Briefbogen in die Maschine, um für die Polizei eine Erklärung abzufassen, während Carlotta Harry zeigte, wie er die Alarmanlage scharfmachen und abschalten konnte. Sie hatte Vorbehalte. Mir gefällt das auch nicht, dachte Wes, aber was hätte ich tun sollen? Etwa Harry auf die Straße setzen? Außerdem kann er sich nützlich machen und …

Es war höchste Zeit zu gehen. Wes warf einen Blick auf den Fernseher, dem unaufhörlich Geplapper über die Außerirdischen entströmte, sowie Spekulationen über das, was Amerika bevorstand, und er grinste breit. *Ich werde es eher wissen als die. Aus erster Hand!* Er nahm sein Gepäck und machte sich zur Kellergarage auf. Bevor er den Wagen erreichte, hatte er den Roten Harry schon vergessen.

✿

»FÜNF«, sagte die tonlose Stimme im Kopfhörer. *Großer Gott, ich hab's geschafft.*

»VIER.« Wes Dawson versuchte, sich zu entspannen, das aber gelang ihm nicht. Der Countdown ging weiter. »DREI. ZWEI. EINS. ZÜNDUNG. ERSTE STUFE! WIR HEBEN AB.«

Tatsächlich. Ein riesiger Elefant hockt mir auf der Brust. Wes nahm undeutlich wahr, daß seine Gefährten in der Raumfähre jubelten. Er versuchte, sich jeden einzelnen Augenblick dieses großartigen Erlebnisses zu merken, aber es nützte nichts, alles ging viel zu rasch.

»ABSPRENGEN.« Als sich die beiden Feststoffbooster lösten, die man später aus dem Atlantik bergen würde, änderte sich das Dröhnen in der Kabine deutlich wahrnehmbar. Der Eindruck, daß ein schweres Gewicht auf ihn drücke, dauerte an, während die Haupttriebwerke des Shuttle weiter Schub gaben. Nach einer Weile wurde das Dröhnen leiser, allmählich verringerte sich der Druck, der auf ihm lastete. Stille und das Gefühl zu fallen. Schwarzer Himmel und der blauweiße Planet Erde. Endlich war Wes Dawson im Weltraum.

Ed Gillespie ging als erster hinaus. Wes wartete ungeduldig, während Ed den Besatzungsmitgliedern der sowjetischen Raumstation Kosmograd half, zwischen ihr und der Raumfähre eine Vertäuung herzustellen. Die Fähre war für ein Ankoppelmanöver viel zu groß — zumindest war ihnen das als offizieller Grund genannt worden.

Endlich konnte Dawson die Luftschleuse betreten. Der ihm als Begleiter zugeteilte Captain John Greeley würde als letzter von Bord gehen, und Ed Gillespie würde ihn draußen erwarten. *Bestimmt ist Ed stinksauer, daß Greeley und ich an Bord von Kosmograd gehen und er die Fähre zurückfliegen muß. Na ja.*

Noch einmal ging Wes die Prüfliste des Raumanzugs durch. Die Leuchtanzeige auf seiner Brust war vollständig grün, und er drückte auf den Knopf der Luftschleuse. Ein leises Jaulen ertönte.

Er bewegte sich mit äußerster Vorsicht. Vor ihm lag nichts als der leere Raum. Er dachte an die Schulphysik und an das, was er als Heranwachsender in der Science Fiction-Literatur gelesen hatte: der Weltraum verzeiht auch einem mächtigen und einflußreichen Kongreßabgeordneten nicht den kleinsten Fehler. Er hörte die Luftschleuse sich zischend entleeren; aus seinem Druckanzug, der den Steuerzahler immerhin eine Million Dollar gekostet hatte, entwich keine Luft. Er hatte alles richtig gemacht.

Das Zischen und Jaulen hörte auf. Dann blinkte die Luftschleusen-Anzeige grün über rot. Ein Kloß saß in seinem Hals. Physik hin oder her: sein Körper wußte, daß er fallen würde. Es war anders als beim Übungs-Fallschirmspringen, da gab es den Wind, der nach einigen Sekunden den sich beschleunigenden Sturz bremste, so daß es sich anfühlte, als werde man gehoben. Aber hier strömte ihm nur die Atemluft aus der Preßluftflasche ins Gesicht.

Die Außentür öffnete sich, und das Universum sprang ihn an.

Die sowjetische Raumstation sah aus wie ein Hammer mit Flügeln, der unaufhörlich kreiselte. An einem Ende des langen Gangs, der den Hammerstiel bildete, lagen drei Zylinder nebeneinander, ehemalige Treibstofftanks. Der Wohnbereich war offensichtlich erweitert worden. Er enthielt nur wenige Fenster, und alle waren winzig. *Keine besonders gute Aussicht von hier oben. Am besten hake ich das Touristische gleich ab.*

Um das andere Ende des Gangs herum lagen Sonnenkollektoren. Vermutlich gab es auch eine vom Wohntrakt isolierte Atomkraftanlage. Warum sonst wäre der Verbindungsgang so lang? Andererseits half die Länge natürlich bei der Erzeugung von Rotationsschwere …

In der Mitte, gegenüber einem vierten Tank, der als Versuchslabor für Arbeiten in der Schwerelosigkeit diente, lag die Haupt-Luftschleuse. Von ihr zur Raumfähre lief eine Verbindungsleine, und dahinter durchquerte eine riesige blaue Kugel langsam einen tiefschwarzen Himmel.

Umlaufbahn! Schwerelosigkeit! Er hatte es geschafft! Aber auf welch seltsamem Weg …

Es war einmal ein kleiner Junge, der Astronaut werden wollte.

Als junger Mann hatte er seine Hoffnungen schwinden sehen. Im Juli 1969 waren nach achtjährigen Raumfahrtbemühungen Männer auf dem Mond gelandet, und 1980 hatte ein offizieller Sprecher der NASA erklärt, keinesfalls könnten die Vereinigten Staaten im Verlauf des nächsten Jahrzehnts noch einmal auf den Mond gelangen, ganz gleich, welche Anstrengungen sie unternahmen. Das Raumfahrtprogramm war nahezu auf Null zurückgefahren worden. Die Amerikaner hatten den Mond erobert … und hörten dann einfach auf.

Die im Rennen um den Mond ursprünglich abgeschlagenen Sowjetrussen erneuerten ihre Bemühungen systematisch, während die Amerikaner die Hände in den Schoß legten. Jeder neue Griff nach dem Weltraum gestaltete sich etwas schwieriger als der vorige. Es war nicht mehr so spektakulär wie in den Anfängen, aber hinter allem steckte grundsolide Arbeit.

Ein zorniger Mann war in die Politik hineingewachsen. Nicht zuletzt dank Wes Dawsons Bemühungen nahmen die Vereinigten Staaten erneut ihr Raumfahrtprogramm auf. Man begann mit Raumfähren oder Raumgleitern, bemühte sich dann um Industrieansiedlungen im All, aber alles ging viel zu langsam.

Wieder setzte der kalte Krieg ein, mit allem, was dazugehörte. In Leitartikeln amerikanischer Zeitungen und in Fernsehkommentaren wurde gefragt: Wozu sollen wir die Russen im Weltraum herausfordern? Es gibt dort nichts. Oder umgekehrt: Die Russen sind so stark, daß man sie gar nicht herausfordern kann. Oder auch: Warum ein Wettrüsten beginnen, das niemand gewinnen kann? Ein Trommelfeuer aus den Medien drohte dem Griff Amerikas nach dem Weltraum ein Ende zu bereiten.

Dann hatte sich ein Fleck am Nachthimmel gezeigt: und nun sah ein mächtiger, entschlossener Politiker bei bester Gesundheit über dreißig Meter Verbindungsleine hinweg auf eine sowjetische Weltraumstation, die er als offizieller Beauftragter seines Landes besuchte.

Es war ein Weg in den Weltraum; aber es wäre verrückt gewesen, ihn so zu planen.

»Ich hoffe, Sie fühlen sich wohl.« Das sowjetische Besatzungsmitglied erwartete Wes draußen. Er hielt sich an einem Griff neben der Tür der Luftschleuse, denn er schwebte schwerelos. Seine ganze Haltung schien auszudrücken: seht, für einen Sowjetbürger ist das leicht. Wir besitzen die nötige Erfahrung.

Wes Dawson konnte hinter dem getönten Helmvisier Ed Gillespies Gesichtsausdruck nicht erkennen. Ed wartete.

»Mir geht es blendend! Blendend!« Wes blieb unsicher in der Luftschleuse stehen. Zwar war der Weltraum wunderbar, aber auch von einschüchternder Größe! Wes war beschwingt, und so klang auch seine Stimme.

»Gut.« Der Kosmonaut schob etwas in Dawsons Handschuh, das einer Zange ähnelte; das andere Ende lag bereits um die Leine geschlossen. »Wenn Sie dann bitte kommen wollen ...«

Wes faßte den Griff und schob sich langsam hinaus. Ed Gillespie tauchte neben ihm auf. Er sagte zwar nichts, aber dennoch war Wes dankbar: ein vertrauter Mensch in dieser seltsamen und großartigen Welt.

Erneut wurde die Luftschleuse aktiviert, und Greenley kam heraus. Auch ihm gab der Kosmonaut einen Leinengreifer. »Seien Sie unbesorgt, Ihnen kann nichts passieren. Sie müssen nur springen. Sobald Sie sich unserer Luftschleuse nähern, drücken Sie fest auf den Griff, dann setzt die Reibung die Geschwindigkeit herab.« Der Akzent des Russen war trotz der Übertragung der Stimme durch die Funkanlage des Raumanzugs unverkennbar.

»Prima.« Das meiste hatte man ihnen zwar in Demonstrationen am Boden vorgeführt, aber es war doch nicht dasselbe.

»Jetzt sind Sie auf sich allein gestellt«, sagte Ed Gillespie. »Auf Wiedersehen in Houston.« Er verabschiedete sich mit einem freundschaftlichen Schulterklopfen und stieg zurück in die Luftschleuse.

»In Ordnung. Grüßen Sie Linda von mir.« Wes sprach mechanisch. Er sah auf den Kosmonauten und holte tief Luft.

Der Russe sprang.

Dawson wartete, bis er auf der anderen Seite angekommen war, erst dann sprang er auch. Es kostete Überwindung, immerhin *fiel* er ja bereits. Ein guter Sprung ... Vielleicht hatte er sich etwas zu heftig abgestoßen ... Die Schleuse näherte sich rasch ... Der Fall verzögerte sich überhaupt nicht! Dawson bremste zu früh und blieb in einer gewissen Entfernung von der Luftschleuse in der Luft hängen.

Von hinten prallte Captain Greeley auf ihn, ein massiger Mann, der sich in jungen Jahren Lorbeeren als Spielmacher im Football erworben hate. Seine muntere Stimme klang in Wes' Kopfhörer etwas dünn. »Keine Sorge, Sir. Lockern Sie einfach den Griff ein bißchen.« Wes befolgte den Rat, gab die Leine frei und ließ sich von Greeley in die Luftschleuse bugsieren.

Hinter der Schleuse wurden sie von mehreren Besatzungsmitgliedern erwartet. Unter ihnen war eine Frau von etwa Mitte Vierzig. Ein Beinloser trieb auf Wes zu und half ihm mit kundiger Hand, den Helm abzunehmen. Niemand sprach.

»Hallo!« sagte Wes.

»Hallo«, brummelte die Frau.

Die Schleuse öffnete sich, und der Kosmonaut kam herein. Der Beinlose half auch ihm, seinen Helm zu öffnen. Der Kosmonaut lächelte breit. »Willkommen auf Kosmograd. Ich bin Rogatschow.«

»Ah! Vielen Dank«, sagte Wes. »Ich hatte nicht damit gerechnet, daß mich der Kommndant persönlich an Bord geleiten würde ...«

»Ich geh gern nach draußen«, sagte Rogatschow. »Hab sowieso viel zu selten Gelegenheit dazu.«

Die anderen wirkten jetzt freundlicher.

»Ich stelle Ihnen rasch die Genossen vor«, sagte Rogatschow. »Wenn wir die Anzüge abgelegt haben, können wir Sie richtig willkommen heißen. Die Erste Stellvertretende Kommandantin Aljana Alexandrowna Tutsikowa. Stellvertretender Kommandant Dmitri Parfenowitsch Gruschin. Raumstations-Ingenieur Ustinow.«

Alle drei standen nebeneinander, die Tutsikowa war Dawson am nächsten. Für sein ungeschultes Auge sahen sie alle typisch russisch aus. Im Gang befanden sich weitere Besatzungsmitglieder, einschließlich des Beinlosen, sie aber wurden nicht vorgestellt.

Da Händeschütteln in einem schwerkraftlosen Raum schwierig sein würde, unternahm Wes gar nicht erst den Versuch dazu. Die Tür der Luftschleuse öffnete sich erneut und ließ Captain Greeley ein. Wieder half der beinlose Kosmonaut beim Abnehmen des Helms. Rogatschow führte die anderen bereits den Korridor entlang, so daß Wes gar nichts anderes übrig blieb, als ihm zu folgen.

»Dort«, sagte Rogatschow, »wird Ihnen Mitja beim Ablegen Ihrer Raumanzüge helfen und Ihnen anschließend zeigen, wo wir Sie erwarten.« Der Ton in seiner Stimme änderte sich. »Nikolai.«

»Ich komme«, sagte der Beinlose und schob sich hinter Rogatschow.

Das kleine Abteil, in das Wes geführt wurde, war geräumiger, als er erwartet hatte. Es gab darin eine *gewisse* Schwerkraft, kaum spürbar, aber doch genug, daß Gegenstände auf einer Fläche hafteten. Wes legte sich hin, damit ihm der Raumanzug ausgezogen werden konnte.

Mitja sah anders aus als die anderen. Er war klein, fast zwergenhaft, und sein Gesicht wirkte asiatisch, tatarisch. Er sprach unablässig, während er dem Neuankömmling aus dem Raumanzug half. Allerdings verstand Dawson kein Wort davon. Mitja schien etwas Englisch zu verstehen.

Dawson bekam eine Art dunkelblauen Mechanikeranzug. Auf der linken Brustseite stand sein Name in lateinischen und kyrillischen Buchstaben, außerdem war ein Wappen mit dem stilisierten hammerähnlichen Emblem Kosmograds aufgenäht. Es trug einen roten Stern sowie das CCCP der Sowjetunion.

Aha, also deshalb sollte ich keine eigene Kleidung mitbringen. Sie wollen, daß ich ihre Uniform trage. Lächelnd griff Wes in eine kleine Tasche seines Raumanzugs, entnahm ihr eine bunte Anstecknadel mit der Flagge der USA und befestigte sie über dem Wappen Kosmograds. Dann sah er Mitja ins Gesicht.

Der Mann lächelte breit, sagte etwas Unverständliches und wartete, bis Wes die Kombination überzog.

✿

Sergeant Ben Mailey war es gewohnt, Besuchergruppen zu führen, und auch bedeutende Leute waren ihm nichts Neues — doch eine Gruppe wie diese hatte er noch nie gesehen. Er hörte auf das unaufhörliche Geplapper hinter sich. Drei Männer und zwei Frauen saßen in einem für eine weit größere Anzahl von Passagieren gebauten Hubschrauber. Vom Gelände in Colorado Springs zum Cheyenne-Berg war es nur ein Lufthüpfer. Für Mailey ergab die Hälfte dessen, was sie sagten, keinen Sinn.

Er warf einen Blick auf die Liste seiner Fluggäste, zwei Paare und eine einzelne Frau. Der Große, der den Ortskundigen mimte, war Curtis aus Hollywood. Seine Stimme übertönte mühelos den Lärm des Hubschraubers. Nicht nur teilte er den anderen mit, was er über die Gegend wußte, sondern enthüllte auch zahlreiche Geheimnisse des Cheyenne-Bergs, was Mailey gar nicht gefiel. Wie, zum Teufel, war der bloß reingekommen? Denn ›drin‹ mußte er gewesen sein.

Spielt eigentlich keine Rolle, sie sollen doch alle rein. Vielleicht ist es gar nicht so einfach, wieder rauszukommen …

Als Curtis eine Pause eintreten ließ, fragte eine dunkelhaarige, hochgewachsene Frau: »Müßten nicht eigentlich wir die Außerirdischen da oben begrüßen?«

»Wer weiß, vielleicht kommt es noch soweit. Jedenfalls ist Wes Dawson schon oben, und er ist begeisterter SF-Leser. Er war genau wie Sie beim ersten Vorbeiflug am Saturn dabei, Sherry. Sagt Ihnen das nichts? Der Kongreßkandidat mit Baseballmütze.«

»Nein.«

»Nun ja, er hat sich auf den Bildschirm konzentriert, statt Volksreden zu halten. Erinnern Sie sich jetzt?«

»Ich ...«

»Wenn Sie in der Regierung was zu sagen hätten — von wem würden Sie sich dann über Außerirdische informieren lassen? Von uns! Ich würde gern wissen, wer auf den Einfall gekommen ist.«

Das Lachen der grauhaarigen Frau klang angenehm und silberhell. Ihr Mann war nicht in Uniform, aber aus dem Ausweis, den er Mailey gezeigt hatte, war ersichtlich, daß er eine hätte tragen können, obwohl er damit dann wohl der älteste Marineleutnant im Lande gewesen wäre. Er hatte einen kugelrunden Kopf und einen bleistiftschmal gestutzten Schnurrbart. Maileys Liste zufolge handelte es sich bei ihnen um Robert und Virginia Anson aus Santa Cruz. Sie wirkten zu alt für — was auch immer da im Berg vor sich gehen sollte. Mit Sicherheit wußte Mailey nur eins: es gab eine unmittelbare Anweisung des Präsidenten bezüglich dieser neuen Beratergruppe, und so etwas hatte er noch nie zuvor erlebt.

Sie sollten nicht etwa General Deighton vortragen, der das nordamerikanische Luftverteidigungskommando NORAD befehligte und sich ständig im Berg aufhielt, sondern dem Nationalen Sicherheitsrat.

Anson beugte sich auf seinem Sitz vor, und Mailey bemerkte, daß die anderen aufgehört hatten zu reden und sich ihm zuwandten. »Wir werden es bald sehen«, sagte er.

»Klar«, sagte einer, »Bob, wir vertrauen Ihnen so sehr, daß wir Ihnen blind in die Hölle folgen würden, aber — was sollen wir hier eigentlich?«

»Noch zehn Minuten.« Anson sah zu Mailey. »So lange dauert es noch, bis wir drin sind.«

Mailey nickte. »Ja, Sir.« Noch einer, der in dem Loch gewesen sein mußte. Sie hatten so eine bestimmte Art, das Wort ›drin‹ auszusprechen.

»Auf jeden Fall«, fuhr Anson fort, »werden wir ebensoviel ebenso rasch erfahren wie irgend sonst jemand in den Vereinigten Staaten. Das hat mir Admiral Carrell versichert.«

»Klingt gut«, sagte jemand. »Und wir kriegen Zuhörer, die Rat suchen und die Möglichkeit haben, ihn zu befolgen! Herz, was willst du mehr?«

Virginia Anson lachte silberhell. Erneut beugte sich Robert Anson vor, und erneut verstummten alle anderen. Manchen Generälen bringt man weniger Respekt entgegen als dem da, dachte Mailey.

Der Hubschrauber setzte zur Landung an.

✿

Jenny sah der Gruppe zu, die dem Hubschrauber entstieg, und verbarg ihr ungutes Gefühl. Sie ließ die Besucher für den kurzen Weg von der Landeplattform zum Eingang in den Kombi steigen.

Sie selbst war erst einigemal ›drin‹ gewesen, und es war jedesmal ein eindrucksvolles Erlebnis. Der Wagen fuhr durch Tore, hoch wie ein ganzes Haus, und mitten in den Berg hinein ...

Immer weiter ging es. Schließlich hielten sie an und betraten einen Aufzug, der so groß war, daß auch noch der Kombi hineingepaßt hätte.

Niemand redete mehr.

Die Gebäude standen auf mannshohen Schraubenfedern. Von ihnen und den Granitwänden rundherum abgesehen, hätten die Gebäude ganz normale Kasernen und Büros der Militärverwaltung sein können.

Jenny gab den Besuchern eine Stunde, um sich einzurichten. Die meisten waren schon nach der Hälfte der Zeit im Einweisungsraum. Sie wartete die ganze Stunde ab. Das Innere des Raumes war wie ein Kino eingerichtet, mit Klappsesseln in Reihen hintereinander. Soldaten wiesen den Besuchern ihre Sitze an, mit einer gewissen Zurückhaltung, als wüßten sie nicht genau, was sie von ihren Gästen halten sollten.

Jenny ging zur Tafel.

Als dann einer der Militärs begann: »Ich vermute, daß Sie sich alle fragen, warum ich Sie hergebeten habe«, antwortete ihm allgemeines Gelächter. Das machte die Sache sehr viel einfacher.

»Wahrscheinlich fragen Sie sich *tatsächlich*«, sagte Jenny. »Admiral Carrell hat eine Expertengruppe damit beauftragt, den Nationalen Sicherheitsrat hinsichtlich des außerirdischen Raumschiffs zu beraten. Zu dieser Gruppe gehören Sie.«

»Klingt vernünftig. Wer sonst versteht was von Außerirdischen?«

Sie sah auf ihren Sitzplan. Curtis. Sie nickte. »Als erstes werden wir Ihnen erklären, warum Sie *hier* und nicht in der Akademie bei Ihren Kollegen und den Anthropologen sind. Diese Gruppe hier nimmt an, daß uns die Außerirdischen feindlich gesonnen sind, die anderen hingegen das Gegenteil. Unsere Gruppe wird also die mögliche Bedrohung einzuschätzen versuchen — wir sind sozusagen der Krisenstab.«

Alle sahen nachdenklich drein. Dann hob sich eine Hand. Erneut warf Jenny einen Blick auf den Sitzplan. »Ja, Miss Atkinson?«

»Können wir uns aussuchen, zu welcher Gruppe wir gehören wollen?«

»Jetzt nicht mehr«, sagte Jenny.

»Schade.«

»Ich hielt es für wichtig, Sie bei uns zu haben, Sherry«, sagte Anson. »Wir anderen sind vergleichsweise hysterisch, deshalb wollte ich unbedingt einen intelligenten und zugleich gelassenen Menschen in dieser Gruppe haben.«

Sherry Atkinson ließ sich wieder auf ihren Sitz sinken.

»Ich fürchte, es wird alles ein wenig hektisch zugehen«, sagte Jenny. »Man wird Sie intensiv in die Materie einführen.«

»Gibt es denn über die Außerirdischen so viel zu wissen?«

»Eigentlich sehr wenig, Dr. Curtis. Trotzdem werden Sie mit den strategischen Waffensystemen der Vereinigten Staaten und der UdSSR vertraut gemacht. Eine der Möglichkeiten, die Admiral Carrell gern untersuchen würde, besteht darin, daß sich die Außerirdischen mit den Sowjets gegen uns verbünden könnten.«

Akademiemitglied Pawel Bondarew hatte den riesigen Ledersessel vor seinem Schreibtisch dem Fenster zugedreht, damit er das Schwarze Meer sehen konnte. Draußen war es angenehm, und drinnen auch. Seine Sekretärin saß auf seinem Schoß und knöpfte langsam ihre Bluse auf.

Weit besser als erwartet! Er besaß mehr Macht und Ansehen, als er je für möglich gehalten hätte. Sein Vergnügen war noch dadurch gesteigert worden, daß Marina und sein Sohn am Gestade des Schwarzen Meeres Ferien gemacht hatten. Jetzt saßen sie in einer Maschine nach Moskau.

Natürlich konnte es nicht lange dauern. Bald würden die Außerirdischen kommen, und alles würde anders. Wie, darüber konnte er nur Vermutungen anstellen.

Vielleicht bin ich tatsächlich der richtige Mann für diese Aufgabe. Ich kenne nur wenige, die es hätten schaffen können, und von denen sind zwei unzuverlässig ...

Auf seinem Schreibtisch stapelten sich Berichte der sowjetischen Militärführung. Der umfangreichste war der des strategischen Raketenkommandos. Bondarew wußte schon lange, daß die Sowjetunion Tausende von Interkontinental-Raketen mit Atomsprengköpfen besaß, jetzt hatte er auch Angaben darüber, wo sich jede einzelne von ihnen befand und auf welches Ziel sie gerichtet war.

Auch ihre Zuverlässigkeit kannte er, und die war nicht besonders groß. Trotz der vollständigen Mobilmachung war nahezu ein Viertel der Raketen-Bedienungsmannschaften nicht einsatzbereit, und die Generalität nahm an, daß höchstens zwei Drittel der verbleibenden verfügbar sein würde, wenn es darum ging, die Raketen abzufeuern.

In den Berichten war genau angegeben, welche Raketen auf neue Ziele umprogrammierbar waren und welche nicht. Einige ließen sich auf Objekte im Weltraum richten, andere hingegen lediglich auf Bodenziele, weil man ihre Gefechtsköpfe erst nach Wiedereintritt in die Atmosphäre zünden konnte.

Er wollte jetzt die Berichte nicht sehen, sondern in diesen wenigen Augenblicken seine ganze Aufmerksamkeit Lorena zuwenden. Aber seine Gedanken eilten ihm davon ...

Er gebot über eine große Streitmacht, mit der er die Vereinigten Staaten angreifen konnte, und eine kleine, die einen Feind im Weltraum zu bekämpfen imstande war, sofern sich das als notwendig erweisen sollte. Es war unmöglich abzuschätzen, zu welchen Leistungen sie fähig war, solange man über das ihnen entgegenstürmende Raumschiff der Außerirdischen nicht das geringste wußte. Was für Verteidigungseinrichtungen besaß es? Wie stabil war sein Rumpf, und wie nahe würde es der Erde kommen?

Vermutlich lauter überflüssige Erwägungen. Die greifen bestimmt nicht von sich aus an. Falls aber doch, habe ich Kräfte, mit denen ich ihnen in den Arm fallen kann. Jedenfalls einige. Ich müßte mich mal genauer darum kümmern, was mir eigentlich zur Verfügung steht.

Es dürfte nicht einfach sein, die Zielvorgaben mit den Zahlen über die Bereitschaft und die Zuverlässigkeit zu kombinieren. Als Ergebnis war höchstens ein Näherungswert zu erwarten. *Gut, daß ich das mache. Viele Offiziere verstehen nichts von Mathematik. Ich könnte es auch nicht rechtzeitig schaffen, wenn nicht ...*

Er ließ den Blick zu einem Maschinentisch neben seinem Schreibtisch wandern. Dort stand ein Personal-Computer amerikanischer Herkunft. Ein leicht zu bedienendes, ausgezeichnetes Gerät. Zum Lieferumfang hatten einige Statistik- und Wahrscheinlichkeitsrechnungs-Programme gehört, die er seinen Bedürfnissen angepaßt hatte.

»Jetzt kümmerst du dich aber nicht um die Maschine«, sagte Lorena, die seinem Blick gefolgt war, mit fester Stimme und führte seine Hand an ihre Brust.

Obwohl er den Anruf erwartet hatte, zuckte er zusammen. Er nahm die Hand aus Lorenas Bluse. Der Apparat, der da klingelte, gehörte zu einer Sicherheitsleitung, die ständig an eine Sprachverworfelungs-Einrichtung angeschlossen war. Man hatte ihm gesagt, nicht einmal der KGB könne Gespräche auf ihr mithören. Er glaubte das zwar nicht, aber es war besser, sich das nicht anmerken zu lassen. Er nahm ab. »Akademiemitglied Bondarew.«

»Narowtschatow. Die ›Stimme Amerikas‹ sagt, daß die Amerikaner an Bord sind.«

»Das habe ich gehört. Ich konnte alles ausgezeichnet hören, völlig störungsfrei.«

Narowtschatow lachte leise. »Warum sollen wir uns einmischen, solange sie unsere Arbeit tun? Aber es ist ein gutes Zeichen. Unsere Mobilmachung hat sie nicht verärgert.«

»Das glaube ich auch nicht«, sagte Bondarew. »Ich habe sehr darauf geachtet, daß nichts außer Kontrolle gerät.«

»Bist du jetzt mit den Vorbereitungen zufrieden?«

»Ich denke schon. Gruschin berichtet, daß an Bord der Raumstation alles wohlauf ist. Die strategischen Raketenstreitkräfte sind in Alarmbereitschaft versetzt, die

Flotte ist ausgelaufen, aber die Luftstreitkräfte halten ihre Maschinen am Boden, so daß die amerikanischen Überwachungssatelliten sie sehen können. Das hatte allerdings seinen Preis. Generaloberst Achmanow hat sich als unwillig zur Mitarbeit erwiesen und ist durch General Tretjak ersetzt worden. Die Übergabe ist ohne Zwischenfälle verlaufen, Achmanow ist jetzt Generalinspekteur im Verteidigungsministerium.«

»Hm. Du gewöhnst dich, wie es scheint, an die militärische Befehlsgewalt. Vielleicht werde ich dich zum General ernennen.«

»Schaden könnte es nicht«, sagte Bondarew. *Generäle haben enorme Vorrechte ...* »Ich habe Berichte von Gruschin und Rogatschow bekommen. Sie enthalten keine Widersprüche. Nikolai Nikolaijewitsch, ich glaube, wir haben alles Menschenmögliche getan.«

»Alles, was wir tun können. Warum mache ich mir denn nur Sorgen?«

Bondarew lächelte ohne ein Zeichen von Spott. »Es gibt keine vergleichbare Situation. Weder die Geschichte noch die Theorie können uns hier weiterhelfen.«

»Ja, so ist es wohl.« Eine Pause trat ein. Nach kurzem Nachdenken sagte Narowtschatow: »Ab morgen geht diese Leitung direkt zum Vorsitzenden. Du wirst uns über sie auf dem laufenden halten.«

»Gewiß.« *Sinnlos zu fragen, wo ihr beide euch aufhalten werdet.* »Vielleicht könnten dich Marina und die Kinder besuchen?«

»Das ist bereits in die Wege geleitet.«

»Dann bleibt nichts weiter zu sagen.« Bondarew legte auf und sah nachdenklich aus dem Fenster.

»Du hast Angst«, sagte Lorena.

»Ja.«

9 Vorahnungen

> Der Weltraum wird auf jeden Fall kolonisiert — wenn auch möglicherweise nicht von uns. Sofern wir den Mut dazu nicht aufbringen, gibt es genug andere Menschen auf diesem Planeten.
> Vielleicht sprechen die Baumannschaften Chinesisch, Russisch, Suaheli oder Portugiesisch.
> Für die Errichtung einer Raumstadt braucht man kein ›Gutes altes amerikanisches Fachwissen‹.
> Die Gesetze der Physik gelten für die anderen ebenso wie für uns.
>
> ROBERT A. HEINLEIN

Zeit: Zwei Tage bis zur Stunde Null

Die Sitzung war auf neun Uhr vormittags angesetzt, aber noch eine Viertelstunde später trödelten einzelne in den Seminarraum. Einige hatten einen Kater. Zu spät ins Bett gekommen waren alle.

Nun ja, dachte Jenny, sie werden sich eben an den militärischen Tagesablauf gewöhnen müssen. Und wenn sie es nun nicht taten und erreichten, daß sich die Bewohner des Cheyenne-Bergs dem Tagesablauf von Science Fiction-Autoren anpaßten? Bei dieser Vorstellung hätte sie beinahe haltlos losgekichert.

Kaum saßen sie auf ihren Plätzen, sprangen sie wieder auf und standen in Trauben beieinander. Die meisten redeten gleichzeitig. Mit den SF-Leuten zu arbeiten war ein Erlebnis besonderer Art. Sie hatten vor nichts und niemandem Achtung, außer möglicherweise vor Mr. Anson.

Sie hatten die letzten Tage damit verbracht, die amerikanischen und sowjetischen Waffensysteme kennenzulernen. Jetzt war es Zeit festzustellen, was über die Außerirdischen bekannt war.

Dabei gibt es gar nichts zu wissen. Unsere besten Aufnahmen zeigen keine Einzelheiten des Raumschiffs. Wir wissen lediglich, daß es gigantisch ist.

Der Mann mit dem Walroßschnurrbart begann zu sprechen, bevor Jenny den Mund auftun konnte. »Major Crichton, ich vermute, daß die Regierung bei der Kontaktaufnahme mit den Außerirdischen ebensowenig Erfolg hatte wie alle Funkamateure, die das probiert haben?«

»Stimmt. Wir haben es auf jedem vorstellbaren Weg versucht.«

»Und auf einigen, auf die niemand verfallen wäre«, fügte Sherry Atkinson hinzu. Alle lachten, weil sie daran denken mußten, daß der Bürgermeister von San Diego alle Einwohner der Stadt dazu veranlaßt hatte, die Wohnungsbeleuchtung ein- und auszuschalten, während die Stadt genau im Sichtbereich des Raumschiffs lag.

»Ohne Ergebnis«, sagte Jenny. »Unsere exakteste Voraussage ist, daß das Raumschiff übermorgen ankommen wird. *Irgendwann* übermorgen. Genaueres läßt sich nicht sagen, weil es inzwischen unregelmäßig und unvorhersagbar beschleunigt und verzögert.«

»Als ob es nicht wollte, daß wir hinter seine GAZ kommen«, sagte Curtis.

»GAZ?« fragte Atkinson.

»Geschätzte Ankunftszeit«, sagte Jenny. »Ja, das haben wir auch schon überlegt.«

»Es kann aber auch bedeuten, daß seine Triebwerke nicht ordnungsgemäß funktionieren.« Atkinson sah nachdenklich drein.

»Oder daß den Außerirdischen die Begriffe Zeit und Regelmäßigkeit nicht viel bedeuten.«

»Quatsch«, sagte Curtis. »Als Raumreisende *müssen* sie Uhren haben.«

»Das heißt noch lange nicht, daß sie sie benutzen«, sagte jemand.

Jenny versuchte, sich durch den Lärm hindurch verständlich zu machen. »Lieutenant Sherrad wird zusammenfassen, was wir wissen.« Das allgemeine Gemurmel hörte auf.

Sherrad war ein Berufsoffizier der Marine, der darauf wartete, daß sein Fuß heilte, damit er wieder Borddienst tun konnte. Jenny wußte nicht genau, warum er nach Colorado Springs beordert worden war, aber sie wußte, daß der Admiral etwas von ihm hielt. Sein Vater war ein Schulkamerad Carrells gewesen. Vitamin B schien in der Marine noch verbreiteter zu sein als im Heer.

Er zeigte neue Vergrößerungen von Aufnahmen der Teleskope auf Mauna Kea aus den späten siebziger Jahren. Auf einigen sah man einen blitzenden Stern, der dann wohl das Raumschiff sein mußte, obwohl es damals niemandem aufgefallen war.

Nachdem er alle Bilder zweimal in der zeitlichen Reihenfolge gezeigt hatte, machte er Licht und wartete, als wolle er sein Publikum auf die Probe stellen.

»Schweinebande.«

»Was ist, Joe?«

»Die haben was abgeworfen.«

Sherrad nickte. »So sieht es aus.«

Vier Stunden hat es gedauert, bis ich das begriffen hatte, dachte Jenny. Vielleicht war es tatsächlich sinnvoll, diese Paradiesvögel hier zu versammeln.

»Wir vermuten, daß das Raumschiff aus der allgemeinen Richtung Centaurus gekommen ist, ein großes Objekt abgeworfen, die Sonne umflogen und sich dann dem Saturn zugewandt hat«, sagte Lieutenant Sherrad. »Und auf der ganzen Strecke hat es gebremst.«

»Dann wußten sie ja wohl, wohin sie wollten.«

»Nun, Dr. Curtis, so sieht es aus.«

Stimmen erhoben sich. »Na schön, dann haben sie am Saturn neuen Brennstoff aufgenommen.«

»Und warum nicht am Jupiter?«

»Die Verzögerung für Jupiter kostet sie weniger Delta-v. Aber falls das eine Rolle gespielt hat, müssen die sich mit dem letzten Tropfen Treibstoff dahin gerettet haben.«

»Können wir es noch mal sehen?« bat Anson.

Sherrad wartete, bis Ruhe eingetreten war. »Gewiß. Wir haben auch die Computersimulation.«

Der Raum wurde erneut verdunkelt.

Schwarze Punkte lagen auf einem weißen Feld verstreut: ein Negativ des Nachthimmels. Astronomen arbeiteten im allgemeinen lieber mit Negativen; auf ihnen ließen sich die Sterne besser erkennen. Nach jeweils einigen Sekunden sprang das Bild. Die Sterne blieben, wo sie waren — die Aufnahmen lagen übereinander —, aber ein schwarzer Punkt sprang mit und wurde größer.

»Die stammen aus dem Observatorium auf Mauna Kea. Beachten Sie den hin und her springenden Punkt. Wir haben einige Diagramme angefertigt ...«

Auf dem ersten sah man eine Kurve über dem Sternenhintergrund, die nicht sehr viel hergab.

»... so sähe es von oberhalb des Sonnennordpols aus.«

Drei schwachgekrümmte Linien strahlten von einem Mittelpunkt, der Sonne, aus. In seiner Nähe verliefen gestrichelte Linien — da hatte natürlich noch keine Kamera etwas erkennen können —, die fast den Rand der Sonne berührten. Mit seinem Lichtzeiger fuhr der Marinemann die Ankunftslinie entlang. »Es ist mit einer Geschwindigkeit von mehreren hundert Kilometern pro Sekunde angekommen«, sagte er, »und hat auf dem ganzen Weg gebremst. Natürlich wurde es nicht in Sonnennähe gesichtet, und damals hat auch niemand danach gesucht. Von dem hier ...« — der Lichtzeiger beschrieb eine Linie nach außen — »haben wir nur drei Bilder, und natürlich könnten die auch gefälscht sein, Makulatur. Wenn sie echt sind, hat das hier die Sonne nicht unter Antrieb verlassen, sondern im freien Fall.« Die dritte Linie verlief nahezu parallel zur zweiten und krümmte sich dann von ihr fort. »*Dieser* Abschnitt wurde unter Antrieb zurückgelegt, und zwar wurde mit 2 G gebremst, mit Schwankungen. Wir haben fünf Fotos, danach ist es weg, aber es kann ohne weiters auf dem Weg zum Saturn gewesen sein.«

»Haut nicht hin«, sagte eine Stimme aus der Dunkelheit.

Das Licht ging an. Der Marinemann fragte: »Wer hat das gesagt?«

»Ich.« Joe Ransom hatte einen phantasievollen Schnurrbart und gab sich so selbstsicher wie alle SF-Autoren. »Sehen Sie mal: die haben was abgeworfen, um Treibstoff zu sparen. Vielleicht einen Zusatztank.«

»Ich würde es eher für eine Art V_1-Bombe mit Strahlantrieb halten, also eine Art Bussard-Staustrahl-Triebwerb«, unterbrach ihn jemand.

Ransom machte eine ungeduldige Handbewegung. »Das spielt fast keine Rolle. Jedenfalls haben sie was abgeworfen, was sie brauchten, um hierherzukommen. Wahrscheinlich war das so geplant. Möglicherweise hätte ihr Treibstoff nicht gereicht, wenn sie nicht etwas — nun, etwas *Umfangreiches* abgeworfen haben, das sie nicht mehr brauchten, weil es seinen Zweck erfüllt hatte, sobald sie damit von Alpha Centauri oder wo auch immer hatten starten können. Sofern ...«

Burnham setzte zu einem Einwand an, doch Ransom fiel ihm ins Wort. »Wir haben keine Möglichkeit herauszubekommen, was es war, und es ist auch *gleichgültig.* Sie haben es benutzt, um herzukommen, und es dann *weggeworfen.* Entweder setzen sie voraus, daß ihnen jemand ein neues baut, oder sie wollen nicht dahin zurückkehren, woher sie gekommen sind. Klar?«

Etwas Eiskaltes knotete sich in Jennys Eingeweiden zusammen. *Sie wollen nicht zurückkehren. Vielleicht ist der Einfall mit dem Krisenstab gar nicht so schlecht. Ich muß den Admiral anrufen.*

Unterdessen stritten die Anwesenden lautstark miteinander. Jenny erhob ihre Stimme, um wieder für Disziplin zu sorgen. Der Lärm verminderte sich auf etwa die Hälfte. »Mr. Ransom, Sie haben Alpha Centauri gesagt. Warum?«

»Aufs Geratewohl. Die drei Sterne liegen uns am nächsten, und zwei davon sind Gelbe Zwerge, sehr ähnlich unserem Stern.«

»Sterne?«

»Ja, der unserem Sonnensystem nächste Stern, den wir als Alpha Centauri bezeichnen, ist in Wirklichkeit ein Doppelsternsystem, zu dem noch ein schwacher Roter Zwerg gehört.«

»Interessant«, sagte Lieutenant Sherrad. »Unsere Astronomen haben erklärt, daß das Objekt aus der Gegend des Centaurus gekommen ist. Ist Alpha Centauri tatsächlich eine Möglichkeit?«

Wieder diskutierte alles durcheinander. Diesmal ließ Jenny es eine Weile hingehen. Ihre Geduld wurde belohnt, als Curtis mit lauter Stimme forderte: »Können wir mal abstimmen? Wer ist für Alpha Centauri?«

Zwei Hände gingen hoch.

»Und wer ist dagegen?«

Drei. Die drei übrigen hatten keine Meinung.

»Sherry? Warum bist du gegen Alpha Centauri?«

»Wade, du kennst doch die vielen anderen Möglichkeiten! In unserer Nähe gibt es fast ein Dutzend Gelber Zwerge, und wir wissen nicht mal, ob die Außerirdischen überhaupt von dieser Art Stern gekommen sind!«

»Bob, und du bist dafür.«

Der breitschultrige, weißhaarige Mann mit der bunten Weste lachte und sagte: »Zuerst war ich es nicht, weil es zu blöd klingt, zu abgedroschen. Das aber liegt daran, daß viele SF-Autoren es benutzt haben. Die aber haben es getan, weil es dafür eine ganze Reihe guter Gründe gibt. Warum sollten sich die Außerirdischen nicht auf die Suche nach dem nächstliegenden Stern machen, der ihrem eigenen ähnelt? Und viele gelbe Sterne gibt es in der Richtung nicht, Sherry. Der Sternhaufen gruppiert sich um Prokyon, Tau Ceti und ...«

»Genau darauf wollte ich hinaus«, sagte Dr. Curtis. »Es *ist* abgedroschen. So wie *ich* es sehe, sind sie bestimmt von Alpha Centauri gekommen. Sonst hätten sie einen riesenlangen Weg zurücklegen müssen. Und wenn sie ihr halbes Schiff unterwegs abgeworfen haben — sehen Sie, was ich meine?«

Burnham sagte: »Das ist sicher ihre erste Reise. Ihre Fähigkeit, mit uns zu sprechen, wird nicht hoch entwikkelt sein. Vermutlich werden sie uns von einer entfernten Umlaufbahn aus im Auge behalten.«

»Vielleicht ist es ganz gut, daß die Sowjets nicht an sie ran können. Sonst würden sie noch abhauen.«

»Die Sache hat immer noch nicht das richtige Format. Wir hätten ihnen bis in die Gegend des Saturn entgegenfliegen müssen, einfach, um ihnen etwas mehr Achtung abzunötigen ...«

»Inzwischen könnten wir ein Hotel auf Titan haben ...«

Es ging wieder los. Aus dem allgemeinen Stimmengewirr heraus hörte Jenny Curtis sagen: »Eins ist sicher. Sie sind von *weit her* gekommen, die nächste Frage lautet also: Was wollen sie?«

✿

Arwid Pawlowitsch Rogatschows Arbeitsraum war, gemessen an den Möglichkeiten der Raumstation, ziemlich groß. Ein großer Teil seiner Einrichtung schien erst nachträglich dorthin gebracht worden zu sein: die Kochplatte, das geschwungene Sofa, das die Stelle der ursprünglich vorgesehenen Luftmatratze einnahm und sogar das Fenster, das ein Transporter von der Erde gebracht und das man in eine Rumpföffnung geschweißt hatte. Es bestand aus einer dickwandigen Kiste und zwei Glasscheiben, zwischen denen eine Masse lag, die im nahezu luftleeren Raum aufschäumte und hart wurde. Immerhin ließ es Licht durch, so daß der Kommandant die Sterne sehen konnte.

Sie flogen links und rechts vorüber, während Rogatschow in einem Plastikbeutel Teepulver mit heißem Wasser vermischte. Er goß den Tee in zwei Becher und gab einen davon seiner Stellvertreterin.

»Zwölf können auf der Raumstation Unterkunft finden«, sagte er, »und zwölf sind an Bord, vier davon ausländische Beobachter. Noch nie hat es an Bord eines Raumfahrzeugs ein so wichtiges Ereignis gegeben, und ausgerechnet jetzt ist Kosmograd nicht nur bis zum Stehkragen vollgestopft, sondern hat zugleich nicht genug Leute für die zu erledigenden Aufgaben.«

»So schlimm ist es nun auch wieder nicht«, sagte Aljana Alexandrowna Tutsikowa. »Denken Sie daran, daß uns mit Bezug auf das außerirdische Raumschiff die Hände gebunden sind. Wir können ihm nicht entgegenfliegen, denn wir haben keinen Antrieb.«

»Weder das noch Waffen. Wir könnten nicht einmal fliehen.«

»Genau. Es wird herkommen. Wir genießen das Vorrecht zuzusehen. Ich finde, daß wir eigentlich recht privilegiert sind.«

»Möglich.« Arwid lächelte. »Es trifft sich gut, daß unsere Besucher nicht besonders flüssig miteinander reden können.«

»Das stand in ihren Akten.«

Daß Arwid keiner Akte traute, war Aljana bekannt.

Sie fuhr fort: »Der Nigerianer, Giorge, spricht recht gut Englisch. Er hat in England die Schule und anschließend die Patrice-Lumumba-Universität in Moskau besucht, aber nur wenig Russisch gelernt. Sein Lieblingsthema ist die wirtschaftliche Unabhängigkeit Nigerias. Es fällt mir übrigens schwer, ihm ins Gesicht zu sehen — er ist geradezu unheimlich schwarz.«

»Die Außerirdischen werden noch ganz anders aussehen, aber lassen wir das«, sagte Arwid. »Er verbringt seine gesamte Zeit mit Dmitri Parfenowitsch und Wes Dawson. Das wäre an und für sich recht gut, nur hat Dmitri versucht, Dawson zu seinen eigenen Ansichten zu bekehren, und Dawson versucht ab und zu, Giorge klarzumachen, was vor sich geht. Er kann komplexe Zusammenhänge gut erklären.«

»Könnten wir nicht mal mit Dmitri reden?«

Arwid lachte. »Soll ich etwa unserem Polit-Kommissar Anweisungen darüber geben, wie er die Heiden zu bekehren hat? Aljana, mir liegt nichts an Konvertiten.«

Sie lachte. Nach der amtlichen Lesart war Dmitri Gruschin Vizekommandant und Informationsoffizier auf der Raumstation, aber für beide Aufgaben nur unzulänglich qualifiziert. Daran zeigte sich seine Herkunft aus den Rängen des KGB überdeutlich. »Nigeria und Frankreich sind für uns keine Bedrohung, und Proselyten sollten wir lieber woanders machen — beispielsweise aus dem ehrenwerten Dawson.«

»Ich glaube, daß sein Volk da eine gute Wahl getroffen hat. Er brennt förmlich darauf, die Bekanntschaft Außerirdischer zu machen. Aus seiner Akte geht hervor, daß er sich geradezu mit Gewalt hierher gedrängt hat. Obwohl ich nur wenig von amerikanischer Politik verstehe, muß ich allerdings gestehen: ich kann mir nicht recht vorstellen, daß ein bloßer Kongreßabgeordneter den Präsidenten der Vereinigten Staaten sehr weit in eine Richtung drängen kann, in die er nicht ohnehin zu gehen gesonnen war.«

Aljana lächelte breit. »Dawson hat mehr auf dem Kasten als Dmitri. Bestimmt haben sie ähnliche Positionen?«

Rogatschow zuckte die Achseln. »Das glaube ich zwar nicht, aber es ist wohl auch unerheblich.«

»In Dawsons Akte heißt es, daß er liberal sei.«

»Das war vermutlich ein Agent, der zu faul war, selbst zu recherchieren. Vermutlich hat er es aus einer Zeitung abgekupfert! Dawson hat das amerikanische Raumfahrtprogramm rückhaltlos unterstützt.« Rogatschows Gesicht nahm einen Ausdruck an, den er nicht vielen Menschen zeigte: ein geradezu schuldbewußtes Lächeln. »Ich habe ihn gründlich im Auge behalten. Er ist grün vor Neid, seit er sich an Bord befindet. Nicht einmal die Konstruktion gefällt ihm. Er weiß *haargenau*, wie er die Raumstation bauen würde, wenn es seine wäre. Daß es keine amerikanische ist, bringt ihn auf die Palme!«

Aljana lächelte zurück. »Wenn wir das nötige Geld hätten, würden wir ja wohl auch Verbesserungen vornehmen, oder? Nun schön. Dr. Beaumont als Mitglied der KPF seit zwanzig Jahren dürfen wir wohl als Verbündete betrachten. Sie ist eigentlich recht hübsch, finden Sie nicht auch?«

»Nun ja, klassisch und streng, aber doch, ja, ganz ansehnlich.«

»Haben Sie schon Annäherungsversuche unternommen?«

Arwid lachte. »Sie dürfte kaum interessiert sein. Sie spricht nur wenig Englisch, aber ich habe dafür gesorgt, daß sie gelegentlich mit Dawson zusammen war, um zu sehen, was passierte.«

»Und?«

»Er zeigt durchaus Interesse ... aber Captain Greeley und Giselle Beaumont haben mehr Zeit miteinander verbracht. Ich finde das merkwürdig.«

Aljana nickte verständnisvoll. »Er sieht gut aus, ist drei Jahre jünger als die Französin ... und vierzehn Jahre jünger als ich. Ich könnte mir denken, daß Greeley gern Öffentlichkeitsarbeit, Wahlkampfleitung oder etwas in der Art machen möchte, dennoch scheint er es darauf angelegt zu haben, Giselle in sein Bett zu kriegen. Er konkurriert da mit einem Mann, der für seine Karriere nützlich sein oder ihm Steine in den Weg legen kann.«

Rogatschow zuckte die Achseln. »Manche Männer haben einfach wenig Herrschaft über ihre Keimdrüsen.«

»Was würden Sie denn tun? Vermutlich Ihrem Vorgesetzten helfen, die Frau zu verführen, und damit etwas Gutes für Ihre Karriere tun.«

»Zu solchen Winkelzügen brauche ich keine Zuflucht zu nehmen. Greeley allerdings hätte ich so etwas zugetraut.«

»Er kennt Dawson besser als wir. Vielleicht ist Dawson ein Homo ...«

»Das stünde in seiner Akte. Und wenn es den Amis nicht bekannt wäre — wüßte es der KGB.«

Arwid goß aus dem Kunststoffbeutel Tee nach. (O ja, hätte er die Mittel zur Verfügung, würde er durchaus einiges ändern. Pfui Teufel — Pulvertee! Ein Samowar würde schließlich nicht *so* viel Platz beanspruchen.) »Ich plaudere gern mit Ihnen, Aljana.«

»Wir sprechen aber auch über Fragen der Sicherheit, nicht wahr?«

»Möglich. Aber die gehören nicht zu meinen Aufgaben. Die Entscheidungen sind bereits getroffen, und nicht von mir. Ich persönlich würde *allen* Touristen in dieser schwierigen Zeit das Betreten der Raumstation untersagen. Aber der Vorsitzende legt großen Wert auf die Meinung der Weltöffentlichkeit.«

»Das finde ich grundsätzlich durchaus sehr beunruhigend.«

»Nur geht so etwas allzu häufig einer Invasion voraus. Nun, diesmal vielleicht nicht. Mütterchen Rußland begrüßt die ersten Besucher aus dem interstellaren Raum. Sie werden als erstes hierherkommen; kein intelligentes Wesen läßt bei der Landung einen potentiellen

Feind über sich. Dieser Erfolg wird die Mondlandung der Vereinigten Staaten in den Schatten stellen.«

»Brauchen wir unbedingt Besucher, die unserem Triumph zusehen? Man könnte das Ganze doch aufzeichnen und im Fernsehen übertragen.«

»Ich kann mir einen weiteren Zweck des Unternehmens denken. Wenn die Außerirdischen ankommen, sieht es so aus, als verträten wir die ganze Welt … Es spielt keine Rolle. Sicherheitsfragen betreffen mich nicht. Ich kann unseren ausländischen Besuchern verbieten, bestimmte Teile der Station zu betreten, und der Besatzung, technische Einzelheiten mit ihnen zu besprechen. Trotzdem kann das eine oder andere durchsickern, das ist nun einmal so. Aber der Vorwurf dafür wird nicht Arwid Rogatschow treffen.«

✿

Der Kleinlaster keuchte den Coldwater Canyon hinauf. Harry saß im Fahrtwind fröstelnd hinter der Kabine auf der Pritsche und hielt seine alte Gitarre an sich gepreßt. Für einen Maitag in Los Angeles war es ausgesprochen kalt. Doch kalt oder nicht, der Kleinlaster war besser, als zu Fuß zu gehen. Es war nett von Arline, ihn mitzunehmen. Nur schade, daß noch fünf andere Leute mitfuhren, sonst hätte er nicht auf der Ladefläche zu sitzen brauchen.

Es war ein schöner Abend in der *Sunset* Bar gewesen, wo er spielte, damit man ihn freihielt und ihm vielleicht auch etwas Kleingeld zukommen ließ. Früher einmal hatte sich Harry für einen guten Unterhaltungskünstler gehalten, aber damit war seit seinen beiden Autounfällen Schluß. Immerhin ging er seither am Krückstock, und das hing nicht nur mit der anwaltlich verordneten Fettleibigkeit zusammen. Es war schlimmer als nur Pech. Kopf und Rücken schmerzten, und er verfluchte die beiden Mistkerle, die ihn auf diese Weise zum Krüppel gefahren hatten. Bei der Gelegenheit fluchte er gleich mit auf die Versicherungsgesellschaften, die trotz der Ratschläge seiner Anwälte, psychische Dauerschäden und Arbeitsunfähigkeit geltend zu machen, keinen roten Heller herausrückten.

Ruby drängte sich an ihn. Die Wärme tat ihm wohl. »Kommst du mit zu mir?« fragte sie.

»Täte ich rasend gern«, sagte Harry. *Wer schläft schon gern allein?* »Aber du weißt ja, ich muß auf ein Haus aufpassen.«

»Dann nimm mich doch einfach mit.«

»Das geht nicht«, sagte Harry. Er wollte es nicht. Ruby war vor zehn Jahren eine liebevolle, angenehme Partnerin gewesen, und nicht nur im Bett. Naiv, aber nett. Vielleicht hatte er erwartet, daß sie *er*wachsen würde, aber nein — *ge*wachsen war sie, und zwar vor allem in die Breite: sie wog bestimmt ihre achtzig Kilo. Damals war sie sanft und anschmiegsam gewesen. Jetzt, da sie schwabbelig war, fiel ihre geringe Intelligenz noch mehr auf. *Arline, ja, das wäre was, aber die lebt bei ihrem Alten, und mit dem ist nicht zu spaßen.*

Einen Augenblick lang erwog Harry den Gedanken. Arline käme bestimmt mit. Es würde ihr im Haus Dawsons riesig gefallen. Aber ...

... dein Ehrenwort haben wir zur Kenntnis genommen. Mist! Der Wagen war jetzt ganz in der Nähe. Harry klopfte an die Scheibe der Kabine. Der Kleinlaster fuhr an den Straßenrand. Er kletterte herunter und winkte Arline zu. »Danke«, rief er.

»Bist du sicher, daß du allein klarkommst?« fragte sie.

»Bestens«, sagte Harry. Er wartete, bis sie den Hügel hinauf und um eine Kurve verschwunden war und machte sich dann auf den Anstieg zu Dawsons Haus.

Das würde ihm guttun, *mußte* es einfach. Seine Beine kamen ihm schon viel muskulöser vor als noch vor einigen Tagen.

Er spürte die kleine Beretta schwer in seiner Hemdtasche. Ihm war klar, daß er sie hätte zu Hause lassen müssen. Besonders viel nützte sie mit dem mickrigen Kaliber 6,35 mm nicht, und wenn ihn die Bullen damit erwischten, würden sie nur um so schlimmer auf ihm herumhacken. Aber es war alles, was er hatte, und in dieser Gegend gab es nun einmal ein paar böse Menschen.

Die einzige Waffe ist es ja nicht, dachte er. Er hatte sich im Haus umgesehen — Wes hatte bestimmt damit gerechnet und ihm wohl deswegen auch das Geldversteck verraten. Dabei hatte er die Militärpistole vom Kaliber 11,43 mm gefunden, die Wes auf Harrys Rat für Carlotta gekauft hatte, doch die hatte sie dagelassen. Da es allerdings nicht seine Waffe war, mußte er sie im Hause lassen. Es gäbe einen Riesenskandal, wenn man ihn mit einer auf den Namen eines Kongreßabgeordneten eingetragenen Schußwaffe faßte.

Der Berg wurde mit jedem Tag steiler. Wie sollte er nur sein Gewicht da hinaufbekommen!

Es ist wirklich gut für mich. O Gott, ich muß das Motorrad reparieren lassen. Ich hab für eine Anzahlung genug zusammen. Sie können den Motor überholen, und vielleicht krieg ich mit Singen so viel zusammen, daß ich die Maschine abholen kann. Was brauch ich Getränke, ich sing einfach da, wo es gutes Trinkgeld gibt. Ich kann unmöglich weiter diesen Berg raufklettern!

Und dann die Lebensmittel. Ich eß ja kaum noch was Anständiges.

Die erste Woche war es nicht schlimm gewesen. Da der Kühlschrank gut bestückt war, hatte er erst Gemüse und Omeletts, dann Tiefkühlkost und schließlich Konserven gegessen. Aber jetzt aß er Schlankheitskost, die Carlotta vor langer Zeit zuwider geworden war.

Nein danke! Zwar schmeckt es nicht ganz so abscheulich, wie ich gedacht hätte, und ich könnte hier glatt abnehmen. Aber wenn ich so 'ne Dose aufmach, riecht es wie Katzenfutter, und das Zeug sieht auch so aus. Carlotta weiß bestimmt, warum sie die Kur vor zwei Jahren abgebrochen hat! Nicht mal 'n Ei zum Drüberhauen ist im Haus.

Er ließ die Gitarre aus der linken in die rechte Hand wandern. Das einzig Eßbare im ganzen Haus waren Frühstücksflocken. *Ich muß unbedingt den Motor überholen lassen.*

Morgen, dachte Harry. Wieder wechselte er die Gitarre von einer Hand in die andere. *Ausbauen kann ich ihn selber, aber dann muß ich mir Arlines Kleinlaster leihen, um ihn wegzubringen.*

Zog man in Dawsons Küche eine Schublade ganz heraus, wurde dahinter eine kleinere Schublade sichtbar, die tausend Dollar in Fünfziger-Scheinen enthielt. Ein guter Einbrecher würde sie finden und damit verschwinden, dachte Harry, und das war wahrscheinlich auch der Zweck der Übung. Bestechungsgeld, damit die Einbrecher nicht im Hause alles verwüsteten. Gott sei Dank — brauchte er es nicht. Er hatte für die Anzahlung genug zusammen.

✿

Jenny erhob sich rasch, als Admiral Carrell in ihr winziges Büro im Keller des Weißen Hauses trat.

»Behalten Sie Platz!« befahl er. »Ich bin alt genug, um mich unbehaglich zu fühlen, wenn Damen vor mir aufstehen. Haben Sie Kaffee?«

»Ja, Sir.« Sie holte Tassen aus der Schreibtischschublade und goß sie aus einer Thermoskanne voll.

»Recht anständig. Natürlich nicht so gut wie Marinekaffee. Mit dem kann man Wandfarbe abbeizen. Haben wir aus dieser Affenhorde was rausbekommen?«

»Ja, Sir«, sagte Jenny.

»Das klingt erstaunt.«

»Admiral, das war ich auch. Ich hatte die ganze Sache für Zeitverschwendung gehalten, aber als die SF-Burschen richtig loslegten, waren sie gar nicht schlecht.«

Sie öffnete einen Ordner auf dem Schreibtisch. »Beispielsweise das hier. Als das Raumschiff vor fast fünfzehn Jahren in unser Sonnensystem eingedrungen ist, waren einige Teleskope, unter anderem auch auf Mauna Kea, dorthin gerichtet. Damals hat niemand etwas bemerkt, aber wenn wir wirklich danach gesucht hätten ...« Sie zeigte ihm die Aufnahmen.

»Sieht für mich aus wie Kleckse.«

»Ja, Sir. So haben wir das alle gesehen. Aber die SF-Leute vertreten die Ansicht, daß das außerirdische Raumschiff eine Art Bussard-Staustrahl-Triebwerk abgeworfen hat.«

»Ein *was?*«

»Ein Bussard-Staustrahl-Triebwerk, Admiral.« Sie sah auf ihre Notizen und las ab. »Luftleerer Raum ist nicht leer. Zwischen den Sternen gibt es Wasserstoff. Das Staustrahl-Triebwerk kann ihn als Treibstoff nutzen. In der Theorie lassen sich damit *große* Raumschiffe zwischen den Sternen antreiben. Es arbeitet mit starken Magnetfeldern und ...«

»Die technischen Einzelheiten ersparen Sie mir bitte.«

»Ja, Sir. Entscheidend ist, daß sie etwas Großes abgeworfen haben, etwas, das sie vielleicht noch einmal brauchen könnten, wenn sie unser Sonnensystem verlassen wollen.«

»Und das bedeutet, daß sie bleiben wollen«, sagte Admiral Carrell unbewegt.

»Ja, Sir!«

»Die hätten uns auch vorher fragen können. Das klingt ja fast, als ob sie uns keine Wahl lassen wollten.« Er erhob sich. »Nun, wir werden es ja bald wissen.«

»Ja, Sir.«

»Meinen Glückwunsch für Ihre Arbeit mit der Beratergruppe. Vielleicht kann ich von dort noch mehr Spekulationen bekommen.«

»Wollen Sie mit den Leuten arbeiten, Sir?«

»Warum eigentlich nicht? Der Präsident hat beschlossen, daß irgendein Verantwortlicher im Cheyenne-Berg sein muß, wenn die Außerirdischen ankommen. Und das soll allem Anschein nach ich sein.«

»Eine gute Wahl«, sagte Jenny.

Carrell lächelte mit schmalen Lippen. »Ich denke auch.«

»Nichts, das nicht in den Unterlagen steht. Ich habe die Sache mit dem strategischen Luftkommando und dem Oberbefehlshaber der Marineeinsätze besprochen. Ab morgen nachmittag gilt Gelber Alarm.«

Gelber Alarm. Feuermannschaften in den Raketensilos, alle raketentragenden U-Boote auf See. Bomber einsatzbereit aufgetankt, Bomben an Bord, Besatzungen in Unterkünften neben der Startbahn. »Ich hoffe sehr, daß es sich dabei um eine überflüssige Maßnahme handelt.«

Admiral Carrell nickte zustimmend. »Ich auch, Major. Ob nun nötig oder nicht, ich breche heute nachmittag auf. Vorher müssen wir die Sache noch mit dem Präsidenten besprechen. Ich lasse Ihnen eine Stunde Zeit, damit Sie alles, was wir wissen, in zehn Minuten zusammenfassen können.«

✿

Jeri Wilson warf den Rest ihres Gepäcks in den Kombi und schlug die Heckklappe zu. Dann lehnte sie sich atemlos dagegen. Es war warm, die Sonne schien, aber der Morgendunst verbarg noch die Berge um das San Fernando-Tal. Sie sah auf ihre Uhr. »Elf, und ich bin reisefertig«, erklärte sie.

Isadore Leiber warf einen mißtrauischen Blick auf den tief in den Federn hängenden alten Buick. »Das schaffst du nie«, sagte er. Clara stimmte ihm kopfnickend zu.

»Auf der ganzen Strecke sind die Straßen gut ausgebaut«, erwiderte Jeri. »Ich hab genug Zeit und brauche nicht zu rasen. *Ihr* müßt aufpassen, ihr habt den längeren Weg.«

»Stimmt«, sagte Isadore. »Jeri, überleg's dir! Komm mit uns!«

»Nein. Ich fahr zu meinem Mann.«

Clara sagte, ihr Gesicht in bedenkliche Falten gelegt: »Jeri, er ist ja gar nicht ...«

»Doch. Die Scheidung ist noch nicht rechtskräftig. Außerdem ist das mein Problem. Vielen Dank, daß ihr euch meinen Kopf zerbrecht, aber ich kann mich um mich selbst kümmern.«

»Das bezweifle ich«, sagte Isadore unverblümt.

Melissa kam mit ihrem großen Teddy heraus. Gott sei Dank hatte sie, von dem Goldfisch abgesehen, keine Tiere, und ihn hatte Jeri, während ihre Tochter schlief, in die Toilette gespült.

Isadore wies auf eine Eintragung in seinem Notizbuch. »Ist das die richtige Adresse und Telefonnummer?«

Sie nickte.

»Caddoa, Colorado«, sage er. »Noch nie gehört.«

Jeri hob die Schultern. »Ich auch nicht. David hält es zwar für verrückt, aber irgend jemand glaubt, daß man da Öl finden kann.«

»'n richtiges Drecknest, was?«

»Ich glaub schon. Harry hat mir die Straßen aufgezeichnet.«

»Ach der«, sagte Clara verächtlich.

»Harry ist in Ordnung«, sage Jeri. »Ich hab mich außerdem beim Automobilclub erkundigt, und die haben mir bestätigt, daß die Strecke durchgehend gut ausgebaut ist. Isadore, Clara, es ist wirklich lieb von euch, daß ihr euch um mich Sorgen macht, aber ihr habt jetzt genug getan. Geht lieber, sonst werden George und Vicki noch wütend auf euch.«

»Ja«, sagte Isadore. »Das wäre mir wirklich nicht recht ...«

»Na eben«, sagte Jeri. »Grüßt die *Wagenburg*. Melissa, steig ein, wir fahren los! Clara, wenn man dich sieht, sollte man glauben, daß du nicht damit rechnest, mich je wiederzusehen!«

»Entschuldige.« Clara versuchte zu lachen, aber es gelang ihr nicht besonders gut.

»Weißt du Genaueres?« fragte Jeri.

»Ein bißchen«, sagte Isadore. Er schien zu zögern, fügte aber schließlich hinzu: »George hat auf Kurzwelle was aufgeschnappt. Alle strategischen Streitkräfte sind in Alarmbereitschaft. Außerdem gibt es irgendwelche Schwierigkeiten in Rußland, meint er. Ich weiß aber nicht genau, was das sein soll.«

»George hört dauernd Sachen über Schwierigkeiten in Rußland«, sagte Jeri.

»Ja, aber er hatte auch schon recht. Erinnere dich, wie er damals die Regierungsumbildung vorausgesagt hat ...«

Jeri zuckte die Achseln. »Zu spät, um sich darüber Sorgen zu machen.« Sie stieg ein und ließ den Motor an. »Noch einmal vielen Dank«, rief sie, während sie anfuhr.

Der Buick ruckte schwerfällig an, und sie fragte sich, ob sie ihn nicht überladen hatte. Der Wagen war nicht nur alt, sie hatte ihn im letzten Jahr ziemlich vernachlässigt. *Die Federung ist schwammig, und ich hätte auch die Bremsen nachsehen lassen müssen. Der Motor ist ewig lange nicht eingestellt worden und — ach was! Wenn ich noch länger warte, fahre ich womöglich nie ab.*

Er hat es nicht über sich gebracht, ja zu sagen, aber jedenfalls hat er nicht nein gesagt. Und das genügt mir! »Melissa, schnall dich an! Wir haben einen langen Weg vor uns.«

II

Ankunft

10 Die Ankunft

Warum treffen wir uns auf der Brücke der Zeit,
um einen Gruß auszutauschen und voneinander
zu scheiden?

Kasidah des Hadschi Abdu el-Jasdi

Zeit: Stunde Null

Militärtechniker hatten überall im Oval Office Fernsehempfänger angebracht, unter anderem auch am Arbeitstisch des Präsidenten. Die Bildschirme zeigten die Kommandozentrale der sowjetischen Raumstation Kosmograd. Zur Zeit geschah dort nichts.

So groß das Arbeitszimmer des Präsidenten war, es herrschte drangvolle Enge darin. Außer ihm selbst und Mrs. Coffey war der größte Teil des Kabinetts anwesend, Mitarbeiter, Diplomaten, Fernsehleute.

Jenny nahm im Hintergrund Platz, möglichst weit von den Fernsehkameras entfernt. Theoretisch war sie stellvertretend für Admiral Carrell anwesend, sie sollte den Präsidenten beraten, aber selbst wenn er etwas mit ihr hätte besprechen wollen, wäre in diesem Affenzirkus keine Möglichkeit dazu gewesen. Alle wanderten im Raum herum — mit Ausnahme der Männer, deren Aufgabe der Schutz des Präsidenten war.

Sie waren leicht aus der Menge zu erkennen, wenn man erst einmal wußte, worauf man zu achten hatte. Sie behielten nicht den Präsidenten im Auge, sondern die Menschen, die zu ihm hinsahen. Jenny gelang es,

Jack Clybournes Blick auf sich zu lenken und zwinkerte ihm zu. Sinnlos — im Dienst reagierte er nicht.

Er sah nicht glücklich aus. Jenny konnte sich den Grund denken, denn sie war zufällig Zeugin eines Gesprächs zwischen einem Vorgesetzten und Präsident Coffey geworden. »Mr. Dimming«, hatte der Präsident gesagt, »ich weiß Ihre Beweggründe zu schätzen. Doch ich habe dem Land gesagt, daß ich vom Oval Office aus zuzusehen gedenke, also werde ich das tun. Schluß der Debatte.«

Da man zu dem Medienspektakel ausgewählte Vertreter von Presse, Rundfunk und Fernsehen eingeladen hatte, war auch die Anwesenheit von Sicherheitskräften erforderlich. Sie kannten jeden der Reporter und Kameraleute. Obwohl Jack sehr gelöst aussah, merkte Jenny, daß er sich Sorgen machte. Die Sicherheitsberater hatten dem Präsidenten empfohlen, einen bombensicheren Schutzraum aufzusuchen.

Und jetzt erwarten wir es hier, dachte Jenny, im berühmtesten Amtszimmer der Welt, aber nur als Zuschauer. Die Akteure sind die Sowjets. Alle Computerprojektionen zeigten deutlich, daß das Raumschiff der Außerirdischen auf Kosmograd zusteuerte. Lediglich der genaue Zeitpunkt seiner Ankunft dort war ungewiß.

Sie sah auf die Uhr. Es war schon weit nach Mitternacht. Die Weltraum-Reisenden waren überfällig. Draußen gab es Kaffee, aber wenn sie hinging, würde wahrscheinlich jemand ihren Stuhl besetzen. Besser also warten …

Die Fernsehschirme zeigten einen Augenblick lang nichts, dann erkannte man die Schwärze des Weltraums. Von fern zuckte und blitzte etwas.

✿

Bisher war in den Teleskopen von der Erde und der Erdumlaufbahn aus lediglich ein langgezogener bläulichweißer Lichtschein und ein undeutlicher Schatten an dessen Spitze sichtbar gewesen. Als sich die riesige Masse nunmehr Kosmograd näherte, änderte sich etwas. Lichter blinkten in einem sich drehenden Ring um die Flamme wie Glühlampen bei einer Jahrmarktreklame.

In der Kommandozentrale von Kosmograd drängten sich acht der Besatzungsmitglieder, die vier anderen waren anderswo unabkömmlich. Wes Dawson betrachtete das vom Teleskop auf einen Bildschirm von halber Wandgröße geworfene Bild des Raumschiffs. Nur noch Minuten trennten sie von ihm. Er verdrängte die Vorstellung, was geschehen würde, wenn es ein wenig zu schnell herankam. Es bremste stark ab, bisher ohne seine Zusatztriebwerke einzusetzen: an die sechs Dutzend winzige Triebwerke, weit kleiner als der Hauptantrieb und wohl auch weniger leistungsfähig.

Symmetrisch angeordnet. Sechzehn pro Viertelkreis. Wes Dawson lächelte entzückt. Genau vierundsechzig: die Außerirdischen hatten ein Achtersystem! Es konnte natürlich auch ein Vierer- oder Zweiersystem sein …

Der von diesen Zusatztriebwerken ausgehenden Strahlung nach zu urteilen, arbeiteten sie mit Kernverschmelzung oder Kernspaltung. Warum hatte das Raumschiff der Außerirdischen nicht früher gebremst?

Es hatte auf keinen Kontaktversuch reagiert.

Jetzt füllte es fast das Gesichtsfeld des Teleskops aus. Es war riesig! Im grellen Licht verschwand das Heck: Wes sah lediglich die lange Flamme und den Ring aus aufblitzenden Düsen. Um den zylindrischen Mittelteil herum erkannte er Ausbuchtungen und winzige Flossen. Vermutlich waren um den Rumpf herum Landefahrzeuge verstaut. Am Ende eines langen Gelenkarms saß ein runder Knopf: was das sein mochte? Empfangsanlagen? Er war auf die Raumstation gerichtet.

»Dieser Strahlungsmenge«, sagte Arwid ungefragt, »hält unsere Abschirmung stand — allerdings nicht lange. Ich hoffe, sie haben zum Manövrieren chemische Raketen.«

Wes nickte. *Du hast gewußt, daß die Aufgabe gefährlich war, als du sie übernommen hast, Fred.* Laut sagte er: »Sonst wäre es ein Verstoß gegen die Genfer Konvention.«

Er erntete Gelächter. Arwid sagte: »Nikolai, schalten Sie mal vom Teleskop auf die Kamera, und zwar aus dem Winkel ...« Er unterbrach sich und beugte sich angespannt vor.

Wes' Hände schlossen sich fest um die Armlehnen seines Sitzes.

Das Raumschiff blitzte wie ein Feuerwerk. Vier der aufzuckenden Düsen fuhren nach außen, von der Antriebsflamme weg; dann vier weitere. Was er als Zusatztriebwerke angesehen hatte, waren die Triebwerke kleinerer Raumfahrzeuge! Funken stoben von ihrem den Blicken entzogenen Bug. Raketen? Tatsächlich, und zwar in ungeheurer Anzahl. Das sah nicht nach einem freundschaftlichen Kontakt aus, sondern nach Krieg im Weltraum.

Der Bildschirm wurde weiß, das Bild verschwand.

Arwid war aufgesprungen und versuchte sich irgendwo festzuhalten. Wes prüfte gerade den festen Sitz seines Sicherheitsgurtes, als die ganze Raumstation dröhnend erbebte. Er schrie auf und schlug sich die Hände über die Ohren. Die anderen trieben aus ihren Sitzen — waren sie etwa schwerelos? Wes stieß einen Arm vor, um Giselle auf ihren Sitz zurückzudrücken, und sie umkrallte dessen Armlehnen. Außer ihr konnte er niemanden erreichen.

Schwereverlust — der Verbindungstunnel mußte zerstört sein! Nikolai schrie etwas in ein Mikrofon, hörte schlagartig auf. Er sah sich um, ratlos, mit aschfahlem Gesicht.

Die Wand hinter Wes wurde eingedrückt, beulte sich dann nach außen. Der Verschluß seines Sitzgurts barst. Instinktiv klammerte sich Wes mit aller Kraft an den Armlehnen seines Sitzes fest, noch bevor ihn die Druckwelle erreichte. Laut schreiend griff der Nigerianer nach Wes' Gurt und hielt sich daran fest. Richtig, Schreien. Wes tat es ihm nach. Wer die Luft anhielt, dessen Lungen würden platzen.

Durch das zerfetzte Metall schimmerten die Sterne zu ihnen herein, die nach draußen zischende Luft riß alles mit sich, was nicht niet- und nagelfest war. Giselle Beaumont ruderte mit den Armen, als wolle sie fliegen. Ihr Blick traf den von Wes mit dem Ausdruck tiefsten Erstaunens — und sie flog hinaus in den schwarzen Himmel, war fort. *Verdammt!*

Luftleerer Raum! Dawsons Augäpfel schienen aus dem Kopf treten, seine Ohren platzen zu wollen. Giorges Griff lockerte sich, aber auch der Luftstrom wurde schwächer. Fast war alle Luft aus dem Raumschiff. *Wie lange habe ich noch? Eine Minute, bevor mir das Blut in den Lungen kocht? An meinen eine Million teuren Raumanzug komme ich nicht heran. Wo, zum Teufel, sind bloß die Preßluft-Notballons? Ich hab doch in jeder Abteilung als erstes danach gesehen. Wäre das hier von Amerikanern gebaut, kämen uns die Dinger aus den Wänden entgegengeflogen, dafür hätten die Sicherheitsfanatiker gesorgt.*

Nichts kam aus den Wänden. Luft entwich Dawsons Verdauungstrakt an beiden Enden. Sein Blick suchte ... Da war Rogatschow. Er klammerte sich an einer Wand fest. Dawson lenkte die Aufmerksamkeit des Schwarzen auf sich, indem er ihm auf die Schulter klopfte, und stieß sich zu Rogatschow hinüber ab. Giorge ließ nicht los, sei es aus nackter Panik oder aus antrainiertem Überlebensverhalten.

Wes prallte gegen eine Wand, fand keinen Halt, prallte wieder zurück. *Ist das das Ende?* Der Schwarze erfaßte etwas, ließ aber einen Arm um Wes' Hüfte liegen. Rogatschow sah aus wie ein Kugelfisch. Er zerrte an einer Wandverkleidung aus Kunststoff. Endlich gab sie nach, und er trieb von der Wand fort.

Scheiben von über einem Meter Durchmesser erwiesen sich als flache Plastiksäcke. Wes warf einen zu Rogatschow hinüber, öffnete einen anderen, kroch hinein und zog den Schwarzen nach. *Wo ist der Reißverschluß?* Er zog den Verschluß von innen zu. *So.* An seinem Ende war eine Art Schleuse. Mit seinem Kinn an der Schulter des Schwarzen griff Wes um dessen Hals und schloß sie. *Hoffentlich ist das Ding dicht.*

Sofort strömte Luft ein.

Seine Trommelfelle schmerzten von dem Druck. Er atmete tief, ganz tief ein, brauchte überhaupt nicht auszuatmen. Sie würden weiterleben. Sie trieben frei, darauf hatten sie keinen Einfluß, weil die mit Druckluft gefüllten Inseln nichts anderes waren als Ballons mit einem Luftvorrat. Auch Rogatschows Ballon sprang herum wie ein Hopsball, aber immerhin war er drinnen.

Wes' Gefährte strampelte wild um sich, es wurde unbehaglich. Wes wollte ihm etwas Tröstendes sagen oder ihn einfach auffordern, den verdammten Ball nicht aufzureißen. Aber so sehr er vorhin hatte husten wollen, ohne es zu können, so sehr mußte er es jetzt, da seine Kehle wieder Luft hatte. Er konnte überhaupt nicht wieder aufhören. Es klang, als pfeife er auf dem letzten Loch. Giorge ging es ebenso.

Eine Weile geschah überhaupt nichts. Als Giorge spürte, wie sich Blut in seinen Ohren sammelte, schrie er auf. Er wurstelte so lange, bis er sich umgedreht hatte und Wes ins Gesicht sehen konnte, dann schrie er erneut auf. Seine Augen waren blutunterlaufen, als sei er eine ganze Woche lang auf Sauftour gewesen. Wes' Augen mußten ebenso schlimm aussehen. Seine Nase war voll Blut.

Wie lange die Luft in den Dingern wohl vorhält?

Irgend etwas wurde durch die geborstene Wand der

Raumstation sichtbar, nur einen kurzen Augenblick: spiegelndes Glas, hinter dem Augen liegen mochten, und etwas, das vielleicht ein Tentakel war. Wahrhaftig, ein Tentakel!

Giorge jaulte auf und erstarrte. Auch Wes konnte es nicht glauben. Von klein auf hatte er diesem Augenblick entgegengefiebert.

Da waren die Pulsare gewesen: Signale, die in genauen Zeitabständen irgendwoher aus dem interstellaren Raum kamen. Ortungsstrahlen für kleine grüne Männchen? Als er studierte, hatte man sie als Radioquellen von periodisch schwankender Intensität entlarvt, in rascher Rotation befindliche Neutronensterne, eigentümlich, aber natürlich. Auch die Legende der Marskanäle war längst widerlegt, und die angeblich von gefahrvollen Bewohnern wimmelnden Sümpfe der Venus hatten sich als glühend heiß, ausgedörrt und unbelebt erwiesen.

Auch das Sternenschiff würde sich als etwas anderes herausstellen, irgendein natürliches Phänomen ...

Das außerirdische Wesen näherte sich vorsichtig. Ein rascher Blick, ein Schritt zurück, vielleicht Bericht an einen Gefährten. Ein erneuter Blick, das spiegelnde Visier bewegte sich von einer Seite zur anderen, zusammen mit der Mündung von etwas, das wohl eine Waffe war.

Das Wesen kam durch die Öffnung in der Wand und achtete sorgfältig darauf, seinen Raumanzug nicht zu beschädigen.

Es war gedrungen und an die drei- bis viermal so groß wie ein Mensch. Ein mattschwarzer Druckanzug verbarg seinen Umriß zum größten Teil, aber man sah, daß es nicht im entferntesten menschenähnlich war. Vier Füße. Aus den Stiefeln stand etwas heraus. Klauen? Scheren? Es hatte einen Schwanz wie das Blatt eines Paddels. Wegen der Spiegelung waren unter dem durchsichtigen Schirm vorn am Helm keine Einzelheiten des Gesichts zu erkennen. Unmittelbar unterhalb seiner wurde jetzt ein gummiartig aussehendes Tentakel sichtbar. Er verzweigte sich: einmal, zweimal ...

Kein Zweifel, dieses Tentakel hielt eine großkalibrige Schußwaffe. Der Kolben war kurz und grotesk breit, aber alles andere war unverkennbar: Magazin, Lauf und etwa in dessen Mitte der Abzug.

Aus seitlich am Raumanzug des Weltraumwesens befindlichen Behältern strömte Gas aus nach vorn und hinten weisenden Öffnungen. Das Wesen verlangsamte seine Bewegung und trieb auf Wes zu, den Lauf der Waffe und das spiegelnde Visier unverrückt auf ihn gerichtet.

Wes hob die Hand zum Gruß, weil ihm nichts Besseres einfiel. Er winkte und klappte seinen Daumen in die Handfläche und zurück. Für den anderen unhörbar sagte er: »Auch ich benutze Werkzeuge ... Bruder.« Das Wesen reagierte nicht darauf.

Auf eine Enttäuschung hatte sich Wes eingestellt, aber nicht auf Krieg. *Trottel.* Dennoch konnte er hoffen. Noch war er nicht tot, und vielleicht war es ja nur ein Grenzgeplänkel.

Der Tentakel des Geschöpfs fuhr nach hinten, schob die Waffe in eine Art Köcher auf dem Rücken, zog eine Leine aus einer Rückentasche und brachte etwas Klebriges daran an. Ja, er befestigte den Ball mit Hilfe einer Art Klebeband. Wes begann zu glauben, daß er nicht sofort umgebracht würde.

Botschafter im Reich der Galaxis ... noch konnte er es schaffen. Vielleicht waren sie nur übervorsichtig, machten sich unnötige Sorgen. Auch er würde Umsicht walten lassen müssen. Als Dilpomat war er darin geschult, Nahtstellen zwischen abweichenden Standpunkten zu finden. Wenn er diese Wesen erst einmal verstand, war er sicher imstande, den Vorteil herauszustreichen, den ihnen eine Freundschaft mit den Erdbewohnern bot.

Es sei denn, sie waren wirklich gekommen, um die

Welt zu erobern. Das Gespenst von H. G. Wells erstand vor seinem inneren Auge.

Alles im Oval Office schrie durcheinander. Jenny sah verständnislos auf den Bildschirm.

»Major Crichton!«

Der Präsident. »Sir?«

»Bitte rufen Sie Admiral Carrell an! Und ihr anderen hier macht bitte Platz! Jack, helfen Sie ihr durch!«

»Ja, Sir.« Jack Clybourne bahnte sich mit den Schultern einen Weg durch die Menge und half ihr dann, an den Tisch des Präsidenten zu gelangen. Mit bleichem Gesicht saß Coffey an seinem Platz. Seine Frau Jeanne neben ihm konnte den Blick nicht vom Fernsehschirm lösen, obwohl kein Bild mehr zu sehen war.

»Ich glaube nicht, daß die Anwesenheit der Medienleute jetzt erforderlich ist«, sagte der Präsident. »Und auch nicht die der Mitarbeiter. Das Kabinett ist mit Ausnahme von Dr. Hart und Mr. Griffin ebenfalls entbehrlich.«

Außen- und Verteidigungsminister. Ja, die werden wir brauchen. Hap Aylesworth blieb ebenfalls. Fast hätte Jenny losgekichert. *Der politische Berater. Wie würde sich ein Krieg mit den Außerirdischen auf die nächste Wahl auswirken?*

Drei Telefone standen auf dem Gestell hinter dem Tisch des Präsidenten. Jenny nahm den Hörer des schwaren Apparates und tippte die Nummer ein. Dann fiel ihr auf, daß sie keinen Wählton gehört hatte. »Tot«, sagte sie. Der Präsident sah zu ihr her, schien nicht zu begreifen. »Kann ich den hier benutzen?« fragte sie und wies auf das rote Telefon.

»Bitte.«

Auch dort hörte sie keinen Wählton, aber der im Keller des Weißen Hauses diensttuende Offizier der Luftstreitkräfte meldete sich. »Ja, Sir?«

»Vorrang«, sagte Jenny. »Hauptquartier NORAD.«

»Sehr wohl. Augenblick, da kommt gerade ein Gespräch herein — sie rufen selbst an. Ich verbinde.«

»Mr. President?« sagte eine Jenny vertraute Stimme.

»Major Crichton, Admiral. Der Präsident ist neben mir.« Sie hielt ihm den Hörer hin.

Mit seiner Gelassenheit ist es vorbei. Mrs. Coffey sieht entsetzlich aus, und ...

»Was ist vorgefallen, Admiral?«

Den Geheimdienstleuten war es gelungen, nahezu alle Anwesenden hinauszubefördern. Jack Clybourne stand unentschlossen an der Tür.

Der Präsident drückte auf einen Knopf. Admiral Carrells Stimme füllte den Raum.

»... wenig übrig. Unmittelbar vor seiner Zerstörung hat der letzte noch funktionierende Beobachtungssatellit eine Anzahl von Raketenstarts in der Sowjetunion gemeldet.«

Der Präsident hob den Blick und sah den Außenminister an. »Arthur, versuchen Sie, über den heißen Draht festzustellen, was da los ist!«

»Sofort.« Dr. Hart lief zur Tür.

Der Verteidigungsminister Ted Griffin erbleichte. »Wenn die Wahnsinnskandidaten auf uns gefeuert haben, müssen wir unsere Vögel hochbringen, bevor die Dinger hier sind!«

»Nicht bevor wir sicher sind, ob sie uns angegriffen haben«, rief ihm der Präsident zu, »wir müssen erst mit ihnen reden!«

»Ich bezweifle, daß Sie durchkommen, Mr. President«, sagte Admiral Carrell. »Ich habe mir bereits erlaubt, es selbst zu versuchen. Eine starke atomare Ladung scheint in der sehr hohen Stratosphäre zur Detonation gebracht worden zu sein, viel zu hoch, um auf der Erde Schäden anzurichten — mit Ausnahme des

EMP*, der die Elektronik unserer Nachrichtensysteme schwer in Mitleidenschaft gezogen hat, vor allem an der Ostküste.«

»Wir müssen unbedingt durchkommen — Admiral, glauben Sie, daß die Sowjets uns angreifen?«

»Sir, ich weiß es nicht. Mit Sicherheit haben die Außerirdischen ihre Einrichtungen im Weltraum angegriffen ...« Unvermittelt brach Admiral Carrells Stimme ab.

»Admiral!«

Ein langes Schweigen trat ein. »Mr. President, man hat mir soeben Berichte über Schäden an Bodenzielen vorgelegt. Eine schwere Explosion hat den Hoover-Staudamm zerstört.«

»Eine Atomwaffe?«

»Sir, ich wüßte nicht, was es sonst sein sollte. Einen Augenblick bitte ...« Erneut trat Schweigen ein.

»Herrgott!« rief Ted Griffin. »Diese wahnsinnigen Russen haben es tatsächlich getan!«

Man hörte schwach die Stimme des Admirals. »Einer meiner Berater sagt, es könne sich um eine mechanisch wirkende kinetische Waffe handeln. Eine sowjetische Atomrakete sei es mit Sicherheit nicht, die könnten noch nicht hier sein.« Wieder eine Pause. »Hier laufen gerade weitere Berichte ein, aus Alaska, Colorado, Mississippi — Mr. President, wir werden bombardiert, aber offenbar aus dem Weltraum. Bekomme ich die Erlaubnis zurückzuschießen?«

David Coffey sah auf seine Frau. Sie erschauderte. »Auf wen?« wollte der Präsident wissen.

»Auf die Außerirdischen«, gab Admiral Carrell zur Antwort.

»Nicht die Sowjets?«

»Noch nicht.«

»Ted?« wandte sich David Coffey an den Verteidigungsminister.

---

* Elektro-Magnetischer Puls

»Sir?« Er sah zehn Jahre älter aus als noch vor wenigen Minuten.

»Gibt es irgendeine Möglichkeit, Carrell zur Kriegsführung im Weltraum zu ermächtigen, ohne daß er gegen die Sowjetunion losschlagen kann?«

»Nein.«

»Aha. Jeanne, was meinst du?«

»Der Präsident bist du, David.«

Jenny hielt den Atem an.

»Ihnen bleibt keine Wahl«, sagte Hap Aylesworth. »Sollen die etwa unser Land angreifen dürfen, ohne daß wir uns zur Wehr setzen?«

»Vielen Dank«, sagte Coffey ruhig. »Admiral, ist Colonel Feinstein bei Ihnen?«

»Ja, Sir. Colonel ...«

Eine andere Stimme wurde hörbar. »Ja, Mr. President.«

»Colonel, ich ermächtige Sie, den Behälter mit den Codes zu öffnen und seinen Inhalt Admiral Thorwald Carrell auszuhändigen. Der Satz, der die Echtheit des Befehls bestätigt, heißt ›Tauben im Gras, schade‹. Sie werden eine Bestätigung vom Verteidigungsminister und dem diensthabenden Offizier des Nationalen Sicherheitsrats bekommen. Ted!«

»Ja, Sir.« Ted Griffin nahm den Hörer, ließ ihn fast fallen und las etwas von einer Karte, die er seiner Brieftasche entnommen hatte. Dann wandte er sich an Jenny. »Major ...«

»Hier Major Crichton«, sagte Jenny. »Ich bestätige, daß ich persönlich gehört habe, wie der Präsident angeordnet hat, Admiral Carrell die Codes bekanntzugeben. Mein eigener Erkennungscode heißt Tango. Xylophon. Alpha. Vier. Sieben. Neun. Vier.« *Erledigt. Gott, ich hätte nie gedacht ...*

»Admiral«, sagte der Präsident. »Sie werden nichts gegen die Sowjetunion unternehmen, bis uns unwiderlegliche Beweise dafür vorliegen, daß sie uns angegriffen hat. Ich glaube nicht, daß sie damit zu tun hat, und die Welt hat auch ohne einen Atomkrieg genug Schwierigkeiten. Haben Sie mich verstanden?«

»Ja, Sir. Mr. President, ich schlage vor, daß Sie so rasch wie möglich herkommen. Major Crichton, unterstützen Sie den Präsidenten und bleiben Sie so lange bei ihm, wie er Sie braucht. Ich gebe Ihnen jetzt Colonel Hartley.«

✿

Etwas dröhnte in Harry Reddingtons Kopf.

Er wurde wach, streckte die Hand aus, drückte den Knopf auf seinem Wecker: jetzt konnte er zehn Minuten weiterschlafen. Doch das Läuten hörte nicht auf. Im Zimmer war es pechschwarz, nicht der Wecker klingelte, sondern das Telefon. Harry nahm den Hörer ab. Seine Stimme klang betont freundlich: »Hallooo ...«

Eine lockende Stimme sagte: »Harry? Geh mal vors Haus und sieh dir das an.«

»Ruby? Es ist schon spät. Ich muß früh wieder aus den Federn.«

Im Hintergrund hörte man Tanzmusik, und eine Frauenstimme protestierte laut kreischend. Rubys Stimme klang gequält. Wahrscheinlich war sie high: wenn die Party schon eine Weile dauerte, blieb das gar nicht aus. »Harry, ich wollte mir draußen eine reinziehen. Du kennst ja Julia und Gwen — bei denen darf niemand rauchen, nicht mal Tabak, von Gras ganz zu schweigen.«

»Ruby!«

»Ich bin also rausgegangen, und es ist, es ist ... es sieht so echt aus, Harry! Geh mal und sieh dir den Himmel an. Es ist das Ende der Welt.«

Harry legte auf.

Er ließ sich von Dawsons Wasserbett herrunterrollen und suchte nach seinen Kleidungsstücken.

Er war ohnehin zu lange aufgeblieben. Es wäre ein

schöner Abend gewesen, wenn er sich mit seinen Freunden hätten betrinken können, aber nein — *dein Ehrenwort haben wir zur Kenntnis genommen.* Er war also heimgekommen und hatte sich mit einigen Drinks darüber hinweggetröstet, daß er allein war, während Kundschafter aus dem All erstmals Kontakt mit der Menschheit aufnahmen.

Die Uhr zeigte zehn Minuten nach zwei. Bis nach Mitternacht war er aufgeblieben, um die Übertragung im Fernsehen zu verfolgen. Es hatte allerdings keine Nachrichten gegeben. Was auch immer die Sowjets in Erfahrung gebracht haben mochten, sie hatten nichts darüber gesagt. Schließlich war er zu Bett gegangen. Und jetzt ...

Seine Augen waren noch schlafverklebt. Die Krücke lehnte am Bett. Er gab den Versuch auf, seine Jacke zu finden, er würde nicht lange draußen bleiben.

Er schloß die Hintertür auf und trat unsicheren Schritts auf den Rasen hinaus.

Ruby rauchte seit Mitte der sechziger Jahre Marihuana und hatte die Wonnen des Rausches mit geradezu missionarischem Eifer verkündet. Was Harry veranlaßt hatte, ihrer Aufforderung zu folgen und in die kühle kalifornische Mainacht hinauszugehen, war die Erwägung: wer unter dem Einfluß von Drogen stand, mochte Dinge sehen, die es nicht gab, aber ebenso konnten es auch Dinge sein, die wirklich existierten.

Durch die nicht sehr dichte Wolkendecke schimmerten Sterne.

Etwas Helleres als ein Stern war gleichfalls zu erkennen, ein blendend heller Stecknadelkopf, der einen Schweif hinter sich herzog und im selben Augenblick auch schon wieder verschwand.

Eine lange, bläulichweiße Flamme entstand, war mehrere Sekunden lang sichtbar, während schmale Lichtstreifen von einem Ende wie Speere ausgingen. Weitere Lichter pulsierten langsam, wie Herzschläge.

Der Himmel war von seltsamen Lichtern erfüllt.

Harry ging wieder hinein, nahm das Fernglas aus einer Schublade, ertastete seine Windjacke auf einer Stuhllehne und stolperte erneut nach draußen. Der Himmel wirkte jetzt noch heller. Lichtbänder leuchteten im Westen und verschwanden wieder. Schmale grüne Striche stießen im Westen abwärts. Man sah phosphoreszierende Wölkchen, die sich träge ausdehnten.

Wäre es eine andere Nacht gewesen, hätte Harry das für einen Meteoritenschauer gehalten. Heute aber ... Er hatte hundertfach von der Eroberung der Erde durch Außerirdische gelesen, und jede dieser Schilderungen hatte weit aufregender geklungen als dies Entstehen und Vergehen von Sternen und Lichtflecken. In einem Film wären noch die Klangeffekte hinzugekommen. Aber es sah tatsächlich *echt* aus.

Noch immer ohne Licht zu machen, tappte er ins Haus zurück, um ein Transistorradio zu suchen. Er nahm es mit nach draußen und stellte es auf einen Sender ein, der ausschließlich Nachrichten brachte.

»... haben die Raumstation der Sowjets ›Kosmograd‹ beschossen«, sagte der Sprecher. »Der Präsident hat alle Streitkräfte in Alarmbereitschaft versetzen lassen. Die Bevölkerung wird aufgefordert, in den Häusern zu bleiben. Wir können nicht bestätigen, ob unsere Luftstreitkräfte das Raumschiff beschossen haben. Sprecher des Pentagons äußern sich nicht dazu. Hören Sie jetzt Generalleutnant Arlen Gregory, einen Offizier der Luftstreitkräfte im Ruhestand. General, meinen Sie, daß die Vereinigten Staaten zurückschlagen werden?«

»Sehen Sie zum Himmel, Sie seltsamer Vogel«, sagte eine knurrende Stimme. »Was, zum Teufel, glauben Sie, was die Lichter da sollen?«

Harry sah hin und überlegte, während ein Flammenschein um den westlichen Horizont herumfuhr, aufleuchtete und erstarb. Dann zwei weitere. *Keine Frage, was das war. Und was mach ich jetzt?*

Hierbleiben und das Haus hüten. Nur — großer Gott, Wes Dawson war in Kosmograd! Und seine Frau Carlotta dürfte inzwischen im westlichen Kansas sein, niemand wußte genau, wo. Hätte sie sich nur die Waffen mitgenommen ... Aber sie war nicht der Mensch, eine Pistole vom Kaliber 11,43 mm mitzunehmen.

Im Radio ertönte das vertraute *Piep-piep,* das eine neu hereingekommene Nachricht ankündigte.

»Einem bisher unbestätigten Bericht zufolge soll eine schwere Explosion im Hafen von San Diego stattgefunden haben«, teilte der Ansager mit. Seine Stimme klang wie die eines Mannes, der am liebsten losgeheult hätte, aber all seine Gefühle schon verbraucht hatte.

Vielleicht sollte ich Carlotta helfen. Wes würde das bestimmt wollen. Aber wie?

Sein Motorrad war zerlegt. Er hatte bei weitem nicht genug Geld für alles Nötige gehabt. Zwar hatte er so viel selbst getan, wie ihm möglich war, aber den Motor konnte nur die Werkstatt überholen. Er hatte ihn hingebracht, und soweit er wußte, war er auch schon fertig. *Schön wär's.*

Bestimmt sahen auch noch andere zu. Bis zum Morgen würden sie es todsicher alle wissen.

Während Harry weiter den Himmel beobachtete, überlegte er. Die lange blaue Flamme entstand erneut, und diesmal schien sie nicht wieder zu erlöschen. Sterne, die sich im Westen erhoben, schienen nach ihr zu greifen, bis die grünen Lichtfäden sie berührten; dann leuchteten sie auf und verschwanden. Die blaue Flamme kroch ostwärts und wurde schneller. Im Fernglas zeigte sich etwas an ihrer Spitze. Harrys Augen tränten bei seiner Bemühung, Einzelheiten zu erkennen.

Dann ging er hinein und wusch sich das Gesicht.

Carlotta mochte ihn nicht. Na und? Harry nahm eine Flasche teuren Cognac aus Dawsons Barschrank, sechzig Dollar kostete so etwas, aber sonst war nichts mehr da. Er goß sich großzügig ein, sah das Glas an, überlegte, ob er etwas zurückgießen sollte und trank dann die Hälfte.

Carlotta mag mich nicht. Das Land liegt im Krieg mit Außerirdischen. Wes hat mich gebeten, mich um seine Sachen zu kümmern. Hier kann ich nichts tun, und wenn ich lange bleibe, sitz ich hier fest.

Er ging ans Telefon und wählte die Nummer in Kansas, die Carlotta hinterlassen hatte. Es klingelte lange. Dann meldete sich eine Stimme, nicht verschlafen. Männlich. »Bitte Mrs. Carlotta Dawson«, sagte Harry. Er konnte seiner Stimme einen amtlichen Klang verleihen, wenn er wollte.

Es dauerte einen Augenblick. »Ja?«

»Harry Reddington, Mrs. Dawson. Gibt es etwas, das ich für Sie tun soll?«

»Harry — Harry, Sie wissen nicht, was da oben passiert ist.«

»Doch, Ma'am. Kann ich Ihnen helfen?«

»Ich weiß nicht.«

Carlotta Dawsons Stimme ging in Störungen und Rauschen unter. Eine andere Stimme meldete sich. »Ist das ein Dienstgespräch?« wollte sie wissen. Dann war die Leitung tot.

Harry leerte das Glas. *Wie weiter? Sie hat nichts gesagt. Wenn ich morgen noch hier bin, komm ich nie aus Los Angeles weg ...*

Er trank noch einen ordentlichen Schluck und schloß dann die Flasche mit Nachdruck.

Er verließ das Haus in einem sauberen Hemd und mit einem Sportjackett, das zwar recht alt, aber kaum getragen war. Bei sich hatte er Ausweispapiere, einen Schlafsack und den Brief des Abgeordneten Dawson. Um halb vier breitete er seinen Schlafsack auf der Treppe vor der Security Pacific National Bank aus.

✿

Pawel Bondarew sah auf den Fernsehschirm, von dem das Bild verschwunden war. Um ihn herum begannen Offiziere und Ordonnanzen gleichzeitig zu sprechen. Das Geschnatter rief ihn in die Wirklichkeit zurück. »Oberst, ich wünsche, daß Ruhe eintritt!«

»Jawohl, Genosse Direktor.« Oberst Suworow schrie ziemlich laut in die Runde, und das Stimmengewirr erstarb.

Die Außerirdischen hatten Kosmograd angegriffen. Das hatte er mitbekommen, bevor die Verbindung abriß. Sie hatten grundlos und ohne vorherige Warnung gefeuert.

Ein orangefarbenes Licht blinkte beharrlich auf. Pawel nahm den Hörer des Codetelefons auf. »Ja, Genosse Vorsitzender.«

Erst hörte man leises Zischen, dann lautes, geradezu dröhnendes Rauschen. Die Offiziere an den Kontrolltischen der Nachrichteneinrichtungen redeten wieder laut durcheinander.

»Was ist geschehen?« wollte Bondarew wissen.

»Eine Atomexplosion in großer Höhe. Vielleicht mehrere. Ein EMP hat unser Fernmeldenetz lahmgelegt«, berichtete Suworow.

»Aha.« Und ohne Nachrichtenmittel — Bondarew merkte, wie Panik in ihm aufstieg. Das Codetelefon war tot. »Geben Sie mir Marschall Schawirin.«

»Wir kommen nicht durch«, sagte Suworow.

»Es ist äußerst wichtig. Versuchen Sie es auf eine andere Weise, wie, ist mir gleichgültig«, gebot Bondarew. Er bemühte sich, seine Stimme ruhig klingen zu lassen. *Steht der Vorsitzende mit irgend jemand in Verbindung? Vielleicht nicht. Vielleicht sind wir ja in Sicherheit.*

»Hier Schawirin«, sagte Oberst Suworow.

»Vielen Dank.« Pawel setzte die Kopfhörer auf. »Genosse Marschall?«

»Genosse Direktor?«

»Haben Sie Raketen abfeuern lassen?«

»Nein, Genosse Direktor. Ich habe keine Anweisungen vom Verteidigungsrat empfangen.«

Bondarew merkte, daß er den Atem angehalten hatte. Jetzt stieß er ihn langsam aus. »Wissen Sie, daß die Außerirdischen Kosmograd beschossen haben?«

»Ja, Genosse Direktor. Zwei meiner Generäle halten es für eine Irreführung durch den Westen.«

»Unsinn, Genosse Marschall. Sie haben das Raumschiff doch *gesehen.* Weder wir noch die Vereinigten Staaten und nicht einmal beide Mächte gemeinsam hätten *so etwas* bauen können.«

Eine lange Pause trat ein. Pawel hörte, daß jemand etwas zum Marschall sagte, verstand aber nicht, was. »Marschall«, beharrte Bondarew, »das Raumschiff stammt nicht von unserem Planeten, und wir *wissen,* daß die Vereinigten Staaten im Weltraum über keine Möglichkeiten dieser Art verfügen. Falls doch, hätten sie uns schon längst geschlagen.«

Eine weitere lange Pause trat ein. Dann sagte Schawirin: »Vermutlichen haben Sie recht. Was sollen wir jetzt tun?«

Wenn ich das wüßte. »Unmittelbar vor der Zerstörung Kosmograds haben die Außerirdischen zahlreiche kleinere Raumschiffe abgesetzt — aber was heißt da klein? Jedes von ihnen ist größer als Kosmograd. Ist es Ihnen gelungen, denen auf der Fährte zu bleiben?«

»Nur zum Teil. Selbst unsere leistungsfähigsten Radaranlagen dringen kaum durch die elektronischen Stürme in der oberen Atmosphäre. Die Außerirdischen haben dort zahlreiche Waffen eingesetzt.«

»Ich weiß.«

»Außerdem haben sie Laserstrahlen auf drei unserer großen Radareinrichtungen abgefeuert«, sagte Marschall Schawirin, »und zwar leistungsfähigere, als wir je gesehen haben.«

»Schäden?«

»Die Radaranlage von Abalakowo ist zerstört. Die in

Sari Schagan und Ljaki sind beschädigt, lassen sich aber wieder einsatzfähig machen. Das Radar in der Nähe von Moskau haben wir vorsichtshalber noch nicht aktiviert, weil wir befürchteten, daß es sonst das Feuer auf sich lenken würde.«

»Ich verstehe.« *Sehr vernünftig.* »Wir brauchen Informationen, aber nicht um *den* Preis. Jetzt sagen Sie mir, was Sie von den kleineren Schiffen wissen.«

»Sehr wenig. Wir haben zu den meisten unserer Radarstationen keine Verbindung mehr.«

»Sicher, aber Sie können doch sagen, was Sie in Erfahrung gebracht haben.«

»Die kleineren Raumschiffe haben sich verteilt. Die meisten befinden sich auf einer Pol-Umlaufbahn.«

»Versuchen Sie, sie aufzuspüren. Wenn sie in Reichweite der Ionenstrahlenwaffen geraten, schießen Sie. Halten Sie sich bereit, SS-20-Raketen abzufeuern. Die Zündung muß vom Boden aus erfolgen. Inzwischen greifen Sie das große Raumschiff mit allen in Kamensk stationierten SS-18-Waffen an.«

»Genosse Direktor, um diese Befehle auszuführen, brauche ich eine Ermächtigung des Vorsitzenden.«

»Genosse Marschall, der Vorsitzende hat mich angewiesen, diese Schlacht zu leiten. Wir haben keine Verbindung mit Moskau. Sie *müssen* Ihre Streitkräfte gegen die Außerirdischen einsetzen, vor allem gegen das große Mutterschiff. Wir müssen es unbedingt außer Gefecht setzen, wenn wir nicht wollen, daß es uns am Boden zerstört.«

»Genosse Direktor, es geht nicht!«

»Genosse Marschall, wir haben doch keine andere Wahl!«

»Wenn wir das Raumschiff angreifen, zerstören wir auch Kosmograd mitsamt allen, die da oben überlebt haben.«

Eine merkwürdige Regung für den Kommandanten der strategischen Raketenstreitkräfte. »Die Station ist bereits zerstört. Eventuell Überlebende können jetzt nicht mehr von Bedeutung sein.«

»Genosse Direktor«, meldete sich Oberst Suworow. »Ich habe den Vorsitzenden am Apparat.«

»Marschall, der Vorsitzende ruft gerade an. Bitte warten Sie!« Bondarew nahm den anderen Hörer.

Die belegte Stimme war nicht zu verkennen. »Bondarew, was sollen wir tun?«

»Das Raumschiff zerstören. Recht ist es mir zwar nicht, aber uns bleibt nichts anderes übrig.«

»Haben die Außerirdischen die USA angegriffen?«

»Genosse Vorsitzender, ich weiß es nicht.«

»Jedenfalls haben sie uns angegriffen«, sagte der Vorsitzende Petrowski. »Besteht Aussicht, daß wir sie besiegen? Was können wir überhaupt gegen das Raumschiff unternehmen?«

»Ich weiß nicht. Mit Sicherheit können wir es nicht in unseren Besitz bringen, sondern höchstens versuchen, es zu zerstören.«

»Gut. Versuchen Sie das! Wir werden inzwischen tun, was in unseren Kräften steht. Hier laufen Berichte von schweren Schäden in den Häfen ein. Der Eisenbahnknotenpunkt westlich Moskaus liegt in Trümmern wie auch Brest-Litowsk.«

»Aber ...« Bondarew sprach mit Entsetzen in der Stimme. »Die Deutschen ...«

»Sicher. Vielleicht revoltieren sie, und die Polen gleich mit.« Die Stimme des Vorsitzenden wurde lauter. »Möglicherweise stehen alle Warschauer-Pakt-Staaten gegen uns auf. Unsere Häfen und Eisenbahnknotenpunkte sind zerstört. Wir sehen uns möglicherweise einem neuen Bürgerkrieg gegenüber. Sollten die Vereinigten Staaten unbeschadet aus dieser Sache hervorgehen ...«

»Genosse Vorsitzender, darüber weiß ich nichts. Ich weiß nur eins: das Raumschiff muß weg. Weisen Sie bitte Marschall Schawirin an, daß er meine Befehle befolgt, Raketen gegen das Raumschiff zu schicken.«

Eine lange Pause trat ein. »Wir müssen eine hinreichende Reserve behalten, um die Vereinigten Staaten an einem Angriff auf uns zu hindern, jetzt, da wir schwach sind«, sagte Petrowski.

»Dafür sorge ich«, sagte Bondarew. »Doch wenn wir nicht rasch handeln, haben wir gar keine Möglichkeit mehr, etwas zu tun.« *So habe ich noch nie mit den Großen gesprochen, nicht einmal mit meinem Schwiegervater. Aber ich muß* — »Genosse Vorsitzender, es ist keine Zeit zu verlieren!«

Eine weitere, lange Pause trat ein. Dann: »Einverstanden. Ich werde die Befehle geben. Aber — seien Sie vorsichtig, Pawel Alexandrowitsch! Seien Sie vorsichtig!«

11 Lichter am Himmel

Darum seid klug wie die Schlangen und
ohne Falsch wie die Tauben.

MATTHÄUS 10,16

Zeit: Eine Stunde nach der Stunde Null

Die Luft wurde beständig stickiger. Wes kam sich vor wie im Bauch eines Wals gefangen. Keuchend, hustend und gegen die nachgebende Wandung tretend und stoßend, hatte Giorge schließlich das Bewußtsein verloren. Der Sauerstoffvorrat in der großen Kugel war nicht für zwei Personen berechnet.

Es war schwierig, in einer solchen Situation gelassen zu bleiben, aber Wes bemühte sich: er atmete trotz des Hustenreizes langsam und gleichmäßig, schloß die Augen und machte sie rasch wieder auf: er mußte unbedingt die waffenstrotzende Großstadt am Himmel im Auge behalten, die auf ihn zukam! Fast wie ein Fötus zusammengekrümmt, entspannte er ganz bewußt seine Muskeln.

Der Ballon wurde von den riesigen Wesen weggeschleppt.

Hilflos wie ein Säugling fiel Wes auf das Raumschiff der Außerirdischen zu, das größer war als die Zwillingstürme des World Trade Center in New York. Im Näherkommen erkannte er Einzelheiten: eine große Schutzhülle auf einem Gelenkarm; schwarze Rechtecke, ein aus vielen blauen Kegeln zusammengesetzter Flammenstrahl. Die Luft war dick wie Suppe. Trocknendes

Blut verstopfte ihm die Nase. *Atme flach, paß gut auf, du darfst nichts verpassen ... zwecklos.* Seine Brust hob sich, ein Hustenanfall schien ihn zu zerreißen, alles verschwamm ihm vor den Augen.

✿

Manches beeindruckte Arwid Rogatschow, und nicht vieles überraschte ihn. Ein Raumschiff so groß wie eine Stadt: natürlich, wenn die Außerirdischen damit einen Planeten zu erobern gedachten! Sie wirkten äußerst fremdartig. Der Angriff: warum nicht? Was auch immer sie sich vom Zusammentreffen mit der Menschheit versprachen, so war es für sie am sichersten.

Trotzdem war er wütend.

Wie sie wohl Gefangene behandeln würden? Aus der Geschichte war eine Vielzahl von Möglichkeiten bekannt ... Würden die Angreifer die Erdenmenschen näher in Augenschein nehmen wollen? Die hatten keine Zeit gehabt, Haß auf ihren Feind zu entwickeln, noch nicht. Was ihnen lebend in die Hände fiel, würden sie wohl am Leben erhalten ... es sei denn, sie waren von geradezu unvernünftiger Fremdenfeindlichkeit oder fanden das Aussehen der Erdbewohner von vornherein widerwärtig ...

Vielleicht war ihnen ein gesunder Sowjetfunktionär lieber als eine durch schlagartigen Druck zerplatzte Leiche, die sich nicht in idealer Weise sezieren ließ?

Arwid schob diesen Gedanken beiseite. Wer lebte noch? Natürlich Dawson und Giorge. Auch Nikolai hatte eine Rettungsblase erreicht. Aljana? Der andere Amerikaner, Greeley?

Dem ersten Horrorwesen, wahrscheinlich ein Kundschafter, waren durch die geborstene Druckhülle von Kosmograd ein Dutzend weitere gefolgt. Sie hatten einen kurzen Blick auf die Raumfahrer geworfen und waren dann in andere Teile der zerstörten Station verschwunden. Die vier, die geblieben waren, hatten mit mehreren Feuerstößen den Riß noch vergrößert und beförderten jetzt die Blasen auf etwas zu, das wie eine endlose Metallwand aussah.

Arwid hätte sich das Heck des Raumschiffs gern gründlicher angesehen, vor allem den Antrieb; aber sie kamen von der Seite. Die Seitenwand wies dunkle Öffnungen mit dicht schließenden Türen auf. Luftschleusen oder Raketenabschußöffnungen? Dienten die ovalen Fenster zum Hinaussehen, oder wurden aus ihnen Laserstrahlen abgefeuert? Mit einemmal wurde ein feiner Strich aus blitzenden Punkten vor dem schwarzen Himmel sichtbar: Staubkörnchen, die einen Laserstrahl widerspiegelten? Offenbar in großer Ferne entstand ein neuer Stern und verging. Weit unten blitzten Lichter vor dem Nachthimmel der Erde auf. Irgend etwas breitete sich mit unglaublicher Helligkeit aus, und Arwid wandte den Kopf ab.

Eine Atomwaffe. Wessen? Und wie nahe war sie? Er versuchte, die in ihm aufsteigende Panik zu unterdrükken. *Wie lange habe ich noch zu leben? Ich habe den Basilisken gesehen und lebe noch ...*

Weitere Lichter flammten in großer Entfernung auf, wohl nahe der Erde. Lichtstrahlen stießen durch den mit Staub und Abfall gefüllten Weltraum abwärts. *Bondarew greift das Raumschiff an, und vielleicht Amerika auch.* Noch nie hatte sich Arwid Rogatschow so hilflos gefühlt.

Inzwischen waren sie dem Raumschiff so nah, daß er Einzelheiten erkennen konnte. Nuten liefen an seiner Flanke entlang wie Eisenbahnschienen, aber mit weit größerem Abstand. Das konnten Halterungen für kleinere Raumschiffe sein ... ›Kleiner‹ war natürlich relativ, sie mußten immer noch *riesig* sein, vielleicht waren sie so groß wie Kreuzer. Möglicherweise diente der Rumpf demselben Zweck wie das Flugdeck eines Flugzeugträgers. Oder ...

Arwid kam mit seinen Vermutungen nicht weiter.

Diese Art von Ratespiel war nichts für ihn — da mußte schon jemand teils Mechaniker und teils Stratege sein: ein Mechaniker mit Phantasie. Ob Nikolai oder Mitja noch lebten?

Etwas Rechteckiges am Raumschiff sah aus wie eine Pustel. *Zu klein für eine Luftschleuse ... Nein, doch nicht.* Es war größer, als er gedacht hatte. Groß genug für die Weltraumwesen, wie er sah, als sich eins dagegenschob. Eine Vertiefung von der Größe eines Außerirdischen in einem Raumanzug. Eins der Wesen, die ihn gefangengenommen hatten, verschwand im Innern. Die Tür schloß sich.

Sie öffnete sich wieder. Weltraumwesen Nr. 2 schob Arwids Rettungsblase in die Schleuse. Sie stieß an die Seiten, paßte aber hinein. Die Außentür wurde geschlossen, die Blase sank allmählich in sich zusammen, und Arqids gequälte Ohren schienen zu platzen. Eine innere Tür öffnete sich. Einer der Außerirdischen zog die Blase in einen breiten Gang von rechteckigem Querschnitt, der sich vor ihm krümmte und in drei verschiedenen Grüntönen gestrichen war, wie zur Tarnung. Eine Art Teppichboden bedeckte beide Wände. Arwid wußte nicht — rotierte das Schiff, um Schwerkraft zu erzeugen, oder waren sie schwerelos?

Nachdem sie an vielen geschlossenen Türen vorbeigekommen waren, erreichten sie eine, die offen war. Sie wirkte massiv ... wie ein Schott auf einem Kriegsschiff.

Das vordere Weltraumwesen blieb für einen Augenblick stehen, so daß Arwid zwischen den beiden eingekeilt war.

Sie handelten gleichzeitig. Eine Art Bajonett mit langem Griff schnitt die Überlebensblase auf, ein gegabelter Tentakel faßte herein und schloß sich um ihn. Arwid konnte nicht anders: er kreischte und schlug mit der Faust gegen das Visier des Wesens. Seine Faust schmerzte. Der Tentakel hob ihn wie einen Säugling aus der zusammengesunkenen Blase und schleuderte ihn in einen großen Raum. *Ob die Gift atmen?* Es drang bereits in seine Lunge!

Als er gegen die Wand schlug, blieb der Anprall aus, den er erwartet hatte. Die Wand war ebenso gepolstert wie Boden, Decke und Wände. Die Luft war feucht, roch gleichzeitig erdig und eigenartig, aber nicht so, als würde sie ihn umbringen.

Eine große, glasverkleidete Röhre ragte in einer Ecke des Raumes aus dem Polstermaterial hervor. Eine Kamera.

Die Weltraumwesen folgten ihm hinein. Arwid versuchte sich zu entspannen, als sie auf ihn zukamen. Einer hielt noch immer das Bajonett im Tentakel. Wollten sie ihn sezieren? Keinesfalls würde er noch einmal schreien.

Es fiel ihm schwer, nicht um sich zu schlagen. Einer der beiden hielt ihn fest — es fühlte sich an, als quetschten ihn Pythons zu Tode —, während der andere mit dem Bajonett seine Kleidung aufschlitzte: den Rücken hinab und an Armen und Beinen entlang. Sie entkleideten ihn vollständig, nahmen die zerschnittenen Kleidungsstücke und gingen vorsichtig rückwärts hinaus, als könnte er ihnen noch immer gefährlich werden.

Er war allein.

Aus seiner Angst wurde namenlose Wut.

Solange ihr mich für gefährlich haltet, bin ich harmlos. Aber irgendwann, in diesem oder im nächsten Jahr, wird eure Wachsamkeit nachlassen. Und bis dahin weiß ich mehr.

✿

Wes hatte nichts von dem mitbekommen, was um ihn herum vor sich ging. Sein vom Sauerstoffmangel benebelter Geist erfaßte undeutlich außerirdische Wunder, während seine Lunge gegen die verbrauchte Luft ankämpfte ... Von ihm nur zum Teil bewußt wahrgenommene Kräfte zerrten ihn durch eine Art Schranke, die ihn einquetschte, in atembare Luft. Während seine Lunge begierig die feuchte, kühle, süße, lebensspendende Luft einsog, fuhr ihm etwas Scharfes an Rumpf und Gliedmaßen entlang, und merkwürdige Hände schälten ihn wie eine Apfelsine.

Er war nackt. Er fiel. Flecken tanzten ihm vor den Augen.

Wo sind die anderen? Ist sonst niemand von uns übriggeblieben?

Andere Leiber waren zu sehen, alle unbekleidet. Rogatschow: weiße, schwarzbehaarte Haut, helle Augen, die ihn beobachteten. Giorge: schwarze Haut, fast haarlos, stumpfe Augen, die nichts sahen. Noch jemand fiel an ihm vorbei und prallte gegen die weiche Wand. Blasse Haut, eine bestürzend menschenunähnliche Gestalt ... Beinstümpfe ... Nikolai, auf seinem Unterleib große Narben. *Muß es den erwischt haben!*

Arwid Rogatschow und Nikolai sprachen auf russisch miteinander. Ihre Stimmen klangen geradezu unanständig gelassen.

Vier. Wo waren die anderen?

Giorge hatte sich zu einer Kugel zusammengerollt. Sein Mund stand leicht offen. Wes packte ihn an der Schulter und drehte ihn herum, so daß er ihm ins Gesicht sehen konnte. Die Augen des Schwarzen standen offen, schienen aber nichts zu erfassen. »Giorge? Jetzt ist alles in Ordnung, jedenfalls erst mal. Im Augenblick besteht keine Gefahr. Kannst du mich hören, Giorge?«

Er sagte ein Wort, wohl in seiner eigenen Sprache. Mehr brachte Wes nicht aus ihm heraus.

Er ist nahezu katatonisch. Wes konnte verstehen, daß seine Psyche dieser Verlockung nachgegeben hatte. Zwar war es einfach, sich in die fetale Position zusammenzurollen und die Augen zu schließen — aber nicht vernünftig.

Sie haben angegriffen. Ohne vorherige Warnung, wortlos. Großer Gott, Carlotta hat alles mit angesehen! Bestimmt hält sie mich für tot. Oder haben sie der Erde mitgeteilt, daß sie Gefangene gemacht haben?

Erneut öffnete sich die Tür. Dmitri Gruschin flog zwischen sie, fluchte lautstark mit erregter Stimme. Rogatschow blaffte ihm etwas entgegen. Vermutlich Befehle. Gruschin schloß die Augen und öffnete sie, dann verstummte er. Rogatschows Stimme wurde väterlich. Dmitri nickte.

Jetzt waren sie zu fünft. Sieben fehlten, darunter beide Frauen.

Arwid Rogatschow wandte sich um und sprach Wes auf englisch an. »Geht es Ihnen gut, Abgeordneter?«

Wes probierte, ob seine Kehle Töne hergab. »Dazu würde ich gern einen Arzt hören. Ich bin wie zerschlagen. Und Ihnen?«

»Ebenso. Wir wissen doch, was bei einem schlagartigen Druckverlust passiert. Wir werden es überleben, wenn auch mit geplatzten Venen im Gesicht und am ganzen Leibe ...«

»Das wäre das Ende meiner politischen Karriere.«

Arwid lachte. »Präsident Reagan hat Make-up benutzt, und Nixon auch.«

»Wie tröstlich. Arwid, was geht hier vor sich? Ich hätte — ich *habe* mein Leben darauf verwettet, daß die Eroberung eines anderen Planeten durch den interstellaren Raum hindurch nicht kosteneffektiv ist. Sieht Ihnen das auch nach einem *Krieg der Welten* aus?«

»Dazu haben wir bisher zuwenig Informationen.«

»Ist sonst niemand von uns übriggeblieben?«

»Ich weiß nicht. Captain Greeley ist wohl tot. Dmitri hat beobachtet, wie ein Außerirdischer in Captain Greeleys Kabine gegangen ist, immerhin im Vakuum. Die Tür war zu eng für ihn, und während er sich durchquetschte, hat Greeley auf ihn gefeuert, wahrscheinlich aus seiner Rettungsblase heraus. Daraufhin haben die Außerirdischen die Kabine mit Explosivgeschossen bepflastert.«

Wes fiel nichts dazu ein als: »Das sieht ihm ähnlich.«

Ein Geräusch ertönte, fast unterhalb der Hörschwelle, als sei ein riesiger Gong angeschlagen worden. Wes sah eine Wand auf sich zukommen: er fiel! Er hielt schützend die Arme vor sich. Sie alle wurden gegen das Polstermaterial gepreßt ... dann hörte der Schub auf, und sie trieben schwerelos.

»Na bitte, ganz wehrlos sind wir noch nicht«, sagte Arwid.

»Angriffssatelliten?«

»Wohl eher auf der Erde stationierte Strahlenwaffen. Die Außerirdischen werden es vor uns wissen. Zumindest sagt uns das, daß wir noch kämpfen können.«

»Wenn wir doch nur ein Fenster hätten«, sagte Wes.

Besser wäre eine übergroße Atombombe, dachte Arwid. Wünsche ich das wirklich? Auch mein Leben wäre dann zu Ende. Das wird noch früh genug kommen. Geduld.

✿

Die B_1-B flog mit annähernder Schallgeschwindigkeit unmittelbar über den Baumwipfeln dahin. Eine Weile spähte Jenny aus den winzigen Cockpit-Fenstern, aber es gab nur wenig Interessantes: Schatten huschten vorüber, von Zeit zu Zeit sah sie ein Licht. Der größte Teil der Vereinigten Staaten lag in Finsternis unter ihnen.

An Steuerbord blitzte es hell auf. Unwillkürlich schauderte es Jenny.

»Was ist?« fragte Jack. Er berührte ihre Hand und zog seine dann wieder fort. Sie nahm sie und hielt sie in beiden Händen fest.

»Das war schon wieder ein Donner«, sagte sie.

Sie hörte die künstlich gelassene Stimme aus Colorado Springs in ihren Kopfhörern. »Der Staudamm des Spring Lake in der Nähe von Peoria, Illinois«, sagte sie. »Die Mehrzahl der Dämme nördlich und westlich von dort ist getroffen. Flutwellen wandern die Flußläufe von

Mississippi und Missouri entlang. Wir ordnen Evakuierung der betroffenen Gebiete an, werden damit aber zu spät kommen.«

»Sonst noch etwas?« Die Stimme des Präsidenten unterbrach den Sprecher der Luftstreitkräfte. »Schicken Sie Nationalgardisten mit Hubschraubern hin!«

»Sir, das versuchen wir, aber wir haben praktisch keine Verbindung. Die meisten Berichte, die ich Ihnen gebe, stammen aus unmittelbarer Beobachtung durch Piloten der Nationalgarde, die überall hinfliegen, wo sie einen Lichtblitz sehen.«

Auf diese Weise können wir eine Menge Piloten verlieren.

»Gibt es was Neues von den Russen?« wollte Jack wissen.

»Nein. Lediglich zahlreiche Schadensmeldungen«, sagte Jenny.

»Wir wissen also nicht mal, ob wir uns im Kriegszustand befinden?«

Sie lachte kurz auf. »Das schon, nur nicht, mit wem.«

»Könnten die Außerirdischen mit den Russen verbündet sein?«

»So recht kann ich mir das eigentlich nicht vorstellen«, sagte Jenny. »Wir hätten bestimmt gemerkt, wenn sie in Verbindung miteinander gestanden hätten. Irgendeinen Hinweis. Ich glaube ...«

»Ja.« Er lehnte sich im Sitz des Bombenschützen zurück und schloß die Augen. Binnen Sekunden war er eingeschlafen.

Jenny schüttelte bewundernd den Kopf. Es gab für Jack Clybourne nichts zu tun, also ruhte er sich für den nächsten Auftrag aus. *Das sollte der Präsident auch tun. Er hat nicht genug Informationen, um Entscheidungen zu treffen, nicht hier.*

Wenn ich doch auch schlafen könnte.

Weitere Berichte liefen ein. Raketen waren gegen die kleineren Raumschiffe der Außerirdischen abgefeuert worden. Das große Raumschiff blieb hinter einer Abschirmung aus Störwellen, geladenen Teilchen und Düppel unauffindbar. Keine Bestätigung für Einschläge sowjetischer Raketen in den Vereinigten Staaten, keine Bestätigung über zerstörte Städte.

Jenny lehnte sich im Sitz des Elektronikschützen zurück und versuchte, die Augen zu schließen, aber die Versuchung, aus dem Fenster zu schauen, erwies sich als zu groß.

Der Bomber flog weiter, Kurs Colorado Springs.

✿

Die Stufen vor dem Eingang der Bank waren kalt und feucht. Harry drückte sich möglichst nahe an das große Doppelportal und schaltete sein Transistorradio ein.

»In ganz Südkalifornien ist der Strom ausgefallen«, teilte der Ansager gerade sehr erregt, fast hysterisch mit. »Soeben gehen Berichte ein, denen zufolge die Sperrmauer des Hoover-Stausees getroffen ist, vermutlich von *Laserstrahlen!*«

Die lange, blaue Flamme sank am Osthimmel. Harry setzte sich mit dem Rücken gegen einen der Türflügel. Was konnte er noch tun? Ein Auto oder ein Motorrad stehlen. In die Werkstatt einbrechen und sein eigenes Motorrad entwenden. *Ach was, ich bin nicht mehr so schnell wie früher.*

Er versuchte zu überlegen, wer ihm helfen konnte, aber wenn ihm jemand Glauben schenkte, würde er ihm entweder nicht von Nutzen sein oder bereits selbst etwas unternehmen. Nach einer Weile schloß er die Augen und dämmerte ein.

Er erwachte davon, daß sich jemand eine Stufe unter ihm niederließ. Das kleine, rundliche Männchen, das von der Anstrengung des Treppensteigens keuchte, fragte: »Darf ich?«

»Such dir den schönsten Platz aus«, sagte Harry mit einladender Handbewegung. »Weißt du was Neues?«

»Fernsehen gibt's nicht mehr. Im Rundfunk sagt einer alle Naslang, daß alles ein großes Mißverständnis ist — ich frag mich, wieso ich dann nicht nach New York durchkomme.«

Und ich nicht nach Dighton in Kansas. Harry nickte. Der Rundliche fröstelte. *Er hätte sich doch wärmer anziehen sollen.*

»Ich muß immer an *Krieg der Welten* denken. Wer *sind* die, und was *wollen* die wohl?«

»Schlägt nicht in mein Fach«, sagte Harry und schloß die Augen erneut. Während er einschlummerte, war er dankbar für die kurze Zeit beim Militär. Da hatte er gelernt, zu jeder beliebigen Zeit zu schlafen.

Der Tag würde schlimm genug werden.

Harry erwachte immer wieder und sah zum Himmel. »Da«, wies der Rundliche nach Süden. »Wie — was haben sie noch gesagt? Wie der Atombombentest in der Stratosphäre. Damals, in den Fünfzigern.«

»Keine Ahnung, da war ich noch zu klein«, sagte Harry. Irgend etwas regte sich in seinem Gedächtnis. Hatte nicht damals die Zündung einer Atombombe in der Stratosphäre die Nachrichtenverbindungen auf der ganzen Welt zerstört, und hatte es nicht Monate gedauert, bis alles wieder im Lot war? Damals war das eine einzige Bombe gewesen ...

Das Radio hatte nichts als Rauschen zu bieten, so sehr Harry den Tuner auch drehte. Manchmal bekam er Sender herein, aber so undeutlich, daß nichts zu verstehen war. Verdrossen suchte er weiter.

Im Norden, Süden und Westen stand eine Vielzahl leicht phosphoreszierender Flecken am Himmel. Da er sich im Osten allmählich rötete, konnte man nicht sagen, ob es auch dort zu Detonationen kam.

Krieg der Welten? In dem Film waren die Außerirdischen auf der Erde gelandet. Endlich bekam er einen Sender verständlich herein. Er hörte zu, erfuhr aber nicht viel Neues. Behördliche Durchsagen. Ruhe ist die erste Bürgerpflicht, bleiben Sie in den Häusern. Hysterisch kolportierten Ansager wilde Gerüchte. Gebrochene Staudämme, entgleiste Züge. Europa eine Wüste. Los Angeles war völlig unberührt davon, und vermutlich *wußte* der Ansager von keinem einzigen Verletzten. Nichts als Latrinenparolen.

Als es hell wurde, bestand die Schlange vor der Bank aus zwölf Personen. Nur zwei hatten daran gedacht, Schlafsäcke mitzubringen. Ein Mann mit wettergegerbtem Gesicht war vollständig ausgerüstet: Rucksack, Schlafsack, Luftmatratze, aufblasbares Kissen, Campingkocher. Er richtete sich häuslich ein, machte Kaffee und schickte den Becher reihum. Er schien die Situation ebenso zu genießen wie die beiden Pfadfinder, die er bei sich hatte.

Sie sprachen leise miteinander. Eine Frauenstimme kreischte los, brach dann schlagartig ab. Harry döste.

Andere Stimmen wurden hörbar. Harry sah sich um und erkannte zwei blaue Polizeiuniformen. Er zeigte seine leeren Hände, nahm betont langsam die Brieftasche aus dem Jackett und klappte sie auf. »Ich heiße Harry Reddington.« Er gab sich nicht die Mühe zu lächeln.

»Sir, was wollen Sie hier?«

Harry unterdrückte den Drang, zum Himmel zu zeigen und zu kichern. »Geld abheben.«

»Der Notstand ist ausgerufen. Die Regierung hat angeordnet, daß alle Bürger in ihren Häusern bleiben sollen«, sagte der ältere der beiden.

»Klar«, gab Harry zurück. »Woher wollen die Jungs in Washington eigentlich wissen, wie man mit *dieser* Situation fertig wird? Aus Erfahrung?« Diesmal konnte er sein Grinsen nicht unterdrücken.

»Sir ...«

Der jüngere Beamte unterbrach seinen Kollegen. Sie flüsterten eine Weile miteinander. Harry nutzte die Gelegenheit, einen in einer Plastikhülle steckenden Brief herauszuholen. Er hielt ihn vor sich hin.

»Wenn Sie das mal anleuchten wollen«, sagte er.

Der ältere Beamte schob sich näher. Im Schein seiner Taschenlampe war das Briefpapier des Capitols deutlich zu erkennen.

»... und ermächtige Mr. Harry Reddington, sich in meinem Hause aufzuhalten, meinen Besitz zu schützen und ganz allgemein meine Interessen zu wahren ...«

Hätten sie weitergelesen, wären sie bald an das unverbindliche Geschwafel gekommen, aber sie taten es nicht, und Harry seufzte im stillen erleichtert auf.

»Ja, Sir?« sagte der Offizier. Diesmal klang das »Sir« aufrichtig.

Einige in der Menge hinter ihnen murrten. Eine Stimme sagte: »Dämliche Bullen«, aber nicht besonders laut. Sie klang wie die eines gebildeten Mannes, keineswegs wie die eines Menschen, von dem man solche Ausdrükke erwartete.

Harry war versucht, die Situation auszunutzen, sagte aber statt dessen nur leise: »Ich halte gern für Sie oder 'nen Angehörigen einen Platz frei.«

Der jüngere Polizeibeamte überlegte kurz und sagte dann: »Meine Frau Rosabell ist in einer Stunde da.«

✿

Die Fernstraße 40 lag seit einer Stunde vollständig im Dunkeln. Gerade als Jeri versucht hatte, ein beleuchtetes Verkehrsschild zu lesen, war die Beleuchtung schlagartig erloschen. Im selben Augenblick war auch das Radio verstummt und gab nur noch Rauschen von sich.

Durch ein tief eingeschnittenes Tal strebte sie über die Chuska-Berge im westlichen Neumexiko.

»Ich hab Hunger, Mutti«, sagte Melissa vom Rücksitz.

»Iß von den Käsebroten«, antwortete Jeri.

»Die sind alle.«

»Großer Gott, das sollte eine ganze Weile vorhalten.«

»Es waren nicht besonders viele — was ist das?«

Am Himmel blitzten grüne und blaue Lichter auf, denen ein langer, roter Strich bis zur Erde herniederfolgte.

»Ich weiß nicht«, sagte Jeri. Sie zitterte. *Außerirdische. Die ganze Zeit haben sie da draußen gelauert, fünfzehn Jahre lang, und jetzt greifen sie uns an.*

»Wir müssen tanken.«

»Ich weiß. Gleich kommt Albuquerque. Da kriegen wir sicher Benzin.«

»Ich weiß nicht, Mutti«, sagte Melissa.

»Was?«

»Bist du sicher, daß wir jetzt in eine Stadt fahren sollen? Da wollen bestimmt viele abhauen, die Angst vor Außerirdischen haben, und es gibt Staus.«

»Vielleicht hast du recht.«

Im Licht ihrer Scheinwerfer reflektierte ein Schild.

»Da vorne gibt's Benzin und was zu essen«, sagte Melissa.

Jeri suchte nach der Einfahrt. Da war sie. Alles war dunkel, dennoch fuhr sie auf die Zapfsäule zu. Sofern es in der Nähe eine Stadt gab, war nichts davon zu sehen.

»Da vorne ist jemand«, sagte Melissa. Jeri fuhr an die Säule.

»Sie wünschen, Ma'am?« ertönte eine Stimme aus der Dunkelheit. Der Tankwart knipste seine Taschenlampe an. Er war ein junger Mann, höchstens zwanzig.

»Äh — ich muß tanken.«

»Es gibt keinen Strom«, sagte der Tankwart. »Die Pumpen laufen nicht.«

»Ich hab's aber noch weit und brauche wirklich dringend was. Können Sie da gar nichts machen?«

Er sah nachdenklich drein. »Ich hab 'ne Handpumpe. Vielleicht könnte ich damit was in einen Kanister füllen. Es ist aber ein mühseliges Geschäft.«

»Bitte«, sagte Jeri. »Ich zahl es Ihnen gern.«

»Ob Geld jetzt noch was wert ist? Haben Sie die Nachrichten nicht gehört?«

»Doch ...« *Wenn du kein Geld willst, was dann?*

»Wir werden uns schon einig.« Er ging hinein. Das Licht der Taschenlampe tanzte hinter den Fenstern.

Er macht eigentlich einen ganz netten Eindruck. Wovor hab ich bloß Angst? Sollte der Firnis der Zivilisation so dünn sein?

Irgendwo aus ihrem Inneren antwortete es: *Ja!*

✿

Der Schein war durch die Ostfenster zu sehen. Im Fernseher flimmerte es weiß, aber das Radio berichtete von einer Explosion auf der Fernstraße 5 zwischen Everett und Marysville.

Ganz in der Nähe. Isadore stellte den Fernseher ab. Die Stimme des Ansagers überschlug sich. Das ist bestimmt der lange Fahrdamm, dachte Isadore. Wir haben es wohl gerade noch rechtzeitig geschafft ...

Die Kinder schliefen. Vor einer Stunde war Vicki Tate-Evans davongewankt. Ihr Mann George schnarchte auf dem Sofa, Claras Füße lagen auf seinem Schoß. Sie kamen prächtig miteinander aus, jetzt, wo sie beide schliefen.

Isadore fühlte sich unruhig, als müsse er etwas tun. Krieg am Himmel ... *Gerade noch rechtzeitig! Clara hatte recht, weiter, nicht anhalten, irgend etwas könnte passieren. Hätten wir noch länger auf Jeri gewartet, wäre es zu spät gewesen.*

Wo sie sein mag? Irgendwo auf der Straße, und ich kann nichts für sie tun.

Als wir in der Nacht angekommen sind, hätte es uns fast erwischt. Er mußte an die hellen Blitze auf der Straße hinter ihnen denken. *Bestimmt war das der lange Fahrdamm. Nur eine Stunde später — verdammt knapp ...*

Zum Umfallen müde waren sie eingetroffen, und unheilvolles Schweigen hatte über den vor dem laufenden Fernseher Versammelten gelegen. Als das Bild ausblieb, waren alle hinausgegangen, um zum Himmel zu sehen.

Laut sagte er: »Verdammter Mist!«

»Ja«, bestätigte Shakes. Er kam mit einer Tasse Kaffee aus der Küche. »Hast recht gehabt.«

»*Wir* hatten recht«, lachte Isadore, für seinen eigenen Geschmack etwas zu schrill. »Siebzehn Jahre lang, zu einer Zeit, als es nicht mal *vernünftig* aussah. Wir sollten die Läden vormachen. Wir hätten die Fenster zumauern sollen! Freiwillige?«

Niemand erhob sich, um die eisernen Klappläden vorzulegen. Shakes sagte: »Ich hätte nie gedacht, daß es tatsächlich mal soweit kommt.«

»Und was willst du dann hier?«

»Meine Familie macht hier Urlaub für dreißig Prozent dessen, was es sonst kosten würde. Ist für 'n Ferienhaus doch verdammt günstig, geb ich gern zu. Aber wir haben ja auch was geleistet. Wir können hier alle überleben. Die meiste Arbeit haben meine Leute und ich schon getan. Warte nur, bis du den Schutzbunker siehst, Izzie.«

Mit einemmal saß Clara bolzengerade. »Lebensmittel. Wie steht es mit Vorräten?«

»*Bestens«*, sagte Shakes etwas verärgert.

»Gut. Ich könnte ein ganzes Pferd verdrücken. Ich mach jetzt Frühstück«, sagte Clara, erhob sich und ging auf unsicheren Beinen in die Küche. Dabei mußte sie einen Bogen um Jack und Harriet McCauley machen, die auf dem Teppich schliefen.

✿

Um halb neun reichte die Schlange um die Ecke des Gebäudes. Die Polizisten waren zweimal abgelöst worden. Um zehn Uhr öffnete ein alter Mann in einer Portiersuniform die Tür. Die Schlange hinter Harry drängelte ungeduldig. Zwei Drängler schoben sich an ihm vorbei, bevor er loslassen und zur Kasse gehen konnte.

Die Bankangestellte sah nervös aus.

Wenigstens ist jemand *da,* dachte Harry. Er hatte sich schon Sorgen gemacht. Von den zwölf Schaltern waren nur vier besetzt.

»Ich möchte etwas abheben«, sagte Harry.

»Pro Auszahlung höchstens fünfhundert Dollar.« Die Bankangestellte sah zugleich trotzig und betrübt drein.

Die Banken an der Ostküste waren drei Stunden lang offen gewesen. Es war Harry gleichgültig, *ob* es einen Ansturm auf die Banken gab, interessant war, wie schlimm er war. Ihm gehörten nur achtundfünfzig Dollar. Er ließ sich sein Guthaben in kleinen Scheinen auszahlen und ging dann zu seinem Schließfach. Es enthielt einen mexikanischen Gold-Peso und dreißig silberne Zehn-Cent-Stücke. Nur wegen der symbolischen Zahl hatte er es fertiggebracht, die Silberlinge zu behalten. Hätte er auch nur einen davon ausgegeben, wären ihm die anderen alsbald gefolgt.

Er steckte sein Geld ein und verließ die Bank.

Wieder ertönte die Mahnung aus dem Radio: Ruhe ist die erste Bürgerpflicht.

12 Der Überbringer der Botschaft

Und der HERR sprach: Siehe, es ist einerlei Volk und einerlei Sprache unter ihnen allen, und dies ist der Anfang ihres Tuns; nun wird ihnen nichts mehr verwehrt werden können von allem, was sie sich vorgenommen haben zu tun.
Auf, laßt uns herniederfahren und dort ihre Sprache verwirren, daß keiner des anderen Sprache verstehe!

I. Buch Mose II, 6–7

Zeit: Sechs Stunden nach der Stunde Null

Der Herr der Herde Pastempih-keph bewohnte mit seiner Familie zwei Räume nahe der Mitte der *Bote.* Platz war knapp und kostbar. Der Schlafraum war nicht groß in Anbetracht dessen, daß zwei Erwachsene und drei Kinder ihn sich teilen mußten. Jetzt ging es etwas besser, denn der älteste Sohn befand sich an Bord eines der Grifflingsschiffe, die demnächst das Ziel ›Winterheim‹ angreifen würden.

Im noch kleineren privaten Schlammraum war man ungestört. Manche Gespräche durften die Kinder gern mithören, das hier aber war nicht für ihre Ohren bestimmt.

Pastempih-keph lag auf der Seite im Schlamm. »Die Sache ist wirklich interessant«, sagte er gelassen.

Seine Gefährtin K'tarfukeph wütete zuerst, sprach dann aber mit stiller Eindringlichkeit. »Hätten deine Wachen das gehört, würden sie denken, wir hätten den

Verstand verloren — ganz wie dein Berater. Du mußt dich von ihm trennen, Keph!«

»Das geht nicht. Das macht die Sache ja so interessant. Die Schläfer hatten erwartet, als Herren des Schiffs aufzuwachen und sind daher nicht besonders friedlich. Wie du weißt, war Fathistih-talk früher ihr Herr der Herde. Sie werden nicht zulassen, daß ich ihn vollständig entmachte, nicht einmal wenn sie erfahren, daß er verrückt ist. Damit würden sie selbst zuviel Ansehen verlieren.«

K'tarfukeph sprengte warmes Wasser über den Rükken ihres Gefährten. Er räkelte sich voll Wonne, und hohe Wellen liefen zum Beckenrand. So nahe der Mitte des Schiffs war die Schwerkraft sehr gering.

»Was also kann man tun?« fragte sie.

»Wenig. Ich muß auf ihn hören, brauche aber seinem Rat nicht unbedingt zu folgen.« Der Herr der Herde überlegte. Der Krieg um Winterheim hatte endlich begonnen, und Zeit zum Entspannen fand er nur sehr selten. Es war ihm nicht recht, daß seine Gefährtin soviel von dieser Zeit beanspruchte. »Denk an etwas anderes, Mutter meiner Unsterblichkeit!«

»Keine Ausflüchte! Es dauert noch ein halbes Jahr bis zur Paarungszeit, und in unserem Alter bedarf es keiner beschwichtigenden Äußerungen mehr.«

Er besprengte sie von Kopf bis Fuß, so gründlich er konnte, bevor er wieder etwas sagte. »Deine Grifflinge haben das Problem erfaßt. Die Paarungszyklen für Schläfer und Raumgeborene sind gegeneinander verschoben. Dadurch wird aller Streit verschlimmert. Die Jahreszeiten auf Winterheim werden für beide Gruppen phasenverschoben sein. Sieh doch die Zusammenhänge. Die Schläfer haben nie etwas anderes gewollt, als eine neue Welt erobern, wir Raumgeborene hingegen haben mehr als achtmal acht Jahre im Weltraum verbracht. Unsere vorgeburtliche Erinnerung sagt uns, daß wir auch ohne Planeten überleben können. Wir wissen nichts von Welten. Die Abtrünnigen wollen Winterheim ganz und gar aufgeben.«

»Dann müßte man sie eben davon abbringen.«

»Das geht nicht, Keph«, sagte er und benutzte den Teil ihres Namens, den sie gemeinsam hatten — eine Anrede, die außer ihm niemand benutzen würde, »denn das könnte die Raumgeborenen spalten. Jeder vierte von uns dürfte zu den Abtrünnigen gehören — auch Fathistih-talk ist einer.«

»Tshaupin-talk sollte besser auf ihn achten! Sie ist trächtig, das müßte ihm doch etwas bedeuten.«

»Manche Weiber haben nicht das Geschick, ihre Gefährten richtig zu lenken.«

War das Spott? Hatte sie ihn gekränkt? Sie besprengte ihn. Er schien eher belustigt als besänftigt. Wer so mächtig war wie der Herr der Herde, brauchte sich seiner Gefährtin gegenüber nicht durchzusetzen ... Sie sagte: »So, wie die Lage ist, kann sie nicht bleiben.«

»Nein. Ich fürchte für Fathistih-talk, und ich mag seinen vorgesehenen Nachfolger nicht. Könntest du mit Tshaupin-talk sprechen? Wird sie energisch genug sein, ihn zu beeinflussen?«

Sie wand sich unbehaglich, und Schlammwasser schlug Wellen. »Ich habe keine Ahnung.« Schläfer gehörten nicht zu ihrer Klasse, sie hatten miteinander nichts zu tun.

Ein Signalton wurde hörbar. Der Herr der Herde streckte sich und begann sich abzutrocknen. Es war Zeit, zu den Pflichten zurückzukehren.

✿

Die Welt, die das Ziel ihrer Bemühungen war, trug in der Sprache der von ihnen als ›Vorlinge‹ bezeichneten Vorfahren bereits einen Namen.

Einst hatte die Gattung nomadisiert, und jetzt war die ziehende Herde wieder zum Nomadendasein zurückgekehrt. Doch zur Paarungszeit mußte sich auch ein Nomadentrupp irgendwo niederlassen, bis die Jungen zur Welt gekommen sind.

Dieser Ort sollte Winterheim sein.

Winterheim aber wehrte sich. Seine Beherrscher waren keine unbekannte Größe mehr. Trotz der Schäden und der Todesopfer war Pastempih-Keph erleichtert.

Während der vielen Jahre des Herfluges vom mit Ringen umgebenen Planeten hatten sich die Beutewesen passiv verhalten. Der Herr der Herde und sein Berater sprachen miteinander darüber und überlegten: hatten die Erdbewohner das Raumschiff gesehen? Elektromagnetische Signale der ihnen bekannten Art drangen durch die Atmosphäre von Winterheim und wurden aufgezeichnet. Das meiste davon war unverständliches Gebrabbel. Einiges war recht wirr und zeigte Bilder riesiger Raumschiffe unrealistischer Konstruktion. Der Rest erwähnte mit keiner Silbe ein *wirkliches* Sternenschiff, das sich näherte.

Unversehens dann empfing *Thaktan Flishithy* Botschaften, Aufforderungen zu antworten, Wörter, die von Frieden sprachen, bevor es Krieg gegeben hatte: erst wenige, dann mehr, schließlich ein unaufhörlicher Strom von Worten.

Was gab es da zu reden? Wie konnte man erwarten, daß sie verhandelten, bevor ihre Fähigkeiten auf die Probe gestellt worden waren? Doch die Beutewesen hatten weder Raketen noch Kriegsschiffe geschickt. Nichts als Botschaften.

Die Umerzieher überlegten. Ob die Beutewesen nicht wußten, wie man Krieg führt? Das lief allem zuwider, was der Herr der Herde von Evolution wußte. Doch selbst als der Angriff begann, unternahmen die Beutewesen nur wenig. Die auf einer Umlaufbahn befindlichen Satelliten verteidigten sich nicht, so daß die Hälfte von ihnen in der ersten halben Stunde außer Gefecht gesetzt war. Zum Kampf und Sterben bereite Krieger schwankten zwischen Erleichterung und auch Enttäuschung.

Doch besaßen die Bewohner Winterheims Waffen. Nicht viele, und sie setzten sie auch spät ein, aber ... eine lange Narbe, geschmolzen und frisch zusammengefroren, zog sich an der Flanke der *Bote* entlang, quer über eine Tragfläche eines der Truppen-Landeschiffe, Grifflingsschiff *Einundvierzig*. Es konnte möglicherweise noch im Weltraum operieren, aber die Erdatmosphäre würde es nie erreichen. Vier weitere Grifflingsschiffe waren im Weltraum zerstört worden.

Noch immer stiegen Raketen vom Planeten auf, und nach wie vor feuerten Strahlenwaffen und Raketen aus dem Weltraum. Einige Satelliten blieben auf der Erdumlaufbahn. *Bote* erbebte unter dem Aufprall eines Plasmastrahls und zitterte vom Rückstoß, als ein Geschoß dorthin abgefeuert wurde, woher der Strahl gekommen war.

O ja, das große Schiff hatte Schäden erlitten, aber sie waren unbedeutend. In gewisser Hinsicht war das sogar gut. Zumindest wußten die Fithp-Krieger jetzt, daß es einen Feind gab ... wußten etwas über dessen Waffen wie auch über ihre eigene Kampfkraft. Überdies wußte der Herr der Herde jetzt, daß er sich auf die Schläfer verlassen konnte.

Insgeheim hatte er sich schon gefragt, ob diese Alten überhaupt kämpfen würden. Wie sich zeigte, schlugen sie sich sogar recht wacker. Ihrem Geburtsdatum nach mochten sie alt sein, acht bis sechzehn Jahre über die Geschlechtsreife hinaus waren sie gewesen und hatten das Schiff vier Jahre lang gesteuert, bevor ihre Körper eingefroren wurden. Sie kannten Gänge, Aufenthalts- und Lasträume im Schiff ebensogut wie die an Bord Geborenen.

»Erbitte Erlaubnis zum Bericht«, sagte der Herr des Angriffs Kuthfektil-rasp.

»Nur zu!«

»Herr der Herde, ich glaube, wir haben alles von der Umlaufbahn beseitigt. Hinter Winterheim könnte sich noch etwas auf unserer Umlaufbahn bewegen. Wir müssen den Sektor im Auge behalten. Vier Raketen sind von Landmasse Drei aufgestiegen. Soll ich ihnen Bomben entgegenschicken?«

»Nein. Das wäre Verschwendung. Wir haben hier genug getan. Herr der Verteidigung, bringt uns fort, aus ihrer Reichweite.« Die meisten der Waffen, deren sich die Bewohner von Winterheim bedienten, dürften kaum die Umlaufbahn erreichen — als wären sie dazu gedacht, andere Teile des Planeten anzugreifen. Es genügte, die Abschußstelle zu kennen. Man konnte sie zerstören, unmittelbar bevor die Truppen landeten, um die eigentliche Kampfkraft der Beutewesen auf die Probe zu stellen.

Die Grifflingsschiffe konnten weniger bedeutende Ziele angreifen, bevor sie niedergingen: Staudämme und Straßen zerstören, alles, das aussah, als diene es der Verbindung oder der Energieerzeugung. Er hoffte, daß alles gutging. Die Achtschaft-hoch-drei-Krieger seines Sohnes und K'tarfukephs Sohn Fukertih würden zur ersten Angriffswelle gehören. Seine Mutter machte sich große Sorgen um ihn, obwohl ihr Stolz nie zuließe, daß sie das eingestünde …

»Befolgt den Plan, Herr der Verteidigung. Bringt uns auf einer Flugbahn im freien Fall hinter den großen, bunten Satelliten. Verbergt unser Schiff, Herr des Angriffs. Ich möchte, daß jedes Auge der Beutewesen auf dem Mond dort geblendet wird, bevor wir mit der zweiten Stufe unserer Beschleunigung beginnen.«

Der Herr der Herde wartete auf die Bestätigungen seiner Befehle und gebot dann: »Umerzieher-Zwei.«

✿

Umerzieher-Zwei Takpassih hatte seinen Beruf bisher ohne festes Ziel ausgeübt. Man hatte ihn in jungen Jahren dazu ausersehen. Ließ man die Jahrzehnte unberücksichtigt, die er im Kälteschlaf verbracht hatte, wie auch die Schädigungen, die das hervorgerufen hatte, trat er erst in seine mittleren Jahre ein. Schon vor dem Aufbruch des Raumschiffs aus der Heimatwelt hatte er die Ausbildung für den Umgang mit anderen Wesen bekommen, doch war sie nahezu ausschließlich theoretischer Art gewesen.

Nahezu. Es hatte in der Heimatwelt eine weitere intelligente Gattung gegeben. Die Vorlinge waren schon ausgestorben, bevor Takpassihs Gattung ihr Greif-Anhängsel und ein Großhirn entwickelt hatte. Sie gehörten nicht zu Takpassihs Aufgabengebiet, sondern zu dem Fistartih-thaktans, Priester und Kenner der Geschichte.

Fistartih-thaktan war ein Schläfer. Seit seinem Erwachen war er noch steifer und förmlicher geworden als zuvor, zog sich noch mehr in sich zurück. Seine im Weltraum geborenen Gehilfen sprachen mit niemandem außer ihm. Seine Kenntnis des *Thaktanthp* würde hier von Wert sein. Vielleicht konnte ihn Umerzieher-Eins Rästapisp-mins — mit der Autorität eines Raumgeborenen und dem ihm eigenen Takt — aus der Reserve lokken …

Die Schläfer kannten das Leben auf Planeten mit ihrem Stammhirn, ihrem Rückenmark und bis in die Körperzellen hinein. Sie wußten, wie Planeten beschaffen waren. Die Raumgeborenen konnten nur Vermutungen anstellen. Und dennoch — es ging um mehr als diese künstliche Teilung in der Ziehenden Herde. Die Schläfer würden einer nach dem anderen sterben, die Ziehende Herde würde wieder *eine* Fithp sein. Dazu brauchte sie das von Fistartih-thaktan angehäufte Wissen, das Wissen jener älteren und ihnen fremd gewordenen Gattung.

Vor dem Empfang der ersten von den Beutewesen

ausgeschickten Bilder hatten sie endlos über die Frage debattiert. Würden die Eingeborenen von Winterheim den Vorlingen ähneln? Oder der Fithp?

Wohl keins von beiden.

Umerzieher-Zwei beobachtete die gefangenen Erdlinge durch eine nur in einer Richtung durchsichtige Scheibe, während sich sein Helfer und zwei Soldaten an den ihnen abgenommenen Gegenständen zu schaffen machten. »Sie sehen nicht besonders widerstandsfähig aus«, sagte er.

Das Schiff erbebte.

»Schon wieder ein Treffer«, sagte einer der Soldaten. »Möglich, daß sie nicht viel vertragen, aber sie wehren sich.«

»Ja, sie kämpfen. Einige waren schon tot, und andere haben sich ergeben«, sagte der Achtschaftführer. »Doch obwohl ihre Lage unhaltbar war, hat eins eine Waffe durch sein Lebensbewahrungssystem hindurch abgefeuert und zwei meiner Krieger getötet! Es hat sich selbst getötet, um töten zu können ...«

»Eure Erklärung?«

»Vergißt du deine Stellung?«

»Verzeiht. Soll ich darum bitten, daß Eure Vorgesetzten Euch danach fragen? Soll ich den Herrn der Herde rufen und ihn bitten, daß er Euch den Auftrag gibt, meine Fragen zu beantworten?«

»Ich ... ich habe keine Erklärung, Umerzieher. Das ist dein Thaktan, deine Aufgabe. Jedenfalls wäre sich ergeben einfach gewesen.«

»Habt ihr eine Theorie, Achtschaftführer?«

»Vielleicht hat es sich im Kampfrausch befunden. Oder war es krank? Lag ohnehin im Sterben? So etwas kommt vor.« Seine Grifflinge verschlangen sich ineinander öffneten sich, immer wieder, ein Zeichen der Ratlosigkeit.

So etwas kommt vor. Unsinn! Die Raumgeborenen wissen nur, was sie gelesen und studiert haben, und trotzdem — Diese Gedanken führten zu nichts. »Du warst an Bord des zerstörten Raum-Habitats«, wandte sich Takpassih an ihn. »Ich möchte dir Fragen stellen.«

»Fragt, Umerzieher.«

Takpassih wußte noch nicht, wie man geschickt fragt. »Was haben wir genommen, Achtschaftführer ... Prethitih?«

»Prethitih-dämb ... Herr. Wir haben ziemlich viel herausgeholt, hier war nicht genug Platz für alles.«

Die Stimmen der Fremden aus dem Arrestraum bildeten einen gedämpften Hintergrund. Takpassih hörte mit halbem Ohr zu, während er die Beute durchging, die Prethitih-dämbs Leute an den Wänden gestapelt hatten. Fünfzehn Jahre lang hatte er die Sprache der Fremden gelernt, die mit Radiowellen den Weg von Winterheim zum vom Ringen umgebenen Riesen überbrückten. Bisweilen hatte es auch Bilder gegeben. Merkwürdige Bilder von einer Herde, die es eigentlich gar nicht geben konnte. Kisten, die auf zwei Beinen tanzten. Zweibeinige Lebewesen, deren Gestalt sich änderte. Ströme sehr ähnlicher Bilder folgten in Abständen von Sekundenbruchteilen aufeinander. Gegensätze: Städte mit hohen Gebäuden und Maschinen, Städte aus strohgedeckten Lehmhütten.

Der Empfang war scheußlich schlecht, und manches von dem, was sich auflösen ließ, ergab keinen Sinn. Solche Informationen waren verdächtig, waren womöglich gefälscht. Man verließ sich besser auf das, was man aus erster Hand erfuhr.

Eins aber hob sich deutlich ab. Die meisten Sendungen waren in einer bestimmten Sprache abgefaßt. Takpassih hörte diese Sprache jetzt, aber noch eine andere.

Die Gefangenen gehörten zwei oder mehr Herden an. Im Augenblick spielte das kaum eine Rolle, aber später würde es wichtig werden. Es würde die Aufgabe noch wichtiger machen, die schon jetzt die Aufnahmefähigkeit eines Fi' stark beanspruchte.

Große Metallbehälter waren mit kleinen Päckchen angefüllt, von denen jedes die krakelige Aufschrift trug: IN GEFRORENEM ZUSTAND AUFGEFUNDEN. Stapel von Kleidungsstücken, die zu dünn waren, um als Rüstung zu dienen: Kälteschutz? Merkwürdig aussehende Maschinen hatte man mit Aufschriften versehen:

AUS DEM
LEBENSMITTEL-ZUBEREITUNGS-BEREICH(?)
RECHENGERÄT(?)
TEIL DES ABFALL-AUFBEREITUNGS-SYSTEMS.
PROJEKTILE ABFEUERNDE WAFFE.

Vom Unterdruck aufgeblähte Leichen waren in eine große Druckhülle gezwängt worden, auf dem Weg zum Schiff waren sie halb gefroren und klebten jetzt aneinander. Umerzieher-Zwei Takpassih riß die Hülle auf und ließ, indem er ein Unwohlsein in seinem Verdauungstrakt unterdrückte, seine Augen auf einem fremdartigen Kopf ruhen. Den zugehörigen Rumpf hatten Geschosse halb zerfetzt. Takpassih bemerkte um einen mit abscheulich aussehenden Zähnen gefüllten Mund und eine aus ihm heraushängende, von Muskeln bewegte Klappe angeordnete Sinnesorgane. Zwei vorstehende, verletzbar wirkende Augen. Die Nase war ein völlig nutzloser Höcker, die nebeneinander angeordneten Nüstern hätten ebensogut flach auf dem Gesicht liegen können. Aber das Bild war vertraut, *so* ungewöhnlich waren sie nicht. Beidseitige Symmetrie ... Er griff nach einem angetauten Vorderlauf und fand fünf mit Knochen verstärkte Greifglieder. Die Fremden benutzten diese weiterentwickelten Vorderläufe zur Herstellung und zum Gebrauch von Werkzeugen. Und dieser löchrige Höcker diente ihnen sicher zu nichts anderem als zum Riechen. All das war den Fithp von Bildern her bekannt — aber hier in der Wirklichkeit war es anders.

Die Waffe: winzig, ein kleiner, gebogener Griff.

Konnte dieser stark zweckentfremdete Fuß sie tatsächlich ruhig halten und damit zielen?

»Ist das die Waffe, die es benutzt hat?«

»Ja, Umerzieher-Zwei. Sie hat Krieger getötet.«

»Danke.« Takpassih bewegte die Grifflinge an einem der fremdartigen Vorderläufe und überlegte, wieso sich der eine quer über die ebene Fläche hinter die anderen vier legen ließ. Und sie alle bogen sich nach innen ...

Er vergeudete seine Zeit. »Als erstes müssen wir feststellen, wovon sie sich ernähren. Bestimmt brauchen sie Wasser, denn innen sind sie ziemlich naß. Dann Autopsien. Sehen wir mal nach, was in ihnen drin ist. Prethitih-dämb, hast du die Dinger in Druckbehälter getan, *nachdem* sie dem Unterdruck ausgesetzt waren?«

»Umerzieher, sie mußten während eines Angriffs auf jeden Fall Schaden erleiden. Ihr hättet mitkommen und sie bewachen können.«

Takpassih war gekränkt. »Die Annahme ist falsch. Der Herr der Herde hat mir die Erlaubnis verweigert.« Weil er zu wertvoll war oder weil man einem Schläfer nicht trauen durfte: wer konnte das wissen?

Erneut warf er durch das Sichtglas einen Blick auf die Gefangenen. »Wir haben beobachtet, wie ihre Schiffe gestartet sind. Sie benutzen Wasserstoff und Sauerstoff, energiereich und schwer handhabbar, aber immerhin chemische Brennstoffe. Der materielle Aufwand dafür muß unermeßlich sein. Vermutlich gehören diese Gefangenen zu ihren besten Leuten; sonst wären sie die Kosten nicht wert, die es den Winterheim-Bewohnern verursacht, sie hier heraufzubringen.«

Seine Gehilfin ließ zustimmend ihre Ohren zucken. »Zuerst müssen wir ihnen unsere Sprache beibringen und sie zu Lehrern späterer Gefangener ausbilden.«

»Das sagst du so leicht dahin, Tashajämp. Es wird schwer sein. Vielleicht ist es unmöglich, wenn wir bedenken, daß der größte Teil unserer Gruppe beim Militäreinsatz verwendet wird.« Umerzieher-Zwei wandte sich den aufgestapelten Kleidungsstücken aus der Raumstation zu, dann den von den Gefangenen heruntergeschnittenen. Sie waren seltsam gebogen, hatten Verschlüsse an merkwürdigen Stellen. Vorgesehen für eine unregelmäßige Gestalt. Die versteiften Becher für die Hinterläufe waren dicker und gepolstert. Takpassih fand nichts, das die zerbrechlich wirkenden Greifglieder an den Vorderläufen schützen konnte.

»Prethitih-dämb, hast du das Gerümpel hier nach Waffen durchsucht?«

»Ja. Es waren aber keine dabei, nicht einmal eine Keule.«

»Und die Gefangenen waren *alle* mit Tuch bedeckt, nicht wahr?«

»So ist es. Die Kadaver übrigens auch.«

»Es dient nicht als Rangabzeichen und enthält keine persönlichen Waffen. Sie befanden sich in einem Raum-Habitat, dessen Temperatur sie regulieren konnten. Sollten sie *so* anfällig sein? Ich glaube, wir geben ihnen besser Tuch, damit sie ihre Haut bedecken können.« Er sah erneut in den ausgepolsterten Raum.

Konnte das Tuch zur Feuchtigkeitsregulierung dienen? Wenn sie nicht genug Feuchtigkeit ausdünsteten, um es angenehm zu haben ... nun das ließ sich feststellen.

Der Instinkt riet ihm hinzuzufügen: »Und nimm den Kadavern das Tuch ab, Tashajämp. Fang mit dem hier an.«

»Der Herr der Herde für dich, Umerzieher-Zwei.«

Takpassih nahm den Anruf entgegen. Der Herr der Herde sah angegriffen aus und schien zu denen zu gehören, die unangenehm werden, wenn sie erschöpft sind. »Zeig sie mir, Umerzieher-Zwei.«

Takpassih schwenkte die Kamera zur Einwegverglasung in der Wand hin. Der Herr der Herde schwieg zwei oder drei Atemzüge lang und sagte dann: »Und das soll in die Ziehende Herde eingegliedert werden? Ich neide dir deine Aufgabe nicht, Umerzieher-Zwei. Was hast du bisher erfahren?«

»Ihre Haut ist empfindlich. Sie brauchen Tuch zu ihrem Schutz.«

»Werden sie überleben?«

»Einer scheint dem Tode nahe ... und es ist nicht der Beinlose. Er scheint sogar ziemlich aktiv zu sein. Bei den anderen müssen wir einfach aufpassen. Wir haben ihre Lebensmittelvorräte, darauf haben die Krieger geachtet, aber wir müssen das alles noch identifizieren.«

»Wie bald kann ich damit rechnen?«

»Wenn ich es Euch sage. Ihr habt die Geräusche gehört, die sie machen. Sie werden nie gut sprechen lernen. Noch etwas: Diese Wesen sind hier nicht repräsentativ vertreten. Vielleicht ist das gut, und sie sind lernfähiger als ihre schmutzfüßigen Vettern.« Takpassih warf einen Blick auf den kleinsten der halbgefrorenen entkleideten Kadaver. Hervorgetretene Augen, der Mund weit offen, Entsetzen auf dem Gesicht. Der geschützte Bereich zwischen den Beinen ...

Er hatte richtig geraten. Eine seltsame Stelle für die Genitalien. Er versuchte sich auszumalen, wie sie einander begatten mochten. Das hier war ein Weibchen, das Gesäuge bestätigte ihm das. »Die Überlebenden sind lauter erwachsene Männchen. Um gesichertes Wissen über diese Winterheim-Eingeborenen zu erlangen, müssen wir sie näher untersuchen — Weibchen, Junge, Krüppel, geistig Kranke sowie Durchschnittliche.«

»Tu, was du kannst, Umerzieher-Zwei. Wir können dir in den nächsten Tagen keine weiteren Gefangenen liefern — es sei denn, du möchtest selbst mit den Grifflingsschiffen nach Winterheim.«

Takpassihs Ohren legten sich flach an den Kopf. Man hielt ihn für einen Feigling? »Befehlt, und ich gehorche, Herr der Herde.«

»Ich habe es nicht ernst gemeint, und auch dir ist es nicht ernst. Du wirst hier gebraucht.«

»Eine Achtschaft-hoch-zwei wird gebraucht! Aber Ihr habt alle bis auf drei für die Grifflingsschiffe abkommandiert und erwartet ...«

»Sie müssen der Schlacht nahe sein, um unsere Krieger über die Eigenarten der Beutewesen zu informieren und um zu lernen. Tu was du zu tun hast!« Das Gesicht des Herrn der Herde verschwand vom Bildschirm.

Die Gefangenen waren nicht sehr lebhaft. Der eine, der die ihnen bekannte Sprache sprach, durchforschte auf allen vieren den Absonderungspferch. Die übrigen unterhielten sich in ihrem eigenen Kauderwelsch. Vermutlich stammten sie von der Landmasse Eins, der größten zusammenhängenden Landfläche des Planeten, und gehörten *nicht* zu der Herde, die so freimütig Funksignale durch den Weltraum schickte ... alle bis auf den, der jetzt durch den Raum kroch und möglicherweise den Dunkelhäutigen, der fast tot schien.

Litt der Dunkle an einer Krankheit, einem tödlich verlaufenden Hautleiden? War es für die anderen anstekkend? Dann wären die Umerzieher wieder ohne Aufgabe. Eine neue Sorge.

Takpassih argwöhnte, daß Umerzieher-Eins Rästapisp-mins über die Gegensprechanlage mithörte. Sie würden später miteinander reden. Bis dahin — »Prethitih-dämb, Achtung.« Takpassih wies durch die Einweg-Sichtöffnung in der Wand. »Der da. Er redet jetzt. Siehst du, wie sich sein Mund bewegt?«

»Ich sehe es.«

»Nimm eine Achtschaft und hol ihn her!«

»Umerzieher-Zwei, ich würde es selbst tun, nur hätte ich Sorge, ihn aus Versehen zu zerdrücken.«

»Nimm deine Achtschaft.« Takpassih sah keine Notwendigkeit, sich zu rechtfertigen. Bei unbekannten Wesen war Vorsicht nie falsch. Auf jeden Fall würde eine Machtdemonstration die Fremdlinge beeindrucken.

Sie sahen in der Tat äußerst zerbrechlich aus. Das versetzte ihn in Unruhe.

So durfte er nicht denken. Er war Umerzieher-Zwei, und diese fremden Wesen boten die einzige Berufsaussicht, die es für ihn geben konnte. *Wir müssen einander gut kennenlernen. Ohne euch bin ich nichts.*

✿

Die quadratische Tür maß etwa drei mal drei Meter und war gepolstert. Als Wes mit den Fäusten dagegen schlug, hallte es eigentümlich. Es klang nicht wie Metall. Ausgeschäumtes Metall? Sie war so dick wie eine Geldschranktür. *Halten die uns eigentlich für Monster?* Die Tür öffnete sich nach innen, soviel wußte er noch, aber Bänder oder Scharniere waren nicht zu sehen und auch keine Klinke. Vielleicht hatten sie die Zelle vorbereitet, bevor sie wußten, wie Menschen aussahen. Vielleicht war sie für Rechtsbrecher aus den eigenen Reihen oder für geistesgestörte Außerirdische gebaut.

Man würde es sehen. *Mit Muskelkraft kommen wir hier nicht raus.*

RUCK! Die Tür fuhr nach innen, und Wes sprang rasch beiseite.

Zuerst sah man blaßbräunliche Tentakeln, die ein Gewehr mit aufgepflanztem Bajonett umklammerten. Ein Weltraumwesen kam herein, spähte vorsichtig um sich, hielt den Blick auf die in Schwerelosigkeit treibenden Raumfahrer gerichtet. Es sah aus wie — Wes mußte unwillkürlich grinsen. Das Wesen würde nicht wissen, was das Grinsen zu bedeuten hatte, und so gab er sich keine Mühe, es zu verbergen.

Wie ein Zwergelefant! Was er als Tentakeln angesehen hatte, war eine Art Rüssel, der sich auf etwa halbem Wege zwischen oben und unten teilte. An der Verzweigungsstelle saß eine Nüster, und kurz vor dem Ende teilte sich der Rüssel noch zweimal, so daß die Wesen über acht Greifglieder verfügten. Es paßte zu Wes' bisherigen Beobachtungen: sie be›griffen‹ die Welt im Achtersystem.

Der Rumpf war mit etwas wie einem Geschirr aus Lederstreifen bedeckt, zwischen den Beinen befand sich eine Stoffklappe, und hinter dem Kopf eine Art Tasche.

Wes stieß an die der Tür gegenüberliegende Wand und vermochte den Aufprall zum größten Teil abzufangen.

Ein weiterer ›Zwergelefant‹ kam herein, ähnlich gekleidet, ähnlich bewaffnet. Die beiden bezogen links und rechts vom Eingang Posten und hielten sich mit Hilfe ihrer Krallen mühelos in dem dicken Polstermaterial. Ihre Waffen waren auf das Innere des Raumes gerichtet, auf niemanden speziell, aber feuerbereit. Ein dritter trat jetzt unbewaffnet in die Tür.

Giorge gab Lebenszeichen von sich und sah sich mit stieren Augen um, stieß mit schwachen Bewegungen in die Luft. Arwid zog den Schwarzen hinter sich. Der Rückstoß trieb ihn in das erste Weltraumwesen hinein. Es wich geschickt mit der Waffe aus, bevor sich Rogatschow selbst aufspießen konnte, dann stieß es ihn mit dem Kolben von sich. Die Bewegung wirkte durchaus behutsam.

Das Wesen, das in der Tür stand, zog Dawsons Aufmerksamkeit auf sich. Sein Geschirr war rot gefärbt und die Tasche auf seinem Rücken grün und golden gemustert. Die Krallen an seinen Füßen wirkten, von der Größe abgesehen, in keiner Weise elefantenähnlich, und der Schwanz war flach wie ein Paddel. Es hatte einen großen Kopf mit ausdrucksvollen Gesichtszügen. Muskelstränge, die dem Hauptrüssel entlang verliefen, lenkten die Aufmerksamkeit auf die orangengroßen Augen, deren Iris von Grau umgeben war. Sie sahen unverwandt auf Wes Dawson.

Das Wesen stieß sich langsam in die Zelle.

Es kam auf *ihn* zu. Wes wartete. Ein Fluchtversuch war sinnlos.

Der Sprung war geschickt ausgeführt. Mit den Füßen voran landete das Wesen an der Wand, unmittelbar neben Wes. Es wickelte seinen Rüssel um Wes' Rumpf (zwei der acht Verästelungen hielten ihn am Nacken gepackt), sprang zurück, schob ihn durch die Tür vor sich her (ein viertes Weltraumwesen war beiseite getreten) und berührte den Türrahmen kaum, als es ihm folgte. Zweifellos hätte es Wes an der Gangwand zermalmt, wenn es sich nicht mit seinen Krallen am Türfutter gehalten hätte.

Wes hatte den Eindruck, gewürgt zu werden. Er zerrte an den Schlingen um seinen Hals, schlug dann dreimal mit der flachen Hand auf die Stelle, an der sich der Rüssel verzweigte. Würde das Wesen ihn verstehen? Ja: die Umschlingung lockerte sich.

Fünf weitere Weltraumwesen warteten auf dem Gang. Drei bewegten sich nach links, wie auch das Wesen, das Wes gepackt hielt. Die anderen folgten ihnen. *Die scheinen uns ja für ziemlich wichtig zu halten. Vielleicht meinen sie, daß wir sehr stark sind. Möglicherweise setzen wir ihnen ja tatsächlich zu. Es kann aber auch sein ... wie viele sind es eigentlich, daß sie acht solche Ungeheuer abstellen können, um einen einzigen schwachen Mann wegzuschleppen?*

Wohin die mich wohl bringen?

In einen Sezierraum? Angesichts der Übermacht war Gegenwehr zwecklos.

✿

Sie trieben den spiralig gewundenen Gang entlang. Ein Klang wie von einem Widderhorn hallte durch das Raumschiff. Dawsons Wächter drückten sich rasch an eine der Gangwände und krallten sich in der dicken Polsterung fest.

Was war das? Eine Warnung? Es machte nichts, daß sich Wes nirgendwo festhalten konnte — die Greifglieder hielten ihn eisern gepackt.

In der Luft vibrierte Überschallsummen. Was Wand gewesen war, wurde jetzt zum Fußboden. Nach wenigen Augenblicken schienen sich die Zwergelefanten an die veränderte Lage gewöhnt zu haben und lockerten ihren Griff. Sie gingen wieder den Gang entlang, eng um Wes geschart, ließen ihn aber nun selbst gehen.

Sie sahen ihn mit unverhohlener Neugierde an. Was sie wohl von ihm dachten?

Sie schoben ihn durch eine große Tür am Ende des Gangs. Einer folgte, die anderen warteten draußen.

Ein einzelnes Weltraumwesen saß an einem Tisch mit schräggestellter Platte, wie an einem Zeichenbrett. Es sah ihn an.

Dawson richtete den Blick fest auf das Geschöpf.

»Ich bin der Abgeordnete Wesley Dawson und vertrete die Vereinigten Staaten von Nordamerika.«

»Ich heiße Takpassih.«

Großer Gott, die sprechen ja Englisch! »Warum hat man mich auf diese Weise behandelt?«

»Ich verstehe nicht.«

Die Stimme des Geschöpfs klang tonlos, war voller Zischlaute und verriet keinerlei Bewegung. Ein undichter Luftballon hätte ebenso sprechen können.

»Ihr habt uns ohne Warnung angegriffen! Ihr habt unsere Frauen umgebracht!« Endlich konnte er protestieren, seinen Schmerzen Luft machen! Wes beugte sich über den schräggestellten Tisch, und seine Stimme überschlug sich. »Das war äußerst unpassend! Wir haben euch willkommen geheißen, sind euch eigens zur Begrüßung entgegengeflogen. Es gab keinen Anlaß zu feindseligen Handlungen.«

»Ich verstehe nicht alles, was du sagst. Sprich langsam und deutlich.«

Es war wie eine Ohrfeige. Wes hielt inne, begann dann erneut, artikulierte gepreßt Wort für Wort. »Wir wollten euch willkommen heißen, die Besucher von einem anderen Stern begrüßen. Wir wollten Freunde sein.«

Das Raumwesen sah Wes durchdringend an. »Du wirst lernen, mit uns zu sprechen.«

»Sicher. Gewiß.« *Jetzt wird alles gut! Ein Mißverständnis, was sonst? Wenn ich lerne, mit ihnen zu sprechen —* »Unsere Angehörigen machen sich Sorgen um uns. Habt ihr der Erde mitgeteilt, daß wir leben?«

»Ich verstehe nicht.«

»Sprecht ihr mit der Erde? Mit unserem Planeten?«

»Aha. Unser Wort für Erde ist ...« Ein merkwürdiger Laut, kurz und zischend. »Wie sollen wir euren Familien sagen, daß ihr lebt?«

»Warum hält man uns gefangen?« *Das hat er nicht verstanden. Vielleicht ist es zu abstrakt für ihn.* »Die Tür zu unserem Raum. Laßt sie offen.«

Das Weltraumwesen sah erst auf Wes, dann zu einem Objektiv in der Wand. Schließlich ließ es den Blick wieder auf Wes ruhen und sagte: »Wir haben Tuch für euch. Wollt ihr das?«

Tuch? Seine Nacktheit kam Wes zu Bewußtsein. »Ja. Wir brauchen Kleidung. Etwas, um uns zu bedecken.«

»Das werdet ihr bekommen, auch Wasser.«

»Essen«, sagte Dawson.

»Ja. Essen.« Das Weltraumwesen machte Bewegungen mit seinem Rüssel. Einer der anderen hatte Behälter aus einem anderen Abteil herübergebracht.

Kleidung. Konserven. Sauerstoffflaschen. Eine Sprühdose mit Deodorant. *Wem das wohl gehören mag?* Seife.

Wes wies auf das, was er für eßbar hielt. Dann nahm er eine Dose mit Schinken und erklärte mit Gesten, wie man sie öffnete, um klarzumachen, daß er einen Dosenöffner brauchte.

Eins der Weltraumwesen zog ein Bajonett und schnitt einfach das Oberteil der Dose ab — vier Greifglieder für die Dose, vier für das Bajonett. Es gab Wes die Dose.

Teufel, haben die Kräfte! Hochentwickelte Metalle ... aber das war zu erwarten. Man stellt ja ein interstellares Raumschiff nicht aus Gußeisen her. Wie geht's jetzt weiter?

»Eßt ihr das?« fragte das Weltraumwesen hinter dem Zeichentisch.

»Ja.«

Das Wesen hob die Ohren, wie auch das andere, das die Pakete gebracht hatte. *Was das wohl bedeutet? Sind sie Pflanzenfresser? Ekelt es sie?*

Das Weltraumwesen sagte etwas Unverständliches und ein anderes brachte einen großen Bogen Wachspapier oder dergleichen. Es nahm den Schinken aus der Dose, wickelte ihn ein, gab ihn Wes und nahm die leere Dose mit.

»Ihr habt uns angegriffen. Dazu gab es keinen Anlaß.«

»Doch. Euer Volk ist stark«, sagte der Zwergelefant.

Eine flache Bildwand leuchtete auf und zeigte ein weiteres Weltraumwesen. Eine Stimme wurde hörbar. Sie plapperte mit den Zischlauten, die Wes schon vorher von ihnen gehört hatte.

»Du mußt zurück. Wir wenden jetzt.«

Es ergab keinen Sinn. »Würdet ihr nicht gegen uns kämpfen, wenn wir schwach wären?«

»Geh!«

»Aber was wollt ihr? Woher kommt ihr? Warum seid ihr hier? Welche Rolle spielt unsere Stärke?«

Erneut sah das Weltraumwesen ausdruckslos drein. »Geh!«

»Ich muß es wissen! Was wollt ihr hier?«

Das Geschöpf sprach mit Zischlauten.

Greifglieder umschlangen Wes' Rumpf und Hals. Er wurde aus dem Raum geschleppt. Im Gang ertönte erneut das Widderhorn, und seine Bewacher drückten ihn gegen die Wand.

»Ihr braucht mich nicht zu halten«, sagte Wes.

Keine Antwort. Der Krieger roch warm, etwa wie im Zoo. Der Geruch an sich war nicht unangenehm, nur war er zu nah, wirkte auf die geringe Entfernung zu stark.

Wie viele von ihnen sprechen Englisch? Er ... es ... hat gesagt, daß ich ihre Sprache lernen soll. Sie werden sie mir beibringen. Er sah an sich hinab, nackt, von Greifgliedern umschlungen. *Wie sie denken. Sie sind nicht verrückt — nehmen wir es jedenfalls einmal an! — nur anders. Sehen anders aus, haben sich anders entwickelt, empfinden anders. Wie ich für diesen ... Soldaten wohl rieche, direkt unter seiner Nase?* Sein Bewacher hielt ihn, als sei er ein Schlangennest, in seinen dunkelgrauen Augen war nicht zu erkennen, was er dachte.

Du hast gewußt, daß die Mission gefährlich war.

13 Am Morgen danach

Nun ist getan, was zu tun war,
und alles war umsonst.

ROBERT BURNS
Alles für unseren rechtmäßigen König

Zeit: Sieben Stunden nach der Stunde Null

Dickkopf! Sergeant Ben Mailey führte seine Schützlinge vom Hubschrauber fort und sah zu, wie sie in das Dienstfahrzeug stiegen. *Der Präsident! Ein Dickkopf!* Er grinste breit, wurde dann wieder ernst. *Erst mußte ein Krieg ausbrechen, um den Präsidenten nach drinnen zu kriegen. Und ich gehe nicht mit ihm.*

Jenny führte den Präsidenten in die Kommandozentrale. Karten und Bildschirme zeigten, was im Lande vor sich ging. Alles war auf einen Blick zu überschauen. Ein Dutzend Offiziere des Heeres und der Luftstreitkräfte saßen an Sichtgeräten. Riesige Leuchtschirme an den Wänden zeigten Karten der Vereinigten Staaten. In der Luft befindliche Flugzeuge, Eisenbahnzüge auf Hauptstrecken und große Schiffe waren als Lichtpunkte auf den Karten zu erkennen.

Viele waren es allerdings nicht, und manche Häfen lagen im Dunkeln. Auch Eisenbahnknotenpunkte wie Omaha wiesen stecknadelkopfgroße dunkle Flecken auf.

Jack Clybourne folgte ihnen in den großen, höhlenartigen Raum. Er sah verwirrt drein und tat Jenny leid. Für den Leibwächter eines Präsidenten gab es hier in der Nationalen Kommandozentrale keine rechte Daseinsberechtigung. In dem Augenblick, als der Präsident im ›Loch‹ verschwand, war Jacks Aufgabe erledigt, aber niemand hatte sich die Mühe gemacht, ihm das zu sagen.

Und ich werde es bestimmt nicht tun.

Admiral Carrell salutierte beim Eintreten des Präsidenten. Die schnurrbärtigen Zivilisten, die neben ihm gesessen hatten, taten es ihm nach. Der Admiral sah trotz seines dunklen Zivilanzugs unverkennbar wie ein Offizier aus. »Ich freue mich, Sie zu sehen, Sir.«

»Danke.«

Seine Stimme klingt unendlich alt. Auch ich fühl mich älter. Ich seh aus wie eine Hexe — sie unterdrückte den irrationalen Wunsch, loszukichern.

»Das Kabinett kommt später«, sagte Coffey. »Das heißt, der Außen- und der Innenminister. Wir verteilen uns ein bißchen, damit — ich kann Möglichkeiten und Fähigkeiten der Außerirdischen nicht richtig einschätzen.«

Admiral Carrell nickte. »Vielleicht kennen sie die Lage dieser Zentrale«, sagte er.

»Könnten sie in dem Fall etwas tun?«

»Ja, Sir. Sie haben die Boulder-Staumauer mit einer äußerst wirksamen Waffe getroffen, die keine radioaktive Strahlung freisetzt. Mein Krisenstab hat berichtet, daß sie riesige Gesteinsbrocken abwerfen. Meteoriten. Ihre Laser können sich durch Schiffsrümpfe fressen. Mr. President, ich weiß nicht, was sie mit dem Cheyenne-Berg anstellen könnten.«

»Dann wollen wir hoffen, daß wir es nie erfahren. Wie ist die Lage? Was ist mit den Russen?«

»Sie sind schwer getroffen, kämpfen aber. Ich weiß nicht, über welche Kräfte sie noch verfügen.« Admiral Carrell schüttelte den Kopf. »Es ist ausgesprochen schwer, Berichte hereinzubekommen. Wir haben vergangene Nacht die Hälfte unserer Interkontinentalraketen nach oben geschickt und auf der Umlaufbahn gezündet. Es hat den Anschein, daß sie außer Staudämmen, Eisenbahnknotenpunkten und Häfen alle Stellen als Ziele betrachten, von denen Raketen abgefeuert wurden. Ich vermute, daß sie es bei den Sowjets genauso gehandhabt haben, aber wir wissen nichts darüber.«

»Können wir sie nicht fragen?«

»Von Zeit zu Zeit bekomme ich Verbindung mit Dr. Bondarew. Aber er weiß wenig über den Zustand seiner Streitkräfte. Die Binnenkommunikation dort ist schlimmer getroffen als bei uns, aber auch wir haben kaum noch Leitungen.« Carrell ließ eine Pause eintreten und lehnte sich gegen ein Computergehäuse.

Er ist ein alter Mann. Das habe ich früher nie richtig gesehen. Es macht mir angst ...

»Wie sehen unsere Verluste aus?« wollte der Präsident wissen.

»Militärische nur sehr wenig — mit Ausnahme von F-15-Piloten, die Abfangeinsätze gegen Satelliten geflogen sind. Bei ihnen betragen die Verluste hundert Prozent. Außerdem haben wir einige Raketenabschußmannschaften eingebüßt.

Bei der Zivilbevölkerung ist es ähnlich. Sehr hohe Verluste an Menschen, die unterhalb von Staudämmen oder im Einzugsbereich von Häfen wohnen, außerhalb solcher Gebiete sind sie praktisch Null.«

»Insgesamt?«

Carrell zuckte die Achseln. »Schwer zu sagen. Ich schätze etwa hunderttausend, es können aber ohne weiteres doppelt so viele sein.«

Hunderttausend. Vietnam hat in zehn Jahren nur fünfzigtausend unserer Leute das Leben gekostet. Nirgendwo ist es seit dem Zweiten Weltkrieg zu solchen Verlusten gekommen.

»Warum wissen Sie das nicht?« wollte der Präsident wissen.

»Unser Nachrichtensystem ist stark auf Satelliten angewiesen«, sagte Carrell. »Steuerung, Erkundung, Einsatzbefehle, Nachrichten, alles hing vom Weltraum ab, aber dort haben wir nichts mehr.«

»Wir wissen also nichts?«

»Wissen?« Admiral Carrell schüttelte erneut den Kopf. »Nein, Sir, das nicht. Ich kann nur Vermutungen anstellen. Etwas scheint das große Raumschiff der Außerirdischen vertrieben zu haben, denn es hat sich zurückgezogen, vermutlich zum Mond. Die Sowjets haben es schwer beschossen. Bondarew meint, sie haben es beschädigt, aber falls er über genauere Angaben verfügt, hat er sie mir nicht weitergegeben.«

Jenny räusperte sich. »Ja?« fragte Carrell.

»Nichts, Sir. Wir alle wissen, was solche Aussagen wert sind. Ich als hoher Sowjetfunktionär, der gerade eine große Anzahl sehr teurer Raketen gestartet hat, würde bestimmt auch behaupten, daß es der Mühe wert war.«

Der Präsident nickte finster. »Nehmen wir also an, daß es unbeschädigt ist.«

»Ja, Sir«, sagte Carrell. »Es ist äußerst schwierig, etwas durch den ganzen Müll in der oberen Atmosphäre — und erst recht darüber — zu verfolgen. Die Außerirdischen haben da Tonnen von Düppel abgeworfen. Das Zeug narrt jedes Radar. Soweit wir sagen können, haben sie lediglich eine Anzahl kleinerer Kriegsraumschiffe dagelassen.«

Der Präsident sah mit jeder Minute älter aus. »Was wissen wir über sie?«

Carrell hob die Schultern. »Es sind mehrere Dutzend. Der Begriff ›klein‹ sollte übrigens mit Vorsicht verwendet werden, denn noch das kleinste davon ist so groß wie unser Flugzeugträger *Enterprise.* Ein paar haben wir runtergeholt. Von zweien *weiß* ich es genau, die haben wir mit einer Minuteman-Rakete vom Stütztpunkt Minot aus vom Himmel geputzt. Anschließend haben die Außerirdischen Minot zugepflastert. Ich glaube, die Russen haben auch ein paar abgeschossen.«

»Das aber erklärt nicht, warum sich das Mutterschiff zurückgezogen hat«, sagte der Zivilist.

»Mr. President, das ist Mr. Ransom, von meinem Krisenstab«, sagte Admiral Carrell. »Er und seine Kollegen sind unsere einzigen Fachleute.«

»Inwiefern?«

»Sie schreiben Science Fiction-Romane.«

Der Präsident lacht nicht einmal …

»Und warum hat es sich Ihrer Ansicht nach davongemacht, Mr. Ransom?«

»Sir, das wissen wir nicht, aber es gefällt uns nicht«, sagte dieser. »Die Ansichten darüber gehen im Roten Zimmer weit auseinander. Curtis und Anson versuchen, ein Meinungsbild herzustellen, aber ich glaube nicht, daß es ihnen gelingt. Vielleicht haben die Außerirdischen Frauen und Kinder an Bord des Mutterschiffs. Sie sind von weither gekommen.«

»Ach ja«, sagte David Coffey. Er sah sich in der großen Befehlszentrale um. »Kann ich mich irgendwo hinsetzen?«

»Sie sollten sich hinlegen und sich etwas Ruhe gönnen«, empfahl Admiral Carrell.

»Sie auch.«

»Nach Ihnen, Sir. Irgend jemand muß auf dem Posten sein. Vielleicht kommen wir noch zu den Russen durch.«

Diesmal konnte sich Jenny das Lachen nicht verkneifen. Als Präsident und Admiral sie verständnislos ansahen, faßte sie sich rasch. »Ich hätte nie gedacht, daß wir so scharf darauf sind, etwas von den Russen zu hören.«

Carrells Lächeln wirkte gequält. »Ja, Ironie des Schicksals. Trotzdem …«

Er hörte auf, als rote Lichter aufleuchteten und eine Sirene in dem riesigen Raum losjaulte. Von einem unteren Dienstgrad ließ er sich Kopfhörer geben und sagte nach einem Augenblick: »Ein paar sind noch aktiv. Gerade ist eine wichtige Straßenkreuzung getroffen worden.«

»Straßenkreuzungen, Eisenbahnknotenpunkte, Staudämme«, knurrte der Präsident.

»Ja«, stimmte Admiral Carrell zu. »Aber keine Städte oder andere Orte, an denen sich größere Menschenmassen aufhalten. Der Hafen von San Diego, aber nicht der von New York. Die Städte entlang den größten Flüssen sind überflutet, einige von ihnen schwer. In manchen Teilen des Landes wurde bisher nichts beschädigt, aber Strom gibt es dort nicht. In anderen wiederum gibt es Strom. Eine merkwürdige Art der Kriegsführung.«

✿

Bote summte. Die Schwingungen des mit Kernverschmelzungsenergie betriebenen Haupttriebwerks lagen deutlich über dem Hörbereich des Menschen, waren aber im Knochengerüst spürbar und allgegenwärtig. Schläfer und Raumgeborene hatten während der langen Phase, als sie bremsend in das System von Winterheim eingedrungen waren, gelernt, nicht darauf zu achten. Sie spürten es erst, wenn es aufhörte.

… Jetzt war die Antriebsphase vorüber. Der Fußboden wich unter dem Herrn der Herde davon, und er trieb frei. Sechs Achtel der Grifflingsschiffe hatten sie zurückgelassen, damit diese die Invasion zu Ende führten, während sich die *Bote* nach außen fallen ließ, dem FUSS entgegen. Die Beschleunigung, die Impulse aus Kernverschmelzungslicht und Gammastrahlen waren hinter der schützenden Masse des Mondes von Winterheim verborgen geblieben. Mochten die Herren von Winterheim nur versuchen, das Schiff zu entdecken, ein ruhender Fleck im All.

Der Herr der Herde stieß einen tiefen Seufzer aus. Mehrere Stunden des Manövrierens hatten ihn erschöpft. Es war gut, sich wieder im freien Fall zu befinden, wenn auch nur für einige Minuten.

»Das hätten wir hinter uns«, sagte er. »Jetzt werden

wir uns einmal die Bewohner von Winterheim vornehmen und sehen, was sie tun.«

»Es ist ihr Gebiet. Wir werden Krieger einbüßen.« Die Glieder Fathistih-talks reckten sich in schläfriger Entspannung, und der Herr der Herde konnte es sich nicht versagen, ihm einen finsteren Blick zuzuwerfen. Sein Berater als ehemaliger Herr der Herde hätte ihm diese Aufgabe ersparen und ihn damit für anderes freihalten können ... allerdings würden raumgeborene Krieger seinen Befehlen vielleicht den Gehorsam verweigern. Er war ein Schläfer, und seine Sprechweise verriet ihn.

Auch wenn der Zorn des Herrn der Herde ungerecht war, so schien doch Fathistih-talk die Situation zu *genießen.* Erneut seufzte der Herr der Herde auf und wandte sich der Gegensprechanlage zu. »Ich möchte mit Umerzieher-Zwei sprechen.«

Takpassih sprach ebenfalls auf die veraltete Weise, die kennzeichnend für die Schläfer war. Er stand an einem Tisch, der mit bei den Gefangenen gefundenen Gegenständen übersät war.

»Du hast mit den Beutewesen gesprochen«, begann der Herr der Herde.

»Mit einem. Er gehört der Herde von der Landmasse Zwei an, die unbedingt mit uns reden wollte, als wir näher kamen. Einige der anderen sprechen seine Sprache auch, gehören aber nicht seiner Herde an.«

»Was hast du erfahren?«

»Ich weiß nicht so recht, Herr der Herde. Mit Sicherheit hat sich das herdenlose Wesen nicht unterworfen.«

Einen Augenblick schwieg der Herr der Herde. »War es hilflos?«

»Herr der Herde, ich habe eine bewaffnete Achtschaft geschickt, es zu holen, und es nackt vor meinem Tisch stehen lassen. Es hat Erklärungen verlangt und mich beschimpft!«

»Und es lebt? Du legst bemerkenswerte Langmut an den Tag.«

Takpassih stieß einen schnaubenden Laut aus. »Ich habe nicht alles sofort verstanden. Erst nachdem wir es in den Absonderungspferch zurückgebracht hatten, haben wir uns die Aufnahmen gründlich angehört. Herr der Herde, es sind merkwürdige Wesen. Sie gehorchen nicht richtig. Es wird lange dauern, bis man sie in die Ziehende Herde eingliedern kann.«

»Vielleicht ist das Tier verrückt, weil es herdenlos ist. Gab es in dem Weltraum-Habitat andere von seiner Herde?«

»Ja. Es hat gesagt, daß seine Gefährtin beim Angriff ums Leben gekommen ist.«

»Dann hat es vor Kummer den Verstand verloren. Tötet es!«

»Herr der Herde, es gibt keinen Grund zur Eile. Es spricht die Sprache, die die Beutewesen Englisch nennen, weit besser als die anderen.«

»Haben sich die anderen unterworfen?«

»Ich glaube schon, Herr der Herde.«

»Das Herdenlose kommt von der Landmasse mit den meisten Straßen, Häfen und Staudämmen. Die Angehörigen der höchstenwickelten Herde können nicht *alle* verrückt sein.«

»Kaum, Herr der Herde.«

»Hast du einen Rat für mich?«

»Herr der Herde, ich glaube, wir sollten den Plan weiterverfolgen. Die Beutewesen niedertrampeln, bevor wir mit ihnen sprechen. Wenn sie schon in der Niederlage überheblich sind, müssen sie in jeder anderen Sitaution unmöglich sein.«

»Sehr gut. Wirst du weiter mit dem einen sprechen?«

»Nicht ohne neuen Grund. Mir war das Gespräch schmerzlich. Sobald wir weitere Exemplare von seiner Herde hier haben, werde ich noch einmal mit dem herdenlosen Wesen sprechen. Vielleicht kommt es ja auch zur Vernunft. Bis dahin will Umerzieher-Eins Rästapisp-mins es beobachten, aber nicht mit ihm sprechen.«

Der Herr der Herde legte seine Grifflinge um den Unterschenkel. Takpassih drückte sich taktvoll aus, denn Rästapisp-mins beherrschte die Sprache der Beutewesen nicht besonders gut.

»Die anderen Gefangenen unterstehen mir, aber wir lassen sie beisammen«, beendete Umerzieher-Zwei Takpassih.

»Hat sich eigentlich schon einer von ihnen unterworfen?«

»Es bestand keine Gelegenheit, mich um sie zu kümmern, während die *Bote* ihre Position geändert hat. Statt dessen haben wir Experimente mit ihren Lebensbedingungen angestellt. Wir haben ihnen Tuch aus den Vorräten gegeben, die sich im Habitat auf der Umlaufbahn um Winterheim befanden. Sie haben sich hineingewickelt. Wir haben ihnen Wasser gegeben und beobachtet, wieviel davon sie verbraucht haben, anschließend haben wir ihre Ausscheidungen analysiert. Wir haben ihre Umgebung verändert. Wir wollten wissen: was tun sie mit ihrer Nahrung? Was von unseren Lebensmitteln bekommt ihnen? Reagieren sie positiv auf mehr Sauerstoff oder auf weniger? Auf warme oder auf kalte Luft? In welchem Ausmaß können sie ihre eigenen Ausdünstungen ertragen?«

»Ich nehme an, sie atmen das Luftgemisch von Winterheim.«

»Natürlich, aber wo dort? Am Äquator oder an den Polen? In großer oder in niedriger Höhe? Ist es da feucht oder trocken? Wir erfahren es Schritt für Schritt. Sie fühlen sich wohl bei einem Luftdruck, wie er auf Meereshöhe herrscht, bis hinunter zu dessen Hälfte. Sie können unser Luftgemisch ertragen, haben es aber lieber etwas trockener. Sie bedecken ihre Haut auch dann mit Tuch, wenn es viel zu heiß dazu ist. Das hat uns anfänglich in die Irre geführt. Sie trinken sauberes Wasser und waschen sich damit. Von Schlamm wollen sie nichts wissen. Ihre Nahrung wird behandelt, sie müssen sie befeuchten und erhitzen. Unsere haben sie nicht angerührt. Bei den Experimenten haben wir sie starken Reizen ausgesetzt, damit sie lernen, mit uns zu sprechen.«

Der Herr der Herde lachte verächtlich schnaubend heraus. »Natürlich würden sie Euch gern sagen, daß Ihr aufhören sollt. *Können* sie sprechen, ich meine Fithpisch?«

»Wir bringen es ihnen schrittweise bei. Es ist einfacher mit denen, die ›Englisch‹ sprechen. Ich sehe keinen Anlaß, die Sprache der anderen zu lernen. Das herdenlose Wesen namens Dawson soll übersetzen, bis sie unsere Sprache erlernt haben. Ihre Münder sind nicht richtig geformt. Eines Tages wird es möglicherweise eine Art Kompromißsprache geben, doch man wird die Wesen nie als gewöhnliche Arbeiter in der Ziehenden Herde einsetzen können, nicht einmal in schwarzer Nacht. Ihr Geruch ist völlig andersartig.«

»Sind sie in gutem körperlichen Zustand?«

»Das Dunkelhäutige reagiert nicht und ißt nicht. Ich nehme an, daß es im Sterben liegt. Es ist gleichfalls herdenlos. Die anderen vier scheinen sich für die Ausbildung zu eignen.«

»Das andere Herdenlose wird auch sterben.«

»Vielleicht, doch es wirkt gesund. Wir müssen es im Auge behalten. Herr der Herde, aus welchen Bereichen beabsichtigt Ihr, Gefangene zu nehmen?«

»Das brauchst du nicht zu wissen.«

»Herr der Herde, ich muß wissen, ob Dawson Gefährten von seiner eigenen Herde bekommt. Ich muß wissen, ob er verrückt ist oder ob sich alle Angehörigen dieser Herde so merkwürdig verhalten.«

»Es ist verrückt«, sagte der Herr der Herde.

»Leitet mich, Herr der Herde.«

»Tu deine Arbeit! Ich habe dir keine Anweisung gegeben.«

»Danke, Herr der Herde. Wahrscheinlich ist es verrückt. Bestimmt war es noch nie so weit von seiner Herde entfernt. Aber wir müssen es genau wissen.«

Der Herr der Herde überlegte. »Nun schön. Wir werden versuchen, einen Stützpunkt auf der Landmasse Zwei zu erobern und zu halten, im Norden, dort woher das meiste elektromagnetische Geplapper kommt. Wir werden Gefangene machen.«

»So viele wie möglich, Herr der Herde. Ich brauche Weibchen und Junge. Es wäre auch gut, Unausgereifte, Alte, Verkrüppelte und Verrückte zu haben.«

»Ich habe zwar andere Sorgen, werde den Wunsch aber an die Krieger weiterleiten lassen. Woran wollen wir die Verrückten erkennen?«

»Kümmert Euch nicht darum. Einige werden nach der Gefangennahme von selbst verrückt werden.«

»Noch etwas?«

»Ich möchte gern den Gefangenen einige Aufnahmen zeigen.«

»Gut. Wo? Im Gemeinschafts-Schlammraum? Meine Offiziere und ihre Gefährtinnen drängen sich förmlich danach, die Eingeborenen von Winterheim zu sehen.«

»Ich bin nicht sicher, daß sie vorbereitet sind auf … Leitet mich. Wir können sie zeigen, aber nicht im Schlammraum. Wir könnten den Unterrichtsraum nehmen. Früher oder später werden sie sich an uns gewöhnen müssen.«

»Und mein Fithp muß sich an sie gewöhnen. Wir treten gleich in die Rotationsphase ein. Du kannst deine Vorführung anschließend veranstalten. Willst du ihnen den Podo Thaktan zeigen?«

»Nein! So weit sind sie noch nicht. Sie würden nicht verstehen, was er *bedeutet.* Fistartih-thaktan würde mich zertrampeln.«

Der Herr der Herde schaltete das Gerät aus. Fathistih-talk, der während der Unterhaltung nichts gesagt hatte, ließ sich vernehmen: »Takpassih ist für die Aufgabe bestens geeignet. Viele Schläfer sind seit dem Erwachen lethargisch geworden. Er hat seinen Schwung und seine Neugier beibehalten.«

»Ja. Warum hat er keine Gefährtin? Er ist alt genug, und er hat eine angesehene Stellung — wenn er auch als Schläfer selbstverständlich weniger gilt als zuvor.«

»Seine Gefährtin hat den Todesschlaf nicht überlebt.«

»Ah.« Der Herr der Herde überlegte. »Ratet mir. Soll ich damit rechnen, daß aus diesen Gefangenen zuverlässige Mitarbeiter werden? Können sie ihr Volk zum Aufgeben überreden, damit nicht unnötig Blut vergossen wird?«

»Ihr kennt meine Ansicht«, sagte der Berater des Herrn der Herde. »Wir brauchen weder diese Welt noch ihre Herren. Wir sind keine Schmutzfüßler. Wir sollten den Raum besiedeln, keine bewohnten Welten.«

Schmutzfüßler: nur Schläfer benutzten diesen Begriff für jene, die behaglich in der Heimatwelt zurückgeblieben waren. Die Raumgeborenen sahen keinen Anlaß, Vorfahren zu kränken, die auf immer in Raum und Zeit von ihnen entfernt waren.

Dennoch hatte Fathistih-talk damit eine andere Frage angeschnitten. »Seltsam, daß ein Raumgeborener das von einem Schläfer zu hören bekommt. Auch ihr kennt meine Ansicht. Wir sind gekommen, um Winterheim zu erobern. Der Brauch will es, daß ich euch hinsichtlich der Vorgehensweise um Rat frage.«

»Wollt ihr nicht, daß unsere Gefangenen von dem FUSS erfahren?«

Der Herr der Herde runzelte die Stirn. »Es ist das übliche Vorgehen ...«

Ein Schnauben antwortete ihm. »Natürlich. Ein Soldat sollte nie mehr wissen, als er unbedingt muß, denn er könnte in Gefangenschaft geraten und in die Herde des Feindes aufgenommen werden. Aber wie könnten die Kräfte von Winterheim unsere Gefangenen befreien, ohne die *Bote* selbst zu erobern? In einem solchen Fall wäre ohnehin alles verloren.«

»Schon möglich. Also ...«

»Bitte wartet, Herr der Herde. Mein Rat.«

»Nun?«

»Eure Einschätzung war richtig. Sagt ihnen, was sie wissen müssen, fordert sie auf, sich zu unterwerfen und zeigt ihnen, daß wir sie zum Gehorsam zwingen können. Dann laßt sie zu ihrer Herde sprechen. Aber wir dürfen nicht auf ihre Hilfe angewiesen sein.«

»Es ist Aufgabe der Umerzieher, sie in die Ziehende Herde einzugliedern. Takpassih und Rästapisp-mins sind gewissenhaft.«

»Trotzdem. Laßt sie nicht alles wissen! Sie sind und bleiben Fremdlinge.«

✿

Das Motorrad war eine 750er Zweizylinder-Kawasaki, ein Auslaufmodell, das Harry 1984 beim Modellwechsel gekauft hatte. Es war mit Satteltaschen und einem Gepäckträger für seine Gitarre ausgerüstet. Zwei Wochen zuvor hatte er den Motor mit Arline Motts Kleinlaster zum Überholen in die Werkstatt gebracht.

Mit eben diesem Kleinlaster fuhr er jetzt die Maschine holen und hatte ein schlechtes Gewissen dabei.

Um fünf Uhr morgens hatte er Arline angerufen, bevor sie Gelegenheit gehabt hatte, Radio zu hören. »Ich bin bis Mittag wieder zurück«, hatte er gesagt.

Da Arline ohnehin nicht vor Mittag aufstehen würde, gäbe es da keine Schwierigkeiten. Sie hatte den Schlüssel vor ihre Tür gelegt und war wieder schlafen gegangen.

Dabei müßte sie schleunigst aus Los Angeles verschwinden!

Ich hätte es ihr sagen müssen, dachte Harry. Ach was, sie bleibt so oder so bis Mittag im Bett, ich muß ihr also nur die verdammte Kiste rechtzeitig zurückbringen.

Er fuhr an einer Zapfsäule vor. Vor ihm standen drei

Wagen. Er tankte voll, füllte dann zwei Kanister, die auf der Ladefläche standen. *Das mindeste, was ich für Arline tun kann.*

Noch wurde Benzin zum normalen Preis verkauft. *Das wird sich auch bald ändern.*

Er fuhr nordwärts über den Van Nuys Boulevard, die zerlegte Maschine auf der Pritsche des Kleinlasters. Im Vorbeifahren erhaschte er einen Blick auf eine Rennmaschine im Schaufenster eines Motorradgeschäfts. *Die klauen. Dann käm ich schneller und zuverlässiger hin — wenn man mich nicht schnappt. Not kennt kein Gebot ...* Er fuhr weiter, Richtung Werkstatt.

Mit zögerndem Schritt ging er durch den Verkaufsraum. Sein Geld reichte nicht für alles. Er brauchte ein neues Schutzblech, Reservehebel für Kupplung und Handbremse. *Eine Verkleidung wäre nicht schlecht ... Ich könnte die Tausend aus der Schublade von Wes gut brauchen* — nur würde er es nicht anrühren. Es war Carlottas Geld, und er wollte es ihr bringen. Wenn schon nicht alles, dann doch soviel wie möglich.

Also keine Lenkerverkleidung. Er würde sich Stulpen aus Einkaufstüten machen, um die Hände vor dem Fahrtwind zu schützen. Er trat an die Theke neben einen anderen Kunden. Es war ein vierschrötiger Mann, jünger als er.

»Hallo, Roter Harry«, sagte dieser. Harry kannte ihn, nur fiel ihm der Name nicht ein. »Wie geht's, wie steht's?«

»Das weiß *heute* niemand«, sagte Harry. »Hast du die Lichtspiele gesehen?«

»Kann man wohl sagen. Ich hau ab.«

»Ich auch. Nach Osten. Könnte 'nen Begleiter brauchen.«

»Mir scheint es im Norden sicherer«, sagte der Halbfremde. Harry nickte, das war auch seine Meinung. Als ein Verkäufer auftauchte, beglich er seine Restschuld von Wes Dawsons tausend Dollar, bezahlte die Motorreparatur und unterdrückte den Drang, etwas zu kaufen. Immerhin war es möglich, daß er das Geld noch dringend brauchte.

Er fuhr zum Parkplatz gegenüber der Motorradwerkstatt. Aus dem Transistorradio kam die Mitteilung, allem liege ein schreckliches Mißverständnis zugrunde, und die Außerirdischen zögen sich jetzt zurück, nachdem sie gewisse Teile der Vereinigten Staaten und der übrigen Welt angegriffen hätten. Weiter hieß es, die Delegation an Bord der sowjetischen Raumstation Kosmograd sei von den Außerirdischen in ihrem Schiff aufgenommen worden, und man verhandele. Die Bürger sollten Ruhe bewahren. Wer zur Arbeit gehen könne, solle das tun, doch möge jeder mit Strom und Wasser sparsam umgehen. Es werde zu Engpässen kommen. Man müsse mit Rationierungen rechnen.

Der Ansager des nächsten Senders berichtete voll Entsetzen, im Staate New Jersey seien Marsmenschen gelandet.

Eines wiederholten alle Sender: Angehörige militärischer Einheiten und der Polizei hatten sich sofort zum Dienst zu melden.

Harry machte sich ans Zusammensetzen der Maschine.

Wie es Carlotta Dawson wohl ging? Wo, zum Kuckuck, befand sich der Abgeordnete Wes? Eile mit Weile — Harrys Rücken schmerzte höllisch, während er hob, schraubte und klopfte. Es war Knochenarbeit, doch er tat, was er mußte und war bald in Schweiß gebadet. Er war alt geworden, alt. Aber er hatte wieder ein Motorrad.

Mit einem nicht eingefahrenen Motor dürfte die Strecke eine Tortur werden. Harry ließ das Öl aus dem Kurbelgehäuse ins Gras laufen. Er füllte dünnes Öl ein, startete den Motor und ließ ihn eine Zigarettenlänge lang laufen. Dann entleerte er das Kurbelgehäuse erneut und füllte Öl von höherer Viskosität ein.

Schnaufend begann er die Maschine zu bepacken. Der Schlafsack kam auf den Gepäckträger. Er verlegte neben den vorhandenen Bowdenzügen Reservezüge so, daß er sie bei einem Defekt sofort einhängen konnte. Im Benzintank — sah auch niemand zu? — versteckte er den Gold-Peso und die silbernen Zehn-Cent-Stücke. Carlotta Dawsons Automatik vom Kaliber 11,43 mm verschwand mitsamt zwei Magazinen unter der Sitzbank. Die 6,35er Beretta steckte in seiner Jackentasche. Jetzt noch die Feldflasche.

Nichts vergessen? Er hatte eine Reservekette mit, Motoröl zum Nachfüllen, je einen Satz Steck- und Gabelschlüssel, mehrere Schraubendreher, Isolierband, Reservesicherungen und eine kleine Dose Bremsflüssigkeit. Fertig zugeschnittene Flicken für die Schläuche, einen Müllsack mit Kleidung zum Wechseln. Das Fernglas.

Zum Schluß legte er den breiten Nierengürtel an. Dieser ließ seinen Bauch merklich dünner wirken, und Harry fühlte sich auf einmal zehn Jahre jünger.

Es war nicht einfach, die Maschine auf die Ladefläche zu wuchten, aber einige Männer aus der Werkstatt halfen ihm.

Den Wagen zurückbringen, gebot er sich. *Das gehört sich so. Arlines Haus liegt ja fast an der Strecke. Und dann kommen über zweitausend Kilometer. Bloß schnell weg!*

Mit einem Wagen hätte er es nie geschafft.

Alle Straßen, die aus Los Angeles hinausführten, waren verstopft. Manche Autos waren auf der falschen Straßenseite liegengeblieben, die Leute mißachteten alle Verkehrsregeln, sie wollten nur eins: die Stadt hinter sich lassen. Bald begann sich der Verkehr hinter den ersten Wracks endlos zu stauen.

Viele Fahrzeuge waren bis obenhin bepackt. Alles

mögliche war auf Dachgepäckträgern festgezurrt: Laufställchen, Koffer, eine Schreibmaschine, Wolldecken, Spielzeug. Auf dem Dach eines Wagens voller Kinder lag eine riesige Matratze.

Die Polizei schickte zurück, wessen sie habhaft wurde.

Nachdem Harry Dawsons Brief mindestens ein dutzendmal hervorgeholt hatte, beherrschte er seine Rolle aus dem Effeff.

»Ich bin persönlicher Assistent des Kongreßabgeordneten Wes Dawson«, sagte er. »Er befindet sich an Bord des außerirdischen Raumschiffs. Ich muß mich um seine Frau kümmern.«

Einer der Nationalgardisten sagte sogar ›Sir‹, nachdem er das Schreiben gelesen hatte.

»Gibt es Neues, Sergeant?«

»Nein, Sir. Wir wissen nur, daß sie den Hoover-Staudamm zerstört haben, wie auch zahlreiche andere Dämme, Kraftwerke und Güterbahnhöfe. Niemand weiß Genaueres. Jetzt sind sie weg.«

Harry nickte jovial. »Danke.« Er konnte der Versuchung nicht widerstehen und fügte hinzu: »Machen Sie weiter, Sergeant.« Dann gab er Gas.

Am Spätnachmittag hatte er den Cajon-Paß hinter sich und machte sich an die Durchquerung der Mojave-Wüste in Richtung Osten. Sein Rücken schmerzte.

14 Der Staudamm

Besser die eigene Aufgabe unvollkommen gelöst,
als die eines anderen gut getan.

BHAGAWADGITA

Zeit: 36 Stunden nach der Stunde Null

Jeri Wilson fuhr ruckartig aus dem Schlaf hoch. Die Sonne sank im Westen einem der schneebedeckten Gipfel zu, zwischen denen sich die Bergstraße dahinwand. Melissa saß stumm auf dem Rücksitz.

»Schon Mittag durch«, sagte Jeri vorwurfsvoll. »Warum hast du mich so lange schlafen lassen?«

»Du warst so müde.«

Jeri gähnte. »Kannst recht haben, Schätzchen.« Sie sah auf den Sitz neben ihr, dann auf den Boden. »Wo ist die Karte?«

»Ich hab sie«, sagte Melissa. »Ich wollte feststellen, wo wir sind, aber ich krieg es nicht raus.« Sie gab sie ihrer Mutter.

Jeri fuhr einem gelben Strich auf der Karte nach. »Ich bin selbst nicht ganz sicher«, gab sie zu. »Ich hab über das nachgedacht, was du gesagt hast. Wir sind nicht durch Albuquerque gefahren. Der Rote Harry hat hier eine Straße nach Colorado eingezeichnet. Die würde er bestimmt gern mit seinem Motorrad fahren, lauter Kurven.«

»Wie weit ist es noch?«

»Etwa fünfhundert Kilometer Luftlinie, aber ich hab keine Ahnung, wie lang das auf der Straße dauert.«

»Ist … weiß Papi eigentlich, daß wir kommen?«

»Gewissermaßen.«

»Möchte er es?«

»Ich denke schon«, sagte Jeri. *Er hat nicht nein gesagt!* »Gib mir etwas Kaffee aus der Thermosflasche. Dann geht es gleich weiter.«

Jeri ließ den Wagen in Fahrstufe eins des Automatikgetriebes die gewundene Straße durch die Rocky Mountains hinabrollen. Die Straße war nahezu verlassen. Melissa hatte sich auf dem Rücksitz zum Schlafen hingelegt.

Die Great Plains dehnten sich endlos vor ihnen. Jeri stellte den Wählhebel der Getriebeautomatik auf N und schoß mit hundert Stundenkilometern im Leerlauf auf die große Ebene zu.

Es war ein wolkenloser Tag. Hinter ihr schienen die langsam zurückweichenden Rocky Mountains eher größer zu werden. Sie wirkten wie eine Mauer.

Jeri zuckte zusammen, als sie merkte, daß Melissa ihr über die Schulter sah. »Wenn die Benzinuhr leer ist, wieviel hast du dann noch?« sagte Melissa.

»Ich weiß nicht. Vielleicht zehn, zwölf Liter?«

Bald würden sie keinen Sprit mehr haben. Sie mußten versuchen, so weit wie möglich zu kommen. Vielleicht gab es Benzin ab der nächsten Tankstelle, wo auch immer die liegen mochte …

Im Rückspiegel zeigte sich ein Licht, grell wie ein Fernscheinwerfer. Jeri schlug den Spiegel beiseite und schrie: »Nicht hinsehen, Melissa! Leg dich auf den Boden!« Sie hoffte, das Kind werde gehorchen und wünschte, sie könne sich auch einfach hinwerfen. Sie bremste scharf und fuhr an den Straßenrand. Melissa sagte: »Was …?«

WAMM! Die Trommelfelle schienen zu platzen, der Wagen schwankte, die Heckscheibe barst und wurde undurchsichtig. Jeri hatte erwartet, daß das Glas zersplitterte und Scherben ihr Hinterkopf und Hals zerschnitten. In den Nachrichten hatte sie von Bomben gehört, die auf die Sperrmauern von Wasserkraftwerken gefallen waren, auf Eisenbahnen und wichtige Überlandstraßen. George und Vicki Tate-Evans hatten ihr (abwechselnd und so, daß niemand sie unterbrechen konnte) erzählt, woran man einen Atomblitz erkennt und wie man ihn überlebt.

Wenn alles um dich herum grell aufleuchtet, sieh nicht hin. Laß dich zu Boden fallen. Umschließ die Schienbeine mit den Händen und steck den Kopf zwischen die Knie, als wolltest du dich in den Hintern beißen. Hinter ihr kippte ein schwerer Sattelschlepper um, der ihr fast auf der Stoßstange gefolgt war, glitt vorbei, eine Funkenspur auf dem Straßenbelag ziehend, und kam irgendwo vor ihrem Wagen zum Stillstand.

»'ne Atombombe«, sagte Melissa beeindruckt.

»Bleib unten!«

»*Bin* ich ja.«

Der Sattelschlepper hatte Feuer gefangen.

Jeri wartete auf das leisere WAMM!, auf die zweite Druckwelle, mit der die Luft das Vakuum unter der aufsteigenden Feuerkugel zu füllen bestrebt war. Als ihr Kombi nicht mehr in den Federn bebte, lenkte sie um den brennenden Sattelschlepper herum und fuhr weiter. Ein Flammenpilz beleuchtete die Straße. Im Außenspiegel beobachtete sie ihn und sah, wie er kleiner wurde.

Noch zehn Kilometer schaffte sie, dann blieb der Motor stehen. Hoffentlich waren sie weit genug von der radioaktiven Wolke entfernt, und hoffentlich gab es keinen Regen.

✿

Der Motor der alten Harley-Davidson stotterte schon eine ganze Weile. Jetzt blieb er stehen. Der Langhaarige überlegte, welche Möglichkeiten ihm blieben.

Wahrscheinlich konnte er noch ein paar hundert Kilometer aus der Maschine herauskitzeln, aber sie war im vorigen Jahr schon fast am Ende gewesen. Er konnte aber auch zu Fuß gehen.

Es mußte eine bessere Lösung geben. Weiter vorn sah er einen Rastplatz. Mit letztem Schwung ließ er die Harley von der Straße dorthin rollen.

Die Straßen waren leer. Zuerst hatten Polizei und Nationalgarde jeden angehalten, der vorbeigekommen war. Der Langhaarige hatte dreimal Sperren umfahren. Nur gut, daß er sich in der Gegend so gut auskannte. In den Bergen hatte er die Hauptstraßen gemieden und war schon lange keinem Polizisten mehr begegnet.

Ein Schwerlaster donnerte vorüber. Etwas Verkehr gab es noch. Lastwagen mit Lebensmitteln — schließlich mußten die Menschen essen. Aber sonst war so gut wie nichts unterwegs.

Der Rastplatz war leer. Nein, nicht ganz. Der Langhaarige hörte Geräusche vom anderen Ende und ging näher heran.

Ein allem Anschein nach erschöpfter älterer Mann lag, einen Nierengürtel neben sich, auf einem der Picknicktische. Seiner offenen Hose entquoll ein bemerkenswerter Schmerbauch. Der Mann versuchte ein Bein gegen seine Brust zu drücken, doch der Bauch war im Weg.

Keuchend setzte er sich auf. *Breitschultrig. Ist wohl mal ziemlich kräftig gewesen. Jetzt nicht mehr.* Der Mann, dessen einst wohl roter Bart und Haupthaar fast vollständig grau waren, setzte sich auf und sah in ein Buch, das neben ihm lag. Dann streckte er das rechte Bein, beugte sich vor, so weit er konnte, legte ein Handtuch um seine Fußsohle und zog an beiden Enden.

Sofern er in Begleitung war, hatten die Leute reichlich Zeit gehabt aufzutauchen. Der Langhaarige sah noch ein wenig zu. Jetzt kam das andere Bein an die Reihe; der Mann stöhnte.

Ein ganzer Tag auf dem Motorrad war die Hölle.

Stöhnend lag Harry auf dem Picknicktisch. Die beiden Auffahrunfälle würden für den Rest seines Lebens ihre Spuren bei ihm hinterlassen. Sein Rückgrat fühlte sich an wie eine Schlange aus Kristallglas, die man auf einen Plattenweg geworfen hatte. Ihm war bewußt, daß er zu dick war. Da nützte auch der Nierengürtel nichts.

Er nahm das Buch mit Streck-Gymnastikübungen heraus. Einige davon würden ja wohl gut gegen seine Rückenschmerzen sein — es war einen Versuch wert. Zuerst kam es ihm eher vor, als breche sein Rücken durch; er hatte nicht den Eindruck, daß ihm die Übungen halfen.

Jetzt tauchte ein Fremder in seinem Gesichtskreis auf, wohl auch ein Motorradfahrer. Er trat gelassen an Harrys Maschine, ließ den Blick über sie streifen und kam dann auf Harry zu. Hoch ragte er über ihm auf.

Muskulös, dichtbehaart und verdreckt, sieht nicht die Spur besser aus, als ich mich fühle, ist aber jünger und wohl auch besser in Form.

Der Fremde fragte: »Wozu das Handtuch?«

Keuchend ließ sich Harry auf den Rücken fallen. Er sagte: »Das ist das nützlichste, was man auf Reisen dabeihaben kann. Ich mach Dehnübungen. Mein Rücken ist total kaputt. Ich hab ...«

»Laß gut sein. Her mit dem Schlüssel für die Kawa.«

»Zieh mich hoch! So komm ich nicht ran.«

Der Langhaarige befolgte diese Aufforderung und zog Harry am Kragen der Lederjacke nach oben. Als er über seinem Herzen auf einmal etwas Hartes spürte, senkte er den Blick. Die Lederjacke entglitt seiner Hand, und die 6,35er Beretta war auf ihn gerichtet.

»Ich hab 'nen Schlüssel zu 'ner Tür, die du besser nicht öffnest«, sagte Harry.

Jeder, der eine Spur Verstand besaß, hätte darüber zumindest einmal nachgedacht. Der Bursche jedoch reagierte sofort: er schlug nach der Hand, die ihn bedrohte und setzte zu einem Fausthieb auf Harrys Kinnlade an.

Harry zog den Abzug durch. Die Faust explodierte auf Harrys Kiefer und ließ alles vor seinen Augen verschwimmen. Auch die Hand, in der er die Waffe hielt, flog beiseite. Harry zielte erneut und schoß noch zweimal, die Pistole am Rumpf des Mannes emporführend.

Er sah sich rasch um. Die Schüsse waren nicht sehr laut gewesen. Es war auch kein besonders großes Kaliber, und Harry traute der Waffe nicht recht. Ob der Bursche wohl allein war? Er stand noch immer und machte ein verblüfftes Gesicht. Harry feuerte noch zwei Schüsse auf ihn ab und hielt die letzte Kugel in Reserve.

Endlich stürzte der Angreifer zu Boden.

Harry war klar, daß er hier nicht mehr bleiben konnte. Er wälzte sich vom Tisch, schloß die Hose, legte den Nierengürtel an und lauschte aufmerksam, während er zu Atem zu kommen versuchte.

Der Halunke atmete immer noch, es klang fast wie ein Schnarchen. Harry sah zu ihm hinab. »Ich tu dir 'nen großen Gefallen, mein Junge«, sagte er, »und geb dir keinen Fangschuß.«

Der andere sagte nichts. *Auch gut.*

Harry schob seine Maschine zu der des Angreifers, zog munter pfeifend die Benzinleitung ab und ließ den Kraftstoff aus dem Tank in ein großes Glas laufen, das er aus einem Müllhaufen gefischt hatte. Nachdem er es bis zum letzten Tropfen in seinen Tank geleert hatte, untersuchte er das Gepäck des anderen. Viel hatte er nicht.

Dann bestieg er seine Maschine und fuhr gutgelaunt davon. Harry glaubte fest an das Gesetz vom Überleben der Tüchtigsten.

✿

Jeri und Melissa hatten sich für die Nacht in ein Gebüsch ein ganzes Stück oberhalb der Straße zurückgezogen — sicherheitshalber. Als Jeri zu Beginn der Morgendämmerung erwachte, war Melissa bereits wach, blieb aber in ihren Schlafsack gekuschelt. »Ich wußte gar nicht, daß es in der Wüste so kalt sein kann«, beschwerte sie sich.

»Das hatte ich dir doch gesagt«, gab Jeri zurück. Sie machte rasch Kakao auf dem Campingkocher, der zwischen ihren Köpfen stand.

Während sie frühstückten — zum Kakao gab es Haferflocken —, wurde es allmählich wärmer. Jeri setzte ihren Hut auf und wies Melissa an, es ihr gleichzutun. Sie krochen aus ihren Schlafsäcken und rollten sie zusammen. Dabei ließen sie die Straße nicht aus den Augen.

Aus dem Gebüsch, in dem sie sich verborgen hielten, konnten sie mit dem Fernglas kilometerweit sehen. Die Straße verlief schnurgerade. Etwa fünfzehn Kilometer weiter westlich, wo sie eine andere Fernstraße kreuzte, war sie von einem riesigen Krater unterbrochen. Je länger Jeri über ihn nachdachte, desto mehr ängstigte die Zielgenauigkeit der Außerirdischen sie.

Sie hielten Ausschau nach Fahrzeugen. Immer wieder fuhr Jeris Hand über die Handtasche, unter deren weichem Leder sie eine 9 mm Walther PPK ertasten konnte. Sobald sie einen Wagen sähen, von dem sie glaubten, daß es sicher sei mitzufahren, würden sie rechtzeitig zur Straße hinabgelangen und den Daumen in die Luft rekken können. Der Verkehr war nahezu zum Erliegen gekommen. »Was tun wir jetzt?« fragte Melissa.

»Es wird uns schon was einfallen«, sagte Jeri. *Möglicherweise muß ich dafür zahlen, daß uns einer mitnimmt. Hoffentlich ist er mit Geld zufrieden.* Sie betete, eine Polizeistreife möge vorüberkommen, aber sie hatten schon lange keine mehr gesehen. *Jemand müßte sich doch mal um den Bombentrichter kümmern. Ob die Umgebung radioaktiv verseucht ist? Und warum gerade hier? Was könnte die Außerirdischen ausgerechnet hier interessieren, mitten in der Wildnis?*

Von Westen her näherte sich ein Motorrad. Es fuhr langsam an den Bombentrichter heran. Jeri fragte sich, ob der Fahrer wohl umkehren würde, doch er schlug einen Haken in die Wüste und umfuhr den Kraterrand. Eine schwere Maschine, ein massiger Fahrer. Es schien ihn Mühe zu kosten, sie wieder auf die Straße zu bringen. Er machte eine Zigarettenpause und fuhr dann weiter. Sie sahen ihn kommen.

Zehn Minuten später ließ Melissa das Fernglas sinken und sagte: »Das ist Harry.«

Jeri schnaubte verächtlich.

»Ehrlich, Mami, es ist der Rote Harry. Laß uns runtergehen!«

»Wie unwahrscheinlich«, sagte Jeri matt, nahm aber das Glas zur Hand. Den Kopf des einsamen Motorradfahrers bedeckte tatsächlich teils graues, teils rotes Haar, und er hatte einen Bart von gleicher Farbe. Jung war er wohl nicht mehr, sonst wäre es ihm nicht so sichtlich schwergefallen, die Maschine wieder auf die Straße zu schieben, auch fuhr er langsam. Das Motorrad sah aus wie Harrys Maschine. Konnte das sein? Es war tatsächlich Harry Reddington!

»Los«, sagte Jeri, »lauf rasch runter!« und eilte selbst hinab. Doch Melissa überholte sie lachend und war unten, lange bevor der Motorradfahrer die Stelle erreicht hatte. Als es soweit war, holte Jeri tief Luft und schrie: »Harry! Haaarry!«

Es sah nicht so aus, als würde er anhalten.

✿

Mühevoll hatte Harry den Krater umfahren, der eine Straßenkreuzung mit geradezu unheimlicher Zielgenauigkeit zerstört hatte. Kurze Zeit später sah er am Straßenrand einen geparkten Kombi und zwei Gestalten, die hangabwärts zur Straße gelaufen kamen — eine Frau und ein kleines Mädchen.

Er hatte weder Zeit für Samariterdienste noch Platz für Mitfahrer.

Vom Straßenrand aus riefen sie ihm zu. Die Frau sah gut aus. Nicht ohne Bedauern gab er Gas.

Mit einemmal dann — »Haaarry!«

Mist! Seine Rechte zog den Bremshebel scharf an, er hielt die Maschine mit der Fußbremse in der Spur. Jeri und Melissa Wilson! Die hatten ihm noch gefehlt.

Dein Ehrenwort haben wir zur Kenntnis genommen. Wes Dawson mochte tot oder von Gott weiß was gefangen sein, aber er hatte seine Angelegenheiten auf der Erde Harry Reddington anvertraut. Carlotta Dawson würde ohne fremde Hilfe nicht durchkommen. Und wenn Jeri Wilson und ihre Tochter, die wohl kein Benzin mehr hatten, später erzählten, daß der Rote Harry einfach an ihnen vorbeigefahren war? Er wendete, blieb genau neben Melissa stehen und lächelte sie an. *Verdammter Bockmist!*

Dann stieg er vorsichtig von seiner Maschine, als habe er Angst, in Stücke zu zerbrechen, und richtete sich langsam auf. »Jeri. Melissa. Wieso seid ihr nicht bei den Wagenburg-Leuten?«

»Ich muß zu meinem Mann. Gott sei Dank, daß du vorbeigekommen bist, Harry! Wohin fährst du?«

Seine Antwort kam bedächtig. Er schien alles sehr langsam zu tun. »Ich war im Haus des Abgeordneten Dawson. Seine Frau ist jetzt in Dighton in Kansas, und *er* kann sich ja nun garantiert nicht um sie kümmern. Also muß ich ran.«

»Schön. Möchtest du Kakao?«

»Klar. Habt ihr denn was zum Heißmachen?«

»Einen Campingkocher, da oben am Hang.«

»Was ist mit eurem Wagen?«

»Kein Sprit.«

Harry nahm Jeris Einladung im vollen Wissen um die Folgen an. Drei Personen — das würden die Stoßdämpfer mit Sicherheit nicht überstehen. »In den Büschen da oben? Ich fahr die Maschine besser rauf. Wär jammerschade, wenn ich plötzlich ohne sie dastünde.«

✿

Harry ließ das Motorrad ausrollen. Ohne den Fahrtwind war die Luft glühend heiß. Er goß etwas Wasser auf sein Stirnband und wischte sich das Gesicht ab. *Jetzt krieg ich auch noch 'nen Sonnenbrand. Elende Scheiße.*

»Wir sind fast da«, sagte Jeri. »Warum hältst du an?«

»Es geht nicht mehr«, erklärte Harry. »Alles absteigen.«

Melissa sprang von ihrem luftigen Sitz auf dem Tank, und Jeri kletterte vom Sozius. Langsam stieg Harry ab und wuchtete die Maschine auf den Ständer. Jeder Muskel tat ihm weh. Dann versuchte er sich zu bücken.

»Zeit zum Rückeneinreiben?« fragte Jeri.

»Schaden kann's nicht«, sagte Harry. Er wies auf einen Wasserlauf neben der Straße. »Melissa, wie wär's, wenn du die Feldflaschen fülltest?«

»Das Wasser sieht nicht besonders sauber aus.«

»Es wird's wohl tun«, sagte Harry.

»Gieß alles Wasser, das noch da ist, in eine Flasche, und füll die andere unten am Bach!« sagte Jeri. »Harry, du stehst da wie ein Fragezeichen. Bück dich mal über das Motorrad, dann kümmere ich mich um deinen Rükken.«

Harry wartete, bis Melissa fort war. »Ich weiß nicht recht, wie ich das sagen soll. Ich tu es nicht gern, aber einer muß ja. Wir sind fast da, noch fünfzehn, zwanzig Kilometer.«

»Ja. Vielen Dank. Ich weiß, daß es nicht an deiner Strecke liegt, und es ist wohl nicht sehr bequem, zu dritt auf einem Motorrad.«

»Schon richtig, aber darum geht es mir nicht«, sagte Harry. »Bist du nicht am Tag, bevor die Außerirdischen gekommen sind, über den Colorado River gefahren?«

»Doch.«

»Und seitdem hast du nichts gesehen als ein paar Städte und den Bombentrichter dahinten.«

»Harry, worauf willst du hinaus?«

»Ich hab mir die Karte angesehen. Unmittelbar oberhalb der Stadt, wo du hinwillst, liegt ein Staudamm.« Danach schwieg er, um Jeri Gelegenheit zu geben, die Bedeutung seiner Worte zu erfassen. »Jeri, ich hätte es fast nicht über den Colorado geschafft. In den Städten Needles und Bullhead City ist kein Stein mehr auf dem anderen. Den ganzen Fluß entlang ist *nichts* übriggeblieben. Die Außerirdischen haben einen Mordsbrocken auf den Hoover-Staudamm abgeworfen. Als die Staumauer am Mead-See brach, hat das Wasser auf eine Entfernung von dreihundert Kilometern alles mitgerissen. Ich meine buchstäblich *alles:* Staudämme, Brücken, Häuser, Boote. Ich hab's nur auf diese Seite geschafft, weil mich ein Hubschrauber von der Nationalgarde mitsamt dem Motorrad übergesetzt hat.«

»Oh.«

»Ja, so sieht das aus. Keine Ahnung, was uns da vorne erwartet. Weißt du, in welchem Teil der Stadt dein Dave da gewohnt hat?«

»Nein«, sagte Jeri. »Harry — es muß einfach alles gut werden.«

»Na klar«, sagte Harry mit einer Stimme, der anzuhören war, daß er sich nicht einmal bemühte, sie aufrichtig klingen zu lassen.

✿

Noch eine Steigung. Dahinter dann …

Jeri saß eingekeilt zwischen Harry und dem Gepäck. Sie mußte unaufhörlich weinen. Der Wind trieb ihre Tränen an den Schläfen entlang. *Wieso heul ich eigentlich? Ich weiß doch noch gar nichts. Zumindest kann Melissa es nicht sehen.*

Was soll ich ihr nur sagen? Sie schonend darauf vorbereiten? Aber ...

Die Maschine arbeitete sich über eine Kuppe.

Unter ihnen lag ein riesiger Schlammsee. Durch die Mitte der Fläche von fünfzehn Kilometern Länge und zwei Kilometern Breite, die zuvor der Stausee bedeckt hatte, lief nur noch ein schmales Rinnsal, ein Bächlein mit unmäßig breiten Ufern. Beißender Gestank lag über dem Schlamm. Sie fuhren langsam, spürten den heißen Wind auf ihren Gesichtern, rochen modrigen Schlamm vom Grund des Stausees.

Melissa brauchten sie nichts zu sagen. Sie konnte den toten See selbst sehen und mußte imstande sein, sich auszumalen, was vor ihnen lag.

An den Schlammbänken entlang fuhren sie auf die Ruinen der Staumauer zu. Lange bevor sie sie erreichten, überlagterte etwas den Geruch nach verfaultem Schlamm und heißem Sommer. Überall lag der Gestank des Todes in der Luft.

Die Stadt unterhalb der Staumauer war verschwunden. Es sah aus, als habe ein Bulldozer alle Gebäude niedergewalzt und ein zweiter Schlamm über die Fundamente gebreitet. In gewisser Entfernung vom Bett des Stroms der Verwüstung lag ein schmaler Rand nur zum Teil zerstörter Gebäude, sah man Schuttreste. Ein Haus war fast genau in der Mitte entzwei gerissen worden, so daß Räume mit drei Wänden auf den Ort der Zerstörung hinabstarrten.

Oberhalb der Schuttlinie war alles intakt. Menschen stöberten in den Trümmern des Randbezirks umher, aber nur wenige wagten sich in den Schlamm hinab.

Sie suchen nicht mal mehr nach Überlebenden. Jeri spürte, wie sich Harrys Oberkörper aufrichtete, als sie der Ruinenstadt näherkamen.

Ein Polizeiauto versperrte gemeinsam mit einem Wagen der Nationalgarde die Straße. Harry hatte seinen Brief zur Hand, brauchte ihn aber nicht.

»Ich bin Mrs. David Wilson«, sagte Jeri. »Mein Mann wohnt hier, in der Spring Valley Lane 2467 ...«

Der junge Mann in der Polizei-Uniform sah ebenso beiseite wie der Nationalgardist.

Sie verstand.

»Da unten lag sie, einen guten Kilometer von hier«, sagte der Mann von der Nationalgarde und wies dabei auf die Mitte der Schlammfläche.

»Vielleicht war er woanders«, sagte Melissa. »Vielleicht ...«

»Es ist um zwei Uhr nachts passiert, fünf Minuten nachdem sie die russische Raumstation zerstört haben.«

»Alarm konnte auch nicht gegeben werden«, fügte der Polizeibeamte hinzu. »Das Telefonnetz ist sofort ausgefallen. Die einzige Möglichkeit, Leute flußabwärts zu warnen, hätte darin bestanden, schneller zu fahren, als das Wasser lief. Das aber ging nicht.«

»Wie schlimm ist es?« fragte Harry.

»Fürchterlich«, sagte der Nationalgardist. »Die Wasserversorgung im gesamten Tiefland ist zusammengebrochen, alle Orte entlang des Arkansas sind zerstört. Die Überflutung reicht noch über Little Rock hinaus.« Er nahm Harry beiseite, doch Jeri hörte, was er sagte.

»Fünf Kilometer östlich von hier haben wir in der Schule ein provisorisches Leichenschauhaus eingerichtet. Ein paar, die nicht ganz so entsetzlich aussehen, sind noch da. Hunderte mußten wir beerdigen, wie sie waren. Da haben sie auch eine Liste von allen, die sie identifizieren konnten.«

»Vielen Dank. Wir fahren wohl besser hin. Ob ich wohl irgendwo Sprit kriegen kann?«

Der Beamte lachte sarkastisch.

✿

Die Brieftasche enthielt zwei Fotos von Jeri und eins von Melissa. Jeri sah darauf, und Tränen stiegen ihr in die Augen.

Meine Bilder. Bestimmt hätte er mich gern gesehen. Der Führerschein war durchweicht, aber der Name war lesbar. »Das ist seiner«, sagte Jeri.

Der junge Mann mit dem schütteren Bartwuchs und dem schmutzigen weißen Kittel machte sich Notizen. »David J. Wilson aus Reseda, Kalifornien«, sagte er. »Nächster Verwandter Mrs. Geraldine Wilson ...«

Es dauerte endlos. Er nahm Davids Brieftasche und notierte genauestens ihren Inhalt. Dann gab er Jeri einen Schuhkarton mit der Brieftasche, Davids Armbanduhr und Trauring. »Bitte unterschreiben Sie hier.«

Sie trat mit dem Schuhkarton hinaus ins helle Sonnenlicht, das über dem Staat Colorado lag. *Mein Gott, was soll ich jetzt nur anfangen?* Von Harry oder Melissa war nichts zu sehen. Sie setzte sich auf eine Bank neben der Schule.

Was wollen sie von uns? Warum tun sie das nur?

»Mutti ...«

Jeri mochte ihre Tochter nicht ansehen.

»Harry hat es mir gesagt.« Melissa setzte sich neben sie. Nach einem Augenblick nahm Jeri sie in den Arm und sie hielten einander weinend umschlungen.

»Wir müssen weg«, sagte Melissa.

»Und wohin?«

»Nach Dighton in Kansas«, ertönte Harrys Stimme hinter ihrem Rücken, »und zwar sofort. Wir müssen über den Fluß, und es gibt mindestens bis Dodge City keine einzige Brücke. Also müssen wir flußaufwärts bis zum Ende des Staubeckens fahren — ein Umweg von etwa dreihundert Kilometern. Wir müssen jetzt sofort los.«

Jeri schüttelte den Kopf. »Was soll ich in Kansas? Ich kenne dort niemanden.«

»Ich auch nicht, außer Mrs. Dawson«, teilte ihr Harry

ungerührt mit. Es war leicht zu erraten, was er dachte. Er hatte keine Frau ...

»Harry, du kannst uns doch gar nicht brauchen auf deiner Maschine.«

»Stimmt«, sagte er, »aber was hat das damit zu tun?«

Melissa stand auf und zog an ihrer Hand. »Komm, Mutti, *hier* wollen wir nicht bleiben.«

Ich könnte Bekannte von David suchen und sehen, wo er seine letzten Monate verbracht hat.

Das ist morbid, wahrscheinlich triffst du am ehesten sein neues Schätzchen. War sie vielleicht sogar bei ihm? Hat die Erde deinetwegen gebebt, Liebling? »Also los, Harry! Ich dachte, du hättest kein Benzin mehr.«

»Er hat mit seinem Brief dem Polizisten eine Tankfüllung abgeschwatzt«, erklärte Melissa.

»Damit müßten wir es schaffen«, sagte Harry. Er führte sie um die Ecke. Sein Motorrad sah nicht mehr besonders gut aus und wirkte schon überladen, wenn niemand darauf saß.

»Auch zu dritt?«

»Ich denke schon.« Harry schwang sich mühsam in den Sattel. Er sah jetzt etwas erholter aus, sein Gesicht war nicht mehr so rot und sein Rücken nicht mehr so krumm wie zuvor. »Möchtest du vorher noch irgendwohin?« fragte er.

Jeri schüttelte den Kopf und nahm Melissas Hand. »Sie ... haben über hundert in einem Massengrab beigesetzt. Das will ich nicht sehen.«

»Ich auch nicht, Mutti.« Melissa setzte sich vor Harry auf den Tank.

Die jungen Leute sind so verdammt — robust. Aber das muß wohl so sein. Vor allem jetzt. Jeri verstaute den Schuhkarton in der Satteltasche und stieg hinter Harry auf den Soziussitz. »Ich bin soweit.«

Als sie aus der Stadt fuhren, sah sie sich nicht um.

15 Die Weizenfelder

> Wenn endlich selbst Liebende Frieden finden
> und die Erde nichts ist als ein Stern,
> der einstens schien.
>
> JAMES ELROY FLECKER
> Vorrede zu
> *Die goldene Reise nach Samarkand*

Zeit: 60 Stunden nach der Stunde Null

Sie hatten die letzten Vorberge hinter sich und fuhren durch die sanft geschwungene Weidelandschaft von Kansas, einem Land, dessen schnurgerade Straßen kleine Landstädtchen verbanden. Weizen- und Maisfelder gaben der Landschaft ihr eintöniges Gepräge. Kaum hielten sie einmal an, trieben der heiße Wind und die grelle Sonne sie zum Weiterfahren.

Eine Unterhaltung war bei dem Lärm, den das Motorrad machte, unmöglich. Harry unterdrückte den Schmerz in seinem Rücken und versuchte, nicht an die Krämpfe in seinen Beinen zu denken. Phantasievorstellungen halfen ihm dabei.

Jeri ist eine hübsche junge Frau, und sie ist ganz allein. Hat keine Ahnung, was sie in Kansas will. Vielleicht gab es nicht genug Zimmer, und sie mußten sich eins teilen, im selben Bett schlafen. In der ersten Nacht würde er sie einfach nur halten, und dann …

Insgeheim wußte er es besser, aber diese Vorstellungen waren immerhin angenehmer als die Rückenschmerzen.

Bis Dighton waren es noch gut sechzig Kilometer. Der Motor stotterte, und Harry schaltete auf Reserve. Sie würden es gerade schaffen, mit vielleicht noch Kraftstoff für fünfzehn Kilometer im Tank. Das muß und wird reichen, dachte Harry.

Sechs Kilometer vor Logan, einem völlig unbedeutenden Kleinstädtchen, blitzte es links vor ihnen hell auf. »Mist, verdammter!« schrie Harry und bremste so scharf ab, daß die Maschine mit quietschenden Reifen zum Halten kam. »Runter, runter und flachlegen!«

Jeri und Melissa warfen sich in den Straßengraben. Harry ließ die Maschine zu Boden gleiten. Er hatte unbewußt die Sekunden mitgezählt. Es dauerte nahezu eine Minute, bis der Donner über sie hinwegrollte. Die Druckwelle blieb aus.

»Fünfzehn bis zwanzig Kilometer von hier«, sagte Harry.

»Beim erstenmal waren wir näher«, sagte Melissa. Sie versuchte tapfer und gelassen dreinzusehen, aber es fiel ihr schwer zu vergessen, daß sie mit ihren zehn Jahren ihr ganzes Leben lang beschützt und behütet worden war.

Neuerliches Grummeln ertönte, es knallte, als würden Flugzeuge die Schallmauer durchbrechen, und ein mächtiges Getöse entstand am Himmel.

»Was, zum Kuckuck, gibt es denn hier zu bombardieren?« fragte Harry.

Jeri setzte sich auf und schüttelte den Kopf. »Ich weiß nicht ... Harry!« Sie wies nach oben. Etwas Pfeilförmiges durchquerte in großer Höhe den Himmel, es glühte an der Spitze orangefarben und hinterließ einen wellenförmigen Kondensstreifen. »Was ist das?«

Harry schüttelte den Kopf. Der Kondensstreifen löste sich langsam in Schnörkeln und Windungen auf. Der Einfluß der Winde in der Stratosphäre. »Ein russisches Flugzeug? Es sieht nicht aus wie irgendein amerikanisches, das ich kenne.« Sie sahen einander erstaunt an.

»Nee«, sagte Harry, »unmöglich. Vielleicht Raumgleiter?«

Die Maschine war nicht mehr zu sehen ... dann setzte wieder das Blinken ein, blitzten die grellen blauen Lichtpünktchen auf, so wie in der ersten Nacht.

Staubkörnchen lösten sich aus dem Kondensstreifen.

Eine weitere Maschine überquerte den hellerleuchteten Himmel, dann noch eine, in schräg zueinander verlaufenden Bahnen. Auch hier lösten sich Staubkörnchen aus den Kondensstreifen. Die ersten Staubkörnchen wurden größer. Harry stand knietief im Grabenwasser und starrte nach oben. Eine vierte ... und jetzt pulsierten die beiden ersten, entschwanden schließlich.

Sie mußten viel größer sein, als sie wirkten. Sie waren mindestens fünfzig Kilometer hoch oder noch höher: sie *mußten* so hoch sein, wenn man bedachte, was sie taten. Sie rasten mit unvorstellbarer Geschwindigkeit durch die Stratosphäre und warfen ganze Wolken von ... Pünktchen ab, die frei zur Erde fielen. Pünktchen?

Der vierte Raumgleiter pulsierte nicht. Er kippte zur Seite und schwang in weitem Bogen zurück.

Aus den Pünktchen waren Seifenblasen geworden, die immer tiefer sanken, und die untersten öffneten sich. Aus ihnen kam etwas mit einer Art Flügeln heraus ...

»Das sind ja Fallschirmspringer!« rief Melissa in panischem Schrecken aus. »Mutti, sie wollen die Erde erobern!«

✿

In einer Höhe von nahezu vierundsechzig Makasrapkithp brachte die Stratosphäre den Rumpf des Grifflingsschiffs zum Glühen. Trotz seiner Masse schien es kaum mehr Schutz zu bieten als die durchsichtige Hülle, die den Achtschaftführer Tshintithpit-mäng umschloß. Überall sah er den Planeten, unvorstellbar riesig und schrecklich nah.

Er stand in der vordersten von acht Reihen, die aus je vierundsechzig weichen Blasen bestanden. Jede von ihnen enthielt ein Fi', dessen Gesicht unter einer Sauerstoffmaske verborgen war.

Die durchsichtige Tür lag gerade einen Srapk von seinem Gesicht entfernt.

Die Krieger hielten sich gut. Warum auch nicht? Die unteren Dienstgrade waren ausschließlich unter den Schläfern rekrutiert worden, und ihnen war ein Planet nichts Neues, mußte der Flug dahin beinah wie eine Heimkehr sein. Und durften die Raumgeborenen, die die höheren Ränge bekleideten, im Angesicht der Schläfer Furcht zeigen? Dennoch ...

Die Flußbiegung dort enthält mehr Wasser als sämtliche Vorräte an Bord des Bote. *Die Masse jedes einzelnen der Berge, deren lange Kette wir vor wenigen Vierundsechzig-Atemzügen überquert haben, übertrifft sogar die des FUSSES!*

»Achtschaften bereit machen zum Sprung.«

Der Atem des Achtschaftführers Tshintithpit-mäng wurde flacher und beschleunigte sich.

Er war in dem Jahr geboren, in dem *Thaktan Flishithy* den Hauptstern dieser Welt umrundet hatte. Alle Angehörigen der Fithp des Jahres Null waren kurz nacheinander zur Welt gekommen, in Abständen von wenigen Acht-Tages-Einheiten — natürlich — und standen einander daher näher als die Mitglieder anderer Altersgruppen. Einer wie der andere waren sie Abtrünnige, Männchen wie Weibchen. Sie hatten keinen Bedarf an Welten.

Innerlich lehnte sich Tshintithpit-mäng dagegen auf, daß der Herr der Herde die Fithp des Jahres Null aufgespalten hatte. Er wollte nicht sein, wo er war.

Die Hecktür öffnete sich krachend. Luft entwich zischend. Die Blasen wurden straff. Die Tür fuhr nach draußen, während ein hohes Singen in die Kammer drang. Eine Reihe von Blasen strömte nach draußen, vierundsechzig Fithp fielen verstreut über die Landschaft. Ein weiterer Strom von Blasen folgte ihnen. Dann …

Das Fallen machte Tshintithpit-mäng nichts aus. Nur das Knattern in der Luft ängstigte ihn. Die Überlebensblasen fielen stetig und verlangsamten allmählich ihren Fall. Das Grifflingsschiff blieb zurück, sah schließlich nur noch aus wie ein Punkt … und sogleich begann es zu pulsieren, beschleunigte, begab sich auf die Erdumlaufbahn zurück.

Das Knattern verstärkte sich. Die Luft wurde dichter. Einzelheiten wurden auf der Erde erkennbar. Der Krater dort war zugleich Orientierungspunkt und Markierung für den ersten Schlag; das Dorf dahinter war ihr Ziel. Tshintithpit-mäng sah die Zahlen auf seinem Höhenmesser kleiner werden.

Jetzt. Er öffnete den Verschluß. Luft blies pfeifend davon. Er kroch aus dem Gewebe und ließ es vom Wind davonreißen. Die Ebene unten war gelb und braun, wurde von der weißen Linie einer Straße durchschnitten.

Der Gleitschirm schoß von selbst aus der Hülle und entfaltete sich, während Druckluft seine Versteifungsrippen füllte. Tshintithpit-mängs Bewußtsein schwand fast, während ihm das Blut in die Glieder schoß. Der Landeschuh an einem seiner Hinterläufe hatte sich fast losgezerrt. Er beugte den Kopf nach vorn und streckte sich, um die Sache in Ordnung zu bringen. Seine Grifflinge reichten gerade weit genug.

Die Schuhe engten seine Zehen ein: es waren große, schwerfällige Plattformen aus Schaumstoff, der sich beim Aufprall flachdrückte, damit seine Fußknochen unbeschädigt blieben.

Er hielt Ausschau nach anderen Gleitschirmen in den Farben seiner Achtschaft: Rosa, Schwarz und Grün. Sechs sah er und lenkte den Schirm auf sie zu. Einer fehlte. Wo war er?

Der Erdboden kam näher. Er steuerte den Schirm über die Straße mit dem Trichter darin auf den Ort zu. Sechs Gleitschirme folgten ihm in Kiellinie. Immer noch fehlte einer. Unmöglich, dem Boden jetzt noch auszuweichen. Der Planet war alles, was es gab.

Einzelheiten wurden erkennbar. Drei Pünktchen bewegten sich von einem winzigen Fahrzeug fort, um sich neben die Straße zu werfen. Er steuerte auf sie zu. Sie wurden größer, GRÖSSER! Tshintithpit-mäng richtete sein Geschirr so aus, daß er mehr Luft unter den Schirm bekam, mehr Auftrieb. Er versuchte verzweifelt, den Aufprall auf dem Planeten hinauszuzögern.

Fester Boden schlug gegen seine Hinterläufe. Sie schmerzten. Seine Landeschuhe wurden flachgedrückt. Er riß sie ab, warf den Gleitschirm von sich und sah sich um.

Groß. Planeten waren groß.

✿

Eine Reihe insektengroßer Flieger sammelte sich und nahm Richtung auf die vor ihnen liegende Stadt. Das waren keine Fallschirme. »Wie Drachenflieger«, knurrte der Rote Harry. Die unter den Deltaflügeln hängenden Gestalten hatten keinerlei Ähnlichkeit mit Menschen.

Harry lief zu seinem Motorrad und klappte die Sitzbank hoch. Die schwere Waffe lag gut in der Hand, und befriedigt hörte er das Klicken, als er das Griffstück zurückschob. Doch das Gefühl der Sicherheit, das ihm die schwere Automatik sonst gab, wollte sich nicht einstellen.

Eine Anzahl Drachenflieger löste sich aus der Formation, teilte sich in zwei Gruppen und kam von zwei Seiten auf sie zu.

Melissa spähte durch das Fernglas. »Elefanten«, sagte sie, »Zwergelefanten.«

Jeri griff nach dem Glas. Dann begann sie hysterisch zu lachen und reichte es Harry.

»Was ist daran komisch?« fragte er und sah hindurch.

Wesen, die wie Zwergelefanten mit zwei Rüsseln aussahen, kamen unter Papierflugzeugen vom Himmel herabgeschwebt. Auch Harry erstickte fast an einem Lachanfall. Sie trugen riesige, auffällige Schuhe mit dikken Sohlen und hohen Absätzen. Doch beim Anblick der Gewehre, die sie mit aufgepflanztem Bajonett auf dem Rücken trugen, verging ihm das Lachen.

Links und rechts von ihnen flogen im Abstand von jeweils knapp hundert Metern zwei Reihen Drachenflieger vorbei und ließen sich rasch in die Weizenfelder sinken. Eine weit größere Gruppe hatte sich über den Ort Logan treiben lassen.

»Wir müssen schnellstmöglich von hier verschwinden!« schrie Harry. Er wuchtete die Maschine hoch.

Sie sprang nicht an. Die Schwimmerkammer des Vergasers war vollgelaufen während sie auf der Seite gelegen hatte. Der Benzingeruch stieg ihnen beißend in die Nase.

Erneut schnurrte der elektrische Anlasser. Endlich sprang der Motor an. Harry drehte die Maschine zur Straße hin ...

Kaum einen Kilometer hinter ihnen landete ein Drachenflieger ziemlich unsanft auf der Fahrbahn. Das Weltraum-Wesen nahm seine Schußwaffe vom Rücken und trat dann aus den Schuhen heraus. Gefährten nahmen neben ihm Aufstellung. Ein weit größeres Objekt flog lautlos über sie hin: ein flaches Oval mit aufgerichteten Flossen. Es folgte den Verlauf der Straße, verlor langsam an Höhe und landete dann fast zwei Kilometer vor ihnen.

»Wir sind umzingelt.« Jeris Stimme klang, als hätte sie sich bereits in ihr Schicksal ergeben.

»Los!« gebot Harry. »Legt euch flach in die Felder! Vorwärts!«

Jerri nahm Melissa bei der Hand und zog sie mit sich. sie ließen eine deutliche Spur hinter sich. Die Weizenhalme standen dicht an dicht, man konnte nicht hindurchgehen, ohne sie niederzubrechen.

Wir können uns hier nicht verstecken. Vielleicht lassen sie uns in Ruhe. Harry umklammerte die Pistole fester und folgte ihnen.

✿

Der Achtschaft-hoch-drei-Führer Harpanet hatte nur äußerst undeutliche Erinnerungen an seinen Fall.

Weit, weit unten erwartete ihn eine riesige, helle, gewellte Landschaft. Stimmen schnatterten durcheinander, unterbrochen von atmosphärischen Störungen; einige riefen seinen Namen. Er antwortete nicht.

Zu jedem Zeitpunkt während der Jahre der Vorbereitung hätte er den Mund auftun können. Er hatte Vorlesungen über das Wetter auf dem Planeten gehört: Temperaturveränderungen, »der windbedingte Abkühlungsfaktor« und die Corioliskräfte, die die Luft veranlaßten, so machtvolle Wirbel zu bilden, daß sie sogar Behausungen zerstören konnten. *Ein ungeheurer, auf der ganzen Welt tobender Sturm, zufällig entstanden und deshalb außerhalb der Kontrolle durch das Fithp. Die Botschaften unserer Vorlinge wollten uns das mitteilen. Unvorhersehbarer Tod im Lebenserhaltungssystem!*

Harpanet hatte zur Gruppe der Umerzieher gehört und versucht, die Beutewesen kennenzulernen. Sie hatten Sendungen verfolgt, die durch die Atmosphäre der Zielwelt ins All hinausgedrungen waren. *Ich kann den Bildern nichts Vernünftiges entnehmen. Sie bedeuten überhaupt nichts.* Je mehr er davon sah, desto merkwürdiger kamen sie ihm vor. Der Umerzieher Takpassih konnte mit seiner Unwissenheit leben und darauf warten, daß er mehr erfuhr. Für Harpanet waren diese Wesen keine Fithp. *Sie verfertigen Werkzeuge und töten — mehr werden wir nie über sie wissen.*

Andere Raumgeborene hatten insgeheim mit Fistartih-thaktan gesprochen und waren daraufhin von den Listen der für Winterheim ausersehenen Krieger gestrichen worden. Was sie dem Priester gesagt hatten, dürfte seinen eigenen Gedanken entsprochen haben: *Ich ertrage es nicht. Am wenigsten geht es dabei um das, was versuchen wird, mich umzubringen. Ich fürchte die Luft und das Land, und ich kann den Gedanken an einen Ozean nicht ertragen!* Anschließend wich man ihnen aus. Ihre Mütter nahmen ihre Namen nie mehr in den Mund.

Harpanet hätte sich den Abtrünnigen anschließen können, doch er hatte sein Schweigen bewahrt.

Er wahrte es auch jetzt. Er konnte sich nicht rühren, brachte kein Geräusch heraus, mit Ausnahme eines dünnen Pfeifens, das dem Pfeifen der Luft ähnelte, durch die er fiel. Die dünne Haut der Blase wabbelte im Wind hin und her. Der Himmel rückte mit jeder Sekunde ferner.

Zu spät öffnete er seine Blase. Der Gleitschirm sprang heraus, und die Versteifungen entfalteten sich, bevor er ganz draußen war. Harpanet kreischte auf. Er stürzte unaufhaltsam auf eine gewellte helle Landschaft zu, und noch immer umschloß seine Blase den Gleitschirm. Er krallte sich am Gurt nach oben und trieb seine Grifflinge unter das Gewebe des Schirms, gegen den Widerstand der luftgefüllten Streben. Er *zerrte* daran. Die helle Fläche des Planeten raste ihm entgegen, wollte ihn zerschmettern.

Nichts geschah. Er fiel ohne Widerstand. Noch immer krallte er sich ans Gewebe der Blase, und mit einemmal trieb sie lose über ihm. Er mußte sich zwingen, den Gleitschirm loszulassen, und erst dann begann er, der Luft Widerstand entgegenzusetzen, Harpanet schwebte.

Es dauerte eine Weile, bevor er sich soweit erholt hatte, daß er Ausschau nach den anderen Gleitschirmen halten konnte.

Er sah in großer Entfernung etwas wie einen Mükkenschwarm. *Gegen die Sonne. Es ist spät am Tag. Der Planet dreht sich vom Stern weg. Meine Krieger sind in der Drehrichtung.*

Die unter seinem Befehl stehenden Achtschaften hatten den ihnen angegebenen Platz am Rande des großen Kreises angesteuert. Der Kreis würde sich schließen, Verteidigungsstellungen würden errichtet werden, Grifflingsschiffe würden sie bald wieder aufnehmen und in die Dunkelheit zurückbringen, in die unendliche Sicherheit des Weltraums.

Eine Erhebung versperrte ihm die Sicht auf die anderen Schirme. Wellen gelben Fells strömten schrecklich rasch unter ihm dahin. Durch sein Entsetzen drang ein einziger Gedanke: ein Anheben der Vorderkante des Gleitschirms würde seinen Flug verlangsamen und ihn Höhe gewinnen lassen. Er lehnte sich in den Gurten zurück. Der Schirm hob sich, wurde langsamer ... bis er förmlich in der Luft stehenblieb. Dann sackte er durch, wurde schneller und schlug auf dem Boden auf. Er rollte sich ab. Der Schirm wickelte sich um ihn, eine der Streben zischte ihm Luft ins Gesicht, als sein Bajonett sie durchbohrte. Als es ihm schließlich gelang, sich aus dem Schirm zu entwirren, war sein Funkgerät stumm. Ein Knie hatte er sich verrenkt, so daß er nur auf drei Beinen humpeln konnte. Die Schwerkraft zerrte ihn nieder.

An dieses Erlebnis wünschte er sich keinesfalls zu erinnern. Er befand sich viele Makaskrapkithp von dem ihm zugewiesenen Landeplatz entfernt.

✿

Jenny fuhr schlagartig aus dem Schlaf. Ein Unteroffizier vom Dienst stand über ihr und sagte aufgeregt: »Unverzüglich, Major. Der Admiral wünscht Sie sofort im Besprechungsraum. Es ist ein Notfall. Eine Invasion.«

Eine Invasion? Sie setzte sich auf. »In Ordnung, Sergeant. Ich komme.«

»*Sofort*, Major!«

»Ich habe es gehört. Vielen Dank.«

Sie schlüpfte rasch in ihren Kampfanzug. Von Handfeuerwaffen hatte er nichts gesagt. *Wir befinden uns zwar im Kriegszustand, aber sie werden doch nicht in Colorado Springs einmarschieren!*

Als sie den Einsatzraum betrat, war sie nicht mehr so sicher.

Admiral Carrell, noch immer in Zivil befand sich in einem der wie eine Schublade vorspringenden logenähnlichen Kommandostände, von denen aus man die Befehlszentrale überblickte. Jenny blieb vor der Tür stehen und fragte sich, was sie tun sollte.

»Kommen Sie herein, Major.« Carrell wies auf die wandgroßen Bildschirme unter ihnen. Sie zeigten Kansas sowie das südliche Nebraska mit roten Blitzen und von Hand gezeichneten grauen Quadraten bedeckt. Jenny starrte einen Augenblick lang darauf und versuchte zu begreifen, was sie da sah.

»Wir hatten keine Symbole für eine Luftlandung in Kansas«, sagte Admiral Carrell. »Also mußten wir sie einzeichnen. Allerdings bedeutet das nichts, da wir keineswegs alle Orte kennen, an denen sie landen.«

»Sind all die roten Marken Atomschläge?« wollte Jenny wissen.

»Wohl nicht«, sagte Carrell. »Bisher haben sie keine A-Waffen eingesetzt. Es war nicht nötig.«

»Verstehe, Sir.« *Sie werfen unter Ausnutzung der kinetischen Energie riesige Gesteinsbrocken ab.*

Ein Generalleutnant des Heeres keuchte im Kampfanzug und mit umgeschnallter Pistole herein.

»Sie kennen General Toland«, sage Carrell. »Nein? General, Major Crichton ist meine Adjutantin. Wie sieht es aus, Harvey?«

»Wenn ich das doch nur wüßte, Thor. Es ergibt einfach keinen *Sinn.* Sie können unmöglich Kansas angreifen. Ganz gleich, wie groß das verdammte Schiff ist, *so* viele Soldaten passen da keinesfalls rein.«

»Was also tun sie dann?«

General Toland schüttelte den Kopf.

Carrell sagte: »Jenny, trommeln Sie bitte mal die SF-Leute zusammen und setzen Sie sie an die Arbeit. Sie können dazu den großen Besprechungsraum nehmen. Lassen Sie Fernsehbildschirme aufstellen, holen Sie Kartenmaterial, besorgen Sie Kaffee und Whiskey — von mir aus auch Nutten, wenn ihnen danach ist. Auf jeden Fall brauche ich *Erklärungen!*«

✿

Schwitzend lag Harry im Weizenfeld. Es war warm, doch er hätte jetzt auch in einem Schneesturm geschwitzt.

Die Straße konnte er nicht sehen, aber er hörte das Fahrzeug auf ihr. Der Motor klang anders als alles, was er je gehört hatte.

Dann hörte er es rascheln im Weizen. Jemand — *etwas* — näherte sich.

Die Halme standen zu dicht, als daß er hätte hindurchsehen können. Seine Welt war auf einen Umkreis von fünf Metern oder weniger zusammengeschrumpft. Er konnte gerade noch Melissas leuchtendrotes Kopftuch sehen. *Ich hätte ihr raten sollen, es abzunehmen. Jetzt ist es zu spät. Wir können uns sowieso nicht verstecken.*

Die Geräusche kamen näher. Sie waren überall um ihn herum.

Und was jetzt? Die Pistole verlieh ihm kein Gefühl der Sicherheit. Er war kein guter Schütze. Ihm fiel ein, was ihm ein alter Afrika-Söldner einmal über Elefanten gesagt hatte. Es sei schwer, sie im vollen Lauf zu bremsen und noch schwerer, sie zu töten. Man mußte sie genau an der richtigen Stelle treffen. Eine Kugel vom Kaliber 11,43 mm würde die wohl kaum beeindrucken, außer sie traf genau an einer entscheidenden Stelle …

Aber es sind keine richtigen Elefanten. Vielleicht sind sie gar nicht so zäh. Wahrscheinlich würde ich die richtige Stelle nicht finden.

Er hörte Jeri aufkreischen, dann zwei Schüsse aus ihrer Walther. Melissas Tuch fuhr hoch, dann bewegte sich etwas, und sie verschwand im Weizen. Es gab nichts, auf das er hätte schießen können. Harry sprang auf und lief auf das Geräusch zu.

Dabei hörte er etwas hinter sich. Er wandte sich um …

Ein Zwergelefant war hinter ihm her. Ein weiterer näherte sich von der Seite. *Die haben ja Mäntel mit Kapuzen an!* Harry zielte auf den einen und schoß. Der Elefant ließ sich nicht beirren. Etwas wie Peitschenschnüre schlug ihm gegen Arm und Seite, so daß er herumgerissen wurde und ihm die Pistole aus der Hand fiel.

Der andere Elefant kam auf ihn zu. In seinem Rüssel, der aussah wie eine neunschwänzige Katze, hielt er ein Gewehr mit aufgepflanztem Bajonett. Es zielte genau auf Harrys Kehle.

»Melissa! Lauf!« kreischte Jeri.

Harry wandte sich um, um zu ihr zu gelangen.

Etwas fuhr ihm pfeifend um die Knöchel und riß ihm die Füße unter dem Leib weg. Er fiel schwer in den Weizen. Der Elefant stand mit auf ihn gerichtetem Bajonett über ihm. Der andere stellte sich daneben.

»Psh-thish-ftpph.«

Harry sah verständnislos nach oben.

Die Elefanten wiederholten die Laute, diesmal lauter.

»Schon gut, verdammt noch mal, ihr habt mich!« Er blieb liegen, wo er war, wälzte sich halb herum. Bei der kleinsten Gelegenheit würde er …

Wieder zischelten die Außerirdischen. Dann fuhr mit einemmal ein Rüssel herab und drehte Harry auf den

Rücken. Einer der Angreifer zog Harrys Hände über den Kopf. Der andere ragte über ihm auf.

Mein Gott, die wollen mich zertrampeln! Harry wand sich, um freizukommen. Der Fuß wurde auf seine Brust gestellt. Es geschah fast sanft. Harry zappelte, er riß eine Hand frei und kratzte mit den Nägeln an dem Fuß, versuchte, ihn nach oben zu drücken, sich seitwärts wegzurollen. Sein Kinn wurde von Krallen gehalten, und ein schweres Gewicht drückte auf seine Brust, preßte die Luft aus ihm heraus, es klang wie verzweifeltes Zischen. Er verlor das Bewußtsein.

Undeutliche Wahrnehmungen in seinem Gehirn, Erinnerungen an einen Alptraum. Er atmete schwer wie ein Blasebalg! Er rollte sich zur Seite in... Weizen? Unmenschliches Schreien und Brüllen drang an seine Ohren. Es klang, als wäre in einem Zoo Feuer ausgebrochen.

O Gott. *Jeri.* Harry versuchte aufzustehen und schaffte es bis auf ein Knie.

Die Zwergelefanten versammelten sich auf der Straße. Harry erhaschte einen Blick auf Melissa, die auf dem Rücken eines der Angreifer hockte und von einem sich verzweigenden Rüssel dort festgehalten wurde. Jeri bewegte sich taumelnd voran, von Angreifern umzingelt.

Auf der Straße wartete ein Fahrzeug von der Größe eines Schwerlasters. Es hatte keine Räder und sah aus wie ein riesiger Schlitten. Der Motor lief nicht.

Sie luden Melissa in das Fahrzeug und stießen Jeri hinter ihr hinein. Einige der Angreifer sprangen auf die große Ladefläche. Das Fahrzeug erhob sich lärmend auf einer Staubwolke: *Aha, Luftkissengleiter.* Es sauste davon.

Harry schienen die Außerirdischen ganz und gar vergessen zu haben.

Er kroch langsam davon und gab sich Mühe, die Weizenhalme so wenig wie möglich in Bewegung zu versetzen. Was blieb ihm nun? Sie hatten ihm die schwere Pistole genommen, aber vielleicht hatten sie sein Motorrad dagelassen, und Carlotta wartete immer noch. Es sei denn, sie waren auch dort gelandet.

✿

Auf allen Wegen flohen die Beutewesen aus dem Dorf. Fahrzeuge galten als Waffen und wurden auch so behandelt, doch wer zu Fuß war, durfte sich ergeben. Man mußte es den Erdlingen beibringen: In manchen Fällen mußte man sie niederschlagen und in die richtige Stellung rollen. Wer anschließend aufstehen konnte, konnte ungehindert seiner Wege gehen.

Das Dorf war stärker in Mitleidenschaft gezogen worden als nötig. Es betrübte Tshintithpit-mäng: einige Bewohner waren tot, einer war bei lebendigem Leib in Stücke gerissen worden, sein Schreien gellte ihm noch immer in den Ohren, Gebäude waren zerstört, der Geruch nach Sprengstoff und Brand hing in der Luft; der flache Trichter, wo der Fels heruntergekommen war ... *Wir kennen sie nicht. Lieber etwas zuviel Gewalt anwenden als zuwenig.*

Durch Befragen vorüberkommender Krieger fand Tshintithpit-mäng den Achtschaft-hoch-drei-Führer in einem großen, roten Gebäude mit einem Säuleneingang.

Siplisteph war von nahezu quadratischen Bündeln bedruckter Blätter umgeben, die an einer Ecke gebunden und bunt verziert waren. Er durchblätterte eines dieser Bündel, es enthielt neben dem Druck Zeichnungen. Der junge Schläfer schien entspannt, schien sich äußerst wohl zu fühlen. Er sah träumerisch auf und sagte: »Es ist so schön, wieder einmal einen *Himmel* zu sehen.« Seine Augen richteten sich auf Tshintithpit-mäng. »Du kommst spät.«

Tshintithpit-mäng sagte: »Einer hat sich nicht gemeldet. Davon abgesehen haben wir keine Verluste.«

Siplisteph hob seine Grifflinge. »Die anderen haben Krieger verloren. Du wirst befördert. Zusätzlich zum Kommando über deine Achtschaft bekommst du das stellvertretende Kommando über die Acht-hoch-zwei-Einheit, der du angehörst.«

»Hat es schwere Verluste gegeben, Achtschaft-hoch-drei-Führer?«

»Ziemlich viele in der Führerschaft. Wir haben einen Achtschaft-hoch-drei-Führer verloren.«

»Es sind lauter Raumgeborene ...«

»Diesen Gedanken solltest du besser nicht aussprechen, Tshintithpit-mäng.«

Schläfer! Winterheim ist eure Heimat, aber wie können wir selbst uns inmitten dieses endlosen Horizontes finden, unter diesem unendlichen Himmel? Das konnte er nicht sagen. »Leitet mich.«

»Fahr mit deinem Bericht fort!«

»Ich gehorche. Achtschaft-hoch-drei-Führer, ich habe zwei Weibchen gefangengenommen. Das eine ist die Gefährtin eines kräftigen Mannes, das andere ihr Kind. Ich habe die Unterwerfung des Mannes angenommen und ihn zurückgelassen.«

Die Ohren Siplistephs stellten sich aufmerksam auf. »Er hat sich unterworfen?«

»Man mußte es ihm zeigen.« Aber der Zwischenfall hatte einen schlechten Nachgeschmack bei Tshintithpit-mäng hinterlassen, und er fuhr fort: »Achtschaft-hoch-drei-Führer. Ich habe ihn niedergeschlagen und meinen Fuß vorsichtig auf ihn gestellt. Er hat sich gewehrt und um sich geschlagen. Ich habe kräftiger zugedrückt, bis er sich nicht mehr wehrte. Als ich den Fuß hob, bewegte er sich nicht mehr. Ich frage mich, ob ich ihn getötet habe.«

»Das ist das Problem der Umerzieher, nicht unseres.« Die Augen Siplistephs wandten sich erneut den Bildern zu.

»Leitet mich«, sagte Tshintithpit-mäng und kehrte zu

seiner Achtschaft zurück. Aber die Sache beschäftigte ihn. Die Eroberung von Winterheim durch Hinabstürzen von Gesteinsbrocken und die Unterbrechung von Versorgungswegen hatte bestimmt den achten Teil eines Sechstels der armen, mißgestalteten Lebewesen getötet. Nun, so war es im Krieg eben. Aber grundlos tötete ein Fi' nicht, und keinesfalls einen Gegner, den es zur Unterwerfung bewegen konnte. Warum kämpfte das Tier weiter, wenn es so wenig aushielt?

Tshintithpit-mäng erinnerte sich daran, wie der Brustkorb des einen Männchens unter seinem Fuß nachgegeben hatte. Es hatte um sich geschlagen, gekratzt und schließlich aufgehört, sich zu bewegen … es wußte nicht, wie man sich unterwarf. Keiner von ihnen wußte das. *Schlimm.*

16 Die Unterwerfung

Ein Mensch in einem Gefangenenlager in den Händen seiner Feinde ist Fleisch und bestürzend verwundbar.
Die Disziplin, die Menschen im Angesicht von Angst, Hunger und Gefahr zusammenhält, ist unnatürlich. Belastungen, die der durch Angst und Panik erzeugten gleichkommen und über sie hinausgehen, müssen den Menschen auferlegt werden. Einige dieser Belastungen nennt man Zivilisation. Und noch die höchste Form der Zivilisation verlangt nach Führerschaft.

T. R. FEHRENBACH
Diese Art Krieg

Zeit: 80 Stunden nach der Stunde Null

Die der Außenhaut zugekehrte Wand lag unten, die Tür befand sich in der Decke. Wahrscheinlich würde das eine Weile so bleiben.

Etwa eine Stunde lang hatte das Schiff beschleunigt, anschließend war es eine halbe Stunde lang frei gefallen und dann wieder in die Rotationsphase eingetreten. Einige Tage waren ohne weitere Veränderungen vergangen. Vermutlich würde es eine Stunde oder länger dauern, die Rotation zu stoppen.

Rotation würde das Mutterschiff bei einer Schlacht behindern, also mußte die Erde, so schloß Wes Dawson, weit zurück und außer Reichweite liegen.

Nikolai und Dmitri unterhielten sich leise: Nikolai machte ein finsteres Gesicht, meist sprach Dmitri. Unter dem Einfluß der Schwerkraft war Nikolai wieder zum Krüppel geworden.

Die Außerirdischen hatten keine Zeit verloren. Sie lehrten ihre Gefangenen bereits ihre Sprache. Wes fand das beruhigend. Die Sowjetrussen allerdings wurden getrennt unterwiesen, und sie hatten deutlich durchblicken lassen, daß ihnen nichts daran lag, Wes an ihren neuen Kenntnissen teilhaben zu lassen. Er wiederholte jetzt seine Aufgaben allein, und beim Lernen sprach er die fremden Laute flüsternd aus.

Srapk bedeutete soviel wie ›Norm-Rüssellänge‹ und maß etwa einen Meter achtzig. Ein *Makasrapk* war acht-hoch-drei Srapkithp, also fünfhundertzwölf, knapp einen Kilometer.

Wes hatte versucht herauszubekommen, was ›Rüssel‹ hieß. Es gab offenbar kein Wort dafür. Ein scharfes Schnauben, *Snnfp,* bezeichnete die Nüster oder den Oberrüssel. *Pa'* war die einzelne Verzweigung, sozusagen ein ›Finger‹ des Rüssels; *Pathp* bezeichnete, mit der Einzahl eines Verbs, die Gesamtheit der von den Außerirdischen als ›Grifflinge‹ bezeichneten Greifglieder, ähnlich wie ›Geäst‹ oder ›Gebüsch‹, diente aber zugleich auch als Plural, wie ›Äste‹ und ›Büsche‹ ...

Tshejtrif hieß *Fuß.*

Sfaftiss war die Anrede für Takpassih; es bedeutete *Lehrer.* Der andere *Sfaftiss* sagte nichts, und sein Name war schwieriger auszusprechen: Rästapisp-mins. Beide *Sfaftissthp* kamen ihm alt vor, aber es sah aus, als seien sie auf verschiedene Weise gealtert. Konnte es zwei Rassen dieser Wesen geben? Allerdings bezeichneten sie sich mit demselben Begriff: *Tshaptisk Fithp.*

Tshapt hieß bewegen, *tshaptisk* bewegend, umherziehend. *Tshaptisk Fithp* war das Wort nicht nur für diese Wesen, sondern für jeden, der seinen Heimatplaneten verließ. Das umherziehende Volk, in etwa: die Ziehende Herde?

Fi' hießen die Außerirdischen als Einzelwesen. Die

Silbe wurde durch eine Art Aufstoßen abgeschnitten und klang wie der Teil eines Wortes. *Fithp* waren mehrere von ihnen — und die gesamte Gattung. Als sei ein einzelner kein Ganzes und Vollständiges, so wie *Pa'* nur eine der Verzweigungen des Rüssels *Pathp* war. Offensichtlich waren es Herdentiere.

Tashajämp war Takpassihs Gehilfin. Jedenfalls vermutete Dawson, daß sie ein Weibchen war: der Leder- oder Kunststoffleck an ihrem Geschirr bedeckte eine andere Stelle weiter hinten an ihrem Rumpf als bei Takpassih. Vielleicht verwechselte er die Geschlechter auch; aber er mochte nicht fragen.

Die Tür öffnete sich nach oben, es war eine Falltür. Die Gefangenen sahen auf und warteten.

Es war Takpassih: Wes hatte gelernt, ihren Lehrer an der faltigen, dicken Haut zu erkennen und an den Augen, die stets zwinkerten, als sei das Licht zu hell. Takpassih sah zu, während Krieger der Außerirdischen vor der Falltür eine Plattform anbrachten. Sie glitt leise durch Nuten in der Polsterung der Steuerbordwand nach unten und bot genug Platz für einen Außerirdischen, mehr als genug für Wes und Arwid. Wes hatte angenommen, sie würden eine Leiter herablassen, aber damit konnten diese Wesen wohl nichts anfangen.

Takpassih, Tashajämp und acht bewaffnete Krieger warteten im Gang. Die Plattform senkte sich erneut für Dmitri und Nikolai. Giorge ließen sie zurück.

✿

Vergeblich hatte Arwid gehofft, es werde ein Fenster geben. Je vier Weltraum-Soldaten eskortierten sie vorn und hinten. Takpassih und Tashajämp reihten sich zwischen ihnen bei den Gefangenen ein. Für Nikolai hatten sie ein Räderfahrzeug aufgetrieben. Arwid schob es. Wes versuchte, Tashajämp zu erklären, daß sie etwas brauchten, um ihre Nahrung zu erwärmen. Arwid hörte nicht darauf. Er versuchte, sich mit den Bauprinzipien des Mutterschiffs vertraut zu machen.

Die Gefangenen mußten barfuß über den schwammartigen und patschnassen Teppich gehen. Die Türen im Boden öffneten sich zur Gangwand hin.

»Ich vermute«, sagte Arwid auf russisch, »daß jede Öffnung, die groß genug für einen der Außerirdischen ist, zwei oder drei von uns gleichzeitig durchläßt. Vielleicht bewachen sie Öffnungen nicht, durch die gerade ein Mensch passen würde.«

Dmitri nickte.

»Klettern können die bestimmt nicht. Eine Wand, die ein Mensch ohne weiteres überwinden kann, wäre für sie ein unübersteigbares Hindernis.«

Erneut nickte Dmitri.

»Hast du etwas gesehen, das mir vielleicht entgangen ist?«

Dmitri sagte: »Du hast zwar erst etwas gesagt, als wir einen Gang erreicht und uns in Bewegung gesetzt hatten. Das ist in Ordnung, aber bist du sicher, daß unsere Lehrer nicht Russisch sprechen?«

»Sie sprechen Englisch und machen kein Geheimnis daraus. Warum sollten sie damit hinter dem Berg halten, wenn sie Russisch könnten? Außerdem müssen wir ab und zu ja auch miteinander sprechen.«

»Vielleicht. Glaubst du, wir könnten ihre Gewehre benutzen?«

Ganz vorn am Lauf waren Haltestege für den verzweigten Rüssel eingearbeitet, und auch der Abzug lag weit vorn. Das Kaliber war gewaltig, der Kolben kurz und sehr breit. »Ein Mensch kann sie wohl nicht an die Schulter setzen, und wahrscheinlich würde man vom Rückstoß das Bewußtsein verlieren, außer … du stützt die Waffe irgendwo ab, auf dem Fußboden, an einer Wand, an einem Möbelstück. Schwer zu zielen.«

»Unternimm jedenfalls erst etwas, wenn ich es sage.

Was ist mit Dawson? Ob er irgendwelche Dummheiten probieren würde?«

»Ich …« Arwid unterbrach sich. Sie waren am Ziel.

Die breite Tür wurde wahrscheinlich benutzt, wenn das Mutterschiff beschleunigte, der Aufzug hingegen nur, wenn im Raumschiff Rotations-Schwerkraft herrschte. In dem unten liegenden großen Raum befanden sich bereits über ein Dutzend der Weltraumwesen.

Die Gefangenen stiegen hinab, die Soldaten blieben oben.

Die Außerirdischen sahen hinauf. Die meisten hatten ihre Rüssel auf den Kopf geklappt, offensichtlich eine Ruhestellung. Die Augenlider hingen herab, was ihrem Blick etwas Trauriges verlieh. Die schwarzen Pupillen verliefen zu einem rauchgrauen, weißen Ring. Obwohl die Augen weit auseinander lagen, ermöglichten sie ganz offensichtlich ein räumliches Sehen. Die kräftigen Muskeln am Ansatz des Rüssels bildeten Rillen. War der Rüssel hochgeklappt, konnten die Augen an ihnen entlang etwas fixieren: wie mit dem Visier eines Gewehrs. Der Blick dieser Augen war schwer zu ertragen.

Nikolai riß sich zusammen und hielt dem Blick der Weltraumwesen stand. Arwid murmelte: »Gib dich servil, Nikolai! Wir unterwürfigen Diener der neuen Herren warten auf unsere Anweisungen.«

Nikolai nickte und senkte den Blick. Seine Stimme klang gelassen. »Ich habe keine Entlüftungsöffnungen gesehen. Vielleicht wird die Luft durch die Bodenbeläge gefiltert. Der Teppich ist naß. Sie haben offenbar gern nasse Füße.«

Ohne weiteres hätte der Raum drei- bis viermal so viele Weltraumwesen aufnehmen können, wie jetzt darin waren. Takpassih sagte rasch etwas zu ihnen und sprach dann langsamer mit den Erdlingen. Arwid versuchte, die Namen zu behalten: Pastempih-keph. K'tarfukeph. Fathistih-talk. Tshaupin-talk. Fistartih-thaktan.

Kulpulih. Peikartänk. Zwei kleinere Außerirdische wurden nicht vorgestellt. Sie starrten die Gefangenen neugierig an und drängten sich dicht an die größeren Weltraumwesen. Offensichtlich Jungtiere.

Sinnlos, sich die Namen einprägen zu wollen. Wichtig war es, sich die soziale Rangordnung der Außerirdischen zu merken. Sie traten gruppenweise auf, und es würde nicht leicht sein, ihre Körpersprache zu erlernen, das wußte er bereits.

Pastempih-keph (männlich) und K'tarfukeph (weiblich) mit ihrem Jungen (männlich) standen hoch in der Rangordnung, entsprechend einem Vorsitzenden, Präsidenten oder Admiral. Die Gleichheit der letzten Silbe des Namens wies darauf hin, daß sie Lebensgefährten waren; das hatte er bereits gelernt. Einer gab den Ton an, und Arwid war nicht sicher, ob das immer das Männchen war. In ähnlicher Weise gehörten Fathistih-talk und Tsaupin-talk zusammen, sie standen in der Nähe des Admirals. Berater? Ausschließlich der Mann redete. Aha.

Fistartih-thaktan (männlich), Kulpulih (männlich) und Peikartänk (weiblich) bildeten gleichfalls eine Gruppe. Die zusätzlichen Silben bedeuteten wahrscheinlich, daß Fistartih-thaktan eine Gefährtin hatte. Er war schon alt, seine Haut war faltig, und in seinen Augen lag ein schmerzlicher Blick ... wie auch in denen ihres Lehrers Takpassih. Er trug ein reich verziertes Geschirr, es wirkte wie ein aus Silberdraht hergestellter Wandbehang. Er sah die Erdlinge prüfend an, wie ein Richter. Das Paar an seiner Seite war deutlich jünger: helle Augen, glattere Haut, rasche Bewegungen.

Nikolai sagte: »Ich hatte gedacht, daß die Oberbonzen Uniform tragen. Sie alle haben dies merkwürdige Geschirr mit dem Rucksack drauf. Könnten vielleicht die Farben und Muster ...?«

»Ja, es sind Rangabzeichen. Dawson nimmt an, daß wir keinen bekleideten Außerirdischen zu sehen bekommen. Wahrscheinlich machen ihnen die riesigen Leiber die Wärmeregulierung schwer genug.«

Der Raum wurde dunkel. Eine Wand schien zu verschwinden, und Arwid begriff, daß sie in einem Vorführsaal waren, wie in einem Kino.

Rogatschow erkannte das riesige Raumschiff, eine Tonne, deren Umfang fast ihrer Länge entsprach. An ihrem hinteren Rand waren kleinere Fahrzeuge zu sehen, einige noch nicht an Ort und Stelle verzurrt. Eine Art Weltlandschaft aus Blau und Weiß konnte die Erde sein, allerdings vermochte Arwid keine Einzelheiten der Oberflächengestalt zu erkennen. Die polierte Kugel in der Nähe ... ein Mond? Nein, sie bewegte sich langsam.

Takpassih sprach. Hie und da verstand Arwid ein Wort und übersetzte es frei: »Aufpassen, nicht bewegen. Ihr seht ... Reise (Tshapt) zur Erde?. Bauen ... *Thaktan Flishithy.*« Arwid lächelte. Er hatte schon angenommen, daß das ihr Name für das Mutterschiff war, und ganz offensichtlich korrespondierte er mit dem Bild auf der Leinwand, das die Konstruktion eines Raumkreuzers zeigte.

Regungslos sah er zu. Die Außerirdischen um ihn herum rührten sich nicht und sagten kein Wort.

Binnen Sekunden waren die letzten der kleinen Raumschiffe festgemacht. Zeitrafferaufnahmen. Ein Stück Ofenrohr, etwas größer im Durchmesser als *Thaktan Flishithy,* kam vom Bildrand herangetrieben und wurde hinter dem Ring aus kleineren Raumfahrzeugen befestigt.

Die glänzende Kugel wurde am Vorderende des Mutterschiffs angebracht. Sie war größer als alles andere zusammen. Eine Schutzhülle, die eine Anzahl von Sensoren und Instrumenten enthalten mochte, kroch an einem schlangenähnlichen Arm um sie herum.

Vom Rand des Bildes fiel etwas nach innen: helle Flammen von chemischen Raketen um ... um etwas Rechteckiges herum. Es schrumpfte zu einem Punkt und strebte dem Schiff zu. »Laden Podo Thaktan in *Thaktan Flishithy*«, sagte Takpassih.

Das Wort *Thaktan*. Zuerst hatte Arwid angenommen, es bedeute *Fähigkeit* oder *Wissen*, aber — Fistartih-thaktan? Eine Gefährtin für ihn war noch nicht genannt worden. War dies Fi' womöglich mit dem *Raumschiff* verpaart, also sozusagen verheiratet?

Alles zu seiner Zeit. Arwid warf einen Blick auf Dawson. Dessen Blicke folgten gebannt den Vorgängen an der Projektionswand, und so konnte Arwid die Außerirdischen unauffällig mustern.

Fünf der Fithp zeigten Anzeichen einer schleichenden Krankheit, jedenfalls hing die Haut schlaff an ihnen hinab, und ihre Augen wirkten entzündet. Es schien nichts mit dem Alter zu tun zu haben. Pastempih-keph und K'tarfukeph (Admiral mitsamt Gefährtin) waren nicht jung, hatten aber auch diese Krankheit nicht. Die Kranken hielten sich beisammen. Sie sahen alle etwa gleich alt aus, die übrigen Weltraumwesen waren von sehr unterschiedlichem Alter.

Der Berater des Admirals und seine Gefährtin gehörten zur Gruppe der Kranken. Ein weiterer Kranker versuchte, zu ihnen zu sprechen, während ihn ein weibliches Weltraumwesen in ziemlich unfeiner Weise daran zu hindern versuchte.

Eine Spaltung unter den Außerirdischen konnte sich als nützlich erweisen.

✿

Wes Dawson sah einen Planeten vorüberziehen … eine bunte Welt wie die Erde, blau mit weißem Zuckerguß. Nur wenige Sekunden lang versuchte er, die Gestalt von dessen Kontinenten zu enträtseln. Keiner kam ihm bekannt vor.

Das Raumschiff der Eindringlinge war nur etwa eine Minute im Blickfeld der Kamera zu sehen gewesen. Diese Kamera hatten sie wohl dort gelassen. *Thaktan Flishithy* war mehr als das zylinderförmige Kriegsschiff, das eine Umlaufbahn um die Erde erreicht hatte. Eine riesige, zerbrechlich wirkende Kugel saß auf seiner Spitze. Bestimmt diente sie der Brennstoffversorgung. Und der Ring …

Er sah an der Flanke von *Thaktan Flishithy* entlang nach hinten, an einem kräftigen Ring vorbei, der wie ein breiter Trauring das hintere Ende umschloß. Die Sonne wurde kleiner, eine zweite schob sich ins Bild. Beide schrumpften rasch zu hellen, weißen Sternen, deren Licht sich nicht sehr von dem der Erdsonne unterschied. Aus der Farbe der Zellenbeleuchtung hatte Wes das bereits geschlossen.

Man sah gleichbleibendes weißes Licht hinter dem Ring. Die Antriebsflamme wurde dunkler — Wes mochte es nicht recht glauben — und ein schwacher, violetter Schimmer drang aus dem schwarzen Hintergrund.

Wäre jetzt im Vorführraum eine Bombe detoniert, Wes Dawson hätte es nicht gemerkt. Nur am Rande bekam er mit, was der Kommentator sagte. »*Thaktan Flishithy* muß sich sehr rasch bewegen, bevor wir die (langes Wort) benutzen. Spart …« Interessant. »Auf halber Strecke zum Erdstern …« — ob damit die Sonne der Erde gemeint war? — »verzögern wir. Das ist schwierig.«

Aber was er sah, sprach deutlicher als die Worte.

Die Zeit im Film wurde stärker gerafft. Die Antriebsflamme wurde wieder hell, erstarb. Der violette Schimmer im Hintergrund, den Wes zu sehen gemeint hatte, war nicht da. Maschinen und Außerirdische, winzig wie Stäubchen, wurden sichtbar und lösten die Kugel von der Spitze des Raumfahrzeugs; die Sterne durchliefen einen Bogen von hundertachtzig Grad; erneut flammte das Triebwerk auf, wurde wieder dunkel, und die Sterne vorn lagen in violettem Schwarz — er hatte es sich also nicht eingebildet —, dann flog *Thaktan Flishithy* an seinem losgelösten Brennstofftank vorbei weiter in den Weltraum hinaus.

Den Zeitsprüngen im Film nach zu urteilen war ziemlich viel ausgelassen worden. Vielleicht befürchteten die Außerirdischen, ihren Gefangenen zu viele Einzelheiten zu zeigen. Wes nahm als selbstverständlich an, daß sie nicht viel über das Innere des Raumschiffs erfahren würden. Als nächstes zeigte eine Zeitrafferaufnahme, wie ein gewöhnlicher Stern immer heller erstrahlte, bis er förmlich in Dawsons Gesicht explodierte. Fluchend bedeckte er die Augen mit der Hand, nahm sie aber sofort wieder weg.

Sie mußten in die Nähe des Merkur gekommen sein. Irgendwo dort war der helle Schimmer des Triebwerks glänzender geworden. Der ›Trauring‹ um das Schiff war verschwunden. Dawson hatte nicht gemerkt, wann. Er knurrte ärgerlich.

Takpassih hörte auf zu reden, und seine Augen blitzten kurz zu Dawson hinüber. Niemand merkte es.

Die Kamera sah an der Spitze des Mutterschiffs entlang, während die Sonne des Planeten Erde kleiner wurde. Dann kamen Teleaufnahmen von Mars und Jupiter, später wuchs Saturn ins Unermeßliche. Das große Raumschiff manövrierte um die Monde herum und näherte sich den Ringen, nach wie vor langsamer werdend. Wes erkannte die drei klassischen Bänder des Rings, die sich in Hunderte von Einzelringen auflösten, als das Schiff näher kam. Der F-Ring wand und verzog sich, während der Ausstoß vom Antriebsreaktor der Feinsteuerung über ihn wegfegte.

Kleinere Raumschiffe lösten sich von *Thaktan Flishithy*. Der Start erfolgte über Schienen zum Heck hin. Die Kameras folgten ihnen nicht. Ein Teleskop zeigte etwas, das zierlich wie ein Schmetterling aussah, aber nicht annähernd so schön. Standbild. Takpassih deutete darauf und gab fragende Geräusche von sich.

»*Voyager*«, sagte Dawson. Er probierte einige Wörter

der Sprache der Eindringlinge aus. »*Wir haben es gemacht. Meine Fithp.* Die Vereinigten Staaten von Amerika!«

»Ist es gekommen, um zu …« — unverständliches Gebrabbel. Der Lehrer versuchte es erneut. »Um uns anzusehen? Wußtet ihr von uns?«

Das Wort mußte etwas Ähnliches wie *spionieren* bedeuten. »Nein.«

»Warum dann?«

»Um den Saturn zu erforschen.« Zorn stieg in Wes Dawson auf. Er verstand selbst nicht, warum. Die Außerirdischen waren in feindlicher Absicht gekommen und hatten ohne Warnung getötet. Sie hatten sich den Saturn zunutze gemacht! Ihm schien es, als gehöre Saturn der Erde — der Menschheit — den Vereinigten Staaten, die ihn erforscht hatten, der Wissenschaft und den Science Fiction-Lesern.

Er schwieg. Der Film lief weiter, machte erneut Zeitsprünge. Fast alle Informationen über ihr Treiben im Saturnsystem hatten sie ausgelassen. Zwei Sicheln kamen näher, Erde und Mond. Keilförmige Lichtanzeiger wiesen auf die Mondbasen der Vereinigten Staaten und der Sowjetunion, auf Raummüll in Umlaufbahnen, auf Wettersatelliten, sowjetische Einrichtungen unbekannten Zwecks, die Raumstation …

»Frage: wann ihr gewußt wir kommen?« sagte Takpassih. Dann lauter: »Zeit ihr gewußt wir kommen!«

»Der sechste Teil eines Jahres«, sagte Arwid auf englisch. »Ein Jahr ist …« Seine Hände bewegten sich, mit einem Zeigefinger umfuhr er die Faust, während er in der Sprache der Außerirdischen sagte: »Kreis Erde um Erdstern.«

»Ihr langsame Kämpfer. Ihr wißt wir kommen. Warum so langsam?«

Warum die Verteidiger der Erde so lange gezögert hatten? Wes sagte: »Erd-Fithp Tshaptisk-Fithp vielleicht nicht kämpfen.«

»Ihr kämpft, ihr kämpft nicht, zwei ist eins. Winterheim-Fithp ist Tshaptisk-Fithp. Besser, wenn Winterheim-Fithp nicht kämpft.«

Bei der letzten Provokation dieser Art hatte er einem Hell's Angel mit der Faust das Maul gestopft. »Ihr seid gekommen, um Krieg zu führen? Nur deshalb?«

»Ja, Kriegführen«, sagte Takpassih, als sei er erleichtert, daß er verstanden wurde.

Wes spürte kaum, wie sich eine kräftige Hand oberhalb des Ellbogens um seinen Arm schloß. »Was könnt ihr schon davon haben, wenn ihr zur Erd-Fithp kommt?« Welche Beute konnten sie sich erhoffen? Sie hatten so viel von ihrem Raumschiff abgeworfen, daß sie von Glück sagen könnten, wenn sie imstande waren, dahin zurückzukehren, woher sie gekommen waren!

»Winterheim-Planet ist Welt für Tshaptisk-Fithp.«

✿

Auf Takpassihs gebrüllten Befehl hin waren Krieger herbeigestürzt. Die Gefangenen waren fortgebracht worden. Fathistih-talk half Takpassih auf die Füße. »Bist du verletzt?«

»Mein Stolz schmerzt mich mehr als mein Auge — und mein Snnfp. Dawson hat mich völlig überrascht. Sie sehen so schwach aus!«

»Sie wissen nicht, wann man kämpft und wann man sich unterwirft«, sagte der Berater des Herrn der Herde.

»Dawson ist verrückt«, sagte Umerzieher-Eins Rästapsip-mins. »Aus seinem Verhalten erfahren wir nichts. Müssen wir ihn behalten?«

»Er spricht Englisch als Muttersprache, und das werden wir noch brauchen, bis die anderen die Fithp-Sprache einen oder zwei Srapk besser können.«

»Sie müssen sich unterwerfen, sofort und in aller Form«, erklärte Rästapisp-mins. »Wir hätten ihnen gleich beibringen müssen, wie das vor sich geht, damit sie es künftigen Erdlings-Gefangenen zeigen können.«

Die Erinnerung blitzte in Takpassihs Vorstellung auf, sie schmerzte mehr als sein Auge. Ihm wurde klar, warum er diesen wichtigen Schritt hinausgezögert hatte. »Natürlich hast du recht, Umerzieher-Eins. Jetzt möchte ich zur Krankenstation. Anschließend treffe ich euch im Gang über dem Absonderungs-Pferch.«

✿

Das Atmen schmerzte ihn, aber atmen mußte Wes. Hände ertasteten die Quelle des stechenden Schmerzes in seinen Rippen. Keuchend bemühte er sich, die Augen zu öffnen. Ein roter Dunstschleier, der sich allmählich auflöste … Die Schatten um ihn herum erwiesen sich schließlich als Menschengesichter …

»Was ist los?«

»Sie haben den Lehrer Takpassih angefallen, und ich wollte Sie daran hindern«, sagte Dmitri. »Erinnern Sie sich?«

Ja, er hatte rotgesehen. Seine Reflexe mußten auf irgendeiner Ebene richtig funktioniert haben, denn er hatte nicht einfach die Faust geschwungen, sondern sich nach vorn geworfen, zwischen die Verzweigung von Takpassihs Rüssel gegriffen und seine Finger scharf in dessen Nüstern gestoßen. Der Lehrer hatte laut lostrompetet, und seine Grifflinge hatten sich reflexartig um Wes' Brustkorb geschlossen. Während seine Rippen knackten und die Luft aus ihm herausgepreßt wurde, hatte Wes am Rüssel entlang seinen Daumen unter Takpassihs dickes rechtes Augenlid geschoben und sich mit aller Kraft bemüht, daran zu drehen und zu zerren. An mehr konnte er sich nicht erinnern.

»Warum haben Sie das getan?«

»Sie wollen überhaupt nicht verhandeln«, sagte er. »Sie sind gekommen, um die Erde zu erobern.«

Dmitri Gruschin nahm Dawsons Kinn in seine Hand und drehte es so, daß sie einander in die Augen sahen. »Tun Sie so was nie wieder. Sie würden uns alle umbringen — für nichts und wieder nichts.«

Sie schwiegen eine Weile. Dann begannen Arwid und Dmitri zu reden. Wes konnte dem Gespräch mit seinen bruchstückhaften Russischkenntnissen nicht annähernd folgen. Ohnehin beschäftigten ihn die Bilder in seinem eigenen Kopf weit mehr.

Unvermittelt fragte er: »Haben Sie das auch gesehen? Sie haben das halbe Raumschiff unterwegs abgeworfen.«

»Ja«, sagte Arwid. »Den Außentank und den breiten Ring.«

»Ich halte es für ein modifiziertes Bussard-Staustrahl-Triebwerk.«

»Was meinen Sie damit?«

»Eine Möglichkeit, den interstellaren Raum zu überwinden. Der Antrieb erfolgt über Kernverschmelzung. Den Brennstoff dafür gewinnt man durch Aufnahme von Wasserstoff aus dem Weltraum.«

Arwid winkte ab. »Bestimmt hat noch nie jemand so was gebaut. Woran wollen Sie so ein Ding also erkennen?«

»Nach dem Start hat sich etwas verändert. Es hat erst ein violettes Glühen hinter dem Schiff erzeugt. Entscheidend ist, daß sie es abgeworfen haben, als sie hier angekommen sind. Nachdem sie die Raumreise hinter sich hatten, haben sie sich seiner entledigt. Es ist ihnen ernst. Sie haben nicht vor zurückzukehren.«

»Ich habe mich mehr darauf konzentriert, die Wesen zu beobachten, die uns gefangengenommen haben. Natürlich haben sie es abgeworfen, um Gewicht zu sparen, aber ... nun ja. Es ist etwa so, als hätten eure englischen Vorfahren nach Erreichen der amerikanischen Küste ihre *Mayflower* verbrannt. Ja, sie werden wohl bleiben wollen.« Arwids Augen wanderten zur Falltür in der

Decke des Raums, die wieder geschlossen war. »Ist Ihnen sonst noch was aufgefallen?«

Wes schlug sich zweimal mit der Faust aufs Knie. »Sie waren am Saturn, als die *Voyager*-Sonden vorbeiflogen. Sie müssen Jahre dort verbracht haben. Wir hätten etwas merken können, wenn sich der Saturn nicht ohnehin so sonderbar verhielte. Dann hätten wir fünfzehn Jahre Vorwarnung gehabt!«

»Es ist schwer, die Pilzwolke zurück in ihr Stahlgehäuse zu stopfen.«

»Zumindest wissen wir, daß das hier ihr Mutterschiff sein muß. Es ist alles, was sie haben.«

»Waren sie schneller als das Licht?«

»Sie haben die Lichtgeschwindigkeit nicht einmal annähernd erreicht.« Wes hatte auf die Auswirkung der Relativität geachtet: nach vorn hätten die Gestirne Blauverschiebung und nach hinten Rotverschiebung zeigen müssen. Nichts dergleichen war zu sehen gewesen.

»Gut. Sie können keine Hilfe erwarten. Das bedeutet zugleich, daß sie mit dem Rücken zur Wand kämpfen. Wohin könnten sie fliehen, wenn wir sie besiegen?«

»Irgendwann müssen sie landen. Vermutlich rechnen sie damit, daß sie uns zu Boden schlagen können. Sie sind verrückt.«

Arwid sah keinen Anlaß zu antworten. Dawson gehörte nicht seinem Volk an, doch jeder Fachmann wußte, daß militärisch gesehen die Erde beherrschte, wer im Weltraum überlegen war. Die Sowjetunion hatte diese Überlegenheit im Weltraum bis vor drei Tagen besessen.

»Ja. Nun, wir haben nicht viel vom Innern des Schiffes gesehen. Sie haben lediglich die letzte Etappe auf ihrem Weg zur Erde gezeigt. Zwar wissen wir, wie das Mutterschiff mit neuem Treibstoff versorgt worden ist, nicht aber, woher der stammt. Vielleicht haben sie Methan-Schnee auf einem Mond aufgenommen und aus ihm Deuterium und Tritium raffiniert. Doch warum hätten sie das nicht zeigen sollen? Sie verbergen etwas.«

»So ist es.«

»Etwas Bestimmtes.«

»Genau.«

Die Falltür schwang auf, und die Plattform senkte sich inmitten argwöhnischen Schweigens. Takpassih stand ganz allein darauf. Ein weiches weißes Tuch bedeckte sein rechtes Auge, ein weiterer Verband lag auf seiner Nüster. Er trug seinen verzweigten Rüssel merkwürdig abgeknickt. Ein zweites Fi' folgte ihm nach unten. Die Soldaten blieben, wo sie waren.

✿

Die Umerzieher standen den Erdlingen allein gegenüber.

Die Gefangenen wirkten harmlos. Sie hatten sich furchtsam und vorsichtig in eine Ecke des Raumes zurückgezogen. Der Schwarze lag auf dem Rücken und versuchte sich umzudrehen. Er schien die Weltraumwesen zum erstenmal bewußt wahrzunehmen.

Rästapisp-mins forderte sie auf: »Tretet von dem Schwarzen weg.«

Der Umerzieher setzte einen Fuß nachdrücklich auf dessen Brust.

Dann hob er ihn und trat zurück. »Jetzt du«, sagte er und wies mit seinen Grifflingen auf den Verkrüppelten. »Komm!«

Die Gefangenen debattierten erregt. Dann rutschte Nikolai auf den Händen zu ihm hin.

Dawson hatte sich bewegt, ohne eine Erlaubnis dazu abzuwarten. Er kniete sich neben den Schwarzen und legte ihm die knochigen Finger an die Kehle. Dann sagte er auf englisch zu den anderen: »Er ist tot.«

Takpassih ließ diese Ungehörigkeit hingehen, um das Ritual nicht unterbrechen zu müssen.

»Umdrehen«, sagte Rästapisp-mins und bewegte seine Grifflinge in einem Kreis. Nikolai schien ihn nicht zu verstehen. Rästapisp-mins drehte ihn mit Gewalt auf den Rücken, setzte den Fuß auf die Brust des Mannes und trat dann beiseite. Er wies auf einen anderen. »Du.«

Einer nach dem anderen unterwarfen sich die Sowjetbürger, bis nur noch Dawson übrig war. Dann trat, wie es wohl abgesprochen war, Rästapisp-mins beiseite, und Takpassih ging auf Dawson zu.

Der Mann stand fest auf dem Boden, die Arme leicht gebeugt, die Handflächen nach außen gedreht. Takpassih vermutete, daß er mit dem Leben abgeschlossen hatte.

Es war ihm herzlich gleichgültig, ob Dawson das Ritual überlebte oder nicht. Er schwang seine Grifflinge mit nahezu voller Kraft. Dawson tauchte darunter hinweg und sprang vor. Takpassih ergriff ihn mit dem zurückschwingenden Rüssel und schleuderte ihn quer durch den Raum gegen die Wand. Noch während Dawson fiel, war Takpassih zur Stelle, packte ihn und drehte ihn auf den Rücken. Der Mann riß Mund und Augen auf. War er vor Angst erstarrt? Takpassih hob seinen Fuß über Dawsons Brust.

Mich hat man nahezu als letzten aufgetaut. Einige der Schläfer haben Hirnschäden davongetragen. Viele haben sich gewehrt, aber die meisten haben sich mit der neuen Lage abgefunden.

Umerzieher-Eins Rästapisp-mins hat die Unterwerfung der Erdlinge in aller Form entgegengenommen. Er ist mein Enkel, älter als ich, wenn ich die acht Jahre außer acht lasse, die ich geschlafen habe. Für ihn war das nichts Neues.

Auch mich mußte er umerziehen. Das war ihm unangenehm, sei es, weil wir verwandt sind oder weil ich ihn anschließend in seiner Aufgabe unterweisen mußte. »Deine Stellung wird sich nicht ändern, Großvater. Wer außer dir ist so gut dafür ausgebildet, fremde Lebensformen so zu erziehen, daß sie fähig sind, mit der Ziehenden Herde zu leben. Aber die Herde hat sich verändert, und du mußt erneut in sie aufgenommen werden.«

Ich drehe mich auf dem Boden, Füße in der Luft, Rüssel schlaff, verletzlich. Andere sehen zu. Der Fuß meines raumgeborenen Enkels auf meiner Brust. »So, es ist vorüber. Jetzt mußt du mit meiner Ausbildung beginnen«, seine Stimme leise, nur für meine Ohren, »mich umerziehen. Ich muß etwas von dem erfahren, was uns zu tun aufgegeben ist.«

Noch heute spüre ich den Fuß, der leicht auf meine Brust drückt. Takpassih senkte seinen Vorderlauf. Ein einfaches Berühren würde hier nicht genügen, es ging nicht um eine symbolische Unterwerfung. Erst als er spürte, wie dic Rippen des Mannes nachgaben, hob er den Fuß.

Dawson wartete, daß noch mehr kam, aber es blieb dabei. Er rollte sich zur Seite und stöhnte laut auf vor Schmerzen.

»Jetzt gehörst du zur Ziehenden Herde«, sagte Takpassih in seiner eigenen Sprache. Er sah, daß Dawson verstand und sich ein wenig zu entspannen schien. Er robbte zu den anderen Gefangenen hinüber. »Ist der Schwarze tot?« fragte Takpassih. »Was hat ihn umgebracht?«

Dmitri antwortete auf fithpisch: »Furcht vor dir. Furcht Fuß bringt Tod.«

Takpassih rief die Krieger herbei. Zwei kamen herunter und trugen den Schwarzen auf die Plattform. Sie schwebte nach oben, senkte sich dann wieder, um die Fithp einen nach dem anderen hinaufzubringen. Takpassih verließ sie als letzter.

17 Bauerngehöfte

Im allgemeinen ist es im Krieg am besten,
ein Land zu besetzen, ohne ihm zu schaden;
es zu zerstören, ist weniger günstig.
Hundert Siege in hundert Schlachten erringen
ist nicht der Gipfel der Kriegskunst.
Er besteht darin, den Feind kampflos zu unterjochen.

SUN TZU
Über die Kriegskunst

Zeit: 100 Stunden nach der Stunde Null

Carlotta lag auf dem großen Himmelbett und versuchte, die Flecken an der Decke zu zählen. Ungebetene Vorstellungen bedrängten sie.

Vor ihrem inneren Auge sah sie erst eine aufgeblähte und zerfetzte Leiche vertrocknet und brüchig durch die leere schwarze Weite des Weltraums treiben, dann einen von Ungeheuern umstandenen Seziertisch.

Nein, ich will das nicht! Sie sprang aus dem Bett. Die Bodendielen knarrten unter ihren Füßen, als sie zur Tür stürmte. Das Haus war alt, als einfacher Viehzüchterhof in der Mitte des 19. Jahrhunderts gebaut und entsprechend dem jeweiligen Familienzuwachs sowie den finanziellen Möglichkeiten erweitert worden. Von Carlottas Großmutter war es an ihre Schwester Juana gefallen, die einen inzwischen emeritierten Professor namens David Morgan geheiratet hatte. Gegenwärtig wurde es lediglich von vier Personen bewohnt: Carlotta, David,

Juana und Lucy. Letztere war eine uralte Haushälterin aus Xuahaca. Juanas Kinder waren längst fortgezogen.

Sharon ist in New Hampshire. Ob ich sie je wiedersehe? Wenigstens hat das Telefon so lange funktioniert, daß ich ihr sagen konnte, sie solle dort bleiben, Gott sei Dank. Wie könnte sie jetzt reisen?

Helles Sonnenlicht erfüllte die Diele vor ihrem Schlafzimmer, und als sie die Küche betrat, sah sie auf der Wanduhr, daß es schon Nachmittag war. *Hat Lucy die Gin-Flasche weggeräumt, oder sollte ich sie ausgetrunken haben, damit ich einschlafen konnte? Etwas müßte doch noch da sein.* Sie trat an den Schrank, spürte aber dabei Lucys mißbilligenden Blick.

»Desayuno, Señora?«

»Gracias, no. Por favor, solamente café.« *Ich setze mich im Morgenmantel nach draußen. Wer soll mich schon sehen, und wen könnte es stören?*

Die Terrasse war viel zu groß. In Carlottas Kindertagen war dort ein Melonenfeld gewesen. Damals hatte man ihren Garten weithin im Land gerühmt. Mit Kürbissen, Melonen und anderen Erzeugnissen hatten die Trujillos auf landwirtschaftlichen Ausstellungen Preise eingeheimst. *Ein hübscher Sitzplatz.* Sie setzte sich an den großen, schmiedeeisernen Tisch. In dem Augenblick, da Lucy den Kaffee vor sich hinstellte, begann es zu donnern.

Donner aus heiterem Himmel war in Kansas nichts Ungewöhnliches, aber dieser hier kam nicht in einzelnen, grollenden Schlägen, sondern dauerte an, nahm an Lautstärke zu, wurde schwächer und dann wieder lauter.

Schließlich zogen glänzende Pünktchen gerade, weiße Linien über den Himmel und säten ganze Wolken von weiteren Punkten aus, die west- und südwärts davontrieben. Lucy schrie vor Schreck laut auf, und da Carlotta die Alte beruhigen mußte, blieb sie selbst ruhig. *Fallschirme. Eroberer. Jetzt ereilt mich das gleiche Schicksal wie Wes.* Doch nichts zeigte sich unmittelbar über ihren Köpfen. *Nicht hier. Jedenfalls noch nicht.*

»Carla«, sagte eine Stimme hinter ihr.

»Ja, Juana?«

»Was ist das?« Der Lärm hatte ihre Schwester herausgelockt. Juana Morgan hielt ein kleines Transistorradio in der Hand, aus dem nichts als Rauschen drang, während sie fieberhaft den Tunerknopf hin- und herdrehte.

»Kondensstreifen. Vielleicht weiß es der Professor.«

»Er ist in die Stadt gefahren, um Zeitungen zu kaufen.« Juana machte eine Pause. »Und Gin.«

»Ah.« Carlotta warf Lucy einen vielsagenden Blick zu. »Sie kommen nicht zu uns«, sagte sie. »Das ist weit weg. Sie kommen wohl auch nicht nach Dighton.«

»Bist du sicher?« wollte Juana wissen.

»Ja.« *Wie, zum Teufel, kann ich sicher sein? Und was könnten wir tun, wenn sie hierher oder nach Dighton kämen? Es sind fünfzehn Kilometer bis dorthin, und David hat das einzige Auto ...*

»David hat auch gemeint, daß sie nicht kommen«, sagte Juana. »Aber die Nationalgarde hat mobil machen lassen. Vielleicht ist David schon bei der Garde!«

»Möglich.« *Wozu soll das gut sein? Lauter Tattergreise mit veralteter Ausrüstung ... Wes hat sich immer für einen besseren Etat der Nationalgarde eingesetzt, aber niemand wollte etwas davon wissen.*

»Lucy, vielleicht sollten Sie Kerzen und Sturmlaternen herrichten«, sagte Juana.

»Sí.« Lucy schlurfte davon, den Blick furchtsam zum Himmel gerichtet.

»So hat sie etwas zu tun. Das bringt sie vielleicht auf andere Gedanken«, sagte Carlotta. »Ich wollte, ich hätte auch was zu tun.«

»Ich auch.«

Carlotta nickte. »Mir gefällt die Rolle des Übernachtungsbesuchs nicht besonders.«

»Es ist ebenso dein Haus wie meins«, sagte Juana. »Ich habe keineswegs vergessen, wieviel du und Wes uns geliehen habt.« Sie saß Carlotta gegenüber. »Laß dich doch einfach jeden Abend vollaufen, wenn es dir hilft. Du hast den Mann wirklich geliebt, was?«

»Ich liebe ihn immer noch.«

»Entschuldige ...«

»Man weiß ja nicht einmal genau, ob er tot ist.«

»Nein.« Ein erneutes Donnergrollen. Juana erschauerte. »Wäre ich doch an deiner Stelle.«

Carlotta runzelte die Stirn.

»Nun, dann wäre David da oben, und nicht Wes. Verdammt. Das klingt entsetzlich. Ich meine ... nun, du liebst deinen Wes wirklich. Man sieht, wie es dich mitnimmt. Mir würde David auch fehlen, wir haben uns immer gut verstanden, aber ... nun, ich wäre anders als du. Ich seh dich ungern in diesem Zustand, Carla. Du warst immer die Stärkere.«

»So? Dann sieh mich doch mal jetzt an! O verdammt, Juana, verdammt, verdammt, was soll ich nur *tun?*«

Juana sah zu dem mit Pünktchen übersäten Himmel empor und erschauderte.

✿

Das Motorrad war intakt geblieben. Harry sah sich verstohlen um. Vom Feind war nichts zu sehen. Er hob die Maschine auf und stellte sie auf den Ständer.

Die Satteltaschen waren mit allen Habseligkeiten darin verschwunden. Die Angreifer hatten sie zusammen mit Jeri und Melissa mitgenommen.

Gottverdammte Mistkerle! Harry fluchte ausgiebig, dann riß er sich zusammen. Mit Flüchen änderte er auch nichts. Ihm war nicht gelungen, was man eigentlich von ihm hätte erwarten dürfen: die Frau und ihr Kind zu beschützen. Daß er ohnehin nichts hätte tun können, war nur ein schwacher Trost.

Er spürte etwas Schweres in seiner Tasche. Die kleine Beretta. Sie hatten sich also nicht die Mühe gemacht, ihn zu filzen. Einen Augenblick lang überlegte er, dann begann er im Weizenfeld herumzustöbern, und fand auch prompt die blaugraue Automatik 11,43. Einer der Eindringlinge mußte sie beiseite geworfen haben. Im Lauf war Erde.

Warum aber dann die Satteltaschen? *Jeris und Melissas Kleider sind da drin.* Sie wollten also die beiden behalten. Warum aber sie, und nicht ihn? Er wußte keine Antwort darauf.

Das Motorrad sprang sofort an. Es schien völlig unbeschädigt zu sein. Weiter vorn hörte Harry Geräusche. Die Eroberer waren immer noch in Logan. Er begann den Lauf der Automatik zu reinigen, ließ es aber dann kopfschüttelnd sein. Sinnlos. Sie trugen schußfeste Rüstungen. Seine Pistole hatte nichts genützt, als sie nur zu wenigen waren, und wenn er sich jetzt nach Logan aufmachte, um Jeri zu retten, würde sie auch ihr nichts nützen — vorausgesetzt, sie war überhaupt noch dort.

Er versuchte, sich die Karte ins Gedächtnis zu rufen. In jenem Teil des Staates Kansas bildete das Straßennetz ein rechtwinkliges Gitter, und nur wenige Straßen verliefen diagonal dazu. Feldwege, die im rechten Winkel die Weizenfelder durchschnitten, führten gewöhnlich nicht zu einer der kleinen Städte, sondern zu den in einigem Abstand voneinander liegenden Bauerngehöften abseits der Straßen.

Bis Logan waren es etwa sechs Kilometer. Harry überlegte, daß sicherlich eine Zufahrtsstraße nordwärts zu einer Farm führen würde, auf der ihn die Eroberer nicht sehen konnten. Er schob die Pistole in den Nierengürtel, wo er sie leicht erreichen konnte, und fuhr in die Richtung, die er sich vorgenommen hatte.

Der Feldweg führte durch die Weizenfelder auf ein zerstörtes Gehöft zu. Er sah den Rauch, lange bevor er hingelangte. Er näherte sich langsam, jederzeit bereit, abzuspringen und in eins der Felder zu laufen. Mehrere Male hielt er an, um zu lauschen, hörte aber nichts. Er überlegte, ob er auf dem Weg zurückkehren sollte, den er gekommen war. Dann entschloß er sich weiterzufahren.

Das Haus war zerstört worden, das Dach war halb eingestürzt, die Türen waren von den Bändern gerissen, und die Stallgebäude waren bis auf die Grundmauern niedergebrannt. Auf dem staubigen Hof sah Harry zwischen Haus und Stall eine Männerleiche und zwei Hundekadaver. Quer über die Brust des Mannes lag eine Schrotflinte.

Ein Hund winselte unter den Trümmern.

»Hallo! Ist da jemand?« rief Harry. Außer dem Winseln des Hundes hörte er nichts. Er zog den Zündschlüssel ab und wuchtete das Motorrad auf den Ständer. Breite Spuren waren im Staub zu sehen. Sie sahen nicht ganz so aus wie Elefantenspuren, denn vorne wiesen sie Krallenabdrücke auf. Kein irdisches Lebewesen hinterließ solche Spuren.

Vorsichtig umschlich er das Gehöft und betrat nach einer Weile das Haus. Im Schrank hingen neben den Kleidungsstücken des Bauern Frauenkleider. Den Raum daneben hatte wohl ein Junge von etwa zehn oder elf Jahren bewohnt, also in Melissas Alter, denn von der Decke hing ein Modell des Raumschiffs *Enterprise,* in einer Ecke standen Spielzeuggewehre, und Kleidungsstücke, die einem kleinen Jungen passen mochten, lagen auf dem Fußboden. Zwei Kommodenschubladen waren ausgeräumt.

Sie nehmen Frauen und Kinder gefangen, nicht aber Männer? Das ergibt keinen Sinn.

Briefe waren über den Fußboden des Wohnzimmers verstreut. John Thomas Kensington, RFD #3 ... Harry trat wieder hinaus. Kensington lag auf dem Rücken, die gebrochenen Augen zum Himmel gerichtet. Ein Schuß hatte ihn beinahe in zwei Hälften zerrissen. Das Kaliber der Waffen, die die Außerirdischen benutzten, riß faustgroße Löcher. Zwanzig Schritte von der Leiche entfernt war der Boden aufgewühlt, als habe etwas Großes wild um sich geschlagen, und man sah dunkle Flecken. John Thomas Kensington schien seinen Hof teuer verkauft zu haben. Harry machte eine Ehrenbezeigung und ging dann wieder in das verfallene Wohnhaus.

Sie nehmen ihre Toten mit, auch die Verwundeten. Auf die Entfernung müßte eine Schrotflinte durchaus erkennbaren Schaden anrichten. Was für Munition er wohl benutzt hat?

Die Nahrungsmittel im Kühlschrank waren noch eßbar. Harry suchte etwas für einen kleinen Imbiß zusammen und fand auf der Suche nach dem Brot eine Schachtel mit Vogelschrot — geeignet für die Jagd auf Tauben und Wachteln, für einen Elefanten wohl keine besonders wirksame Ladung. Erst als Harry sein belegtes Brot gegessen hatte, nahm er dem leblosen Mann die Waffe aus den Händen.

Der Hund winselte immer noch.

Soll ich ihn beerdigen? Den Hund abknallen, bevor er verrückt wird oder verhungert?

Er hatte sich immer für einen harten Burschen gehalten, wäre aber nie auf den Gedanken gekommen, daß er solche Entscheidungen würde treffen müssen. Leichen gingen die Polizei und später den Totengräber etwas an.

Hier gibt es keine Leichenschau. Harry machte sich auf die Suche nach einer Schaufel.

✿

Die Lage auf der Karte im Gefechtsraum änderte sich jeweils im Verlauf weniger Minuten, dennoch war niemand sicher, wie aktuell die eingehenden Angaben wirklich waren. Ein riesiger Teil des Staates Kansas war, nordwärts bis nach Nebraska hinein, mit leuchtend roten Fähnchen besteckt. Jemand hatte schließlich stilisierte Fallschirme aufgetrieben, an denen man sah, wo die Außerirdischen gelandet waren. Sie bedeckten einen Bereich, dessen Form einer Amöbe sehr ähnlich sah: ihr Kern saß bei Great Bend, und Scheinfüßchen liefen nach Osten und Westen aus.

Der Lageraum befand sich in der Mitte des unterirdischen Luftverteidigungs-Komplexes der USA unter einer gut eintausendfünfhundert Meter dicken Granitschicht. Er war durch hermetisch verschlossene Gänge, Wassersperren, Wachräume und dicke Granitwände von der Außenwelt abgeschirmt. Aus einer Anzahl kleiner Besprechungsräume sah man in den Lagerraum hinein. Jack Clybourne stand vor der Tür eines dieser Räume.

Jenny trat augenzwinkernd zu ihm ein. Er reagierte nicht. »Ich soll mich bei Admiral Carrell melden«, sagte sie. Sie war ein wenig irritiert.

»Klar.« Jack schüttelte den Kopf. »Tut mir leid, Schätzchen. Ich bin hier völlig überflüssig. Wo wäre der Präsident sicherer als hier? Aber ich bin als einziger Angehöriger seiner Personenschutzgruppe mitgekommen und muß so tun, als hätte ich eine Aufgabe zu erfüllen.«

»Ja. Sieh mal, hier unten gibt es ja sowieso nie dienstfrei, aber essen müssen wir von Zeit zu Zeit. Auch schlafen ... Wie wäre es deshalb mit Abendessen?«

»Gern.«

»Ich komme.« Sie lächelte. »Wenn sie die Tür offenlassen, sieh dir auf jeden Fall die Schirmwände an.«

»Habt ihr Bilder von den Außerirdischen?«

»Das nehmen wir an.« Jenny klopfte an und trat ein. Eine Wand des Raumes bestand aus Glas, durch sie konnte man die großen Bildwände und Steuerkonsolen im darunterliegenden Stockwerk überblicken. Am einzigen Tisch saß Präsident Coffey und sah angestrengt auf die Karten. Links und rechts von ihm standen Admiral Carrell und General Toland. Toland hielt die Lippen fest zusammengepreßt.

»Ungefähr in diesem Kreis«, sagte Admiral Carrell.

»Aber was wollen sie?« fragte der Präsident.

»Es handelt sich ganz offensichtlich um ein Erkundungsunternehmen großen Maßstabs«, sagte Carrell. Er schüttelte den Kopf. »Was ihr eigentliches Ziel ist, kann ich mir nicht denken, Sir.« Er hob den Blick und sah Jenny wartend in der Tür stehen. »Treten Sie näher, Major. Haben sich Ihre Erkundungsleute schon mit den Informationen aus erster Hand beschäftigen können?«

»Ja, Sir. Wir haben Berichte von Flüchtlingen und auch ein paar Bilder, die jemand mitgebracht hat. Sie müßten jeden Augenblick vom Labor heraufkommen.«

»Haben Sie sie gesehen?«

»Nein, Sir. Es sind Farbfotos, die kann man während der Entwicklung nicht betrachten.«

»Aber Beschreibungen haben Sie doch?«

»Ja, Sir.«

»Nun, berichten Sie!« forderte der Präsident sie auf.

»Mr. President — Sir, es wird nur noch eine Minute dauern, bis die Bilder fertig sind. Ich möchte — Sir, ich denke, es wäre besser, wenn Sie es selbst sähen.«

»Berichte von Flüchtlingen«, sagte General Toland. »Heißt das, sie lassen Menschen durch?«

»Nur zu Fuß. Fahrzeuge nicht. Jeder, der den Kreis verläßt, muß sich einer Art Zeremonie unterwerfen.«

»Einer *Zeremonie?*«

»Die Science Fiction-Leute sagen, daß es angesichts des Aussehens der Außerirdischen ganz plausibel klingt, aber ...«

»Major, Ihre Geheimniskrämerei wirkt allmählich ermüdend«, sagte Admiral Carrell.

Das Telefon läutete. *Gerettet.*

Der Admiral nahm ab. »Carrell ... Ja, auf die großen Bildwände. Jeder soll unsere Gegner sehen.«

Der Raum unter ihnen enthielt fünf große Bildschirme. Einer nach dem anderen füllte sich mit Aufnahmen der Zwergelefanten. Einige hingen an Flugdrachen und trugen Schuhe mit hohen Absätzen. Andere gingen zu Fuß. Alle trugen merkwürdig geformte Gewehre.

Schallendes Gelächter erhob sich im unteren Raum, erstarb aber, sobald die Bildschirme Aufnahmen von zerstörten Gebäuden und von Fahrzeugen zeigten, auf denen sich die Außerirdischen im Vordergrund bewegten. Auf vielen Bildern waren Leichenhaufen zu erkennen.

Jenny betrachtete die Fotos gründlich. *Das ist also der Feind.*

»Sie sehen aus wie Elefanten«, sagte Admiral Carrell.

»Ja, Sir«, sagte Jenny. »Aber es sind keine.«

»Nein, es sind *Eroberer*«, sagte General Toland.

Der Präsident betrachtete aufmerksam die Bildschirme und wandte sich dann Jenny zu. »Was war das mit der Zeremonie?«

»Wer den Bereich verlassen will, den sie beherrschen, muß sich mit über dem Kopf ausgestreckten Armen auf den Rücken legen. Dann setzt ihm eins von diesen — Geschöpfen einen Fuß auf die Brust. Anschließend darf er gehen, wohin er will.«

»Und Ihre SF-Leute halten das für plausibel?« erkundigte sich der Präsident ungläubig.

»Ja, Sir. Sie nehmen an, daß die Außerirdischen damit ihrem Wesen gemäß ihre Gegner symbolisch zertrampeln. Vielleicht sind sie die größten Lebewesen auf ihrem Planeten. Die meisten Tiergattungen der Erde kennen ein Unterwerfungsritual, eine Demutsgebärde, und so sieht sie bei ihnen aus.«

Der Präsident nickte bedächtig.

Er sieht entsetzlich aus. Ob er überhaupt geschlafen hat?

»Haben Ihre Fachleute irgendwelche Vorstellungen davon, was die Eindringlinge *wollen?*« fragte der Präsident.

»Die Erde«, sagte Jenny.

General Toland war unerbittlich. »Klotzen, nicht klekkern«, sagte er. »Mr. President, wir dürfen unsere Kräfte nicht zersplittern! Sie müssen mir gestatten, daß ich sie konzentriere, bevor wir überhaupt Leute dorthin schikken.«

»Bürger unseres Landes werden dort umgebracht und Gebäude zerstört. Großer Gott, sie haben die Vereinigten Staaten angegriffen.« David Coffeys Stimme war kalt vor Wut. Seine Hände umklammerten die Armlehnen des Sessels. »Irgend etwas *müssen* wir unternehmen? Wozu ist das Heer eigentlich da, wenn es das Volk nicht verteidigen kann!«

Toland kämpfte sichtlich um Beherrschung.

»Das ist nicht gerecht, Mr. President«, sagte Admiral Carrell. »Es wird im allgemeinen nicht dazu aufgeboten, den Feind auf unserem eigenen Grund und Boden zu bekämpfen.«

»Wenn sie uns wenigstens einige Reservisten hätten zusammenziehen lassen, bevor das verdammte Raumschiff angekommen ist«, knurrte General Toland. »Mr. President, ich tue, was ich kann. Unsere besten Einheiten stehen in Europa, Mittelamerika und dem Libanon, und wir haben keine Möglichkeit, sie ins Land zu holen — nicht, solange der Feind den Weltraum beherrscht. Er kann alles sehen, was wir tun.«

»Und wann also werden wir imstande sein, etwas für unser Volk zu unternehmen, General Toland?« beharrte der Präsident.

»In zwei Tagen, Sir, hoffe ich jedenfalls. Mr. President, es ist uns nicht möglich, unsere Kräfte zu massieren! Der Kommandant von Fort Knox hat Panzer auf einen Zug nach Westen verladen, und postwendend haben sie den Zug beschossen. Ihre Luftverteidigung ist glänzend. Alles, was wir dorthin schicken, wird entweder aus dem Weltraum abgeschossen oder von bodengestützten Raketen getroffen.«

»Oder Schlimmeres«, sagte Jenny. Kaum gesehen,

schon umgebracht, dachte sie. Laserstrahlen gegen die Flugzeuge, kinetische Waffen gegen die Schiffe ...

Alle sahen zu ihr hin.

»Der Feind ist dabei, Laser-Verteidigungssysteme einzurichten, die vom Erdboden aus operieren. Die Berichte sind gerade hereingekommen. In wenigen Minuten haben wir sie auf den Bildschirmen.«

»Laser«, sagte der Präsident nachdenklich.

»Ja, Sir. Weit besser als unsere eigenen.«

»Und was zum Teufel wollen sie damit?« fragte General Toland.

Jenny schüttelte den Kpf. »Wir *wissen* es noch nicht, Sir. Sie scheinen um den von ihnen beherrschten Bereich herum eine Verteidigungslinie errichten zu wollen — aber wir wissen nichts Genaues, weil wir nicht hinein können, das Areal zu erkunden.«

»Sie bekommen also alles, was sie wollen.« Die Stimme des Präsidenten klang leise und müde, als sei er bereits gschlagen.

Das jagte Jenny Angst ein. »Ganz so ist es nicht, Sir«, sagte sie. »Hin und wieder erfahren wir etwas, meist von Funkamateuren. Allerdings können sie nie lange senden, weil bald ihre Anlage zerstört wird. Außerdem gibt es bestimmt Widerstand. Nationalgardisten. Bauern mit Jagdgewehren.«

»Sicher werden sie kämpfen«, sagte Toland, »sogar ohne Befehl.«

Jenny nickte. »Aber sie sind nicht organisiert, und wir haben keine Kommunikationsmittel!«

»Und können wir in dieser Richtung nichts tun?« fragte der Präsident. In seinem Tonfall schwang Verzweiflung mit. »Mit all unserer militärischen Macht, unseren Atomwaffen — können wir keine Atomwaffen gegen sie einsetzen?«

»Sie sind mitten unter unseren Landsleuten«, gab Admiral Carrell zu bedenken.

»General, tun Sie etwas! Setzen Sie ihnen zu!« sagte

der Präsident. »Erteilen Sie ihnen eine Lektion! Gibt es keinen Ort, wo viele von ihnen konzentriert sind und sich keine von unseren Leuten befinden?«

»Keine — nein. Wenige — ja«, sagte Toland.

Der Präsident sah entschlossen auf die Bildschirme. »Statuieren Sie ein Exempel! Sofort! Es wird den Durchhaltewillen im Lande kräftigen.«

»Aber Sir ...«

»Das ist ein Befehl, General!«

Toland salutierte. »Ja, Sir. Ich nehme an, Sie wünschen kein Flächenbombardement.«

»Nein. Aber sie sollen nicht nach Gutdünken schalten und walten können. Wir müssen ihnen zeigen, daß wir noch da sind. Wie sonst könnten wir sie aus Amerika vertreiben?«

Warum sind wir eigentlich so sicher, daß wir das können? Fast hätte Jenny das laut gesagt.

»Vielleicht sind wir nicht imstande, sie zu vertreiben«, sagte Admiral Carrell, »sondern müssen sie alle umbringen.«

»Möglicherweise kommt es dahin«, sagte General Toland, »daß wir das Land zerstören müssen, um es zu retten. Neutronenwaffen brauchen wir dafür.« General Toland trommelte mit den Fingern gegen die Glaswand des Raumes. »Wenn sich die Bürger in den Gebäuden befinden, hinter Steinmauern, in Kellern, werden nur die Außerirdischen getötet, weil sie sich draußen im Freien aufhalten. Haben nicht die meisten Häuser in Kansas Keller?«

»Viele«, sagte der Präsident.

»Knapp ein Meter Erde würde die Leute schon schützen«, sagte Toland. »Wir könnten diese Elefanten erledigen, ohne Kansas zerstören zu müssen. Das einzige Problem ist, daß wir keine Neutronenbomben haben.«

»Warum nicht?«

»Die wenigen, die wir besitzen, sind in Europa stationiert«, sagte Admiral Carrell. »Wegen der Proteste in der Öffentlichkeit durften wir sie nie in größerer Anzahl herstellen. Ich habe bei den Labors in Sandia und in Los Alamos angefragt, ob sie nicht ad hoc Waffen mit verstärkter Strahlung herstellen können, aber sie waren nicht in der Lage zu sagen, wie lange das dauern würde.«

»Aber das ist doch verrückt«, sagte der Präsident. »Ein paar tausend Elefanten — wie viele sind es überhaupt?«

»Wir wissen es nicht genau«, gestand Jenny. »Mit Sicherheit weniger als fünfzigtausend.«

»Auch das muß schon ein bedeutender Teil ihrer Bodentruppe sein«, sagte General Toland. »Mehr, als sie sich zu verlieren leisten können. Wenn wir sie alle vernichten, müssen sie uns in Zukunft möglicherweise zufrieden lassen.«

»Sie beherrschen nach wie vor den Weltraum«, gab Admiral Carrell zu bedenken. »Major Crichton, mir scheint, Sie wollen etwas sagen.«

»Ja, Sir«, gab Jenny zur Antwort. »Sie hatten mich aufgefordert, die Science Fiction-Leute an die Arbeit zu setzen. Es war nicht schwer. Sie haben eine ganze Reihe von Vorschlägen in puncto Kampfführung.«

»Nun?« ermunterte sie der Präsident.

»Sir, ich glaube, es wäre besser, wenn Sie es selbst hörten.«

David Coffey runzelte die Stirn, doch dann stahl sich ein Lächeln auf seine Lippen. »Klar, warum nicht? Wie Sie schon gesagt haben, es sind die einzigen Fachleute, die wir haben.«

✿

Bei Einbruch der Dunkelheit war David Morgan noch immer nicht zurück. Also kein Gin, dachte Carlotta. Nur noch drei Finger hoch in der Flasche. Im Keller hatte sie Brombeerwein gefunden. Der würde genügen müssen.

Sie saßen bei Kerzenlicht im Wohnzimmer. Aus der Ferne hörte man Donnergrollen, und weit im Osten und Süden sah man Lichtblitze aufzucken.

Der Himmel war klar. Juana las beim Schein einer Kerosinlampe.

»Machst du dir keine Sorgen?« erkundigte sich Carlotta.

»Doch, natürlich, aber was hilft es? David hat einen guten Wagen mit Allradantrieb und ein Gewehr. Das Telefon funktioniert nicht. Was also sollte ich tun? Sollten wir etwa weglaufen? Wohin? Die nächsten Häuser liegen kilometerweit von hier entfernt, und Lucy kann so weit ohnehin nicht gehen.«

»Habt ihr keinen zweiten Wagen?«

»Er ist kaputt. Aber selbst wenn er funktioniert, wo wärst du denn lieber als hier?«

»Ich weiß nicht. Willst du ein Glas Wein?«

»Nein.«

Wenn es nach dir ginge, dürfte auch ich nichts trinken. Der Teufel soll dich holen! Carlotta trank einen Schluck Brombeerwein. Er war viel zu süß.

Der Morgen zog hell, klar und wolkenlos herauf, ein herrlicher Tag in Kansas, mit Ausnahme einiger unheilschwangerer schwarzer Wolken, die sich fern im Osten erhoben. Immer noch keine Nachricht von Professor Morgan. Carlotta und Juana tranken Kaffee auf der Terrasse. Die Geräusche der Nacht hatten aufgehört. Eine Stunde verging, eine weitere brach an, dann erhoben sich Staubwolken im Westen, Lärm näherte sich.

»Autos, Lastwagen«, sagte Juana. Sie lauschte erneut. Dann lief sie nach vorn und spähte die Straße entlang. »Es sind Soldaten, unsere!« rief sie. »Unsere Leute!«

Fast war Carlotta enttäuscht.

Sie zählte ein Dutzend Panzer und fünf Lastwagen voller Soldaten. Sie kamen die Auffahrt entlang und parkten vor dem jetzt leeren Stall. Ein Fahrzeug, das wie ein Panzer aussah, aber Räder hatte, fuhr direkt bis vor die Haustür und blieb stehen. Ein älterer Offizier mit einem ergrauenden Schnurrbart stieg aus.

»Joe!« rief Juana.

Er salutierte. »Colonel Halverson von der Miliz des Staates Kansas.« Er grinste angestrengt. »Wir sind hergekommen, um zu sehen, ob hier Hilfe gebraucht wird.«

»Hast du David gesehen?« wollte Juana wissen.

»Ja. Major Morgan wird gleich hier sein. Er hat uns geholfen, die Leute zusammenzurufen. Eigentlich wollte er gestern abend nach Hause fahren und Bescheid sagen, aber dann hat er gemeint, ihr würdet schon verstehen, und wir haben ihn auch wirklich gebraucht, mitsamt seinem Allradfahrzeug.«

»Was haben Sie vor?« wollte Carlotta wissen. Sie genierte sich wegen ihres zerknitterten Morgenrocks.

»Meine Schwester«, stellte Juana vor.

»Mrs. Dawson?« fragte Halverson. »Sehr erfreut.« Er stieg von seinem Fahrzeug. »Als erstes warte ich auf meine Hubschrauber. Es dauert, bis die soweit sind. Sobald sie hier sind, fahren wir nach Süden und nach Osten, bis wir sehen, was uns da eigentlich heimgesucht hat.«

Carlotta nickte. *Ein Dutzend Panzer, zwei von diesen gepanzerten Lastwagen. Und Hubschrauber. Freizeitsoldaten. Die meisten schon ziemlich alt.* »Eindrucksvoll. Rasche Arbeit.«

»Am Abend, wie die Schießerei begonnen hat, hab ich gleich Leute zusammengetrommelt«, sagte Halverson mit Stolz in der Stimme, »im ganzen Land. Ich hätte Major Morgan angerufen, aber die Telefone waren schon tot. Zum Glück sind wir ihm in der Stadt begegnet.«

»Was ist denn überhaupt los?«

Halverson zuckte die Achseln. »Juana, wir haben keinen Kontakt mehr mit Regierungsstellen oberhalb der

Kreisebene gehabt, seit die Außerirdischen angefangen haben zu schießen. Kein Telefon funktioniert, im Radio und über Funkgeräte hört man nichts als Rauschen. Die meisten unserer Nachrichtensysteme sind auf Satelliten angewiesen, und von *denen* haben wir gar keine mehr. Trotzdem ...« Er straffte sich. »Die Regierung dürfte kaum damit einverstanden sein, daß ich mich hinsetze und auf Befehle warte — nicht, solange diese Dinger scharenweise vom Himmel fallen! Sobald meine Hubschrauber hier sind, zeigen wir denen, was es heißt, sich mit Amerikanern einzulassen. Vor allem mit uns Freischärlern hier aus Kansas!«

18 Der Krieg der Freischärler

Ein Feldherr weiß nie etwas mit Sicherheit,
nie sieht er seinen Feind deutlich vor sich
und weiß auch nie genau, wo sich dieser befindet.
Auch das erfahrenste Auge kann nicht sicher sein,
ob es die gesamte Armee des Feindes sieht oder nur
Dreiviertel davon. So sieht der Feldherr mit dem
inneren Auge, befehligt, indem er alle Verstandeskräfte zusammenfaßt, und urteilt nach einer Art
Eingebung.

NAPOLEON BONAPARTE
Memoiren

Zeit: 120 Stunden nach der Stunde Null

Harry verbrachte die Nacht in einem Weizenfeld, bettete sich auf ein Strohlager und breitete Weizenstroh über sich, um nicht zu frieren. Er wagte nicht, ein Feuer zu machen. Rund um ihn zuckten Blitze und rollte Donner. Indem er die Sekunden zählte, die zwischen Blitz und Schall lagen, konnte er abschätzen, daß einige der Blitze nur fünf Kilometer von ihm entfernt aufzuckten — viel zu nah für seinen Geschmack.

Der Morgen kam. Ihm fehlten Jeris Campingkocher und der Kakao. *Nicht daran denken. Ich muß los. Verdammt, ich hätte was tun sollen, sie retten müssen. Am besten hätte ich sie bei ihrem Wagen gelassen — da wären sie sicherer gewesen! ›Komm mit, ich kümmer mich um dich.‹ Von wegen!*

Das Motorrad lief gut. Harry Schätzung nach waren

es noch etwa dreißig Kilometer, und das Benzin würde für fünfzig reichen.

Er bog in den Weg ein, der zum großen Haus führte, und schüttelte ungläubig den Kopf. *Geschafft, großer Gott!* Zumindest sah das Anwesen ganz so aus, wie Wes es ihm beschrieben hatte. Es lag auch an der richtigen Straße, fünfzehn Kilometer westlich von Dighton, und in zwei Kilometer Umkreis gab es kein weiteres Haus.

Es war fast Mittag. Der Himmel war blau und klar, und nur gelegentlich hörte man Donner, sah man farbige Blitze aufleuchten.

Harry runzelte die Stirn. Ein Panzerfahrzeug stand vor dem Haus. Zu beiden Seiten der Auffahrt waren tiefe Eindrücke von Kettenprofilen zu sehen, die hinter das Haus führten. In den Feldern waren mindestens sechs Panzer verteilt, nicht unbedingt von der neuesten Bauart …

Ein großer blauer geländegängiger Lkw stand neben dem Panzerfahrzeug auf der Auffahrt. Bei dessen Anblick nickte Harry wohlgefällig. Er ließ das Motorrad zur vorderen Veranda rollen. Zwei Milizionäre, älter als er, saßen auf dem Panzerfahrzeug. Einer winkte ihm zu.

»Hallo«, rief Harry.

»Hallo«, erwiderte einer der Männer den Gruß.

Hinter der Fensterscheibe bewegte sich etwas.

»Ist Mrs. Dawson im Haus?« erkundigte sich Harry.

»Ich denke schon«, sagte einer der Männer. »He, Juana, Besuch für deine Schwester.«

Die Tür öffnete sich, und Carlotta Dawson kam die Treppe herabgeeilt. Sie trug Bluejeans, und ihr Haar wurde von einem Kopftuch zusammengehalten. Wortlos umarmte sie Harry und barg ihr Gesicht an seiner Schulter.

So blieb sie eine Weile stehen, dann sah sie zu den Milizmännern empor. »Er ist die ganze Strecke von Los Angeles gekommen«, sagte sie, »um mir beizustehen.«

»War es schlimm?« wollte einer wissen.

»Manchmal schon«, sagte Harry.

»Im Westen soll es nicht gut aussehen.«

»Sie haben den Hoover-Staudamm weggeputzt«, informierte ihn Harry. »Damit haben sie alle Städte entlang dem Colorado River zerstört. Genauso haben sie es mit den Staudämmen am Platte River gemacht. Sie scheinen gern Staudämme zu demolieren.«

Ein Offizier trat aus dem Haus. »Colonel Halverson, das ist Harry Reddington«, stellte Carlotta vor. »Ein Freund von — von Wes und mir. Er kommt geradewegs aus Los Angeles. Harry, Sie müssen Hunger haben.«

»Schon, aber vor allem müssen wir *weg* hier. Die verdammten Elefanten ...«

»Welche Elefanten?« wollte Colonel Halverson wissen.

»Die Angreifer ...«, sagte Harry.

»Warum bezeichnen Sie sie als Elefanten?«

»Weil sie aussehen wie Zwergelefanten mit zwei Rüsseln.«

»Haben Sie sie denn gesehen?«

»Und ob. Auf einen hab ich sogar geschossen, aber sie sind gepanzert, und deswegen weiß ich nicht, ob ich ihn getroffen habe.«

»Was meinen Sie mit ›gepanzert‹?«

»Sie tragen eine Art Rüstung, haben Gewehre und töten Menschen. Sie haben Leute aus einem Bauernhaus weggeführt und den Bauern umgebracht.«

»Wie nah waren Sie ihnen denn?«

Harry erschauderte bei der Erinnerung. »Viel zu nah! So, wie ich jetzt vor Ihnen stehe!« *Einer hat mir sogar den Fuß auf die Brust gesetzt.* Das aber sagte er nicht. Er schämte sich.

Halverson sah zweifelnd drein. »Und wie sind Sie ihnen entkommen?«

»Sie haben mich laufen lassen. Von mir aus könnt ihr Jungs machen, was ihr wollt, aber Mrs. Dawson und ich müssen hier *weg*. Sie sind überall. Ein Riesenglück, daß sie noch nicht hier waren.«

»Erzählen Sie mir!« sagte Colonel Halverson. »Alles was Sie wissen.«

»So viel gibt es da gar nicht zu erzählen«, sagte Harry.« *Sie hatten Schuhe mit hohen Absätzen an und sind mit Flugdrachen runtergekommen. Wenn ich das sage ...* »Sie sind mit Flugdrachen runtergekommen. Dann ist größeres Gerät gelandet.«

»Wie groß? Wo?«

»In der Nähe von Logan. Sie hatten Flugzeuge von der Größe ausgewachsener Düsenmaschinen, nur mit geringerer Spannweite. Und dann Luftkissengleiter, so groß wie Sattelschlepper. Jedenfalls sind sie mir so vorgekommen. Vielleicht waren sie auch größer.«

»Panzer? Geschütze?«

»Ich hab keine gesehen.«

»Und die haben Sie laufenlassen?«

»Ja — sozusagen.«

»Auch andere?«

»Ja.«

»Von Logan also, im Südwesten.« Halverson schlug sich mit der rechten Faust in die linke Handfläche. »Wir wissen, daß sie auch im Osten sind, und aus der Richtung ist bis jetzt niemand gekommen. Aber das hätte doch geschehen müssen, wenn die — wenn diese Wesen Menschen laufenlassen. Vielleicht wollen sie etwas verbergen. Am besten erzählen Sie mir alles, was Sie wissen.«

Stück für Stück entlockte Halverson Harry seine Geschichte. »Und dann habe ich die Waffe gefunden«, sagte Harry. »Ich hab erst überlegt, ob ich nicht Mrs. Wilson folgen sollte, bin dann aber doch lieber hergekommen.«

Halverson sah nachdenklich drein. »Was hätten Sie auch allein ausrichten können? Beim nächstenmal würden Sie einfach erschossen werden. Aber ich möchte doch zu gern wissen, was die da im Osten Geheimnisvolles im Schilde führen.«

»Colonel?« Der Sergeant sprang von dem Panzerfahrzeug herunter. Er schien älter zu sein als Halverson.

»Ja, Luke?«

»Colonel, ich hab gestern abend 'ne merkwürdige Geschichte gehört, drüben in Collinston.«

»Collinston? Das liegt achtzig Kilometer von hier! Was haben Sie denn da getrieben?«

»Bin mit ein paar von den Jungs hingefahren, um was zu trinken. Sie brauchten uns nicht, denn wir wollten ja noch nicht aufbrechen.«

»Das nächste Mal geben Sie Bescheid, wenn Sie das Lager verlassen.« Er lachte leise vor sich hin. »Also schön, in Collinston haben Sie eine offene Bar gefunden. Vermutlich braucht es mehr als Krieg und Fallschirmjägerangriffe, damit sie in dem Ort die Lokale dichtmachen.«

»Bestimmt. Jedenfalls war da einer, der schon ziemlich viel intus hatte, deswegen hat ihn auch keiner groß beachtet. Er hat gesagt, er hätte einen Elefanten gesehen, einen kleinen, in einem Weidengehölz vor der Stadt. Er glaubte, er wäre vielleicht aus 'nem Zirkus entlaufen, weil es ein dressierter Elefant war.«

»Dressiert? Wieso das?« fragte Halverson.

»Keine Ahnung.«

»Harry.« Carlotta sprach mit großem Nachdruck. »Harry, das ist einer von den Angreifern. Wir müssen ihn gefangennehmen, und zwar lebend. Vielleicht weiß er etwas über Wes. Harry, wir müssen!«

Harry schluckte. »Klar, aber ich brauch Benzin!«

»Ich zapfe welches aus Davids Wagen.«

»Augenblick mal«, sagte Colonel Halverson. »Das kann ich nicht zulassen.«

»Warum nicht?« wollte Carlotta wissen. »Sie fahren nach Osten. Da werden Sie genug Angreifer zu Gesicht bekommen. Den einen da brauchen Sie nicht.«

»Aber — hören Sie, diese Viecher sind bewaffnet ...«

»Es hat dem Mann in der Bar nichts getan«, sagte Carlotta. »Warum hätte der sonst gedacht, daß es dressiert war? Vielleicht ... vielleicht hat es sich hingelegt und auf den Rücken gedreht!«

»Großer Gott!« sagte Harry. »Vielleicht hat sie recht.«

»Ja, aber ...«

»Colonel, mein Mann war ein Freund des Präsidenten. Präsident Coffey hat ihn persönlich den Außerirdischen entgegengeschickt. Es ist mein Recht zu erfahren, was mit ihm passiert ist. Geben Sie Harry Benzin, und dann führen Sie von mir aus Ihren Krieg! Harry und ich tun das übrige.«

Klar, dachte Harry. Natürlich.

✿

»Und ich sage, wir stellen sie.« Evan Lewis war sich seiner Sache sehr sicher. »Zum Teufel, Joe, wir müssen einfach! Wir könne doch die — die Biester nicht in ganz Kansas frei rumlaufen lassen.«

»Ich widerspreche Ihnen ja gar nicht, Captain«, sagte Colonel Halverson. Er ließ den Blick über das Häuflein Männer schweifen, das sich um Juana Morgans Eßzimmertisch versammelt hatte. Evan Lewis, Inhaber eines Landmaschinenhandels mit angeschlossener Reparaturwerkstatt, der die Panzer kommandierte, George Mason, Rechtsanwalt, Kommandeur der sechs Hubschrauber. Der vierte Mann am Tisch war David Morgan, emeritierter Professor für Betriebswirtschaft, Halversons Adjutant und Stabschef. Morgan war der Kleinste in der Runde, und er sprach mit einem abgehackten Ostküstenakzent, der Joe Halverson maßlos auf die Palme brachte. Andererseits mußte er sich eingestehen, daß Morgan der klügste Kopf im Bataillon war.

»Trotzdem gefällt mir die Sache nicht«, sagte George Mason. »Colonel, wir haben keine Ahnung, was da vorne los ist, und auch nicht, was die vom Heer beabsichtigen.«

»Was also sollen wir Ihrer Ansicht nach tun?« erkundigte sich Halverson sarkastisch.

»Auf Befehle warten.«

»Wirklich heldenmütig«, sagte Captain Lewis.

»Genug«, sagte David Morgan leise, aber alle hörten es. »Auf Gezänk können wir verzichten.«

»Und auf welcher Seite stehen Sie, Professor?« Evan Lewis hatte Professor Morgan noch nie ausstehen können, doch sie waren Gäste in seinem Haus, Uniform hin oder her.

»Ich schließe mich Colonel Halversons Ansicht an«, sagte Morgan. »Die Eindringlinge haben da im Osten irgend etwas zu verbergen. Unsere Aufgabe als Kavallerei-Einheit ist Aufklärung — aber mit Umsicht. Vor allem müssen wir sicher sein, daß die Informationen, die wir bekommen, nützlich sind. Das wird nicht einfach sein. Wie wir wissen, stören sie alle Funkverbindungen, und die Telefone sind außer Betrieb.«

Nachdenklich nickte Joe Halverson. »Vorschläge, Major?«

»Wir sollten uns über das Gebiet verteilen und die Panzerspähwagen als Nachrichtenverbindungsmittel einsetzen.« Er entwarf rasch eine Skizze auf dem Tischtuch. »Corporal Lewis ...« — Morgan nickte zu Evan Lewis hinüber; jedermann wußte, daß dessen Sohn Jimmy ein begnadeter Elektroniktechniker war — »Ihr Jimmy hat doch diese großartigen Abschirmungen gemacht, mit deren Hilfe die Panzerbesatzungen in Verbindung bleiben können, solange die Antennen genau aufeinander ausgerichtet sind. Wir schicken die Hubschrauber als Spähtrupp und Flankenschutz vor. Sie müssen unbedingt Sichtverbindung zu den Panzern halten. Die Panzer werden so konzentriert, daß sie eine gewisse Feuerkraft besitzen, aber so weit voneinander entfernt bleiben, daß sie kein gutes Ziel bieten. Dann werden die Panzerfahrzeuge und die Panzerspähwagen dahinter als Bindeglieder aufgefächert.«

»Und womit stehen sie in Verbindung?« fragte Mason.

»Wir lassen zwei Leute mit einem Funkgerät hier im Haus. Juana schreibt alles auf. Wenn wir nicht zurückkommen, verschwindet sie, so schnell sie kann.«

»Das dürfte kaum nötig sein«, sagte Halverson. »Wir sind zwar kein Armee, aber andererseits doch ziemlich stark.« Er sah aus dem Fenster auf sein versammeltes Kommando. Sechs mit Raketen bewaffnete Hubschrauber, ein Dutzend Panzer, die über Bordkanonen und Raketen verfügen. Auch ohne Nachrichtenverbindung war eine gepanzerte Kavallerie-Einheit nicht zu verachten.

»Klingt gut«, sagte Lewis. »Zumindest tun wir was.«

»Ich würde lieber auf Befehle warten«, beharrte George Mason, »aber was soll's, wenn ihr mitmacht, bin ich dabei.«

Joe Halverson stand auf. »Also vorwärts!«

✿

»Ich heiße Jimmy Lewis«, sagte der Corporal. Er kletterte durch die Luke zu Harry auf das Dach des großen Fachwerkhauses hinaus.

Harry nickte ihm zu. »Hallo. Man hat mir gesagt, daß Sie das hier erfunden haben.« Er schwang das Taschen-Funksprechgerät, dessen Antenne in einem mit Kleiderbügeldraht versteiften Kegel aus Aluminiumfolie saß.

»Ja«, sagte Jimmy Lewis. »Meiner Ansicht nach die einzige Möglichkeit, wie wir eine Nachrichtenverbindung herstellen können. Man muß es allerdings ziemlich genau abgleichen, sonst kriegt man die Signale nicht mit.«

Harry warf einen Blick auf die Anlage, dann auf den gleichartigen, nur größeren Kegel aus Aluminiumfolie, der auf einem der Panzerfahrzeuge unten im Hof angebracht war. »Ja. Ich richte das hier also auf euren Panzer aus, und vielleicht hör ich dann was. Wie weiter?«

»Nehmen Sie das«, sagte Jimmy Lewis. Er gab Harry ein kleines Tonbandgerät. »Das Band hier läuft drei Stunden. Das ist mehr als genug. Einfach hier mit dem Funkgerät verbinden und einschalten, wenn wir losfahren. Wenn Sie sich den Kopfhörer aufsetzen, hören Sie einen Ton, solange die Antenne *dicht* am Panzer ausgerichtet ist, und nichts, wenn Sie genau draufhalten, außer wenn gesprochen wird. Dann hören Sie natürlich die Unterhaltung mit. Es klingt kompliziert, ist aber in Wirklichkeit ziemlich einfach.«

»Gut.«

Major Morgan stand auf dem Hof. Harry konnte nicht hören, was er sagte, aber Juana Morgan schien es nicht zu gefallen. Ihre Haushälterin saß auf dem Beifahrersitz des Allrad-Kommandofahrzeugs, aber Juana Morgan wollte es nicht fahren.

Doch schließlich stieg sie ein, und das blaue Fahrzeug fuhr davon. *Jetzt sind nur noch Carlotta und ich hier.* David Morgan trat in militärischer Haltung zu seinem Panzer und kletterte hinein.

Halverson rief hinauf: »Es kann losgehen, Jimmy.«

»Ja, Sir.« Corporal Lewis winkte Harry zu und stieg durch die Luke wieder nach drinnen.

»Vielen Dank, Mr. Reddington«, rief Halverson hinauf. »Ich brauche jeden verfügbaren Mann, da ist es nett, daß Sie uns aushelfen. Ich bezweifle zwar, daß Sie gebraucht werden, aber ...«

»Kein Problem, Colonel.« *Carlotta wird natürlich ganz wild darauf sein, den Elefanten zu fangen. Vielleicht ist es hier oben ja sicherer!*

»Noch einmal herzlichen Dank«, sagte Halverson. Er ging raschen Schrittes zum vordersten Panzer und stieg ein. Eine Weile blieb er winkend im Turm stehen und befahl dann theatralisch: »Kolonne Maaaaarsch!«

Die Hubschrauber stiegen in einer Staubwolke auf

und teilten sich in zwei Dreiergruppen links und rechts der Fahrzeugreihe auf. Die Kettenfahrzeuge schwärmten aus, beschleunigten und ließen das Panzerfahrzeug hinter sich.

»Wächter, hier Freischärler Eins. Hören Sie mich?«

Harry schaltete das Mikrofon ein. »Verstanden, Freischärler Eins, hier Wächter.«

»Unser Kurs ist 100 Grad, Abfahrt 12.20 Uhr«, meldete sich die Stimme des Panzersoldaten in Harrys Ohr. Schuldbewußt zuckte Harry zusammen und schaltete das Tonbandgerät ein.

Als das Panzerfahrzeug ostwärts zu schwenken begann, wurde die Peilung viel schwieriger. Harry stützte das Funkgerät am Kamin ab. Das Dach war steil, und er hatte keinen leichten Stand.

Die Hubschrauber beschrieben komplizierte Muster vor den Panzern. »Marschgeschwindigkeit zwanzig Kaemm«, sagte die Stimme.

Eine halbe Stunde verging. Die Hubschrauber und die führenden Panzer waren kaum noch zu sehen, die anderen Fahrzeuge folgten ihnen in weitem Abstand. Harrys Gesprächspartner war nun gut acht Kilometer weit weg, und er brauchte seine ganze Konzentration, um ihn richtig anzupeilen. Er wollte gerade das Mikrofon einschalten, um ihm das mitzuteilen, als die Stimme des Mannes in einem Panzerfahrzeug rief:

»Licht über uns!«

Harry konnte es sehen. Ein leuchtendgrüner Blitz, vermutlich von seinem Aussichtspunkt besser sichtbar als vom Boden.

»Hubschrauber Drei meldet, daß sich der Strahl spiralförmig bewegt« — Pause. »Kein Kontakt mehr mit den Hubschraubern. Colonel Halverson meint, alle seien von einer Art Strahl angegriffen worden ...«

Gott steh uns bei!

»Bisher kein Beschuß auf Fahrzeuge ...«

Ein Dröhnen ertönte, dann hörte man das scharfe

Krachen zahlreicher Überschallknalle. Harry sah nach oben. Dutzende parallel verlaufender weißer Streifen überquerten von Südwesten her den Himmel, dorthin, wo sich Colonel Halversons Trupp befand. Am Horizont leuchteten grelle Blitze auf, genau entlang der Linie, auf der sich die Verbindungsfahrzeuge befunden hatten. Nach einer langen Pause war grollender Donner zu vernehmen.

»Freischärler, hier spricht Wächter«, sagte Harry. »Freischärler, hier spricht Wächter. Kommen!«

— Keine Antwort.

Harry goß den letzten Rest Benzin in den Tank seines Motorrades.

»Was war das?« fragte Carlotta.

»Ich weiß nicht. Es hat ausgesehen wie ein Videospiel, richtig unwirklich.« Harry prüfte gründlich alle wichtigen Funktionen seiner Maschine. Eine gute Möglichkeit festzustellen, ob er noch bei Verstand war. Tod vom Himmel. — *Einst waren wir die Herren da oben, dann haben uns die Sowjets abgelöst, und jetzt müssen wir den Himmel von Zwergelefanten zurückerobern.*

»Die Maschine ist in Ordnung. Wir schaffen es ohne weiteres. Sie müssen nur die Knarre halten.« Er reichte Carlotta das Winchester-Gewehr, das ihnen David Morgan gegeben hatte.

»Nicht gerade eine Elefantenbüchse, aber sie werden das Kaliber nicht so ohne weiteres wegstecken«, hatte er dabei gesagt.

Nun waren sie alle tot. Harry hatte eine volle Stunde gewartet. »Vielleicht sollte ich nachsehen gehen?«

»Nein«, sagte Carlotta mit fester Stimme. »Sie würden nur zu Schaden kommen. Es ist viel wichtiger, daß wir das versprengte Wesen einfangen.«

»Mrs. Dawson, Sie *wissen* doch gar nicht, ob es versprengt ist.«

»Was sonst?«

Harry zuckte die Achseln. *Ich weiß nur, daß ich von der verdammten Maschine langsam die Nase voll hab. Hätte ich wenigstens noch 'ne Tube von der Rückensalbe. Aber so weh tut es gar nicht mehr.* »Alles aufsitzen!«

Prüfend klopfte er auf die Jackentasche, um sich zu vergewissern, daß die Tonbandspule darin war. Irgend jemand würde sich später gewiß dafür interessieren.

Vor ihnen drängten sich Fahrzeuge und Menschen um einen großen Lkw. »Wir sind gleich in Collinston«, rief Harry. »Da vorne scheint es Ärger zu geben.«

Langsam fuhr er heran. In der Nähe war ein Streifenwagen geparkt, und ein Polizeibeamter stand einer Gruppe wütender Bauern und Lastwagenfahrer gegenüber. Die meisten hielten Gewehre oder Schrotflinten in den Händen.

»Ach du Scheiße«, knurrte Harry.

Der Polizist warf einen Blick auf Harry und Carlotta. Roter Bart, schmuddlige Kleidung, eine Frau in mittleren Jahren, die Jeans trug. Er sah Carlotta absteigen. »Ja, Madam?«

»Ich heiße Carlotta Dawson. Ja, *Dawson.* Mein Mann war an Bord der sowjetischen Raumstation Kosmograd. Ich nehme an, daß sich hier eines der außerirdischen Wesen befindet.«

»Darauf können Sie Gift nehmen«, rief einer der Lastwagenfahrer. »Der verdammte Rüßler hat George Mathers weggepustet!« Er schwang ein Sturmgewehr. »Aber jetzt geht's ihm an den Kragen!«

»Wir müssen ihn lebend fangen«, sagte Carlotta.

»Unsinn!« Das kam von einem Bauern. »Ich war in Logan, Lady. Die verdammten Rüßler haben meine Schwester umgebracht! Da wimmelt's nur so von denen.«

»Und wie sind Sie rausgekommen? Fuß auf die Brust?« fragte Harry.

Der Mann sah betreten beiseite.

»Dacht' ich's mir doch«, sagte Harry. »Geben Sie uns 'ne Chance! Das Militär will das Biest verhören. Wir holen es uns.« Er wies auf das Weidengebüsch hundert Meter von der Straße. »Da lang?«

»Ja, da lang zur Hölle!« kreischte jemand.

»Also los«, sagte Harry und bedeutete Carlotta mit einer Handbewegung, wieder aufzusteigen.

Mit »da lang« war ein Feldweg gemeint, der zu der Weidengruppe führte. Als Harry die Maschine anließ, hörte er einen der Lastwagenfahrer sagen: »Wir könnten ihm eins verpassen, wenn es rauskommt.«

Zustimmendes Gemurmel erhob sich.

Am Rande des Sumpfes angekommen, hörte Harry, wie sich etwas Massiges im Wasser bewegte.

✿

Harpanet befand sich in einem merkwürdigen Zustand. Er hatte Schreckliches durchgemacht und war völlig verstört. Vielleicht hatte er den Verstand verloren? Woran sollte ein Fi' erkennen, wenn die Herde nicht zum Vergleich in der Nähe war?

Mach die Demutsgebärde, wirf die Waffe in den Dreck, leg dich auf den Rücken, den Bauch in die Luft. Der Mann sieht dich blöd an, dreht sich um und schlurft davon. Lauf hinter ihm her, er schreit, wird schneller, fällt hin, rennt weiter, auf Lichter zu. Es sieht aus, als ob Harpanet angreift. Also aufhören! Verstecken und warten.

Ein Erdling steigt aus einem Fahrzeug. Dasselbe noch mal? Er klettert wieder hinein, kommt mit etwas heraus, das Flammen spuckt und brüllt. Harpanet wirft sich rechtzeitig zur Seite, damit die Wolke winziger Geschosse in die Flanke statt in den Bauch dringt. Der Erdling schießt erneut.

Er ist also nicht bereit, sich zu unterwerfen. Harpanet trompetet: Wut, Schmerz, Verlorenheit. Er rafft seine

Waffe auf und feuert zurück. Aus Vordergliedmaßen und Kopf des Feindes schießt ein Schwall Blut empor.

In Harpanets Kopf verblaßt das Vergangene, das Zukünftige ist ungewiß. Die Grifflinge fahren an seiner Seite entlang, tasten nach der Todeswunde.

Keine Todeswunde, die Löcher sind nicht einmal groß genug, daß ein Griffling sie finden könnte. Was also wollte der Erdling? Ihn foltern? Harpanets ganze rechte Flanke juckt brennend und ist rot von Blut. Acht hoch acht schwarze Punkte bilden einen Wirbelsturm um ihn herum. Er schleppt sich durch das endlose Land, fort von Straßen, abwärts, wo immer das möglich ist, stets umgeben von dem wilden Sturm und dem Jucken, das ihn zum Wahnsinn treibt. Seine Erinnerung krallt sich wie eine Zange um ein Bild, das ihm lebhaft vor Augen steht und wirklicher ist als seine Umgebung. Er wandert durch eine endlose Planetenphantasie, sucht den Schlammraum der *Bote*.

Grün ... Hohe Grünpflanzen mit Blättern wie Messerklingen, aber sie verjagen die hungrigen, schwärmenden Punkte ... Wasser? Schlamm!

Er wälzt sich in Schlamm und Grün, über und über, erstarrt von Zeit zu Zeit, schaut sichernd um sich, nimmt Witterung auf, lauscht.

Erneut verschwimmt Harpanets Vergangenheit vor der merkwürdigen und schrecklichen Wirklichkeit. Wenn er eine Zukunft hat, liegt sie jenseits seines Vorstellungsvermögens, hinter einer nebelgrauen Wand. Es gibt nur ein *Jetzt*, fremdartige Pflanzen, feuriges Jucken, kühlenden Schlamm, und ein *Hier*, Schlammraum und Garten zugleich, alptraumhaft verändert. Er wälzt sich, um die Wunde auszuwaschen, hebt Schlammbatzen auf, um sie über seine Flanke zu streichen.

Angst fortzugehen, Angst zu bleiben. Welches Lebewesen im Wasser könnte das Blut schmecken und nach dessen Quelle streben? Die Räuber der Heimatwelt waren Bilder auf einem Thaktan, Geister auf einer alten

Magnetaufzeichnung, doch trotz aller Ferne schrecklich genug. Was lauert in diesen fremdartigen Wassern? Aber er hört von fernher das Geräusch vorüberziehender Fahrzeuge und weiß, es sind keine Fahrzeuge der Fithp.

Eine Maschine nähert sich, wird lauter und lauter. Harpanets Ohren und Augen schieben sich aus dem Wasser.

Die Maschine schwankt seltsam auf zwei Rädern, wie ein Erdling auf seinen Beinen. Sie wird langsamer, schwankt noch mehr, bleibt stehen.

Erdlinge nähern sich zu Fuß.

Harpanets Muskeln wissen, was sie zu tun haben, wenn er verletzt ist, erschöpft, ohne Freunde, verzweifelt, allein. Harpanets Geist kommt auf keine andere Lösung. Und er sieht keine Zukunft —

Er springt aus dem Wasser. Fremdartige Waffen werden auf ihn gerichtet. Er wirft sein Gewehr ins Gestrüpp, dreht sich auf den Rücken, streckt alle vier Läufe aus und wartet.

Der Erdling kommt rasch herbeigerannt. Kein ausgewachsenes Fi' würde versuchen, sich so zu bewegen. Er setzt Harpanet einen Hinterlauf mit aller Kraft auf die Brust, Harpanet spürt es kaum. Harpanet unterdrückt das Bedürfnis zu lachen, *so* kann man ja kaum eine Rippe verbiegen. Dennoch bleibt er mit ausgestreckten Gliedern liegen, vollendet seine Unterwerfungsgebärde. Der Erdling schaut auf seinen Gefangenen hinab, atmet schwer, als habe er ein Rennen gewonnen …

✿

»Wir haben ihn!« rief Harry. »Und jetzt weiter?« Er deutete zu dem Hügel hinauf, wo ein Dutzend Bewaffneter mit ihren Gewehren im Anschlag verborgen warteten.

»Ich kann mit ihnen reden«, sagte Carlotta, ohne recht zu glauben, daß sie damit Erfolg haben würde.

»Die hören nicht zu.« *Der Teufel soll sie holen, das ist mein Rüßler, den können sie jetzt nicht umbringen!* Wütend dachte Harry nach. Ein schuldbewußtes Grinsen stahl sich auf sein Gesicht, er klappte die Sitzbank des Motorrades hoch, unter der er sein Werkzeug aufbewahrte.

»Ist Ihnen etwas eingefallen?«

»Vielleicht.« Er suchte in der Werkzeugrolle und fand Fallschirmschnur. Sie war dünn, kräftig genug, um einen Mann zu halten, aber wohl nicht besonders wirkungsvoll gegen einen von *denen*. Er wies auf den Gefangenen, machte mit beiden Händen Bewegungen, die »aufstehen« bedeuteten.

Das Wesen erhob sich und sah sie teilnahmslos an.

»Da läuft es einem ja eiskalt den Rücken runter«, sagte Harry. Er umklammerte sein Gewehr. *Eine Kugel ins Auge, und wir sind alle Sorgen los.* »Probieren Sie mal, ob er Sie trägt«, sagte Harry.

»Mich tragen?«

»Als Königin des Dschungels sozusagen. So stark ist er bestimmt.«

Ein Dutzend Lastwagenfahrer und Bauern stand mit schußbereiten Waffen da.

Harry ging voran und führte das Weltraumwesen an der Schnur. Carlotta saß im Damensitz auf dessen Rükken. Sie strahlte zu den Männern hinüber. »Hallo!« rief sie ihnen zu.

Die Zuschauer schwiegen eisig.

»Es hat sich unterworfen«, rief Carlotta. »Wir bringen es zur nächsten Regierungsstelle.«

Laut klickend wurde ein Sicherungshebel umgelegt.

Harry pfiff leise vor sich hin und sagte: »Hüja, Bursche! Alles in Ordnung, Leute. Seht ihr, ist doch nur ein großer grauer Erdnußfresser!«

Unmutsäußerungen wurden laut, doch sie konnten ungehindert passieren.

19 Die Gelehrten

Richte den Blick auf die Welt, die vorüberzieht,
Um Weisheit hast du dich genug bemüht.
Bedrängnis, Qual, Neid, Not — all das belastet
Das Dasein des Gelehrten, der nicht rastet.

DR. SAMUEL JOHNSON
Von der Vergeblichkeit menschlichen Wünschens

Zeit: 150 Stunden nach der Stunde Null

Wes Dawson wurde wach. Er hörte das Heulen der Beschleunigungs-Warneinrichtung, russische Flüche und das tiefe Summen des Triebwerks von *Thaktan Flishithy.* Der Boden war geneigt, nicht zu einer Wand hin, sondern zu einer Ecke. Offenbar beschleunigte das Raumschiff bei gleichzeitiger Verlangsamung der Rotation.

Um die Gefangenen würden sich die Fithp während der Flugmanöver nicht kümmern. Wes tat es den anderen nach: er legte sich wie ein Seestern auf den Bauch, krallte sich mit Fingern und Zehen in der Auskleidung des Raumes fest und döste vor sich hin.

Der Kippwinkel wurde größer, während die Rotationsgeschwindigkeit von *Thaktan Flishithy* immer mehr abnahm. Nach einigen Stunden rückten alle zur Heckwand hin. Sie waren wach und unterhielten sich, nur Wes Dawson schwieg. Nikolai machte Handbewegungen, als beschreibe er eine Achterbahn, und die anderen lachten.

Nach einigen weiteren Stunden war die Heckwand zum Fußboden geworden. *Thaktan Flishithys* Triebwerk erzeugte eine Kraft nahe der Erdbeschleunigung.

Die Tür öffnete sich.

Jetzt *war* es eine Tür, da die Decke zur Wand geworden war. Vier Fithp-Krieger kamen unverzüglich herein. Sie trieben die Gefangenen in den Gang hinaus, wo vier weitere Krieger mit Tashajämp, der Gehilfin des Lehrers, warteten. Dmitri verbeugte sich vor ihr. »Grüße«, sagte er (jedenfalls war es das Klangmuster, das sie für eine Begrüßung gelernt hatten, es enthielt das Wort für *Zeit*). »Frage, Ziel wir?«

»Ziel Podo Thaktan«, sagte Tashajämp. »Macht euch lernbereit.«

Jetzt, wo kein Vorgesetzter in der Nähe war, wirkte sie gelassener als zuvor. Woher kam dieser Eindruck? Wes beobachtete sie. Sie ging mit selbstsicheren Schritten, während er sie sonst vor der Berührung mit den Kriegern wie auch Menschen hatte zurückschrecken sehen. Vermutlich waren jetzt die Krieger *ihre* Leibwache.

Wie auch immer, er wollte etwas von ihr. »Frage: Ziel *Thaktan Flishithy*?«

»Nach zwei Mahlzeitpausen wird dieser Zustand enden. Es wird fast keinen Antrieb geben. Ihr werde lange schwerelos leben. Ihr müßt es lernen«, sagte sie.

Sie hatte seine Frage nicht beantwortet, das taten sie oft.

Der Gang verzweigte sich. Der neue Gang neigte sich, schwang dann nach rechts. Eigentlich hätte er radial verlaufen müssen. Warum also die Krümmung? Etwa, damit es hübscher aussah? Bei Rotation des Raumfahrzeugs würde der Korridor um zwanzig bis fünfundzwanzig Grad ansteigen …

Aber ein radialer Gang verliefe unter Rotationsbedingungen vertikal. Da Fithp keine Leitern ersteigen konnten, mußten die Wege nach innen spiralförmig sein. Am besten Ausschau nach den Schnellaufzügen halten.

Da die Sowjets nicht mehr mit Wes sprachen, richtete auch er das Wort nicht mehr an sie. Es war eine Art

Spiel geworden. Beobachten, Schlüsse ziehen. Wer lernt schneller, Ihr oder ich?

Tashajämp sagt, daß wir bald nahezu schwerelos leben werden. Wie erreichen sie, daß es nur eine annähernde Schwerelosigkeit ist, und warum lassen sie das Raumschiff nicht rotieren, um sie ganz zu vermeiden? Den Fithp war wenig Schwerkraft lieber, aber nicht *so* wenig. Was konnte sie daran hindern, das Raumschiff rotieren zu lassen?

Ach, vermutlich ein Asteroid. Sie haben einen kleinen Stützpunkt auf einem Asteroiden, und wir werden daran festmachen. Was ich darum gäbe, wenn sie uns an ein Fenster ließen!

Und jetzt sollen wir also den Podo Thaktan sehen. Den haben sie ja damals bei dem Film gezeigt. Seine Anbringung war ihnen wichtig, sonst hätten sie das bestimmt nicht aufgezeichnet und uns vorgeführt. Ebenso wichtig wie der Treibstoff. Was aber ist das?

Thaktan *bedeutet Botschaft, Lektion oder Wissensgebiet; ich habe es schon in allen drei Bedeutungen verwenden gehört. Einer der Namensbestandteile des Mutterschiffs ist Thaktan. Fistartih-thaktan, der Schläfer mit dem Geschirr aus Wandbehangmaterial, ist mit* thaktan *verpaart und scheint keine normale Gefährtin zu haben. Was wir wohl zu sehen bekommen?*

Der gewundene Gang endete vor einer soliden rechteckigen Tür. Im Unterschied zu den meisten anderen schien diese Tür nicht automatisch betätigt zu werden. Zwei Krieger mußten sie mit machtvollem Schulterdruck beiseite schieben.

Der kleine Trupp marschierte hindurch.

Spiralförmig wand sich eine Rampe an den Seiten des zylindrischen Raumes empor. Er war nahezu leer: eine auffällige Platzverschwendung in einem interstellaren Raumschiff. In der Mitte des Zylinders ragte ein Pfeiler auf, nicht dicker als Wes' Handgelenk. Oben verzweigte er sich zu einer blütenförmigen Stützvorrichtung für …

Für ihren Podo Thaktan natürlich, dachte Wes. Ein

Überbleibsel aus längst vergangener Zeit, möglicherweise sogar eine Reliquie. Der Podo Thaktan war ein Granitblock von acht bis zehn Metern Länge, ebenso breit und etwa halb so hoch. Seine Kanten und Ecken waren ungleichmäßig abgeschliffen, als wäre jahrtausendelang staubbeladener Wind über sie hinweggegangen.

Er trug eine Aufschrift. Doch nein, die Schrift befand sich *in* dem Stein: Wes sah durch die Linien Licht von oben fallen. Etwas wie ein fadendünner Laserstrahl hatte Schrift und eine Zeichnung in den dicken Granitblock eingebrannt.

Tashajämp geleitete mit der Hälfte der Soldaten die Sowjetbürger die spiralförmige Rampe empor; die anderen nahmen Wes in die Mitte und folgten. In unterschiedlicher Höhe führten Plattformen von der Rampe fort, und auf einer machten sich drei Fithp zu schaffen. Sie nahmen keine Notiz von den Störenfrieden.

✿

Eine ganze Weile richteten Fistartih-thaktan und seine raumgeborenen Akolythen den Blick in meditativer Versenkung zu Boden, bevor sie an die Arbeit gingen. Die Meditation war ein Ritual, und sie war erforderlich. Man konnte sich zu sehr an den Podo Thaktan gewöhnen; ihn als selbstverständlich hinnehmen. Das durfte keinesfalls, unter keinen Umständen je geschehen.

Früher einmal war es wegen des Bildes in der Mittelfläche des Podo Thaktan zu blutigen Auseinandersetzungen gekommen. Stellte es einen Vorling dar? Die Herde, die diese Ansicht vertrat, hatte die halbe Heimatwelt erobert, Generationen waren gekommen und gegangen, und mit bestürzender Regelmäßigkeit wurden Ketzer ihrer Position entkleidet, bis die Fithp begriffen, was es in Wahrheit mit dem Stein und der Zeichnung auf sich hatte.

Nach ihr war das Bussard-Staustrahl-Triebwerk für die *Bote* gebaut worden, mit dessen Hilfe das Raumschiff die interstellaren Räume überwunden hatte.

Der Priester und seine Gehilfen wandten sich der Bibliotheks-Schirmwand zu. Peikartänk drückte auf eine Taste von der Größe einer Männerfaust, und auf dem Bildschirm erschien eine Folge von Fotos. Einen nach dem anderen sah man halbe Granitwürfel in Nahaufnahme vor verschiedenen, nicht genau auszumachenden Hintergründen.

»Könnten wir nicht einige überspringen?« schlug Kulpulih vor.

»Ich wende mich dagegen«, sagte Fistartih-thaktan sofort. »Uns liegt an *jeder* Information, die die Vorlinge bezüglich Winterheims oder seiner Bewohner hinterlassen haben.«

Die Thaktanthp waren in der Reihenfolge ihrer Entdeckung angeordnet und in etwa auch aufsteigend nach dem Schwierigkeitsgrad der auf ihnen enthaltenen Angaben. Die Geschichte der Fithp ließ sich von ihnen ablesen: der Gebrauch von Feuer, Bergbau und Metallverhüttung, erster Gebrauch des Rades — all das hatten die Vorlinge ihren Nachfahren leicht vermittelbar gemacht. Spätere Thaktanthp waren in Höhlen, auf Berggipfeln oder in unbelebten Wüsten entdeckt worden.

»Augenblick. Kulpulih, ist das *nichts* als Mathematik?«

»Es fällt mir nicht schwer, die Thaktan-Linie zu lesen, Fistartih-thaktan. Einfache darstellende Geometrie, eine Liste von Axiomen.«

»Dann der nächste.«

»Der Umerzieher ist mit den Zöglingen gekommen.«

»Achtet nicht auf sie. Auch das muß festgehalten werden!«

Verstohlen musterten Kulpulih und Peikartänk die Erdlinge, ohne den Blick zu heben. Fistartih-thaktan tat so, als merke er nichts. Vielleicht konnten sie aus der

Beobachtung der Fremden etwas lernen. Gerade jetzt befinden sich Fithp-Krieger auf dem Boden einer der Landmassen Winterheims und jagten die Beutewesen.

Fistartih-thaktan erinnerte sich daran, wie es war, zu laufen, Beute in einem vorbeirauschenden Bach zu machen, nichts zu sehen als Berge in der Ferne und über ihnen Wolken ...

Doch zuerst mußten diese Geschöpfe besiegt werden. Das Wissen um den Weg dorthin befand sich sicherlich hier, denn die Tashajämp enthielten alles, was ein Fi' wissen mußte.

Von äußerstem Interesse war der Lebens-Thaktan. Schrift und Zeichnung beschäftigten sich mit Biologie, und Fistartih-thaktan hatte ihn schon früher gründlich studiert. Hierarchien des pflanzlichen Lebens zur Linken, des tierischen zur Rechten. Winzige alte Einzeller-Formen unten, die sich aufwärts zu komplexen, warmblütigen Lungenatmern entwickelten. Einfache Skizzen auf jeder Stufe. Die dritte Skizze von oben ähnelte einem unterentwickelten, verwachsenen oder verkümmerten Fi'. Es war massig, hatte einen flachen Schädel und einen unverzweigten Snffp. Die Füße waren keulenförmig, und an jedem saß eine kaum wahrnehmbare Kralle.

Die oberhalb des Ur-Fi' dargestellten Geschöpfe waren ausgestorben, allerdings hatte man in weichem Sedimentgestein guterhaltene Skelette gefunden. Andere abgebildete Lebensformen waren verschwunden, aber — konnte nicht die oberste Skizze der Umriß eines Vorlings sein? Hatten sie sich nicht selbst als an der Spitze der Lebensleiter stehend betrachtet? Auch über diese Frage waren Kriege ausgefochten worden.

Es war nicht leicht, Tashajämp mit ihrer halben Achtschaft von Soldaten und vier von Winterheims kleinen, flachgesichtigen Eingeborenen zu übersehen, von denen einer in einem Räderkäfig saß. Fistartih-thaktan konnte kaum vermeiden zu hören, wie Takpassih sie in einer Art Stammel-Fithp-Sprache unterwies. Er warf einen kurzen Blick auf die Erdlinge. Sie ähnelten der obersten Zeichnung in keiner Weise. Fistartih-thaktan empfand tiefe Erleichterung.

Seit seiner Wiedererweckung aus dem Todesschlaf war die Stellung des Priesters nie stärker gewesen als jetzt. Das durchschnittliche Fi' an Bord der *Bote* hatte keine Vorstellung davon, worum es bei den Vorlingen ging, oder was alles Fistartih-thaktan *nicht* wußte.

Aber er hatte eine Aufgabe. Er mußte die Offiziere beraten. Dazu mußte er *jede* von den Vorlingen hinterlassene Angabe suchen, die von Bedeutung sein konnte.

»Weiter«, sagte er zu Kulpulih.

Der nächste Thaktan erläuterte die Aluminiumherstellung.

✲

»Unbekannt, die Umrisse der ...« Ja, wessen eigentlich, der anderen? Ihrer Vorfahren? »Keine Bilder von uns. Vorlinge nur zum Teil bekannt.« Tashajämp sprach langsam, und Wes meinte das meiste zu begreifen. Er mußte sich allerdings stark konzentrieren.

»Ganze Achtzahlen von Acht-hoch-drei-Thaktanthp waren über die Heimatstadt verstreut. Die Vorlinge ...« Tashajämp sah rasch zum Priester hinüber, der den Blick nicht von der großen Bildschirmwand löste, und senkte ihre trompetenlaute Stimme ein wenig — »wußten nicht alles. Beispielsweise war ihnen weder klar, daß sie mit dem, was sie mit Hilfe ihrer Maschinen taten, die Welt zugrunde richten würden, noch vermutlich, wo sich Leben in der Heimatwelt entwickeln würde, nachdem sie wieder gesundet war. Deshalb ließen sie die Thaktanthp überall zurück. Nicht bekannt sind Dinge über die Fithp, Dinge über die Vorlinge. Vielleicht waren die Thaktanthp als Botschaften für die Kindeskinder

der Vorlinge gedacht. Aber diese hatten keine Nachkommenschaft.

Arwid fragte: »Was ist geschehen?«

»Das weiß Fistartih-thaktan. Ich spreche mit ihm. Wartet.« Tashajämp wandte sich beiseite und blieb unbeweglich hinter dem Priester stehen.

Wes sah zu Boden.

Von unten hatte die Halterung einen Teil der Schrift verdeckt, von oben sah man alles. Beim Behauen der Steine war um die Schrift herum ein Rand von mindestens einem Meter Breite gelassen worden. Durch ungleichmäßige Abnutzung waren Einbuchtungen entstanden, in die die Arme der Halterung greifen konnten.

Da Wes die Schrift nicht zu entziffern vermochte, wandte er sich dem Zeichnungsteil zu.

Der Podo Thaktan enthielt zahlreiche Muster. An einer Stelle erkannte Wes in einer Vielzahl von Punkten ein charakteristisches Sternbild des Sommerhimmels. An einer anderen fanden sich gewundene Linien — möglicherweise die Magnetfelder eines Bussard-Staustrahl-Triebwerks ... *Podo* mochte *Sternenflug* bedeuten, konnte aber auch *Gestirne* oder einfach nur *Himmel* heißen. Wörter und Sätze, die er gehört hatte, wurden ihm jetzt klar, und er war sicher, daß *Thaktan Flishithy* soviel bedeutete wie *Thaktan-Träger,* mithin *Überbringer der Botschaft,* kurz *Bote.* Der Priester Fistartih-thaktan schien den Podo Thaktan kulthaft zu verehren und auch als eine Art Bibliothekar zu fungieren. Wohl eine Art *Herr der Überlieferung.*

Jetzt hatte sich Fistartih-thaktan vom Bildschirm abgewandt und sprach so rasch mit Tashajämp, daß Wes nichts verstand.

»Unbekannt, was geschehen ist, daß Vorlinge Nachkommen aufhörten«, sagte Tashajämp dann. »Vielleicht wollten sie keine, weil sie die Welt zerstört hatten. Vielleicht konnten sie keine haben.« Sie spreizte ihre Grifflinge auf eine Weise, die Dawson bei sich mit einem

›Achselzucken‹ verglich: ein vergebliches Krallen in die Luft. Es bedeutete soviel wie: »Ich weiß nicht, und ich glaube auch nicht, daß man es erfahren wird.« Dann wandte sie sich wieder an Fistartih-thaktan. Wes besah erneut die Sternenmuster. *Sehr ähnliche Konstellationen wie von der Erde aus, aber nicht ganz dieselben. Die Wesen müssen von irgendwo aus der Nähe stammen* — Ein Schauer lief ihm über den Rücken. *Können noch mehr von ihnen kommen? Nein, im Film war nur* ein *Raumschiff zu sehen. Im interstellaren Raum ist »Nähe« ein sinnloser Begriff!*

Fistartih-thaktan sprach erneut. Wes näherte sich, um Tashajämp zuzuhören, die das Gesagte in Radebrech-Fithpisch übersetzte.

✿

Ihre Unterkunft war in dem Maße erträglicher geworden, wie die Fithp lernten, was die Gefangenen mochten. Die Auspolsterung, die alle vier ›Wände‹ sowie ›Decke‹ und ›Boden‹ bedeckte, war nicht mehr feucht wie am Anfang, sondern angenehm trocken.

Dmitri sprach Dawson auf englisch an. Dieser schämte sich richtig, als er merkte, wie wohl es ihm tat, einmal wieder seine Muttersprache zu sprechen. Das Alleinsein fiel ihm schwer.

»Sie sind also umgekommen. Das klang, als hätten sie selbst ihre Umwelt zerstört, nicht wahr, Wes?«

»Ich meine, daß Fistartih-thaktan das gesagt hat.«

»Aber sie müssen doch angenommen haben, daß einige von ihnen überleben würden. In anderer Gestalt. Könnte das stimmen?«

»Sie meinen, könnten die Vorlinge ihre Vorfahren sein? Nein. Auf der Bildschirmwand war ein Thaktan mit biologischen Darstellungen zu sehen, bis Fistartih-thaktan weitergeschaltet hat. Haben Sie das mißratene Fi' darauf nicht gesehen? Es war das dritte Bild von oben. Würden wir die Menschheit an die dritte Stelle von oben setzen, wenn wir eine Hierarchie der Lebensformen auf der Erde aufstellen wollten?«

»Nein«, sagte Dmitri verärgert. »Aber wenn ich kein Optimist wäre, würde ich die Menschen vielleicht ganz auslassen! Dann könnte man die Affen als dritte von oben ansetzen, wenn man eine Schwäche für Delphine und Wale hätte!«

»Das sind mir zu viele Wenns.«

»Außerdem hätte man als religiöser Mensch die Möglichkeit, phantasievoll ausgeschmückte Engel oberhalb der Menschen einzusetzen.«

»Gegenwärtig können wir wohl erst mal dasselbe annehmen wie Tashajämp«, sagte Arwid beschwichtigend. »Die Fithp beschäftigen sich schon wesentlich länger mit dem Problem als die eine Stunde, die wir dafür Zeit hatten. Also, eine Gattung ist ausgestorben, bedingt durch ein Übermaß an Umweltverschmutzung. Ihre Welt hat sich verändert und auf ihr ist etwas Neues entstanden — vielleicht ein Haustier, ein Arbeitstier, ein weiterentwickelter Hund oder ein Pferd. Sie scheinen die Vorlinge zu verehren.«

»Wie auch nicht?« warf Wes ein. »Überlegen Sie doch, was mit Stämmen geschehen würde, die sich nicht mit den Thaktanthp beschäftigten. Ursprünglich hat es mindestens ... acht hoch vier, sagen sie, also über viertausend Thaktanthp gegeben, wahrscheinlich aber ein Mehrfaches davon. Viele von ihnen werden Duplikate, Kopien, gewesen sein. Der Stamm oder die Herde, die deren Hinweise und Anleitungen als erste nutzte, konnte herrschen. Kein Wunder, daß sie die Vorlinge verehren!«

Arwid zuckte die Achseln. »Ich denke, sie waren ursprünglich zahme Elefanten. Dann kam die Weltkatastrophe. Zwergwuchs ist das Ergebnis langer Hungerzeiten. Überflutungen mögen alle Exemplare ausgemerzt haben, die keine Krallen entwickelten, mit denen sie sich an Felsen im Flußbett oder sonstwo an Gestein festhalten konnten.« Er lächelte. »Beweise gibt es dafür natürlich nicht. Sucht euch selbst heraus, was euch am plausibelsten erscheint.«

»Und was ist mit den Kriegen?« sagte Dmitri. »Ob das tatsächlich Religionskriege waren, in denen es um die Deutung der Thaktanthp ging?«

»Ja«, sagte Dawson. »Kriege über die Frage, wie die Vorlinge ausgesehen haben.« Er schüttelte den Kopf. »Äußerst sonderbar.«

Dmitri lachte. »Wieso? In der Geschichte wimmelt es von Beispielen dafür. Die oströmische Kirche war gespalten, und Bürgerkriege sind über der Frage ausgebrochen, Ikonen welcher Art in den Kirchen gezeigt werden durften. Der Christengott hat keine fleischgewordene Gestalt, dennoch war es einem der Propheten vergönnt, sein Hinterteil zu sehen. Von vorn durfte er ihn nicht schauen, versteht sich. Ich weiß nicht, ob das zu Kriegen unter den Juden geführt hat, aber es wäre leicht möglich gewesen.«

»Man müßte eigentlich annehmen, daß es Abbildungen dieser ›Vorlinge‹ gibt«, sagte Dawson.

»Hat es vielleicht auch gegeben«, überlegte Dmitri laut. »Nur — nehmen wir an, sie hatten doch Nachkommen, und die Fithp haben sie ausgerottet. Es ist bestimmt nicht einfach, mit dem Wissen zu leben, daß man die Nachkommen der eigenen Götter getötet hat.«

Ja, das könnte ganze Zeitalter hindurch für Schuldbewußtsein sorgen. »Oder sie haben Darstellungen der ›Vorlinge‹ zu einer Zeit als gotteslästerlich zerstört«, nahm Wes den Faden auf, »als sie die Zeichnung des Bussard-Staustrahl-Triebwerks dafür hielten.«

»Vielleicht«, sagte Arwid.

»Und dann ... Entschuldigen Sie mich«, sagte Dmitri. Er sagte rasch etwas auf russisch. Nach einer Weile gingen die Russen in ihre Ecke und ließen Wes Dawson wieder allein.

Sie mißtrauen mir. Sie nehmen an, ich könnte die Außerir-

dischen warnen. Zumindest habe ich einige Antworten bekommen. Und Antworten brauche ich!

✿

Am zweiten Morgen nach der Zerstörung Kosmograds durch die Außerirdischen hatten Nat Reynolds' Schwierigkeiten begonnen, denn das Bekanntwerden der Katastrophe bedeutete das Ende des Science Fiction-Kongresses, dessen Ehrengast er gewesen war. Jetzt saß er bei gutem Kaffee und Spiegeleiern in Dolly Jordans Frühstücksraum in Kansas City und überlegte, was er in Zukunft tun sollte, jetzt, da alle Geschichten über außerirdische Eroberer mit einem Schlag Makulatur geworden waren.

»Besuch für Sie«, hatte Dolly Jordan gesagt. Sie stellte ein weiteres Tablett und eine Kaffeetasse auf den Tisch.

Verärgert über die Störung sah Nat auf. Jemand, den er beim Kongreß kennengelernt hatte? Doch der Mann, den Dolly an seinen Tisch führte, sah nicht nach einem Science Fiction-Fan aus.

»Ich habe sie schon überall gesucht«, sprudelte der Mann los. »Aha, Sie erinnern sich wohl nicht an mich? Ich bin Roger Brooks von der *Washington Post.*«

Nat schüttelte den Kopf. »Ich habe ein abscheuliches Gedächtnis.«

»Macht nichts. Darf ich mich setzen?«

»Dolly hat bereits für Sie gedeckt.«

Brooks nahm Platz. Dolly kam mit der Kaffeekanne. Sie war rundlich und fröhlich, und klug genug, am frühen Morgen nicht unausgesetzt auf ihre Gäste einzureden. Nachdem sie Brooks' Tasse gefüllt hatte, kehrte sie in die Küche zurück.

»Warum haben Sie mich denn gesucht?« fragte Reynolds.

»Weil Sie vermutlich wissen, wo sich die Regierung aufhält.«

Reynolds schüttelte den Kopf.

»Unmittelbar vor der Ankunft der Außerirdischen sind alle SF-Autoren spurlos verschwunden«, erklärte Brooks. »Zumindest die naturwissenschaftlich orientierten.«

»Soso.«

»Sicher wissen Sie Bescheid.« Brooks beugte sich begierig vor.

»Eigentlich nicht«, sagte Nat. »Vor ungefähr einem Monat hat mich Wade Curtis angerufen. Er wollte wissen, wo ich mich zum voraussichtlichen Zeitpunkt der Ankunft der Außerirdischen aufhalten würde. Als ich ihm sagte, daß ich beim SF-Kongreß sprechen würde, hat er das Thema gewechselt.«

»Und das ist alles?«

»Ja.«

»Der Präsident hat Washington zwei Stunden nach der Zerstörung Kosmograds durch die Außerirdischen verlassen«, sagte Brooks. »Gestern morgen war auch das gesamte Kabinett mit den meisten wichtigen Leuten des Pentagon weg.« Brooks zuckte die Achseln. »Aus Washington gibt's nichts mehr zu berichten, niemand weiß da, was läuft.«

»Und da kommen Sie ausgerechnet zu mir?«

»Ja. Die Autoren sind vor ein paar Wochen verschwunden, und unmittelbar bevor die Außerirdischen aufgetaucht sind, hat der Präsident einen wichtigen weiblichen Nachrichtenoffizier nach Colorado geschickt, um sie zu ›impfen‹. Ich vermute, daß sich die Regierung im Cheyenne-Berg aufhält. Und Kansas City liegt auf dem Weg.« Roger nippte an seinem Kaffee. »Als man mir im Hotel gesagt hat, daß Sie mit bei den anderen SF-Leuten waren, hab ich mir überlegt, daß ich Sie vielleicht hier finden könnte, und so bin ich hergekommen.«

»Es tut mir leid, daß Sie sich umsonst soviel Mühe gemacht haben.«

»Vielleicht nicht umsonst«, sagte Brooks. »Sehen Sie mal, die Autoren sind im Cheyenne-Berg, da bin ich sicher. Und Sie hat man aufgefordert hinzukommen, da bin ich genauso sicher. Also: Sie haben die Einladung, ich habe einen Presseausweis und einen Diesel-Pkw mit einem vollen Tank. Wollen wir uns nicht zum beiderseitigen Vorteil zusammentun?«

20 Erwägungen

Kein Schlachtplan übersteht das Zusammentreffen mit dem Feind.

ALTE MILITÄRISCHE REGEL

Zeit: 180 Stunden nach der Stunde Null

Offenbar war den Erbauern der *Bote* der Gemeinschafts-Schlammraum nebensächlich erschienen, denn sie hatten ihn gleich neben der Rumpfwand angebracht. Doch das hatte auch Vorteile.

Die unter der Einwirkung der Fliehkraft entstehende einen Srapk tiefe Schlammschicht konnte das Raumschiff vor einem unerwarteten Angriff schützen. Aus einem Riß dringender Schlamm würde an Ort und Stelle gefrieren und so einen Stopfen bilden, der die Luft im Innern hielt.

Der Schlammraum stand unter voller Rotationsschwerkraft. Ein Jahr, bevor das Raumschiff den von Ringen umgebenen Riesenstern erreichte, hatten die Außerirdischen die Masse Winterheims und die an seiner Oberfläche herrschende Schwerkraft durch teleskopische Untersuchungen ermittelt. Sechzehn Jahre lang, in vielen Fällen von Geburt an, hatten Fithp im Gemeinschafts-Schlammraum üben können, sich bei Winterheim-Schwerkraft zu bewegen. Zumindest diesen Vorteil hatten die zum Planeten abkommandierten Krieger.

Es war der größte Raum an Bord der *Bote;* er nahm ein Achtel der Rumpffläche aus dem Lebensbereich in

Anspruch. Von der Mitte aus krümmte er sich in beide Richtungen, so daß man nicht bis an sein Ende sehen konnte. Der Schlamm bestand aus guter, klebriger Heimatwelt-Erde, über die nahezu kristallklares Wasser lief. Fathistih-talk erinnerte sich daran, daß die Decke bedrückend nah und nackt gewesen war. Nah war sie noch immer, aber sie bedrückte ihn nicht mehr. Generationen von Raumgeborenen hatten sie mit bunten Friesen bemalt.

Über seinem Kopf sah er die Abbildung eines Thaktan in Originalgröße: ein mit Inschriften bedecktes, verwittertes Granitrechteck, in dessen Mitte die Abbildung eines mit Inschriften und der Darstellung eines Thaktan bedeckten Thaktans saß, der wiederum ... Fathistih-talk überlegte, ob der Priester Fistartih-thaktan diesen Teil der Decke je gesehen hatte. Ein solcher Thaktan wäre gewiß legendär. Die Thaktanthp kündeten von allem, was sich ein Fi' denken konnte, aber keiner von ihnen äußerte sich über die Thaktanthp selbst, und auch nicht über ihre Verfertiger.

Fathistih-talk war der einzige Schläfer unter einer Vielzahl von Raumgeborenen.

»Es ist nicht so, daß wir den Planeten nicht trauen«, sagte der schlaksige Krieger. »*Einem* Planeten trauen wir, der Heimatwelt, wo ihr geboren seid. Sicherlich gehorchen andere Welten anderen Vorschriften.«

»Paarungszeiten«, sagte Fathistih-talk, der nur mit halbem Ohr zuhörte.

Er sprühte Wasser auf ein raumgeborenes Weibchen, das kaum geschlechtsreif war und ihn mied. Die Schranken zwischen Raumgeborenen und Schläfern galt es einzureißen — und wenn er es Fi' um Fi' tun mußte. Er hatte eine kräftige Lunge. Das Weibchen räkelte sich im Wasserstrahl und besprühte dann seinerseits Fathistih-talk, wie es die Anstandsregeln erforderten, wenn auch ein wenig zögernd. Der Strahl erreichte ihn kaum. Der schlaksige Krieger — Rashinggith oder so ähnlich — sprach immer noch. »Genau! Die Zielwelt hat eine Umlaufzeit von etwa sieben Achteln eines Heimatwelt-Jahres. Nach drei Generationen im Raum haben wir nach wie vor eine Paarungszeit pro Jahr, und die Schläfer, weil sie zur falschen Zeit aufgeweckt wurden.«

»Ich weiß. Während eurer Paarungszeit spüren wir ein Unbehagen, ein Jucken, das wir nicht fortscheuern können.«

»Uns geht es ebenso. Sollen die beiden Paarungszeiten auf dem Zielplaneten zusammengelegt werden?« Die Abtrünnigen unter den Raumgeborenen mißachteten die vom Herrn der Herde festgelegte Sprachregelung und sagten Zielwelt statt Winterheim. »Nehmen wir an, einige von uns passen sich an und andere nicht? Nach einigen Generationen auf der Zielwelt könnten wir alle die ganze Zeit gemäßigt brünstig sein. Abscheulich!«

»Zwei Paarungszeiten im Jahr wären vielleicht gar nicht schlecht. Wenn es dahin kommt, und es kommt dahin, geschieht das auf jeden Fall, ob wir nun landen oder nicht.«

»Und das ist erst eins von vielen möglichen Problemen. Bestimmt gibt es Parasiten, von denen wir nichts ahnen.«

Eine Stimme hallte durch den Raum. *»Talk!«*

»Ich muß gehen«, sagte Fathistih-talk und strebte seiner Gefährtin zu, wobei er ein fröhliches *»Talk«* zurücktrompetete.

Während er sich jetzt unter Schläfern bewegte und mit Fontänen schlammigen Wassers Freunde begrüßte, kam er unter einem älteren Flachrelief vorbei. Es zeigte, wie sich an den blühenden Pflanzen im Vordergrund und dem Treiben der hinter den Bäumen nicht deutlich sichtbaren Fithp erkennen ließ, eine Szene aus der Paarungszeit. Er hatte selbst daran mitgearbeitet. Es freute ihn zu sehen, daß es renoviert und neu bemalt war.

Die nächsten Darstellungen waren neueren Datums. Eine von weißen Punkten übersäte nachtschwarze Fläche und ein kleines Muster konzentrischer Ringe zeigten die Sonne Winterheims in mehrfacher Wiederholung, wie sie im Laufe der Jahrzehnte immer größer geworden war. Dann die von Ringen umgebene Gewitterkugel mit ihren Monden und der scharfgezackte, geschwungene Horizont des Fußes, mit einer Gruppe von Bergbau-Fithp um ein Grifflingsschiff, das als Treibstofftransporter diente.

»Talk!«

Schluß mit der Herumtrödelei!

Tshaupin-talk wartete ungeduldig am Ausgang auf ihn. Da sie kleiner war als die durchschnittlichen Weibchen, wirkte sie geradzu unförmig, jetzt, wo das Junge in ihr wuchs. Sie sagte: »Komm, wir müssen reden!«

Die Hubplattform brachte sie zu einem Gang. Fathistih-talk sagte: »Wir sind auf halbem Weg zwischen Winterheim und dem FUSS. Was kann da dringend sein?«

»Du hast dich mit Abtrünnigen unterhalten!«

»Richtig. Abweichende Meinungen sind nicht verboten.«

»Sie werden es bald sein. Die Abtrünnigen behaupten, der Krieg um Winterheim sei unnötig. Vergiß nicht, daß wir uns mitten in diesem Krieg befinden. Willst du etwa Krieger davon abhalten zu kämpfen, während sie schon den Beutewesen nachsetzen? Muß ich dich daran erinnern, daß sich Fukertih gerade jetzt auf dem Boden von Winterheim befindet, und daß er K'tarfukephs Liebling ist?«

»Ich habe kaum etwas gesagt und hauptsächlich zugehört. Was sie sagen, klingt vernünftig. Wir haben die von Ringen umgebene Gaskugel erreicht, als das Schiff fast bar alles Erforderlichen war. Binnen drei Jahren wurde die *Bote* neu ausgerüstet und mit allem Nötigen versehen. Wir hätten schon damals aufbrechen können, wären wir nicht auf den FUSS angewiesen gewesen, oder wir hätten so lange bleiben können, wie wir wollten.«

Fathistih-talk hatte sie in der auf das Erwachen folgenden Paarungszeit nicht begattet. Das geschah bei Männchen, die an Status eingebüßt hatten, recht häufig und wurde sogar erwartet. Tshaupin-talk erinnerte sich, daß sie darüber fast erleichtert gewesen war. Ihr nächstes Junges würde beim Krieg um Winterheim nicht im wehrfähigen Alter sein.

Die Ziehende Herde hatte die von Ringen umgebene Gaskugel erreicht und war mit dem FUSS beschäftigt, als Tshaupin-talks Zeit erneut kam. Wieder war ihr Gefährte zeugungsunfähig. Vielleicht hatte sie ihn schlecht behandelt. Sie konnte sich noch gut an ihre gereizte Stimmung damals erinnern.

Beim nächstenmal hatte er sich erholt, und in der Paarungszeit darauf hatte sich das ausgewirkt. Der Status ihres Gefährten als Berater des Herrn der Herde hatte genügt, seine Selbstachtung wiederzuerlangen. Die andere Veränderung, die mit ihm vorgegangen war, hatte sie lange nicht bemerkt.

Fathistih-talk redete immer noch. »Der Weltraum enthält die meisten der von uns benötigten Rohstoffe, und wir brauchen sie niemandem zu rauben. Wir ...«

»Talk! Weißt du nicht mehr, wie es ist, wenn man sich in richtigem Schlamm wälzt, unter freiem Himmel? Hast du den Unterschied zwischen einer Dusche und einem Regenschauer vergessen?«

Er zögerte. »Nein.«

»Warum dann dieser Unsinn?«

»Ich habe mit Raumgeborenen gesprochen. Sie erinnern sich nicht, und es fehlt ihnen an nichts. Talk, wir haben den Krieg begonnen, und das ist gut. Aber wenn wir uns zurückziehen müssen, *wissen wir, daß uns die Winterheim-Bewohner nicht folgen können.* Darauf sollten wir uns einstellen. Eine Generation später treiben wir vielleicht Handel mit ihnen, tauschen Stickstoff gegen veredelte Metalle ...«

»Du meinst, wir treiben *Handel*? Mit zerbrechlichen, mißgestalteten Wesen, die aussehen, als ob sie jeden Augenblick umfallen könnten?«

»Ist das nicht weit besser, als sie mit Gewalt der Ziehenden Herde einzugliedern? Dann müßten wir sogar mit ihnen leben. Kannst du sie dir als unseresgleichen vorstellen, selbst nach vielen Generationen? Das aber ist das Schicksal erfolgreicher Sklaven.«

Er lachte, als sie bei dieser Vorstellung zusammenzuckte. »Es kann gar nichts schaden, die jetzigen Machthaber ein wenig in Unsicherheit zu halten. Es wäre mir recht, wenn sie über die Dinge nachdächten. Die Abtrünnigen tun etwas, das der Mühe wert ist.«

Dieser gefährliche, destruktive Humor. Sie hatte es einfach nicht rechtzeitig bemerkt.

Fathistih-talk war nicht gerade verrückt, nicht in selbstmörderischer Weise. Nie würde er der Ziehenden Herde, seiner Familie oder ihrer Sache Schaden zufügen. Aber politische Wechselwirkungen bedeuteten ihm nichts mehr, wie auch die Autorität seiner Gefährtin in Familienangelegenheiten. In den zwölf Jahren zwischen ihrer ersten und zweiten Trächtigkeit hatte er auch seinen Sinn für diese Feinheiten eingebüßt.

»Eine Ziehende Herde darf sich nicht in alle Winde verstreuen«, sagte sie. »Wir befinden uns im Krieg.«

»Der möglicherweise unnötig ist.«

»Laß sie ihre Arbeit ohne deine Unterstützung tun. Du schadest der Stellung aller Schläfer. Unterwürfigkeit ist der erste Schritt.«

»Wir haben uns keiner neuen Herde angeschlossen. Unsere Herde ist von innen gefangengenommen worden. Talk, mag sein, ich habe unrecht. Aber ich möchte dahinterkommen.«

»Wie?«

Das aber wollte er ihr nicht sagen.

Jenny führte die anderen in den großen Konferenzraum. Obwohl sich höchstens zwei Dutzend Menschen darin aufhielten, ging es laut zu. In Gruppen saßen und standen Science Fiction-Autoren beieinander, Offiziere in Uniform und Männer in Zivil, die den Präsidenten in Verteidigungsfragen berieten, standen vor Tafeln oder um Tische. Auf großen Sichtschirmen konnte jeder mitverfolgen, was die jeweils eine ganze Wand einnehmenden Schirme des Lageraums zeigten. Jenny fühlte sich an den Presseraum des JPL beim Vorbeiflug der Weltraumsonde am Saturn erinnert.

Einer der anwesenden Offiziere war ihr Schwager Ed Gillespie. Sie hatte gewußt, daß er kommen würde, war aber viel zu beschäftigt gewesen, als daß sie ihn hätte begrüßen können. Sein Bericht über seine Mission nach Kosmograd, wohin er den Abgeordneten Dawson gebracht hatte, enthielt nichts für sie Wesentliches, und für private Unterhaltungen hatte sie einfach keine Zeit.

Jack Clybourne folgte ihr hinein und musterte die Anwesenden mißtrauisch. »Scheint alles in Ordnung zu sein«, sagte er.

Trotzdem starrt er jeden einzelnen mißtrauisch an. Jenny trat in die Mitte des Raums. »Meine Damen und Herren, der Präsident der Vereinigten Staaten.«

Darauf reagierten alle. Die Militärs salutierten, und die Autoren warfen von ihren Stühlen neugierige Blicke herüber, bis ihnen ihre Kinderstube einfiel und auch sie sich erhoben. Auch wenn das laute Geplapper verstummte, konnte man weiterhin geflüsterte Unterhaltungen hören.

Admiral Carrell und General Toland begleiteten den Präsidenten, der seinen Blick ausdruckslos über die Versammelten schweifen ließ.

»Weitermachen!« sagte Admiral Carrell. »So, Major, jetzt sind Sie dran.«

»Jawohl, Sir.« Jenny ging voraus zur Tafel, an der Ed Gillespie mit den als Gruppensprecher ausgewählten

Autoren stand. *Anson spricht offenbar für alle, obwohl er nicht aussieht, als könne er sich energisch durchsetzen. Aha, Dr. Curtis. Joe Ransom. Sherry Atkinson war wohl zu schüchtern.*

Als der Präsident zu den Autoren trat, erstarb ihr Gespräch. Er nickte Ed Gillespie zu. »Ich freue mich, Sie zu sehen, General.« Dann ließ er sich von Jenny die Autoren vorstellen.

»Mr. President, das ist Robert Anson, der Sprecher der Gruppe.«

Anson stellte seine Kollegen vor.

»Von Major Crichton höre ich«, sagte der Präsident, »daß Sie etwas für mich haben.«

»Ja, Sir«, sagte Anson. »Vielen Dank, daß Sie gekommen sind. Ich will Ihre kostbare Zeit nicht mit Nebensächlichkeiten vergeuden. Erstens: Es scheint jetzt klar, daß die Außerirdischen die Eroberung des Planeten anstreben, zumindest eines bedeutenden Teils davon. Wie es aussieht, wollen sie aber die Erde ganz für sich haben.«

»Was deutet darauf hin?« fragte der Präsident. Es klang eher neugierig als fordernd.

»Ihre Entscheidung, die Vereinigten Staaten anzugreifen«, sagte Anson, »eindeutig die mächtigste Nation auf der Erde.«

»Aber ...«

Anson ließ sich nicht beirren: »Eindeutig die mächtigste Nation, zumindest vom Weltraum aus gesehen«, wiederholte er. »Schon die Infrastruktur: Straßen, Staudämme, Städte, Häfen, elektronische Emissionen — all das müßte ihnen zeigen, daß wir die beherrschende Nation sind.« Anson sah sich um, als erwarte er Widerspruch, aber niemand sagte etwas. »Dennoch haben sie beschlossen, hier zu landen, und allen Berichten zufolge, die hier eingegangen sind, errichten sie Verteidigungslinien um das von ihnen eroberte Gebiet — ganz als ob sie zu bleiben gedächten.«

»Das werden wir ja sehen«, brummte General Toland. Anson runzelte die Stirn.

Toland sah sich nervös um. »Wir planen einen Großangriff«, sagte er. »In etwa zwei Stunden.«

»Womit?« erkundigte sich Dr. Curtis.

Toland warf dem Autor einen mißbilligenden Blick zu.

»Es wird ein Angriff auf breiter Front sein«, sagte der Präsident. »Mr. Anson, ich stimme Ihrer Ansicht zu, daß sie bleiben wollen. Was bliebe ihnen denn anderes übrig? Ich sehe nicht, woher sie genug Raumschiffe nehmen wollen, um ihre Leute wieder von der Erde zu holen.«

»Laserstrahlen«, sagte Curtis.

Alle sahen ihn an. Achselzuckend wies er auf Anson. »Entschuldigung, Bob ist an der Reihe.«

»Das wird Dr. Curtis näher ausführen«, sagte Anson. »Wir sind uns also einig, daß sie bleiben wollen. Trotz ihrer Anfangserfolge würde es mich sehr überraschen, wenn sie annähmen, daß gleich ihr erster Angriff zum Erfolg führte. Letzten Endes werden wir die Oberhand gewinnen und sie aus Kansas hinauswerfen. Bestimmt rechnen sie damit und planen weitere Angriffe. Wahrscheinlich haben sie bereits Vorbereitungen dafür getroffen.«

»Welcher Art zum Beispiel?« fragte der Präsident.

Anson wandte sich Joe Ransom zu. »Dazu wird Mr. Ransom etwas sagen.«

»Sie haben kinetische Waffen eingesetzt«, erklärte Ransom. »Ein Raumschiff, das imstande ist, den interstellaren Raum zu überwinden, muß ein äußerst leistungsfähiges Triebwerk besitzen. Ich denke, sie werden eine Dinosaurier-Keule abwerfen.«

Der Präsident sah verständnislos drein, aber Joe Ransom erläuterte bereits: »Wahrscheinlich hat seinerzeit ein Asteroid von etwa neun Kilometern Durchmesser die Dinosaurier ausgerottet und den größten Teil des

Lebens auf der Erde vernichtet. In Schichten toten Lehmbodens aus diesem Erdzeitalter hat man Asteroiden-Material gefunden, und zwar auf der ganzen Welt. Es ist allerdings unerheblich, ob das stimmt oder nicht; was zählt, ist, daß die Außerirdischen bereits zahlreiche große Felsbrocken abgeworfen haben und ihnen sicher die Mittel zu Gebote stehen, einen kleinen Asteroiden zu bewegen. Es läßt sich leicht ausrechnen, wozu das führen könnte — auf der ganzen Welt.«

»Je nach der Größe des Asteroiden und dem Ort seines Auftreffens kann er praktisch alles vernichten«, ergänzte Anson. »Seismische Wellen, sogenannte *Tsunamis*, würden Küstenstädte zerstören. Eine Wolkendecke könnte wochen- oder monatelang endlose Nacht und unaufhörlichen Regen bewirken; sogar eine neue Eiszeit könnte ausgelöst werden.«

»Ist es denn sicher, daß sie in der Lage sind, die Erde mit Asteroiden zu bombardieren?« fragte der Präsident.

»Man könnte darauf wetten. Wenn wir nur wüßten, wie groß das Ding sein kann.«

»Fähig sind sie dazu ganz offenkundig«, sagte Anson. »Sie hocken seit fünfzehn Jahren draußen im Weltraum, bestimmt haben sie sich vorher überlegt, wie sie vorgehen wollen.«

»Aha.« Coffey nickte mit ernstem Gesicht. »Können wir etwas gegen das Ding unternehmen?« fragte Admiral Carrel. »Es zum Beispiel von seinem Ziel ablenken?«

»Wenn ich nur wüßte, wie. Die schießen doch alles ab, was wir raufschicken«, sagte Curtis.

»Was also können wir tun?« beharrte Admiral Carrell.

Anson wandte sich dem anderen Autor zu. »Darüber hat sich Dr. Curtis Gedanken gemacht. Wade ...«

»Wir können sie unmöglich besiegen, solange sie den Weltraum beherrschen«, sagte Curtis. »Da oben finden sie immer etwas, das sie uns auf den Kopf werfen können. Eine Dinosaurier-Keule nach der anderen. Wir müssen also unbedingt die Herrschaft über den Weltraum zurückgewinnen, und das kann uns nicht gelingen, solange die das große Mutterschiff haben.«

»Genauso sieht das die Marine auch«, sagte Admiral Carrell. »Aber eine Seestreitkraft braucht Schiffe, Dr. Curtis!«

»Orion«, sagte Curtis. »Das alte Bumm-Bumm.«

Der Präsident sah wieder verwirrt drein, und Jenny hatte den Eindruck, daß Curtis das genoß, als er sich zur Tafel wandte. *Besonders häufig hat ein Autor nicht Gelegenheit, dem Präsidenten der Vereinigten Staaten eine Lektion zu erteilen.*

»Denken Sie sich eine kräftige Stahlplatte«, sagte Curtis. »Groß und dick. Bilden Sie sie als Halbkugel aus, sie kann aber auch ruhig flach sein. Setzen Sie ein großes Raumschiff darauf, sagen wir, so groß wie ein Schlachtschiff. Zwischen der Platte und dem Schiff brauchen Sie eine erstklassige Schwingungsdämpfung.

Jetzt eine Atombombe unter dem Ganzen zünden. Ich garantiere Ihnen, daß sich das Ding *bewegt.*« Er zeichnete, während er sprach. »Damit, daß Sie unter dem Schiff eine A-Bombe nach der anderen zünden, kriegen Sie mehrere tausend Tonnen auf die Umlaufbahn. Je mehr Masse Sie haben, desto weniger ruckelt es.«

Admiral Carrell sah nachdenklich drein. »Und wenn das Ding erst mal oben ist ...«

»Die Taktik ist einfach«, sagte Curtis. »Sie dringen damit in den Weltraum ein, suchen das Mutterschiff und greifen es mit allem an, was wir haben. Schlimmstenfalls wird gerammt.«

»Für die Besatzung ein wahres Himmelfahrtskommando«, sagte der Präsident.

»Sie werden reichlich Freiwillige finden, Sir«, sagte Ed Gillespie. »Sämtliche Astronauten vorweg.«

Stimmt. Die meisten von ihnen hatten Freunde auf dem Mondstützpunkt. Seltsam, da haben sie A-Waffen eingesetzt, aber nirgendwo auf der Erde ...

»Ist dies Projekt durchführbar?« fragte Admiral Carrell.

Curtis nickte. »Ja. Die Grundlagen dafür wurden in den sechziger Jahren untersucht. Man hat auch Modelle mit chemischen Sprengstoffen getestet. Nachdem die Moskauer Verträge Atomversuche in der Atmosphäre untersagten, wurde das Projekt aufgegeben. Soweit ich weiß, ist aber *Michael* unsere einzige Möglichkeit, rasch ein Schlachtschiff in den Weltraum zu befördern.«

»Michael?«

»Entschuldigen Sie, Mr. President. Wir haben ihm bereits einen Decknamen verpaßt. Der Erzengel Michael hat Satan aus dem Himmel vertrieben.«

»Ein durchaus passender Name. Doch unser gegenwärtiges Problem besteht darin, sie aus Kansas zu vertreiben ...«

»Das wird nichts«, sagte Curtis. »Solange sie den Weltraum beherrschen, können sie landen, wo und wann immer sie wollen, und uns sind mehr oder weniger die Hände gebunden. Sir, wir müssen das Projekt *Michael sofort* in Angriff nehmen.«

Der Präsident dachte nach. »Vielleicht haben Sie recht«, sagte er nach einer Weile. Er wandte sich an Ed Gillespie. »General, wir haben hier ziemlich wenig Leute zur Verfügung. Ich nehme an, daß Sie gegenwärtig ohne Auftrag sind?«

»Ja, Sir.«

»Gut. Ich wünsche, daß Sie die Arbeitsgruppe für das Projekt *Erzengel Michael* leiten. Prüfen Sie seine Durchführbarkeit, überlegen Sie, welche Bewaffnung erforderlich ist, was für Leute Sie zum Bau brauchen, wo es gebaut werden soll und wie lange es dauern wird. Erstatten Sie Admiral Carrell Bericht, sobald Sie eine Vorstellung haben. Vielleicht können Ihnen diese Herren behilflich sein.« Er sah zu den Autoren hinüber.

»Klar«, sagte Curtis. »Eins allerdings ...«

»Ja?«

»Wir könnten meinen Kollegen Nat Reynolds gut brauchen. Zuletzt soll er sich in Kansas City aufgehalten haben.«

»Das ist Kampfgebiet«, sagte General Toland.

»Nat ist ein pfiffiger Bursche. Vielleicht hat er es geschafft wegzukommen. Verrückt genug, um es zu schaffen, ist er allemal«, sagte Curtis mit ernster Miene.

»Major Crichton kann sich darum kümmern«, sagte der Präsident. »Jetzt zu einem anderen Punkt, den Sie bereits angesprochen haben. Was ist mit den Laserstrahlen?«

»Ja, Sir«, sagte Curtis. »Ich vermute, daß die ihre Schiffe mit Hilfe von Laserstrahlen vom Boden starten werden.«

»Warum?«

»Warum nicht? Ihre Laser sind den unseren haushoch überlegen, und das Verfahren ist ziemlich einfach, hat man erst mal die Strahlen und eine Energiequelle.«

»Schön, ich habe die falsche Frage gestellt«, sagte Coffey. »*Wie?*«

Erneut sah Curtis selbstzufrieden drein. Er skizzierte. »Wenn Sie einen Laserstrahl gegen das hintere Ende einer Rakete richten — mit dem üblichen, glockenförmigen Raketentriebwerk, aber *stabiler* —, haben Sie so ziemlich dieselbe Wirkung, als hätten Sie Raketentreibstoff an Bord, nur ist die Nutzlast weit größer, weil die Energiequelle auf dem Boden zurückbleiben kann. Die arbeitende Masse, also die Treibgase, besteht aus Luft und verdampftem Raketentreibstoff, heiß wie die Hölle, mit einer unglaublichen Austrittsgeschwindigkeit. Das System braucht Unmengen an Energie, aber klappt hundertprozentig. Schade, daß wir so was nie gebaut haben.«

»Und woher soll die Energie kommen?« fragte der Präsident. »Die Außerirdischen haben alle unsere Staudämme in die Luft gejagt, und sie können ja nicht einfach eine Steckdose anzapfen.«

Curtis wies auf eine an die Tafel geheftete Fotografie. Sie zeigte ein seltsames geflügeltes Objekt, das unscharf vor dem Hintergrund des Weltraums zu erkennen war.

»Ransom hat das Bild gefunden, es ist eins von dem Haufen, den uns Major Crichtons Leute zur Durchsicht gegeben haben«, sagte er. »Joe ...«

Ransom zuckte die Achseln. »Ein Amateurastronom hat das den Leuten vom Nachrichtendienst gebracht. Ich weiß nicht, wie er die Wachen dazu überredet hat, es hereinzubringen, aber jedenfalls ist es bei mir gelandet. Es sieht ganz so aus, als entfalteten sie hoch oben in einer geostationären Umlaufbahn riesige Solargitter.«

»Wir beschäftigen uns mit dem Bau solcher Anlagen«, sagte der Präsident.

»Sicher«, antwortete Curtis trocken. »Aber der Kongreß hat den Bau von Energiesatelliten im Weltraum abgelehnt. Zu teuer und bei Angriffen zu verwundbar.«

»Verwundbar?«

»Ja, aber nicht mit den uns zur Zeit zur Verfügung stehenden Mitteln«, sagte Curtis. »Wer im Weltraum etwas angreifen will, muß erst mal *rauf*kommen.«

Coffey sah sich hilfesuchend um.

»Es stimmt schon«, sagte Admiral Carrell. »Sie putzen alles runter, was wir hochschießen, bevor es oben ankommt.«

»Was können wir also tun?«

»Den Erzengel raufschicken«, sagte Ed Gillespie. »Wenn wir da oben was ausrichten wollen, muß unsere Basis möglichst groß, stark und gut bewaffnet sein. Ich kümmere mich darum.«

»Und bis dahin schleudern sie Asteroiden herunter«, sagte der Präsident. »General, ich glaube, Sie sollten sich rasch an die Arbeit machen.« Er wandte sich zum Gehen.

»Eins noch, Mr. President«, sagte Curtis mit Nachdruck.

»Ja?«

»Der heutige Angriff. Ich vermute, Sie haben die Ansicht, starke Panzertruppen hinzuschicken.«

Der Präsident sah verständnislos drein.

»Wir machen es schon richtig, Doktor«, sagte General Toland. Er wandte sich gleichfalls zum Gehen. »Und ich möchte mich sofort damit beschäftigen.«

»*Thor*«, sagte Curtis.

Toland blieb wie angewurzelt stehen. »Was ist damit? Der Name kommt mir bekannt vor.«

»Eine strategische Untersuchungskommission hat in den achtziger Jahren das Projekt *Thor* empfohlen«, sagte Curtis. »Fliegende Hämmer.« Er warf rasch eine Skizze auf die Tafel. »Man nimmt ein großes Stück Eisen, versieht es mit einem primitiven Sensor und einer Lenkflosse. Dann schickt man die Dinger dutzendweise in den Orbit. Zum Einsatz ruft man sie von da ab und dirigiert sie über das Zielgebiet. Sie haben ein ganz primitives Steuergehirn, das gerade imstande ist, einen Panzer von oben zu erkennen. Sobald sie den Umriß erfassen, steuern sie darauf zu. Was glauben Sie, was passiert, wenn man zehn- oder zwanzigtausend davon über einer Panzerdivision losläßt?«

»Verdammte Scheiße«, sagte Toland.

»Ist so etwas möglich?« fragte Admiral Carrell.

»Ja, Sir«, sagte Anson. »Sie können natürlich auch gegen Schiffe eingesetzt werden.«

»Nur haben wir sie nie gebaut«, sagte Curtis. »Wir waren zu geizig.«

»Jetzt hätten wir sie ohnehin nicht«, sagte Carrell. »General, vielleicht sollten Sie über eine Tarnung Ihrer Panzer nachdenken ...«

»Oder den Angriff verschieben, bis eine dichte Wolkendecke über dem Gebiet liegt«, sagte Curtis. »Ich weiß nicht genau, was sich mit einer Tarnung erreichen läßt. Sie sollten außerdem auf Laserstrahlen achten. Möglicherweise kann *Thor* dem Laserstrahl ins Ziel folgen.«

»Ja, mit dem Verfahren arbeiten wir gegenwärtig«, sagte Toland. Seine Stimme klang triumphierend. Auch diese Burschen wußten nicht *alles*.

»Vielleicht sollten wir den Angriff verschieben«, sagte der Präsident.

General Toland warf einen Blick auf seine Uhr. »Zu spät. Mit unserem unzuverlässigen Nachrichtensystem würden einige Einheiten von dem Aufschub erfahren und andere nicht. Die würden dann allein angreifen und mit Sicherheit abgeschlachtet.«

»Ich danke Ihnen, meine Herren«, sagte der Präsident.

Als sie hinausgingen, hörte Jenny Curtis leise sagen: »Und was wollen Sie machen, wenn es nicht klappt? Dann müssen Sie bei den Russen um Hilfe anklopfen.«

21 Schlachtpläne

Verhaltensregeln, Grundsätze des Handelns
und taktischer Instinkt,
Dinge, die kleine Siege ermöglichen,
lassen sich bei passender Gelegenheit stets auf das
Erreichen großer Siege übertragen;
denn Erfolg in allem, was den Menschen betrifft,
gründet sich auf schnelle Entscheidungen
und entschlossenes Handeln.
Es scheint ein unverrückbares und unerbittliches
Gesetz zu sein, daß nicht gewinnen kann,
wer nicht bereit ist, etwas zu wagen.

John Paul Jones

Zeit: Zwei Wochen nach der Stunde Null

Jenny legte die gedruckten Exemplare der Tagesordnung oben auf die gelben Resopalplatten und trat einen Schritt zurück, um ihre Arbeit zu begutachten. Dann lächelte sie spöttisch. Das hier hatte nicht die entfernteste Ähnlichkeit mit dem Kabinettsraum im Weißen Haus. An Stelle des großen hölzernen Konferenztischs waren zwei einfache Schreibtische aneinandergestellt worden. Die Mehrzahl der Sitzgelegenheiten bestand aus Klappstühlen. Immerhin war es ihnen gelungen, einen Holzsessel mit Armlehnen für den Platz in der Mitte des Tisches aufzutreiben.

Ein Diaprojektor stand an einem Ende des Raums. Prüfend schaltete Jenny die Projektionslampe ein und wieder aus.

Hinter dem Sitz des Präsidenten standen vor einer

nackten Wand die Flagge der Vereinigten Staaten sowie die des Präsidenten.

»So muß es gehen.«

»Was soll das denn werden, wenn es fertig ist?« Jack Clybourne kam herein.

»Der Konferenzraum«, sagte Jenny.

Jack nickte. »Und du spielst also Sekretärin, ja?«

»Irgend jemand muß die Arbeit ja tun«, protestierte Jenny. »Hier fehlen an allen Ecken und Enden Leute.«

»Als ob ich das nicht wüßte! Mich haben sie die Liste tippen lassen«, sagte Jack. »Macht nichts — dann hab ich wenigstens was zu tun.«

Sie grinste ihn an. »Willst du nicht zumindest in den Flaggenständern nach Bomben suchen?«

»Laß die Witzchen! Was machst du nach dem Abendessen?«

»Ich weiß nicht — warum?«

»Mein Zimmergenosse geht nach draußen«, sagte Jack mit breitem Grinsen. »Natürlich *könnte* ich das Zimmer aufräumen.«

»Das hat Zeit bis morgen. Ich komm dann gegen Mitternacht. Jetzt muß ich mich um meine Science Fiction-Autoren kümmern.«

✿

Drei Ordonnanzen saßen auf dicht an die Wand gestellten Stühlen. Außer ihnen war noch niemand im Raum.

Jack Clybourne ging die Namen auf seiner Liste durch. Joe Dayton aus Georgia, der Sprecher des Repräsentantenhauses. Er dürfte nach dem Präsidenten den höchsten Rang bekleiden. Senator Alexander Haswell aus Oregon, der amtierende Senatspräsident. Senator Raymond Carr aus Kansas. Admiral Carrell. Hap Aylesworth, ohne Titel. Mrs. Connie Fuller, die Handelsministerin. Jim Frantz, Stabschef des Weißen Hauses. General Toland. Arnold Biggs, der Landwirtschaftsminister.

Für sie alle waren Plätze am Konferenztisch vorgesehen.

Jenny kam mit den Science Fiction-Autoren herein. Robert Anson schien in wenigen Tagen stark gealtert zu sein. Es folgten Dr. Curtis und ein unbekanntes Gesicht. Es war Nat Reynolds, der es tatsächlich geschafft hatte, auf einer abenteuerlichen Reise in Roger Brooks altem, aber wendigem und schnellem Golf über die zerstörten Straßen den halben Kontinent zu durchqueren. Halb verhungert und mit dem letzten Tropfen Benzin waren sie in Colorado Springs angekommen. Dort war dann allerdings, zumindest für Brooks, die Reise zu Ende gewesen. Die Sicherheitsbestimmungen für die unterirdische Kommandozentrale sahen nicht vor, daß jedermann, geschweige denn ein Schreiberling von der *Post*, Zutritt erhielt. Selbst Nats Fürsprache hatte da nichts genützt. Die Posten waren freundlich, aber unnachgiebig gewesen, und schließlich war Brooks fluchend von dannen gezogen.

»Das ist Nathaniel Reynolds«, sagte Jenny. »Er gehört zu den Science Fiction-Autoren und hat sich unter großen Gefahren kürzlich hierher durchgeschlagen. Mr. Reynolds, Jack Clybourne ist für die Sicherheit des Präsidenten verantwortlich.«

»Hallo«, sagte Reynolds.

Jenny führte die Autoren zu einer Stuhlreihe an der Wand und ging dann wieder hinaus. Nach einigen Minuten kam sie mit einer älteren Dame zurück.

»Mrs. Carlotta Dawson«, stellte Jenny vor. »Jack Clybourne.«

Aha. »Danke.« Jack wartete ab, um zu sehen, wo Jenny sie placieren würde. Sie geleitete die Frau zu einem Ende des Tisches, dem Präsidenten gegenüber, aber mit dem Rücken zu den Autoren und den Mitarbeitern.

Erneut verließ Jenny den Raum. Allmählich füllte er sich.

✿

»Meine Damen und Herren, der Präsident der Vereinigten Staaten«, verkündete Jack Clybourne mit gemessener Stimme.

Gut macht er das, dachte Jenny. Die Aufrechterhaltung der Form ist auch nötig, damit wir immer daran denken, daß es hier ums *Ganze* geht.

Präsident Coffey nahm seinen Platz am Tisch ein. Er bemerkte die Flaggen und nickte Jenny anerkennend zu. Dann erteilte er seinem Stabschef das Wort. »Jim!«

»Ja, Sir.« Frantz wies auf die fotokopierten Blätter mit der Tagesordnung. »Wie Sie alle sehen können, gibt es ziemlich viel zu tun.

Punkt eins. Ernennungen. Der Präsident hat Admiral Thorwald Carrell zum Verteidigungsminister ernannt. Mr. Griffin, der dies Amt ursprünglich innehatte, wird sein Stellvertreter und bleibt beim Vizepräsidenten in der Ausweichbefehlszentrale. Admiral Carrell übernimmt zudem die Aufgabe des nationalen Sicherheitsberaters. Lieutenant General Harvey Toland wird zum General beördert und zum Oberkommandierenden der Streitkräfte der Vereinigten Staaten ernannt.

Der Vizepräsident, die übrigen Kabinettsmitglieder und eine Anzahl führender Kongreßmitglieder bleiben in der Ausweichbefehlszentrale«, fuhr Frantz fort. »Den Kongreß vertreten zur Zeit dessen Sprecher und der amtierende Senatspräsident. Bitte, Mr. Dayton.«

John Dayton erhob sich. »Mr. President, ich darf Ihnen Mrs. Carlotta Dawson vorstellen. Da der Abgeordnete Dawson fehlt, haben wir seine Gattin gebeten, vorläufg seinen Platz einzunehmen. Das entspricht nicht dem Buchstaben der Verfassung, aber gegenwärtig ist ja nichts ganz so, wie es sein sollte.«

Müde nickte der Präsident. »Danke, Mr. Dayton. Mrs. Dawson, willkommen bei uns. Wir alle beten für die sichere Rückkehr Ihres Gatten.«

»Ich danke Ihnen, Mr. President.«

»Es gibt einen weiteren Grund für Mrs. Dawsons Anwesenheit«, sagte der Parlamentssprecher Dayton. »Sie hat den ersten gefangenen Außerirdischen mitgebracht!«

Was für Gesichter die machen! Jenny hätte fast losgelacht, beherrschte sich aber gerade noch.

»Danke, Mr. Dayton«, sagte Jim Frantz. »Zurück zur Tagesordnung! Punkt zwei. Herr Verteidigungsminister!«

Admiral Carrell blieb sitzen. »Ich habe nur wenig zu sagen. Heute haben wir am frühen Vormittag mit Hilfe von drei regulären Panzerdivisionen einen nicht-atomaren Angriff gestartet, unterstützt von Einheiten der Nationalgarde und allen Militärflugzeugen, die wir aufbieten konnten. Wie Sie alle wissen, wurden wir vernichtend geschlagen.«

Geraune erhob sich.

»Der Feind hat eine Vielzahl äußerst fortschrittlicher Waffensysteme eingesetzt«, fuhr Carrell fort, »darunter Laser, sowohl bodengestützte wie aus einer Umlaufbahn gesteuerte, und kinetische Waffen aus dem All. Sie müssen sie sich als frei fliegende Speere vorstellen, die selbsttätig gepanzerte Fahrzeuge suchen und zerstören. Die Laserstrahlen fangen unsere Raketen ab und sind außerdem imstande, auf deren Spur den Abschußort zu finden und die Abschußrampen oder Artilleriegeschütze zu zerstören. Die bodengestützten Laserwaffen sind radargesteuert und immerhin stark genug, um noch durch eine Wolkendecke hindurch wirksam zu sein. Unsere Streitkräfte haben nicht einfach eine Niederlage erlitten, sondern sind völlig aufgerieben worden. Major Crichton hat inzwischen das Hauptquartier der Dritten Armee besucht. Wie würden Sie beschreiben, was Sie gesehen haben?«

»Sir, es war wie in einem Katastrophengebiet«, berichtete Jenny. »Alle Offiziere im Generalsrang bis auf einen einzigen sind gefallen oder vermißt. Die Lazarette sind überfüllt, und als einzige Fahrzeuge waren requirierte Privatautos verfügbar sowie die wenigen Militärfahrzeuge, die bei dem Angriff nicht eingesetzt worden waren.«

»Vielen Dank«, sagte Carrell mit gleichmütig klingender Stimme. »Damit ist mein Bericht zu Ende, Mr. President.«

Bedrücktes Schweigen herrschte im Raum.

»Großer Gott«, sagte der Sprecher des Repräsentantenhauses. »Admiral, General Toland, was für Auswirkungen hat der Angriff auf den Feind gehabt?«

»Ich weiß es nicht genau, Mr. Dayton«, sagte Admiral Carrell, »aber ich fürchte, so gut wie keine.«

»Sie haben uns richtig *gezüchtigt*«, sagte Dayton.

»Und was tun wir jetzt?« fragte der Sprecher des Repräsentantenhauses.

»Gegenschlag mit A-Waffen«, sagte General Toland darauf.

»Um darüber zu beschließen, sind wir hier zusammengekommen«, sagte der Präsident.

»Sie können doch nicht auf dem Gebiet des Staates Kansas Atomwaffen einsetzen!« empörte sich Senator Carr. »Unter keinen Umständen!«

»Uns bleibt keine Wahl«, sagte General Toland.

»Das ist doch heller Wahnsinn!« schrie Carr.

»Bitte, meine Herren!« sagte Jim Frantz.

»Senator, auch ich bin der Ansicht, daß dies eine extreme Maßnahme ist«, sagte der Präsident. »Aber was bleibt uns übrig? Wir müssen die Außerirdischen von unserem Planeten vertreiben!«

»Auf Kosten der Bewohner des Staates Kansas. Es sind meine Landsleute!«

»Senator, durch Untätigkeit retten wir die auch nicht. Die Außerirdischen sind dabei, sie abzuschlachten. Major Crichton, Sie waren dort. Berichten Sie bitte, was Sie gesehen haben.«

»Gewiß, Sir. Sergeant Mailey...«

Der Angesprochene schaltete den Diaprojektor ein.

Ein Leichenhaufen wurde auf einer Wand des Raumes sichtbar.

»Diese Aufnahmen wurden in Lauren, Kansas, gemacht. Mr. President, unsere angreifenden Truppen haben bei ihrem kurzen Vormarsch eine ganze Reihe solcher Szenen gesehen. Flüchtlinge berichten, daß eine Massenabschlachtung von Geiseln die übliche Reaktion auf jeglichen Widerstand ist. Das nächste Bild bitte.«

Jenny zeigte ein weiteres Dutzend Dias, dann endlich schaltete sie das Licht wieder ein.

»Mr. Reynolds«, fragte der Sprecher des Repräsentantenhauses, »was halten Sie von diesem Verhalten der Außerirdischen?«

»Sie waren davon überzeugt, Verräter zu töten«, sagte Reynolds.

»Was wollen Sie damit sagen?« fragte der Präsident.

»Es sind Herdentiere. Ich bezweifle, daß sie aus eigenem Antrieb handeln können. Wer sich ihnen ergeben hat und sie dann angreift, wird als Rebell behandelt, und mit ihm alle, die sich in seiner Nähe aufhalten.«

»Major Crichton«, sagte der Präsident. »Sie haben das gefangene außerirdische Wesen verhört?«

»Ja, Sir.«

»Stimmen Sie dieser Einschätzung zu?«

»Wir haben außer seinem Namen nicht viel von ihm erfahren, Sir. Es scheint durchaus bereit zu sein, uns weiterzuhelfen. Es ist nur verwirrt.«

»Verrückt ist es«, knurrte Curtis. »Oder wird es bald.«

»Warum sagen Sie das, Dr. Curtis?« erkundigte sich Admiral Carrell.

»Es sind Herdentiere«, sagte Curtis. »Wie Nat schon gesagt hat — aus eigenem Antrieb unternehmen sie nichts, wie Elefanten oder Zebras. Trennen Sie ein Tier von der Herde — und was passiert?« Er zuckte die Achseln. »Wir können ja versuchen, den gefangenen Rüßler in unsere ›Herde‹ aufzunehmen. Vielleicht funktioniert es.«

Präsident Coffey machte ein neugieriges Gesicht. »Wie wollen Sie das bewerkstelligen?«

»Ihn keine Sekunde allein lassen«, sagte Curtis.

»Mit ihm reden«, sagte Reynolds. »Ihn so lange mit Menschen umgeben ...«

»... bis er sich selbst für einen Menschen hält«, schloß Curtis.

»Haben Sie sonst etwas Nützliches erfahren?« fragte der Präsident.

»Nein, Sir«, sagte Jenny.

»Wir wissen, daß sie in Kosmograd Gefangene gemacht haben«, sagte Carlotta Dawson.

»Ah. Immerhin eine gute Nachricht«, sagte Präsident Coffey. Dann runzelte er die Stirn. »Das hoffe ich jedenfalls. So oder so — wir müssen jetzt zu einem Ergebnis kommen.«

✿

In den fünfzig Jahren seit seiner Errichtung war der unterirdische Komplex östlich von Moskau verschönert, mit einer Klimaanlage versehen und erweitert worden. Es gab darin Schwimmbäder, Friseure und Feinschmekkerlokale; Wandteppiche und Bilder schmückten die Stahlbetonwände: kurz, man hatte alles getan, um den Eindruck zu verwischen, daß es sich letztlich um einen bombensicheren Unterstand handelte.

Der Erste Parteisekretär Narowtschatow schritt über Holzparkett zum Büro des Vorsitzenden. *Wenn es nur den einen Feind gäbe ...*

Tataren, Ungarn, Polen, Letten und Tschechen revoltierten offen, und zahlreiche andere Völkerschaften waren unruhig geworden, sogar die Bewohner der Ukraine.

Mit einemmal ertönte ein: »Halt, Genosse Narowtschatow!«

Überrascht sah er auf. Ein Oberst der Gardedivision stand mit drei bewaffneten Soldaten vor ihm.

»Ich bedaure, Genosse Narowtschatow, aber wir müssen Sie durchsuchen.«

Aus dem Büro des Vorsitzenden Petrowski drang amüsiertes Gelächter. Lachend trat Petrowski in die Tür. »Es ist zwar löblich, daß Sie auf dem Posten sind, Genosse Oberst«, sagte er, »aber ich glaube, Sie brauchen Ihren Diensteifer nicht auf den Ersten Sekretär auszudehnen. Immerhin ist er mein ältester Freund. Kommen Sie rein, Nikolai Nikolajewitsch. Vielen Dank, Genosse Oberst. Kehren Sie zu Ihren Pflichten zurück.«

Nikolai Narowtschatow schloß die massive Holztür hinter sich und lehnte sich dagegen. Er hatte eben keine Zeit gehabt zu reagieren. Jetzt überdachte er die Situation vor der Tür und runzelte die Stirn.

»Ja«, sagte der Vorsitzende Petrowski. »So ernst kann es werden. Nehmen Sie doch Platz. Ich habe Ihnen viel zu sagen. Wodka oder Whisky?«

»Am liebsten wie Sie selbst einen Cognac.« Narowtschatow nahm das Glas und setzte sich dem Vorsitzenden gegenüber an den massiven Tisch.

»Auf die Menschheit«, sagte Petrowski, »und das ist kein bloßer Trinkspruch.« Sie tranken. »Nein, kein bloßer Trinkspruch«, sagte der Vorsitzende. »Ich habe heute einen Anruf bekommen. Vom amerikanischen Präsidenten.«

»Ah!«

»Es war äußerst sonderbar«, fuhr Petrowski fort. »Die Amerikaner bitten uns um Hilfe.«

»Und wir brauchen ihre«, sagte Narowtschatow.

»Genau.«

»Haben Sie ihm das gesagt?«

»Ich habe es durchblicken lassen. Aber, Nikolai Nikolajewitsch, sie sind selbst verzweifelt. Die Invasion der Außerirdischen ist erfolgreich.«

Ziemlich ungläubig schüttelte Narowtschatow den Kopf.

»Erfolgreich?«

»Ja. Der Feind hat die Kornkammer der Vereinigten Staaten besetzt. Sie haben ihn nicht von dort zu vertreiben vermocht und beim Versuch einige ihrer besten Einheiten verloren.«

Einen Augenblick lang stieg in Narowtschatow Triumphgefühl auf. Dann verschwand das breite Lächeln von seinem Gesicht. »Aber Anatoli Wladimirowitsch, wenn die Amerikaner es nicht schaffen, die Außerirdischen von der Erde zu vertreiben …«

»Können wir es auch nicht«, vollendete der Vorsitzende voll Bitterkeit den Satz. »Nikolai Nikolajewitsch, ganz gleich, wer gewinnt, wir haben verloren. Es wird viele Jahre dauern, bis wir unsere Kräfte wiedererlangt haben. Sind Sie auch dieser Ansicht?«

»Ja, Anatoli Wladimirowitsch. Sogar dann, wenn es keine militärischen Schwierigkeiten gäbe und wir ohne weitere Schwierigkeiten die Herrschaft über die Provinzen und die Warschauer-Pakt-Staaten zurückgewännen, würde allein schon der Wiederaufbau von Staudämmen und Brücken Jahre dauern.«

»Wir kommen wohl nicht umhin, den Amerikanern zu helfen«, sagte Petrowski zögernd.

»Auf welche Weise?«

»Auf jede, die uns möglich ist. Sie haben einen Plan. Ein gemeinsamer Angriff von ihnen und uns auf die feindlichen Raumschiffe und die Streitkräfte der Außerirdischen in Kansas. Beide Seiten sollen die ihnen verbliebenen strategischen Raketen abfeuern.«

»Davon haben wir nur noch herzlich wenig«, sagte Narowtschatow.

»Ich weiß.« Der Vorsitzende ließ eine Pause eintreten. »Die Amerikaner wollen auch, daß wir Unterseeboote einsetzen.«

»Wozu?«

»Einige sollen auf feindliche Raumschiffe feuern, andere auf Kansas.«

»Auf Kansas!«

»Sie wünschen außerdem, daß wir strategische Langstreckenraketen gegen Kansas richten.«

»Wir sollen also Kansas bombardieren?« sagte Narowtschatow zutiefst erstaunt.

»Anatoli, Genosse Vorsitzender, aber das ist doch Wahnsinn!«

»Ja. Das glaubt auch der KGB.«

»Weiß man dort davon?«

Petrowski nickte. »Mein Gespräch wurde aufgezeichnet. Ich hätte nicht gedacht, daß Trussow dazu imstande wäre, aber er war schon wenige Minuten nach dem Anruf des Präsidenten hier.«

»Er hat zugegeben, daß er mitgehört hat! Ihnen ins Gesicht!«

»Ja. Er hat sich loyal erklärt, aber gleichzeitig gesagt, daß Gespräche mit den Amerikanern Angelegenheit der Staatssicherheit sind.«

Wütend dachte Narowtschatow nach. »Daher der Oberst und seine Wachen vor Ihrem Büro?«

»Auch anderswo. Ich habe welche in Ihre Unterkunft geschickt und außerdem einige zum Schutz Ihrer Tochter und Ihrer Enkel abgestellt.«

»Ist es bereits so ernst?«

Petrowski zuckte die Achseln. »Trussow war fast hysterisch vor Wut. Er meint, ich könne den Vorschlag unmöglich ernsthaft in Erwägung ziehen. ›Sollen doch die Außerirdischen die Vereinigten Staaten zerstören‹, hat er gesagt. ›Der Feind meines Feindes ist mein Freund. Die Amerikaner sind und bleiben die Feinde des Kommunismus. Die Außerirdischen als Herdentiere werden den Kommunismus respektieren. Die Amerikaner haben nur einen einzigen ihrer fünfzig Staaten eingebüßt. Sollen die Außerirdischen sie erst ruhig noch weiter schwächen.‹ Das waren mehr oder weniger seine Worte.«

»Könnte er damit recht haben?«

»Glauben *Sie* das?«

Langsam schüttelte Narowtschatow den Kopf »Nein. Diese Außerirdischen, diese … Elefanten sind der wahre Feind. Sie werden uns alle versklaven.«

Die Stirn des Vorsitzenden umwölkte sich. »Das werden wir nicht zulassen«, sagte er. Der Ausdruck der Besorgnis vertiefte sich, während er mit der Faust auf den Tisch schlug. »Niemand wird uns besiegen! Rußland muß stets unabhängig bleiben. Das wußten selbst die schlimmsten Zaren! Wir dürfen keinesfalls zulassen, daß Rußland von Außenstehenden Befehle entgegennimmt!«

Narowtschatow seufzte. »Sie haben recht, wie immer, Anatoli Wladimirowitsch. Aber ich fürchte, der KGB ist überall. Wenn er sich sperrt — was können wir tun?«

»Wir werden Ihren Schwiegersohn anrufen und ihn beauftragen, mit Marschall Schawirin zusammenzuarbeiten. Gemeinsam werden sie einen Plan entwickeln.«

Zustimmend nickte Narowtschatow. »Pawel Alexandrowitsch wird loyal sein«, sagte er. »Ich kenne Schawirin schon fast so lange wie Sie«, sagte Petrowski. »Ihm kann ich trauen. In wenigen Stunden kann er bei Bondarew in Baikonur sein. Aber wir müssen ihn warnen. Wenn er zu ihm geht, muß er seine treuesten Soldaten mitnehmen, die Wachen seines Hauptquartiers und seinen ganzen persönlichen Stab.«

So weit ist es also gekommen. »Ja.« Narowtschatow erhob sich. »Ich werde mich darum kümmern.« Er trat zur Tür und wandte sich dann noch einmal um. »Wann, Anatoli, wird Rußland je eine Regierung haben, die man nicht fürchten muß?«

Die Antwort wartete er nicht ab.

✿

Eine Achtschaft von Kriegern kam auf sie zu.

Es gab fast keine Schwerkraft. Die gefangenen Erdlinge bewegten sich in wildem Durcheinander, prallten von den Gangwänden ab und flogen hin und her. Vier Krieger vorn und vier hinten näherten sich im Gleichschritt. Die Sohlen ihrer Schuhe krallten sich wie Klettband in den feuchten Bodenbelag.

Takpassih und Tashajämp warteten an einer Stelle, wo ein Abschnitt der Wand hochgezogen worden war, so daß ihnen ein schwarzes Loch entgegengähnte.

»Wir müssen eine Aufgabe für euch finden, bis Grifflingsschiff Sechs kommt«, sagte Takpassih munter. »Ihr werdet die Belüftungskanäle säubern. Klettern ist vermutlich das einzige, was ihr besser könnt als die Fithp. Es wird euch leichtfallen, jetzt, da *Thaktan Flishithy* tshejtrif.«

Was er damit wohl meint? Wes erinnerte sich, daß tshejtrif Fuß bedeutete. Jetzt, da das Mutterschiff mit einem *Fuß* verpaart war?

Man wird ja sehen. Tashajämp teilte Arbeitsmaterial aus. Jeder bekam einen Schwamm, eine Art Plastik-Mülltüte, ein kleineres, mit Seifenwasser gefülltes Säckchen und eine Taschenlampe. All das war mit großen Metallschlaufen, in die die Grifflinge eines Fi' paßten, an einer Schnur befestigt.

»Die äußeren Einlässe brauchen euch am meisten«, sagte Takpassih. »Leert den Inhalt der Sammelgefäße in die Beutel. Wischt die Seitenwände ab. Heute geht in diese Richtung, mit der Drehbewegung.« Sein Rüssel beschrieb einen Kreis im Uhrzeigersinn. »Geht, so weit ihr könnt, beweist eure Ausdauer, dann kommt an einem beliebigen Gitter wieder heraus. Ruft den ersten Krieger an, den ihr seht. Jeder von ihnen kann euch zu eurem Pferch zurückbringen.«

Wollten die Fithp tatsächlich Gefangenen gestatten, das Belüftungssystem des Raumschiffs zu erkunden? Arwid und Dmitri sahen ebenso nachdenklich drein wie Wes, aber sie gehorchten und schlangen sich die Schnur locker um den Leib.

Am besten ging man davon aus, daß sie bewacht

würden. Trotzdem würde Wes die Gelegenheit liebend gern nutzen, sich ein wenig umzusehen. Die Sowjets täten das bestimmt auch ... Nikolai wurde aufgefordert, in die Öffnung zu steigen. Arwid und Dmitri folgten.

Vermutlich setzen die Fithp voraus, daß wir zusammenbleiben, aber wir müssen es wohl nicht. Wes trat auf die Öffnung zu.

Ein Stück lebender Schlauch legte sich um seinen Fußknöchel. »Einen Augenblick«, sagte Takpassih. »Dawson, du wirst von den anderen getrennt. Von diesem Augenblick an unterweist dich Rästapisp-mins. Wenn du einen Krieger siehst, sag zu ihm Rästapisp-mins.«

Wes zuckte die Achseln. In letzter Zeit waren die Sowjets keine besonders angenehme Gesellschaft gewesen. »Weil ich dich angegriffen habe?«

»Es ist ein Beschluß. Also los!«

Er zwängte sich durch die Lüftungskanäle und putzte. Die Arbeit war nicht schwierig. *Tu, was sie wollen! Dmitri möchte, daß wir uns willig zeigen. Vielleicht hat er recht, jedenfalls einstweilen.*

Er arbeitete, bis er zu müde war, um weiterzumachen: Fünf oder sechs Stunden mochten vergangen sein.

Die Gitter waren von den Gängen aus mit Flügelmuttern befestigt. Man mußte durch die Gitter greifen, um sie zu drehen. Das war nicht schwer, da die Flügel fast zwanzig Zentimeter breit waren, passend für die Grifflinge der Fithp. Wes stellte fest, daß die Schrauben Linksgewinde hatten. Er rief zwei vorbeikommenden Kriegern zu: »Bringt mich zu Rästapisp-mins.«

Einer blieb stehen. »Wes Dawson? Du kommst in einen Absonderungs-Pferch.«

Wes brachte das Lüftungsgitter wieder an, dann ging er zwischen den Kriegern davon.

Lorena trug die Teekanne herein. »Noch eine Tasse, Genosse Marschall?« fragte sie.

»Danke, nein«, sagte Schawirin. Er sah erst zur Uhr an der Wand, dann auf Lorena.

Pawel Bondarew bedeutete ihr mit einer kaum wahrnehmbaren Geste, daß sie gehen konnte. Sie verließ den Raum. Bondarew fand, daß sie die Tür etwas zu laut hinter sich schloß, aber Marschall Schawirin schien das nicht aufzufallen.

»Unglaublich«, sagte Schawirin. Ein rasch zusammengestellter Bericht in einem leuchtendroten Umschlag lag neben Bondarews antikem Messingteleskop auf dem Schreibtisch. Schawirin nahm ihn zur Hand und blätterte ihn durch. »Unglaublich«, wiederholte er.

»Dem stimme ich zu«, sagte Bondarew. »Aber wir werden es glauben müssen.«

Das Telefon läutete. Bondarew schaltete mit einem Knopfdruck den Telefonverstärker ein. »Bondarew.«

»Petrowski.«

»Guten Tag, Genosse Vorsitzender!« sagte Bondarew. »Wir haben den von Ihnen angeforderten Bericht vorbereitet. Marschall Schawirin ist gerade bei mir ...«

»Gut. Geht es Ihnen gut, Leonid Edmundowitsch?«

»Danke, Genosse Vorsitzender.«

»Nun, General Bondarew, Sie haben mit der amerikanischen Generalität gesprochen?«

»Ja. Was sie verlangt, ist kaum durchführbar, Genosse Vorsitzender.«

»Hat es Aussicht auf Erfolg?«

Bondarew warf Schawirin einen hilflosen Blick zu. Nach kurzem Schweigen sagte der Marschall: »Wer kann das wissen, Genosse Vorsitzender? Möglicherweise ist es der einzige durchführbare Plan. Es kommt jedoch sehr auf die genaue Abstimmung der Zeitabläufe an.«

»Und was empfehlen Sie? Können wir das tun?«

Schawirin schwieg.

»Nun?« drängte der Vorsitzende.

»Es ist sehr problematisch«, sagte Schawirin schließlich. »Das Gelingen des Plans hängt zum Teil von den Pershing-Raketen der Amerikaner ab. Sie sollen sie von Deutschland aus auf das Raumschiff abfeuern. Ein großer Teil von ihnen wird in Richtung auf die Sowjetunion fliegen. Es gibt keine Möglichkeit, im voraus das wahre Ziel zu kennen — es könnte Moskau heißen, Kiew oder unsere verbliebenen Raketen-Abschußrampen. Noch schlimmer ist, daß die Außerirdischen bislang nach jedem Raketenabschuß mit Laserwaffen Vergeltungsschläge gegen die Abschußrampen geführt haben. Sie werden unsere verbleibenden Stützpunkte angreifen. Nach dieser Schlacht hätten wir nur noch wenige strategische Raketen. Sollten die Amerikaner ihre nicht einsetzen, stünden wir waffenlos und nahezu wehrlos da, während sie weiterhin über ihre strategische Einsatzwaffe verfügten. Nehmen wir einmal an, sie schießen ihre Pershings nicht ab, sondern halten sie in der Hinterhand. Dann könnten sie uns wahrscheinlich innerhalb von Minuten vernichten, wann immer sie das nur wünschen.«

Narowtschatows Stimme drang blechern durch die Leitung. »Heißt das, Sie empfehlen, daß wir nicht mit den Amerikanern zusammenarbeiten?«

»Nein, Genosse Erster Sekretär«, sagte Schawirin. »Aber es ist meine Pflicht, Ihnen und dem Vorsitzenden mit schonungsloser Klarheit die Konsequenzen eines solchen Vorgehens darzulegen.«

»Wir haben sehr wenig Zeit«, sagte der Vorsitzende Petrowski. »Der amerikanische Präsident erwartet meine Antwort. Er sagt, die Lage sei verzweifelt. Ich neige dazu, ihm zuzustimmen. Ich muß ihm unsere Entscheidung auf der Stelle mitteilen.«

»Alles hängt von den Pershings ab«, sagte Schawirin. »Sollten die Amerikaner sie nicht abfeuern — aus welchem Grund auch immer —, ist es unwahrscheinlich, daß unsere Raketen die Verteidigungsbarrieren des Feindes durchdringen. Wenn es den Amerikanern gelingt, könnten einige unserer Raketen ihr Ziel erreichen.«

»Genosse Bondarew?« fragte der Vorsitzende. »Was meinen Sie?«

»Möglicherweise ist das unsere letzte Chance. Wenn wir den Amerikanern jetzt nicht helfen, werden sie geschlagen, und wie lange wird es dann dauern, bis Rußland den Außerirdischen in die Hände fällt?«

»Sie empfehlen also?«

Das wird nun auch aufgezeichnet. Nicht nur der Vorsitzende hört mit, auch der KGB. Bei einem Fehlschlag ...

»Genosse Vorsitzender, ich empfehle, daß wir den Amerikanern helfen, vorausgesetzt, daß diese zur Unterstützung unserer Bemühungen ihre Pershing-Raketen einsetzen, und zwar alle auf britischem und auf deutschem Boden stationierten.«

»Sind Sie damit einverstanden, Marschall Schawirin?«

»Unter diesen Voraussetzungen, ja, Genosse Vorsitzender.«

Ein langes Schweigen trat ein. Dann sagte der Vorsitzende: »Schön. Ich werde den amerikanischen Präsidenten von dieser Entscheidung in Kenntnis setzen, und wir werden Ihnen bald die Zeit für den Angriff nennen.« Eine weitere Pause entstand, dann ertönte die Stimme des Vorsitzenden erneut. »Akademiemitglied und General des Heeres Pawel Alexandrowitsch Bondarew und Marschall Leonid Edmundowitsch Schawirin, ich weise Sie an, das Kommando über sämtliche strategischen Streitkräfte der Sowjetunion einschließlich der U-Boot-Waffe an sich zu ziehen und sie zur Unterstützung des Schlachtplans mit dem Code-Namen WIRBELWIND einzusetzen. Gemeinsam sind Sie ermächtigt, mit allen Ihnen unterstehenden Streitkräften die

Bemühung der Amerikaner zur Vertreibung der Außerirdischen von unserem Planeten zu unterstützen. Ist das verstanden?«

»Ja, Genosse Vorsitzender«, sagte Schawirin.

Pawel Bondarew schluckte. »Ja.«

22 Etwas liegt in der Luft

Der Feind meines Feindes ist mein Freund.

Arabisches Sprichwort

Zeit: Drei Wochen nach der Stunde Null

Pawel Bondarew sah zur großen Wanduhr empor. »Zehn Minuten«, sagte er.

Marschall Schawirin grinste. »Sie sind ja nervös, Genosse!«

»Wieso auch nicht? Das ist doch kein Wunder«, sagte Bondarew verärgert. »Immerhin stehen wir im Begriff, die wichtigste Entscheidung in der Geschichte Rußlands zu treffen.«

»Schon, aber Sie gestatten doch sicher, daß ich ruhig bleibe. Immerhin weiß ich seit fünf Jahren, daß mir dieser Augenblick eines Tages bevorstehen würde.«

»Nun ja«, sagte Bondarew. Er sah auf die beiden an einer Wand seines unterirdischen Büros angebrachten Kommandokonsolen, auf denen Lichter in komplizierten Mustern hin und her liefen. An beiden befand sich rechts unten ein Schalter. Bondarew tastete nach dem Schlüssel, den er an einem Silberkettchen um den Hals trug. »Macht es das leichter?«

»Man gewöhnt sich an alles. Der Mensch ist nun mal ein Gewohnheitstier — was war das?«

Von draußen ertönten Geräusche. Bondarew ging zur Tür.

»Nein! Nicht öffnen!« gebot Schawirin. Er nahm den Hörer seines Telefons ab. »Oberst! Wie ist die Lage?« Er lauschte einige Augenblicke. »Sie dürfen auf keinen Fall herein«, fuhr er ihn an. »Um keinen Preis. Unsere Befehle kommen direkt vom Vorsitzenden Petrowski! Tun Sie, was Sie können! Was Sie müssen!« fügte er hinzu. Er legte auf.

Bondarew sah ihn fragend an.

»Der KGB«, erklärte Schawirin, »hat seine Spetsnaz-Truppen geschickt. Meine Sicherheitskräfte leisten ihnen Widerstand.«

»Aber …« Pawel nahm den Hörer ab. »Verbinden Sie mich mit dem Vorsitzenden Petrowski!«

Schawirin schüttelte den Kopf. »Poliwanow hat mir gesagt, daß der KGB die Telefonleitungen bereits unterbrochen hat. Wir haben keine Verbindung mehr mit Moskau.«

Bondarew blickte entsetzt auf. »Aber …«

Bevor er etwas sagen konnte, öffnete sich die Tür zum Nebenzimmer. Lorena trat ein.

»Was tun Sie hier?« fragte Bondarew scharf.

Sie zögerte einen Augenblick und richtete dann eine kleine Automatikpistole auf sie. »Sie stehen beide unter Arrest, im Auftrag des Staatssicherheitsdienstes«, sagte sie.

»Nein!« rief Bondarew. »Nicht Sie!«

»Der KGB ist überall«, sagte Schawirin. Er griff nach dem Telefon.

»Lassen Sie das!« schrie Lorena in hysterischem Ton.

»Genossin, ich muß Kontakt mit den Raketenstreitkräften aufnehmen«, sagte Schawirin.

»Und ihnen Befehl geben, den Amerikanern zu helfen«, sagte sie. »Kommt überhaupt nicht in Frage! Damit die Außerirdischen die Sowjetunion zerstören?«

»Das werden sie ohnehin tun«, sagte Schawirin. »Verstehen Sie mich richtig. Die Amerikaner sollen …« — er warf einen Blick auf die Wanduhr — »sie stehen im Begriff, ihre Pershing-Raketen zu starten. Sie sind auf unser Land gerichtet. Das soll die Außerirdischen ablenken und uns die Möglichkeit geben, diese mit unseren Raketen zu treffen. Natürlich ist denkbar, daß die Amerikaner das als Gelegenheit ansehen, uns wirklich anzugreifen. Daher habe ich den Raketenstreitkräften den Auftrag erteilt, auf die Vereinigten Staaten zu feuern, wenn sie nichts von uns hören. Nicht etwa auf Kansas, sondern auf das gesamte Gebiet der Vereinigten Staaten!«

»Von all dem weiß ich nichts«, kreischte sie. »Sie gehen jetzt auf der Stelle dort an die Wand, weg von Tisch und Telefonen!«

»Lorena«, sagte Bondarew. »Lorena, das können Sie nicht tun.« Er ging auf sie zu. Sie wich zurück.

»Halt! Ich schieße! Bestimmt!«

Bondarew trat näher.

Ein Feuerstrahl fuhr aus der kleinen Waffe, und ein scharfer Schmerz drang durch seine Brust. »Lorena!« rief er. Er taumelte gegen die Wand.

Sie sah entsetzt zu ihm hin. »Pawel, Pawel ...«

Unterdessen griff sich Marschall Schawirin das Messingteleskop von Bondarews Schreibtisch, schwang es und ließ es so kräftig auf ihren Kopf niedersausen, daß sich der Tubus verbog und eine Linse des Objektivs auf den Boden kollerte.

Sie brach zusammen. Schawirin ließ das Teleskop fallen und eilte zur Tür, um sie abzuschließen. Dann kümmerte er sich um Bondarew. »Genosse«, sagte er. »Pawel!«

Pawel hörte ihn von ferne. Er versuchte, tief durchzuatmen, aber der Schmerz hinderte ihn daran. Er hörte Blut in seiner Lunge gurgeln. Im Korridor fielen Schüsse.

»Ich ... ich lebe«, sagte Bondarew. Jedes Wort kostete ihn große Mühe. Er sah auf die Uhr. »Es ist Zeit! Wir müssen wissen, ob die Amerikaner ihre Pershings abgefeuert haben.«

Schawirin nahm den Hörer auf. »Poliwanow, hier

Schawirin. Oberst, haben die Amerikaner ihre Pershings abgefeuert?«

Eine lange Pause trat ein. »Aha«, sagte Schawirin. »Stehen wir in Verbindung mit den strategischen Streitkräften? Aha. Danke.« Er legte den Hörer auf. »Der KGB hat uns von allen Verbindungen mit dem Westen abgeschnitten«, sagte er nachdrücklich. »Ihre Leute waren so zahlreich, daß wir unser Hauptquartier nicht halten konnten. Meine Verteidigungskräfte haben sich entschlossen, zumindest die Befehlslinien zu schützen, was ihnen auch gelungen ist.« Er wies auf die blinkenden Leuchten. »Die Anlage ist bereit, Genosse Akademiemitglied. Was tun wir jetzt?«

Pawel schnappte in kurzen, keuchenden Stößen nach Luft. Es tat entsetzlich weh. Er sank in einen Sessel vor seiner Kommandokonsole. »Die Pershings ...«

»Wir werden es nie erfahren«, sagte Schawirin, »und den Geräuschen im Gang nach bleibt uns nicht viel Zeit.« Während er sprach, knöpfte er die Brusttasche seines Uniformrocks auf und nahm einen Schlüssel heraus. Er sah ihn kurz an, führte ihn dann in seine Kommandokonsole ein und drehte ihn.

»Sie verstehen mehr von diesen Dingen als ich, Pawel. Ich habe mein Gerät jetzt scharfgemacht. Die Entscheidung liegt bei Ihnen.« Schawirin zog seine Pistole und wandte sich zur Tür. »Aber ich glaube, daß Sie sich rasch entschließen müssen.«

Bondarews Kopf fühlte sich an, als sei er mit Watte ausgepolstert. Jeder Atemzug quälte ihn. Schawirins Stimme schien schwächer zu werden und dann verstärkt wiederzukehren. *Was soll ich tun? Wir wissen nichts, nichts. Haben die Amerikaner uns hereingelegt? Hat der KGB womöglich recht?*

Lorena lag auf seinem wertvollen Perser, neben ihr das beschädigte Teleskop. Er konnte nicht sehen, ob sie noch atmete.

Die Schüsse vor der Tür klangen sehr nahe.

Rasch! Pawel nestelte an seinen Hemdknöpfen herum. Es schien endlos lange zu dauern, das Kettchen zu öffnen, und als er es zu zerreißen versuchte, wollte es nicht nachgeben. *Geduld* — Schließlich hielt er den Messingschlüssel in der Hand, steckte ihn nach kurzem Zögern rasch und entschlossen in den Schlüsselschalter und drehte ihn herum.

Eine nach der anderen wechselten die Leuchten der Anzeige von Grün auf Rot.

»Jetzt haben wir es getan«, sagte Bondarew.

»Ja«, bestätigte Schawirin. Es klickte scharf, als er den Sicherungshebel seiner Pistole umlegte.

✽

Etwas lag in der Luft. Die ganze Fithp empfand es. Raumgeborene Weibchen verspürten eine Nervosität, ein merkwürdiges Unbehagen; sie keiften sofort zurück, wenn ihnen jemand in die Quere kam. Schläfer ließen sich leicht ablenken, sie mußten an ihre Pflichten gemahnt werden. Selbst raumgeborene Männchen waren von einem entschlossenen Optimismus erfüllt, als wollten ihre Leiber tanzen oder kämpfen.

Tantarent-fid, der Herr der Verteidigung, hatte die Luftumwälzung auf hohen Durchsatz einstellen lassen, doch war lediglich ein schwacher Luftstrom spürbar. Etwas lag in der Luft; selbst Erdlings-Fithp hätten den Unterschied aus all den fremdartigen Gerüchen herausgefunden. Die Paarungszeit der Schläfer hatte begonnen.

Seit fünfzehn Jahren kamen einmal jährlich die verschobenen Paarungszeiten. Der Herr der Herde kannte das Gefühl gut, er fühlte sich rundum wohl. Der Krieg verlief zufriedenstellend. Zwar hatte es auf Winterheim kleinere Verzögerungen gegeben, aber den Brückenkopf hielten sie nach wie vor. *Wir lernen. Und diese Zusammenkunft wird Ergebnisse zeitigen.*

Pastemphi-keph benutzte den Vorführraum im Unterschied zu seinem Vorgänger nicht häufig. Er fühlte sich dort nicht behaglich, er war ihm zu groß. Seit der Geschichtsstunde, seit Dawsons Angriff auf seinen Umerzieher hatte er den Raum nicht gesehen. Jetzt hatte er den Eindruck, ihn zu brauchen. Die *Bote* konnte er einige Stunden lang sich selbst überlassen, und Bildschirme würden ihm genug Informationen liefern. Er wollte eine Vollversammlung einberufen, die Körpersprache der anderen beobachten.

Sieben Fithp ruhten im Kreis auf dem Bauch: der Herr der Herde, sein Berater, die beiden Umerzieher, der Herr des Angriffs, der Herr der Verteidigung und Fistartih-thaktan. Der Herr der Herde sah sich im Kreis der von ihm zusammengerufenen Fithp um und sagte: »Wir werden sogleich den Grund für das Verhalten der Erdlinge erfahren.«

Selbst Fathistih-talk sah unbehaglich drein, und das gefiel ihm. Er wußte selbst nicht recht, warum.

»Zuerst das Wichtigste. Herr der Verteidigung, wie ist unsere Situation?«

Tantarent-fid war der jüngste der Anwesenden, ein nicht besonders großes Männchen, raumgeboren, verpaart, Vater zweier männlicher Nachkommen, die noch lange nicht im Kriegeralter standen. Im Unterschied zu seinem Vorgänger galt er nicht als abtrünnig. Jenen hatte man abgesetzt, als der FUSS den von Ringen umgebenen Riesenstern verließ.

Dem Herrn der Verteidigung oblag das Überleben der Ziehenden Fithp. Ihm unterstanden Klimaanlage, Nahrungsversorgung, Unverletztheit des Schiffsrumpfes, Haupttriebwerk, Kursbestimmung, Grifflingsschiffe sowie die Laser, die *Thaktan Flishithy* vor Meteoren oder fremden Waffensystemen schützten. Auf den drei letztgenannten Gebieten teilte er sich die Aufgaben mit dem Herrn des Angriffs.

Er antwortete rasch und bereitwillig. »Die *Bote* ist

durchaus imstande, sich zu verteidigen und befindet sich überdies weit außerhalb der Reichweite feindlicher Angriffe. Das Haupttriebwerk arbeitet einwandfrei. Natürlich haben wir schon mehr als die Hälfte unseres Treibstoffs verbraucht, wir werden demnächst neu bunkern müssen. Sechzehn Grifflingsschiffe haben festgemacht, weitere kommen von Winterheim zurück. Wir liegen im Plan. In zwei Tagen werden wir den FUSS erreichen und ihn in zweiundzwanzig Tagen so auf Kurs gebracht haben, wie es erforderlich ist. Wir werden uns von ihm lösen und Winterheim auf einer schnellen Parabelbahn verlassen.«

»Ihr habt Beutewesen in den Luftkanälen.«

»Ja, die Umerzieher hatten einen gewissen Erfolg im Anlernen der Erdlings-Fithp. Sie entwickeln beachtliche Geschicklichkeit. Seit zwei Tagen reinigen sie die Abluftfilter und imprägnieren sie neu. Wir hatten gehofft, auf diese Weise den Paarungsgeruch aus den Gängen vertreiben zu können, jedoch ...« — Tantarent-fid fuhr mit seinen Krallen durch die Luft. »Wir werden die Erdlinge als Reserve für einen Ausfall der automatischen Anlage einsetzen. Die Umerzieher können euch am besten sagen, ob sie in einem wirklichen Notfall gut arbeiten würden.«

»Schön. Herr des Angriffs, Kuthfektil-rasp, wie fühlt sich der Schlamm an?«

Krieg war seine Aufgabe. »Ich denke, daß wir den Stützpunkt auf Landmasse Zwei halten können«, sagte er. »Grifflingsschiffe sind mit Gefangenen und Beute an Bord auf dem Weg hierher. Wenn weiterhin alles gutgeht, werden wir den FUSS nicht brauchen, aber wir müssen uns *bald* entscheiden.« Er ließ eine Pause eintreten und fuhr dann fort: »Wir haben Grifflingsschiff Zwanzig verloren ...«

»Wie ist es zu diesem Verlust gekommen?«

Kuthfektil-rasp erhob sich auf seinen Vorderläufen. »Es ist bei schwerem Wetter auf einem Startlaser aufgestiegen. Wir vermuten, daß der Strahl selbst einen Trichtersturm ausgelöst hat. Jedenfalls haben Wolken und Schutt ihn blockiert, das Schiff hat zu langsam Höhe gewonnen, und der Pilot hat versucht, wieder zu landen. In dieser empfindlichen Phase hat ein Erdlings-Flugzeug eine Rakete auf das Schiff abgefeuert.«

Selbstverständlich mußte man gewisse Verluste einkalkulieren. Raumgeborene wußten nur wenig vom Wetter auf dem Planeten. Ein neues Thema — »Herr des Angriffs, ich habe den Eindruck, daß es die Beutewesen mit ihrer Unterwerfung nicht ernst meinen.«

»So scheint es in der Tat.«

»Und was unternehmt ihr dagegen?«

Der Herr des Angriffs sah unbehaglich drein. »Welchen Thaktan sollen wir lesen? Fithp tun so etwas nicht. Meine Krieger zertrampeln alles im Umkreis von vierundsechzig Srapkithp um jeden Ort, an dem Erdlings-Fithp ihre Verpflichtung gegenüber der Ziehenden Herde verletzen. Wenn sich ein Beutewesen gut genug verbirgt, um unseren Zorn zu überleben, halten wir es für geistig gesund und unschädlich. Aber es kostet meine Fithp Kräfte, Herr der Herde. Es fällt schwer, Wesen zu vernichten, die sich ergeben haben!«

»Auch ich habe meine Schwierigkeiten. Umerzieher-Eins, ist das Vorgehen des Herrn des Angriffs richtig?«

»Ich weiß nicht — auf diese Weise lernen sie nicht, sich zu ergeben, Herr der Herde. Der Herr des Angriffs, Kuthfektil-rasp, hat uns gesagt, daß sie nach der Unterwerfung angreifen, einzeln, in Achtschaften und in noch größeren Gruppen. Das kann kein epidemisch auftretendes gemeingefährliches Einzelgängerverhalten sein. Vermutlich ähnelt der typische Erdling eher Dawson und nicht den Sowjets. Sie treffen ihre eigenen Entscheidungen; jeder ist eine ganze Fithp auf zwei Beinen. Die Tötung solcher, die sich keines Treuebruchs schuldig gemacht haben ... führt möglicherweise zu nichts oder gibt ihnen Anlaß, an *unserer* geistigen Gesundheit zu zweifeln.«

»Dawson, hmf.« Der Herr der Herde überlegte. Er brauchte bald Lösungen. Stellte er überhaupt die richtigen Fragen? »Ein solches Verhalten als krankhaft zu behandeln führt zu nichts. Wenn alle geisteskrank sind — Berater, Ihr wart bisher ungewöhnlich schweigsam.«

»Leitet mich, Herr der Herde. Umerzieher-Eins, es geht um die Frage der Vorhersagbarkeit. Falls alle geistesgestört sind, sind sie es dann alle auf dieselbe Weise?«

»Nicht einmal das. Ich habe keine Klagen über die Sowjets vorzubringen.«

Doch Takpassih rührte sich, und Fathistih-talk bemerkte es. »Umerzieher-Zwei?«

»Sie halten Dinge vor uns geheim. Sie sprechen ihre eigene Sprache, obwohl sie auch der Thaktan-Sprache kundig sind. Sie wissen mehr von den Luftkanälen, als wir ihnen zu erfahren zugebilligt haben. Fragt uns erneut, wenn Grifflingsschiff Sechs weitere Gefangene geliefert hat.«

Fathistih-talk wandte sich einer anderen Quelle zu. »Bewahrer des Thaktan, was habt Ihr in Erfahrung gebracht? Es heißt, die Beute sei geistesgestört. Ich erinnere mich an die Pflitthp der Heimatwelt ...«

Wenn Fistartih-thaktan zu einem Mit-Schläfer von der Heimatwelt sprach, geriet er in wortreiches Schwärmen. »Natürlich haben sich die Pflitthp mit unglaublicher Geschwindigkeit vermehrt. Das Fell dieser kleinen graugescheckten Tiere war von der Farbe der Sonnwärtigen Wälder, in denen sie lebten, und die Art ihres Zusammenlebens ließ die Fithp dagegen geradezu als Einzelgänger erscheinen. Das Leben eines einzelnen Pflit war, bezogen auf das Überleben der Gattung, völlig unerheblich, und so hatten sie keinerlei Verteidigung gegen Raubtiere. Sie zogen sogar dann in Schwärmen, wenn der Weg von einer Klippe ins Meer hinabführte ...

Was für eine Erkenntnis sucht ihr? Die Beutewesen werfen ihr Leben fort, aber sie vermehren sich nicht rascher als wir.«

»Das mag stimmen«, sagte Takpassih.

»Ihr versteht nicht, was ich damit sagen will«, fuhr der Berater fort. »Stimmt es nicht, daß die Natur Lebewesen so bildet, daß sie den Umständen angepaßt sind?«

Wir vergeuden unsere Zeit, dachte Pastempih-keph. Da er aber nicht sicher war, sagte er nichts. Ein Herr der Herde mußte leise trompeten, sollte ein bloßer Hinweis nicht als Befehl mißdeutet werden.

»Der Lebens-Thaktan sagt uns das«, äußerte sich Fistartih-thaktan bedächtig. »Der Thaktan des Langen Weges zeigt, wie aus alten Formen neue entstehen. Die Evolution geht gruppenweise vor, herdenweise; aber der reißende Fthaggl lebt allein und greift einzeln seine Beute an: Es sind gemeingefährliche Einzelgänger, einer wie der andere. Sie brauchen viel Platz, um nach Beute zu jagen, und kommen nur zur Paarung zusammen. Fithp ergeben sich in Herden oder nehmen es hin, daß sie als Unterlegene in die Herde der Sieger aufgenommen werden. Welche Lebensweise hat unsere Beutewesen geprägt? Sie ergeben sich nicht dem Stärkeren; vielleicht sterben sie, um Gene zu bewahren, die den ihren verwandt sind. Oder ...«

»Nehmt doch einfach jagende fleischfressende Tiere«, sagte Takpassih plötzlich erregt. »Gibt es nicht viel zu fressen, zerstreuen sie sich. Geschwister leben möglicherweise Hunderte von Meilen entfernt voneinander. Gefährlichere Räuber kommen. Ob da ein Beutetier stirbt, um diese zu töten, weil die Eindringlinge sonst an die Genotypen herankämen?«

»Aber die Eingeborenen von Winterheim sind nicht Fleisch-, sondern Allesfresser«, erinnerte sie Rästapispmins. »Dennoch war der Himmel über Winterheim schwarz von Flugzeugen, bevor wir angriffen. Ich glaube, ihr seid auf der richtigen Fährte. *Sie bleiben nicht in Familien zusammen.* Wie reißende Fthaggl machen sich einzelne auf, um ihr eigenes Gebiet abzugrenzen. Etwas Gefährliches zu töten, ist gut für alle. Für überlebende Helden bedeutet das möglicherweise sogar Vorrechte bei der Paarung, wenn wir die richtigen Schlüsse aus unserer Betrachtung dessen gezogen haben, was sie ›Fernsehen‹ nennen. Vermutlich kennen sie keine bestimmte Paarungszeit. Sie bleiben nicht einmal beständig bei einem Gefährten oder einer Gefährtin!«

Der Herr der Herde erinnerte sie an die Ziele der Zusammenkunft. »Was bedeutet das für uns — immer vorausgesetzt, es stimmt?«

In die unbehagliche Stille hinein sagte Fathistih-talk: »Es führt uns die ungeheure Größe unserer Schwierigkeiten vor Augen. Wir sind es gewohnt, daß sich Herden ergeben, unsere Beute aber lebt nicht in Herden! Eine Familie kann über den halben Planeten verstreut sein!«

»Aber gewiß …«

Was auch immer der Herr des Angriffs zu sagen im Begriff stand, niemand würde es je hören. Seine Greiflinge zuckten zurück und legten sich auf seinen Schädel — die übliche Reaktion auf eine Bedrohung —, während er auf den muschelförmigen Telefonhörer unter seinem riesigen Ohr lauschte.

Keine gute Nachricht. Der Herr der Herde wartete. Wenn Gefahr für das Schiff bestand, würden er und der Herr der Verteidigung es sofort erfahren. Was konnte nur so wichtig sein, daß *diese* Zusammenkunft gestört wurde?

Er erfuhr es nur allzubald.

Der Herr des Angriffs nahm ein Mikrofon aus seinem Geschirr. »Flieht! Rettet, was wir retten können!« Er wandte sich wieder dem Mikrofon zu. »Herr der Herde, wir haben keinen Stützpunkt mehr in Kansas.«

»Wie kommt das?«

»Die Beute hat thermonukleare Bomben eingesetzt. Sie steigen unter den Grifflingsschiffen auf, die sich auf der Umlaufbahn um Winterheim befinden.«

»Aber man kann sie doch abfangen.«

»Selbstverständlich. Doch weitere Bomben fallen auf unseren Stützpunkt, und unsere Schiffe haben mehr als genug damit zu tun, diese abzublocken. Bomben steigen von beiden Landmassen und vom Meer auf.«

»Von *beiden* Landmassen?« Der Berater sah nachdenklich drein. »Seid ihr dessen sicher?«

»*Sicher* nicht, Berater. Sie streuen radioaktives Feuer auf ihre eigenen Erntegebiete! Herr der Herde, ich muß ...«

»Gewiß.« Der Herr der Herde erhob sich und entließ seine Fithp an ihre Aufgaben. Lediglich den Berater behielt er zurück.

»Und jetzt?« fragte er. »Was haltet ihr davon?«

Fathistih-talk schlug nach unsichtbaren Fliegen. »Ich möchte mich nicht auf dem Gebiet der Umerzieher einmischen.«

»Dein Rat, wenn du nicht ersäuft werden willst!«

»Dawsons Fithp und die der Sowjets machen gemeinsame Sache, wenn sie müssen — das dürfen wir nicht vergessen. Führt Euren Krieg«, sagte er zum Herrn der Herde, der sich bereits abgewandt hatte.

III

Der Fußfall

23 Aufräumarbeiten

> Das Schicksal der Menschheit wird nicht
> durch die Aufrechnung materieller Dinge bestimmt.
> Sobald sich große Dinge ankündigen,
> merken wir, daß wir Geister und nicht Tiere sind
> und daß etwas in Raum und Zeit
> wie auch jenseits ihrer beider vor sich geht,
> das uns zur Pflicht mahnt,
> ob uns das recht ist oder nicht.
>
> WINSTON CHURCHILL
> *Rochester, New York, 1941*

Zeit: Vier Wochen nach der Stunde Null

Der Boden im Westen des Staates Kansas war schwarz und von Kratern zernarbt.

Der Heerespilot umflog sie in weitem Bogen gegen die Windrichtung. Er sprach nur selten und zitterte. Filmaufnahmen von Todesstrahlen, die andere Hubschrauber zielsicher heimgesucht hatten, konnte er nicht gesehen haben, aber bestimmt hatte er gerüchtweise davon gehört. Jenny nahm an, daß er damit rechnete, von grünem Licht durchbohrt zu werden.

Jack Clybourne saß stumm wie ein Fisch neben ihr.

Jenny sah sich die Berichte der Observatorien an, so, wie sie sie hereinbekam, und hielt vor Jack nichts geheim. Zu den neuesten Erdmonden gehörten jetzt an die zwei Dutzend Raumfahrzeuge von Zerstörergröße, aber das Mutterschiff hatte sich mit der Hälfte der kleineren Raumschiffe in den interplanetarischen Raum geflüchtet, und die verbliebenen schienen untätig zu warten. Hätte der Pilot gewußt, was Jenny bekannt war, wäre er vielleicht ruhiger gewesen. Aber noch immer war der grüne Tod denkbar. So gelassen, wie Jenny aussah, war sie keineswegs.

Von Zeit zu Zeit strich der Pilot auf ihre Anweisung hin dicht über verbrannten Maisfeldern und an unterbrochenen Straßen entlang über den Boden. Auf den Straßen lagen Hunderte riesiger grellbunter Stoffetzen und Tausende flachgedrückter Kunststoffstücke von Suppentellergröße. Aus dem Material der Flugdrachen würde man im Winter Kleidungsstücke für Flüchtlinge machen können, die nur allzu froh darum sein dürften. Die Landeschuhe der Außerirdischen jedoch würden als unzerstörbarer Müll zurückbleiben, und noch in hundert Jahren würden Bauern beim Umpflügen der Maisfelder auf sie stoßen. Ob diese Bauern dann wohl Hände haben würden oder gespaltene Rüssel?

Außerdem sah man Leichen neben schwarzen Autoskeletten, Menschen und Außerirdische, halb verkohlt.

Der Hubschrauber umflog ein Dorf. Jenny konnte kein einziges heiles Gebäude entdecken. Die Bewohner waren vor dem Anrücken der Außerirdischen geflohen und diese vor den Atombomben, so daß niemand geblieben war, der die Brände bekämpfen konnte.

Gelegentlich sahen Gruppen von Flüchtlingen zu dem Hubschrauber empor. Nur wenige machten ihm Zeichen, er möge landen.

Immer wieder wanderten Jennys Blicke zu dem Transportschiff der Außerirdischen hinüber.

Schon seit fast einer Stunde hatte man es sehen können. Jetzt war es nicht einmal mehr fünfzehn Kilometer entfernt und ragte in der ebenen schwarzen Landschaft hoch auf. Es war aus mehreren Kilometern Höhe abgestürzt und beim Aufprall zerschellt, so daß es mit aufgerissenem Rumpf dalag wie ein mit dem Bug voraus gesunkenes Schlachtschiff. Auf die Flüchtlinge mußte es gigantisch und erschreckend gewirkt haben.

Ein totes Fi' lag mitten auf der Straße, platt wie ein Pfannkuchen. Es war fast bis auf die zermalmten Knochen verwest. Sein Flugdrache hatte sich nicht geöffnet. Die Fithp entkleidete ihre Toten gewöhnlich, ließ sie oft aber auch einfach liegen, wie sie gefallen waren. Es wäre einfach gewesen, sie zu verbrennen: die Leichen aufeinanderstapeln, ein Feuerstoß aus einer Laserwaffe ...

Der Hubschrauber landete nahe dem Heck des Transportschiffs. Jenny und Jack stiegen aus.

Sie gingen an seinem zerstörten Rumpf entlang. Nur das Heck hatte den Absturz unbeschädigt überstanden. Jack versuchte, durch den in Längsrichtung verlaufenden Riß im Rumpf ins Innere zu sehen. »Nichts, ein Treibstofftank.«

Vor der Tankwandung war der Rumpf aufgerissen. Vom verbogenen Bug her zwinkerte ein scheibenloses Fenster, zu einem fast geschlossenen Schlitz zusammengedrückt. Dort, wo es ihnen eine hinreichend große Lücke zwischen zerfetzten Metallteilen ermöglichte, drangen sie in sein Inneres vor, Jack voraus.

Im Laufschritt kamen sie wieder heraus. Jenny nahm die Gasmaske ab und wartete. Jack Clybourne lief in das Maisfeld, von wo schon bald ein Würgen vernehmbar wurde. Jenny versuchte es zu überhören.

»Tut mir leid«, sagte er, als er zurückkam.

»Versteh ich doch. Mir wär's fast genauso gegangen.«

»Und das bei meinem ersten Auftrag draußen ...«

»Du hast doch gar nichts falsch gemacht«, sagte Jenny. »Hier können wir wohl kaum etwas ausrichten. Das Schiff ist in einem Zustand, in dem nur Fachleute etwas mit ihm anfangen können.«

»Fachleute.« Er sah auf das Wrack. »Willst du deine Traumtänzer etwa *da* reinschicken?«

»Das ist ihre Arbeit.«

Jack schüttelte den Kopf. Er sagte: »Nun, Überlebende hat es hier bestimmt nicht gegeben.«

»Nein. Wirklich schade.«

»Man sollte annehmen, daß sie *ein paar* von ihren Leuten zurückgelassen haben.«

»Offensichtlich hatten sie sich vorsichtshalber auf eine Evakuierung eingestellt«, sagte Jenny.

»Vielleicht haben sie das Ganze sogar so geplant und hatten all ihre Vorhaben ausgeführt. Kansas jedenfalls ist zum Teufel. Der ganze Staat ist ein einziger Friedhof. Es gibt keine Staudämme mehr, keine Straßen, keine Eisenbahnen, und wir haben Angst, uns in unserem eigenen Luftraum zu bewegen. Einen einzigen Gefangenen haben wir. Wie viele von unseren Leuten sind eigentlich in ihrer Gewalt?«

Jenny schüttelte den Kopf. »Ich weiß nicht. Den Berichten nach eine ganze Menge, aber darauf können wir uns nicht verlassen.« Wir kommen nicht weiter, dachte sie. »Ich muß noch mal rein. Allein. Niemand hat was davon, wenn's uns beiden schlecht wird.«

»Nein, ich hab mich gemeldet, und ich komme mit. In dem Loch war ich zu nichts nütze.« Clybourne setzte erneut die Gasmaske auf »Ferrrtig.« Unter der Maske klang seine Stimme hohl.

Erneut traten sie durch den Riß in der Wandung der Überlebenszelle.

Alles im Innern war verzogen und geknickt. Zerstörte Maschinen an zerstörten Wänden, aus denen zerrissene Versorgungsleitungen hingen. In den Gängen lagen die Kadaver Außerirdischer. Sie stanken zum Himmel. Es war schon einige Tage her, daß die USA und die Sowjetunion mit ihrem gemeinsamen Bombardement die Außerirdischen in den Weltraum zurückgetrieben hatten. Die Kadaver waren aufgedunsen oder sogar geplatzt. Jenny bemühte sich, nicht hinzusehen; das ging andere etwas an. Sie hoffte, daß bald die Biologen kamen, um die Überreste zu beseitigen.

Was suche ich hier eigentlich? Sie drang tiefer in das Raumschiff ein. Im Schein ihrer Taschenlampe sah sie die Reste der Ausrüstung, und wo immer sie hinleuchtete, machte Jack Fotos. Das hohe Pfeifen, mit dem sich sein elektronisches Blitzgerät nach jeder Aufnahme wieder auflud, ertönte in dem toten Raumschiff unwirklich laut.

Nichts war mehr heil. *Wenn hier noch was zu finden wäre, hätten sie ja wohl das ganze Schiff vom Weltraum aus zerschmolzen. Wie stehen sie zu ihren Toten? Ich muß Harpanet fragen. Reynolds soll ihn fragen,* verbesserte sie sich. Die Science Fiction-Autoren schienen ihre gesamte Zeit mit dem gefangenen Außerirdischen zu verbringen. Nachdem sie das hier miterlebt hatte, würde Jenny es nicht fertigbringen, ihm gegenüberzutreten.

Vor ihr lag ein schweres stählernes Schott. Es war geschlossen gewesen, aber bei dem Aufprall teilweise aufgesprungen. Sie zerrte daran, und es bewegte sich ein wenig. Ihre Kräfte reichten nicht aus, es ganz zu öffnen. Jack hängte sich die Kamera über die Schulter und bemühte sich seinerseits. Mit gemeinsamer Anstrengung gelang es ihnen, das Schott so weit aufzuschieben, daß sie sich hindurchquetschen konnten.

Sie kamen in eine Art riesige Halle mit niedriger Dekke und gepolstertem Fußboden, der jetzt seitlich von ihnen eine Wand bildete. Der ganze Raum war erfüllt vom Geruch des Todes.

Einen Augenblick lang begriff sie nicht, was sie sah. Dann tanzte der Schein ihrer Taschenlampe über menschliche Züge: ein lieblich lächelndes Kindergesicht. Voll Erleichterung merkte sie, daß es eine Puppe war. Unter ihr lag etwas Weißes, Aufgedunsenes, in leuchtendbunten Schottenkaro-Stoff gehüllt. Jenny trat näher, und sie sah, worauf die Puppe lag.

Es war wie bei einem Vexierbild: Jetzt erkannten ihre Augen menschliche Körperteile. Hier war ein Knie, dort ein Hinterkopf, ein um sein zerbrochenes Rückgrat herum zusammengeknickter Mann, alle aufeinandergepackt wie Töpferton. Wie Vieh mußten sie hier hineingepfercht worden sein. Was sie da sah, verstand sie nicht, zum Teil hatte es Menschen-, zum Teil Elefantengestalt. Dann wurde ihr klar, daß ein außerirdischer Wächter beim Aufschlag des Raumschiffs wie eine Bombe in diesen Haufen hineingefahren sein mußte und mindestens drei Gefangene buchstäblich unter sich begraben hatte.

Würgereiz überfiel sie, Galle trat ihr in den Mund und sprühte gegen die Gasmaske. Sie riß sie sich vom Gesicht, und der Gestank des Todes füllte ihre Lunge. Sie wandte sich um und lief, so rasch sie konnte, aus dem Raumschiff.

✿

Auf der Kommandobrücke summten leise Stimmen.

Hinter der *Bote* verschwamm ein Glühen und wurde immer schwächer. Sein Dahinschwinden wurde aufmerksam verfolgt. Man konnte das Haupttriebwerk nicht wie einen Lichtschalter einfach ein- und ausschalten, wollte man nicht Gefahr laufen, daß sich aus der Magnetflasche Schauer tödlicher Teilchen lösten und ihren Weg durch das Raumschiff suchten.

Flammenkegel entströmten den Triebwerken der sechzehn rings um das Heck angeordneten Grifflingsschiffe. So wurde die Geschwindigkeit der *Bote* feinreguliert. Die Brückenbesatzung beobachtete das Ganze über eine Art Sensor-Periskop, das sich wie eine großköpfige Metallschlange aus dem Rumpf erhob. Ohne selbst einzugreifen, hielt Pastempih-keph den Blick auf die Bildschirme gerichtet. Für diese Aufgabe brauchten seine Fithp seine Hilfe nicht.

Der Schub preßte ihn gegen den Gurt, der ihn auf seiner Liege hielt. Er sah, wie sich eine schwarzgraue Masse dem Schiff näherte.

Der FUSS war schrecklich verändert.

Innerhalb des äußeren Randes eines der Ringe, die den gasförmigen Riesen umgaben, hatten sie vor einem

Hintergrund von schauerlicher Schönheit ein weißes Ei von grober Oberfläche gefunden, das zwei Makasrapkithp in der Längsachse maß. Es war wie etwas aus den Gestaltkriegen, eine ketzerische Darstellung der Vorlinge: ein Kopf ohne erkennbare Gesichtszüge, Greifglieder oder Rumpf. Ihm fehlte alles außer dem Gehirn.

Die Abbaugruppe hatte den Mini-Mond wegen seiner Größe und Zusammensetzung aus einer Acht-hoch-drei-Zahl ähnlicher ausgewählt. Im Verlauf der nächsten zehn Heimatwelt-Jahre hatten ihnen seine Eisschichten Wasser, Luft und Brennstoff geliefert und sein aus Gestein und Metall bestehender Kern Stahllegierungen und Bodenzusätze für den Pflanzenanbau.

Jetzt war es kein Ei mehr. Sechs Achtel seiner Masse waren verschwunden. Dort, wo sich einst Eis befunden hatte, sah man in einem einen Makasrapk langen schwarzen Stück Schlacke Kanten, Grate, Riefen und Gruben. Aus einem gesichtslosen, fremdartigen Kopf war ein asymmetrischer, fremdartiger Schädel geworden. Er trieb jetzt näher, wie ein häßliches Vorzeichen.

»Ich hatte gehofft, ihn links liegenlassen zu können,« sagte Pastempih-keph.

»Wir haben uns diese Lösung vorbehalten«, sagte sein Berater. »Wären die Beutewesen umgänglich gewesen, hätte uns unser erster Vorstoß einen festen Stützpunkt verschaffen können, und wir wären imstande gewesen, Winterheim ohne Rückgriff auf das hier einzunehmen.«

In einem plötzlichen Wutanfall trompetete Pastempih-keph: »Warum warten diese Wesen so lange mit dem Angriff?«

»Das ist keine ernsthafte Frage, Herr der Herde.« Fathistih-talk war so gelassen wie immer. »Wir haben den Vorstoß über die letzten Jahre hinweg vorbereitet. Warum sollten sie nicht einige Acht-Tage-Zeiten nutzen, um ihre Kräfte zu sammeln? Jetzt haben sie ihre eigenen Anbauregionen für Nahrungsmittel mit Kernspaltungsbomben verseucht und verwüstet, und ich muß gestehen, daß mir das übertrieben scheint.«

»Die Winterheim-Bewohner sind wahnsinnig.«

»Mag sein. In dem Fall sähen wir uns einem noch größeren Problem gegenüber, als wir dachten. Seid dankbar, daß das der Thaktan der Umerzieher ist und wir uns nicht den Kopf darüber zu zerbrechen brauchen, jedenfalls jetzt noch nicht.«

»Wir werden es aber bald müssen.«

»Ja. Aber Grifflingsschiff Sechs nähert sich mit weiteren Gefangenen und einer beachtlichen Menge an Beutestücken. Sobald es da ist, werden die Umerzieher eine Menge Neues erfahren.«

Der Herr der Herde stieß einen befriedigten Trompetenlaut aus. Das zumindest lief ab wie erwartet. *Sonst aber auch nichts.* »Warum haben die Winterheim-Bewohner keine Botschaften geschickt?«

»Bevor es etwas zu sagen gab, wollten sie reden«, sagte Fathistih-talk. »Jetzt, wo wir eine ungefähre Vorstellung von ihrer Stärke haben, kommt nichts — keine Forderungen, keine Angebote. Zwölf Grifflingsschiffe und riesige Gebiete von Ernteland sind zerstört, und die Herren der Herde der Beutewesen haben uns nichts zu sagen. Vielleicht werden die Umerzieher in Erfahrung bringen, woran das liegt.« Wieder sagte er das mit seiner betont gelassenen, geradezu aufreizend gelangweilt wirkenden Stimme. Was bleibt mir anders übrig, mahnte sich der Herr der Herde. Er ist der Berater. Was täte ich an seiner Stelle?

Ein Ruck ging durch die *Bote*, das Raumschiff schien sich rückwärts bewegen. Ein Fi' wandte sich um und sagte: »Herr der Herde, wir sind mit dem FUSS verpaart. Bald können wir mit der Beschleunigung beginnen. Liegt der Kurs fest?«

Das war der Augenblick. Vor langer Zeit hatten die Vorlinge einen Planeten zerstört, und jetzt — »Weiter wie vorgesehen. Lenkt den FUSS auf Winterheim. Die

Gruppe der Umerzieher wird uns ein genaues Ziel nennen.« Mit einemmal erstarrte er. Mit leiserer Stimme sagte er: »Fathistih-talk, ich glaube, ich habe über meinen Anordnungen den Schlammraum vergessen!«

»Fu. Herr der Verteidigung ...«

»Ich habe veranlaßt, daß er vollständig vereist wurde, bevor wir in die Rotationsphase eingetreten sind«, sagte Tantarent-fid selbstgefällig. »Auch euren privaten Schlammraum habe ich leeren lassen, Herr der Herde.«

»Gut gemacht.« Pastempih-keph erschauderte bei der Vorstellung, daß Schlammkügelchen die Luft erfüllten und Fithp in Druckanzügen sie zu beseitigen versuchten.

Daß jetzt kein Gemeinschaftsschlammraum mehr zur Verfügung stand, würde Probleme heraufbeschwören. Ab sofort würden sich alle Fithp unbehaglich fühlen — als genügte es nicht, daß die Paarungszeiten versetzt waren. Er hob seinen Snffp. *Ich ertrinke in einer Flut von Problemen.*

Fathistih-talk machte Gesten, die bedeuteten, daß er mit ihm fühlte.

Mitgefühl brauche ich nicht, ich will Lösungen. »Herr der Verteidigung, schafft die Umerzieher, den Herrn des Angriffs und den Priester zur Besprechungsgrube. Es gilt Entscheidungen mit Bezug auf die Beutewesen und den FUSS zu treffen.«

✿

»Herr des Angriffs?«

»Wir haben den Stützpunkt in Kansas aufgegeben«, sagte Kuthfektil-rasp. »Grifflingsschiffe sind mit Gefangenen und Beute auf dem Weg hierher. Wir haben Grifflingsschiff Dreizehn eingebüßt. Es hatte den größten Teil dessen an Bord, was wir herbringen wollten, aber einige Gefangene und etwas Material befinden sich auf den anderen Schiffen.«

»Wie ist es zum Verlust von Dreizehn gekommen?«

Kuthfektil-rasps Griffinge zuckten hoch, um seinen Kopf zu bedecken. Fühlte er sich etwa bedroht? »Wir haben nicht vorausgesehen, daß die amerikanische Herde ihre wichtigste Nahrungsquelle bombardieren würde! Ebensowenig wie wir voraussehen konnten, daß die sowjetische Herde mit ihr gemeinsame Sache machen würde. Wir haben mit unseren Strahlen eine ganze Anzahl ihrer, der Erdkrümmung folgenden Bomben gestoppt, aber viele sind durchgekommen, und die Abschußeinrichtungen hatten sich bewegt, bevor wir das Feuer auf sie eröffnen konnten.«

»Das Schiff?«

»Dreizehn stand im Begriff, auf einem Laserstrahl aufzusteigen, als ein Atomgeschoß von einem Fahrzeug unter der Wasserfläche den Lasergenerator zerstörte.«

»Sind alle Bomben von der sowjetischen Herde gekommen?«

»Aus Wüstengebieten auf dem sowjetischen Kontinent und aus Bezirken vor der Küste des amerikanischen Kontinents, von Fahrzeugen unter der Wasserfläche, die durch das Wasser geschützt waren, als unsere Laserstrahlen auf sie fielen. Keine der thermonuklearen Waffen kam aus den Vereinigten Staaten selbst.«

Der Herr der Herde ließ sich das durch den Kopf gehen. »Umerzieher-Eins, müssen wir annehmen, daß sich die Herde der Vereinigten Staaten der anderen ergeben hat? Oder hat die sowjetische Herde unseren Brückenkopf in Kansas angegriffen und dabei das Risiko in Kauf genommen, den Zorn der amerikanischen Herde zu erregen?«

Rästapisp-mins warf einen Blick auf Takpassih, bevor er antwortete. »Ihr solltet auch die Möglichkeit einbeziehen, daß zwei Erdlingsherden zusammenarbeiten, ohne daß sich eine der anderen unterworfen hat.«

Das hatte der Herr der Herde befürchtet. Zu viele Lösungen waren gleichbedeutend mit keiner Lösung.

»Trotzdem kann es uns noch gelingen, wenn wir nach dem Fußfall landen«, sagte der Herr des Angriffs Kuthfektil-rasp beschwichtigend. »Im von uns ausgewählten Zielgebiet gibt es nur wenig Industrie und kaum Verkehrswege.«

»Ja, der Fußfall.« *Genau an die Vorgaben halten.* »Muß der FUSS fallen? Umerzieher-Eins?«

Rästapisp-mins sagte: »Sie sollen begreifen, daß sie getroffen sind.« Takpassih bewegte sich, schwieg aber.

»Getroffen? In Amerika werden die Winterheim-Eingeborenen verhungern! Sie haben ihre eigene Ernte mit radioaktivem Feuer vernichtet!« Der Herr der Herde bemühte sich, seine Empfindungen zu beherrschen. Die Luft war voller Pheromone, und sieben raumgeborene Männchen waren bereit, mit gesenkten Schädeln aufeinander loszugehen! »Herr des Angriffs? Der FUSS?«

Die Antwort Kuthfektil-rasps lautete wie erwartet. »Wir zertrampeln sie. Wir zeigen unsere Macht. Wir haben die Stelle ausgewählt, Herr der Herde. Diesmal greifen wir eine schwächere Herde an. Wir müssen einen Stützpunkt auf Winterheim haben und von dort aus den Planeten Stück für Stück erobern. Das auf den Fußfall folgende Wetter wird eine Vergeltung durch die Winterheim-Eingeborenen schwierig machen und eine für uns erfreuliche Nebenwirkung haben: Das Klima wird auf dem ganzen Planeten feuchter und damit für uns günstiger werden.«

»Zeigt!«

Kuthfektil-rasp ließ den die ganze Wand bedeckenden Bildschirm aufleuchten. Nach seinen Anweisungen drehte sich der Globus von Winterheim und blieb stehen. Mit seinen Grifflingen wies der Herr des Angriffs auf die von Rogatschow als ›Indischer Ozean‹ bezeichnete Wasserfläche. »Hier in der Mitte. Seht nur, wie sich die Wellen von der Aufschlagstelle fortbewegen werden. Ostwärts rollen sie viele Makasrapkithp weit bis zu den Inselvölkern und nordwärts noch weiter. Nach Westen bedecken sie das Tiefland, wo wir die Lichter der Städte sehen; die Hochlandregionen bleiben frei. Nach Nordwesten werden die Brennstoffquellen der Erdlinge im Wasser versinken, die die Industrie auf Winterheim mit Energie versorgen. Die Herden, die gegen uns zusammengearbeitet haben, werden möglicherweise nicht bereit sein, mit denen der südlichen Halbkugel gemeinsame Sache zu machen, außerdem dürften ihnen turbulente Luftmassen einen Transport dorthin unmöglich machen. Wohin auch sollten sie ihre Streitkräfte schikken? Wir können im Osten, im Westen oder im Norden landen; die sich ausdehnende See treibt die Beutewesen in alle Richtungen. Meine Gehilfen unter den Schläfern teilen mir mit, daß der FUSS über die für unsere Zwecke erforderliche Masse und Geschwindigkeit verfügt.«

Ertrinken würden die Erdlinge, in Achtschaften zur achten Potenz. Der Herr der Herde betrauerte sie schon im voraus. »Habt Ihr den Ort für unseren Stützpunkt ausgewählt?«

»Ich denke, hier. Wir finden dort nicht nur abbauwürdige Vorkommen von Rohstoffen, die wir brauchen, sondern vielleicht sogar Verbündete. Eine Schwierigkeit jedoch besteht, Herr der Herde. Die Startmöglichkeiten werden dort und auch an anderen Orten mit Sicherheit durch ständig fallenden Regen beeinträchtigt. Die erforderliche größere Laserkraft macht Starts auffälliger ...«

Der Herr der Herde entspannte sich. Von militärischer Strategie verstand er etwas. Das war einfacher als Gespräche über den Wahnsinn der Beutewesen, der ihm Kopfschmerzen verursachte.

Der Berater Fathistih-talk schnaubte leise. »Verbündete?« Seine Grifflinge zuckten ziellos durch die Luft. *Das kann man vorher nicht wissen.*

Der Herr des Angriffs gab scharf zurück: »Sie haben nur wenig Transportmöglichkeiten! Wir werden richtige Herden finden. Wenn sie sich ergeben ...«

Der Herr der Herde war müde. »Genug! Tut, was Ihr

für richtig haltet, Herr des Angriffs. Ich habe keine besseren Vorschläge gehört. Umerzieher, haltet mich auf dem laufenden. Wir müssen die Beutewesen verstehen und ihnen unsere Lebensweise und Verhaltensweise beibringen. An eure Aufgaben!«

Er wartete, während sich die übrigen zerstreuten. Dann sagte er zu Fathistih-talk gewandt: »Ihr kennt die Planetenbewohner besser als wir.« *Haben wir etwas falsch gemacht? Könnten wir siegen, ohne den FUSS abzuwerfen?* Solche Fragen durfte ein Herr der Herde nicht stellen.

Der Berater wiederholte, was Umerzieher-Eins gesagt hatte. »Sie müssen wissen, daß sie getroffen sind. Ob das genügt ... Herr der Herde, könnt ihr mich jetzt entlassen?«

»Geht, Fathistih-talk! Die Stunde eurer Gefährtin naht heran.«

✿

Die Sowjets bewegten sich in flachen Sprüngen. Von Satz zu Satz legten sie langgezogene Flugbahnen durch den Gang zurück. Die Anziehungskraft war so gering, daß es viele Sekunden dauerte, bis man von der Mitte des Gangs aus die Wand berührte. Für Nikolai konnten die Umstände gar nicht günstiger sein. Er kam mühelos ebenso rasch voran wie die anderen, obwohl sie sich mit den Beinen abstießen, während er auf die Kraft seiner Arme angewiesen war.

Bisweilen schlug er Purzelbäume, während er durch den langen Gang vorwärtsstrebte.

»Sie halten Dawson in seiner Zelle fest«, sagte Dmitri. »Schon seit fünf Tagen. Warum wohl?«

Arwid zuckte die Achseln. »Ich hatte nicht den Eindruck, daß er ihnen besonders zugesetzt hat. Vielleicht grollt ihm Takpassih.«

»Das glaube ich nicht«, sagte Dmitri. »Dawson ist ein

Hornochse. Wenn er so weitermacht, bringt er uns alle in Lebensgefahr.«

»Wir könnten ihn zum Schweigen bringen«, schlug Arwid vor.

Dmitri sah einen Augenblick nachdenklich drein. »Nein. Wir wissen nicht, wie unsere Bezwinger darauf reagieren würden. Immer schön unauffällig, Genosse. Wir werden weiterhin kooperativ sein. Wenn sie weiter Geographiestunden wünschen, gibst du sie ihnen. Sie lernen nichts daraus, was sie nicht auch aus amerikanischen Kinderbüchern erfahren würden. Sie wollen, daß wir uns ihrer Herde anschließen, also tun wir das.«

Sie erreichten die Zutrittsöffnung. Nikolai nahm das Luftgitter ab und kletterte in den Belüftungskanal. Dmitri und Arwid folgten ihm.

Als man ihnen den Arbeitsauftrag erteilt hatte, war Arwid sicher gewesen, daß die Leitungen für die Fithp zu eng waren. Notfalls konnte man ein junges Fi' hineinschicken, um Reparaturen durchzuführen, aber für einen solchen Fall waren nicht einmal Griffe vorgesehen, an denen es sich hätte halten können. Aber würde man andererseits Gefangene frei an Stellen herumziehen lassen, wo man sie nicht überwachen konnte? Bestimmt gab es Kameras.

Er hatte angenommen, sie seien schwer zu finden, aber das war nicht der Fall. Nikolai sah bald einen mit Borsten umgebenen Kranz, der genau den richtigen Durchmesser für den Luftkanal hatte. Er bewegte sich nicht und saß in einer Aussparung. An einander gegenüberliegenden Stellen enthielt er gläserne Augen, und um die Oberfläche der Apparatur wickelte sich ein metallenes Tentakel.

Ein fernüberwachter Reinigungsroboter. In den nächsten Tagen hielten sie nach weiteren Ausschau. Gelegentlich sahen sie einen am anderen Ende eines langen Kanals. Es war beruhigend zu wissen, auf welche Weise sie beobachtet wurden.

»Beweist eure Ausdauer«, hatte Takpassih sie aufgefordert. Ein Dawson wäre natürlich nicht intelligent genug, mit seinen Fähigkeiten hinter dem Berg zu halten, wenn sie ihn aus der Zelle ließen. Vier Tage lang hatten Dmitri, Arwid und Nikolai aufgehört, wenn sie müde waren. Auf keinen Fall arbeiteten sie bis zur Erschöpfung.

Jetzt war es an der Zeit, etwas zu unternehmen.

Weit hinter ihnen rollte eines der ringförmigen Kanal-Reinigungsgeräte auf Kugellagern an der äußeren Peripherie entlang. Arwid und Dmitri stellten sich dicht nebeneinander. Darin hatten sie inzwischen Übung. Vor ihnen war Nikolai. Ob ihn die Kameras sahen oder nicht, jedenfalls würde ihn niemand beobachten. In diesem Durcheinander von Gliedmaßen mochten drei Menschen durchaus wie zwei erscheinen. Sollte weiter vorn ein weiterer Luftkanalreiniger auftauchen, würde Dmitri ganz beiläufg sagen: »Ein anderes Mal.«

Das aber erwies sich nicht als nötig.

Nikolai sah vor sich einen Seitenkanal und bewegte sich rascher. Arwid und Dmitri beschleunigten ihre Bewegungen gleichfalls. Durch die Krümmung des Ganges war das Kanal-Reinigungsgerät hinter ihnen verschwunden, als Nikolai in Richtung auf die Achse wegtauchte.

Arwid machte sich daran, einen Staubsammler zu reinigen. Der Roboter hatte ihn im Blick, als er sich mit Dmitri wieder anschloß.

24 Zusammenkünfte

Von nichts zu nichts eilt, wer auf der Reise allein,
Ohne Freunde oder Bekannte muß sein.

Ella Wheeler Wilcox

Zeit: Fünf Wochen nach der Stunde Null

Grifflingsschiff Sechs hatte am Heck der *Bote* festgemacht. Während es Treibstoff übernahm, betrat Tshintithpit-mängs auf eine Stärke von einundvierzig Fithp geschrumpfte Achtschaft-hoch-zwei das Mutterschiff durch die Luftschleuse und den Verbindungstunnel.

Die Gefangenen hatten unterwegs gelitten. Schon Stunden nach dem Start hatten Krieger bei der Überprüfung des Transportpferchs in der Luft den Geruch halbverdauter Nahrung wahrgenommen. Die Winterheim-Eingeborenen mußten das Gasgemisch eingeatmet haben, bis der Luftstrom der Umwälzanlage es absaugte. In der Schwerelosigkeit ging es ihnen wie Fischen auf dem Trockenen. Sie benahmen sich, als lägen sie im Sterben, und Tshintithpit-mängs Krieger mußten sie wie Gegenstände tragen. Außerdem hatten sie an Bord: Lebensmittelvorräte, Landkarten, Bücher voller Bilder, Ton- und Bildkassetten sowie Projektionsgeräte.

Tshintithpit-mäng selbst bewegte sich schleppenden Schritts. Ein Lauf war geschient und hinderte ihn bei jeder Bewegung. Unmittelbar vor dem Start war nicht allzuweit vom Schiff eine thermonukleare Waffe detoniert. Dabei waren Tshintithpit-mäng und sechs Gefangene gegen eine Wand geschleudert worden. Die Gefangenen hatten mit ihrer geringen Masse nur Prellungen erlitten, aber Tshintithpit-mängs rechter Hinterlauf war gebrochen gewesen.

Nachdem sie im Verbindungstunnel einen Makasrapk zurückgelegt hatten, kamen ihnen zwei Achtschaften Krieger entgegen — aufreizend sauber und ausgeruht. Tshintithpit-mäng war froh, ihnen die Gefangenen übergeben zu können. Wenn jetzt einer von ihnen starb, war jemand anders für sie verantwortlich.

Er wollte auf kürzestem Weg zu seiner Gefährtin Shreshli-mäng. Sicher wartete sie schon.

Erdlinge in einem der Gänge ließen ihn zurückfahren. Er griff schon nach seiner Waffe, als ihm einfel, daß auch sie Gefangene sein mußten. Sie schienen etwas zu wünschen ... Er warf ihnen einen drohenden Blick zu und ging weiter. An der nächsten Ecke sah er sich Fathistih-talk gegenüber.

Hatte der Berater des Herrn der Herde etwas gemerkt? »Möge sich Eure Zeit lang dehnen, Berater«, sagte er und wollte weitergehen.

»Bleib«, sagte Fathistih-talk. »Ich brauche dich.«

Tshintithpit-mäng unterdrückte ein unzufriedenes Schnauben, der Berater spürte es dennoch. »Es ist von großer Bedeutung, und ein anderer kann dich nicht ersetzen«, beharrte er. »Du gehörst zu den Fithp des Jahres Null und bist ein Abtrünniger wie deine Gefährtin. Sie wird vermuten, daß dich deine Pflichten im Schiff festgehalten haben, bis du es ihr erklären kannst. Komm mit!«

✿

Ermattet stiegen Dmitri und Arwid aus dem Abluftkanal.

Zwei weibliche Fithp sahen sie kurz und abschätzig an, dann gingen sie weiter. Ein vorübergehender Fithp-Krieger trompetete ihnen wütend zu; sie drückten sich ängstlich an die Wand. Dmitri runzelte die Stirn. »Warum hat er das getan? Ich dachte, sie hätten ihre Anweisungen ...«

»Möglicherweise hatte der andere«, sagte Arwid.

»Nein. Er war verletzt. Ein Schiff muß von der Erde gekommen sein — die vielen Detonationen heute morgen ...«

Der nächste Fithp-Krieger machte einen freundlichen Eindruck. Vielleicht freute er sich, einmal etwas anderes zu sehen. Er unterhielt sich mit ihnen, und die Sowjets standen ihm Rede und Antwort. Er ging ebenso langsam wie die müden Luftkanalreiniger, die sich weniger rasch bewegten, als sie gekonnt hätten. *Zeige deine Stärke nicht!*

✿

Der Herr der Herde sah von seiner Bildwand auf und schnaubte wütend. Mit seinen Grifflingen betätigte er einen Knopf von Tennisballgröße. »Vermittlung, ich möchte mit Fathistih-talk sprechen. Stellt fest, warum er nicht auf seinem Posten ist.«

»Soll er Euch anrufen?«

»Nein, schickt ihn her. Ist Grifflingsschiff Sechs gekommen?«

»Als Ihr geschlafen habt, Herr der Herde.«

»Außerdem möchte ich Umerzieher-Eins haben.«

»Der Berater meldet sich nicht, Herr der Herde.«

»Was? Auch gut. Dann nur Rästapisp-mins.«

Auf dem Bildschirm sah letzterer aus, als sei die Jugend in ihn zurückgekehrt. Macht konnte sich auf ein alterndes Fi' so auswirken. Er hatte Macht besessen, als er die Schläfer auf ihre neue Rolle vorbereitet hatte. Jetzt hatte ihm die Aufgabe, die Schützlinge von Winterheim umzuerziehen, seine alte Vorrangstellung wiedereingeräumt.

»Wir werden die neuen Gefangenen die Nahrung austeilen lassen«, sagte er, »und sie können dann in

Tashajämps Gegenwart mit den Sowjets sprechen. Als erstes möchte ich sie jedoch bei Dawson unterbringen. Er ist jetzt seit mehreren Tagen allein. Wir hatten gehofft, daß er sich ohne seine Gefährten auf mich fixieren würde.«

»Und, hat es genützt?«

»Das läßt sich noch nicht sagen, doch ich glaube nicht. Er spricht mit mir, aber nicht wie jemand, der sich unterworfen hat. Er ist voll Wut, wenn nicht gar Aufsässigkeit. Herr der Herde, ich frage mich, ob die Bewohner von Winterheim ein Zeichen der Unterwerfung kennen, das wir bisher nicht entdeckt haben.«

»Er hat sich nach unseren Regeln unterworfen. Jetzt muß ihm klargemacht werden, was das zu bedeuten hat.«

»Wie Ihr befehlt.«

»Du mögest ertrinken, deine Aufgabe ist nicht mein Thaktan! Ich habe lediglich Ratschläge erteilt. Du wirst tun, was du kannst, auf jede dir richtig erscheinende Art und Weise, und die vollständige Verantwortung für einen Fehlschlag übernehmen.«

»Leitet mich, Herr der Herde. Gefährten aus Dawsons Herde können ihn vielleicht wieder zu Verstand bringen.«

»Das Weibchen mit dem roten Kopfbewuchs wurde als möglicherweise anpassungsfähige Einzelgängerin eingestuft. Wird ihre Anwesenheit in Dawsons Absonderungspferch seinen Sinn für die Wirklichkeit schärfen?«

»Alice hat sich unterworfen. Sie gehorcht Befehlen. Achtschaft-hoch-drei-Führer Siplisteph sagt, daß sie vernünftiger wirkt als die meisten anderen.«

»Halte mich auf dem laufenden. Sind die Luftkanäle sauber?«

Rästapisp-mins merkte verärgert, daß der Herr der Herde in sarkastischem Ton mit ihm sprach. »Die Gefangenen haben an die sechs Vierundsechzigstel der

Gesamtanlage gereinigt. Sie arbeiten gut, Herr der Herde. Euch ist wohl klar, daß bei einem Kampf die Kanalreiniger getötet oder die Abluftkanäle aufgerissen werden könnten. Auch gewinnen die Erdlinge unnötigerweise Erfahrung auf Gebieten, die ihnen nützen könnten.«

»Ich will doch meinen, daß sie wirklich in die Ziehende Herde eingegliedert sind.«

Umerzieher-Eins zögerte und sagte dann: »Sie halten sich nicht sklavisch an ihre Anweisungen. Einer hat Bereiche erkundet, die ihm nicht zugewiesen worden waren. Das kann auf die einer kletternden Gattung eigene Neugier zurückzuführen sein, es mag aber auch zutreffen, daß sie Wissen zu erlangen hoffen, das ihnen ermöglicht, uns von größerem Nutzen zu sein.«

»Jedenfalls gehorchen sie nicht. Fahr mit deiner Aufgabe fort!« Der Herr der Herde unterbrach die Verbindung. »Ich möchte mit Tshaupin-talk sprechen.« Wie er sie kannte, würde sie unter nahezu allen Umständen wissen; wo sich ihr Gefährte aufhielt.

Die Vermittlung spürte Tshaupin-talk auf der Krankenstation auf, wo sie gerade entbunden hatte. Selbst ein Herr der Herde mußte gelegentlich warten.

✿

Die Zellentür war nur angelehnt und öffnete sich auf Wes Dawsons Druck. Er schob sie mit dem Fuß zu und hörte das Schloß einrasten. Gedanken und Erinnerungen wirbelten in seinem Kopf durcheinander. Er drängte sie beiseite und konzentrierte sich auf den Schmerz in seinem Bein, bemühte sich, nicht den Eindruck zu machen, er sei verletzt. Zwar sind die Fithp nicht telepathisch veranlagt, dachte er, aber wozu unnötige Risiken eingehen?

Die Zelle war riesig und leer. Seit fünf Tagen schon hauste er allein darin. Es gefiel ihm, daß er Platz hatte, und mit den Sowjetrussen war er ohnehin nicht gern zusammen gewesen. Gleichwohl — *es ist bestimmt eine Strafe. Doch wofür? Alleingelassen zu werden muß für ein Herdentier gräßlich sein.*

Die wollen meinen Willen brechen. Aber das wird ihnen nicht gelingen. Laß dir was einfallen. Aber was? Nichts zu lesen da ...

Unterschwellig nahm Dawson das Geräusch von *Thaktan Flishithys* Haupttriebwerk wahr. Das Summen bereitete ihm quälende Schmerzen.

Das Schiff muß gegen eine enorme Masse drücken, da die Beschleunigung so gering ist. Bestimmt hatten die Fithp eine unglaubliche Menge von Deuterium-Tritium-Gemisch. Entsetzlicher Gedanke. Thaktan Flishithy ist ein großes Schiff, und es ist kampfbereit.

Es muß ein D-T-Gemisch sein. Jede andere Annahme wäre noch schlimmer. Ein Kernverschmelzungs-Antrieb, der mit einfachem Wasserstoff arbeitete, müßte weit komplizierter sein, auf halbem Weg zwischen Science Fiction und reiner Phantasie. Wes Dawson entschloß sich zu einer optimistischeren Sichtweise.

Immer wieder dachte er über die möglichen Resultate eines Krieges zwischen Fithp und Menschen nach.

Die Tür öffnete sich.

Jammernd kam jemand hereingetorkelt. Es war eine Frau mit leuchtend rotem Haar und blassem Gesicht, das hübsch gewesen wäre, hätte sie nicht so elend ausgesehen. Sie war spindeldürr und machte einen zerbrechlichen Eindruck. Die Schwerelosigkeit schien ihr heftig zu schaffen zu machen.

Wes packte sie am Arm. Ohne ihn anzusehen, jammerte sie weiter.

Weitere Menschen drängten in den Raum. Ein blondes Mädchen, höchstens zehn Jahre alt, löste anmutig Wes' Hand vom Arm der schlanken Frau. »Es ist alles in Ordnung, Alice«, sagte sie.

»Mir ist so elend, o Gott, ich faaaaalle ...«

Neue Gefangene. Keine Astronauten. Großer Gott, sie haben die Erde mit Krieg überzogen! Die Rothaarige mit dem schmalen Gesicht kreischte erneut auf, und das blonde Mädchen sagte etwas Besänftigendes. Wes schob Frau und Mädchen in Richtung Wand, stieß sich von seiner Seite ab und war wieder bei ihnen, bevor sie zurückprallen konnten. Er drückte die Hände der Frau in das Polstermaterial, bis sie begriff und sich festhielt. Das Mädchen blieb bei ihr.

Jetzt konnte er sich die vier anderen genauer ansehen: ein Junge von vielleicht neun Jahren, mit schwarzem Haar und von der Sonne gebräuntem Gesicht. Das Paar war etwa Mitte Fünfzig, beide wirkten wie Leute vom Lande, und nach der Art zu schließen, wie sie einander umschlungen hielten, wohl Mann und Frau.

Die letzte war vermutlich die Mutter des blonden Mädchens, denn ihr Haar hatte denselben Ton, und in ihrem Gesicht sah Wes die gleiche feingeschnittene Nase. Sie trieb wie ein Akrobat auf Armeslänge an ihm vorbei.

Die blonde Frau sah ihn unverwandt an. »Wes Dawson? Senator?«

Müßte er sie etwa kennen? Er konnte sich nicht erinnern und lächelte ihr zu. »Kongreßabgeordneter. Wie haben Sie gewählt?«

»Jeri Wilson. Wir haben uns vor fünfzehn Jahren im JPL kennengelernt, als *Voyager* am Saturn vorbeiflog ... Äh, republikanisch.«

Das ist lange her. Da kann sie höchstens zwanzig gewesen sein. Seitdem hatte er eine Menge Menschen kennengelernt. »Stimmt. Neuerdings wirkt der Vorbeiflug am Saturn fast prähistorisch. Wie sind Sie hergekommen?«

»Man hat uns gefangengenommen.«

»Und wo?«

»Wissen Sie das nicht?« fragte Jeri. »Ach, wohl nicht. In Kansas. Die Außerirdischen sind dort gelandet.«

»Wo genau?«

»Nicht weit vom Haus Ihrer Frau entfernt«, sagte Jeri. »Etwa fünfundsechzig Kilometer ...«

»Woher, zum Teufel, wissen Sie, wo sich meine Frau aufhält?« wollte Dawson wissen.

»Wir waren auf dem Weg zu ihr«, sagte Jeri. »Glauben Sie an Zufälle? Ich eigentlich nicht, aber ... nun, es ist doch wirklich zu merkwürdig. Aber eigentlich auch wieder nicht.«

Verwirrt schüttelte Wes den Kopf. Außerirdische in Kansas. »Und was wollten Sie bei Carlotta?«

»Das ist eine lange Geschichte«, sagte Jeri. »Ich bin auf dem Weg aus Los Angeles ohne Benzin liegengeblieben und hatte Angst, jemanden anzuhalten. Dann kam Harry Reddington vorbei ...«

»Der Rote Harry? Kennen Sie ihn?«

»Ja. Er wollte uns helfen, und als das ... als das nichts nützte, hat er versucht, Ihrer Frau zu Hilfe zu kommen und uns mitgenommen, aber dann sind die Außerirdischen gelandet ...«

»Nun schön«, sagte Wes. »Die Einzelheiten können Sie mir später erzählen. Geht es Carlotta gut?«

»Ich weiß nicht. Den Rüßlern muß in Kansas irgend etwas Übles zugestoßen sein. Denn zuerst waren sie ganz friedlich, aber mit einemmal sind unsere Wächter tückisch geworden.«

»Rüßler?«

»So nennt jeder in den Staaten die Zwergelefanten.«

»Guter Name.«

Er wandte sich den anderen zu. »Ich hatte nicht die Absicht, Sie zu übergehen. Sie haben bestimmt eine ganze Menge Fragen?«

»'n paar«, sagte der Mann.

»Der Herr wird uns sagen, was wir wissen müssen«, fügte die Frau hinzu. Sie legte schützend einen Arm um den Jungen.

»John und Carrie Woodward«, stellte Jeri Wilson vor. »Aus Kansas, aber sie haben auch nicht mehr vom Krieg gesehen als ich. Außerdem Gary Capehart. Seine Eltern haben die Rüßler zurückgelassen. Wir wissen nicht, warum. Da drüben ist meine Tochter Melissa, und ihre Freundin heißt Alice. Was hat man mit uns vor?«

»Wenn ich das wüßte. Was fehlt Alice denn?«

Die Rothaarige hielt das Gesicht fest gegen die Wandverkleidung gepreßt; ihr ganzer Körper war verkrampft. Jeri sagte: »Sie wollte uns ihren Nachnamen nicht nennen und hat nur gesagt, eine Bombe sei auf Menningers Sanatorium gefallen, und alle seien weggelaufen. Kennen Sie das Institut? Sie war dort wohl Patientin.«

Carrie Woodward schniefte vernehmlich.

Eine erstickte Stimme sagte: »In der offenen Abteilung.«

»Wie bitte?« fragte Wes.

Alice wandte ihr schmales Gesicht zur Seite. »Ich war nicht in der geschlossenen Abteilung. Bei uns waren die Türen offen. Sie wissen, was das heißt? Ich bin nicht wirklich krank, verstehen Sie?«

Wes sagte: »Erfreut, Sie alle kennenzulernen. Es ist mir hier ziemlich einsam geworden.« Er unternahm keinen Versuch, ihnen die Hand zu schütteln, sie alle hatten genug damit zu tun, sich an der zweifelhaften Sicherheit der Wandbespannung festzuhalten. »Sind noch mehr Menschen hier?«

»Wir nahmen es eigentlich an«, sagte Jeri, »aber gesehen haben wir keine. Haben Sie — haben Sie es als einziger von Kosmograd geschafft?«

»Nein, es sind noch einige Russen an Bord. Die Fithp — so nennen sich die Außerirdischen, und Sie werden ihre Sprache lernen müssen — lassen uns manchmal zusammen, dann trennen sie uns wieder. Zwei von ihnen geben uns Unterricht.«

»Unterricht in was?« erkundigte sich Carrie Woodward argwöhnisch.

»In Sprache und Gebräuchen. Sie erwarten Unterwerfung. In aller Form. Früher oder später wird Takpassih oder Rästapisp-mins — einer unserer Fithp-Lehrer — herkommen und verlangen, daß Sie sich auf den Rücken legen. Wenn er Ihnen dann einen Fuß auf die Brust setzt — keinesfalls wehren, er zertrampelt Sie nicht.«

»Das haben wir schon hinter uns«, sagte Melissa.

Jeri lachte. »Wir hatten eine Mordsangst.«

»Anschließend erwarten sie, daß man mit ihnen *zusammenarbeitet*. Passive Haltung genügt ihnen nicht.«

»Heißt das, sie halten uns jetzt für ihresgleichen?« fragte Melissa.

»In etwa«, stimmte Dawson zu. Er wies beiläufig auf die große Kamera in einer Ecke des Raumes. »Eine Privatsphäre kennen sie nicht«, fügte er hinzu. »Sie beobachten uns, wenn ihnen danach zumute ist.«

Jeri Wilson runzelte die Stirn.

John Woodward zuckte vor der Kamera zurück und sagte: »Es ist nicht recht.« Seine Frau nickte zustimmend.

»Möglich, aber so ist es nun mal«, sagte Dawson.

Sieht gar nicht gut aus, der Mann. Ganz wie Giorge ...

»Nun schön«, sagte Jeri. »Wir lernen also, uns wie die Rüßler zu benehmen.«

»Und wie sie zu sprechen. Hat jemand Hunger?«

Melissa schüttelte den Kopf. »O Gott, nein«, sagte Jeri.

Alice griff unter ihre Bluse und zog eine Familienpakkung Vitamintabletten hervor. Das engbedruckte Etikett zählte in winzigen Buchstaben die Ingredienzien auf Pollen, Schwarzwurzel, Löwenzahn, Fenchel, Weißdorn, Ingwer, Knoblauch ... Fo Ti Dong Quai ... sibirischer Ginseng, Hagebutten ...

»Haben Sie ein Reformhaus ausgeraubt?«

»So ähnlich«, sagte Alice. »Sie haben mich durch einen Lebensmittelladen und ein Reformhaus geführt, und ich mußte auf alles deuten, was wir meiner Meinung nach brauchten.«

Wes nahm eine Tablette mit grünlichen Einschlüssen und schluckte sie ohne Wasser. »Es sind verschiedene Lebensmittel von der sowjetischen Raumstation an Bord, und die Fithp bauen einiges an, was man essen kann, wenn man die Augen zumacht, aber Vitamine haben mir, ehrlich gesagt, gefehlt.«

»Wie war es denn bei Ihnen?« fragte Jeri Wilson. »Sie befanden sich auf der Raumstation ...«

Er berichtete in aller Ausführlichkeit. Es sah nicht aus, als würden sie in nächster Zeit gestört werden.

✿

Die Bilder auf der Videowand verblaßten. Rästapisp-mins sah weiterhin darauf, als könne er damit dem Gesehenen einen Sinn geben. Schließlich wandte er sich um. »Was das wohl bedeutet?« fragte er.

Takpassihs Grifflinge spreizten sich in der Luft.

»Das wird dem Herrn der Herde nicht gefallen«, zischelte Rästapisp-mins. Er sah auf die Kamera in einer Ecke des Raumes. »Vielleicht hat er schon mitgesehen.«

»Sein Ärger wird nichts sein im Vergleich mit dem von Fistartih-thaktan, wenn *er* diese Aufnahmen sieht«, sagte Takpassih. Erneut spreizte er die Grifflinge. »Wir wissen, daß sie merkwürdige Werbungs- und Paarungsbräuche haben. Offenkundig sind die Weibchen unaufhörlich brünstig, und es scheint ihnen völlig gleichgültig zu sein, *welches* Männchen ihre Bedürfnisse befriedigt.«

»Und auf welche Weise beherrschen die Weibchen dann die Männchen?« wollte Rästapisp-mins wissen. »Es ist doch unmöglich ...«

»Vieles ist möglich«, seufzte Takpassih. »Verzeih mir, Enkel, aber deine Erfahrung beschränkt sich auf die Existenz an Bord eines Schiffes, nie hast du eine Welt voll bunten Lebens gekannt.«

»Sie verzehren ihresgleichen und singen dabei! Ich habe kein Verlangen, in einer solchen Welt zu leben.«

»Immer vorausgesetzt, wir haben das Gesehene richtig gedeutet«, sagte Takpassih. »Wir müssen die Gefangenen fragen.«

»Spricht Dawson schon gut genug?«

»Nein. Ich kenne ihre Sprache auch nicht besonders gut, wohl aber Tashajämp. Sie hat sie eifrig studiert.« Takpassih atmete tief durch.

Rästapisp-mins tat es ihm nach. Pheromone füllten seine Lunge. Ein süßlicher Geruch.

»Enkel, du bist mein einziger Verwandter«, sagte Takpassih. »Haupt meiner Familie, ich möchte mit dir sprechen.«

Langsam schob Rästapisp-mins sich zurück, dann hockte er sich hin. Er wartete, bis Takpassih eine entsprechende Stellung eingenommen hatte. »Sprich!«

»Ich möchte, daß du mit mir Winterblumen trägst.«

»Ah. Ich habe gesehen, wie du durch neue Aufgaben Kraft gewinnst. Ich freue mich, Takpassih — aber hast du nicht zu lange gewartet? Die Herde der Schläfer hat jetzt ihre Zeit, und du dürftest kaum imstande sein, eine vernünftige Entscheidung zu treffen.«

»Ich kenne keine unverpaarte Schläferin, die mich zum Gefährten haben möchte. Ich spreche von Tashajämp.«

»Ah. Annehmbare Herkunft und geschickt bei der Arbeit. Ja.«

»Sie ist nicht hübsch«, sagte Takpassih. »Manche würden sie sogar mißgestaltet nennen. Dennoch finde ich sie anziehend, und wie du gesagt hast, sie ist bei ihrer Arbeit sehr geschickt.«

»Raumgeborene verpaaren sich nur selten mit Schläfern. Weißt du, ob du ihr genehm bist?«

»Woher sollte ich? Ich habe außer dir niemanden, der für mich spricht.«

»Jämps Großvater«, sagte Rästapisp-mins nachdenklich, »ist Persantip-jämp. Er war einst ein Krieger.« *Zwar war damals kein Krieg, aber wenn es einen gegeben hät-*

te, wäre er bestimmt auch gegen die Schläfer geführt worden. »Und mit ihm soll ich also sprechen? Er gilt als leicht — erregbar.«

»Ich bitte dich darum. Leite mich.«

»Tashajämp«, schnaubte Rästapisp-mins erheitert. »Ich habe nur wenig Erfahrung damit. Ich müßte *dich* fragen, was ich sagen soll. Unsere Rollen sind in jeder Hinsicht vertauscht. Mal sehen, ob ich die Wörter noch weiß, die ich sagen muß.«

»Ich weiß sie«, gab Takpassih zu. »Aber die Bräuche müssen eingehalten werden.« Er hörte zu, wie sich Rästapisp-mins durch den überlieferten Vortrag quälte: daß sich Fithp auf Lebenszeit verpaaren, einen Bund für alle Zeiten schließen, der nicht unter dem Einfluß einer Leidenschaft zustande kommen soll.

»Bist du sicher, daß es *keine* kurzlebige Leidenschaft ist? Immerhin ist es die Zeit deiner Herde ...«

»Keineswegs«, sagte Takpassih. »Erinnere dich, ich bin — ein wenig — älter als du. Ich war mit deiner Großmutter verpaart. Ich kenne die Leidenschaft, und ich weiß auch, was Vernunft ist.«

»Nun, es wäre eine günstige Verbindung. Der Jämp-Verband hat seine Grifflinge in vielen Dingen, und auch du bist anerkannt auf deinem Gebiet.« *Und ein Schläfer-Männchen bist du, das sich mit einer Raumgeborenen paaren will. Es braucht sich kein raumgeborenes Männchen zu unterwerfen* — »Ich werde mit Persantip-jämp sprechen, und wenn er einverstanden ist, gehe ich mit dir, die Winterblumen überreichen.« Rästapisp-mins erhob sich. »Meinen herzlichen Glückwunsch!«

25 Der Garten

Stets ist die Ansicht des Stärksten die beste.

Jean de la Fontaine

Zeit: Fünf Wochen nach der Stunde Null

Sie waren vorwärts getrieben, dann etwa achthundert Meter weit nach innen, einen sich spiralförmig windenden Gang entlang, nicht ganz schwerelos, aber doch mit so wenig Schwerkraft, daß es den Neulingen nicht leichtfiel, sich zu bewegen. Wes versuchte zu helfen, wo er konnte.

Zwei außerirdische Krieger trugen große Kisten. Tashajämp ging ihnen voraus.

Ein riesiges Portal öffnete sich vor ihnen: ein Lastentor, weit größer, als es für das Hindurchgehen eines Fi' nötig gewesen wäre. Sie traten ein.

Der gewaltige Raum mußte längs zur Schiffsachse liegen, vor dem Raum des Podo Thaktan. Gelbweißes Licht fiel in einem langen Streifen durch seine Mitte, zu grell, als daß man hätte hinsehen können. Der übrige Raum war grün beleuchtet, mit Flecken von Karmesinrot und Gelb dazwischen. Unbekannte Pflanzen wuchsen in käfigartigen Behältern und wurzelten in an den Wänden befestigten dicken, feuchten Polstern. Grüne Banner flatterten matt im Zug der Klimaanlage. Ein Feld gelber Blumen wandte ihnen die Köpfe zu, als wollten sie die Störenfriede näher ins Auge fassen.

Hier war eine annähernd rechteckige Fläche loser Erde, von zahlreichen Löchern mit einem Durchmesser zwischen fünfzehn und zwanzig Zentimetern förmlich durchsiebt. Aus einem von ihnen erhob sich ein Kopf und verschwand, bevor Wes reagieren konnte. Er war stromlinienförmig, ähnlich dem eines Frettchens, mit roten Perlen an Stelle der Augen.

Es war wirklich wie in einer anderen Welt.

Verstohlen warf Wes einen Blick auf die anderen. Jeri Wilson blieb gelassen, Carrie Woodward schien jeden Augenblick damit zu rechnen, daß sie umgebracht würde, ohne deshalb besonders ängstlich zu wirken. Bevor sie aus der Zelle geführt wurden, hatte sie mit den anderen gebetet und mißbilligend auf Wes Dawson geblickt, der sich nicht beteiligt hatte.

Melissa und Gary sahen sich offenen Mundes um; sie hatten keine Angst, sondern waren geradezu entzückt. Pflanzen, Vögel, Tiere und undeutlich erkennbare Gegenstände, nachdem sie so lange in Zellen und Gängen eingeschlossen gewesen waren. Melissa wies auf etwas über ihnen. Es war fort, bevor Wes es sehen konnte, aber alle blieben stehen, um hinaufzuschauen.

Ungeduldig wandte Takpassih sich um. »Kommt!« Sie folgten ihm eilends, da sie nicht wollten, daß die Fithp-Krieger mit ihren Gewehrkolben nachhalfen, auch wenn das nicht brutal, sondern gleichsam verspielt zu geschehen pflegte, als trieben sie eine Kinderschar vor sich her.

Ein an die zehn Meter hoher Baum wuchs entlang der Schiffsachse. Ein großes grünes Blatt verlief spiralförmig um ihn herum. Drahtverspannungen sicherten den Stamm gegen seitlich einwirkende Beschleunigungskräfte.

Etwas streifte Wes' Kopf. Er duckte sich, während der Krieger hinter ihm das Ding gleichmütig mit dem Rüssel beiseite scheuchte. Es flatterte davon und stieß einen musikalisch klingenden Fluch aus. Ein Vogel. Überall waren Vögel: Sie hatten lange Hälse und weit hinten ansetzende bunte Flügel von großer Spannweite, die an den Enden scharf nach hinten abknickten. Zu beiden Seiten des langen Halses saßen kleine gelbe Flecke. Verwundert sah sich Wes um. »Ist das eine Nahrungsquelle?« fragte er.

»Unsere und eure.« Takpassih wies mit dem Rüssel auf ein Stück nackten Boden. Es mußte vor kurzem abgeräumt worden sein, denn darüber trieben Staub und Pflanzenreste. Der Lehrer sagte: »Jetzt habt ihr Pflanzen aus eurer eigenen Welt, die ihr hier anbauen könnt. Diesen Platz haben die Fithp für euch freigemacht.«

John Woodward trat an die Kisten. Zögernd nahm er eine Handvoll Erde und zerrieb sie zwischen den Fingern. »Guter Kansasboden«, sagte er. »Vielleicht leben wir lange genug, um hier noch was wachsen zu sehen.«

»Ihr werdet leben«, sagte Takpassih. Dabei warf er einen Blick auf den Bauern. »Leidest du darunter, deiner Heimat fern zu sein? Eines Tages wirst du mit uns landen.«

Woodward sagte nichts. Seine Augen glänzten.

»Fürs erste jedenfalls werdet ihr eure eigene Nahrung anbauen«, sagte Tashajämp. »In den Schalen auf den verschiedenen Stufen und hier.« Sie wies auf die mit Erde gefüllten Käfige. »Klettern ist etwas, was ihr wohl besser könnt als die Fithp.«

Sie hat schnell Englisch gelernt, dachte Wes. Aber ihre Haltung ist irgendwie eigentümlich. Warum nur? Wenn ich doch ihre Körpersprache verstehen könnte.

»Wir haben Saatgut«, sagte sie. »Ihr werdet das hier in Boden aus eurer Welt pflanzen.«

»Und wenn es nicht wächst?« wollte John Woodward wissen.

»Es wird wachsen. Notfalls mischen wir den Boden mit einem von einer anderen Welt. Es wird wachsen.«

»Und ist das wichtig?« wollte Wes wissen.

»Möglicherweise schon«, sagte sie. Sie warf einen Blick auf Takpassih. »Fangt jetzt an!«

»Ihr werdet Dinge anbauen, mit denen ihr euch ernährt.« Takpassih nahm ein Samentütchen aus einer der Schachteln. In seinen wie Taue aussehenden Greifgliedern wirkte es winzig. Er warf einen Blick darauf, riß es auf, und ein Teil der Saatkörner fiel heraus. Ein Krieger war darauf vorbereitet: Er haschte mit einem engmaschigen Netz nach der Wolke. Takpassih achtete nicht weiter auf den Zwischenfall. »In der Schwerelosigkeit ist Ackerbau schwierig. Die Samenkörner müssen fest in die Erde gedrückt werden, so, mit einem kleinen Werkzeug ... nein, ihr braucht es nicht, eure Grifflinge sind klein genug. Wasser kommt von unten, aus der Wand. An der vorderen Wand findet ihr Werkzeug. Stöcke, die Pflanzen gegen den Schub halten, Werkzeug, um die Erde umzuwenden.«

John und Carrie Woodward betrachteten prüfend das Stück Beet und nahmen verschiedene Samentüten aus den Schachteln.

»Hier müßten Pflanzen größer werden als bei uns«, stellte John fest.

Verstohlen begannen Kinder sich mit erstaunt aufgerissenen Augen umzutun. Etwas wie ein Vogel schwirrte vorbei.

»Dorthin nicht!« rief Tashajämp. Sie bedeutete den Kindern, zur Gruppe zurückzukehren. »Ihr wartet hier! Stört nicht!«

Von hinten, aus dem Hain spiralig gewundener Bäume, ertönte das Murmeln von Fithp-Stimmen wie eine Windharfe.

✿

Der Herr der Herde hatte eine der hohen Säulenpflanzen erklommen. Wegen der geringen Schwerkraft konnte er beinahe wie die Erdlinge klettern. Als er sich umsah, mußte er über die sonderbare Perspektive schmunzeln.

In der vorderen Ecke des Gartens arbeiteten die gefangenen Erdlinge. Der Herr der Herde bewunderte ihre

Flinkheit — immerhin waren sie frisch eingewiesene Erdfüßler. Sie kamen ihm durchaus zahm vor, wie sie da fremdartige Samen in fremden Boden senkten. Doch er konnte nicht länger über die beunruhigenden Berichte der Umerzieher hinweggehen. Es war mehr als genug, um ihm Kopfschmerzen zu bereiten.

Hier aber lenkten Gerüche ihn ab und linderten seine Sorgen: blühende Pflanzen und dumpfer Beisetzungsduft. Am Lebensende erwartete die Mitglieder der Ziehenden Fithp die Beisetzungsgrube und anschließend der Garten. Zwölf auf Winterheim verwundete Fithp-Krieger waren in der Beisetzungsgrube gelandet, nachdem Grifflingsschiff Sechs sie zur *Bote* zurückgebracht hatte.

Dieser Garten blühte unablässig. Dafür, daß in ihm die Jahreszeiten ineinander übergingen, sorgten genau abgestufte Intensitäten von Licht, Wärme und Feuchtigkeit. Die fremdartigen Gewächse von Winterheim mochten klimatische Veränderungen nötig machen. Er hoffte, ohne einen solchen Wandel auszukommen. Falls es den Erdlingen tatsächlich gelang, hier etwas wachsen zu lassen, würde Winterheim den Pflanzen und Tieren des Gartens eine Chance zum Überleben bieten.

Da der Schlammraum, wo er sich am liebsten aufgehalten hätte, nicht zur Verfügung stand, hatte der Herr der Herde Zuflucht im Garten gesucht. Hier traten ihm neun Fithp des Jahres Null gegenüber. Im Aufruhr der Düfte hatte er nichts von ihrer Anwesenheit bemerkt, und unvermutet hoben sich ihm nun über die Ränder der Blattspirale unten am Stamm der Säulenpflanze Gesichter entgegen.

Ein vernichtender Blick ließ sie wissen, daß sie ihn störten.

Die in einer zuvor nie dagewesenen und auch nie wiederholten Fortpflanzungsorgie Gezeugten und in kurzen Acht-Tage-Abständen zur Welt gekommenen Fithp des Jahres Null sahen einander sehr ähnlich; sie waren von schlankem Wuchs, hatten eine glatte Haut und lange Gliedmaßen. Doch wenngleich Gruppen von Gleichaltrigen nicht unbedingt identisch dachten und empfanden, so bildeten diese hier doch den inneren Kern der ziemlich großen Herde von Abtrünnigen.

Einer sah anders aus als die übrigen. Er wirkte älter, seine Haut war dunkel und rauh, ein Bein war geschient, unbeweglich. Seine Blicke kündeten davon, daß er sich an Entsetzliches erinnerte.

Mit Zustimmung des Beraters hatte sich der Herr der Herde entschlossen, die Fithp des Jahres Null zu teilen und die Hälfte von ihnen nach Winterheim zu schicken. Sie waren entweder gefallen oder umkreisten Winterheim seit dem Gegenangriff der Erdlinge auf verschiedenen Umlaufbahnen. Der Verwundete dort mußte gerade aus dem Krieg zurückgekehrt sein.

Die Krallen des Herrn der Herde gruben sich tief in die Rinde, als er sich dem Jung-Fithp unter ihm gegenübersah. Einen Augenblick lang überlegte er, ob er die Krieger rufen sollte; dann überkam ihn ein Gefühl der Belustigung. Abtrünnige mochten sie sein, aber keine Aufrührer. Sicherlich wollten sie nur dem Herrn der Herde ihre Aufwartung machen.

Außerdem war ein soeben zurückgekehrter Kriegsheld in ihrer Mitte. Nein, das waren keine gemeingefährlichen Einzelgänger. Gewiß wollten sie nur ihren Einfluß vergrößern ...

»Ihr habt mich gefunden«, sagte er freundlich. »Also sprecht!«

Sie schwiegen noch immer. Zwei der kleineren Erdlinge kamen herübergeschlendert, wurden aber von Tashajämp abgefangen. Inzwischen arbeiteten die Gefangenen von Winterheim langsamer. Zweifellos sahen sie zu, waren aber wohl außer Hörweite. Was hier geschah, mochte alle Herden auf Winterheim angehen. Dennoch war es eine Zudringlichkeit, und wäre Tashajämps Aufmerksamkeit nicht anderswo nötiger gewesen, hätte der Herr der Herde sie sicherlich angewiesen, die jungen Fithp fortzubringen.

Schließlich sprach einer. »Der Berater Fathistih-talk hat uns eine Besprechung angekündigt, ist aber nicht gekommen. Er soll seit zwei Tagen nicht auf der Kommandobrücke gesehen worden sein.«

»Er hat seine Pflichten vernachlässigt«, sagte Pastempih-keph freundlich. »Er meidet die Brücke wie auch seine Gefährtin und antwortet nicht auf Anrufe. Ich habe es meinen höheren Offizieren mitgeteilt, aber sonst niemandem. Ist es euer Wille, daß ich seine Festnahme veranlasse?«

Unentschlossen sahen sie einander an. Dann sagte einer mit fester Stimme: »Nein, Herr der Herde.« Dies kräftige Jung-Fi', das ein wenig höher geklettert war als die anderen, hieß Rashinggith und war der Sohn des Herrn der Verteidigung.

»Ihr wißt also auch nicht, wo er sich aufhält?«

»Wir hatten gehofft, ihn durch Euch zu finden, Herr der Herde.«

»Ha. Nicht einmal seine Gefährtin hat ihn gesehen, dabei hat sie ihm ein Neugeborenes zu zeigen.« Der Herr der Herde wurde ernst. »Es gibt Entschlüsse zu fassen, und wir haben keinen Berater. Was soll ich tun?«

Erneut sahen sie einander an. »Der Teqthaktan …«

»Richtig.« Pastempih-keph atmete erleichtert auf. Noch achteten sie Gesetz und Religion, noch waren sie keine Einzelgänger. »Ich darf keine Entscheidungen treffen und auch in keine Beratung eintreten, ohne die Ansichten der Schläfer gehört zu haben. So heißt es im Teqthaktan, dem Pakt, den wir mit ihnen geschlossen haben, und Fistartih-thaktan besteht darauf, daß er genauestens eingehalten wird. Doch nun bin ich ohne Berater, und es gilt, Entscheidungen zu treffen. Sprecht! Was soll ich tun?«

»Wählt Euch einen anderen Berater«, sagte der Verwundete.

»Wohl wahr.« Das verstand sich fast von selbst. Die Ziehenden Fithp konnten ihren vorbestimmten Weg fortsetzen, aber Entscheidungen durften ohne Zustimmung des Beraters nicht getroffen werden.

Möglicherweise war Fathistih-talk etwas zugestoßen, er mochte aber auch durch Pflichtvergessenheit die Handlungsfähigkeit der Herde in einem kritischen Augenblick gelähmt haben. Vielleicht war er auch entführt worden ... Sollte sich eine Gruppe innerhalb der Ziehenden Herde zu einer solchen Tat haben hinreißen lassen, würde sie ihres Ansehens verlustig gehen, doch auch der Berater würde seinen Posten verlieren. So sorglos durfte niemand sein, einfach zu verschwinden. Der Grimm des Herrn der Herde war unermeßlich. Pastempih-keph hatte bereits einen Nachfolger bestimmt; dennoch mußte Fathistih-talk gefunden werden. »Du, der Verwundete!«

»Achtschaft-hoch-zwei-Führer Tshintithpit-mäng, Herr der Herde.«

Den Namen hatte er schon gehört, aber wo? Das konnte warten. »Bestimmt kommst du frisch vom Grifflingsschiff. Weißt du etwas von der Sache? Oder bist du nur hier, um die Zahl zu vergrößern?«

»Ich weiß nichts über den Berater. Doch ich weiß ...«

»Später. Du, Rashinggith. Würdest du hingehen, wenn du wüßtest, wo sich der Berater aufhält?«

Die Grifflinge des Angesprochenen verknoteten sich und zuckten. »Gewiß, Herr der Herde.«

»Aber sagen würdest du es mir nicht? Gibt es einen Ort, den nur Abtrünnige kennen, wo er mit anderen Abtrünnigen zusammentreffen oder ganz allein sein kann?«

»Nein, Herr der Herde. Wir fürchten um ihn.«

Es mußte einen solchen Ort geben. Bestimmt hatten ihn die Abtrünnigen inzwischen aus eigenem Antrieb aufgesucht und durchstöbert. »Auch ich fürchte um Fathistih-talk«, gestand der Herr der Herde ein, »ich habe mich sogar mit dem Gebrauch der Luftschleusen vertraut gemacht und mir eine Liste der Fithp geben lassen, die mit ihrer Bewachung beauftragt sind.«

»Zufällig weiß ich, daß sich unter ihnen keine Abtrünnigen befinden«, sagte Rashinggith.

Eine interessante Aussage. »Ich denke nicht nur an Abtrünnige. Ist einem von euch schon einmal der Gedanke gekommen, daß Fathistih-talks Verhalten gefährlich ist? Bedenkt die Lage der Schläfer. In unserer Rangordnung genießt der Berater als einziger Schläfer auf Grund seiner Position hohes Ansehen. Die Schläfer könnten keinesfalls seine Absetzung verlangen, dennoch hat er sich dem Krieg um Winterheim immer wieder widersetzt. Wie viele Schläfer sind Abtrünnige? Ich kenne nur einen: Fathistih-talk.«

An den Blicken, die sie einander zuwarfen, merkte er sofort, daß auch andere Schläfer Abtrünnige waren. Aber auch das konnte warten. »Es gibt Schläfer, die Luftschleusen bewachen. Der Schub ist stärker als die Anziehungskraft des Fußes. Ein Leichnam würde zurückbleiben, sich aber nicht auflösen. Die Antriebsflamme ist heiß, aber nicht dicht. Unsere Teleskope haben nach Spuren eines Leichnams hinter dem Schiff gesucht.« Pause. »Es gibt keinen. Sollen wir unter diesen Umständen von Mord ausgehen? Vielleicht waren die Abtrünnigen auf einen Märtyrer erpicht, oder wollten konservative Schläfer weiteren Schwierigkeiten vorbeugen? Hat Fathistih-talk womöglich etwas erfahren, von dem einzelne Fithp nicht wollten, daß es ans Tageslicht kam? Lebt er gar und verbirgt etwas für seine eigenen Zwecke? Rashinggith, was wollte dir Fathistih-talk sagen?« Der Herr der Herde sah sich um. »Weiß es jemand von euch? Hat er Andeutungen gemacht? Stellte er interessante Fragen, als er euch zuletzt gesehen hat?«

»Wir *wissen* ja gar nicht, ob er tot ist«, sagte Rashinggith voll Unbehagen.

»Genug«, sagte der Herr der Herde. »Wir werden ihn

finden. Ich hoffe, ihn fragen zu können, wo er war.« Das stimmte nicht ganz. Sofern Fathistih-talk nicht mehr lebte, würde das nur unerhebliche Schwierigkeiten verursachen. Doch weiter zu neuen Themen. Der Herr der Herde hatte sich einen Namen gemerkt.

»Tshintithpit-mäng, du hattest etwas zu sagen?«

Aufgeregt, aber beharrlich in der Sache, begann der verwundete Krieger zu sprechen. »Die Beutewesen, die Erdlinge, wissen nicht, wie man sich unterwirft.«

»Man kann es sie lehren.«

»Da war ein — ein Gedrungener, stärker als die meisten anderen. Ich habe ihm seine Spielzeugwaffe aus der Hand geschlagen, ihn zu Boden geworfen und ihm meinen Fuß auf die Brust gesetzt. Er hat mit seinen knochigen Grifflingen nach mir gekrallt, bis ich kräftig zugedrückt habe. Ich glaube, ich habe ihn zerquetscht. Von allen Gefangenen, die wir mitgebracht haben, war lediglich die rotköpfige Absonderliche bereit, uns bei der Zusammenstellung von Erdlingsnahrung zu helfen! Nicht einmal nach der Unterwerfung sind sie willig. Sollen wir etwa vier Milliarden von ihnen gleichzeitig beibringen, wie man sich unterwirft? Das Ziel, die Welt zu erobern, muß aufgegeben werden. Wenn wir sie alle umbringen, wird der Gestank Winterheim zu einer riesigen Beisetzungsgrube machen!«

Der Herr der Herde wußte, daß Tshintithpit-mäng zu den Siplisteph unterstellten sechs Offizieren gehörte. Siplisteph war ein Schläfer; seine Gefährtin hatte den Kälteschlaf nicht überstanden, und er hatte sich nicht wieder verpaart. Nach Winterheim war er als Achtschaft-hoch-drei-Führer des Erkundungstrupps gelangt. Es war eine wichtige Position, und als einige seiner Vorgesetzten fielen, war er befördert worden. Ihn hatte der Herr der Herde insgeheim als Berater ausersehen, vorausgesetzt, die zur Schläferherde gehörenden Weibchen waren einverstanden — und Fistartih-thaktan als Bewahrer des Teqthaktan.

Tshintithpit-mäng könnte in dem Fall Siplistephs Posten übernehmen.

»Warum seid ihr hergekommen?« fragte der Herr der Herde.

Die Reaktion überraschte ihn. Nacheinander stimmten sie ein hohes Jaulen an.

Der Laut, den verlassene Junge von sich gaben. Fürchterlich. Wieso spüre ich den Drang, meine Stimme mit ihnen ertönen zu lassen?

»Wir wissen nicht mehr, wer wir sind, Herr der Herde«, platzte Tshintithpit-mäng heraus. »Warum sind wir, wo wir sind?«

»Wir führen die Thaktanthp mit uns.«

»Die Geschöpfe suchen nicht nach den Thaktanthp. Sie haben ihr eigenes Wissen«, beharrte Tshintithpit-mäng.

»Wenn sie die Thaktanthp nicht kennen, woher wissen sie dann, daß sie nicht nach ihnen suchen?« *Ob er Beförderung verdient?* Irgendeiner *von denen? Soll ich ihn auffordern zu bleiben? Nein. Jetzt ist nicht der richtige Zeitpunkt, die Sache zu entscheiden — er ist gerade erst aus dem Krieg zurückgekehrt, verwundet und unvermittelt mit den Düften der blühenden Winterblumen und der paarungsbereiten Schläferweiber konfrontiert.* »Tshintithpit-mäng, du brauchst Zeit und Ruhe, um dich von deinen Erlebnissen zu erholen. Geht jetzt, alle!«

Langsam erhoben sie sich, dann verschwanden sie einer nach dem anderen.

Der Herr der Herde blieb im Garten und versuchte erneut, die Ruhe darin zu genießen.

Vielleicht kam Tshintithpit-mäng doch nicht für ein hohes Amt in Frage. Noch ein Abtrünniger! Aber er hatte auf Winterheim gut gekämpft, und er wurde erstklassig beurteilt. *Laß ihm ein paar Tage Zeit und unterhalte dich indessen mit seiner Gefährtin. Sieh, ob sie ihn zur Vernunft bringen kann.* Er erinnerte sich nicht besonders gut an Shreshlimäng … aber sie stammte aus einer guten Familie. Die Gefährtin eines Schiffskommandanten *mußte* von guter Herkunft sein und fähig dazu.

Wo nur Fathistih-talk sein mochte? Ermordet oder entführt. Mit seinem Verdacht gegen die Fithp des Jahres Null hatte er wohl unrecht gehabt. Sie waren erregt und beunruhigt und hatten, recht bedacht, auch allen Grund dazu; aber eine solche Tat hätten sie vor ihm nicht geheimhalten können. Wer also steckte hinter dem Verschwinden seines Beraters? Wie viele waren es? Was für Ansichten vertraten sie? Vielleicht stand eine Gruppe dahinter, die so groß war, daß sie den Urteilsspruch der Ziehenden Herde nicht zu fürchten brauchte. Doch die Geheimhaltung, mit der das Ganze geschehen war, sprach dagegen.

Innerhalb der Ziehenden Herde gab es durchaus unterschiedliche Parteiungen. So mußte es in der Heimatwelt gewesen sein, wenn auch in noch größerer und verwirrenderer Vielzahl. Selbst hier gab es Schläfer und Raumgeborene, Abtrünnige und Fistartih-thaktans, der überlieferten Tradition verhaftete Geschichtskundler, gab es die Gruppe der Umerzieher, die sich mit ihren Bemühungen verrückt machte, selbst wie andersartige Wesen zu denken: Der Herr der Herde mußte sie alle im Gleichgewicht halten wie eine Pyramide aus glatten Kieseln bei wechselnden Schubgeschwindigkeiten.

✿

»Er ist schon lange weg«, flüsterte Dmitri. »Wir können nicht länger warten.«

»Doch«, sagte Arwid Rogatschow mit Nachdruck.

»Aber ...«

»Wir warten!«

Dmitri fügte sich.

Er gehorcht mir, weil er keine Wahl hat, aber er hält sich für überlegen. Vielleicht ist er das auch. Er ist der bessere Stratege.

Hinter ihnen raschelte etwas, und Nikolais beinloser Rumpf tauchte aus einem Seitenschacht auf. Er fiel zwischen ihnen in den Gang und konnte sich noch gerade rechtzeitig mit den Armen abfangen. Wieder einmal mußte Arwid die Beweglichkeit des Beinlosen bei verminderter Schwerkraft bewundern.

»Wo hast du gesteckt?« fragte Dmitri.

Ohne von ihm Notiz zu nehmen, wandte Nikolai sich Arwid zu. »Genosse Kommandant, ich hatte Erfolg«, sagte er.

»Kommt!« Arwid verließ den anderen voraus den Luftschacht. Sie ließen sich Zeit mit der Anbringung der Lüftungsgitter-Abdeckungen. Arwid arbeitete schweigend. Obwohl er nicht besonders müde war, gab er sich einem Gefühl der Erschöpfung hin, und es gelang ihm. *Aufpassen! Laßt sie unsere wahre Stärke nicht erkennen. Das sagt Dmitri. Ich fange schon an zu denken wie der KGB. Ob das gut ist?*

»Ich habe Frauen gesehen«, sagte Nikolai leise.

»Ah«, entfuhr es Dmitri.

Arwid gab es einen Stich. *Frauen! Ich bin schon so lange hier oben.* »Wo?«

»In der Mitte des Schiffs ist eine Art Gartenbezirk, Genosse Kommandant. Sie waren da zusammen mit dem Amerikaner.«

Womit hat Dawson das verdient?

»Die zurückgekehrten Krieger«, sagte Dmitri, »haben sie wohl mitgebracht. Neue Gefangene von der Erde. Sind es Russinnen?«

»Nein, Genosse Oberst. Der Kleidung nach Amerikanerinnen. Es sind drei Frauen, außerdem zwei Kinder und ein Mann. Ich konnte nicht verstehen, was sie sagten.«

Nikolai hob das schwere Gitter. Der Krüppel, dachte Arwid, hat mehr Kraft in den Armen als ich in den Beinen.

»Erzähl!« forderte ihn Dmitri auf.

»Wie angeordnet, habe ich weiter erkundet als früher.

Zuerst bin ich jeder Biegung gefolgt, an die ich gekommen bin. Vor allen Öffnungen sind Gitter. Die Kanäle verlaufen radial. Manche sind sogar für mich zu eng, aber ...« — Nikolai streckte die Arme über den Kopf, atmete vollständig aus und grinste breit — »ich kann mich schmal machen. Das Antriebsende ist zu weit entfernt. Dort dürften wir wohl die Steuerzentrale finden, aber ich habe nicht versucht hinzugelangen. Ich habe einen großen Raum voll schlafender Fithp gesehen, Weibchen, die sich mit allen vieren an die Wandbespannung klammerten wie riesige Flöhe. Dann habe ich eine Art Schlachthaus oder Küche gesehen, wo Fithp Tierteile und Pflanzen zerschnitten und — und irgendwie angerichtet haben. Es gab keinen Herd oder dergleichen. Schließlich habe ich mich durch radiale Kanäle nach innen gewandt. Ich habe den Raum mit dem Podo Thaktan gefunden. Der Priester saß ganz allein vor einem Fernsehschirm. Er hat etwas vor sich hingebrummelt, so leise, daß ich es nicht hören konnte. Dann bin ich in den Gartenbezirk gekommen. Er liegt in der Mitte des Schiffs und ist beleuchtet. Da habe ich Dawson und die Neuankömmlinge gesehen. Sie haben etwas angepflanzt. Ich hab es nicht für nötig gehalten, Dawson länger zu beobachten, und da die Zeit drängte, bin ich nach hinten gegangen und fand etwas, das eine Brücke sein könnte. Von der Stelle an laufen keine weiteren Kanäle nach hinten. Vielleicht ist es ein Maschinenraum für das Haupttriebwerk, aber es ist auf jeden Fall auch eine Not-Kommandozentrale.«

»Aha«, sagte Dmitri. »In der Schiffsachse läge sie durchaus sicher, wie der Podo Thaktan. Weiter?«

»Alle Wände des Raumes sind mit quadratischen dikken Fernsehschirmen bedeckt, etwa so groß wie der Podo Thaktan. Auf ihnen habe ich unsere leere Zelle gesehen, Dawson und eine von den Frauen, eine rothaarige, wie sie gemeinsam im Garten gearbeitet haben, aber keine Notiz voneinander nahmen. Auch dich, Genosse

Rogatschow, habe ich gesehen, hi-hi-hi. Du hast sehr fleißig ausgesehen.«

»Weiter«, gebot Arwid.

»Da war noch viel mehr auf den Bildschirmen. Auf einem konnte man drei Fithp vor einer Bildwand erkennen. Sie haben sich einen Film angesehen, in dem es ein Mann und eine Frau miteinander trieben — Genossen, der Bursche hatte ein Mordsding, und sie hat es von vorn bis hinten *geschluckt!*«

»Was erzählst du da?« unterbrach ihn Dmitri scharf.

»Was ich gesehen habe«, sagte Nikolai. »Es gab noch ein paar ähnliche Szenen.«

»Wie haben die Fithp darauf reagiert?« fragte Dmitri.

»Genosse Oberst, sie müssen es interessant gefunden haben, denn sie haben das Band zurückgespult und noch einmal angeschaut. Dann haben sie sich unterhalten und etwas in die Nachrichtenleitung gesprochen.«

»Aha«, sagte Dmitri zu sich selbst.

»Was?« wollte Arwid wissen.

»Ich weiß nicht warum, aher ich finde das beunruhigend«, sagte Dmitri. »Hast du mitbekommen, mit wem sie gesprochen haben?«

»Nein. Bald war der Bildschirm dann schwarz. Ich habe weiter gewartet, aber es kam nichts mehr. Gerade als ich weg wollte, habe ich zwei Ansichten des Haupt-Steuerraums gesehen. Er hat ein Fenster, also muß er vorn liegen. Ich dachte mir, daß es noch mehr Bildschirme geben müßte, also bin ich durch die Kanäle um den Raum herum gezogen, um aus einem anderen Blickwinkel mehr zu sehen.« Nikolai senkte seine Stimme zu einem Flüstern. Dmitri und Arwid drängten sich näher an ihn. Sie taten, als hätten sie Schwierigkeiten mit der Gitterbefestigung.

»Ich habe nach draußen gesehen. Vier Bildschirme nebeneinander. Drei sind auf die Sterne gerichtet, und auf dem vierten sieht man einen schwarzen Fels. Offensichtlich werden die Kameras beständig geschwenkt.

Immer am Ende eines Schwenks sieht man am Rumpf von *Thaktan Flishithy* entlang. Sein vorderes Ende ist mit einem Meteoriten verkoppelt.

Erinnert ihr euch an die Filme, die sie uns gezeigt haben, und wie das Raumschiff den anderen Stern verlassen hat? Da hat seine Nase gegen eine Art Kugel gedrückt und sie vor sich hergeschoben. Jetzt ist es ein schwarzer Fels, mit einem ganz verrückten Umriß.«

Arwid sagte: »Sie haben also einen Stützpunkt auf einem Asteroiden.«

»Aber sie schieben ihn vor sich her«, sagte Dmitri. »Spürt ihr das nicht?«

Zwar nahmen sie das Summen des Antriebs nicht mehr bewußt wahr, aber es war noch da. »Doch, stimmt! Wohin bringen sie ihn? Ich glaube nicht, daß uns die Antwort gefallen wird. Also, Nikolai, du hast am Rumpf entlanggesehen. War er glatt, oder konntest du Einzelheiten erkennen?«

»Ich hatte Glück. Eine der Sternkameras schwenkte seitwärts auf eine ovale Öffnung zu. Sie ging auf, während ich zusah, und eine große metallene Schlange hat sich abgewickelt. Dann machte die Kamera wieder einen Schwenk, und man bekam eine Draufsicht vom Kopf der Schlange aus und sah eine weitere Metallschlange sich in ihre Luke zurückziehen. Dann schwenkte die Kamera nach hinten am Rumpf entlang. Ich habe eine ganze Menge erkennen können, bis sie sich wieder den Sternen zugewandt hat. Hinter dem Schiff liegt weißvioletter Dunst. Um den Rand herum sind ziemlich große Schiffe angeordnet, aber eine ganze Reihe von Halterungen waren leer.«

»Leer, das ist gut«, sagte Dmitri. »Vielleicht sind das Schiffe, die wir zerstört haben.«

»Vielleicht aber auch welche, die dageblieben sind, um die Erde anzugreifen«, sagte Arwid. »Du hast gute Arbeit geleistet, Nikolai.«

Frauen! Wie lange schon …

26 Auseinandersetzung

14. Denn wir wissen, daß das Gesetz geistlich ist; ich bin aber *fleischlich, unter die Sünde verkauft.

* V. 18; Joh. 3, 6.

15. Denn ich weiß nicht, was ich tue. Denn ich tue nicht, was ich will, sondern was ich hasse, das tue ich.

16. So ich aber das tue, was ich nicht will; so gebe ich zu, daß das *Gesetz gut sei. * V. 12.

19. Denn das Gute, das ich will, das tue ich nicht; sondern das Böse, das ich nicht will, das tue ich.

Brief des Apostels Paulus an die Römer, 7, 14–16, 19

Zeit: Sechs Wochen nach der Stunde Null

An der Tür hielt der Herr der Herde inne. Gewiß würden ihn weitere Schwierigkeiten erwarten. *Zumindest brauche ich mich nicht länger über die merkwürdigen Ansichten Fathistih-talks zu ärgern.* Einer der Wächter öffnete die Tür.

Bestimmt ist er tot. Aber wo? Irgendwo liegt ein Kadaver, ein Schlüssel zu schrecklichen Geheimnissen. »Thipartethfaft!«

»Leitet mich, Herr der Herde.«

»Laß die Begräbnisgrube durchsuchen. Ich bin gewiß, daß der Berater tot ist und möchte wissen, wie er ums Leben gekommen ist.«

»Sogleich.«

Ob tot oder nicht, ich habe keine andere Wahl. Pastempihkeph trampelte einander widerstrebende Gefühle tief in die schlammige Unterschicht seines Bewußtseins. *Die Ziehende Herde muß weiter, und ohne Berater sind keine Ent-*

scheidungen möglich. Ein anderer muß an seine Stelle treten. Diesen anderen habe ich gefunden. Warum also bin ich so verstört?

Siplisteph ist eine gute Wahl. Er war auf Winterheim, hat Raumgeborene befehligt, und sie haben seine Führerschaft anerkannt. Die weiblichen Schläfer sind mit ihm einverstanden, obwohl er nicht verpaart ist. Jetzt muß er eine Gefährtin wählen. Pastempih-keph überlegte, wer dafür in Frage käme. *Es gibt so wenige. Werden die Schläfer eine raumgeborene Gefährtin für den Berater akzeptieren? Das wäre ein wichtiger Schritt auf dem Wege zur Einigung der Ziehenden Herde.*

Die Tür öffnete sich. Mit festem Schritt trat Pastempih-keph in den halbrunden Vorführraum. Er hätte sich nicht um Fassung zu bemühen brauchen. Siplisteph, Rästapisp-mins und Fistartih-thaktan standen Schulter an Schulter vor der Projektionswand. Keiner sah auf.

Der Wachoffzier Thiparteth-faft hob seinen Snnfp, wollte mit lautem Trompeten auf den Herrn der Herde aufmerksam machen, aber der legte ihm die Grifflinge quer über die Stirn. »Es ist nicht erforderlich. Wir wollen sehen, was sie so fesselt.«

Die Ausrüstung stammte von Winterheim, die einzige Zutat der Fithp war ein behelfsmäßig zusammengebastelter Transformator zur Anpassung der Aufzeichnungsgeräte der Winterheim-Eingeborenen an die an Bord der *Bote* verwendete Netzspannung.

Der Herr der Herde stellte sich hinter die anderen. Vorderwand und Seitenwände bildeten eine ebene weiße Krümmung, eine Projektionsfläche, die auch bei Schub und Rotation verwendbar war. Berater, Umerzieher und Priester stritten erregt miteinander. Ihre durch die Luft zuckenden Grifflinge warfen Schatten auf die Projektionswand, wo zwei Erdlinge mit den Armen wedelten und in einer Weise trompeteten und brüllten, wie es kein Fi' je vermocht hätte. In den Ohren der Fithp klang es wie ein Lied von Wut und Verzweiflung. Beide trugen dicke Kleidung, waren wohl gegen die Kälte gepolstert. Das Männchen schwenkte etwas Kleines, Scharfes durch die Luft. Es glänzte.

»Endlich sind meine Grifflinge wieder heil«, übersetzte Rästapisp-mins.

»Das heißt?« erkundigte sich der Herr der Herde.

Rasch wandten sich die drei Fithp um. »Entschuldigung«, sagte der Umerzieher. »Ich habe Euch nicht hereinkommen hören.«

»Macht nichts. Also, was bedeutet das, was der Erdling da gesagt hat?«

»Nichts. Seine Grifflinge waren nicht beschädigt.« Rästapisp-mins wandte sich erneut der Bildwand zu.

Der Herr der Herde wartete. Die Erdlinge auf dem Bildschirm drängten sich aneinander und verhandelten, alles in der die Trommelfelle in Mitleidenschaft ziehenden, dröhnenden Lautstärke. »Habt ihr sie je so sprechen hören?« wollte der Herr der Herde wissen.

»Einmal hat Nikolai, der Beinlose, über längere Zeit so gesprochen, aber wesentlich leiser. Sie nennen es ›singen‹.«

»Was bauen sie da?«

Umerzieher-Eins Rästapisp-mins klappte seine Grifflinge über den Schädel.

»Die anderen Aufzeichnungen«, verlangte er. »Sipliesteph, du hast doch noch mehr mitgebracht.«

Der Angesprochene wechselte eilig das Band.

Die vier Erdlinge sahen ohne ihre Kleidung weich und verletzlich aus. Die zwei fellbedeckten Stellen an ihnen hoben ihre Nacktheit hervor. Eine fremdartige Musik zerrte unwirklich an den Nerven der Fithp. »Sie paaren sich«, sagte Umerzieher-Eins. »Merkwürdig, ich hatte angenommen, sie trachten danach, allein zu sein, wenn sie das tun. Herr der Herde, das ist überhaupt nicht der Genitalbereich des Weibchens!«

»Aber der des Männchens.«

»Ja, schon. Ich habe es noch nie in diesem Zustand

gesehen ... aber natürlich bedecken sie sich normalerweise. Meint Ihr, daß sie ihn versehentlich verletzen könnte?«

Der Priester ließ sich vernehmen. »Warum sie das wohl aufgenommen haben? Berater, woher stammt das?«

»Dreiundachtzig Bänder aus einem Gebäude, wo sie öffentlich gezeigt wurden, die anderen aus einer Wohnung. Wir haben sie gekennzeichnet. Dies hier ist aus der Wohnung.«

Jetzt hatte sich die Szene geändert. Man sah dasselbe Weibchen und ein anderes Männchen, beide bedeckt. Aber nicht lange. Rästapisp-mins sagte: »Ich verstehe nicht, wie daraus Junge entstehen können. Dennoch scheinen sie zu *glauben*, daß sie sich paaren ... Ah, das sieht schon eher danach aus. Könnte es sich um ein Unterweisungsband handeln? Vielleicht brauchen die Erdlinge eine Anleitung zur Paarung?«

»Eine lächerliche Vorstellung«, wies ihn der Priester zurecht. »Welches Tier wüßte nicht, wie es sich paaren muß?«

»Es dient ihnen zur Unterhaltung«, sagte Siplisteph, »hat mir einer gesagt, der sich unterworfen hat.«

»Seid Ihr sicher?« fragte Umerzieher-Eins.

»Nein. Ich kenne ihre Sprache zuwenig.«

Fistartih-thaktan sah weiterhin unverwandt auf die Szene. »Ich ... ich kann mir keinen vernünftigen Grund für eine solche Unterhaltung denken.«

Der Herr der Herde trat vor, neben Siplisteph. Es war verwirrend, daß sein Berater hier zwei Aufgaben zugleich erfüllen mußte. »Ihr ward auf Winterheim und habt Tausende von Erdlingen gesehen, mehr als jeder von uns. Habt Ihr Euch eine Meinung gebildet?«

»Nein. Auf keinem dieser Bänder handeln sie so, wie ich sie erlebt habe. Ich frage mich, ob sie etwas spielen, das nichts mit ihrem gewöhnlichen Verhalten zu tun hat. Nicht wie Vorlinge, sondern wie ... Sie haben merkwürdige Wörter dafür: *Gott* und *Archetypus*.«

»Sie können aber kaum so *tun*, als seien sie paarungsbereit. Das erste noch einmal«, forderte der Herr der Herde. Sogleich fragte er: »Sind wir Zeugen einer Tötung geworden? Zeigt doch die Stelle noch einmal.«

Siplisteph gehorchte. Ein Arm fuhr hinab, der Mann auf dem seltsamen Sessel schien sich in Qualen zu winden, der Sessel kippte, und der Mann stürzte rückwärts auf den Fußboden. »So gelassen sterben sie nie«, sagte der neue Berater. »Sie schlagen um sich, bis sie nicht mehr können.«

»Der Hals ist sehr verwundbar«, wandte Rästapisp-mins ein. »Ein Hauptnerv könnte durchtrennt worden sein — aber dann wäre der Dicke ein gemeingefährlicher Einzelgänger. Warum gesellt sich ihm das Weibchen zu? Kann ein Einzelgänger-Paar eine eigene Herde bilden?«

»Ihr seid so schweigsam, Fistartih-thaktan. Was haltet Ihr von der Sache?«

Der Priester spreizte seine Grifflinge weit. »Herr der Herde, ich lerne. Später werde ich sprechen.«

»Was Ihr seht, scheint Euch nicht recht zu sein.«

Es kam keine Antwort.

»Rätsel über Rätsel«, sagte Pastempih-keph. »Sie ergeben sich und haben sich doch nicht ergeben. Auf ihren Bändern sieht man Einzelgänger, die gemeinsame Sache machen. Sie leben weder in Herden noch allein. Was sind sie?«

»Wofür halten sie sich selbst?« fragte Fistartih-thaktan. »Vielleicht ist das noch wichtiger?«

»Eine interessante Frage«, sagte Rästapisp-mins leise.

Pastempih-keph dröhnte heraus: »Ich wünsche Antworten! Interessante Fragen habe ich genug. Rästapisp-mins, bringt sie alle her. Alle Gefangenen, hierher, sofort.«

»Herr der Herde, ist das klug? Vielleicht sollten wir nur einen befragen. Ich möchte sie gern getrennt halten, während wir sie studieren.«

»Bringt sie her!«

»Wie Ihr befehlt, Herr der Herde.«

Rästapisp-mins wartete. *Das ist der Augenblick, falls es zu einer Kraftprobe kommt.*

Es gab keine. Rästapisp-mins wandte sich dem Sprecher der Vermittlung an einer der Wände zu.

✿

Gary und Melissa tollten durch die Zelle. Sie spielten auf eine komplizierte Weise Fangen, die unter normalen Schwerkraftbedingungen nicht möglich gewesen wäre.

Jeri Wilson lag auf der ›unteren‹ Wand und umklammerte ihre Knie. Sie wünschte, die Kinder würden aufhören, und war zugleich froh, daß sie beschäftigt waren. Ihnen ging es gut. Gefangen von Ungeheuern, weit von daheim, im endlosen freien Fall: Sie nahmen es gut auf.

Hör auf, dir so leid zu tun! Zum Teufel, wenn Gary es erträgt, kannst du das doch bestimmt auch. Als nächstes fängst du noch an zu heulen. Jeri wandte den Kopf zur Seite. *Nein. Ich will nicht, daß Melissa das hört.*

John Woodward lag in ihrer Nähe. *Er gibt sich Mühe, aber es geht wohl zu Ende mit ihm. Nur Carrie hält ihn noch am Leben.*

Hätten wir doch wenigstens eine anständige Toilette! Wir sind es nicht gewohnt, uns vor aller Augen und Ohren an einem kleinen Teich zu erleichtern.

Sie hörte das leise Summen, mit dem sich das Öffnen der Tür ankündigte. Die Kinder hörten sofort mit ihrem Spiel auf. Wie durch stillschweigende Übereinkunft befanden sich plötzlich alle Gefangenen gegenüber dem Eingang.

Tashajämp trat ein, gefolgt von einer Achtschaft bewaffneter Krieger.

»Alle kommen!« wies sie die Gefangenen in der Sprache der Fithp an.

»Wohin?« wollte Wes Dawson wissen.

»Nicht fragen, kommen.« Tashajämp wandte sich um. Offenbar erwartete sie, daß man ihr folgte.

»Na schön«, sagte Jeri. Sie erhob sich und sagte zu Melissa: »Komm mit!«

Sie wurden durch zahlreiche Gänge zur Mitte des Schiffes geführt.

Dort betraten sie einen großen, nahezu rechteckigen Raum mit riesigen Stufen an drei Seiten. In der Nähe der vierten Wand waren Geräte aufgebaut. Vier Fithp sahen schweigend zu ihnen herüber.

Tashajämp trat nach den Winterheim-Eingeborenen ein. Die acht Fithp-Soldaten blieben im Gang vor der Tür stehen. Dawson schob sich neben Jeri und sagte: »Das ist so 'ne Art Kino. Wir waren schon mal hier.«

»Es gibt keine Bestuhlung«, sagte Jeri und lachte bei der Vorstellung, ein Fi' mit einem Klappstuhl zusammenbrechen zu sehen. »Natürlich nicht. Aha. Das Videogerät haben sie bestimmt aus Kansas.«

»Der eine in dem komischen Geschirr da ist ihr Priester, Archivar oder beides. Der andere da oben auf der Treppe ist der große Meister. Sie nennen ihn den Herrn der Herde.« Dawson ahmte die Laute in der Fithp-Sprache nach. »Die beiden anderen sind unsere Lehrer. Sie sollen uns beibringen, wie die Rüßler zu leben und zu sprechen. Immer wenn ich glaube, sie zu verstehen, passiert etwas ganz anderes, und ...«

Erneut öffnete sich die Tür, drei Männer in Arbeitskleidung kamen herein. Einer von ihnen hatte keine Beine.

»Die Russen an Bord. Arwid Rogatschow, Dmitri Dingskirchen, und den ohne Beine rufen die anderen immer nur Nikolai«, erläuterte Dawson.

»Ihr seht jetzt zu«, sagte Tashajämp. Sie knurrte etwas auf fithpisch.

Der Bildschirm flackerte auf. Jeri las den Titel: DEEP THROAT. »Was soll das?« fragte sie.

Carrie Woodward sah verblüfft drein. »John, haben wir denn über den Film nicht schon einmal etwas gehört?«

Der Russe, den Dawson Dmitri genannt hatte, runzelte die Stirn. Die anderen schienen sich zu amüsieren.

Das Bild raste im schnellen Vorlauf auf die ›Stellen‹ zu. Dann wurde es langsamer und führte in bunten Farben und allen nur denkbaren Details vor, was es zu zeigen gab.

Carrie Woodward sah nur so lange hin, bis sie merkte, worum es ging. »Gary! Melissa! Das seht ihr euch nicht an. Kommt her!«

Gary Capehart folgte sogleich, Melissa sah zweifelnd drein.

»Auch du, junge Dame, sofort!« beharrte Carrie. Melissa warf ihrer Mutter einen fragenden Blick zu.

»Tu, was sie sagt, Melissa!«

»Aber Mama ...«

»Sofort!«

Carrie zog die Kinder an ihren üppigen Busen. »Wie könnt ihr nur?« rief sie den Fithp zu. »Wißt ihr Geschöpfe denn gar nicht, was Anstand ist? Habt ihr kein Schamgefühl?«

Der Herr der Herde trompetete etwas, und Tashajämp antwortete.

Was sie uns damit eingebrockt haben mag?

»Was willst du?« erkundigte sich Tashajämp. »Was meinst du mit deinen Worten?«

»Ihr wißt genau, daß es schlecht ist, solche Bilder zu zeigen.«

»Mrs. Woodward«, sagte Dawson, »sie glauben nicht, daß wir ...«

»Natürlich haben *Sie* schon Schlimmeres gesehen«, sagte Carrie. Sie hielt den Blick von den Bildwänden wie vom Herrn der Herde abgewandt und sah daher den Russen ins Gesicht. »Ich frage *euch*, ist das anständig in Gegenwart von Kindern?« empörte sie sich.

»Keineswegs«, stimmte Arwid zu. Dmitri sagte etwas auf russisch. Es klang abfällig.

»Schlecht — Schlimmeres«, sagte Tashajämp. »Was bedeutet das? Warum ist das hier ›schlecht‹?«

»Ich glaube, sie wissen es wirklich nicht, Mutter«, sagte John Woodward erstaunt. »Es ist unfaßbar.«

»Gerade das wollte ich Ihnen klarmachen«, sagte Dawson.

»Sie halten sich da raus!« knurrte John Woodward. »Ihresgleichen hat das noch nie gewußt.«

Alle Fithp sprachen jetzt erregt durcheinander. Als der Herr der Herde trompetete, trat schlagartig Stille ein.

»Ich sage Ihnen doch, daß sie die Dinge nicht so sehen wie wir«, sagte Dawson. Seine Stimme hallte laut durch das Schweigen. »John, schließlich haben sie die Filme nicht gemacht, sondern in Kansas gefunden. Vergessen Sie das nicht!«

Einer der Lehrer trompetete.

»Rästapisp-mins befiehlt, daß einer nach dem anderen seine Meinung kundtut«, sagte Tashajämp.

»Es gibt eine ganze Anzahl von Bedeutungen für gut und schlecht«, begann Dawson, doch die Lehrerin unterbrach ihn.

»Nicht du sollst anfangen«, sagte sie. Sie wies auf die Russen. »Was ist hieran schlecht?«

»Es ist Schmutz, perverses Zeug. Typischer kapitalistischer Unrat, der das Bewußtsein einlullt«, sagte Dmitri. »Wen überrascht das denn noch? Das kapitalistische System schmeichelt jedem, der Geld hat, und es bringt unvermeidlich Dekadenz hervor.«

»Es geht um den Grundsatz der Meinungsfreiheit!« rief Dawson. »Mir gefällt es nicht, aber das muß es auch nicht. Wenn wir den Leuten das Maul verbieten wollten, wo kämen wir da ...«

»Nicht *wir*«, fiel ihm Carrie Woodward ins Wort. »Wir würden Kerle einsperren, die so was unters Volk bringen, wenn es nicht nach der Bundesregierung ginge. Unsere Stadt war ordentlich und sauber, bis ihr mit euren Richtern und Gesetzen gekommen seid.«

Die beiden Lehrer sprachen gleichzeitig, bis der Herr der Herde wiederum Ruhe gebot. Tashajämp redete unaufhörlich, offensichtlich übersetzte sie, was gesagt worden war, denn sie benutzte mehrere Erdlingsworte.

»Ihr haltet das für schlecht«, sagte Tashajämp. »Jeder, der es für schlecht hält, zeigt seine Grifflinge.«

Die Woodwards streckten die Hände so hoch sie konnten, die Russen taten desgleichen. Auch Jeri hob die Hand. *Was glaube ich wirklich? Natürlich möchte ich nicht, daß Melissa das Zeug ansieht. Sie könnte sonst falsche Vorstellungen von den Beziehungen zwischen Mann und Frau bekommen. Frauen sind kein Spielzeug! Meinungsfreiheit schön und gut, aber mir wäre wohler, wenn es nach wie vor Gesetze gegen Schmutz und Schund gäbe. Alles andere ist doch nur Wasser auf die Mühlen der Perversen ...*

Dawson zögerte, hob dann aber schließlich auch die Hand.

»Du stimmst also zu, daß es schlecht ist?« fragte Tashajämp.

»Für Kinder ja«, sagte Dawson. »Nur glaube ich nicht, daß wir das Recht haben, es zu unterbinden.«

»Warum schlecht für Kinder?«

»Dieser Schmutz ist für niemanden gut«, protestierte Carrie Woodward.

»Ihr tut das — so etwas nicht?« fragte Tashajämp.

Jeri unterdrückte ein Lachen. Carrie Woodwards Gesicht wurde puterrot. »Großer Gott, nein, natürlich nicht, niemand tut das ... ah ... wirklich.«

»Stimmt das? Tut niemand so etwas?«

»Manche wohl schon«, gab John Woodward zu. »Aber anständige Menschen nicht. Und bestimmt zeigen sie es nicht im Film!«

»Das Wort ›anständig‹. Was bedeutet es?« wollte Tashajämp wissen.

»Rechtschaffen«, sagte Carrie Woodward. »Es bezeichnet Menschen, die so denken, wie sie handeln, wie es richtig ist — nicht wie manche, die ich kenne.«

Tashajämp übersetzte. Erneut unterhielten sich die Fithp erregt miteinander.

»Wir müssen vorsichtig sein«, sagte Wes Dawson. »Gott weiß, was für Vorstellungen die bekommen.«

»Keine, die sie nicht haben sollten, Herr Abgeordneter«, sagte Carrie Woodward mit fester Stimme.

»Sie denken aber *nicht* wie wir. Wir müssen auf jeden Fall alle dasselbe sagen«, beharrte Dawson.

»Sagt möglichst wenig«, mischte Dmitri sich auf russisch ein. Jeri stellte überrascht fest, daß sie es noch verstand. *Es ist schon so lange her...*

Auch Dawson schien verstanden zu haben. »Richtig. Es ist das beste, wenn sie nicht allzuviel erfahren.«

»Erklärt das«, verlangte Tashajämp. »Wie viele Erdlinge tun Schlechtes?«

»Alle«, platzte Jeri heraus.

»Kapitalisten«, sagte Dmitri.

»Kommunisten«, gab John Woodward zurück.

»Alle Erdlinge tun Schlechtes?« fragte Tashajämp. »Alle tun, was sie nicht tun dürften? Sagt mir.«

Alle redeten jetzt durcheinander.

✿

Jeri saß mit Melissa an der Wand. Sie beteiligte sich nicht an Wes Dawsons Unterhaltung mit den Russen, hörte aber jedes Wort mit.

»Vielleicht haben wir ihnen zuviel gesagt«, meinte Dmitri.

Dawson gab zu bedenken: »Sicher ist es besser, wenn sie uns verstehen...«

»Für das, was Sie ›verstehen‹ nennen, würde man Sie beim Militär wegen Geheimnisverrat an die Wand stellen«, sagte Arwid Rogatschow.

»Was kann es schaden? Sie haben ihnen doch selbst bei den Landkarten geholfen, Arwid!«

»Die zeigen mir Karten und Globen, ich nicke und nenne Ortsnamen. Damit haben Sie doch gar nichts zu tun.«

»Es hat durchaus mit uns zu tun, wenn Sie sich auf die Seite der Fithp stellen. Sie haben doch selbst gesehen, was die angerichtet haben. Tod und Zerstörung!«

»Ich weiß, was Krieg heißt.«

»Ist Ihnen klar, was sie hätten anrichten können? Sie haben einen Mordsasteroiden hierhergeschleppt, an den wir immer noch angekoppelt sind. Stellen Sie sich nur mal vor, sie hätten einen ebenso großen mitgebracht, aber aus Metall. Der wäre Hunderte von Milliarden Dollar wert. Wir würden mit ihnen verhandeln, Metalle gegen Land tauschen, gegen Zugeständnisse, Informationen — was sie wollen. Sie könnten sich damit ein ganzes Land *zusammenkaufen.* Wenn wir nicht mitmachten, stünde ihnen der Mordsasteroid noch immer als Druckmittel zur Verfügung.«

Dmitri Gruschin nickte und grinste ironisch. »Nur schade, daß sie nichts von Geld verstehen. Es sind keine Kapitalisten. *Das* ärgert Sie doch in Wirklichkeit, Dawson.«

John und Carrie Woodward hielten sich mit Gary in Jeris Nähe, soweit wie möglich von den Russen entfernt. Aber es war nicht weit genug, sie konnten immer noch mithören.

So schwer es ihnen fällt, wir müssen unbedingt mit den Russen auskommen, dachte Jeri und sagte: »Carrie, ist euch aufgefallen, daß ihr und die Russen sehr Ähnliches gesagt habt?«

»Ja«, gab John Woodward zu, »das stimmt. Sie sind eben für Anstand und Sitte, nicht wie Dawson. Er hat keine moralischen Grundsätze.«

»Das wohl doch.«

»Es gibt Dinge, die man tun kann, und solche, die

man nicht tun kann«, sagte Carrie Woodward. »Läuft nicht geistige Gesundheit darauf hinaus, daß man weiß, was recht und was unrecht ist?«

»Nein.« Alice saß ihnen an der anderen Wand gegenüber, so weit entfernt, daß die anderen sie fast vergessen hatten. »Sonst wäre ich nicht in Menningers Sanatorium gewesen.«

»Weshalb warst du dann da?«

»Das geht euch gar nichts an. Ich hatte immerzu Angst.«

»Wovor?« wollte Carrie Woodward wissen.

Alice sah beiseite.

Dawson blickte zu ihnen herüber. Die Woodwards mieden seinen Blick. Carrie sprach weiter mit Jeri, als sei Dawson Luft.

»Sag jetzt bloß nicht, daß du nie besser sein wolltest, als du bist«, sagte sie. »Jeder möchte das. Das bedeutet Menschsein doch letzten Endes.«

»Vielleicht hast du recht«, sagte Jeri. »Wir tun nicht, was wir für richtig halten, wohl aber Dinge, für die wir uns schämen — steht so was nicht auch irgendwo in der Bibel? Eigentlich haben die Menschen aber immer nur tun wollen, was richtig war.«

»Nur weiß niemand so recht, was richtig und was falsch ist«, wandte Dawson ein.

»Natürlich weiß man das«, hielt Jeri ihm entgegen. »Die meisten wissen das sogar sehr genau, zumindest normalerweise. Das Problem liegt darin, daß niemand es tut. Darin unterscheiden wir Menschen uns von den Steinen. Die haben keine Wahl; sie sind den Naturgesetzen unterworfen und tun, was sie müssen. Wir hingegen haben einen freien Willen.«

»Vielleicht haben Sie recht«, sagte Arwid. »Wir würden es aber nicht Gesetze nennen, sondern ...«

»Moralische Prinzipien«, ergänzte Dmitri mit fester Stimme, »die der wissenschaftliche Marxismus festgelegt hat.«

»Kommunisten kennen doch keine Moral!« protestierte Carrie Woodward.

»Das ist nicht wahr«, sagte Arwid. »Eure und unsere Ansichten weichen nicht sonderlich voneinander ab. Aber euer Anführer da, euer Kongreßmensch, sieht alles anders.«

Carrie sah ihren Mann an. Sie schwiegen.

✿

Eine Stunde später wurden sie wieder in den Vorführraum beordert. Diesmal standen die Fithp streng hierarchisch gegliedert. Oberhalb der paarweise auf den Stufen Versammelten stand der Herr der Herde mit seiner Gefährtin. Tashajämp, die in seiner Nähe stand, gebot mit einem Trompeten Stillschweigen.

Der Herr der Herde sprach lange.

Schließlich übersetzte Tashajämp. »Ihr seid ein Geschlecht von Einzelgängern. Ihr sagt, ihr wollt nach euren Gesetzen leben, tut es aber nicht. Ihr sagt, ihr habt stets nach euren Regeln leben wollen, tut es aber nicht. Ab sofort werdet ihr das tun. Ihr werdet ein Teil der Ziehenden Herde und werdet leben wie die Fithp, aber nach euren eigenen Vorschriften. Wir sorgen dafür, daß ihr sie einhaltet. Ihr werdet uns eure Gesetze lehren und nach ihnen leben. Jetzt könnt ihr gehen!«

27 Der Sitzkrieg

»Wir wollen stets daran denken«, hatte Lord Tweedsmuir während des Krieges mit volltönender Stimme zu seiner Zuhörerschaft gesagt, »daß wir in diesem Kampf Gottes Ritter sind.«

Die Briten, weit davon entfernt, sich als Gottes Ritter zu sehen, begannen gegenüber dem langweiligen Sitzkrieg eine solche Distanz an den Tag zu legen, daß sich die Regierung allmählich ernsthafte Sorgen machte.

LAURENCE THOMPSON, 1940

Zeit: Eine Woche bis zum Fußfall
Drei Wochen nach den Freischärler-Kriegen

Hoch hingen Schäfchenwolken über dem San Fernando-Tal. Die Temperatur näherte sich vierzig Grad Celsius, ein heißer Wind im Tal versengte jegliche Vegetation, die nicht vor ihm geschützt war.

Sorgfältig schloß Ken Dutton die Tür zu seinem Gewächshaus. Drinnen begoß er aus einem Eimer die üppig wachsenden Pflanzen. Dann eilte er hinaus, um die Kurbel des behelfsmäßigen Ventilators zu drehen, damit frische, heiße, trockene Luft durch das Gewächshaus strich.

Anschließend kehrte er ins Haus zurück. Es hatte dikke Mauern und kühlte nachts rasch aus, so daß man es tagsüber darin aushalten konnte. Er nahm den Hörer ab — ein Wählton. Den Auflistungen seines Telefonnummern-Verzeichnisses folgend führte er Gespräch auf Gespräch.

»Ich koche«, sagte er zu Cora Donaldson, »aber ich kann Hilfe brauchen. Könntest du gegen Mittag herkommen? Bring alles mit, was du an Eßbarem auftreiben kannst und sag mir am besten jetzt gleich, womit ich rechnen kann!«

»Reis.«

Er notierte. »Wieviel?«

»Eine Menge. Ich meine wirklich einc Menge.« Sie kicherte. »Das einzig Gute an diesem Krieg ist, daß ich abnehme, weil mir der Reis schon zu den Ohren herauswächst — ich sehe inzwischen gut aus. Mein neues Ich wird dir gefallen.«

»Prima. Bis dann!« Er wählte erneut.

»Im ganzen Lande gibt es kein Rindfleisch«, beklagte sich Sarge Harris. »Viehwaggons sind zu groß, die Rüßler jagen sie in die Luft, weil sie glauben, daß Panzer oder Waffen drin sind.«

»Ja. Sogar Hühnerfleisch kostet ein Vermögen. Was kannst du mitbringen?«

»Eier. Ich habe sie als Bezahlung für eine Tischlerarbeit bekommen.«

»Gut. Bring sie mit!« Ken beendete das Gespräch und wählte eine weitere Nummer.

Patsy Clevenger gehörte ebenfalls zu den Glücklichen. Als begeisterte Rucksackwanderin hatte sie zwar größere Mengen gefriergetrockneter Nahrungsmittel in luftdicht verschlossenen Beuteln gelagert. Da die eintönige Ernährung sie aber zum Wahnsinn trieb, war sie selig über Kens Angebot. Natürlich würde sie einen gefriergetrockneten Nachtisch mitnehmen, außerdem löslichen Kaffee und Trockenmilch. Sie würde auch Anthony Graves abholen, der siebzig Jahre alt war und nicht mehr selbst fahren konnte. Ken nahm den Hörer ans andere Ohr.

Die Copeleys wohnten am Nordende des San Fernando-Tals. Sie sagten zu, frischen Mais, Tomaten, Mandeln und Apfelsinen zu besorgen.

Er probierte es auch bei Marty Carnell. Man konnte nie wissen. Die von Kratern aufgerissenen Fernstraßen hatten vermutlich seine Rückkehr von irgendeiner Hundeausstellung verhindert.

Doch Marty meldete sich.

»Ich hab das schon mal gemacht, und es hat funktioniert«, sagte Ken zu ihm. »Zwar nagt kaum jemand wirklich am Hungertuch, *so* schlecht steht es noch nicht. Aber jeder hat ein paar Zentner von dem und jenem und von allem anderen nichts, und deswegen muß man sie alle mit ihren Vorräten zusammenbringen und ein Fest veranstalten.«

»Klingt gut.«

»Also schön, dann komm morgen gegen Mittag her!«

»Fürs *Abend*essen?«

»Steinzeitsuppe dauert, und ich brauch Sonnenlicht für den Spiegel. Bring Hunger mit! Hast du Fleisch?«

»Es reicht, um die Hunde zu füttern, bis mir das Geld ausgeht, aber es ist Trab-Trab, Ken — Pferdefleisch. Ich lebe selbst auch davon.«

»Bring es ruhig mit! Fünf Pfund? Vier tun's auch. Bis es auf den Tisch kommt, erkennst du es nicht wieder, Marty. Ich hab ein phantastisches Rezept *chili con carne.* Die schwere Menge Gemüse.«

Die Offutts würden mit dem Fahrrad kommen müssen. Chad Offutts' Stimme klang, als sterbe er jetzt schon vor Hunger. Wie sollten sie auch ohne Verkehrsmittel an etwas zu essen kommen? Und ein paar Flaschen Schnaps in den Satteltaschen? Ken akzeptierte. Schnaps hatte fast jeder — gebraucht wurden Lebensmittel.

Ken legte auf.

Er überraschte sich dabei, wie er summte, während er riesige Töpfe in den Hinterhof hinausschleppte und sie um den Sonnenspiegel herum anordnete. Es schien fast unanständig, sich zu freuen, wo doch die Zivilisation um sie herum zum Teufel ging. Aber es war ein schönes

Gefühl, endlich seine Steckenpferde sinnvoll nutzen zu können!

Die Copeleys hatten alles mitgebracht, was sie versprochen hatten, außerdem noch scharfe gelbe Chili-Schoten.

In der Tat sah Cora Donaldson nach dem Abnehmen gut aus. Sie plapperte munter drauflos, während sie ihm beim Tischdecken half.

Er hätte daran denken sollen, flüssige Seife für den Abwasch mitbringen zu lassen! Bestimmt hatte jemand auch davon zuviel.

Marty schnitt Pferdefleisch in Streifen. »Es könnte viel schlimmer sein«, sagte er, »stellt euch vor, wir müßten uns vor Meteoren ducken. Was die Rüßler wohl vorhaben?«

»Na was schon — die Erde erobern«, sagte Ken. »Gründlich sind sie, das muß der Neid ihnen lassen. Ich hab von keinem Staudamm gehört, der noch steht. Ihr?«

»Keine großen. Große Brücken auch nicht.«

»Aber Städte lassen sie zufrieden.« Es hätte wirklich schlimmer sein können. Dennoch war es eine schwere Zeit. Zwar bekam man zu essen, aber es war weder besonders viel noch besonders ausgewogen. Ohne die Apfelsinen der Copeleys und den Zitronenbaum in Graves' Hinterhof hätten sie kein Obst gehabt.

Das vom Spiegel unter Kens größten Topf gelenkte Sonnenlicht brachte das Wasser allmählich zum Sieden. Ken goß einige Kellen davon in den Chili-Topf und rückte ihn dann in den Brennpunkt des Spiegels.

Wie gut, daß seine Frau die Kochbücher dagelassen hatte, so besaß er Rezepte. Wie man ausgewogene Mahlzeiten zusammenstellte, wußte er ohnehin, und manchmal funktionierte auch das Telefon. Wenn die Rüßler auch noch die Leitungen zusammenschossen, konnte man vielleicht eine Kommune gründen. Sein

Nachbar war in die Berge geflohen und hatte die Hausschlüssel dagelassen, und, wichtiger noch, ein Schwimmbecken voll Wasser. Wenn man es gut abdeckte, um die Verdunstung zu verlangsamen, hielt der Vorrat sicher bis zu den Regenfällen vor, und die Goldfische würden die Schnaken in Schach halten.

Auf der anderen Seite der Straße gab es noch den Golfplatz. Auf den großen ebenen Flächen dort ließen sich Zelte errichten, wenn die Kommune wuchs.

Als die Außerirdischen Kosmograd zerstört hatten, war es ernst geworden, auch für Kenneth Dutton. Schon zwei Jahre zuvor hatte er sich mit Gewächshäusern *beschäftigt,* dann aber binnen zwei Tagen eins *gebaut,* aus Kunststoff, Glas, Holz und mit viel harter Arbeit. Er war richtig stolz — es wuchs etwas darin! Man konnte das Gemüse essen! Er hatte noch zwei weitere gebaut, bevor er mit den Steinzeitsuppen-Parties anfing.

Schon zwei Uhr durch, und die Offutts waren immer noch nicht da. Na ja, mit dem Fahrrad dauerte es eben seine Zeit, außerdem waren sie vermutlich unterernährt. Auch Sarge Harris war noch nicht da. Nie wußte man, ob Leute zu spät kamen, weil Einschläge inzwischen auch Stadtstraßen aufgerissen hatten. Seit drei Wochen waren die Rüßler fort. Wann und womit sie wiederkommen würden, wußte niemand.

Patsy Clevenger traf mit Anthony Graves ein. Graves war klein, rundlich und für einen Mann an die Siebzig recht gesund. Früher hatte er Drehbücher fürs Fernsehen geschrieben. Er brachte einen wahren Schatz mit: Zitronen aus seinem Garten hinter dem Haus und einen Dosenschinken. Ken bot ihm einen Liegestuhl an, von dem aus er wie ein wohlwollender Onkel bei den Vorbereitungen zusehen konnte.

Ken zog den großen Topf zur Seite, so daß das Chili nur noch leise köchelte. »Noch eine Stunde«, verkündete er und gab Reis und Wasser in einen zweiten Topf, den er in den Brennpunkt des Sonnenspiegels schob. In einen weiteren Topf wanderte Gemüse, es kam als nächstes an die Reihe. Man konnte alles mögliche machen, man mußte sich nur zu helfen wissen. Wo nur Sarge Harris blieb?

Er traf erst gegen vier ein. »Ich bin spät weggekommen, und dann war noch eine riesige Schlange an der Tankstelle, außerdem hab ich auf drei Märkten Kartoffeln zu kriegen versucht, aber es gab keine.« Zumindest hatte er Eier mitgebracht. Ken bat Cora, Mayonnaise damit zu machen.

Die Sonne sank, bald würde sie nicht mehr genug Wärme zum Kochen spenden. Für Mayonnaise brauchte man keine, wohl aber für Kaffee. Also lieber gleich Wasser heiß machen — man wußte nie, ob es Gas gab.

Das Chili war gegessen, man saß beim Gemüse-Curry. Im großen und ganzen schienen alle Gäste recht munter zu sein. Cora würde wohl über Nacht bleiben, das wäre hübsch, vor allem, da Patsy nicht bleiben zu wollen schien.

Da es keinen Strom gab, blieb Ken Dutton mit seinen Gästen draußen sitzen. Der Himmel spiegelte die Helligkeit all der Orte zurück, wo es in Los Angeles und im San Fernando-Tal Strom gab. Gelegentlich tastete sich ein Gast durch die Dunkelheit zur flackernden Kerze vor, deren Schein den Weg zum Bad wies. Bei der nächsten Steinzeitsuppen-Party würde es wahrscheinlich auch keine Kerzen mehr geben.

Einige der Gäste wuschen die Töpfe aus. Über den Abwasch war nicht lange geredet worden: Am besten sah man zu, daß man damit fertig war, bevor Ken den Kaffee auftrug. Jeder fürchtete, nicht wieder eingeladen zu werden, wenn er sich zu offensichtlich drückte.

Sarge goß Schmutzwasser in einen Gully auf der Terrasse. »Zumindest haben wir sie aus Kansas verjagt«, sagte er.

Graves, der auf seinem Liegestuhl halb eingeschlafen zu sein schien, sagte: »Tatsächlich? Sie sollen sich ziemlich lange mit dem Plündern von Bibliotheken aufgehalten und dabei ... nun, Denkwürdigkeiten gesammelt haben, Dinge, die ihnen dies und jenes über uns verraten.«

»Klar. Würden Sie das anders machen?«

»Es war eine Erkundungsmission. In gewisser Hinsicht erinnert mich das Ganze an den Sitzkrieg.«

»An was?«

Der Alte lachte. »Ich kann euch nicht verübeln, daß ihr das nicht wißt. Das ging von 1939 bis Sommer 1940. Offiziell lagen die Deutschen und die Franzmänner miteinander im Krieg, aber sie haben sich einfach tatenlos über die Maginot-Linie hinweg angeglotzt, von einem Schützengraben zum anderen. Das nannten die Zeitungen Sitzkrieg. Sie hätten wohl lieber was Spannendes zu berichten gehabt. Für uns übrige war es eine ruhige und zugleich nervenaufreibende Zeit.«

»Genau wie jetzt. Nichts passiert.«

»Eben. Dann haben sich die Nazis ermannt, Frankreich besetzt, und aus war es mit dem ›Sitzkrieg‹.«

Patsy nahm den Faden auf. »Meinst du damit, sie werden eines Tages alle unsere Städte auf einen Schlag bombardieren?«

»Vielleicht bekommen wir vorher Gelegenheit, uns zu ergeben. Leider haben sie auf keine unserer Sendungen reagiert. Wer weiß, vielleicht erwarten sie, daß wir uns zur Übergabe fertig machen?«

»Wenn wir an nichts anderes denken als an Übergabe, sind wir erledigt«, sagte Patsy erregt. »Wir sollten lieber versuchen, sie zu bekämpfen, auch wenn es uns ein paar Städte kostet.«

Ken nickte, obwohl ihm der Gedanke einen Schauer über den Rücken jagte. Was wäre dann mit Los Angeles? Hinter ihm sagte Marty: »Ken, könnte ich mal mit dir sprechen?«

Sie gingen ins Haus und tasteten nach Sitzgelegenheiten. Es war so dunkel, daß niemand den Gesichtsausdruck des anderen erkennen konnte. Einige von den anderen waren schon verschwunden — leise Geräusche deuteten darauf hin, daß das eine oder andere Pärchen sich auf ein Sofa oder in ein Schlafzimmer zurückgezogen hatte. — Das Leben ging weiter.

Marty fragte: »War es dir ernst damit, daß du abhauen willst?«

»Klar, aber das ist nicht so einfach. Ich gehöre nicht zur *Wagenburg*.«

»Nun, ich schon, jedenfalls wenn es nach Recht und Gesetz geht. Wenn es kein Recht und Gesetz mehr gibt, *braucht* man so etwas wie die *Wagenburg*, und ich bin mit meinen Zahlungen im Rückstand.«

»Vielleicht lassen sie mit sich reden.«

»Nein, ich habe an John Fox gedacht. Er ist in — das darf aber niemand wissen — in Shoshone, am Rande des Death Valley. Da zeltet er, bis alles vorbei ist. Er weiß, was er tut, Ken.«

»Ich habe gar nicht gewußt, daß du so auf Zelten stehst.«

»Ich doch nicht, aber Fox. Vielleicht freut er sich, wenn wir mit Lebensmitteln bei ihm aufkreuzen. Machst du mit?«

Ken sah ganz mechanisch durch das große Wohnzimmerfenster hinaus, bevor er antwortete. Niemand stritt, niemand schien besonders unglücklich zu sein; von dem Russischen Salat war noch etwas da, dafür war Bess Churchs ganzer Cheddar-Käse wie Schnee an der Sonne dahingeschwunden. Der Gastgeber wurde nicht gebraucht. Gut. »Ich hab keine Zeltausrüstung, und man kann bestimmt auch keine kriegen. Was ist, wenn John uns da *nicht* gern sieht? Wir können uns ja nicht telefonisch anmelden«, sagte er.

»Aber der Tip ist gut! Warum sollten die Rüßler einen Ort wie Shoshone bombardieren? John gehören die

Höhlen dort ja nicht. Wir zelten einfach in seiner Nähe.«

»Nein.«

»Und *wo dann?*«

»Ich meine: Nein, ich komme nicht mit.« Ken hatte seine Entscheidung getroffen, bevor er selbst die Gründe dafür wußte.

»Vielleicht bin ich verrückt, aber ich bleibe hier.«

»Das bist du bestimmt. Danke für die Einladung.«

Marty würde abhauen, das war Ken klar. Er hatte weder beim Abwasch noch beim Aufräumen mitgeholfen. Ganz offenkundig gedachte er nicht wiederzukommen.

✿

Jenny erwachte von einem Stechen im linken Arm, auf dem Jack gelegen hatte. Als sie die Augen öffnete, sah sie seinen Blick auf sich gerichtet.

»Hallo Seemann, neu in der Stadt?«

Er grinste. »Ich seh dich gern an.«

Sie zog ihren Arm unter ihm vor und sah auf die Uhr. »Zeit, daß wir uns an die Arbeit machen.«

»Wir haben noch eine ganze Stunde.« Er schob sich näher an sie. »Nicht daß ich noch einmal …«

»Schon gut. Aber ich kann nicht schlafen.«

»Und?«

Sie setzte sich auf. »Wir könnten uns das Monster ansehen. Wir haben Kameras und Mikrofone im Rüßler-Zimmer.«

»Klingt verlockend — aber ist das auch rechtens?« wollte Jack wissen.

»Selbstverständlich. Die Autoren wissen, daß sie beobachtet werden, und Harpanet als Gefangener hat keine Rechte. Zufrieden?«

»Na schön.«

»Und ich garantiere dir, daß es auf meinem Fernseher

nichts anderes zu sehen gibt.« Sie schaltete das Gerät ein.

Das Bild kam. Ein kahler Raum ohne Teppiche und Möbel enthielt nichts als eine Bildwand, einen Projektor und eine breite Tür. »Falsches Zimmer«, sagte sie und drehte an den Knöpfen. »Uns sind bereits drei Räume in dem Komplex zugewiesen worden, und weiß der Henker, was sie als nächstes zu brauchen glauben. Hier.«

Der Außerirdische wälzte sich behaglich in dampfendem Schlamm. Die Menschen um ihn herum saßen in Badekleidung auf Liegestühlen. Sherry, Joe und Nat, die sich dicht am Beckenrand hielten, waren schlammbespritzt. Wade Curtis saß in seiner Safari-Jacke mit einer Bierdose in der Hand in gewisser Entfernung auf einem Klappstuhl. Unmittelbar über ihm hing ein riesiger Erdglobus. In einer Ecke war eine fahrbare Bar zu erkennen.

»Siehst du? Sie haben unser Schwimmbecken beschlagnahmt! Der Außerirdische braucht ja einiges an Platz«, sagte Jenny. »Na, hast du Lust zu schwimmen?«

Jack beäugte den Schlamm voller Abscheu. »Nein, danke. Hört ihr alle Räume ab?«

»Um Himmels willen, nein! Die Hälfte der SF-Leute war früher beim Militär, die würden das sofort merken, und die andere Hälfte vertritt liberale Grundsätze! Wir haben Mikrofone und Kameras im Schlammraum, im Rüßler-Raum und im Allerheiligsten, das ist der Raum, wo sie ihre Notizen formulieren und sich einen ansaufen. Er liegt gleich neben dem Rüßler-Raum. Der Schlamm ist ganz frisch. Scheint ihm zu behagen, was?«

»Kann man auch was hören?«

»Klar.« Jenny drehte an einem Einstellknopf.

Aus dem Lautsprecher dröhnte Wade Curtis' unverkennbare Stimme. »Wir haben deine ›Fithp‹ aus Kansas verjagt und durchkämmen jetzt die Trümmer. Wir würden gern wissen, wo der nächste Angriff erfolgt.«

»Darüber hat man mir nichts mitgeteilt«, sagte Harpanet. Seine Aussprache war gut, aber manchmal verschliff er die Wörter: Nebenluft strömte aus Nase und Lippen, und das klang wie ein Hallraum, vielleicht wegen seiner riesigen Lungenkapazität.

»Er lernt schnell. Ich habe französische Diplomaten mit einem schlimmeren Akzent Englisch sprechen hören«, sagte Jack. Jenny mußte einen Schauder unterdrücken. Vor ihrem geistigen Auge sah sie noch immer das Blutbad in dem zerschmetterten Raumschiff, und es fiel ihr schwer, den ›Rüßler‹ anzusehen.

Gerade sagte Curtis: »Eure Offiziere weihen euch wohl nicht in ihre Pläne ein?«

»Nein. Ein Fi' erfährt wenig, weil es in die Herde des Feindes aufgenommen werden könnte. So ist es mir ja auch gegangen. Das habe ich bereits gesagt.« Harpanets Stimme klang gekränkt.

»Eine für uns völlig neue Vorstellungsweise, und nicht besonders angenehm«, sagte Sherry Atkinson. »Wir müssen soviel wie möglich in Erfahrung bringen.« Sie ließ sich völlig unbefangen in den Schlamm gleiten und rieb mit beiden Händen den Außerirdischen hinter den Ohren. Sie war mehr als alle anderen mit Schlamm bedeckt.

»Haben deine Vorgesetzten Interesse an Gebieten außerhalb Kansas gezeigt?« fragte Curtis.

»Kansas?«

»Die Region, die ihr erobert habt, *dieses* Gebiet.« Wade wies auf das zuvor von den Außerirdischen besetzte Gebiet in Kansas. Es war auf dem großen Globus mit schwarzem Filzstift gekennzeichnet.

»In meiner Gegenwart wurde kein solches Interesse bekundet.«

»Wir befürchten den Abwurf eines großen Meteoriten, etwa in der Größe eines Asteroiden.«

Harpanet schwieg eine Weile. Reynolds machte sich an der Bar zu schaffen. Mit einemmal sagte Harpanet:

»*Thaktan Flishithy* — wie sagt ihr? *Überbringer der Botschaft?* — war viele Sonnenumläufe um eure Erde mit einem Klein-Mond des beringten Planeten verpaart. So viele.« Er hob den Rüssel aus dem Schlamm und knickte dreimal vier Greifglieder ab. »Wir haben ihn geschoben. Den Grund hat man uns nicht genannt. Ich habe einmal gehört, wie ihn Offiziere Tshejtrif nannten.«

»Was bedeutet das?«

»Diesen Teil eines Fi'.« Der Außerirdische drehte sich auf die Seite, so daß Sherry sich veranlaßt sah, Zuflucht vor einer Schlammwoge zu suchen. Ein großer, bekrallter Fuß tauchte auf.

Die SF-Autoren schienen alle miteinander zu erstarren, aber Jenny war nicht auf ihre Interpretation angewiesen. Schmerzhaft umschloß ihre Hand Jacks Arm. »Entsetzlich. Der *Fuß,* sie wollen uns damit *zertrampeln!*«

»Die Bücherfritzen quasseln viel zuviel.«

»Wieso? Der Rüßler sagt doch mehr als sie.«

Gerade kam wieder die verschliffene Stimme aus dem Fernseher: »Er war nicht so groß wie viele von den — Asteroiden — am beringten Planeten. Wohl acht-hochzwölf Masse-Einheiten ...«

»Und eine Masse-Einheit ist deine Masse? Also rund dreihundertfünfzig Kilo ...« Curtis nahm einen Taschenrechner aus einer Tasche seiner Safarijacke. »Großer Gott! Fast fünfundzwanzig Milliarden Tonnen!«

»Bei ... einer Fallgeschwindigkeit von fünfzehn bis dreißig Kilometer pro Sekunde könnte das — Harpanet, wo soll das abgeworfen werden?« schaltete sich Nat Reynolds ein.

»Niemals hat man gesagt, es würde gegen die Erde gerichtet. Falls doch, so müßte der Herr der Herde weitere Daten gesucht haben, vielleicht in Kansas.«

»Gott im Himmel, Jenny«, sagte Jack, »sie quatschen zuviel. Wir müssen zu ihnen, sofort!«

Nat Reynolds scheute vor dem mit zähem Schlamm gefüllten Schwimmbecken zurück ... Andererseits war er schon völlig schlammbedeckt, und schließlich gab es Duschen. Also stellte er sein Glas ab, sprang hinein und watete vorwärts.

Harpanet wandte sich um und besprühte Sherry mit einem Strahl dunklen Schlamms. Sie riß erschrocken die Arme hoch und drehte dem Außerirdischen den Rücken zu. »He!« Um ihr zu Hilfe zu kommen, jagte Nat mit gewölbten Händen Wasserfontänen zu dem Rüsselträger hinüber.

Dieser räkelte sich wohlig, es gefiel ihm. Jetzt lachte Sherry. Drei weitere eilten ihr zu Hilfe und bewarfen den Rücken des Außerirdischen mit Schlamm. Curtis' hochgewachsene Frau tat sich dabei besonders hervor. Harpanet deckte sie alle gleichmäßig aus den um das Nasenloch herum abgespreizten Grifflingen ein und versprühte dabei soviel Wasser wie ein kleines Löschfahrzeug.

Als Jack Clybourne und Jenny den Raum betraten, schlug ihnen schallendes Gelächter entgegen. In der Mitte des Beckens tobte eine Wasserschlacht. Sie blieben an der Tür stehen und warteten.

Niemand vom Krisenstab bemerkte sie. Das wilde Treiben nahm ein Ende, und zwei schlammbedeckte Autoren streichelten dem Außerirdischen den Rüssel. Reynolds fragte: »Kannst du ihn in irgendeine Richtung knicken?«

»Nein.«

Sherry machte sich daran, die als ›Grifflinge‹ bezeichneten Verzweigungen zu *flechten*.

»Tut das weh?«

»Nein. Ist unangenehm.« Der Rüssel hob sich, drehte sich und war entflochten.

»Ich würde gern wissen, wie beweglich dein Schwanz ist«, sagte Curtis, der gerade hinter dem Außerirdischen stand.

Der kurze, abgeflachte Schwanz schlug auf und ab, dann nach links und nach rechts.

Schließlich bemerkte Nat Reynolds die Besucher. Er ging zur Tür, ohne die anderen zu stören. »Major Jenny, er erzählt uns gerade 'ne ganze Menge.«

»Und ich frag mich, wieviel ihr *ihm* erzählt«, sagte Jack.

Nat warf ihm einen Blick zu, grinste und sagte: »Alles. Harpanet gehört zum Krisenstab.«

»Sie brauchen gar nicht so 'ne Lippe zu riskieren. Er *tut* nur so, als wäre er zu uns übergelaufen. Vermutlich hat er Sie eingewickelt.«

»Wir beobachten ihn noch, Clybourne, aber ein bißchen mehr steckt schon hinter unserer Arbeit. Er erwartet, daß *wir* uns verhalten, als stehe er auf unserer Seite. Er unternimmt nicht mal den Versuch, uns einzuwickeln. Sherry sagt, es ist normales Herdentierverhalten.«

»Trotzdem brauchen Sie ihm nicht haarklein zu erzählen, wovor wir Angst haben!«

»Warum nicht? Was soll er tun — sich als General verkleiden und rausmarschieren? Mit einem von uns die Kleider tauschen, auf Rettung warten? Wenn ihn seine Kumpels hier rausholen können, haben wir sowieso verspielt! Sie sollten sich lieber über was anderes Gedanken machen. Irgendwo am Himmel, an Bord ihres Mutterschiffs, halten sie Menschen gefangen. Einige stammen aus Kansas, und vielleicht sind auch welche aus der sowjetischen Raumstation dabei. Wahrscheinlich behandeln sie die alle, als seien sie zu ihnen übergelaufen. Wenn niemand von den Gefangenen zuviel geredet hat, können sie die Fithp ganz schön austricksen!«

Der Ausdruck in Jacks Augen änderte sich. Er sagte: »Mr. Reynolds, glauben Sie das wirklich? Oder sind das Tagträume?«

»Nun ... teils, teils. Aber es *könnte* doch so sein, jedenfalls für eine Weile. Bevor die Außerirdischen ihnen auf die Schliche kommen, könnten unsere Leute ihnen tatsächlich schon Schaden zugefügt haben.«

»In dem Fall würden sie ja wohl alle umgebracht, oder nicht?«

Nat nickte sachlich. »Ich würde Wes Dawson gern wiedersehen. Auf jeden Fall kriegen wir dies und jenes raus.«

»Sicher.«

»Ich wette, der Asteroidenaufprall wird im Ozean erfolgen. Sie mögen es feucht. Wenn eine Milliarde Tonnen Seewasser verdampft, stört das die Rüßler überhaupt nicht. Ich glaube, es ist wieder Zeit, mit dem Präsidenten zu reden.«

✿

Shoshone war inmitten einer fremdartigen Wildnis ein Fleckchen Zivilisation — mit Marktplatz, Tankstelle, einem primitiv wirkenden Motel und einem Restaurant. Die Bevölkerung mußte einmal um die zwei Dutzend betragen haben, jetzt sah man auf den ersten Blick niemanden.

Martin Carnell fuhr den unbefestigten Weg hinter dem Motel entlang. Er führte durch ein fast vollständig von Steppengras überwuchertes Feld. Die Vegetation sah vertrocknet aus. So mochte man sich Pflanzen vorstellen, die in der Hölle wuchsen.

Er fuhr langsam hindurch. Fox hatte ihm Shoshone einmal beschrieben. Wo waren die Höhlen?

Dann sah er Fox' Kleinlaster.

Er parkte daneben und ging zu Fuß weiter. Hier konnte man den Eindruck gewinnen, die Zeit sei stehengeblieben.

In der Wüste ließ Martin die Hunde los. Sie stürmten davon, genossen die Freiheit, kamen wieder zurück und rannten erneut davon. Sunhawk fehlte ihm. Mit seinen fünfzehn Jahren war er zu alt geworden, und so hatte ihn Marty unmittelbar vor Kens Steinzeitsuppen-Party eingeschläfert.

Jetzt wanderte er auf und ab durch die niedrigen Felsenhügel. Dann fand er die Höhlen.

Es waren fünf, mit Dynamit in das Gestein gesprengt. Sie waren annähernd rechteckig, enthielten Regale, und eine hatte sogar eine Tür. *Alles, was eine Wohnung behaglich macht. Bergleute?* Die würden auf Dynamit kommen. Was sie gesucht haben mochten. Bauxit vielleicht? Und waren da womöglich schon Höhlen gewesen, die nur nachbearbeitet werden mußten?

Marty überquerte schnaufend einen niedrigen Grat. Auf der anderen Seite lagen weitere Höhlen. Mit einemmal erspähte er John Fox zwischen den Felsen — in Khaki-Shorts und Goldgräberhut. Er sah zu ihm her.

Martys Anblick schien ihn keineswegs zu überraschen. »Hallo, Marty. Ich hör dich schon 'ne Weile durch die Gegend stolpern. Zwischen den Felswänden trägt der Schall weit.«

»Hallo, John. Ich hab frische Lebensmittel mit und lade dich zum Abendessen ein.«

»Hast du jemanden mitgebracht?«

»Nur die Hunde. Das da ist Darth, er ist noch ein Welpe.«

Darth war zu Fox hingerannt, um ihn zu beschnuppern; jetzt kehrte er zu seinem Herrn zurück. »Und außerdem habe ich hier noch Lucretia, Chaka und Othello.« Die Hunde führten sich recht manierlich auf.

»Wie steht es in Los Angeles?«

»Nicht gut. Lebensmittel sind knapp, immer mal wieder gibt es keinen Strom … vor allem glauben die Leute, daß die Rüßler jeden Augenblick anfangen könnten, die Städte zu bombardieren.«

»Warum?«

»Einfach so. Jedenfalls bin ich abgehauen.«

»Was hast du vor?«

»Hierbleiben, wenn dich ein Nachbar nicht stört. Ich hab frische Artischocken mit, außerdem Avokados und Garnelen. Die sind auch frisch.«

Fox sah zweifelnd drein.

»Und eine Kiste Wein.«

Fox erhob sich. »Schön.«

28 Die Gefangenen

Und so gibt es im höchsten Amt
die geringste Handlungsfreiheit.

SALLUST
Die Verschwörung des Catilina

Zeit: Eine Woche bis zum Fußfall

Die Arbeit war ermüdend. Jeri haßte sich. *Das können Maschinen tun. Sie haben schließlich Maschinen dafür. Warum wir?* Das Warum war unerheblich. Sie wußte nicht, was die Fithp unternähmen, sollte sie die Arbeit verweigern, wollte es aber auch nicht auf einen Versuch ankommen lassen.

Rästapisp-mins sandte sie zwar gruppenweise aus, aber niemand erhob Einwände, wenn sie sich trennten. Vermutlich würden die Fithp das Bedürfnis der Menschen nach Alleinsein nie verstehen, den Drang, einfach einmal *für sich* zu sein, aber sie begannen es hinzunehmen. *Sie können uns beobachten. Also lieber arbeiten.* Müde nahm Jeri das Reinigungsmaterial auf und machte sich ans Werk.

»Sie sind aber fleißig.«

Die Stimme hinter ihr ließ sie zusammenzucken. »Ach, hallo, Kommandant Rogatschow!«

»Arwid. Hier oben gibt es keine Rangstufen.« Er lachte zynisch. »Wir haben ein Maß an Gleichheit erreicht, über das Marx gestaunt hätte — wenn auch nicht gerade auf die Art, wie er sich das vorgestellt hat.«

»Ich dachte, Sie seien ein guter Kommunist.«

Er zuckte die Achseln. »Ich bin ein guter Russe. Sie arbeiten zu schwer. Machen Sie ruhig eine kurze Pause!«

»Aber die ...«

Er senkte die Stimme. »Dmitri sagt immer, und in dem Punkt bin ich seiner Ansicht, daß wir ihnen unsere wahre Kraft nicht zeigen dürfen. Wer viel leistet, von dem wird man immer viel erwarten. Wer *zu* viel tut, schadet den anderen.«

»Klingt nach einer guten Ausrede — mir soll's recht sein. Gott, bin ich müde.« Sie streckte sich und ließ sich unter dem Einfluß der geringen Schwerkraft langsam an eine der Kanalwände treiben. »Ausruhen ist doch was Schönes. Für 'ne Zigarette könnte ich glatt jemand umbringen.«

Arwid schnaubte verächtlich. »Es gibt nichts umzubringen und auch nichts zu rauchen.«

An dieser Tatsache war zwar nichts Lustiges, aber da Jeri nach Lachen zumute war, lachte sie.

»Sie sind mit Ihrer Tochter hier. Wo ist Ihr Mann?«

»Ertrunken.«

»Das tut mir leid.«

»Ja. Wir hatten uns ein ganzes Jahr lang nicht gesehen, aber ich war auf dem Weg zu ihm, und die Rüßler haben einen Staudamm in die Luft gejagt, gleich in der ersten Nacht. Sein Haus stand unterhalb.«

Arwid sah beiseite.

Er ist nett, zumindest gibt er sich Mühe. »Und sind Sie verheiratet?«

»Ich weiß nicht. Jedenfalls war ich es. Auch ich hab meine Frau ein paar Monate nicht gesehen, weil ich im Weltraum war. Sie ist Russin, und der Stützpunkt lag in der Ukraine. John Woodward hat mir gesagt, er habe von Aufständen in der Sowjetunion gehört. Angeblich sehen die islamischen Republiken die Invasion als Strafe Allahs an. Auch die Ukrainer wollten nie zu Rußland gehören.«

»Macht Sie die Ungewißheit nicht wahnsinnig?«

»Natürlich. Wir Russen sind sehr sentimental. Aber was soll ich tun, trauern? Für sie bin ich tot, so oder so. Ich werde sie kaum je wiedersehen.«

Jeri riß vor Entsetzen den Mund auf. »Ich … so hab ich das noch gar nicht gesehen. Lebend kommt von uns wohl keiner zurück, was?«

Erneut zuckte Arwid die Achseln. »Höchstens als Mitglied ihrer Herde. Das setzt voraus, daß sie gewinnen. Rußland wird sich kaum ohne weiteres ergeben und die Vereinigten Staaten wohl auch nicht. Ihr Amerikaner seid starrsinnig.«

»Vielleicht. Wir sagen gern, daß wir die Freiheit lieben.«

»Wissen Sie viel über Rußland?« fragte Arwid.

»Nein. Ein bißchen aus dem Radio. Dann weiß ich noch von dem Angriff auf Rußland.«

»Und das war erst der erste Angriff«, sagte Arwid. »Beim nächstenmal wird es viel ernster.«

»Was werden sie tun?«

»Das Schiff ist ›mit einem FUSS verpaart‹. Nikolai hat es gesehen.« Er berichtete ihr von Nikolais Vermutungen.

»Sie glauben also, daß sie den Asteroiden auf die Erde werfen wollen?«

»Was sollte sie daran hindern?« fragte Arwid.

»Natürlich, von *ihrem* Standpunkt aus klingt das vernünftig.« Sie zitterte. »Entsetzlich. Und wir glaubten, es sei schlimm, als sie die Brücken und Staudämme angegriffen haben. Dabei kommt das Schrecklichste erst noch.«

»Ja. Es ist angenehm, Ihnen diese Dinge nicht lange erklären zu müssen.«

Sie machte eine verlegene Geste. »Sie dürfen uns Frauen nicht für dumm halten.«

Er zuckte die Achseln. »Na ja, es gibt solche und solche, wie bei Männern auch. Vielleicht sollten wir allmählich wieder mit der Arbeit anfangen. Wenn es Ihnen nichts ausmacht, könnten wir zusammenbleiben.«

»Von mir aus.«

✿

Nebel lag über Bellingham, und es regnete. Aus dem Hafenbezirk tönten ferne Arbeitsgeräusche zur *Wagenburg* herauf: Hämmern, Nieten, das Dröhnen von Lkw- und Barkassenmotoren ... etwas Schnarrendes ...

»Das scheint ja ein gewaltiges Gewächshaus zu werden«, sagte Isadore und lachte.

George Tate-Evans betrachtete das Werk ihrer Hände und stimmte in das Lachen ein. »Sicher größer als unseres.« Sie gingen wieder ins Haus.

Kevin Shakes sah ihnen nach und machte sich dann wieder an die Arbeit. »Ich hatte gedacht, daß wir eigentlich ganz ordentlich was auf die Beine gestellt hätten«, sagte er.

»Haben wir auch«, gab Miranda zur Antwort.

Tatsächlich hatten sie viel geleistet. Wo einst große Fenster gewesen waren, sah man jetzt stählerne Schlagläden. Dort, wo über dem geheimen Schutzraum der Tennisplatz gelegen hatte, stand das Gerippe eines Gewächshauses. Kevin verkleidete es gerade sorgfältig mit Glas. Die beiden untersten Reihen hatte er fertig. Jetzt mußte er die rollende Leiter zu Hilfe nehmen. Miranda reichte ihm Werkzeug und Scheiben und schob die Leiter weiter.

George Tate-Evans und Isadore Leiber brachten ein halbes Dutzend große Scheiben heraus. Kevin hörte, wie George lachend fragte: »Spricht sie immer noch nicht mir dir?«

»Vicki ist merkwürdig still, Is. Ich dachte, sie würde einlenken, wenn wir erst mal die Läden am Haus hätten. Du weißt ja: ›In dem Haus kommt man sich vor wie eingesperrt. Ich hätte nie gedacht, daß ich mal in 'nem

Gefängnis leben muß.‹ Sie hat sich wohl doch daran gewöhnt. Als dann aber der Präsident sagte, jedermann solle Gewächshäuser bauen, und als zwei Tage später du und Jack sagtet, daß der wirrköpfige liberale Mistkerl ausnahmsweise mal recht haben könnte — Kevin, Miranda, wie läuft's bei euch?«

»Bis jetzt ganz gut«, gab Kevin zur Antwort. »Dauert vielleicht noch zwei Tage. Ihr könnt ja schon mal mit den Pflanzen anfangen.«

»Sehen wir's uns mal an, Is.«

Die Männer legten das Glas mit großer Vorsicht auf zwei Böcke. Isadore folgte George um die Ecke ins Gewächshaus. Sie gingen dort entlang, wo später die Gänge sein würden, versuchten nicht auf die weißen Kreidemarkierungen zu treten, die zeigten, wohin Pflanzen sollten. Ihre Stimmen drangen ungehindert zu den jungen Leuten hinaus.

»Als wir ernsthaft mit dem Gewächshaus angefangen haben, gab es in Bellingham kein Glas mehr und kaum noch Plastik. Woher sollten wir das ganze Glas denn nehmen, wenn nicht aus den Fenstern?« sagte George.

»Aber verstehen kannst du sie doch?«

»Hängt dir deine Clara etwa auch in den Ohren?«

»Das kann ich dir flüstern.«

»Zugegeben, hübsch sieht es nicht aus. Warum haben wir eigentlich *alle* Weibsleute gegen uns?«

»Es liegt nicht nur daran, daß es nicht hübsch aussieht. Man kommt sich wirklich eingesperrt vor, weil man nichts sieht. Wir können die Schlagläden ja erst wieder aufmachen, wenn wir das Gewächshaus abbauen. Falls überhaupt. Vielleicht können wir die Fenster zurücktun, wenn die Regierungsinitiative durchkommt.«

Von oben fragte Kevin: »Was?«

Überrascht sah Isadore auf. George nahm den Gesprächsfaden auf: »Is, du bist ja bescheuert. Sich bei *Lebensmitteln* auf die *Regierung* verlassen? Weiß der Himmel, was die mit dem Zeug anstellen, das sie anbauen — wir kriegen jedenfalls unter Garantie keinen Fatz davon ab.«

»Bestimmt nicht«, bestätigte Kevin. »Warum sollten sie sonst Gewächshäuser *am Hafen* bauen, wenn sie das Zeug nicht verladen wollen? Für uns bleibt garantiert nichts.«

»Woher willst du überhaupt wissen, daß es ein *Gewächshaus* wird?« erkundigte sich George.

»Na hör mal, das haben sie doch im Radio gesagt«, sagte Isadore. »Was sollte es sonst sein? Die wollen hier doch 'ne richtige Kornkammer machen. Dafür bringen sie die Hafenanlagen in Ordnung und baggern die Bekken aus, weil es nötig ist, Getreide zu verschiffen. Zum Brüllen — nach dem ganzen Theater, bis wir endlich ein ruhiges Fleckchen gefunden hatten.«

»Kann man wohl sagen«, meinte George.

Isadore nickte. »Die Preise gehen hundertprozentig rauf.«

»Bestimmt wimmelt es hier demnächst von Leuten. Touristen werden kommen, es wird Verkehrsstaus geben.«

»Kevin?« rief Miranda.

»Ja?«

»Laß uns eine Pause machen.«

Wenn die Stimme seiner Schwester so bestimmt klang, war es besser, klein beizugeben. Das wußte sogar der Vater. »Komme gleich.« Gehorsam rutschte er die Leiter hinab.

»Was ist?« wollte er wissen.

»Ich war gestern mit Leigh aus …«

»Klar, weiß ich. Du bist so spät wiedergekommen, daß Papa schon ganz unruhig war, und auch Mutti hat sich Sorgen gemacht. Sie hat gesagt, sicher wärst du bei 'nem Polizisten in besten Händen, aber ganz ernst war es ihr damit nicht. Ist es was — was wir ihnen sagen müssen?«

»Vielleicht schon, aber nicht, was du denkst.« Sie kicherte. »Leigh hat 'nen Astronauten gesehen.«

»'nen Astronauten?«

»Gillespie. Der die letzte Raumfähre zur russischen Raumstation gebracht hat, mit der der arme Kongreßabgeordnete geflogen ist. Er ist für das große Regierungsprojekt hier zuständig — und sie bauen allerlei Schutzanlagen, Zäune und so weiter.«

»Für ein Gewächshaus?«

»Hab ich auch gefragt. Leigh hat gesagt, man hätte ihnen erklärt, das sei zum Schutz der Lebensmittel nötig.«

»Klingt vernünftig. Überleg doch nur, was Papa alles angestellt hat, um unsere zu schützen!«

»Schon möglich, aber ein Astronaut? Warum, Kevin?«

»Ich weiß nicht, Miranda.«

»Ich auch nicht, und ich finde, wir sollten es Papa sagen.«

Bill Shakes erledigte mit Hilfe seines Heimcomputers die Buchführung. Kevin und Miranda warteten eine Pause ab, dann sagte Kevin: »Wir haben hier in Bellingham 'nen Astronauten.«

»So?« sagte Shakes und blickte auf

»General Edmund Gillespie. Er hat Dawson nach Kosmograd begleitet und ist jetzt hier. Miranda hat es gestern gehört.« Er achtete sorgfältig darauf, nicht *gestern abend* zu sagen.

Miranda nahm den Faden auf. »Leigh mußte ihn gestern und auch schon vorgestern überall in Bellingham rumführen. Ich hab ihn gefragt, wo er war, und er hat mir alles erzählt.«

»Was will er? Ich meine, Gillespie.«

»Weiß nicht. Leigh hat gesagt, daß er sich *alles* angesehen hat, den Hafen, die Eisenbahnanlagen, er hat die ganze Stadt abgeklappert. Und das alles für ein Gewächshaus der Regierung?«

Shakes knurrte wütend: »Mit 'nem richtigen Astronauten hier in Bellingham wird das aber ganz schön auffällig. Am wichtigsten zum Überleben ist, daß man sich unauffällig verhält.«

»Laß dir darüber keine grauen Haare wachsen«, sagte Miranda. »Wir kommen sowieso nicht weg. Es gibt kein Benzin mehr, und Leigh hat gesagt, sie sperren die Fernstraße für alles außer für militärischen Verkehr.«

»Hmm.« Es war leicht zu erkennen, was Bill Shakes dachte. Bellingham lag zwischen den Bergen und der Meerenge von Juan de Fuca. Wer die Straße sperrte, hinderte die Menschen am Verlassen der Stadt. »Einen besseren Ort finden wir sowieso nicht«, sagte er schleppend. »Wir haben hier 'ne Menge Geld reingesteckt und können es nicht mitnehmen.«

»Nun, wir dachten jedenfalls, daß du Bescheid wissen solltest«, sagte Kevin.

»Ja. Wieso bloß ein Astronaut? Vermutlich hat er sonst nichts Besseres zu tun, wo die Rüßler jetzt alles vom Himmel holen. Trotzdem ... es paßt nicht so recht.« Shakes runzelte die Stirn. »Du magst diesen Polizisten, was?«

»Ja!«

»Gut. Triff dich ruhig öfter mit ihm!«

Kevin unterdrückte seinen Lachreiz.

✿

Jack Clybourne stellte sich dem Präsidenten in den Weg. »Nein, Sir«, sagte er mit fester Stimme, »ich lasse Sie hier nicht hinein.«

»Mr. Clybourne«, sagte Admiral Carrell mit sanfter Stimme.

»Nein«, wiederholte Jack. »Entweder holen Sie vorher den Außerirdischen da raus, oder Sie geben mir etwas mit erheblich mehr Feuerkraft als diese alberne Pistole. Das ist mein letztes Wort.«

Admiral Carrell seufzte.

»Jack.« Jenny trat einen Schritt vor. *Wie krieg ich ihn aus dieser Sache bloß raus?* »Jack, bist du einverstanden, wenn ich Sergeant Bonner mit reinbringe und zwei Militärpolizisten mit Gewehren?«

»Das geht nicht«, protestierte Sherry Atkinson. »Wir können Harpanet nicht solches Mißtrauen demonstrieren!«

»Zum Teufel damit, Mr. President!« sagte Wade Curtis.

»Wie bitte, Mr. Curtis?« wandte sich der Präsident ihm zu. Seine Stimme klang, als unterdrücke er ein leises Lachen.

»Bestimmt ziehen deren oberste Führer auch mit bewaffneten Wächtern durch die Gegend. Harpanet dürfte kaum etwas Ungewöhnliches darin sehen, daß Soldaten den Präsidenten eskortieren.«

»Glauben Sie, daß ich sie brauche, Mr. Curtis?«

»Nein. Aber ich verstehe Jacks Sorgen. Sofern sich Harpanet entschließen sollte, den Präsidenten anzugreifen, dürfte es sehr schwer sein, sich ihm in den Weg zu stellen. Und für den Fall würde ich auch sagen, wenn schon, denn schon: kein Kinderspielzeug, sondern anständige Kaliber.«

»Und wo finden wir so etwas?« wollte Jenny wissen.

»Eine ist in meinem Zimmer, und Ransom hat auch eine«, sagte Curtis.

»Deshalb also, Mr. President.« Joe Ransom beendete seine Vorstellung. Die im Raum anwesenden Techniker, Autoren und Soldaten schwiegen, so daß man nichts hörte als die lauten Atemzüge des außerirdischen Gefangenen.

»Eindrucksvoll«, sagte Präsident Coffey. Verwirrt sah er sich um, bis sein Blick auf den des Außerirdischen stieß. Harpanet stand zehn Meter von ihm entfernt, so weit wie ihn Clybourne hatte fortbringen können, und zwischen ihm und dem Präsidenten befanden sich vier bewaffnete und kampferprobte Soldaten.

Immer noch zu nah, dachte Jenny.

»Wie redet man ihn an? Hat er einen Titel?« erkundigte sich der Präsident.

»Einfach Harpanet, Mr. President«, sagte Robert Anson. »Sollte er zu Hause einen Titel oder Rang gehabt haben, hat er den mit seiner Unterwerfung aufgegeben, und wir haben ihm noch keinen verliehen.«

»Harpanet«, sagte der Präsident leise.

»Leitet mich.«

»Hast du verstanden, was hier gesagt worden ist?«

»Ja.«

»Stimmt es? Will man einen großen Asteroiden auf die Erde abwerfen?«

Der Außerirdische spreizte seine Greifglieder.

»Er meint, daß er davon nichts wissen kann«, dolmetschte Sherry.

»Aber euer Raumschiff sollte — mit einem ›Fuß‹ verpaart werden?«

»Ja.«

Unruhig begann der Präsident im Raum auf und ab zu gehen. »Wir müssen so viele Menschen wie möglich warnen, auf der ganzen Welt. Gott im Himmel, hätten sie doch nur unser Nachrichtensystem nicht so zugerichtet! Was meinen Sie, Admiral?«

»Ich glaube, wir dürfen es nicht wagen.«

»Was nicht wagen? Die Welt zu warnen? Wir würden Millionen in den sicheren Untergang schicken! Gezeitenwellen, Stürme, Erdbeben, Vulkanausbrüche — die Vorstellung gleicht einem Katastrophenfilm, der eine ganze Woche dauert!«

»Und falls wir eine Warnung herausschicken, verurteilen wir *mit Sicherheit* Tausende oder Zehntausende zum Untergang«, sagte Admiral Carrell.

»Aber es ist doch besser, als die Hände in den Schoß zu legen.«

»Wenn Sie eine Warnung herausgehen lassen, Mr. President, werden alle Küstenbewohner fliehen. Und Bellingham ist auch eine Küstenstadt«, gab Robert Anson zu bedenken.

»Aber ...«

»Wir haben keine Möglichkeit, dafür zu sorgen, daß die Leute zwar alle Städte verlassen, nur ausgerechnet Bellingham nicht«, sagte Anson.

»Stimmt«, bestätigte Admiral Carrell. »Wenn sie eine Warnung ergehen lassen, gefährden Sie damit unser Projekt, und zwar möglicherweise nachhaltig.«

»Und es ist unsere einzige verdammte Chance«, knurrte Curtis.

Der Präsident ließ sich schwer in einen Sessel sinken. Seine Finger trommelten auf die Tischplatte. Nach einigen Augenblicken sah er auf. »Thor, würden Sie Mrs. Coffey hinzubitten? Mit Ihnen allen spreche ich später noch einmal. Inzwischen danke ich Ihnen für Ihren Rat.«

✿

Ihre Therapeutin, Mrs. Carmichael, hatte Alice einmal eine Geschichte erzählt. Später hatte Alice erfahren, daß jeder sie kannte. Vermutlich nahmen die Psychiater an, daß die Geschichte ihren Patienten guttat. Und vielleicht stimmte das sogar.

Ein Autofahrer hat auf einer abgelegenen Straße spätabends eine Reifenpanne. In der Nähe sieht ihm jemand durch einen Gitterzaun tatenlos zu. Der Autofahrer sieht im Licht seiner Scheinwerfer ein Schild und begreift, daß er sich in unmittelbarer Nähe einer Heilanstalt befindet. Er löst die Muttern am Rad mit dem platten Reifen und legt sie in die Radkappe. Der Unbekannte sieht zu. Der Autofahrer nimmt das Reserverad aus dem Kofferraum. Der Unbekannte sieht zu. Der Autofahrer wird nervös. Was tut ein Verrückter so spät draußen? Warum starrt er so unverwandt herüber? Der Autofahrer rollt das Rad nach vorn, tritt im Dunkeln auf den Rand der Radkappe, und alle Radmuttern landen im Gras neben der Straße. Der Autofahrer sucht nach ihnen und findet eine einzige.

Der Geisteskranke tut den Mund auf. »Schrauben Sie je eine Mutter von den drei anderen Rädern und tun sie sie an das vierte Rad. Dann haben Sie an jedem Rad vier, damit kommen Sie bis zur nächsten Tankstelle.«

Der Autofahrer sagt: »Das müßte gehen.« Dann fährt er fort: »Augenblick mal, das ist ja genial! Warum, zum Kuckuck, sind Sie eigentlich da drin?«

Der Patient antwortet: »Weil ich verrückt bin, aber nicht blöd.«

Die Luftkanäle maßen etwa einen Meter im Durchmesser. In ihnen gab es keine Handgriffe. Zuerst war Alice haltlos durch sie getrieben; sie hatte Angst vor dem Fallen und meinte, ihr müsse schlecht werden. Jetzt ging es ihr besser. Jeri und Melissa *genossen* die geringe Schwerkraft sogar und hatten Alice gezeigt, wie sie sich bewegen mußte.

Alice war früher zierlich gewesen und hatte mit ihrem blassen Gesicht und dem feuerroten Haar durchaus gut ausgesehen. Jetzt war sie dürr. Sie versuchte zu essen, hatte aber keinen Appetit, und diese Scheusale versuchten ihr Fleisch und unbekannte Pflanzen aufzudrängen. Die anderen aßen das merkwürdige Zeug der Außerirdischen, aber auch die Vitamintabletten, das Eiweißpulver und die Bierhefe, die *sie* mitgebracht hatte. Es ging ihnen glänzend dabei.

Unter diesen Bedingungen war das Leben nicht lebenswert. Alice hatte sich schon einmal die Pulsadern aufgeschnitten, vor langer Zeit und aus Gründen, die ihr heute albern vorkamen. Sicherlich würde sie früher oder später einen scharfen Gegenstand finden. Dennoch war sie fast sicher, daß sie ihn nicht benutzen würde.

Wer würde sich denn um sie grämen?

Die kleine Melissa behandelte sie mit einer Mischung aus Angst und Verachtung. Jeri war ganz nett zu ihr, verbrachte aber viel Zeit mit den Russen. *Ich glaube, sie ist in den Breitschultrigen verknallt. Er tut dies und das für sie. Bringt ihr Sachen. Hat dafür gesorgt, daß der Toilettenteich mit einer Decke abgeschirmt wurde. Das war nett von ihm. Nur für mich tut niemand was. Sie mögen mich nicht …*

Bei Wes Dawson ging es noch weit über das Nichtmögen hinaus. Er kommandierte herum, dozierte, unterrichtete die Sprache der Scheusale und erwartete, daß die Frauen sie benutzten. Er war aalglatt und herablassend, ganz wie ihre erste Therapeutin, die ihr erklärt hatte, die Verwendung von Wattestäbchen sei eine Art Masturbationsersatz. Mit der zweiten, Mrs. Carmichael, war sie ganz gut klargekommen. Sie hatte Jeri Wilson ein wenig ähnlich gesehen, war aber vielleicht ein bißchen rundlicher und nicht so ängstlich gewesen, dachte Alice.

Die Scheusale waren schlimmer als Dawson. Wenn jemand nicht sofort parierte, waren sie verwirrt. Sie lösten das Problem dann immer, indem sie die Leute mit ihren Rüsseln oder den Kolben ihrer korkenzieherartig verdreht wirkenden Gewehre vor sich her schoben. Sie hörten auf nichts, was Alice sagte, und behandelten sie wie einen *Gegenstand*. Falls Alice McLennon sich die Pulsadern aufschnitt, würde das für die Scheusale lediglich eine Sorge weniger bedeuten.

Das Reinigen der Luftkanäle war eine Art Beschäftigungstherapie, so ähnlich wie in Menningers Sanatorium. Auf so etwas fiel Alice nicht herein. *Ich bin hier, weil ich verrückt bin, nicht blöd.* Die Scheusale waren zu groß für die Luftkanäle, sie paßten da nicht hinein. Wie sie das wohl gemacht haben, bevor wir kamen? Wahrscheinlich hatten sie irgendwelche Geräte, oder die Kanäle brauchten gar nicht gereinigt zu werden oder aber … Sie hatte einmal einen Blick auf etwas geworfen, das aussah wie ein großer Krapfen aus Stahl, genau von der Größe des Kanaldurchmessers. Es hatte sie mit einem blitzenden Auge von ferne beobachtet. Ein Roboter?

Genau wie in der Klinik erfüllte die Beschäftigungstherapie hier ihren Zweck.

Sie schoben sie in die Luftkanäle, wenn sie sich widersetzte. Diese gummiartigen, gespaltenen Rüssel waren unglaublich kräftig. Hilflos und angeekelt hatte sich Alice mit dem großen Lappen und dem Kunststoffbeutel, den man ihr nachgereicht hatte, in den Kanälen treiben lassen. Sie hatte eine Weile nichts getan und dann begonnen, die Kanäle zu reinigen.

Nun, Staub und Rost hatten sich angesammelt, und beides löste sich. Die Filter waren voller Schmutz und Staub. Während sie sich jetzt durch die Kanäle bewegte, begann sie eine Art Geschicklichkeit zu entwickeln. Natürlich gab es keine Haltegriffe, die Scheusale waren wohl nie auf den Gedanken gekommen, daß es Lebewesen gab, die sie hier drin brauchen könnten. Sie lernte, sich mit Sprüngen im Zickzack vorwärtszubewegen und dabei gleichzeitig mit dem Tuch über die Wände zu fahren. Es *funktionierte.*

Sie verbesserte ihre Technik, aber es war und blieb eine Beschäftigungstherapie, und sie konnte es nicht abwarten, in den Garten mit seinen großen, freien Flächen zu kommen.

✿

An einigen der Pflanzen sprossen Schößlinge. Alice hatte Angst, sie zu berühren. Mrs. Woodward lachte leise in sich hinein. »Reis. Hätte ich mir doch denken können. Reis mag es feucht.«

»Und was tun wir jetzt?«

»Nichts. Der wächst von selbst.«

Alice nickte. Sie wandte sich um und warf wieder einen Blick auf das Gemüsebeet. War das schon ein grünes Büschel, wo sie Mais und Bohnen gepflanzt hatten? Zu spät merkte sie, daß sie sich zu weit von einem Haltegriff entfernt hatte.

Es war nicht weiter schlimm, sie war inzwischen an die Schwerelosigkeit gewöhnt. Sie ließ sich treiben und wartete, daß der geringe Schub von *Thaktan Flishithy* sie an eine Stelle brachte, wo es noch etwas zu tun gab.

Etwas wickelte sich um ihre Fessel. Sie zuckte zusammen, als habe sie einen elektrischen Schlag bekommen, und ihr Blick fiel auf Grifflinge, einen breiten, braunen Kopf, der vom Alter verschrumpelt wirkte, und tiefliegende Augen. »Rästapisp-mins?«

»Du hast gelernt, mich zu erkennen? Gut. Wie geht es dir, Alice?«

»Gut.«

»Deine Pflanzen gedeihen. Das gefällt mir. Ich denke, unsere Pflanzen werden auch auf eurer Welt wachsen.«

Ihr Gesicht blieb ausdruckslos. Dawson hatte gesagt, wenn die Pflanzen gut wüchsen, würde der Planet Erde den Scheusalen noch begehrenswerter erscheinen — und sie hatte ihm nicht geglaubt. Sollten sie die Pflanzen eingehen lassen? Das wäre kein Kunststück — aber dann würde sie essen müssen, was die Scheusale ihr gaben.

»Ich möchte etwas erklären«, sagte der Lehrer. »Vielleicht ist dir aufgefallen, daß sich manche Fithp merkwürdig verhalten. Für einen Teil von uns, die Gruppe der Schläfer, hat die Paarungszeit begonnen, und das wirkt sich auf ihr Verhalten aus. Sie werden zwar nicht gemeingefährlich wie Einzelgänger, aber man sollte sie nicht reizen.«

»Und du bist kein Schläfer, wohl aber Takpassih?«

»Die Paarungszeit richtet sich nach den Weibchen, in diesem Fall denen der Schläfer. Ich bin raumgeboren, wie auch Tashajämp. Den größten Teil des Jahres, noch viele Tage, könnt ihr mich als geschlechtslos betrachten.«

Sie sah ihn aufmerksam an, aber in seinem Gesicht war nichts zu erkennen. Doch war er Lehrer und Unterweiser. »Kannst du Gedanken lesen?«

»Gedanken lesen?« Er schnaubte. »Nein! Aber ich habe Augen im Kopf. Du sprichst nur mit Frauen. Du ziehst dich von Männern zurück, wenn du kannst. Du bist schmal in den Hüften, und deine Brüste sind flach. Manche Fithp sehen aus wie Weibchen, sind aber nie zur Paarung bereit ...«

Alice sprang zurück, zum Gemüsebeet, zurück in die Gesellschaft ihrer Mitgefangenen. Noch nie war ihr so etwas ins Gesicht gesagt worden! Man hielt sie für merkwürdig, gewiß — aber geschlechtslos? Ein *Zwitter?* Daß sie Männer nicht mochte, lag einfach daran, daß die Männer ... die Männer ...

Sie befürchtete, Rästapisp-mins werde ihr folgen, aber er sprach inzwischen mit einem anderen Fi': dem anderen Lehrer, Takpassih.

Um sie aus der Reserve zu locken, hatten ihr Männer manchmal auf den Kopf zugesagt, daß sie sie merkwürdig fanden. *Geh mit mir ins Bett, da kannst du beweisen, was für eine du bist.*

Die Vorstellung, von Rästapisp-mins vergewaltigt zu werden, war abwegig und widerwärtig zugleich ... in erster Linie abwegig, befand sie. Noch niemand hatte ihr gesagt, daß er sie für geschlechtslos hielt.

Tashajämp brachte sie gemeinsam mit Mr. und Mrs. Woodward und Wes Dawson zu ihrer Zelle zurück. Sie blieben so lange dort, daß sie Gelegenheit hatten, etwas zu essen und die Toilette zu benutzen. Der Gedanke, daß es die anderen ebenso störte wie sie selbst, ließ Alice die Sache weniger unerträglich erscheinen.

Nach einer Ruhepause von einer Stunde brachten die Fithp sie alle wieder zu den Luftkanälen zurück. Niemand hatte gemerkt, daß Alice die ganze Zeit geschwiegen hatte. Vielleicht waren die anderen sogar froh darüber.

Sobald sie konnte, sonderte sich Alice von den anderen ab und ließ sich vom Luftzug forttragen, weiter als je zuvor. Ihr war nicht nach gesellschaftlichen Kontakten zumute. Nach einer Weile bremste sie ihren Flug und machte sich halbherzig an die Arbeit.

Der Luftzug war jetzt kalt geworden. Das paßte zu ihrer Stimmung; zuerst merkte sie es kaum. Aber die Wand, an der sie arbeitete, war an einer Seite sogar noch kälter. Hier war eine Krümmung, an der ein Seitenkanal einmündete, aber sie war durch eine Klappe versperrt. Nachdem sie sie passiert hatte, wurde die Wand wieder wärmer.

Alice kehrte um.

Sie befolgte nicht gern Befehle, und es gefiel ihr nicht, wenn man etwas vor ihr verborgen hielt. Die verdammten Psychotherapeuten hatten *immer* Geheimnisse vor ihr gehabt.

In einer Art Nut konnte die Klappe auf und nieder gleiten. Alice schob die Finger in einen Spalt, und die Klappe öffnete sich gegen Federdruck weit genug, um sie durchzulassen.

Die Luft war entsetzlich kalt und unbeweglich. Nachdem Alice dem Kanal ein Stück weit gefolgt war, fand sie sich an einem Gitter.

Knapp zehn Meter vor ihr lag eine merkwürdige schwarze Fläche, die gewellt war wie schmutziges Eis. Als Alice ihr Gesicht an das Gitter drückte, sah sie die Krümmung, die wie die Innenwandung eines Zylinders wirkte.

Sie betrachtete die Sache eine Weile genauer. Eine Stelle an der Oberfläche war hervorgewölbt ... wie ein unfertiges Relief ... ein Fries, das Werk eines der Scheusale. Schmutziges Eis? Dawson hatte gesagt ... ja, was noch? Die Scheusale mochten Schlamm. Sie fanden es seltsam, daß sich die Menschen in sauberem Wasser wuschen. Aber *gefrorener* Schlamm?

Das Gitter hatte unter ihren Händen nachgegeben.

Sie schob es beiseite und ließ sich hindurchtreiben.

Auf einer Seite lag gefrorener Schlamm, eine Decke mit bemalten Friesen auf der anderen. Die Kunstwerke wirkten unheimlich und fremdartig, manche waren aber auch schön. Scheusale — Fithp also — zur Hälfte unter unheimlichen Bäumen verborgen; die Gattung erkannte sie wieder — solche wuchsen auch im Gartenbezirk. Hier war eine naturgetreue Nachbildung eines der Scheusale gegenüber einem mit unverständlichen Schriftzeichen bedeckten Block, und in die Schlammbank auf der anderen Seite war eine ähnliche Gestalt hineingehauen …

Sie würde sich hier den Tod holen. Alice tauchte erneut in den Luftkanal und brachte das Gitter wieder hinter sich an.

Geheimnistuerei war ihr zuwider. Sie wollte mehr erfahren. Nach einer Weile fand sie eine Möglichkeit, den Luftkanal zu verlassen.

✿

»Ich glaube, Alice möchte dir was sagen«, erklärte Melissa.

Jeri drehte sich träge herum. »Wie kommst du darauf?«

»Sie sieht dich pausenlos an, aber sie möchte mit dir allein sein. Das merke ich, Mama, Alice ist …«

»Ja.« *Woher sie das wohl weiß? Rät sie das? Oder wie?* Jeri ließ sich träge zum Griff an der Wand neben Alice treiben. »Wie war's?«

Worte entströmten ihr rasch. »Jeri, ich hab eine ganz seltsame Stelle gefunden. So kalt, daß man sich alles abfriert. Abgesperrt. Überall schwarzes Eis oder so was Ähnliches. Weit weg.«

»Ein Lagerraum? Wird da was aufbewahrt?«

»Nein, es ist alles Eis, die eine Wand entlang, die Rumpfwand. Dawson hat gesagt, sie mögen Schlamm.

Vielleicht ist es so 'ne Art großes Heilbad. Aber warum sollten sie das alles einfrieren?«

»Wir wollen Arwid fragen.«

Alice machte ein ängstliches Gesicht.

»Er wird bestimmt nicht — er ist ein guter Mensch, Alice.«

»Nun, von mir aus.«

Rogatschow runzelte nachdenklich die Stirn. »Richtig gefroren?«

»Ich hab nicht hingefaßt. Aber bestimmt war es gefroren, denn es war *furchtbar* kalt.«

»Kaum Schub und keine Rotationsschwere, weil wir mit dem FUSS zusammengekoppelt sind. Unter diesen Bedingungen können sie nicht im Schlamm baden, aber von den Bildern, die sie uns gezeigt haben, wissen wir, daß sie das gern tun. Bestimmt haben sie einen Raum für den Schlamm, und sicher liegt er an einer Stelle, wo keine Schwerkraft herrscht. Aha, und deswegen haben sie ihn eingefroren.«

»Klingt vernünftig«, sagte Jeri.

»Ja«, stimmte Alice zu. »Also, dann erklären Sie mal weiter. Im Schlamm war eine Gestalt wie ein Fries — wie eines von diesen Scheusalen unter einer Decke.«

»Wie? Als wenn es auf der Seite läge?«

»Ja. Was war das wohl?«

Wes Dawson war so nahe, daß er mithören konnte. »Sind Sie dessen sicher?«

»Absolut.«

»Ein Fries, das ein Fi' darstellt?«

»Ich habe nicht gesagt, es war ein Fries, sondern nur, *wie* ein Fries«, sagte Alice.

»Ach ja.« Dawson verlieh seiner Stimme einen beruhigenden Klang. »Arwid, was meinen Sie?«

»Ich weiß nicht.«

»Ich denke, wir sollten es Rästapisp-mins sagen.«

»Wir werden es uns überlegen«, sagte Arwid und wandte sich Dmitri zu. »Hast du gehört?«

»Ja.«

Sie sprachen rasch auf russisch miteinander.

Jeri nahm Arwid beim Arm. »Sie lernen rasch Sprachen«, sagte sie. »Sie *behaupten* zwar, daß sie kein Russisch können, aber bitte! Vorsicht!«

Arwid lächelte. »Wenn sie rasch genug gelernt haben, um den Dialekt zu sprechen, in dem wir uns jetzt unterhalten, kommen sie hinter alles.« Er wandte sich erneut den anderen zu. Sie sprachen weiter miteinander. Schließlich nickte Dmitri. Arwid sagte: »Ja, dann machen wir es so. Alice, Sie müssen es den Fithp sagen.«

✿

Im Schlammraum war es behaglich warm, und der Schlamm taute, als Prethitih-dämp ankam.

Rästapisp-mins hatte ihm gesagt, daß er die rothaarige Erdlingin als Einzelgängerin betrachtete. Vielleicht halluzinierte sie ... Die Beruhigung, die Prethitih-dämp bei dieser Mitteilung empfunden hatte, schwand, als er in den Raum trat. Dort an der Decke befand sich ein Fries von Tho-Binther-Thaktan, einem legendären Priester aus der Zeit, die zweimal acht-hoch-zwei Sonnenumläufe zurücklag. Ihm gegenüber war eine vollkommen ähnliche Ausbuchtung.

Irgendein Fi' mußte einen merkwürdigen Humor entwickelt und nach der Beschleunigungsphase hier den Schlamm zu einer frechen Parodie des altehrwürdigen Entdeckers des Podo Thaktan gestaltet haben. Aber Prethitih-dämp begann zu zittern, und es beruhigte ihn, daß seine Achtschaft aus lauter Raumgeborenen bestand. »Schafft den Schlamm weg«, gebot er einem Fi'. »Seid vorsichtig. Aber beeilt euch, wir treten bald wieder in die Beschleunigungsphase ein.«

Es hätte zu keinem ungünstigeren Zeitpunkt geschehen können. In wenigen Stunden würden sie den FUSS ausklinken. Schwierige und rasch aufeinanderfolgende Manöver würden erforderlich sein, um *Thaktan Flishithy* in die für den Start der Grifflingsschiffe richtige Lage zu bringen.

Die Eroberung von Winterheim stand bevor, und jetzt das!

Der Krieger kratzte mit dem Rücken seines Bajonetts aufgeweichten Schlamm weg, und Fathistih-talk begann Gestalt anzunehmen.

✿

Der Herr der Herde wartete ungeduldig auf den Anruf. Dann erschien Prethitih-dämp auf dem Bildschirm. Hinter ihm herrschte geschäftiges Treiben.

»Berichte.«

»Es ist in der Tat der Berater Fathistih-talk, Herr der Herde. Man hat ihn ertränkt. In seiner Haut fanden wir keine Risse.« Inzwischen war der Kadaver vom Eis befreit und deutlich auf dem Schirm sichtbar. Er wurde langsam gedreht, damit der Arzt der Achtschaft ihn gründlich untersuchen konnte. »In Fathistih-talks Snffp verläuft eine tiefe Einkerbung oberhalb der Nüster. Vielleicht ist sie durch eine sehr festgezogene Schnur entstanden, aber das hätte ihn nicht getötet. Sein Mund ist voll mit zusammengebackenem Schlamm. Es sieht aus wie eine rituelle Hinrichtung. Er wurde ertränkt.«

»Danke.« Pastempih-keph unterbrach die Verbindung. *Man muß die Talk-Sippe informieren. Den Weibern wird es nicht gefallen. Mord!* Mord kam unter den Fithp äußerst selten vor und war nahezu stets der Beginn einer Rebellion.

»Die letzten Augenblicke nahen heran, Herr der Herde«, sagte der Herr des Angriffs. »Was sollen wir tun?«

Die Flucht ergreifen. Den FUSS abwerfen, um die Erdlings-Fithp in ihrer Handlungsfreiheit möglichst zu behindern. Dafür sorgen, daß sie auf ihren Planeten gefesselt blei-

ben, während wir den Rest ihres Sonnensystems übernehmen, der ohnehin wertvoller als der Planet ist.

Diesen Rat hätte Fathistih-talk gegeben. Der Berater Sipli-steph wird das nicht tun. Die Schläferweibchen werden einer solchen Handlungsweise nie zustimmen, und auch nicht Fi-startih-thaktan.

»Herr des Angriffs.«

»Leitet mich!«

»Entsprechend dem Schlachtplan vorgehen. Das Kommando über *Thaktan Flishithy* liegt jetzt bei Euch.«

29 Der Fußfall

Mir träumte, die Vergangenheit sei nie endgültig:
Doch gleich, ob dies ein rechter
oder falscher Traum war,
bitte ich nunmehr den Tod, mir zu vergeben,
und betrauere die Toten.

RICHARD PURDY WILBUR
Die Vergebung

Zeit: Der Fußfall

Die Beisetzungsgrube war eine Röhre voller Erde und Abfall. Sie enthielt die Gebeine der verehrten Toten und was sonst noch von ihnen übrigblieb. Das Gemenge zersetzte sich allmählich zu einem gutvermischten Düngerbrei. Instrumente prüften den Säure- und Bakteriengehalt sowie die Temperatur. Die Luft darin konnte man nicht atmen. Arbeiter in Druckanzügen sorgten dafür, daß ein vorn offener Trichter frei blieb. Mehrere Tonnen der Masse hatten sie in den Garten geschafft, um Platz für die Bestattungszeremonie zu schaffen.

Die Kälte hatte Fathistih-talk gut erhalten, obgleich seine Augen in unterschiedliche Richtungen blickten. Als er an Stricken zu den Schweigenden Fithp hinabgelassen wurde, knickten oberhalb der Nüster die Grifflinge in einem seltsamen Winkel ab, und ein Auge richtete sich auf Pastempih-keph. *Meinen Atem hat ein Seil und dann der Schlamm unterbrochen. Warum? Was hätte ich sagen können, das ich nicht lebend gesagt hätte, ich, der ich nie zögerte zu sprechen? Wer verschloß meinen Mund mit Schlamm?*

Der Herr der Herde schüttelte den Kopf. *Ich werde dahinterkommen.* Er hatte bereits für ein halbes Dutzend toter Fithp die Abschiedsformel gesprochen, Leistungen gewürdigt und in einzelnen Fällen postum das Anlegen von Geschirren der nächsthöheren Rangstufe befohlen, bevor der Kadaver für die Beisetzung jeglicher Bedekkung und allen Zierats entkleidet wurde.

Im Verlauf von drei Generationen des Flugs zwischen den Gestirnen hatte sich unter den Raumgeborenen ein kompliziertes Beisetzungsritual herausgebildet. Es war auf ein sich in künstlich erzeugter Schwerkraft abspielendes Leben ausgerichtet. Die Beisetzungsgrube lag parallel zur Längsachse des Schiffes. Feierlichkeiten wurden im Abschiedsbezirk abgehalten, einem Halbkreis am Rande der Grube, wo die Rotationsschwere nahezu Null war. Auch jetzt folgte die Zeremonie der Überlieferung. Obwohl das Haupttriebwerk mit vollem Schub lief und sein Summen überall hörbar war, spürte man die Beschleunigung kaum.

Pastempih-keph fühlte, gegen welch ungeheure Masse die *Bote* drückte. Gerade in diesen Augenblicken gab das Raumschiff den aus Nickel und Eisen bestehenden Überresten eines vereisten Klein-Mondes ihre endgültige Richtung. Die *Bote* mußte sich binnen fünfhundertzwölf Atemzügen vom FUSS lösen oder zusammen mit ihm auf Winterheim stürzen. Hätte die Feierlichkeit einem Geringeren gegolten, wäre sie wohl bis auf die Zeit nach Abschluß der Manöver verschoben worden, aber Fathistih-talk verdiente jede Ehrung. *Selbst wenn das nicht der Fall sein sollte, möchte ich nicht den Eindruck erwecken, als wolle ich einem ehemaligen Herrn der Herde die ihm gebührende Achtung versagen!*

Tshaupin-talk sah durch eine Glasscheibe zu, wie Fathistih-talk in der sich bewegenden Erde seine Ruhe fand. Ihre Grifflinge lagen um das Junge und drückten es zum Säugen an sich. Es war ein acht Tage altes Männchen. Bei normalem Schub hätte es bereits gehen können, hier in der Schwerelosigkeit hielt es sich unsicher auf staksigen Beinchen. Es schien ihm Spaß zu machen.

»Wer hat meinen Gefährten umgebracht?« klagte Tshaupin-talk.

»Ich weiß zu viele Antworten darauf«, sagte Pastempih-keph. »Er hat sich nie darum gekümmert, ob er jemanden kränkte.«

Sie trompetete wild auf. Erschreckt warf das Junge seine noch kurzen Grifflinge über den Kopf und versuchte, sich zwischen Tshaupin-talks Beinen zu verkriechen. Auf Grund der Schwerkraftverhältnisse drückten seine Bewegungen sie vom Boden hoch. Für ein Neugeborenes war es stark.

Der Verlust ihrer Würde minderte keineswegs ihre Angriffslust. »Dies Verbrechen richtet sich gegen die gesamte Ziehende Fithp!« rief sie laut. »Wie können Schläfer und Raumgeborene eine Gemeinschaft bilden, wenn die Mörder nicht zur Rechenschaft gezogen werden?«

Der Herr der Herde schwieg eine Weile. Tshaupin-talk merkte, daß die anderen, sowohl Fithp als auch die kleine Erdlingsschar, zu ihr hersahen. Dann sagte Pastempih-keph: »Wir werden das Rätsel lösen. Du weißt, daß ich Herausforderungen liebe — aber denkst du auch daran, daß ich einen Krieg zu führen habe?« Er sah in die Beisetzungsgrube hinab. »Fahr dahin, Fathistih-talk! Du hast viel zu viele Reisegefährten.«

Nach Abschluß der Feierlichkeiten trat er zu Takpassih. »Fathistih-talk hat stets interessante Fragen gestellt«, sagte er. »Jetzt muß ich das selbst tun.«

»Ihr werdet einen Berater haben«, sagte Takpassih.

»Bah. Siplisteph muß für die Aufgabe erst noch geschult werden. Umerzieher-Zwei, hat Fathistih-talk auch dir interessante Fragen gestellt?«

Takpassih schnob. »Mir kam es nicht so vor. Er wollte die Erdlinge einzeln befragen.«

»Warum?«

»Das hat er nicht gesagt. Sie gehörten nicht zu seinem Thaktan. Ich habe ihm gesagt, daß ich bereit sei, zu dolmetschen und Euch alles mitzuteilen, was sich ergab. Er aber lehnte ab. Er sagte, er erwarte einfach, daß ich meine Aufgabe erledige.«

»Sehr passend«, sagte Pastempih-keph. »Hat er dir Fragen vorgeschlagen, die du stellen solltest?«

»Nein.«

Schade. »Wirst du auf der Kommandobrücke sein, während der FUSS fällt?«

»Ich denke nicht. Wenn ich mir die Erdlings-Fithp als Feinde oder Jagdbeute vorstellte, würde das mein Mitgefühl für sie mindern.«

✿

Tashajämp verließ sie an der Zellentür. »Ihr bleibt hier! Seht zu, daß ihr euch an den Wänden festhaltet! Zuerst an der dort, dann an einer anderen, wenn das Zeichen ertönt. Die Kraftrichtung wird häufig wechseln. Vorher hört ihr jedesmal dies Signal.« Sie trompetete und sprach dann in rasselndem Posaunenton weiter. »Verstanden? Gut.«

Sie gingen ans Schott. Jeri grub ihre Nägel tief in die Wandbespannung.

»Es ist zwar kein Thema für feine Gesellschaft«, sagte Arwid, »aber da sie keine Zeit angegeben haben, wäre es sicher gut, die entsprechenden Lokalitäten zu nutzen, solange noch Gelegenheit dazu ist.«

»Stimmt«, sagte Dawson. »Die Damen zuerst.«

Da ihr niemand den Vortritt streitig machte, begann Jeri. Nun, nachdem Arwid und Nikolai mit einer Wolldecke eine Art Paravent um das flache Wasserbecken errichtet hatten, war es nicht mehr ganz so schlimm.

Jeri kehrte an die Wand zurück. »Melissa, ich möchte dich hier bei mir haben.«

»Wenn es Sie nicht stört, bleibe ich auch bei Ihnen«, sagte Arwid.

»Danke.«

»Was halten Sie von den Begräbnisfeierlichkeiten?« fragte er.

»Meine Anthropologiedozentin hat einmal gesagt, Begräbnisriten seien die bedeutsamsten Hinweise auf eine Stammeskultur«, sagte Jeri. »Aber ich glaube, das hing damit zusammen, daß sie es als Archäologin gewohnt war, kaum etwas anderes als Gräber als aussagekräftige Zeugnisse aus vergangenen Epochen vorzufinden.«

»Das hat ja bestialisch gestunken«, sagte Melissa.

Gary lachte zustimmend, und Jeri sagte: »Ja, aber an Bord eines Raumschiffs muß es nicht stinken. Die *wollen* das nicht anders. Der Eindruck, daß der liebe Dahingeschiedene postwendend zu Dünger wird, gehört wohl zum Begräbnis dazu. Sie wollen sich daran erinnern.«

»Sie haben mehr von seiner Ansprache verstanden als ich«, sagte Arwid.

»Ich habe auch etwas mitbekommen«, ließ sich Wes Dawson vernehmen. »Die lange Rede des Priesters. Er hat davon gesprochen, daß Fathistih-talk jetzt zur Schlafenden Herde zurückkehrt. Ich frage mich, ob er das im Wortsinn meinte.«

»Meinen Sie, die glauben an so etwas?« fragte Jeri.

»Keine Ahnung«, gab Dawson zurück. »Sie wissen, daß der Leib verschiedene Stadien eines Zyklus durchläuft. Vielleicht nehmen sie an, daß die Seele das auch tut.«

»Das denke ich nicht«, sagte Arwid. »Warum sollten sie sonst das Neugeborene so in den Vordergrund stellen?«

»›Die Vorlinge sind stets mit uns‹, hat er gesagt. Wie konnte diese andere Gattung eigentlich mit der Ziehenden Fithp zusammenkommen? Ihre Leiber folgen zwar den Stadien des Zyklus, und es gibt auch noch die Thaktans, aber ...«

»Natürlich glauben sie nicht an bürgerliche Mythen von Göttern und Unsterblichkeit«, sagte Dmitri. »An diesen Fithp gibt es viel zu bewundern. Sie arbeiten zusammen, und wenn es erforderlich ist, lassen sie ihr Leben für die Herde.«

John Woodward schnaubte vernehmlich und wandte sich ab.

»Der Gestorbene aber nicht«, sagte Alice. »Die Witwe behauptete, er wäre ermordet worden, und der Leitbulle schien auch nicht besonders glücklich darüber zu sein.«

»Ein interessantes Geheimnis«, sagte Arwid. »Wer könnte ihn umgebracht haben?«

»Das werden wir wohl nie erfahren«, sagte Dawson.

»Warum sagen Sie das?« fragte Dmitri. »Der Anführer hat der Witwe versprochen, er werde den Mörder finden. Ihm stehen alle möglichen Mittel zur Verfügung. Warum sollte es ihm da nicht gelingen?«

»Warum sollte er *uns* das mitteilen? Und wenn er es täte — würde uns das etwas sagen?«

»Der Leitbulle ist kein Detektiv« sagte Jeri. »Er hat zuviel anderes zu tun. Außerdem habe ich ein bißchen Angst. All diese heftigen Raumschiffmanöver. Die haben doch bestimmt was vor, aber was nur?«

»Ich fürchte, das wissen wir alle nur zu gut«, sagte Rogatschow.

Jeri krallte sich fester an die Wandbespannung.

✿

»Major! Major, aufwachen!«

Jenny schrak hoch. »Ja, Sergeant?«

»Eine Nachricht aus Australien, Ma'am. Sie haben es gesichtet!«

Ach du großer Gott. Sie bemühte sich, die Augen offen

zu halten, und sah schlaftrunken auf den Wecker am Bett. Fünf Uhr.

»Es nähert sich schnell, noch etwa eine Stunde bis zum Aufprall«, sagte Sergeant Ferguson.

»Der Admiral …«

»Mailey hat ihn bereits geweckt. Entschuldigung, Ma'am, ich muß die anderen erst zusammentrommeln.«

Der Krisenstab umdrängte in zwei Gruppen die Kaffeekanne und den großen Erdglobus. Ransom und Curtis hatten bereits Kaffee getrunken und studierten jetzt auf dem Globus mögliche Einschlagstellen.

»Ins Wasser, ich wußte es doch«, sagte Ransom.

»Klar«, knurrte Curtis. »Und wieso ausgerechnet im Morgengrauen?«

»Warum ins Wasser?« wollte ein Marineoffizier wissen.

Ohne den Blick vom Globus zu heben, erklärte Ransom: »Ein so großer Meteorit richtet einfach mehr Schaden an, wenn er ins Meer stürzt. Er durchschlägt den Ozeanboden bis ins Erdmagma hinein. Das Wasser leitet die dabei freiwerdenden Energien weiter, und die Hitze des Magmas bringt den Ozean zum Sieden. Wir vermuten, daß etwa eine viertel Milliarde Tonnen Seewasser verdampfen und hochgeschleudert werden wird. Salzregen auf der ganzen Welt …«

Jenny schauderte es bei der Vorstellung. »Wie viele Menschen werden ums Leben kommen?«

»Eine ganze Menge«, sagte Curtis. »Sehen Sie mal!« Er wies vom Indischen Ozean nordwärts. »Durch diese Buchten werden die Tsunamis wie durch Trichter noch höher aufgetürmt, bevor sie sich brechen. Kalkutta und Bombay verschwinden unter Wasser wie auch der Rann von Kutch, ein Salzsumpfgebiet, das sich nur wenige Meter über den Meeresspiegel erhebt — alles weg. Ebenso der Persische Golf, Ostafrika …«

»Wir müssen die Bevölkerung dort warnen.«

»Das haben die Australier bestimmt schon getan«, sagte Ransom.

»Es spielt sowieso keine Rolle.« Admiral Carrells Stimme klang gleichmütig.

Jenny nahm gewohnheitsmäßig Haltung an. »Sir?«

»Wir haben keine verläßliche Nachrichtenverbindung mit Ostafrika. Ich denke, Mr. Ransom hat recht. Falls aber die Australier keine Warnung ausgesandt haben ...«

»... werden die Leute es bald auch so merken«, sagte Curtis. »Was ist mit Schiffen oder U-Booten? Haben wir nach wie vor keine Verbindung zur U-Boot-Flotte?«

»Doch«, sagte Carrell. »Unsere Langwellensender funktionieren noch. Ich habe bereits die entsprechenden Befehle erteilt.«

Reynolds kam mit Kaffee. Curtis wies auf eine Stelle auf dem Globus. Reynolds beugte sich darüber, um sie näher in Augenschein zu nehmen.

»Springfluten, Wirbelstürme! Ich wüßte zu gerne *genau,* wo er aufschlägt«, sagte Curtis. »Vielleicht könnten wir dann ungefähr feststellen, wie sehr das Wetter auf der nördlichen Halbkugel davon beeinträchtigt wird.«

»Mächtig«, sagte Ransom. »Die Stelle liegt sehr nah am Äquator.«

»Dann würde er das Wetter auf *beiden* Halbkugeln heillos durcheinanderbringen«, sagte Reynolds.

»Furcht und Schrecken«, murmelte Curtis, »Tsunamis, Wirbelstürme, unvorstellbare Regenfälle ...« Mit befriedigtem Gesichtsausdruck erhob er sich. »Eins ist sicher, Bellingham bleibt verschont.«

»Wenigstens ein Trost«, sagte jemand.

»Das kann man laut sagen«, sagte Curtis. »Es ist sowieso unser letzter Notanker.«

»Strategisch klug gemacht«, sagte Joe Ransom. »Man sehe sich nur mal an, wo die Springfluten ...«

»Hören Sie doch auf!« rief ein junger Marineoffizier.

Jenny beugte sich aufmerksam zu Curtis und Ransom hinüber, die erregt weiterdiskutierten.

Ostwärts würde die Insel Madagaskar Moçambique und Südafrika ein wenig Schutz gewähren, doch würden die Wellen Tansania, Kenia sowie die Sozialistische Republik Somalia überspülen und auslöschen. Im Nordosten würde die arabische Halbinsel unter Wasser gesetzt werden. Das Arabische Meer würde die Welle aufnehmen, und ein Gebirge von Wasser würde sich in den Iran und nach Pakistan hinein ergießen. Keine OPEC mehr, dachte Jenny mit aufblitzender Schadenfreude. Allerdings auch kein Erdöl ... Wassermassen würden Indien im Norden bis zu den Gebirgen des Himalaja zudecken. Die Bucht von Bengalen wäre ihr nächstes Ziel, danach würden sie über Burma bis nach China hineinschwappen. Die Inseln in der Java-See würden überschwemmt werden, und schließlich würde die Welle nach Westaustralien gelangen ...

»Großer Gott«, sagte der Marineoffizier, dem es plötzlich wie Schuppen von den Augen zu fallen schien. »Bestimmt werden sie zum Schluß zu landen zu versuchen, aber wo?«

»Deswegen ist es ja so eine ...«

»... großartige Strategie, genau, Mr. Ransom«, sagte Admiral Carrell. »Wohin sollen wir unsere Flotten schikken? Nach Indien? Saudi-Arabien? Australien? Afrika?«

»Nach Südafrika«, erläuterte Curtis. »Sehen Sie mal! Der größte Teil des Landes, in dem es Industrie gibt und in dem sich die weiße Bevölkerung aufhält, liegt auf Meereshöhe. Den vernichten die Flutwellen völlig. Hinter der Küste die Drakensberge mit der Großen Randstufe, alles, was in diesem östlichen Abschnitt der Randaufwölbung des südafrikanischen Binnenhochlandes liegt, dürfte unbeschädigt bleiben. Also landen sie bei Johannesburg und Pretoria, und flugs haben sie einen rundum abgeschlossenen Stützpunkt mit Industrie und Infrastruktur.«

Admiral Carrell beugte sich vor, um den Globus näher ins Auge zu fassen. »Vielleicht ...«

Ein Horn ertönte. »Da hören Sie es. Zehn Minuten bis zur geschätzten Aufschlagzeit.«

Es wurde still im Raum.

✿

Der kaum wahrnehmbare Schub wurde noch geringer, als der Herr der Herde Pastempih-keph sich zur Kommandobrücke aufmachte.

Alles ging seinen Gang. Kuthfektil-rasp wandte sich um und sagte: »Der FUSS ist auf das Ziel ausgerichtet. Der Herr der Verteidigung kann uns jederzeit von ihm lösen.«

»Tut das!« gebot Pastempih-keph. »Herr der Verteidigung, Ihr habt jetzt das Kommando.« Er setzte sich auf sein Polster und legte seine Krallen auf die in die Wand eingelassenen Fußhalterungen.

Durch das ganze Raumschiff hallte es: »Klar bei Fußhalterungen! Schub in acht Atemzügen.«

Der Herr der Herde schloß seine Krallen fest um die Stangen. *Was kann schon fehlschlagen? Das Triebwerk wird nicht ausfallen; es läuft seit vielen Acht-Tages-Zeiträumen zuverlässig. Die Beutewesen können dem FUSS jetzt unmöglich noch Einhalt gebieten. Könnten sie etwas gegen die* Bote *ausrichten, hätten sie früher gehandelt.*

Die *Bote* nahm langsam und stetig Fahrt auf, drehte sich um ihre Achse und in sanftem Bogen von Winterheim weg.

Während die von Kratern zerklüftete Masse aus Nikkel und Eisen davonschwebte, wurde eine herrlich blauweiße Sichel sichtbar. Schub setzte machtvoll ein, und der Herr der Herde spürte, wie es ihn ins Polster preßte.

Als der Schub größer war als die Schwerkraft der Heimatwelt, erreichte die Beschleunigung ihren Höhepunkt. Dann begannen die Triebwerke der Grifflingsschiffe anzuspringen, und erneut wurde der Schub größer. Die Sichel am Himmel lag nun riesengroß genau hinter ihnen. Die *Bote* entfernte sich mit wachsender Geschwindigkeit von Winterheim. Dennoch würde man die Einschlagstelle sehen können.

Der Herr der Herde verlangte einen Blick in die Unterkunft der gefangenen Erdlinge. Sie hatten den Absonderungspferch sicher erreicht und lagen jetzt bäuchlings auf der Polsterung. Es schien ihnen unbehaglich zumute zu sein.

Je mehr Grifflingsschiffe sich paarweise von ihren Halterungen um das Heck des Raumschiffs herum lösten, desto geringer wurde der Schub. Der Herr der Herde sah, wie ihre pulsierenden Triebwerksflammen in weitgeschwungenen Bögen dem Blick entschwanden. Sie mußten stark verzögern, um auf die Umlaufbahn um Winterheim herum zu gelangen. Die letzten vier gruppierten sich als Geleit in der Nähe des Mutterschiffs. Sollte doch eine tödliche Gefahr von Winterheim aufsteigen, konnten sie helfend eingreifen.

Aber nichts brach durch die dichte Wolkendecke. Inzwischen lag schon die halbe Scheibe im Hellen, und der FUSS war im Schatten der Nachtseite des Planeten unsichtbar geworden.

Dann plötzlich sah man am Rande des Schattens einen Stecknadelkopf rot aufleuchten. Er wurde orange, weiß, grellweiß, alles im Bruchteil eines Atemzuges. Der Herr der Herde Pastempih-keph verengte die Pupillen. Es genügte nicht. Er wandte sich ab. Das helle Licht reflektierte gleißend an den Wänden der Steuerzentrale, blieb eine Weile und schwand schließlich. Der Herr der Herde sah wieder hin.

Eine grellweiße Fackel wurde dunkler, breitete sich aus, wurde rot. Wolkenringe bildeten sich und vergingen in einer sich ausdehnenden Flammenhalbkugel. Wolken schossen durch die Stratosphäre und verbargen, was unter ihnen lag.

Fistartih-thaktan sagte sachlich: »Wir haben auf ihrem Meeresboden bestimmt unseren Fußabdruck hinterlassen.«

»Herr des Angriffs, der FUSS liegt genau in der Mitte jenes Wassergebietes. Ist das die Stelle, wo Ihr ihn hinhaben wolltet?«

»Er ist genau im Ziel«, erklärte Kuthfektil-rasp.

»Gut gemacht.«

Die *Bote* flog mit sechzig Makasrapkithp pro Atemzug an Winterheim vorbei; aber auf Grund der Erdrotation blieb der Fußabdruck aus dem Raumschiff sichtbar. Eine Feuerkugel stand über der Lufthülle des Planeten. Wie ein flammender Blutegel klebte sie an seiner Masse.

Eine breite Wolkendecke warf orangefarbenes Licht zurück. Die Feuerkugel selbst stand in einem Kranz von wolkenloser Luft. Ein ringförmiges Wellenmuster unter der Wolke dehnte sich mit schrecklicher Geschwindigkeit immer weiter aus.

»Die durch den Ozean verlaufende Druckwelle verzerrt die Wolkendecke«, sagte Kuthfektil-rasp. »Wie Ausbuchtungen unter einem zusammengebrochenen Zelt. Unsere Spezialisten werden die Umrisse der Kontinente und des Meeresbodens daran erkennen können, wie sie die Ausbreitung der Welle verzögern.«

Es war geheimnisvoll und entsetzlich. Die nüchterne Feststellung ließ erahnen, daß unter den Wolken Millionen von Beutewesen in den Wassermassen den Tod finden würden.

»Damit haben wir uns mit den Vorlingen auf eine Stufe gestellt«, meldete sich Fistartih-thaktan.

Den Herrn der Herde durchfuhr ein Ruck. »Ist es Euch damit ernst?«

»Ich weiß nicht. Welches Entsetzen liegt unter jenem gnädigen Laken aus Wassertröpfchen? Wie viele Beutewesen werden wir ertränken? Wieviel Land werden wir dem Zugriff und der Nutzung durch jegliche Lebewesen entziehen? Wie hat unsere eigene Welt ausgesehen, als die Vorlinge umkamen und unsere Fithp noch aus gehirnlosen wilden Tieren bestand?«

Die Wolkendecke trieb jetzt zurück, in die Feuerkugel hinein. Eine weitere Schicht Wolken bildete sich hoch über ihr in der Stratosphäre und begann sich auszudehnen. Wellen aus blauem Licht entstanden und breiteten sich aus. Abstrakte Bilder, schön, aber von furchterregender Größe ...

Hoffentlich haben wir keine neue Kunstform erfunden. Ehrfurcht und Schrecken: Der Herr der Herde trampelte sie tief in die untersten Schichten seines Bewußtseins. »Wir sind gekommen, um Winterheim zu erobern. Wissen die Thaktanthp etwas, das uns dabei leitet?«

»Vielleicht. Wir setzen doch wohl voraus, daß die Vorlinge den natürlichen Zustand der Welt geändert haben? Ihrer, unserer Welt. Jetzt ist Winterheim unsere Welt. Seht, wie wir *ihren* natürlichen Zustand verändern. Was hat die Vorlinge ihr Eingreifen gekostet? Haben wir es besser gemacht?«

Haben wir es besser gemacht? Wir müssen noch einmal miteinander darüber sprechen. Aber dieser Weg wurde vor langer Zeit eingeschlagen, und wir haben ihm zu folgen. »Herr des Angriffs. Ihr könnt das Kommando über die Grifflingsschiffe übernehmen. Beginnt mit der Landung!«

✿

Anton Villars, der Kommandant des US-amerikanischen U-Boots *Ethan Allen,* sah angestrengt durch das Periskop und bemühte sich, ruhig zu bleiben. Es fiel ihm nicht leicht.

Vor etwa einer Stunde war die Mitteilung gekommen. Zwar waren die Langwellensender zuverlässig, aber es dauerte eine Weile, bis die Punkte und Striche der Morsebuchstaben von Hand aufgenommen und anschließend durch die Entschlüsselungsmaschine geschickt worden waren.

Um einen Befehl zum Angriff auf die Sowjetunion konnte es sich nicht handeln. Villars war darauf eingestellt gewesen, seine Poseidon-Raketen gegen einen unsichtbaren Feind im Weltraum zu richten. Statt dessen las er jetzt:

GROSSES OBJEKT WDH GROSSES OBJEKT WIRD 22′ 30″ S BREITE 64′ 2″ OE LAENGE 14.55 H EINHEITSZEIT AUFSCHLAGEN STOP BEOBACHTEN OB SICHER STOP GESCHAETZTE AUFSCHLAGENERGIE 4000 MEGATONNEN WDH 4000 MEGATONNEN STOP JEGLICHER HINWEIS WERTVOLL STOP HALS- UND BEINBRUCH CARRELL

Sicher? Vor viertausend Megatonnen gibt's keine Sicherheit. Am liebsten wäre Villars auf Tauchfahrt gegangen, um mit Höchstgeschwindigkeit die Flucht zu ergreifen.

An Steuerbord leuchteten die Farben des Lebens von der Insel Rodriguez. Schon längst war der Dschungel weithin dem Ackerland gewichen. In der Mitte stieg jäh ein schroffer Felsen an, ragte ein Gipfel von fünfhundert Metern Höhe auf. Wellen brachen sich an dem die Insel umschließenden Korallenriff. Es würde mehr Schutz vor dem Tsunami bieten als das offene Meer, aber es bildete zugleich auch eine Gefahr.

Fischerboote strebten durch das Riff der Insel zu. Sie waren dem Untergang geweiht. Er konnte nichts für sie tun.

Gerade hatte die Abenddämmerung eingesetzt. Wolken bedeckten den Himmel. Es würde schwer sein, etwas kommen zu sehen. *Viertausend Megatonnen. Größer als jede Bombe, die wir je geplant, geschweige denn gebaut haben.*

Angespannt wartete die Besatzung. John Antony, sein Vize, stand in seiner Nähe.

»Allmählich müßte es jetzt soweit sein«, sagte Antony.

»Falls die Schätzung stimmt.«

»Wenn die danebenliegt, sind auch die Koordinaten falsch.«

Weiß ich doch. Ich habe auf der Marineakademie dasselbe gelernt wie du.

Jemand lachte nervös. Wie immer hatte die Mitteilung als Latrinenparole bereits die Runde im Boot gemacht.

Kameras arbeiteten. Villars überlegte, wie viele es überstehen würden. Er sah durch das dunkelste der vorhandenen Periskop-Filter. *Viertausend Megatonnen …*

Mit einemmal leuchteten die Wolken so grell wie die Sonne. »Eintrag im Logbuch«, rief er. »Erster Lichtblitz um 18 Uhr 54 20 Sekunden.« *Wo? Wo würde das Ding herunterkommen?*

Im gleichen Augenblick entstand in den Wolken nordöstlich eine Öffnung, eine Helligkeit wie von Gottes eigenem Fotoblitz, und die Kameras waren hinüber. »Reservekameras aufstellen«, brüllte Villars seinen Männern zu, die bereits damit beschäftigt waren. Sein rechtes Auge nahm nichts wahr als ein Nachbild. Er preßte das linke ans Periskop.

Er sah gleißenden Lichtschein und kniff das Auge zusammen. Helligkeit stieg aus einem Loch im Meer blendend auf, das immer größer wurde, ein Loch mit glattgebogenen Rändern, Nebelschwaden strömten heraus, und ein kegelförmiges Flutlicht wies gerade nach oben. Der Strahl wurde breiter: die Öffnung erweiterte sich. Wolken entstanden und verschwanden um eine glatte, gekrümmte Wasserwand, die sich allmählich auf das U-Boot zuschob.

Der Rand einer Sonne ließ sich über der Wand gerade noch ausmachen.

»Etwa vierzig Seemeilen ost-nordöstlich von unserer

gegenwärtigen Position. Das wär's.« Villars richtete sich auf. »Kameras einholen. Periskop einfahren. Runter auf dreißig Meter.» *Wie tief? Je tiefer wir gehen, desto sicherer sind wir vor Oberflächenerscheinungen, aber wenn die seismischen Wogen wirklich gewaltig sind, können sie so viel Wasser auf das Boot packen, daß es uns zermalmt.* »Maschinen volle Kraft. Kurs hundertfünfunddreißig Grad.« *Damit bleiben wir im tiefen Wasser und haben Rodriguez zwischen uns und dem Ding. Hoffentlich nützt es was.*

Jetzt haben wir also gesehen, was noch niemand gesehen hat — jedenfalls keiner, der darüber berichten konnte. Nur noch das Boot in Sicherheit bringen.

Die *Ethan Allen* stand im Begriff, gegen den größten Tsunami in der Geschichte anzukämpfen. Villars sah auf die Uhr. Diese Springfluten erreichten Geschwindigkeiten von zwei- bis vierhundert Meilen pro Stunde. *Sagen wir vier bei der hier. Sechs Minuten …*

»Kurs fünfundachtzig Grad Steuerbord legen.«

»Fünfundachtzig Grad Steuerbord liegen an«, kam es vom Rudergänger zurück.

»Die Besatzung warnen«, sagte Villars.

»Hört euch das nur an, klingt ganz wie Wasserbomben.«

Es könnten auch welche sein …

Das Schiff drehte sich. Villars spürte, wie ihm das Blut ins Gesicht schoß. Irgendwo brach ein schrilles Kreischen blitzartig ab, und er hörte einen dumpfen Schlag.

Minuten später ertönte es: »Eine starke Strömung, Käpt'n. Wir werden nach Nordosten gezogen.«

»Gut auf Kurs halten.« *Hol's der Henker, wir haben es überlebt!*

✿

Nachrichten kamen um neun Uhr morgens, wenn es welche gab. Marty bemühte sich, sie nie zu verpassen. Fox war es nicht immer der Mühe wert.

Ganz gleich, wie früh Marty aufstand, immer war Fox schon auf und hatte einen Topf Kaffee fertig. Es war sinnlos, ihn zu sparsamem Umgang mit dem Kaffee zu mahnen.

»Wenn er alle ist, kommen wir ohne aus. Bis dahin haben wir welchen«, lautete seine stereotype Antwort auf Martys inständige Bitten. »Weißt du, was mit dir los ist?«

Marty sah von dem Radio auf, an dessen Einstellknopf er gerade herumdrehte. »Wie?«

»Du hängst immer noch an der Welt, die du hinter dir gelassen hast. Solange du dir Sorgen um die Zivilisation machst, ist das nur eine weitere Möglichkeit, wie dich die Wüste umbringen kann. Entspann dich! Wir können sowieso nichts unternehmen. Wir haben bereits alles aufgegeben, worüber die anderen so verbissen herrschen. Jetzt stehen wir auf eigenen Füßen.«

»Schon richtig.« Sorgfältig suchte Marty weiter. »Du meinst, daß du es geschafft hast, was?« Er hatte Draht als Wurfantenne über die Spitze eines hohen Pfostens gelegt, den jemand vor Jahren als Flaggenmast errichtet hatte. Es funktionierte ganz gut.

Vier Stunden nach Sonnenaufgang war Shoshone normalerweise der reinste Glutofen. An diesem Morgen hatten sich schon ziemlich früh sonderbare fasrige Wolken gebildet, die sehr hoch standen. Sie waren nicht dicht genug, um die Sonne zurückzuhalten, aber offensichtlich hatten sie eine gewisse abschirmende Wirkung. Trotzdem trieb ihnen die Hitze den Schweiß aus den Poren.

»Ich ruh mich nun ein Weilchen aus«, sagte Fox. »Wenn es sich mal wieder lohnen sollte, rette ich von mir aus auch die Welt.«

»Schön, niemand kümmert sich um einen Niemand

von Schlangenjäger, wenn der Himmel voller glubschäugiger Ungeheuer ist, und Atombomben auf Kansas lassen dich ja kalt ... Ich glaube, jetzt hab ich 'nen Sender.«

»Kaltlassen ist wohl nicht das richtige Wort.« Fox hatte seine Luftmatratze auf einen ebenen Felsen gelegt. Die Hitze schien ihm nichts auszumachen. Mit dem Kaffeebecher neben sich auf einem flachen Stein machte er einen geradezu unanständig behaglichen Eindruck. »Fragt sich nur, wer einem noch *zuhört.*«

»Pst.«

»Meine Damen und Herren, der Präsident der Vereinigten Staaten.«

»He, John, wir haben den Präsidenten drin.«

»So?« Immerhin rückte Fox seine Matratze näher heran.

»Meine lieben Mitbürger, heute morgen haben die Eindringlinge aus dem Weltraum einen großen Asteroiden auf die Erde abgeworfen. Er ist auf der südlichen Halbkugel niedergegangen, und zwar im Indischen Ozean. Die Wirkung glich der einer gewaltigen Bombe, und es muß mit erheblichen Wetterveränderungen auf der ganzen Welt gerechnet werden.«

»So, so, ein Asteroid«, murmelte Fox. Er sah zum Himmel, und Marty folgte seinem Blick. Mehr Wolken waren aufgezogen. Sie wirbelten herum, änderten ihre Gestalt, wurden dicht und dunkel, trieben nach Osten wie Schaum auf einer sich brechenden Woge und schneller als bei einem Wirbelsturm.

»Damit wird das Projekt ›Gewächshaus‹ noch weit wichtiger als zuvor. Ich rufe Sie alle auf, Gemüse anzubauen, wo Sie können — im Hause oder draußen, im Garten oder in Blumentöpfen. Wer Gewächshäuser bauen kann, möge das tun. Behördenvertreter und Fachleute des Landwirtschaftsministeriums sind dabei behilflich. Amerika ist, was die Lebensmittelversorgung betrifft, auf sich selbst gestellt.«

Uns hier macht das nichts aus, dachte Marty. Aber das Grinsen wollte ihm nicht so recht gelingen.

»Das Wetter auf der ganzen Welt«, wiederholte Fox. »Gott im Himmel, sollten die 'ne Dinosaurier-Keule runtergeschmissen haben? Vom Indischen Ozean bis hierher. Wie lange dauert das? Marty?«

»Keine Ahnung.«

»Wieviel Sprit haben wir noch?«

»Knapp zwanzig Liter.«

»Wir sollten besser den Kleinlaster auftanken. Wahrscheinlich brauche ich ihn.«

Gegen Mittag bedeckten die Wolken den Himmel vollständig. Die Sonne, die seit Martys Ankunft vor zwei Tagen wie ein tödlicher Feind heruntergebrannt hatte, war verschwunden. Marty musterte Fox mit einer gewissen Besorgnis, denn dieser beobachtete den Himmel, als fürchte er einen wahren Säureregen.

Der Regen kam um eins. Die ersten großen Tropfen klatschten auf das Fahrerhaus des Kleinlasters, und Marty hob das Gesicht, um sie zu lecken. Klares, reines Wasser ... aber nein. Furcht beschlich Marty, als er Salz schmeckte und Sand auf der Zunge spürte. »Laß uns abhauen«, rief Fox ihm zu.

»Wohin«‹

»Los, komm schon!«

Marty folgte ihm in die Kabine. Er hatte gerade noch Zeit, den Hunden zu pfeifen, damit sie auf die Ladefläche springen konnten. Er machte sich etwas Sorgen um Darth, der schließlich noch so jung war, daß er möglicherweise versuchen würde, während der Fahrt abzuspringen.

»Der Teufel soll die Hunde holen, sie können nicht mal bleiben und das Lager bewachen.«

»Natürlich können sie das, wenn du das möchtest«, sagte Marty. »Kommen wir denn wieder?«

»Wie? Ja, natürlich.«

»Dann halt an, damit ich ihnen sagen kann, was sie tun sollen!«

»Wird gemacht.«

Fox hielt an. Marty schärfte den Hunden ein: »Aufpassen!« Den Welpen nahm er mit.

Chaka hob traurig den Blick, gehorchte aber.

Jetzt regnete es in Strömen. *In dieser Gegend im Juli. In Soshone, über dem Tal des Todes? Schwemmsand vom Meeresboden, wenn der Meteor im Indischen Ozean eingeschlagen ist? Ich kann es nicht glauben.* »Wohin fahren wir?«

»Ich kenn da 'ne Stelle. Komm schon!« Fox fuhr die unbefestigte Straße zur Hauptstraße hinab.

Ein großer Tanklaster stand an der Raststätte. Bestimmt enthält er genug Benzin, um uns beide hundert Mal nach Bellingham zur *Wagenburg* zu bringen, durchfuhr es Marty. *Wohin er wohl unterwegs ist?*

Nach einer Weile bogen sie von der Asphaltstraße nach links auf einen Schotterweg ein.

Sie umrundeten einen Gipfel und fuhren auf ein breites Felsband.

Fox hielt an und stieg aus. Marty folgte ihm. Darth wich ihm nicht von der Seite und drückte sich an sein Bein.

Das Tal des Todes lag unter ihnen, unfruchtbar wie die Oberfläche des Mondes. Eher noch wie Merkur, dachte Marty, bei der entsetzlichen Hitze. Er konnte kaum etwas sehen. Der Regen behinderte die Sicht, und auch Nebel erhob sich jetzt. Das Wasser verdampfte, sobald es den Boden berührte.

Fox gestikulierte, wie Satan, als er Christus die Welt anbot. »Das hat die Leute damals in die Falle getrieben, die ersten, die hier gelebt haben. Sieh nur, wie sacht es nach unten geht. Es ist gerade so geneigt, daß ein einmal hinabgefahrenes Pferdefuhrwerk nicht mehr wieder zurück kann.«

»Ich war hier schon mal.«

»Und sicher hast du alles gesehen, auch die Dünen.

Aber hast du mal auf das Leben hier geachtet?« Der Regen war laut, aber John Fox' Stimme übertönte ihn. Es klang, als hielte er einen Vortrag vor einem riesigen Publikum. »Es ist hier wie auf einem anderen Planeten. Pflanzen und Tiere haben sich entwickelt, die nirgendwo sonst überleben könnten. Wenn die Bedingungen ...«

Einen Augenblick lang verschluckte das Dröhnen von Wind und Regen sogar John Fox' Stimme. Es kam Marty vor, als habe man ihm eine Badewanne voll Salzwasser über den Kopf gegossen. »John, was ist eigentlich los?« schrie er.

»Die verdammten Außerirdischen gestalten die Erde nach ihren eigenen Vorstellungen um! Sie haben über dem Indischen Ozean einen Asteroiden abgeworfen! Und ich habe gegen Atomkraftwerke gekämpft. Ich hätte nach ihnen schreien sollen, damit wir Energie für den Antrieb von Laserraketen hätten! Ich Trottel habe mich gegen das Raumprogramm eingesetzt. Sie haben alles auf der Erde zerstört, wo der Mensch leben kann! Der Henker soll euch holen«, rief er zum Himmel empor. »Überzieht die Erde mit Feuer, stapelt Leichen in Pyramiden auf! Wir können sonstwo leben! Wir verstecken uns in den Wüsten, auf Berggipfeln und auf den Polkappen. Eines Tages kommen wir raus und bringen euch alle um!«

Das Tal des Todes brodelte vor Dampf. Man sah nichts. Dennoch starrte John Fox in die Suppe hinein, wo er Alptraumgestalten sah. »Ehemaliger Meeresboden«, sagte er mit fast normaler Stimme. »Ein Salzmeer. Alle werden umkommen.«

Der Regen fiel.

IV

Die kletternden Fithp

30 Fußabdrücke

Hört zu, ihr tolles Volk, das keinen Verstand hat,
die da Augen haben und sehen nicht,
Ohren haben und hören nicht!

JEREMIA 5, 21

Die verzerrte Gestalt des Klein-Mondes schwand dahin, blieb zurück, bis sie unsichtbar war. Die Erde wurde riesig. Ein Blitzlicht leuchtete über dem Indischen Ozean auf, und an seine Stelle trat sofort eine anschwellende, immer dunkler werdende Feuerkugel. Ringförmige Schatten entstanden und verblaßten in ihr und um sie herum. Weit vom Einschlagort entfernt blitzten verwirrende neue Lichter in Punkten und radialen Streifen auf.

Die Oberfläche der Erde zog vorbei, erschreckend nahe, wich aber allmählich zurück. Eine Welle in der Wolkendecke oberhalb des Indischen Ozeans stieß nach außen, büßte dabei ihre kreisrunde Gestalt ein. Nordwärts bekam sie eine dreieckige Einkerbung, als habe jemand in den Rand einer Wolldecke mit einem Nagel eine Triangel gerissen.

»Indien«, sagte Dawson. »Wie schnell läuft das Band?«

»Acht-mal-vier-schnell«, gab Tashajämp zur Antwort.

»Aha, zweiunddreißigfacher Zeitraffer«, murmelte Dawson.

»Was ist das?« fragte Alice.

»Das sind Landmassen. Die seismische Woge verzerrt die Wolken«, sagte Arwid.

»Und den Meeresboden«, bekräftigte Dawson, »wenn auch nicht so stark. Da sieht man, wie Indien untergeht. Die Blitze stammen vermutlich von Schutt und Trümmern, vielleicht sogar von Wassermassen, die die Wucht der Explosion in den Weltraum herausgeschleudert hat und die jetzt wieder in die Atmosphäre eingetreten sind.«

Da geht Indien unter. Fahrt dahin, Krischna und Wischnu! Jeri erschauerte. »Mit Dave war ich mal in Indien. So viele Menschen. Eine halbe Milliarde.«

Arwid stand in der Nähe. Sie spürte seine Wärme und wünschte, sie könnte ihm näher sein.

Tashajämp fragte: »Zahl?«

Arwid sagte: »Acht hoch acht mal acht mal drei.«

»Erdlings-Fithp in Indien? Da, wo die Welle hingeht?«

»Ja.«

Dmitri sagte rasch etwas auf russisch.

»Stalin hat so gedacht«, fuhr ihm Arwid ins Wort.

Dmitri zuckte ausdruckslos die Achseln.

Worum ging es da wohl, fragte sich Jeri. Arwid schien gar nicht begeistert zu sein. Stalin? Der hätte wahrscheinlich gern eine einfache Lösung für das ›Problem‹ Indien gefunden. ›Probleme‹ gehen uns weniger nahe als Menschen.

Die Verformung in den Wolken strebte afrikawärts, dann nach Süden. Dort war die Luft klar, und im Ozean entstand eine kaum sichtbare Wellenbewegung ... aber der Umriß des Kontinents veränderte sich, wanderte nach innen.

»Das Kap der Guten Hoffnung«, murmelte Jeri. Sie sah zu, wie sich die Wellen in den Atlantik hinein ausbreiteten. Die Aufnahme mußte das Ergebnis eines Stunden währenden Prozesses zeigen. Jeri schnappte nach Luft, sie hatte gebannt den Atem angehalten, ohne es zu merken. Die Wellen strebten auf Argentinien und Brasilien zu; es wirkte täuschend langsam und war zugleich von erschreckender Unausweichlichkeit.

Auch hier folgte eine Wolkendecke, die förmlich über den Ozeanen brodelte und bis zu den Landmassen hinabreichte.

»Mein Gott«, sagte Jeri. »Wie konnten sie das nur tun?«

»Wir haben das nicht gewollt«, sagte Rästapisp-mins. »Wir hätten den FUSS gern weit außerhalb eurer Atmosphäre abgesetzt, aber eure Fithp wollte nichts davon wissen.«

»›Du hast mich dazu gezwungen‹«, sagte Alice mit weinerlicher, vor Selbstmitleid bebender Stimme, und fuhr in scharfem Ton fort, »das sagen alle, die eine Schraube locker haben — auch *Verbrecher* sagen es, wenn sie etwas getan haben, dessen sie sich schämen. Immer sind andere schuld.«

»Von mir aus können sie sagen, was sie wollen«, sagte Carrie Woodward. »Wir wissen, wie es war. Sie sind von den fernen Sternen zu uns gekommen, um unser Land zugrunde zu richten.«

»So etwas solltet ihr nicht sagen«, verwies Takpassih sie. »Ihr wollt nicht, daß das noch einmal passiert und werdet uns helfen.«

»Helfen? Wie?« erkundigte sich Dawson.

»Du, Wes Dawson, sagst es ihnen! Es kommen noch mehr.«

Das Bild auf dem Schirm änderte sich wieder. Wolken bewegten sich so unnatürlich rasch, daß Jeri glaubte, immer noch eine Zeitrafferaufnahme zu betrachten, bis Takpassih sagte: »Das ist jetzt Winterheim.«

Die Erde war weiß. Eine geschlossene Wolkendecke entzog sie den Blicken.

»Regen überall«, sagte Nikolai. »Die Staudämme sind gebrochen. Es wird Überflutungen geben.«

Die Erde war jetzt fern und drehte sich nicht mehr unter ihnen. »Wir sind auf einer geostationären Umlaufbahn«, erklärte Nikolai. »Über Afrika. Seht!«

Weiße Striche blitzten durch die Nacht über der Erde.

Dort lag Afrika, und die Griflingsschiffe waren auf dem Weg dahin.

»Geht jetzt! Tashajämp, bring sie fort!« sagte der Leitbulle. »Dawson und Rästapisp-mins, ihr bleibt!«

✿

Der Herr der Herde wartete, bis alle anderen den Vorführraum verlassen hatten. Dann sagte Dawson, bevor Pastempih-keph den Mund auftun konnte: »Ich werde meiner Fithp nicht zur Übergabe raten.«

Falls sich Dawson in sein Augenlid krallen wollte, würde ihn der Herr der Herde mit einem Snff-Hieb quer durch den Raum schleudern. Er sagte: »Du wirst. Rästapisp-mins, sag ihm Einzelheiten, aber noch nicht jetzt. Wes Dawson, hast du mit Fathistih-talk gesprochen?«

»Der Name sagt mir nichts.« Dawsons Blick streifte flüchtig über Rästapisp-mins. »Augenblick. Zweiter Führer? Berater?«

»Ja.«

»Er ist zu mir gekommen.«

»Rästapisp-mins, hast du das zugelassen?«

Umerzieher-Eins Rästapisp-mins zögerte und machte dann eine bestätigende Bewegung. »Der Berater meinte, er könne vielleicht auf diese Weise Zugang zu ihm fnden. Ich dachte, es könne den Versuch wert sein.«

Takpassihs Thaktan waren damals die sowjetischen Gefangenen gewesen. Rästapisp-mins hatte sich mit Dawson allein beschäftigt. Von Takpassih abgewiesen, hätte Fathistih-talk zu Rästapisp-mins gehen müssen. »Was wurde dabei gesagt, Dawson?«

Noch immer beherrschte der Erdling die Sprache der Thaktanthp nur unvollkommen. Ihn zu befragen dauerte länger, als dem Herrn der Herde lieb war, aber er ließ nicht locker.

Dawson zufolge hatte ein Stück Stoff sein Nachtlicht bedeckt, als er nach seiner ersten Erkundung der Luftkanäle seinen Absonderungs-Pferch erreichte, und ein Fi' wartete dort auf ihn. Sein Gesicht verdeckte der Helm eines Druckanzugs und seine Greifglieder eine Art Handschuh.

»Woher willst du dann wissen, daß du zu Fathistihtalk gesprochen hast?« fragte der Herr der Herde.

»Ich habe ihn veranlaßt, beides abzunehmen.«

»Tatsächlich. Wie?«

»Er gab keinen Grund dafür an, warum er dort war, und stellte Fragen: ›Wir nehmen Winterheim ein. Frage: Ist das unrecht? Wir benutzen Monde und umlaufende Felsen, wollen keine Planeten. Frage: Stimmt das? Sag warum. Sag, ob Erdlings-Fithp Reichtum aus dem Weltraum genommen hat.‹«

Der tückische Erdlings-Einzelgänger zuckte die Achseln. »Ich sagte Fi' Wes Dawson. Kongreßabgeordneter. 514-55-2316.«

»Ich verstehe nicht«, sagte der Herr der Herde.

»Ein Erdlingskrieger unter dem Fuß des Feindes sagt Namen, Rang, Nummer und sonst nichts.«

»Falsch. Erzähl weiter!«

»Er sagte: ›Dawson, du hast dich ergeben.‹ Ich antwortete: ›Aber nicht dir. Wer bist du? Wenn ich mit dir spreche, wer ist dann wütend?‹«

Damit hat das überhebliche Geschöpf sogar recht. »Der Einwand ist berechtigt.«

»Er nahm den Helm ab. Ich zog das Tuch von der Lampe. Er sagte: ›Ich bin der Berater des Herrn der Herde. Frage: Ist Krieg mit Erde Unrecht? Wir wollen Weltraum, nicht Erde?‹ Ich sagte: ›Ja.‹«

»Natürlich mußtest du das sagen. Weiter!«

»Was ist ...« — Dawson versuchte, mit seinem Mund ein ihm unvertrautes Fithp-Wort zu bilden — »Fufisthengälss?«

Abtrünniger. »Das brauchst du nicht zu wissen. Sprich weiter!«

»Er sagte, er sei Fufisthengälss, wie viele andere. Die

Fufisthengälssthp planten von Winterheim fortzugehen. Ich sagte: ›Das klingt mir angenehm. Frage: Kann ich helfen?‹ Er sagte: ›Nenn mir Gründe, warum *Thaktan Flishithy* Winterheim verlassen soll!‹ Ich berichtete ihm von Vorkommen auf Mond, Mars und Asteroiden. Von Metallen. Von in Gestein und Staub gebundenem Sauerstoff. Von Dingen, die man in der Schwerelosigkeit, aber nicht unter Schub machen kann. Von Sonnenenergie, nicht vergeudet in der Winterheim-Luft, nicht abgehalten von Winterheim-Stürmen und Winterheim-Nacht. Wir begannen erst, die Vorkommen im Weltraum auszubeuten, als ihr kamt. Laßt uns zufrieden, und wir verlagern alle schmutzigen Industriezweige in den Weltraum und machen aus Winterheim einen Garten.«

»Das hat Fathistih-talk bestimmt gern gehört.«

»Ja, gern. Er hatte es eilig und ging, bevor ich ausgeredet hatte. Ich habe ihn danach nicht wiedergesehen.« Dawsons Hände wiesen auf den Bildschirm, auf dem Fathistih-talks Leiche zu sehen war. »Einige Fithp scheinen anderer Meinung zu sein als die Fufisthengälssthp?«

»Hast du noch mehr zu sagen?«

»Ja. Einmal gab es einen albernen Unterhaltungsfilm im Fernsehen. Fithp von einem anderen Stern kamen nach Winterheim und entnahmen aus den Ozeanen Wasser für ihren eigenen Planeten. Das macht doch keinen Sinn. Warum das Wasser nicht auf dem Saturn holen, einem beringten Gasriesen, wo es schon gefroren ist und sich leicht bewegen läßt, wo keine Erdlings-Fithp wohnt, die sich wehrt?«

»Die Geschichte klingt in der Tat albern, aber …«

»Die Ziehenden Fithp sind auch nicht klüger. Die *Bote* ist seit acht-hoch-zwei Jahren oder länger euer Heim. Wieder am Saturn versorgt, könnte er immer weiterfliegen. Warum müßt ihr Winterheim zerstören?«

»Das ist mein Thaktan, nicht deiner! Weißt oder ahnst du, wer meinen Berater getötet hat?«

»Viele Fithp, nicht einer. Kein Fi' tut etwas allein.«

Diese Erkenntnis war es kaum wert, laut ausgesprochen zu werden, mit Ausnahme eines Punktes. Der Herr der Herde hatte sich umgehört: Abtrünnige, aus Winterheim zurückgekehrter Krieger, verpaarte und unverpaarte Weibchen, halbwüchsige Jung-Fithp — niemand wußte etwas. Es schien unmöglich ... und Dawson dachte genauso. »Du sprichst gut. Und weiter?«

»Keine Fufisthengälssthp, denn Fathistih-talk schien selbst zu dieser Fithp gehört zu haben. Und auch kein Mensch, denn Fathistih-talk wollte Winterheim in Frieden lassen. Hat er Fistartih-thaktan beleidigt? Töten Fithp für ihre Überzeugungen?«

»Ja. Warum verdächtigst du Fistartih-thaktan?«

»Das tue ich nicht. Die Befürworter des Krieges haben den Berater des Herrn der Herde getötet. Sind es viele? Kannst du einen herausgreifen, der vielleicht ein Einzelgänger ist? Winterheim zerstören ist die Tat eines gemeingefährlichen Einzelgängers, ist schurkisch. Es muß denkbar viele Einzelgänger geben.«

Der Herr der Herde war wütend. Am liebsten hätte er das vorlaute Geschöpf auf der Stelle getötet ... Dennoch wäre er nie auf den Priester verfallen. »Du hast das gründlich durchdacht. Rästapisp-mins, Ihr hättet das Treiben des Beraters nicht geheimhalten dürfen. Ist Euch noch nie der Gedanke gekommen, daß es zu seinem Tod geführt haben könnte?«

»Nein, Herr der Herde. Wie sollte es?«

Pastempih-keph spreizte seine Grifflinge. »Das weiß ich noch nicht. Sag Dawson, was er seiner Fithp in Amerika mitteilen soll. Später sende ich dich nach Winterheim. Die afrikanische Fithp braucht jemanden, der das Erdlings-Verhalten kennt, und die Umerzieher-Fithp müssen mehr lernen.«

Rästapisp-mins stöhnte auf und bedeckte seinen Schädel, sagte aber nichts. Der Herr der Herde wandte sich ab. Daß er den Führer der Umerzieher-Gruppe in den Kampf schickte, konnte nur eine Strafmaßnahme sein, und das wußte der Umerzieher auch. Dennoch hätte der Herr der Herde vermutlich keine bessere Wahl treffen können ...

In wenigen Acht-mal-acht-Atemzügen würde das Schiff zu rotieren anfangen. Dem Herrn der Herde würde bald wieder sein privater Schlammraum zur Verfügung stehen.

✿

Jenny hatte den Präsidenten noch nie so müde gesehen. Er trug einen ausgebleichten geblümten Morgenrock, und seine bloßen Füße steckten in Pantoffeln. Er griff ohne ein Wort des Dankes nach der Tasse Kaffee, die ihm Jack Clybourne brachte, und nahm unbeteiligt Jennys und Admiral Carrells Bericht zur Kenntnis.

»Mhm, in Südafrika also«, sagte er schließlich. »Dr. Curtis hatte also recht. Woher haben wir die Information?«

»Von der Regierung in Pretoria«, sagte Admiral Carrell. »Das Fernmeldekabel durch Dakar funktioniert noch. Ich kann die Hand nicht dafür ins Feuer legen, daß die Verbindung lange bestehen bleibt. Verstehen Sie, Mr. President, wir *wissen* einfach sehr wenig.«

»Können wir etwas tun?« fragte der Präsident.

Carrell nickte zu Jenny hinüber.

»Uns ist bisher noch nichts eingefallen, Sir. Wir könnten versuchen, Schiffe hinzuschicken.«

»Aber sie haben noch immer Laser und ihre fliegenden Rammböcke«, sagte Präsident Coffey. »Sagen Sie, Major, gibt es nichts, was man ihnen entgegensetzen könnte?«

»Südafrikanische Kommandos«, gab Jenny zur Antwort, »die dortige Nationalgarde.«

»Haben die Leute keine reguläre Armee?«

»Doch, Sir. Sie hatten schon immer die größte Armee

auf dem Kontinent. Der Großteil war jedoch an der Küste stationiert.«

David Coffey fuhr sich mit beiden Händen durch das schüttere Haar und glättete es dann sorgfältig. »Dann müssen wir wohl davon ausgehen, daß der Rest vom Weltraum aus vernichtet wurde. Noch etwas?«

»Sir, es gibt eine Sowjetarmee etwa fünftausend Kilometer nördlich des Landegebiets — zumindest gab es sie, als wir noch über Nachrichtenleitungen verfügten, aber wir wissen nicht einmal, ob die etwas von der Invasion gehört haben.«

Und in Moskau würde sich niemand melden. Auf die Russen können wir uns nicht verlassen.

Matt nickte der Präsident. »Sie werden zumindest merkwürdige Erscheinungen am Himmel sehen. Können Sie eine Nachricht an diese Einheit absetzen?«

»Ich weiß es nicht, und ich weiß auch nicht, ob sie uns glauben würden.«

»Versuchen Sie es, Admiral! Wir können also nichts tun, um die Außerirdischen zu vertreiben?«

Admiral Carrell zuckte die Achseln. »Nicht, daß ich wüßte. Wir haben noch einige U-Boote mit Raketen an Bord. Die könnten wir abfeuern lassen, nur wissen wir nicht genau, wohin. Außerdem dürfen wir sicher sein, daß sie ihre Truppen mit Laser-Einrichtungen schützen.«

»Sie aus Kansas zu vertreiben, hat uns alles gekostet, was wir hatten — alles, was wir *und* die Russen hatten«, sagte der Präsident. »Es liegt wohl auf der Hand, daß wir sie nicht aus Südafrika hinauswerfen können.«

Großer Gott, gibt er etwa auf?

»Solange sie die Herrschaft über den Weltraum haben, können sie tun, was ihnen beliebt«, sagte Admiral Carrell. »Nehmen wir an, wir verjagen sie aus Afrika. Im Sonnensystem gibt es Millionen von Asteroiden. Vielleicht werfen sie den nächsten über Colorado Springs ab oder bepflastern mit einer ganzen Reihe kleinerer die Bucht vor San Francisco, den Michigan-See, die Chesapeake-Bucht ...«

»Admiral, müssen wir uns ergeben?«

Carrell schnaubte. »Sie sind der Oberbefehlshaber, Mr. President. An der Marineakademie in Annapolis hat mein Schreibtisch zwei Jahre lang genau unter der Standarte mit der Aufschrift ›Das Schiff nie aufgeben‹ gestanden. Danach werde ich mit Sicherheit handeln.«

»Aber ...«

»Erzengel«, sagte Admiral Carrell.

Coffey schnaubte. »Glauben Sie wirklich an ein Raumfahrzeug mit *Atombomben*-Antrieb?«

»Es muß einfach funktionieren«, sagte Carrell.

»Und Sie meinen, es ist unsere einzige Hoffnung?«

»Eine andere kenne ich nicht.«

»Aha.« Der Präsident sah nachdenklich drein. »Alles hängt also von der Geheimhaltung ab. Wenn sie etwas davon erfahren, wenn sie auch nur den kleinsten Hinweis bekommen ...« Er runzelte die Stirn. »Ich habe den Namen der Stadt vergessen. War es Bellingham?«

»Ja.«

»... jagen sie Bellingham in die Luft, und wir sind erledigt. Gut, wenn das unser höchster Trumpf ist, wollen wir uns damit beschäftigen. Ich wünsche einen persönlichen Bericht über die Fortschritte. Admiral, schicken Sie Major Crichton hin. Ich befördere sie hiermit zum Lieutnant Colonel.« Er sah sich um, und sein Blick fiel auf Jack Clybourne.

»Jack!«

»Ja, Sir?«

»Sie müssen sich hier ziemlich nutzlos vorkommen.«

»Ehrlich gesagt, ja. Die meiste Zeit bin doch ich der einzige Bewaffnete, der näher als einen Kilometer an Sie rankommt.«

»Sie kennen ja die Sicherheitsvorschriften. Begleiten Sie Colonel Crichton, und sehen Sie sich an, was die da in Bellingham auf die Beine gestellt habe!« Erneut fuhr sich der Präsident durch die Haare. »Ich sollte mir wohl eine Badehose anziehen und mich mit den Träumer-Fithp unterhalten.«

»Mit wem?« fragte Jenny verdutzt.

Der Präsident lächelte sie abwesend an. »Mit den SF-Autoren. Die bringen mich bestimmt auf andere Gedanken. Sie erzählen mir nicht ständig etwas über schreckliche Dinge. Aber allen Ernstes — dies alles scheint sie in keiner Weise zu berühren. Sie denken wohl in größeren Zusammenhängen und halten einen interstellaren Krieg für die einmalige Chance, eine *wahre* Geschichte zu schreiben. Und der zahme Rüßler, den sie da haben — gut zu wissen, daß die Biester sich *tatsächlich* ergeben würden, wenn wir nur etwas hätten, womit wir sie empfindlich treffen könnten!«

✲

Dawson kehrte etwas mehr als eine Stunde nach den anderen in die Zelle zurück. Er bebte von Kopf bis Fuß und sagte in die Richtung der fragend auf ihn gerichteten Augenpaare: »Ich soll die Erde zur Kapitulation auffordern.«

Die Blicke der Russen trafen sich.

»Ich denke aber nicht daran«, sagte Dawson. Er lehnte sich mit dem Rücken gegen die gepolsterte Wand, sah zur Decke und fuhr fort: »Sie haben ein Symbol. Es sieht aus wie ein auf dem Rücken liegendes Fi' und bedeutet ›Wirf keine Bomben auf mich‹. Die Leute können es auf Gewächshäuser, Krankenhäuser und Lebensmittellaster malen ... wie ein Rotes Kreuz. Sobald es zu Täuschungszwecken verwendet wird, hageln wieder Gesteinsbrocken vom Himmel.«

»Und ohne diese Symbole sind Lebensmitteltransporte nicht sicher?« wollte Dmitri wissen.

»Für den Fall, daß ich nicht zu den Menschen auf der Erde spreche, haben sie einen weiteren Fußfall angedroht.« Wes schauderte. »Aber ich sage es auf keinen Fall.«

»Nichts deutet darauf hin, daß sie weitere Asteroiden abwurfbereit haben«, sagte Arwid.

»Ist auch gar nicht nötig«, sagte Jeri. »Wo sie den einen herhaben, gibt es noch eine Menge. Oder im Asteroidengürtel. Es dauert vielleicht ein paar Jahre, aber Zeit haben sie ja genug. Immerhin liegen sie schon lange auf der Lauer, so an die ...«

»Fünfzehn Jahre seit Eintritt ins Sonnensystem. Natürlich können sie einen nach dem anderen holen«, sagte Wes. »Dazu brauchen sie gar nicht bis zum Saturn. Wegen der geringen Schwerkraft auf dem Mond können sie sich soviel Mondgestein holen, wie sie wollen.«

Nein. Großer Gott, warum? Am liebsten hätte sich Jeri zu einer winzigen Kugel zusammengerollt. »Und was werden Sie tun, Wes?«

»Was kann ich tun? Ich brauche Hilfe.«

Und die ganze Zeit hören sie zu und beobachten uns, während wir darüber reden ...

»Vielleicht«, sagte Arwid, »wäre es besser, wenn Sie das Ultimatum doch übermittelten. Man müßte es nur geschickt formulieren. Wir könnten Ihnen dabei helfen.« Er sah vielsagend zu Wes hinüber.

»Ich soll die Menschheit zur Übergabe auffordern! Sie wollen mir den Wortlaut vorschreiben. Sage ich etwas anderes, schalten sie mir den Ton ab. Was also nützt das alles?«

Arwid sah beiläufig auf die sie beobachtende Kamera. »Man könnte es umformulieren.«

Ein längeres Schweigen trat ein. Wes überlegte. »Natürlich werden die Fithp Hilfe bei der Formulierung brauchen. Ihr Englisch ist ja nicht umwerfend ...«

»Eben, und Ihres ist erstklassig.«

✿

Die anderen schliefen. Alice rollte sich, einen Arm vor dem Gesicht, schutzsuchend zu einer Kugel zusammen. Mit der anderen Hand hielt sie sich an der Wandverkleidung fest. Man hatte ihnen keine Decken gegeben, sie schliefen in dem, was sie tagsüber trugen. Es herrschte Rotationsschwere in *Thaktan Flishithy,* und Alice spürte eine Art Schwanken. Dmitris Schnarchen klang wie ein Klagegesang.

Alice streckte sich aus. Zum Teufel mit dem Schutz!

Der Abgeordnete Dawson schlief etwa einen Meter von den anderen entfernt. Er lag auf der Seite, den Kopf in die Armbeuge gelegt. Alice musterte ihn aufmerksam. Im Schlaf wirkte er harmlos. Er runzelte die Stirn. »FUSS«, murmelte er vor sich hin. »FUSS auf FUSS. Riesige Mee ... Meteoriteneinschl ...«

Jedermann in Menningers Sanatorium hatte unter Alpträumen gelitten. Oft war Alice mitten in der Nacht aufgewacht und hatte anderen zugesehen und zugehört ... Ihnen ging es keine Spur besser als ihr. Der Gedanke hatte sie lange beschäftigt. Hätte sie früher nur öfter einmal eine Nacht gemeinsam mit anderen verbracht, dachte sie, dann wäre ihr bald klargeworden, daß sie sich nicht sehr von ihnen unterschied.

Und hätten ihre Eltern sie nicht auf eine Mädchenschule geschickt, hätte sie möglicherweise auch keine Schwierigkeiten im Umgang mit ... dem anderen Geschlecht.

»Dinosaurier. O Gott, wie die Dinosaurier ...«, sagte Dawson und stöhnte.

Armer Kerl. Zwar konnte er der Welt sagen, wie sie ihre Nahrungsmittelversorgung und Krankenhäuser zu schützen vermochte, doch woran würde man sich erinnern? Daran, daß Wes Dawson sie gedrängt hatte, sich den Scheusalen zu ergeben. Wes Dawson, der Verräter.

Ungerecht! Kaum hatte er von den Absichten der Scheusale erfahren, hatte er versucht, dem Lehrer Takpassih an die Gurgel zu gehen. Er hatte Mrs. Woodward davon erzählt, und Alice hatte mitgehört. Sie versuchte sich das vorzustellen. Es mußte ein kurzer Kampf gewesen sein.

So harmlos sah er im Schlaf aus; aber er war der einzige, der sich gewehrt hatte.

Mutig faßte Alice nach Wes Dawsons Handgelenk. Wenn sie zu schwach drückte, würde es ihn kitzeln, wenn sie zu fest drückte, würde er wach werden.

Er hörte auf zu atmen wie Alice selbst. Dann murmelte er: »Ich kann sie umbringen. Sie sind sterblich.« Sein Gesicht entspannte sich, seine Lippen öffneten sich leicht, und er schlief wieder tief.

Nach einer Weile kuschelte Alice sich an ihn.

31 Höchste Geheimhaltungsstufe

> Wer bereit ist, um einer geringen vorläufigen
> Sicherheit willen
> wesentliche Freiheiten aufzugeben,
> verdient weder Freiheit noch Sicherheit.
>
> Benjamin Franklin

Der Hubschrauber ging auf dem Parkplatz hinter einem merkwürdigen alten Gebäude nieder. Die Fundamente bestanden aus Granit, an jeder Ecke erhoben sich Backsteintürme. Ein älterer Mann wartete mit zwei weiteren auf sie. Sie trugen braune Uniformen und schützten sich mit Schirmen vor dem Nieselregen. Jenny und Jack folgten ihnen ins Innere des Gebäudes.

»Ich bin der Polizeichef, Ben Lafferty, und das sind zwei meiner Männer, Young und Hargman. Fragen Sie, was Sie wollen.«

»Eigentlich hatten wir mit Leuten von der militärischen Abwehr gerechnet«, sagte Jenny.

Lafferty verzog das Gesicht und beäugte Jennys frisch glänzendes silbernes Eichenblatt mit übertrieben zusammengekniffenen Augen. »Nun, Lieutenant Colonel, ich bin selbst Oberst der militärischen Abwehr. Offen gesagt bin ich hier der Ranghöchste.« Er hörte auf zu grinsen, und aus seinem Gesicht schwand schlagartig jegliche Jovialität. »Ich stamme von hier, meine Dame. Der Staat Washington hat die Hauptstadt Washington eigentlich nie so recht gebraucht, und Bellingham hat nie viel vom Staat bekommen. Es war ein hübsches Universitätsstädtchen, bis ihr Bundesleute gekommen seid.«

Jack Clybourne griff in die Tasche. Jenny legte ihm die Hand auf den Arm. »Ich verstehe Sie«, sagte sie. »Wir tun nur unsere Pflicht.«

»Und worin besteht die? Was, zum Teufel, baut ihr da unten am Hafen? Erzählen Sie mir bloß nicht wieder den Quatsch mit dem Gewächshaus. Für so was braucht man keine riesigen Eisendinger, die unter Schleppkähnen hängend rangeschafft werden.«

»Wir sind im Krieg«, sagte Jack Clybourne.

»Davon haben wir gehört.«

»Gehört! Sie hätten das zerstörte Raumschiff sehen sollen!« Doch Jack Clybourne hatte sich gleich wieder gefangen. Lafferty war einen Schritt von ihm weggetreten. »Ich habe einige Filme mitgebracht und ich denke, ich kann Sie davon überzeugen, daß wirklich Krieg ist. Wir sind im Begriff, ihn zu verlieren und auf jede Hilfe und Zusammenarbeit angewiesen, die wir bekommen können.«

»Das kenne ich schon.« Der Polizeichef sah auf die Uhr. »Schön. Hargman und Young können sich um Sie kümmern. Ich habe einen Termin.« Er verließ das Büro, ohne sich noch einmal umzuwenden.

»Was hat er eigentlich?« wollte Jack Clybourne wissen.

Young überlegte einen Augenblick lang und sagte dann leise: »In gewisser Hinsicht hat er recht. Es lief alles prima, bis mit einem Schlag dieses große Gewächshausprojekt angekündigt wurde. Nur ist es kein Gewächshaus, nicht wahr? Sonst müßte der Bau ja nicht von einem Astronauten im Generalsrang überwacht werden.«

»Zufällig ist General Gillespie mein Schwager. Er gehört zu den Luftstreitkräften«, sagte Jenny.

»Ach ja? Und was haben die mit Grünkram zu tun? Wozu all diese Sicherheitsvorkehrungen, wenn es doch nur ein Gewächshaus ist?«

»Es gibt Gründe.«

Hargman schnaubte verächtlich. »Sicher. Und die sorgen dafür, daß eines schönen Tages ein Meteor auf unsere Stadt abgeworfen wird und alle umkommen.«

»Nicht wenn die Außerirdischen an das Gewächshaus glauben«, sagte Jenny. »Sie haben noch nie ein Lebensmittellager bombardiert.«

»Und woher sollen die wissen, daß es eines ist?«

»Vielleicht lassen Sie es einfach mal darauf ankommen«, sagte Jack. »Wenn die Rüßler erst mal erfahren, daß in Bellingham etwas vor sich geht, dann ...« Er spreizte die Hände.

»... gibt es kein Bellingham mehr«, sagte Young. »Und wie könnten sie dahinterkommen?«

»Durch das Fernsehen. Oder einfach über das Radio, den Polizeifunk — sogar CB-Funk.«

»Großer Gott«, sagte Hargman. »Und was für ein Geheimnis beschützen wir da?«

»Glauben Sie mir, es ist besser, wenn Sie es nicht wissen«, versicherte ihm Jack.

Jenny dachte an das graue Gesicht des Präsidenten. »Hört mal, wir sitzen doch alle im selben Boot, nicht wahr? Wichtig ist, daß niemand auf den Gedanken kommt, in Bellingham könnte es Geheimnisse geben. Auf dieser Grundlage sollten wir vorgehen.«

»Alle CB-Geräte einsammeln«, knurrte Hargman. »Das wird bestimmt nicht einfach sein. Und werden Rüßler nicht erst recht mißtrauisch werden, wenn es hier kein CB-Geplapper mehr gibt?«

Jack erwiderte: »Wir sorgen für Anlagen, über die viel geplauscht wird. Aber das machen unsere Leute. Vielen Dank.«

»Wird gemacht«, sagte Young. »Aber so richtig schmeckt mir das nicht.«

»Es ist im Interesse aller«, beruhigte ihn Jenny.

✿

General Edmund Gillespie schloß die Tür. Jenny konnte den Lärm vom Hämmern und Nieten immer noch hören, aber er war schwächer, riß nicht mehr an ihren Trommelfellen. Im Büro bedeckten Pläne und Bauzeichnungen Stühle und Tische, hingen von sämtlichen Wänden.

Jack Clybourne nahm mit erleichtertem Gesichtsausdruck seine Ohrenschützer ab.

»Max«, sagte General Gillespie, »Sie erinnern sich bestimmt noch an die kleine Schwester meiner Frau. Sie ist inzwischen Lieutenant Colonel.«

Ein breites Grinsen trat auf Max Rohrs' Gesicht. »He, Jenny. Schön, dich zu sehen. Ist ja toll.«

»Und das ist Jack Clybourne«, stellte Gillespie vor. »Max ist sozusagen der Bauleiter unseres Projekts. Max, Jenny und Jack sind hier als — ich möchte, daß das richtig verstanden wird — als persönliche Beauftragte des Präsidenten. Sie werden ihm nach ihrer Rückkehr berichten.«

»In Ordnung«, sagte Rohrs. »Ich wußte ja, daß wir wichtig sind.«

»Max, Ihr hier seid unsere letzte Hoffnung«, platzte Jenny heraus.

»Ist mir bekannt.«

Gillespie wies auf die Stühle. »Was zu trinken? Ich kann das Bier hier nur empfehlen.« Er öffnete einen Kühlschrank und holte mehrere Flaschen ohne Etiketten heraus.

»Gern«, sagte Jenny.

Mit gerunzelter Stirn nahm Jack eine Flasche entgegen.

»Und wie geht es voran?« fragte Jenny.

»Nicht schlecht«, sagte Max Rohrs. »Wir sind sogar dem Terminplan voraus.«

»Wieso das?«

»Nun, ein Atom-U-Boot am Boden des Hafenbeckens liefert reichlich Strom, und wir haben sämtliche Computer-Zeichensysteme entlang der Westküste konfisziert. All das hilft. Am besten ist aber, daß es praktisch keinen Papierkram zu erledigen gibt«, sagte Max. »Keine Telefonate mit Washington, die Ingenieure entwerfen, die Computerleute prüfen es durch, Ed und ich entscheiden, und dann geht es gleich an die Ausführung, ohne langatmige Konferenzen und Planungsausschuß-Sitzungen. Wir *machen* es einfach.«

»Zum Erfolg trägt außerdem bei, daß jeder sein Bestes gibt«, sagte Gillespie.

»Stimmt. Wir sind hier, um das Ding fertig zu kriegen, nicht um Geld zu verdienen und Kaffeepausen zu machen.«

Das sieht man aber auch, dachte Jenny. Max sieht aus, als hätte er im letzten Monat keine einzige Nacht geschlafen, und Ed sogar noch schlimmer. »Und wann kann das Ding startbereit sein?«

Max machte ein nachdenkliches Gesicht. »Es heißt, noch ein Jahr, aber es würde mich nicht überraschen, wenn wir es in neun Monaten fertig bekämen. Vielleicht sogar noch eher.« Er entrollte einige Konstruktionszeichnungen. »Das schwierigste ist die Grundplatte. Die Lastkähne bringen sie stückweise rein, und wir müssen sie hier an Ort und Stelle zusammensetzen. Es ist Knochenarbeit, und es genügt nicht, daß man nur schweißt und nietet. Dann brauchen wir noch die Kanone, die die Bomben hinter die Prallplatte drückt. Wenn das nicht klappt ... nun, wir haben jedenfalls zwei getrennte SBK vorgesehen.«

»Was ist das?«

»Schub-Bomben-Kanonen.«

»Ach ja. Dann fehlen noch alle elektronischen Anlagen und sonstigen Systeme. Hat es nicht neun Monate gedauert, auf der Raumfähre die Toiletten zu ändern?«

»Kein Wunder, so wie die NASA arbeitet«, sagte Gillespie. »Wir fackeln nicht lange, sondern bauen einfach alles ein. Natürlich spielt dabei auch eine Rolle, daß wir nicht grammweise abspecken müssen. Wir haben genug Schub für den Start.«

Das kann man wohl sagen. »Wird alles Material nach Plan geliefert?«

»Nein, aber wir kommen in etwa hin«, sagte Gillespie. »Vielleicht haben Sie schon gemerkt, daß hier nicht viel Militärpolizei zu sehen ist, gerade genug zum Schutz der inneren Abzäunungen. Die übrigen habe ich mit Colonel Taylor zur Werft in Bremerton geschickt, um den Mistkerlen da ordentlich Feuer unterm Hintern zu machen ...«

»Und das hat die Lieferungen ganz unglaublich beschleunigt«, ergänzte Rohrs. »Hier, noch 'ne Runde.« Er holte weitere Bierflaschen aus dem Kühlschrank.

»Wir haben eine ganze Menge Sicherheitskniffe gelernt«, fuhr Gillespie fort. »Hauptsächlich von Vietnamesen.«

»Flüchtlinge?« wollte Jenny wissen.

»Einige, die meisten sind ehemalige Vietkong. Die kennen sehr brauchbare Kniffe: wie man Geleitzüge versteckt, Baumstämme aushöhlt, um Stahl zu transportieren, Tunnels baut, alles, was sie damals gegen uns verwendet haben.«

»Vielleicht hätten Sie Ihre Sicherheitsleute hierbehalten sollen«, sagte Jack Clybourne. »Ich habe nicht den Eindruck, daß die örtliche Polizei von dem Projekt begeistert ist.«

»Ich weiß«, sagte Gillespie. »Ich hatte schon überlegt, ob ich ihnen einfach sage, was wir tun. Vielleicht würde sie das zur Mitarbeit veranlassen.«

»Und warum tut ihr es nicht?« wollte Jenny wissen.

»Weil sich unmöglich vorhersagen läßt, *wie* die Leute reagieren, wenn sie erfahren, womit das Ding hier angetrieben wird.« Gillespie schüttelte den Kopf. »Der einzige sichere Ort im Umkreis von vielen Kilometern wird *im Schiff* sein. Alles andere wird verschwinden. Manche denken vielleicht, besser, die Rüßler werfen einen Steinbrocken auf den Hafen, als daß hier fünfzig Atombomben hochgehen.«

»Es läßt sich nur schwer vorstellen, daß jemand das absichtlich verraten würde«, sagte Jenny. »Aber Vorsicht ist angebracht. Schön, wir brauchen glaubhafte Erklärungen. Was *wird* hier also gebaut, wenn es kein Gewächshaus ist?«

»Darüber zerbrechen wir uns schon lange den Kopf«, sagte Gillespie. »Wie wäre es mit einem Gefängnis?«

»Ein Gefängnis?«

»Ja, ein Sondergefängnis für politische Gefangene. Das würde erklären, warum hier so viele Soldaten herumlaufen. Wenn jemand zu mißtrauisch wird, können wir durchblicken lassen, daß wir politische Gefangene aus Kansas hier haben, Deserteure und Kollaborateure, die wir herbringen mußten, weil der Mob sie dort umgebracht hätte.«

»Das könnte klappen«, sagte Jack. »Und was, wenn die Bevölkerung Ihnen das auch nicht abnimmt?«

»Weiter haben wir noch nicht gedacht.«

»Wir müßten eine plausible Erklärung in der nächsten verstecken, wie die Schalen einer Zwiebel.« Jack malte konzentrische Kreise auf einen Notizblock. »Wer die erste durchschaut, trifft auf die nächste und kennt immer noch nicht das wahre Geheimnis. Was ist also die nächste?«

»Unterwasser-Forschungsanlagen im Bau?« schlug Gillespie vor.

»Nein. Warum sollte man *das* geheimhalten? ... Aber uns fällt schon was ein, laßt uns einfach weiterreden.«

Jenny beugte sich zu Jack hinüber und sah, daß er außerhalb der Kreise mit Druckbuchstaben geschrieben hatte GEWÄCHSHAUS, und im ersten KOLLABORATEURE.

Sie tranken.

»Rüßler«, sagte Jenny.

»Häh?«

»Ein großes wissenschaftliches Zentrum zur Untersuchung und Erforschung gefangengenommener Rüßler. Das würden die Außerirdischen auf keinen Fall bombardieren, wir aber hätten gute Gründe, so etwas vor *unseren* Leuten geheimzuhalten.«

»Könnte gehen.«

»Und wir bringen unsere Kollaborateure hier unter, damit sie sich mit den Rüßlern unterhalten können!«

Clybourne lächelte. »Schön. Wer kann Gefängnisse planen?«

»Wie?«

»Wir haben jetzt das Gerippe einer guten Geschichte und müssen Fleisch draufpacken. Was müßte man herbringen? Ganz gleich, was es ist, wir müssen es öffentlich zeigen. Man vermutet, daß wir Gemüse anbauen. Schiffe würden Gemüse fortbringen — aber sie kommen voll her und fahren leer wieder weg.« Neben GEWÄCHSHAUS schrieb er LEBENSMITTEL und machte einen Pfeil nach innen. Neben KOLLABORATEURE schrieb er GEFÄNGNIS, AUFSEHER. In den zweiten Kreis schrieb er RÜSSLER, daneben RÜSSLER BESORGEN. »Wir haben Gefangene gemacht. Die Rüßler lassen sich willenlos hinbringen, wo man sie haben will. Sie sprechen nicht einmal miteinander. Aber zeigen könnten wir sie den Leuten.«

Jenny lächelte zufrieden. *Das erste Mal, daß ich Jack richtig begeistert sehe. Außer bei mir …*

»Kreise«, sagte Jack. »Schichten. Das Sicherheitssystem ist kreisförmig angeordnet, ebenso wie die Geschichten, die wir als Deckmantel benutzen. Sie müßten jeden draußen halten, der nicht wild entschlossen ist, hinter das wahre Geheimnis zu kommen. Der wirklich Zweck aber besteht darin, jeden *drin*zuhalten, dem es gelingt reinzukommen — natürlich, wir *bauen* einfach ein Gefängnis, vielleicht nicht besonders groß, aber groß genug für alle, die zuviel erfahren.«

»Klingt alles schön und gut, aber vergeßt ihr nicht

was?« fragte Rohrs. »Der Polizeichef hilft euch mit Sicherheit nicht dabei.«

»Dann machen wir es eben allein.«

»Ja.« Rohrs kratzte sich am Kopf. »Aber, Mr. Clybourne ...«

»Jack.«

»Jack, ich kann keinen Mann entbehren.«

Jack lachte leise in sich hinein. »Das denke ich mir. Ist schon in Ordnung. Als erstes holen wir uns ein paar Männer vom Heer.«

»Abwehr«, sagte Rohrs, »klar.«

»Außerdem Militärpolizei. Bauingenieure für das Gefängnis und Kampftruppen, vorsichtshalber«, fuhr Jack fort. »Wenn wir das nächste Mal mit Lafferty sprechen, soll er begreifen, daß er gegen Wände anrennt.«

»Klang das nicht gerade, als ob da etwas in Stücke gerissen würde?« fragte General Gillespie. »Womöglich unsere Verfassung?«

Jenny warf einen Blick auf Eds angewidertes Gesicht. Interessant. *Ein liberaler General? Wir kämpfen doch hier gegen die Rüßler, und Not kennt kein Gebot!*

»Nein.« Jack Clybourne war sich seiner Sache sicher. »Was Sie da gehört haben, ist das Geräusch, mit dem Bellingham außerhalb der Grenzen der Vereinigten Staaten gestellt wird.« Er öffnete seine Aktentasche und entnahm ihr ein Dokument. »Ich habe hier eine Anordnung des Präsidenten, die die Bestimmungen der Habeas-Corpus-Akte für das Gebiet von Bellingham aufhebt. Es ist durchaus verfassungsgemäß. Ich halte mich an die Regeln, General.«

»Schon, aber falls *das* herauskommt!«

»Ach was. Wenn die Soldaten erst mal hier sind, wird Bellingham sofort abgeriegelt. Niemand kann mehr raus.«

»Und was ist mit Leuten, die über die Fernstraße kommen?«

»Da herrscht jetzt kaum Verkehr«, sagte Rohrs.

»Das Hafengebiet ist von der Straße aus nicht einzusehen«, sagte Jack. »Der hohe Hügel mit der Universität darauf liegt dazwischen. Wer da entlangfährt, sieht nichts Bemerkenswertes, wer aber um den Hügel herum in die Stadt kommt, verläßt sie einfach nicht mehr, Punkt, Schluß, aus, Feierabend.«

»Aber was ist mit ...?«

Es klopfte. Rohrs rief herein, aber niemand kam. Er ging zur Tür. Lärm flutete in den Raum, und jemand schrie: »Max, mach mal das Radio an, da gibt es was Wichtiges!«

»In Ordnung, danke!« Rohr schloß die Tür, und der Lärmpegel sank wieder auf ein erträgliches Maß.

»Welcher Sender?« wollte Clybourne wissen.

»Es gibt nur einen.« Rohrs ging zu dem Radio, das oben auf einem Aktenschrank stand.

Eine Stimme ertönte. Sie kam ihnen bekannt vor, und sie klang wie die eines berufsmäßigen Redners.

»... daß sie die Unterwerfung aller Menschen akzeptieren. Wer sich ergibt, gehört zur Herde und kann in ihr im Laufe der Zeit Positionen einnehmen — wenn nicht er selbst, dann seine Abkömmlinge.«

»So ein Schweinehund!« sagte General Gillespie. »Das ist doch Wes Dawson!«

✿

Alle erhoben sich beim Eintreten des Präsidenten. Ungeduldig wies er sie mit einer Handbewegung an, Platz zu nehmen. Der Raum wirkte mit seiner zusammengestoppelten Möblierung und den auf den Tischen verteilten Erfrischungen wie der Sitzungssaal bei einem SF-Kongreß, für den nur geringe Mittel zur Verfügung standen. Gleichzeitig aber fühlte man sich darin auf merkwürdige Weise wie im Weißen Haus. Der größte Teil der Träumer-Fithp war da, nicht aber Harpanet.

»Sie haben also ein Band, Commander?«

Der Marineoffizier sah für seinen Rang jung aus. »Ja, Mr. President. So, wie es hereingekommen ist. Wir haben lediglich das Bild- und Tonrauschen unterdrückt.«

»Spielen Sie es ab.«

»Sehr wohl, Sir.« Der Commander machte ein Handzeichen.

Nach kurzem Zischen ertönte eine Stimme aus dem Weltraum.

»Liebe Mitbürger, hier spricht Wesley Dawson, ehedem Kongreßabgeordneter des Staates Kalifornien. Jetzt gehöre ich zur Tshtaptisk-Fithp — das bedeutet Ziehende Herde. Es geht mir gut, und ich grüße meine Angehörigen. Die Ziehende Herde hat uns nach ihren Maßstäben gut behandelt.«

Nach ihren Maßstäben. Die Worte fielen auf; vermutlich war das Dawsons Absicht gewesen.

»Die Menschen an Bord des Raumschiffs *Bote* leben zusammen. Es sind drei Russen, Kommandant Arwid Rogatschow, Oberstleutnant Dmitri Gruschin und der Feldwebel des Kommandanten, sowie außer mir sechs Amerikaner: Mrs. Geraldine Wilson mit ihrer Tochter Melissa; Gary Capehart, neun Jahre alt; John und Carrie Woodward aus Lawton in Kansas sowie Alice McLennon, die früher in Topeka gewohnt hat. Wir sind alle relativ gesund, hauptsächlich weil Alice so weitsichtig war, Vitamine und dergleichen zur Ergänzung unserer Nahrung mitzubringen.

Die Herde beklagt sich, man habe ihre Krieger nicht gut behandelt, und viele seien getötet worden, als sie sich ergeben wollten. Eine solche Handlungsweise betrachten die Fithp als barbarisch.« In Dawsons Stimme schwang bittere Belustigung mit.

»Die Gebärde, mit der sie sich ergeben, ist leicht erkennbar und tief in ihrer Psyche verankert. Sie legen sich zum Zeichen der Wehrlosigkeit auf den Rücken. In einem solchen Fall ist die Unterwerfung absolut. Sie dürfen mir das glauben, es ist die Wahrheit.

Ihr Führer oder Admiral — wohl die passendste Übertragung des Fithp-Begriffs ›Herr der Herde‹ — hat mich aufgefordert, zu Ihnen zu sprechen, damit ein Gemetzel verhindert wird. Er sagt, die Fithp könne an jedem Ort der Erde weitere Asteroiden abwerfen. Dazu brauchen sie nicht einmal den Asteroidengürtel aufzusuchen, sondern sie können Mondgestein verwenden. Sie beherrschen den Weltraum vollständig und haben mit dem Bau eines Stützpunktes auf dem Mond begonnen.

Als sie sich der Erde näherten, war uns ihre Absicht nicht so recht klar. Jetzt kennen wir sie. Sie wollen für immer bleiben, die Menschheit soll sich ihnen unterwerfen. Sie wollen zwar die herrschende, aber nicht die einzige intelligente Art auf der Erde sein. Sie haben mir glaubwürdig versichert, daß sie die Unterwerfung aller Menschen akzeptieren. Wer sich ergibt, gehört zur Herde und kann in ihr im Laufe der Zeit Positionen einnehmen — wenn nicht er selbst, dann seine Abkömmlinge. Aus biologischen Gründen werden sich die Menschen nie so integrieren können, wie Fithp es der Überlieferung nach tun, aber unsere Nachkommen würden gleichberechtigt neben den ihren stehen.

Sie werden uns näher erforschen und uns gestatten, unsere eigenen Gesetze zu beschließen, solange sie nicht die Vorherrschaft der Fithp in Frage stellen. Sie bestehen sogar darauf, daß wir nach den von uns beschlossenen Gesetzen leben. Einzelgängertum wird nicht geduldet. Damit werden wir den ältesten Menschheitstraum verwirklichen, den Traum, *ein* Volk zu sein, mit *einer* Lehre, *einem* Gesetzeswerk für alle. Sie tun nichts allein. Was ein einzelner tut, unterliegt automatisch der Verantwortlichkeit seiner Gruppe. Insbesondere die Paarung der Fithp beruht vollständig auf Instinkt, hängt von Paarungszeiten ab, und sie bleiben ein ganzes Leben lang mit demselben Partner zusammen.«

Individualismus, fahr dahin! Reynolds, der gleichfalls

anwesend war, erschauerte. *Willkommen, Monogamie! Interessante Sache.*

Dawson fuhr fort: »Sie gedenken alles zu tun, was erforderlich ist, um die Erde beherrschen zu können. Sie bedauern die hohen Verluste an Menschenleben durch den Abwurf des FUSSES, aber das wird sie nicht daran hindern, so lange weitere herabstürzen zu lassen, bis die Menschen die Macht der Fithp anerkannt haben.

Grundsätzlich liegt ihnen nicht daran, jemanden zu töten, der nicht an Kampfhandlungen teilnimmt. Dazu dient folgendes Symbol ...«

Dawson beschrieb ein auf dem Rücken liegendes Fi'. *Ach ja? Wir nehmen in dem Fall ein rotes Kreuz ...*

»... das ›Harmlos‹-Symbol auf gar keinen Fall zu mißbrauchen. Sie werden streng darüber wachen. Sobald es für Militäranlagen oder Ähnliches verwendet wird, bombardieren sie alle mit diesem Zeichen gekennzeichneten Einrichtungen und Örtlichkeiten. Sie sehen mehr, als Sie auf der Erde für möglich halten. Ihre Radar- und Laseranlagen sind äußerst leistungsfähig und haben einen hohen Auflösungsgrad.«

Das kann man sich denken.

»Verstehen Sie«, sagte Dawsons Stimme vom Band, »der Tshtaptisk-Fithp ist es ernst mit dem, was sie sagt. Sie hat Entfernungen von mehreren Lichtjahren im Weltraum zurückgelegt, um herzukommen. Sie kehrt nicht dorthin zurück, woher sie gekommen ist, sondern beabsichtigt, jahrhundertelang hierzubleiben.

Sie ist ein kollektiv lebendes Volk, das streng die Regeln der Herde befolgt. Die Evolution hat alle Einzelgänger ausgemerzt. Sie werden die Menschen nach ihren Maßstäben gut behandeln. Es wäre ihnen lieber, die Erde in gutem Zustand zu übernehmen, aber übernehmen werden sie sie auf jeden Fall. Bis dahin ist ihr großes Raumschiff ihre Welt.«

✿

»Ausge*zeich*net«, sagte Wade Curtis. Seine Stimme schallte laut in dem stillen Raum.

In Nats Kopf wirbelten die Gedanken wild durcheinander. *Wir sollten warten, bis der Präsident das Wort ergriffen hat. Der Teufel soll ihn holen, warum starrt er die Wand an?*

Joe Ransom sagte: »Die lassen ihm ziemlich viel durchgehen. Habt ihr das gemerkt, am Ende? Sie haben keinen Rückhalt, nur das Raumschiff. Sie können unter keinen Umständen zurückkehren. Das hatte ich mir doch gleich gedacht.«

»Er setzt seine Stimme gekonnt ein. ›Nach ihren Maßstäben‹«, überlegte Sherry laut. »Ob sie wohl verlangen, daß wir uns an ihre Paarungszeiten halten?«

Der Präsident und die Marineleute lauschten überrascht, wie die Träumer-Fithp über die Rede herfiel — wie Hunde über ein Stück Rotwild.

»Auf jeden Fall Einehe, Sherry, das hat er deutlich hervorgehoben. Wäre interessant zu wissen, ob sie ein paar nicht jugendfreie Filme gesehen haben.«

»Wie auch immer«, sagte Curtis. »Dawson ist ein ganz gerissener Bursche. Können wir das noch mal hören?«

✿

Die Luftkanäle verengten sich. Alice kam sich eingesperrt vor und überlegte kurz, ob sie umkehren sollte. Dann biß sie die Zähne zusammen und verfolgte ihren ursprünglichen Weg.

Sie kam um eine Biegung. Er war da.

Wes Dawson hatte sich zusammengerollt. *Wie ein Fötus im Mutterleib. Das tun die ganz Kranken. In den Filmen werden die immer gewalttätig.*

Er rührte sich nicht, als sie näher kam.

»Wes?«

Er gab keine Antwort.

»Wes, ich bin's, Alice.«

»Damit, daß ich das Schutzsymbol erklärt hab, bin ich ihnen in den Arsch gekrochen.«

Sie schwieg.

»Jedenfalls werde ich berühmt werden.«

»Sie waren großartig. Sie haben doch alles über die Scheusale durchblicken lassen — und die ahnen nicht im entferntesten ...«

Er streckte sich. Alice schob sich ein wenig fort.

»Alice, *Sie* verstehen, was ich vorhabe«, sagte Wes, immer noch ohne sie anzusehen, »aber die anderen werden es nicht begreifen. Jetzt können sie Hitler vergessen, weil sie einen viel schlimmeren haben: Wes Dawson.«

»Wir waren alle einverstanden«, sagte Alice, »daß Sie es tun sollten.«

»Ja. Wie bei den Fithp. Alle tun alles zusammen. Es kommt sicher wieder alles ins Lot, Alice.« Endlich sah er sie an. »Vielen Dank, daß Sie mich aufgestöbert haben.« Er lächelte. Es wirkte nicht gespielt. »Mir fehlt nichts, es geht schon wieder.«

Er kam so unvermittelt auf sie zu, daß sie nicht rasch genug ausweichen konnte, schlang die Arme um sie und zog sie an sich. Panik stieg in ihr auf. *Wenn ich mich jetzt wehre, kommt er nie darüber weg.*

Er drängte sich an sie, verhielt sich aber sonst ganz ruhig, nur sein Atem kam stoßweise. Er hielt sie fest, ohne sich zu bewegen. Allmählich wich die Anspannung aus ihr. Seine Tränen benetzten ihr Haar und ihre Kopfhaut. Fast gegen ihren Willen legte sie nun ebenfalls die Arme um ihn und preßte ihn an sich. »Es ist alles gut«, sagte sie, »es ist ja alles gut.«

»Ich brauchte das, daß mich mal jemand in die Arme nahm. Großer Gott. Vielen Dank, Alice.«

»Es ist alles gut.«

32 Schlammbad

> Wir werden nicht wanken noch weichen! Wir werden ausharren, wir werden in Frankreich kämpfen, wir werden auf den Meeren und Ozeanen kämpfen … Wir werden auf den Dünen kämpfen, wir werden auf den Landungsplätzen kämpfen, wir werden auf den Feldern und in den Straßen kämpfen, wir werden auf den Hügeln kämpfen; wir werden uns niemals ergeben.
>
> SIR WINSTON CHURCHILL
> nach Dünkirchen

Zeit: Sechs Wochen nach dem Fußfall

Nat maß die Zutaten ab und gab sie in den Mixer. Es ging ihm flott von der Hand. Limonensaft, Zucker, Rum, das Fruchtfleisch einer halben Melone, Eisstückchen. Der Mixer lief langsam, weil sonst die Messer am Eis zerbrochen wären. Nat trat neben Harpanets Kopf und sagte, um den lauten Mixer zu übertönen, mit erhobener Stimme: »Ihr seid an lange Kriege gewöhnt.«

»Wir wissen aus den Überlieferungen der Heimatwelt, daß die Gestaltkriege fünf Generationen dauerten. Es hat weitere gegeben.« Harpanet machte eine Pause, um nachzudenken, und fuhr dann fort: »Vom Verliererstandpunkt aus kann ich nichts sagen. Ich habe erst darüber nachgedacht, nachdem ihr es mir beigebracht habt. Für Sieger-Fithp sind Kriege lang. Verlierer sind keine Fithp mehr. Die Ziehende Herde selbst hat jetzt den ersten Krieg geschmeckt.«

»Und gefällt euch der Geschmack?« Nat schaltete das Gerät aus.

Grifflinge fuhren ratlos umher: *Woher soll ich das wissen?* »Ich bin vom Himmel gefallen, habe meine Fithp verloren und mich zu unterwerfen versucht. Niemand hat das verstanden. Ihr habt Krieger aus Kansas da, nicht wahr? Fragt sie!«

»Sie sind nicht ganz richtig im Kopf«, sagte Curtis, der hinzugetreten war. »Vielleicht waren sie zu lange allein.«

Harpanet ließ seine Grifflinge sinken und schlug die Augenlider nieder. Sie wußten inzwischen, daß diese Haltung Bekümmernis ausdrückte.

Ransom hielt Reynolds ein Glas hin. »Dawson tut mir leid.«

Der Angesprochene nickte. »Ja. Der arme Kerl riskiert Kopf und Kragen, um uns ein paar Informationen zuzuspielen, und die Dummköpfe halten ihn für 'nen Überläufer. Mir machen *die* Sorgen, die seinen Rat befolgen wollen, weil sie glauben, es wäre ihm ernst.«

»Wär doch vielleicht gar nicht schlecht«, sagte Sherry. »Aber es würde wohl nicht klappen. Es gibt zu viele wie dich und Ransom.«

»Sei doch froh.«

»He.« Reynolds trat zwischen sie. »Hier, trinkt einen!« Er goß ein. »Sherry, du willst dich doch nicht etwa unterwerfen?«

»Nein, aber auch nicht kämpfen!«

»Hat von *dir* ja auch keiner verlangt«, sagte Curtis.

»Genug«, gebot Ransom. »Die Frage ist, was wird der Präsident tun? Er hat es gut aufgenommen. Vielleicht will er ja klein beigeben.«

»Ach was«, sagte Curtis. »Mir persönlich wäre zwar ein anderer lieber, aber so schlapp ist er nun auch wieder nicht.«

»Bist du da sicher?«

»Ich möchte ihm das Gegenteil nicht geraten haben.«

Harpanet sprach mit Nachdruck. »Was habt ihr vor?«

»Wie?«

»Ihr bestreitet eurem Herrn der Herde den Führungsanspruch.«

»Na hör mal!«

Sherry legte ihre Hand auf Harpanets Stirn. »Sie meinen es nicht so, wie es klingt«, sagte sie.

»Aber sie haben doch gesagt ...«

»Wir sind die Träumer-Fithp«, sagte Reynolds. »Wir sagen, was uns in den Sinn kommt. Aber wir stellen das Amt des Präsidenten nicht in Frage, nicht einmal im Traum, haha.« Mit scharfer Stimme fragte er: »Siehst du das etwa anders, Wade?«

»Natürlich nicht«, sagte Curtis mit spöttischem Grinsen. »Außerdem würde es nichts nützen.«

Nat füllte einen großen Becher mit dem Rest aus dem Mixer: er war noch etwa halbvoll.

»Schwimmen, Harpanet?«

»Gern.«

Ohne ihr Gespräch zu unterbrechen, betraten Reynolds und Harpanet den Schlammraum und stiegen in das schlammgefüllte Becken. Die Unterhaltung geriet ins Stocken, als sie die dritte Person sahen. Der Präsident der Vereinigten Staaten ließ sich mit geschlossenen Augen in der warmen Schlammbrühe auf dem Rücken treiben.

Harpanet tunkte seine Nüster ein. »Nicht ins Gesicht«, sagte Nat. »Zum Spielen ist er vermutlich zu müde.«

»Stimmt«, sagte der Präsident. »Ich bin müde.«

Harpanet drückte mit seiner Flanke so gegen die Wassermasse, daß eine sanfte Woge den Präsidenten überrollte, und dieser lächelte entspannt. Er öffnete ein Auge und sah Harpanet an. »Ihr habt uns schwer getroffen.«

Harpanet fragte: »Mit dem FUSS?«

»Ja. Ihr habt viele Menschen getötet.«

»Nicht ich. Ich gehöre jetzt zur Träumer-Fithp. Kann ich helfen?«

Der Präsident bewegte sich. »Reynolds, werden wir das überleben?«

»Als Gattung schon. Ausrotten können sie uns nicht. Eine bestimmte Anzahl wird auf jeden Fall weiterleben — wie Parasiten im Umfeld der Außerirdischen. Wir haben immer noch eine Chance, weil wir klein genug sind, um uns zu verstecken, wohin sie nicht gelangen. Aber so weit kommt es gar nicht. Es ist unser Planet, mit allen Ecken und Winkeln. Nach Sibirien, Grönland oder in die Sahara können sie uns nicht folgen.«

»Das brauchen sie auch gar nicht«, sagte David Coffey. »Sie werfen einfach etwas ab und bringen jedesmal mehr Menschen um, bis wir klein beigeben. Wenn wir sowieso aufgeben müssen, warum dann die Sache in die Länge ziehen? Wer nicht aufgeben will, kann ja nach Sibirien gehen. Die anderen unterwerfen sich einfach.«

»Das ist vernünftig«, sagte Harpanet.

»Nein. Da würden zu viele so tun, als ob sie sich ergäben, in Wirklichkeit aber Waffen verstecken und die Fithp umbringen, wo immer sich eine Gelegenheit dazu bietet. Sie als Präsident können sich nicht für alle anderen mit unterwerfen.«

»Da stimme ich Ihnen zu.«

»Nun, die Fithp ist aber genau dieser Ansicht. Sie zieht einen für alle zur Rechenschaft. In ihren Augen haben wir keine Ahnung, wie man sich ordnungsgemäß unterwirft.«

»Aber etwas müssen wir doch unternehmen«, sagte Coffey.

»Vielleicht kommen die Laser der Fithp nur auf ganz wenigen bestimmten Frequenzen herein. Für die könnten wir Reflektorfarben herstellen und unsere Bombenflugzeuge damit lackieren.«

»Das würde aber eine ganze Weile dauern, nicht wahr?«

»Schon. Man müßte erst Forschungsanlagen errichten.«

»Die Laser arbeiten auf vielerlei Frequenzen«, sagte Harpanet.

Reynolds resignierte: »Dann eben was anderes.«

Der Präsident ließ sich in den Schlamm sinken. »Was könnten wir sonst tun?«

»Unseren Freund Harpanet beobachten und feststellen, wie man ihn bei Laune hält.«

»Gern«, sagte Harpanet erfreut.

»Und warum kümmert sich um mich niemand?« beklagte sich der Präsident.

»Harpanet braucht sicher verschiedenes. Vielleicht Nährstoffe, die in unseren Lebensmitteln nicht enthalten sind. Das muß dann auch für die Ziehende Herde gelten! Was ist das? Wie können wir verhindern, daß die Fithp es bekommt? Wir müssen ihre Schwächen kennenlernen. Dazu brauchen wir Forschungseinrichtungen. Wir haben doch sicher noch mehr Gefangene. Lassen Sie sie beobachten. Sie haben eine Paarungszeit — das hat auch Dawson gesagt und eigens betont —, und die Paarung hängt bei ihnen viel stärker vom Instinkt ab als bei uns. Vielleicht könnten wir ihre Pheromone imitieren und sie damit verrückt machen?«

Der Präsident lachte. Er fühlte sich erheblich munterer und nicht mehr so deprimiert wie zuvor. Die Rüßler wußten schon, warum sie so gern in Schlamm badeten.

33 Erzengel

Mit Hoffnung und Ehre sind wir fertig.
Wir sind für Liebe und Wahrheit verloren.
Wir fallen die Leiter Stufe um Stufe hinab;
und das Maß unsere Qual ist das Maß unserer Jugend,
Gott helfe uns, denn wir haben das Schlimmste erfahren,
als wir noch zu jung dafür waren!

RUDYARD KIPLING

»Hatten Sie einen guten Flug?« Die Antwort wartete der Präsident gar nicht erst ab. »Was haben Sie in Erfahrung gebracht?«

»Es steht alles zum besten, Sir«, sagte Jenny. »Ursprünglich war das Startdatum auf Ende nächsten Jahres festgelegt, aber General Gillespie denkt, daß er um Monate eher fertig wird.«

»Gut.« David Coffey rieb sich die Hände. »Je eher, desto besser. Jack, wie steht es mit der Sicherheit?«

»Besser, seit ich da war«, sagte Clybourne. »Es gab gewisse Schwierigkeiten mit dem örtlichen Polizeichef, aber wir haben sie beigelegt. Er wird jetzt bestimmt mit uns zusammenarbeiten.«

Das kann man wohl sagten, dachte Jenny.

»Wir haben alles gründlich durchgeplant«, sagte Jack. »Es ist jetzt wie eine Zwiebel. Verkehrspolizei auf der Fernstraße, aber in den Uniformen stecken Elitesoldaten. Im ganzen Ort gibt es keine CB-Funkgeräte mehr, außer unseren eigenen. An denen sitzen Nachrichtenleute der Armee und halten Plauderstündchen.«

»Vermutlich war es gar nicht einfach, all die CB-Geräte einzusammeln«, sagte der Präsident.

»Nein, Sir«, sagte Jack. »Besonders widerspenstig war eine Kolonie von Überlebensspezialisten, die meisten kamen aus Los Angeles.«

»Da sieht es doch noch gut aus«, sagte der Präsident.

»Eben. Aber sie können nicht dorthin zurück, Sir. Jedenfalls hatten sie ein Dutzend Funkgeräte. Wir haben sie aber alle beschlagnahmt.«

»General Gillespie hat eine Gruppe von Waffenexperten zusammengestellt«, sagte Jenny. »Ingenieure von Boeing, Marineleute, und sogar einen nicht mehr aktiven SF-Autor.«

»Eine gute Wahl. Die Männer haben sich auch hier als sehr nützlich erwiesen.«

»Ja, Sir. Sie haben dort eine ganze Anzahl von Waffen erfunden, eine sieht aus wie ein Ofenrohr. Sie demontieren ein großes Schiffsgeschütz und bauen ein Raumschiff darum herum. Nicht besonders viel Raumschiff, ehrlich gesagt. Es besteht im Grunde aus einer automatischen Ladevorrichtung und atomaren Sprengsätzen unterschiedlichster Art. Gelenkt wird über Fernsehschirme.«

»Du liebe Zeit! Und wer soll so etwas fliegen?«

»Es gibt genug Freiwillige.«

Der Präsident lächelte. »Großartig. Weiter!«

»Sie ahnen nicht, was die alles auf das Schiff packen. Torpedos mit H-Bomben-Antrieb. Kanonen. Ganze Bündel von Gammastrahlen-Lasern, die losgehen, wenn sie von einer detonierenden Bombe getroffen werden. Alles was dem Raumschiff der Außerirdischen Schaden zufügen kann.«

»Und es gibt wirklich Männer, die bereit sind, das zu fliegen?« fragte der Präsident. »Nun, dann besteht ja noch Hoffnung. Nicht locker lassen, bis alles fertig ist.« Er sah auf die Uhr. »Kabinettssitzung in einer Stunde. Da Sie beide eine Weile weg waren, möchte ich, daß Sie anwesend sind, um diesbezügliche Fragen zu beantworten. Nur bitte kein Wort darüber, wo Sie waren oder über den eigentlichen Grund Ihrer Abwesenheit. Die wenigsten Kabinettsmitglieder haben Kenntnis von dem Projekt.«

✿

Unbehaglich rutschte Jenny auf ihrem Stuhl hin und her. Zwar waren Kabinettssitzungen wichtig, aber die Mehrzahl der Kabinettsmitglieder kannte das entscheidende Geheimnis nicht. *Es muß schwierig sein, das Land regieren zu wollen, wenn niemand weiß, wie er sich den Weg zum Sieg vorzustellen hat.*

»Zu Punkt zwei wird die Handelsministerin sprechen«, kündigte der Stabsschef des Weißen Hauses, Jim Frantz, an.

Connie Fuller schob ihren Stuhl zurück, als wolle sie aufstehen, unterließ es dann aber. »Auch ich will mich kurz fassen«, sagte sie. »Ich fürchte, daß mein Bericht nahezu ebenso niederschmetternd ist wie der von Admiral Carrell.

Zuerst die guten Nachrichten. Es entstehen geradezu *unglaublich* viele Gewächshäuser. Gemüse wird nahezu überall angebaut: hinter Wohnhäusern, auf Schulhöfen, Golfplätzen und öffentlichen Rasenflächen. Wenn wir Glück haben, wird niemand verhungern müssen.

Ich hätte gern mehr Gutes zu berichten, aber das ist bereits alles. Die Mehrzahl der Staudämme ist zerstört, wie auch die meisten Brücken. Mr. President, die Vereinigten Staaten bestehen aus einer Vielzahl von voneinander abgeschnittenen Gebieten, und wir können kaum etwas daran ändern. Das Fernstraßennetz ist ebenfalls zerstört. Es gibt noch intakte Straßen zweiter und dritter Ordnung, aber selbst auf ihnen ist der Verkehr nicht sicher. Manchmal lassen die Außerirdischen große Lastzüge unbehelligt, aber man kann sich nicht darauf verlassen. Züge sind keineswegs vor ihnen sicher, und Schiffe werden oft angegriffen.«

»Auch jetzt noch?« fragte der Präsident. »Nachdem wir Mr. Dawsons Symbol verwenden?«

Alle sahen auf Carlotta Dawson. Einen Augenblick lang lächelte sie die anderen an, dann senkte sie den Blick.

Sie weiß nichts über das Projekt Erzengel. *Sollte man es ihr nicht sagen? Es wäre das mindeste.*

»Darauf wollte ich gerade zu sprechen kommen«, sagte Mrs. Fuller. »Bisher gibt es keine bestätigten Berichte darüber, daß mit diesem Symbol gekennzeichnete Fahrzeuge oder Anlagen beschossen worden sind. Wir haben es mit Bedacht eingesetzt, und ...«

»Gut«, unterbrach der Präsident. »Das ist auch wichtig. Wir dürfen es *keinesfalls* mißbrauchen. Wir müssen im Gegenteil ein Gesetz beschließen, in dem jeglicher Mißbrauch des Symbols als Hochverrat unter Strafe gestellt wird. Es wäre mir recht, wenn das sofort in die Wege geleitet würde.«

Der Vorsitzende des Repräsentantenhauses nickte bedächtig. »Wenn Sie das für richtig halten ...«

»Es ist unerläßlich, Mr. Dayton. Und Jim, ich wünsche, daß es unnachsichtig gehandhabt wird. Jedes Exekutivorgan muß ermächtigt werden, bereits den bloßen Mißbrauchsversuch zu ahnden. Erforderlichenfalls müssen wir Anlagen, die das Zeichen zu Unrecht tragen, selbst zerstören.«

Der Stabschef machte sich eine Notiz. »Ja, Sir. Ich werde eine entsprechende Verordnung sofort veranlassen.«

»Ich begreife die Notwendigkeit eines solchen Gesetzes«, sagte General Toland. »Aber es wird der Truppe nicht recht sein, gegen ihre eigenen Interessen durchgreifen zu müssen.«

»Sagen Sie den Leuten, sie sollen das Maul halten und ihre Pflicht tun!« sagte Admiral Carrell.

Wir haben das ›Harmlos‹-Symbol der Außerirdischen auf die Kuppel des Projekts gepinselt, und auf die Schiffe, die dafür unterwegs sind. Nicht größer als anderswo. Wir hatten keine Wahl, sonst könnten wir gleich ›bombardiert uns‹ draufschreiben. Aber wenn es jemand auf einen Munitionslastwagen malt …

✿

In der *Bote* herrschte Rotationsschwere. Den Fithp schien die geringe Schwerkraft sehr zu gefallen. Alice befand sich in der Nähe der Schiffsachse. Hier krümmten sich die Kanäle stärker. Sie kämpfte sich geduckt gegen den kräftigen Luftstrom voran. Staubmäuse hatten sich in den Biegungen der Kanäle angesammelt, und gelegentlich hielt sie inne, um sie zu beseitigen.

Vor sich vernahm sie ein Geräusch. »Wes?« rief sie.

»Ja. Wie geht's voran? So sauber waren die Kanäle bestimmt nicht mal im Neuzustand.«

Sie umrundete die Biegung. »Die reine Beschäftigungstherapie«, sagte sie.

»Ja, aber so können wir uns umsehen. Früher oder später werden wir unser Wissen nutzen.«

»Wie wär's mit einem Schäferstündchen?«

»Jederzeit«, sagte er. »Schließlich lebe ich seit Monaten keusch. Ist dir eigentlich klar, daß ich verheiratet bin?«

»Und wie weit ist deine Frau weg?«

»Carlotta dürfte sechsunddreißigtausend Kilometer von hier entfernt sein. Augenblick, das ist die erdsynchrone Umlaufbahn. Wir sind jetzt über Afrika, leg also noch mal drei- bis viertausend Kilometer drauf, rund vierzigtausend.«

»Dann kann sie uns ja hier auf keinen Fall überraschen?«

»Bestimmt nicht. Warum eigentlich ich, Alice?«

»Weil ich glaube, daß du den Berater der Leitbullen umgebracht hast.«

Er wurde ernst. »Ich frage dich noch einmal, warum ich?«

»Wer sonst hätte den Mumm dazu?«

»Jede Achtergruppe von Fithp, denen seine Politik nicht paßte.«

Alice lächelte. »Spielen Sie ruhig Ihre Spiele, Herr Kongreßabgeordneter! Sie würden nicht so zögern, wenn Sie nicht schuldig wären.«

»Ach ... ich ... ich weiß nicht ... So, wie du meinst, war es nicht.«

Er hat es wirklich getan! »Wie dann?«

»Jedenfalls habe ich mich nicht an das arme Fi' heranschlichen und es im Schlaf erwürgt. Ich ...« Die Heftigkeit und Gewalttätigkeit, die sie unter seiner weltmännischen Oberfläche vermutet hatte, stand ihm nun deutlich ins Gesicht geschrieben. Einen Augenblick lang bereute sie ihre Entscheidung. *Du kannst dich immer noch mit einer Ausrede davonmachen.* Aber wenn die Scheusale zuhören, gibt es ohnehin kein nächstes Mal. Sie schob sich näher an ihn heran.

In seinen Augen lag kalte Wut, er sah durch sie hindurch. »Ich dachte, ich hätte alles schon eingerenkt! Der Berater hatte die Absicht, die Erde zufriedenzulassen, und wollte von mir nur gute Gründe dafür hören. Die war ich ihm, weiß Gott, bereit zu geben. Bei unserem ersten Zusammentreffen wurde ihm die Zeit knapp, also haben wir uns noch einmal verabredet. Ich hatte den Schlammraum gesehen und wußte, wie man dorthin kommt. Fathistih-talk wollte da auf mich warten. Hast du die Tür bemerkt, mit einem Drehknauf so groß wie eine Suppenschüssel? Ich hab ihn betätigt, und die Tür sprang von selbst auf, per Federkraft. Ich habe mich durchgezwängt und meine Reinigungsutensilien vor der Tür gelassen. Hinter ihr mischten sich kalte und warme Luftströmungen. Durch ein Gitter am Ende des Luftkanals sah ich den schwarzen Schlamm. Er war flüssig, und die Luftströmungen kräuselten die Oberfläche. Damals schob das Schiff noch den FUSS vor sich her. Doch niemand war da.«

Sie konnte ihm seine Enttäuschung nachfühlen. »Niemand?«

»Nein, jedenfalls nicht in dem Augenblick. Ich war sehr unruhig und habe mich dauernd gefragt, was er wirklich wissen wollte. Militärische Geheimnisse vielleicht? Eine merkwürdige Art, sie auszuspähen …«

»Sie sind nicht besonders raffiniert.«

»Stimmt. Das wußte ich damals aber noch nicht. Falls er etwas unternähme, was mir nicht paßte, plante ich, durch den Kanal zurückzukehren, Krieger zu rufen und ihn des Aufruhrs zu bezichtigen. Aber vielleicht hatte er mit mir ähnliches vor, indem er mich zur Meuterei anstachelte. Deshalb dachte ich, es sei vielleicht nicht schlecht, mich einmal nach möglichen Zeugen umzusehen.

Also habe ich die Flügelmuttern abgenommen und das Gitter gelockert. Gerade als ich hindurchschlüpfen wollte, habe ich etwas gehört und deswegen das Gitter wieder angebracht. Fathistih-talk betrat ganz allein den Schlammraum.

Wir setzten unser Gespräch an der Stelle fort, wo wir es beim vorigen Mal unterbrochen hatten. Er erzählte mir von den Abtrünnigen, den Fufisthengälssthp, meist Raumgeborene, denen eine Eroberung der Erde nicht sinnvoll scheint. Alles klang gut. Fathistih-talk sagte, die Abtrünnigen seien zahlreich und bereit, Frieden zu schließen, aber auch ein wenig zaghaft. Sie wollten keine Wellen schlagen, nicht als Einzelgänger gelten. Immer schön in der Herde mittraben, ganz wie der Durchschnittsbürger bei uns zu Hause. Man muß sie richtig anstacheln, damit sie aktiv werden.«

Seine Augen leuchteten, und er fuchtelte erregt mit den Händen. *Ich verstehe, warum sie ihn wählen, vor allem Frauen.* Alice spürte ein Kribbeln in ihren Lenden, ein Gefühl, das sie schon längst als gefährlich erkannt hatte, und einen Augenblick lang kehrten die alten Befürchtungen zurück. *Bestimmt mag er mich nicht wirklich.* Doch er ließ ihr keine Zeit, darüber nachzudenken.

»Ich habe ihm gesagt, daß es leicht sein würde, Frieden zu schließen und versucht ihm zu erklären, wie oft sich in der Geschichte der Erde ehemalige Gegner verbündet haben. Das hat ihn wohl verwirrt. Einstige Gegner sind für die Fithp in der Gegenwart Sklaven und in der Zukunft gleichberechtigte Mitbürger. Aber ich denke schon, daß er mir Glauben geschenkt hat. Ich habe ihm weiter vorgeschlagen, daß wir Handel treiben könnten, wenn die Fithp Bodenschätze auf den Asteroiden abbauen wollten: ihre Metalle gegen unseren Dünger, Ackerboden und Stickstoff. Beide Seiten würden davon profitieren! Ich habe ihm auch gesagt, wir könnten für die Fithp die Pflanzen anbauen, die sie brauchen, und die Tiere züchten, die sie haben wollen. Bestimmt gibt es für *alles,* was überhaupt im Wasser und an der Luft wächst, einen Ort auf der Erde, an dem es gedeihen kann. Ich habe ihn keine Sekunde lang belogen. Alice, ich kann mir wirklich keine Vorwürfe machen. Ich habe meine ganze Überredungskunst eingesetzt.«

»Die Scheusale sind einfach anders als wir. Mit Logik ist denen nicht beizukommen.« *Eine Wahnsinnsgeschichte, aber weiter!* So hatte sie sich noch nie gefühlt, nicht seit einem bestimmten Tanz während ihrer Schulzeit. Das Vorgefühl war dagewesen, aber die Dinge waren damals zu rasch zu weit gediehen, sie hatte Angst bekommen und war aus dem Wagen davongestürzt … und am nächsten Morgen war die Geschichte in der ganzen Schule herum gewesen. Einen Augenblick lang stieg ihr die Angst wieder in die Kehle.

Aber dies hier war etwas ganz anderes. Sie hatte nicht damit gerechnet, daß sie die Rolle des Therapeuten würde übernehmen müssen. Sollte sie sich dagegen sträuben?

»Nun, ich hatte Fathistih-talk wohl schon ziemlich weit herumbekommen«, sagte er, »mit dem, was ich ihm über die Nutzungsmöglichkeiten des Weltraums erzählte. Davon verstehe ich etwas, denn damit habe ich mich schon als Schuljunge beschäftigt. Sonnenkollektoren, chemische Reaktionen in der Schwerelosigkeit, Legierungen, die sich unter dem Einfluß der Schwerkraft nicht gut herstellen lassen, zum Beispiel unerhört feste Einkristall-Fasern. Das meiste davon kannten sie gar nicht.«

»Wieso nicht?«

»Es steht nicht auf ihren Granitquadern. Sie sind mächtig, Alice, aber auch mächtig *dumm!*«

»Dumm wohl nicht. Aber verrückt, das kann schon sein.«

»Oder irgendwas dazwischen. Sie denken nicht eigenständig. Vielleicht hatten sie das ja nie nötig. Aber ich habe ihm alles gezeigt und erklärt, was wir an Möglichkeiten zur Ausbeutung der Ressourcen im All bis heute kennen.«

»Und alles auf fithpisch?«

Wes Dawson lachte. »Ich habe ziemlich viel herumgestottert, mich mit einfachen Wörtern beholfen und mit Händen und Füßen geredet. Jedenfalls hat er es wohl verstanden. Denn letztendlich hat es ihn umgebracht.«

»Wie denn das?«

»Ich hatte ihm zuviel erzählt, wovon die Fithp keine Ahnung haben. Denn er kam zu dem Schluß: ›Du mußt zu unserer Fithp gehören, wenn wir die Reichtümer der Welt an uns bringen! Du mußt in die Ziehende Herde aufgenommen werden.‹«

Wes atmete jetzt heftig. »Ich denke, wenn ich nicht *gewußt* hätte, daß ich selbst daran schuld war, wäre ich nicht so wütend geworden. Ich sagte ihm, wir wären bereit, ihnen alles zu erzählen, was sie wissen müßten. Darauf er: ›Ich höre mehr, als du sagst, Dawson. Du möchtest diesen Reichtum für deine Fithp allein haben.

Wenn wir nicht um *euren* Planeten mit euch kämpfen, tun wir es demnächst um die anderen.‹

Darauf habe ich ihm wutentbrannt das Gitter an den Kopf geworfen und bin in den Kanal gesprungen. Noch im Fluge merkte ich, daß mein Verhalten geradezu selbstmörderisch war. Er wandte erschrocken und verdutzt den Kopf — er muß wohl daran gedacht haben, wie ich Takpassih angegriffen hatte —, und ich trat ihm gegen die Schulter, so daß mich der Rückstoß weiter in den Luftkanal trieb. Ich wollte so schnell wie möglich weg. ›Verdammt!‹ dachte ich dabei, ›jetzt hab ich es versiebt.‹

Ich wand mich flink wie ein Aal durch den Luftkanal. Etwas wickelte sich um mein Knie, und ich drehte mich um und sah ein Fi'-Gesicht in der Öffnung. Weitere Grifflinge streckten sich nach mir aus.«

Ein Alptraum! Alice merkte, daß sie seinen Arm umklammert hielt und die Fingernägel hineingrub. Sie entspannte ihre Hand, ließ aber den Arm nicht los.

Wes hatte nichts gemerkt. »Ich muß wohl verrückt gewesen sein. Vielleicht hätte ich mich losreißen können, aber ich habe es gar nicht erst versucht. Ich nahm meine Sachen, ging durch den Luftkanal zurück und auf ihn los. Es war wie ein Kampf gegen einen Tintenfisch. Ich habe ihm das Seifenwasser in die Augen geschüttet, *wusch!* Er wich ein Stück zurück, ich stemmte mich mit den Füßen gegen die Wandung des Kanals, knotete die Leine um meine Hüften, dann oberhalb der Nüster um seinen Rüssel, zog fest zu und stemmte mich nach hinten.

Er hatte nichts, woran er sich hätte abstützen können, so daß er mitkommen mußte, als ich zog. Alle seine acht Greifglieder lagen um mich, und es kam mir vor, als würde er mir jeden Moment das Bein abreißen. Aber um meinen Hals konnte er kein Greifglied legen, weil ich mein Kinn fest auf die Brust gedrückt hielt. Ich zog mit aller Kraft an der Leine, und nach einer Weile lokkerte sich sein Griff. Vermutlich war die Blutzufuhr zu den Greifgliedern unterbrochen. Ich habe ihn dann weiter in den Luftkanal hineingezogen, die Klappe geöffnet, die unter Federdruck steht, und die Schnur über den Knauf gehängt.«

Mit einemmal sah Wes sie an. »Von da an war es schlicht Mord. Aber man muß auch bedenken, daß Fathistih-talk die Bewegung der Abtrünnigen gespalten hätte. Es war ganz leicht, ich kämpfte nicht mehr gegen ein Fi', sondern nur noch gegen einen Fi'-Schädel. Nach einer Weile wurde es still im Schlammraum. Ich habe noch gewartet ... ich weiß nicht, wie lange. Dann sah ich nach: Sein Blick war leer, und er rührte sich nicht mehr.

Ich stieß ihn in den Schlammraum und brachte das Gitter wieder an. Als ich es festmachen wollte, konnte ich die verdammten Flügelmuttern nicht mehr finden. Weil es aussah, als würde es auch so dranbleiben, bin ich einfach verschwunden.

Er hatte mir ein Knie und eine Hüfte ausgerenkt, und sie schmerzten höllisch. Als ich in der Zelle ankam, war mein Knie schon so dick wie ein Rugby-Ei. Unter Schwerkraft hätte ich mich nicht bewegen können, aber es hatte vier Tage Zeit zu heilen, bis sich *Thaktan Flishithy* vom FUSS löste.«

»Aber du hast ihn nicht in den Schlamm eingebuddelt?«

»Keine Spur. Wer das getan hat, weiß ich nicht. Hier an Bord scheinen merkwürdige Dinge vor sich zu gehen.«

Langsam breitete sich ein Lächeln über Alices Gesicht aus. »Nun, Herr Abgeordneter? Ich bin immer noch da.«

»Ja, das sehe ich.« Einen Augenblick lang musterte er sie aufmerksam. Sie merkte, daß er sich ein wenig vor ihr fürchtete. Vielleicht hielt er sie für gefährlich zerbrechlich? »Du hast einige Zeit zum Nachdenken gehabt. Vielleicht hast du eine Umarmung nötig? Ich stehe, weiß Gott, in deiner Schuld.«

Worauf wartete er eigentlich? Dann entfuhr es ihr: »Findest du eigentlich, daß ich ein Zwitter bin?«

»Ein *was?*«

»Rästapisp-mins meint, ich könnte einer sein.«

»Albernes Zeug.«

»Gut«, sagte sie, schob ihre Hand zwischen seine Beine und begann sein Glied zu streicheln.

✿

»Periskop einfahren. Auftauchen.« Der Kommandant Anton Villars gab seiner Stimme einen betont gelassenen Klang. *Sie können ja nicht gut den ganzen Ozean beobachten. Dazu ist er viel zu groß. Oder?*

Die *Ethan Allen* stieg lautlos an die Oberfläche. Der Ausguck turnte in den Turm hinauf. Schon bald roch man die kühle, feuchte Nachtluft.

»Alles in Ordnung, Sir.«

Villas erklomm die stählerne Leiter in die mondlose Nacht. Der Himmel war bewölkt. Ein stetiger Westwind wehte, wohl an die neun Knoten. Die See rollte majestätisch, die Wogen hatten weiße Kronen. Leichter Regen fiel auf das Deck des U-Boots.

Afrikas Küste lag genau voraus. Villars beobachtete sie aufmerksam durch sein Nachtglas. Das Radar wagte er nicht einzuschalten.

»Still wie ein Friedhof«, sagte sein Vize.

»Kein besonders aufmunternder Vergleich«, knurrte Villars.

»'tschuldigung, Käpt'n.«

»Holen Sie sie rauf!« gebot Villars schließlich.

Sechsundzwanzig waren es. Vierzehn hatten ihre Gesichter geschwärzt, bei den anderen, einschließlich Colonel Carter, dem Anführer des Trupps, war das nicht nötig gewesen.

Carter warf einen Blick auf die See und verzog das Gesicht. »Mehr Wetter, als mir lieb ist.«

»Wir haben keine Wahl«, sagte Villars.

»Schon gut. Carruthers, machen Sie die Schlauchboote klar!«

Mißtrauisch erstiegen die Soldaten das Deck des rollenden U-Boots. Gischt von sich brechenden Wellen schäumte darüber hinweg. Sie pumpten die Schlauchboote auf. »Fertig, Colonel«, rief einer leise.

»Schön. Wenn Sie uns jetzt unser Gepäck raufschikken könnten, Käpt'n ...«

Villars nickte seinem Vize zu. Die Besatzung brachte eine Anzahl seewasserfest verpackter Behälter hinauf, legte sie in die Boote und half den Soldaten, sie zu verzurren.

»Sie haben es ziemlich weit«, sagte Villars. »Tut mir leid, daß ich Sie nicht näher ran bringen kann.«

»Schon in Ordnung«, sagte Carter.

»Ich wollte eigentlich nicht fragen«, sagte Villars, »aber jetzt tue ich es doch. Wie sind Sie an den Auftrag gekommen?«

Carter grinste breit. »Meine Oma hat immer behauptet, wir stammten vom Volk der Zulus ab und hat mich die Sprache lernen lassen. Es hat mir nie Spaß gemacht, und ich hab auch die Geschichte nie geglaubt. Aber sie war interessant, und als der Präsident den Zulus Elefantenbüchsen schicken wollte, wen hätte er da sonst beauftragen sollen?«

Er grinste immer noch, als er ins Boot hinabstieg.

✿

Die Warnglocke schrillte. Miranda Shakes legte ihr Buch aus der Hand und trat ans Fenster, um zu sehen, wer das Tor geöffnet hatte. »Kevin!«

»Ja?«

»Hol Papa!«

Kevin kam aus der Küche herein. »Warum?«

»Sieh mal!«

»Ach du Scheiße! Das ist ja Carnell. Und all die Hunde! Wen hat er denn da bei sich?«

»Weiß nicht. Wir haben ihn aber schon mal gesehen. Sie kommen direkt auf das Haus zu. Hol Papa!«

William Shakes war nicht erfreut. »Du hast deinen Anteil nicht voll einbezahlt, geschweige denn deinen Anteil an der Arbeit geleistet.«

»Beruhige dich, Bill. Es will ja niemand was von dir. Immerhin gehört mir ein Stück hier, und Fox hast du *eingeladen.*«

»Ich nicht, das war George.«

»Was soll's?« sagte Fox, »wenn ich euch lästig bin, finde ich auch woanders was.«

»Von wegen«, sagte Miranda. »Aus Bellingham kommt nämlich keiner mehr raus.«

»Stimmt«, pflichtete ihr Kevin bei. »Man kommt nicht mal in die Nähe der Fernstraße.«

»Wir sind problemlos reingekommen«, sagte Carnell zweifelnd.

»Das ist auch kein Kunststück«, gab William Shakes zurück, »aber probiert mal rauszukommen. Was wollt ihr jetzt hier *tun?*«

»Nun, es gibt doch bestimmt Arbeit«, sagte Fox.

»Hatten wir auch gedacht«, sagte Kevin. »Da sind all die Leute von Heer und Marine, Lastwagen und Schiffe, aber es kommt einem vor, als wäre all das weit weg in einem anderen Land. Die einzige Arbeit kriegt man unten am Hafen.«

»Und was gibt es da zu tun?«

»Das sagt einem keiner«, sagte Kevin.

»Dann fahren wir doch mal hin.«

»Hatte ich auch schon überlegt. Mirandas Freund, der bei der Polizei ist, hat mir abgeraten. Der Hafen ist der Stadt gegenüber genauso abgeschottet wie die Stadt vom Umland. Man kommt rein, aber nicht raus.«

»Militärkram«, sagte Fox. »Da brauchen die *mich* sowieso nicht. Was machen die eigentlich da?«

»Angeblich bauen sie Gewächshäuser«, sagte Kevin.

»Davon versteh ich was.«

»Aber es stimmt nicht.«

»Es ist was Wichtiges«, sagte Miranda. »So wichtig, daß die Stadt offiziell gar nicht mehr existiert. Im Radio wird sie nie erwähnt.«

»Was ganz Großes«, überlegte Fox laut. »Etwas, um den Rüßlern auf die Zehen zu treten?«

»Was anderes kann es nicht sein.« Betrübt schüttelte Miranda den Kopf. »Aus einem anderen Grund hätte Jeananne das nie getan.«

»Jeananne?«

»Eine Freundin. Ein hohes Tier aus Washington hat sie so beschwatzt, daß sie ihm was von unseren Funkgeräten gesteckt hat. Darauf kam Militärpolizei und beschlagnahmte alles im ganzen Ort.«

»Wer solche Freunde hat, braucht keine Feinde«, sagte Kevin.

»Na ja, wenn es für einen guten Zweck ist, vielleicht für etwas, womit sie den Rüßlern den Arsch aufreißen können.«

George Tate-Evans kam aus der Küche herein. Offensichtlich hatte er zugehört. »Ich muß mich wundern, Fox«, sagte er. »Wieso hast du plötzlich solchen Schiß vor den Rüßlern?«

Fox wirkte auf einmal gehetzt. »Mit keinem zerstörerischen Tun hat die Menschheit der Erde je so geschadet wie die Rüßler. Denen ist einfach alles *egal.* Es ist nicht ihr Planet. Den Menschen konnte ich ins Gewissen reden — aber wie komm ich an die Biester ran?«

»Uns hilft das jedenfalls nicht«, sagte William Shakes, »und ihr könnt hier nicht bleiben — wir haben selbst kaum genug zu essen.«

»Was tun sie mit Menschen, die hierherkommen und nicht wissen, wohin?« fragte Fox.

»Keine Ahnung.«

»Ich glaube nicht, daß ich es erfahren möchte.« Fox sah sich auf dem Grundstück um. »Was habt ihr in den Gewächshäusern?«

»Kleine Kürbisse, Tomaten ...«

»Versteht ihr was von Hydrokultur?«

»Wir haben Bücher«, sagte George Tate-Evans.

»Klar, 'n paar von denen hab ich selbst geschrieben.«

»Schon möglich.«

»Kann ich mal euren Komposthaufen sehen?«

»Unseren *was?*«

»Ihr müßt doch einen Komposthaufen haben«, sagte Fox, »so viel solltet ihr von mir gelernt haben.«

»Ja, schon ...« Shakes ging ihnen voraus nach draußen.

Fox trat gegen die Schicht durchfeuchteten Grases, das den Haufen bedeckte. »Ihr wendet ihn nicht oft genug. Es ist auch nicht genug Erde hineingemischt, und ihr müßtet der untersten Schicht fertigen Kompost entnehmen. Bestimmt ist auch anderes bei euch nicht in Ordnung. Hab ich mir doch gleich gedacht: ihr braucht mich. Marty gehört ein Teil der *Wagenburg,* er arbeitet mit mir zusammen hier. Wir werden unseren Unterhalt verdienen.«

34 Fahrende Sänger

Ist Krieg eine biologische Notwendigkeit? Im Hinblick auf die frühesten Kulturen muß die Antwort nachdrücklich ›nein‹ lauten. Das Abschießen eines Giftpfeils hinter einem Busch, die Ermordung einer Frau oder eines Kindes im Schlaf entspringt nicht Streitlust oder Kampfessucht. Auch Kopfjägerei, Leichenraub oder das Töten einer Beute, um an Nahrung zu gelangen, entspringt keinem instinktiven oder natürlichen Verhalten.

BRONISLAW MALINOWSKI,
Ansprache vor der Phi Beta Kappa-Vereinigung an der Universität Havard

Zeit: Zwölf Wochen nach dem Fußfall

Roger Brooks trank seinen Kaffee aus. Er schmeckte nach verbranntem Brot. *Ob Mrs. Tinbergen welches mit durchmahlte, um ihn zu strecken?*

Aus dem Fenster seines Pensionszimmers sah er es in Strömen regnen. So war es in den Monaten seit dem Meteoritenabwurf nahezu täglich gewesen.

Regen, und alle haben so viel zu tun, daß sie nicht mit mir reden können.

Er unterdrückte andere Erinnerungen: Militärposten hatten ihn nachdrücklich vom Tor gewiesen, das in den Cheyenne-Berg führte, während Nat Reynolds freundlich hineinkomplimentiert worden war. Drei Wochen hatte es gedauert, bis er einen Vertreter der *Post* erreichte und eine neue Kreditkarte bekommen hatte, so daß er nicht weiterhin Mülltonnen auf Eßbares durchwühlen mußte …

Er knurrte ärgerlich.

»Schwierigkeiten?« wollte Rosalee wissen.

Rosalee war das einzig Erfreuliche gewesen, was die Stadt ihm bisher zu bieten gehabt hatte. Sie hatte ihm in den Zeiten der Geldknappheit ab und zu mit Lebensmitteln unter die Arme gegriffen. Später bot sie ihm dann auch an, das Bett mit ihr zu teilen, und obwohl sie sich erst seit kurzem kannten, bestand bereits eine ungewöhnliche Vertrautheit zwischen ihnen.

»Nichts Besonderes«, sagte er.

»Ach, ich seh's dir doch an.« Sie kam um den Tisch herum und legte ihm die Hände auf die Schultern. »So gut kenn ich dich inzwischen schon.«

Ja. Es war merkwürdig: Sie schien die vollkommene Partnerin zu sein. Er hatte bereits ernsthaft überlegt, ob er sie heiraten sollte.

»Weißt du was? Ich hab da ein junges Mädchen von etwa neunzehn kennengelernt. Sie ist Corporal und behauptet, Mrs. Dawson sei drinnen, im Berg.«

»Das könnte hinkommen.«

»Eingesperrt. Sie soll kurz vor dem Meteoritenabwurf mit einem seltsamen Burschen und einem gefangenen Rüßler hier aufgekreuzt sein.«

»Einem Rüßler?«

»Ja. Und der Kerl, mit dem sie nach Colorado Springs gekommen ist, singt jeden Abend in einer Bar am anderen Ende der Stadt. Interessiert?«

Das Wirtshausschild war neu. Auf ihm setzte ein übernatürlich großer Mann einem auf dem Rücken liegenden Fi' den Fuß auf den Rumpf.

»*Zum friedfertigen Rüßler,* gefällt mir«, sagte Roger. Sie stiegen vom Tandem.

Achselzuckend sagte Rosalee: »Ich hol dich dann zum Abendessen wieder ab«, und fuhr davon.

Zwischendurch: [redacted] In einer fremden Stadt, hungrig und knapp bei Kasse. Roger Brooks war in diesen schweren Zeiten auf Rosalee angewiesen. Sie hatte ihm mit Lebensmitteln ausgeholfen. [redacted] Nur gut, daß diese Sorgen für Roger – und für uns Leser – keine Rolle mehr spielen. Wir können uns eigentlich immer und überall eine kleine Mahlzeit für zwischendurch gönnen: ein Löffel und kochendes Wasser genügen – und natürlich die… [redacted]

Es war noch früh am Nachmittag. Drinnen war es kühl, in der Luft hing ein Geruch nach altem Holz, Leder und Tabakrauch. Nur wenige Gäste waren da, einige in Uniform: Soldaten. An der Bühne brachte einer von ihnen einem breitschultrigen Rotschopf ein Lied bei. Dieser notierte, was er hörte und probierte es auf der Gitarre.

Das muß er sein. Roger setzte sich an einen Tisch an der Wand. Die Bedienung war höchstens sechzehn Jahre alt. »Rum Sour.«

»Rum gibt's nicht. Nur Whiskey.«

»Dann Whiskey Sour.«

»Limonen sind viermal so teuer wie Whiskey. Wollen Sie den Drink trotzdem?«

Roger zeigte seine Kreditkarte vor. »Klar.«

»Gern, Sir.«

Wie erwartet, war es Mais-Whiskey, vermutlich nicht älter als eine Woche. Ohne den Limonensaft hätte er ihn wohl gar nicht heruntergebracht. *Vitamin C ist wichtig, und die* Post *kann es sich leisten …*

Es dauerte lange, bis der Mann an der Bühne seine Gitarre beiseite legte. Roger erhob sich schwankend. Drei Whiskey-Sour, noch dazu auf nüchternen Magen, hatten ihm stärker zugesetzt, als er angenommen hatte. Er trat zu dem Mann mit dem von grauen Fäden durchzogenen roten Bart.

»Mister Reddington?«

»Der Rote Harry, ja. Und wer sind Sie?«

»Roger Brooks. Von der *Washington Post.*«

»Und?«

»Ich hab gehört, Sie hätten ein paar interessante Geschichten zu erzählen. Ich sammle Kriegsgeschichten. Was zu trinken?«

»Gern, aber ich werd in fünf Minuten abgeholt.« Reddington wandte sich der Bar zu. »Ein Bier, Millie.«

»Nur gegen bar.«

»Das geht auf meine Rechnung«, rief Roger zu ihr hinüber. »Wohl knapp bei Kasse, was,«

»Gegen Monatsende schon«, gab Harry zu. »Das Heer zahlt mir zwar was, aber ich hab beim Pokern ein bißchen Pech gehabt.«

»Verstehe.«

»Ich krieg auch Benzin«, sagte Harry, »aber nur zum eigenen Gebrauch. Verkaufen darf ich nichts davon.«

Sie setzten sich, und Roger betrachtete Harry eingehend, während er sein Notizbuch aufschug. *Ordentlicher Haarschnitt, Bart sauber gestutzt. Kleidung gepflegt, fast neu, sitzt nicht richtig. Heereseigentum?* »Harry, wir haben viel zu besprechen. Ich würde Sie gern zum Abendessen einladen.« Er nahm seine goldene Amex-Karte heraus und gab sie der Bedienung.

Reddington zögerte für einen winzigen Augenblick. »Darf ich jemanden mitbringen?«

»Klar. Um wieviel Uhr paßt es Ihnen?«

»Halb acht wäre mir recht.«

Im *Friedfertigen Rüßler* herrschte jetzt mehr Betrieb. Die Zivilisten aßen zu abend, die Soldaten tranken.

»Hübsch hier«, sagte Rosalee, »woher sie wohl die Lebensmittel bekommen?«

»Wahrscheinlich schaffen die Küchenbullen was beiseite«, sagte Roger.

Speisekarten gab es nicht, auf einer Tafel an der Wand waren die Preise verzeichnet.

»Ist er das?« Sie sah zur Tür. »Rote Haare hat er. Aber er bringt drei Leute mit.«

»Wundert mich kaum — Carlotta!« Mit einem Satz sprang Roger auf.

Breit lächelnd trat Carlotta Dawson auf ihn zu. »Nach dem, wie Harry dich beschrieb, dachte ich mir schon, daß du es bist.«

»Du wußtest, daß ich hier draußen bin und bist nicht zu mir gekommen?«

»Nein, das wußte ich nicht. Aber wir haben drinnen auch viel zu tun, Roger.« Sie senkte die Stimme, so daß niemand sonst sie hören konnte. »Ich nehme Wes' Platz ein. Das bleibt aber ganz unter uns, Roger. *Wirklich.*«

Mist. »Schön dich zu sehen, Carlotta. Ich hab euch Mädchen ganz aus den Augen verloren.«

»Wir sind alle wohlauf. Ich habe gerade von Linda gehört. Sie sagt, Evelyn gehe es auch gut.«

»Prima. Harry, ich wußte gar nicht, was für berühmte Leute Sie kennen!«

»Ich hatte keine Ahnung, daß Sie einander kannten ...«

»Roger und ich sind sozusagen Jugendfreunde«, sagte Carlotta.

»Hast du was von Wes gehört?«

»Nichts seit seiner Rundfunkansprache. Was denken die Leute über ihn, Roger? Halten sie ihn für einen Verräter?«

Er machte eine hilflose Handbewegung. »Ich habe nichts dergleichen gehört.«

»Ich auch nicht«, sagte Harry.

»Aber im Grunde halten sie ihn dafür?«

»Wer das tut, ist ein Trottel.«

»Solche gibt es immer«, sagte Harry.

»Harpanet — der Außerirdische, den Harry gefangengenommen hat — bestätigt, daß Wes die Wahrheit berichtet; sie behandeln Gefangene tatsächlich gut.«

»›Nach ihren Maßstäben‹«, warf Roger sarkastisch ein. »Das hat Wes glänzend formuliert, Carlotta. Jeder, der ihn kennt, hat ihn verstanden.«

»Vermutlich mach ich mir einfach zuviel Sorgen. Jedenfalls vielen Dank für die Einladung, ich bin schon viel zu lange da drinnen. Zeit, daß ich mich ein wenig ablenke. Wie schön, dich wiederzusehen, Roger.«

»Darf ich dir Rosalee vorstellen? Ich hab sie hier kennengelernt. Wir sind seitdem zusammen.«

»Hallo, Rosalee«, sagte Carlotta.

»Wollen wir uns nicht setzen? Harry hat versprochen, uns was vorzusingen.« Roger bat die Gäste, Platz zu nehmen. Millie hatte bereits einen weiteren Tisch herangeschoben und brachte Bier.

»Du hast damit gerechnet, daß er die Frau mitbringt«, flüsterte Rosalee Roger zu.

»Pst. Gehofft zumindest. Du hattest ja gesagt, daß Harry sie kennt.« Sie setzten sich. »Rosalee, ich kannte Carlotta schon als Schulmädchen.«

»Ich freue mich, Sie kennenzulernen, Rosalee.« Der Rote Harry verbeugte sich. »Das hier ist Tim Lewis ... und das Lucille Battaglia.« Roger erkannte in Lewis den Mann wieder, der Harry das Lied beigebracht hatte. Lucille war klein, dunkel und hübsch. Sie trug Uniform, dem Rangabzeichen nach war sie Corporal.

»Wann hört es bloß auf zu regnen?« stöhnte Roger.

»In etwa einem halben Jahr, hat unser Oberst gesagt«, erklärte Lucille. »Wenn wir Glück haben.«

»Ihr Oberst?«

»Lieutenant Colonel Crichton. Ich arbeite für sie.«

»Handelt es sich da etwa um Jenny?« wollte Roger wissen.

»Ja.« Carlotta lächelte. »Ich habe Lucille statt ihrer mitgebracht. Jenny konnte nicht.«

»Und jetzt ist sie ein hohes Tier! Da muß Sie ja Großes geleistet haben ...«

Carlotta lächelte und schwieg.

»*Noch mal* sechs Monate Regen also?«

»Wenn wir Glück haben, sonst vielleicht auch länger«, bestätigte Carlotta. »Genau weiß das schließlich niemand.«

»Und was tun Sie da drinnen, Mrs. Dawson?« wollte Rosalee wissen.

»Ich arbeite für die Regierung.«

»Alle wollen wissen, wie es da unten aussieht«, beharrte Roger. »Ich habe gehört, die höheren Chargen hätten ihre Angehörigen dabei.«

»Einige«, gab Carlotta zu. »Aber Harry, erzähl Roger doch mal von unserem Abenteuer mit dem Rüßler.«

»Nun, das war 'ne kitzlige Angelegenheit«, sagte Harry. »Wir mußten damit rechnen, daß uns die Bauern umbrachten, falls der Rüßler das nicht schon vorher erledigte. Wir also mit dem Motorrad den Hang runter, bis wir den Sumpf riechen konnten. Von da sind wir zu Fuß weitergegangen ...«

Roger fand den Roten Harry immer beeindruckender.

Carlotta lächelte jungmädchenhaft. »›Mal sehen, ob er Sie tragen kann‹, hat er gesagt, ›Shina, die Dschungelkönigin.‹ Ein Rüßler mit Sturmgewehr! Anscheinend ist Harry keine Sekunde lang in den Sinn gekommen, daß ich kneifen könnte, und deswegen blieb mir gar nichts anderes übrig. Ein verrückter Kerl. Wißt ihr, was er gesagt hat, als wir wieder bei den Bauern waren?«

Roger schob seinen geleerten Teller beiseite, um sich Notizen machen zu können. Auch die anderen hatten restlos aufgegessen; in solchen Zeiten ließ niemand etwas übrig.

»Ich war noch nie an der Front«, sagte Lucille, »aber ich hab Harpanet gesehen.«

»Können Sie etwas über ihn erzählen.«

»Na, die guten Geschichten kennt Harry alle.«

Ja, aber Carlotta weiß, was läuft. Bei Evelyn hat's damals geschnackelt, und dann hat sie den Kerl geheiratet, wie hieß er noch? Ach ja: Max, Max Rohrs. Er hatte 'ne kranke Mutter an der Pazifikküste, oben im Norden, und mußte sich um sie kümmern, und Evelyn ist mit ihm hingezogen. Bestimmt sind sie noch immer in diesem Nest ... äh ... richtig, Bellingham. Was, zum Teufel, Linda Gillespie da bloß treibt?

»Ich habe noch keinen einzigen Rüßler gesehen«, sagte Tim Lewis, »aber mit vielen geredet, die welche gesehen haben. Darauf habe ich ein Lied über sie geschrieben.«

»Komm, wir wollen das Rüßlerlied singen«, sagte der Rote Harry.

»Doch nicht vor dem Nachtisch«, protestierte Tim Lewis. »Na, von mir aus.« Sie gingen aufs Podium und öffneten Gitarrenkästen. Gäste begannen sich umzusehen. *Linda ist bestimmt nicht in Bellingham, um sich mit 'nem Liebhaber zu treffen. Außerdem bin ich ihr einziger. Also wird auch Ed da sein, General der Luftstreitkräfte, dem persönlichen Stab des Präsidenten zugeordnet. Was mag da nur gespielt werden?*

»Worüber denkst du so angestrengt nach?« fragte Rosalee.

»Pst. Sie fangen an zu singen.«

Während des Gesangsvortrags kreisten Rogers Gedanken unaufhörlich um die Frage, was Ed Gillespie in Bellingham tun mochte.

Zum Fliegen wird er nicht da sein. Heutzutage gibt es nichts zu fliegen. Kein größerer Flughafen ist noch einsatzbereit.

Bellingham ist eine Hafenstadt. Alt und verfallen. Da oben hat es auch früher schon immer geregnet ...

Viel Regen bedeutet viele Wolken. Eine Eisenbahnlinie führt hin. Alles paßt zusammen. Die bauen da was, das sie unter einer Wolkendecke verstecken wollen. Es fliegt, warum sonst brauchten sie 'nen General, der Astronaut ist? Dann wird es wohl in den Weltraum fliegen.

Es muß so groß sein, daß sie es in keiner Fabrik verstecken können. Sie bauen also etwas GEWALTIGES, das ins All fliegen soll. Sagenhaft!

Carlotta hatte der langen Ballade geduldig gelauscht. »Harry ist ein Held, ein Barde ist er nicht.«

»Ja«, bestätigte Roger. »Aber schlecht singt er nicht ... wie geht's Linda?«

»Ich habe sie schon seit Monaten nicht gesehen.«

»Du hast doch gesagt ...«

»Harry! Das war großartig.« Carlotta erhob sich. »Aber es wird spät.«

»Max und Evelyn wohnen doch in Bellingham.« *Ich*

darf das nicht so auffällig machen. Aber ich muß es wissen ...
»Ist Linda auch da?«

»Roger, es ist wirklich spät. Tim, es wird Zeit; Lucille, Sie haben morgen früh Dienst.«

»Ja, Ma'am — aber dürfte ich nicht noch etwas bleiben?«

»Nein. Kommen Sie mit!«

»Gut, Ma'am.«

Roger sah zu, wie Carlotta Tim und Lucille aus dem Restaurant bugsierte. »Hat sich nicht die Spur geändert, kommandiert immer noch alle herum.«

»Außer Wes«, sagte Harry.

»Möglich. Harry, Sie sehen aus, als ob Sie noch 'nen Schluck vertragen könnten.«

»Warum nicht?«

»Nachtisch?«

»Es gibt nur Apfelkuchen, und davon hab ich für 'ne ganze Weile genug.«

»Ist er denn nicht gut?«

»Schon, aber wenn man ihn einen ganzen Monat lang Abend für Abend essen muß ...«

»Ihnen fällt hier wohl die Decke auf den Kopf, was?«

»Tja, ein bißchen schon.«

»Haben Sie nicht gesagt, Sie hätten Benzin?«

»Ja, für mein Motorrad.«

»Möchten Sie nicht als Reporter für die *Post* arbeiten?«

»Wohin soll's denn gehen?« wollte Harry wissen.

»Kann ich noch nicht sagen. Aber es ist weit«, sagte Roger. In seinem Kopf drehte es sich. Sie hatten zuviel von dem Mais-Whiskey getrunken.

Harry begab sich schwankenden Schrittes zur Toilette.

»Wo willst du hin?« flüsterte Rosalee. »Ich will mit!«

»Das geht nicht.«

»Aber ...«

»Ich komm ja wieder«, sagte Roger. »Rosie, dahinter steckt eine Story. So was habe ich im Urin. Vielleicht ist es der größte Knüller, von dem ich je Wind bekommen habe.«

»Diese Carlotta scheint dir 'nen Floh ins Ohr gesetzt zu haben!«

»Rosie, liebst du mich?«

»Warum fragst du?«

»Weil ich dich liebe. Aber ...«

»Aber du witterst eine Geschichte.«

Roger nickte.

Sie nahm seine Hände in ihre. »Und ich kann wirklich nicht mit?«

»Es ist weit, Rosie. Harry hat ein Motorrad. Damit komm ich vielleicht hin, auf keinen Fall in meinem Wagen. Drei auf einem Motorrad geht nicht, selbst wenn Harry einwilligte, was er bestimmt nicht tut.«

»Und warum sollte er dich mitnehmen?«

»Na hör mal! Die Rolle des Helden außer Dienst ist nicht sonderlich befriedigend. Er setzt Speck an. Das gefällt ihm nicht. Außerdem stirbt er hier vor Langeweile. Zum Soldatenspielen ist er zu alt ...«

»Und warum er?«

»Er hat eine Benzin-Bezugskarte. Kennst du sonst jemanden, der so was hat?«

»Aber ... ach, hol's der Teufel, Roger! Du kommst doch zurück? Bitte.«

»Bestimmt. Ich verspreche es.«

35 Die Speere

> Man hat der Nation einen Assegai in den Unterleib gestoßen.
> Es gibt nicht genug Tränen, um die Toten zu betrauern.
>
> KETSCHWAYO
> König der Zulus, nach der Schlacht von Ulundi

»Der Sieg ist unser.« Das Bild des Herrn des Angriffs, Kuthfektil-rasp, war leicht verschwommen, und im Tonkanal rauschte es.

Afrikanische Nacht lag unter der *Bote.* Hie und da erhellte wild aufzuckender Lichtschein die dunkle Wolkendecke. Bei seinem Anblick zitterten die Nervenenden des Herrn der Herde, aber er brachte es nicht fertig wegzusehen. *Die zerstörten Leitungen reparieren, sonst stirbt das Schiff!* Er wartete, bis die atmosphärischen elektrischen Entladungen aufhörten. Sie waren jetzt seltener als bei der Landung der Fithp in den ersten Wochen nach dem Fußfall — damals hatten sie nahezu unausgesetzt getobt.

Das Bild wurde schärfer. »Wir haben großartige Maschinen erbeutet, die Elektrizität herstellen, und Transporteinrichtungen sowie Maschinen, die andere Maschinen erzeugen. Wir haben Sklaven. Das Land ist groß, und es gehört uns. Wir essen dasselbe wie die Eingeborenen.«

»Wir müssen feststellen, ob es Giftstoffe enthält oder ob Nährstoffe fehlen. Schickt Proben zur chemischen Untersuchung an *Bote.*«

»Mit der nächsten Fähre. Herr der Herde, Tshintithpit-mäng möchte für die Paarungszeit zurückkehren. Er wird uns sehr fehlen, aber er hat es gewiß verdient.«

»Ja, ich erinnere mich an eure Berichte.« *Andererseits ist er ein Abtrünniger, gehört zur Fithp des Jahres Null! Was haben sie erfahren, daß sie so weit in die Zukunft blicken?«* »Könnt ihr wirklich eure besten Krieger entbehren? Ihr hattet hohe Verluste!«

»Ja, Herr der Herde. Das wird so lange weitergehen, bis die gemeingefährlichen Einzelgänger unter diesen Erdlingen ausgerottet sind. Fistartih-thaktan hatte recht. Die ganze Gattung besteht aus solchen Einzelgängern; vielleicht übertrifft ihre Zahl gar die der Normalen. Fistartih-thaktans Gehilfen versuchen festzustellen, wie es dazu gekommen sein könnte. Möglicherweise sind wir gerade zur rechten Zeit gekommen, um die Eingeborenen von Winterheim zu retten, es scheint fast, als sei das unsere Bestimmung gewesen. Wir bekommen ein neues, ein riesiges Reich. Wir stehen auf hohen Aussichtspunkten und können die Grenzen unseres Gebietes nicht überblicken!«

»Euer Reich wird groß, und die Fithp werden weniger. Die Krieger sind des Gemetzels müde.«

»Das wird nicht immer so bleiben. Die wahren Erdlinge lernen. Wir töten nur gemeingefährliche Einzelgänger. Das zu tun ist Aufgabe der Krieger.«

Der Herr der Herde unterdrückte das Bedürfnis, triumphierend zu trompeten. »Aber seid Ihr so sicher, daß es sich bei manchen um wahre Erdlinge handelt?«

»Ich will es euch zeigen.« Der Herr des Angriffs machte eine Handbewegung und trat dann beiseite. Ins Blickfeld der Kamera traten Umerzieher-Eins, Rästapisp-mins, und ein in feinen Stoff gekleidetes dunkelhäutiges Erdlings-Männchen. Es hielt sich beiseite, wohl, weil es fürchtete, dem Umerzieher zu nahe zu stehen, und war daher nicht vollständig erkennbar.

»Dieser hier hatte im Stamm der Afrikaner einen hohen Rang inne. Er spricht unsere Sprache kaum, aber ich will Euch seine Worte wiedergeben. Ihm liegt daran, den Krieg zu beenden.«

Der Erdling hielt eine lange Rede.

»Er spricht merkwürdig«, bemerkte Tashajämp.

Pastempih-Keph wandte sich ihr zu. »Ist das nicht Englisch?«

»Ja, Herr der Herde, aber nicht, wie ich es gelernt habe.«

Der Umerzieher dolmetschte: »Er sagt, der Krieg bringe Unheil, und Erdlinge wie Fithp würden dabei verlieren. Er wolle tun, was in seiner Kraft stehe, um den Kampf zu beenden und beiden Seiten ein Zusammenleben zu ermöglichen. Er nennt das *Frieden.* Wir haben seine Unterwerfung im Rahmen einer Zeremonie entgegengenommen, die allen Erdlingen hier übertragen worden ist, und weil sie meinen Fuß auf seiner Brust gesehen haben, wollen ihm viele nicht mehr gehorchen.«

Wütend trompetete der Herr der Herde. »Warum suchen wir dann überhaupt Anführer? Müssen wir uns denn jeden einzelnen unterwerfen? Wir haben nicht genug Füße für alle!«

»So ist es nicht, Herr der Herde. Wir gestatten ihnen, sich zu versammeln. Diese Erdlinge haben, ähnlich wie wir, Zusammenkünfte, bei denen die Ältesten für alle sprechen. Ihre Beschlüsse sind bindend. Die Erdlinge tun nichts, ohne zuvor miteinander darüber zu reden. Wir werden den Ältesten gestatten, sich zu versammeln und zu unterwerfen. Sie werden einen aus ihren Reihen zu ihrem Führer ernennen, und er kann dann den Erdlings-Kriegern befehlen, Ordnung zu halten, und somit unsere Herrschaft bekräftigen!«

Daß die Afrika-Fithp nicht wie früher war, ließ sich sogar über den Bildschirm erkennen, und allmählich begriff der Herr der Herde, woran das lag. »Geht diese ungewöhnliche Vorgehensweise auf deinen eigenen Befehl zurück, Umerzieher?«

»Herr der Herde, die Erdlinge wollen *stets* über *Bedingungen* verhandeln, bevor sie sich unterwerfen. Aus Neugier habe ich mit einer kleineren Gruppe von Erdlingen ›Übergabe-Bedingungen‹ besprochen.«

»Ich war zuerst dagegen«, warf der Herr des Angriffs, Kuthfektil-rasp, ein. »Aber ich hatte unrecht. Erdlinge, die sich zu entsprechend vereinbarten Bedingungen unterwerfen, halten gewöhnlich ihr Wort.«

»Aber bestimmt nicht alle.«

»Manche kämpfen weiter, Herr der Herde, und diese allgemein bekannten gemeingefährlichen Einzelgänger, die sich sogar gegen ihre eigenen Führer stellen, töten wir. Dabei unterstützt uns die Erdlings-Fithp. Aber letztendlich werden wir wieder eine einzige Herde haben.«

❁

Colonel Julius Carter versuchte es erneut. »Drei meiner Männer sind verwundet. Einer von ihnen würde einen Transport nicht überleben. Ich bitte doch nur um einen Unterschlupf!« *Damit, daß die schwarzen Afrikaner nichts von uns wissen wollen, hatte ich gerechnet. Aber der hier ist Brite!*

Hilflos breitete der Pflanzer die Hände aus. »Ich kann nicht.«

»Er ... er ist ein Weißer. Nicht schwarz wie ich.«

Brant Chisholm lachte bitter. »Als ob das eine Rolle spielte. Mann Gottes, ich würde ja gern helfen!«

Carter legte einen kalten, drohenden Ton in seine Stimme. »Wenn Sie es nicht tun, legen wir Sie um und brennen Ihr Anwesen nieder.«

Müde nickte der Pflanzer. »Nur zu! Warum bringt ihr nicht auch gleich meine Angehörigen, meine Nachbarn, ihre Frauen und alle Kinder mit um?«

»Wir sind Amerikaner, keine Ungeheuer!«

»Wenn die Jumbos Sie hier finden, schlachten sie alle ab, die ihnen in die Hände fallen. Tun Sie, was Sie nicht lassen können, Colonel! So schlimm wie die können Sie gar nicht sein.«

»Ach was«, sagte Carter. »Sie wissen sehr gut, daß ich Sie nicht einfach abknallen kann.«

»Das wäre aber das beste, falls Sie hier bleiben wollen. Erschießen Sie mich und legen Sie meine Leiche möglichst auffällig an einen Ort, wo die Jumbos sie finden können«, sagte Chisholm und senkte seine Stimme zu einem verschwörerischen Flüstern. »Vielleicht geben die dann *Ihnen* die Schuld und nicht den anderen hier.«

»Verdammter Mist!« Carter gab auf. »Wir wollen Ihnen doch gar nichts tun, Mann, aber wir brauchen Hilfe. Wir haben uns von der Küste bis hierher vorgearbeitet, um Freiwillige zu finden.«

»Sieht es schlimm aus da unten?«

»Das kann man wohl sagen. Einfach entsetzlich. Überall Raubvögel, die Aas wittern.« *Aasgeier, Ungeziefer, und rundherum Tod und Verderben. Verwesende Leichen am Strand, daneben neue Tote. Wir haben die Elefantenbüchsen so weit geschleppt, wie wir konnten, und jetzt müßten wir jemanden finden, der bereit ist, sie zu benutzen. Das aber wagt keiner mehr.* »Na schön, wir verschwinden. Kann ich Corporal Allington hierlassen?«

»Ja, aber nehmen Sie seine gesamte Ausrüstung mit, und auch seine Uniform. Was hat er denn?«

»Wir haben eine Rüßler-Patrouille beschossen, und sie haben Laser eingesetzt. Sein Körper ist voller Verbrennungen.«

»Wir werden uns um ihn kümmern, so gut wir können. Wenn man uns fragt, sagen wir, daß er einen Autounfall hatte. Wahrscheinlich fragen sie erst gar nicht. Solange wir ihnen die Ernte abliefern, lassen sie uns im großen und ganzen zufrieden.«

»Vermutlich haben Sie es auch nicht leicht«, sagte Carter.

»Nicht leicht? Mann Gottes! Ich könnte ja in den Busch gehen, aber was würde dann aus meiner Familie?

Ich sage Ihnen, ein Mann mit vier kleinen Kindern kann sich sein Los nicht aussuchen.«

»Kann ich mir denken.«

»Aber ich gebe Ihnen einen Tip. Lassen Sie den Mann hier im Haus, und ziehen Sie sich mit Ihrem Kommando in den Busch zurück. Fünf Kilometer nördlich von hier finden Sie eine tiefe Schlucht. Da können Sie im Unterholz warten. Ich schicke Ihnen Mwubi. Mit dem müssen Sie sprechen.«

»Mwubi?«

»Der Zuluhäuptling hier. Er wird Ihnen helfen. Gehen Sie jetzt und schaden Sie den Rüßlern, wo Sie nur können! Aber bleiben Sie um Gottes willen weit fort von hier!«

Mwubi war alt, und er war schwärzer, als amerikanische Schwarze je werden. Carter schätzte ihn auf sechzig. Er hockte sich hin und fertigte auf dem Boden eine Stöckchenzeichnung an. »Hier. Kambula. Weiße Soldaten. Sie sprechen nicht englisch und nicht afrikaans. Jantji sagt, es sind Russen. Sie verstecken sich. Sie wollen kämpfen. Sie bitten Zulu um Hilfe. Einige schließen sich ihnen an.«

Russen. Sie müssen südwärts durch Moçambique gekommen sein. Ganz schön weit. »Kennst du Zulus, die kämpfen wollen?«

»Ja.«

»Bring mich zu ihnen!«

Mwubi schaukelte auf seinen Fersen vor und zurück. Schließlich erhob er sich. »Das will ich tun.«

Die Tür der Luftschleuse schwang schwerfällig nach außen, und der Gestank von Winterheim fuhr Fukertih unvermittelt in den Snnfp. Er zuckte zurück. Ein dumpfer Geruch nach unbekannten Pflanzen, ganz anders als die, die er in Kansas kennengelernt hatte, lag in der Luft. Alles wirkte leblos: die Wiederverwertung biochemischer Abfallprodukte, wie er sie von der *Bote* her kannte, schien es hier nicht zu geben. Über allem lag der Geruch der Beisetzungsgrube.

Untere Dienstgrade warteten hinter ihm, doch Fukertih blieb eine Weile oben an der Rampe stehen, um den Raumflughafen zu betrachten. Er war ungeheuer groß, und zwischen Streifen kurzgeschorener grüner Vegetation lagen befestigte Bahnen.

Eigentümliche geflügelte Maschinen, von Erdlingen gebaut und groß genug für eine Fithp-Achtschaft-hochzwei, standen an einem Ende des Feldes. Erdlinge beluden sie. Andere, von Erdlingen gelenkte Maschinen rollten über das Feld zu dem Grifflingsschiff hin, und ein Erdlings-Trupp machte sich daran, Kisten und Gepäck aus ihm auf ihre Fahrzeuge zu verladen.

Sie sind ordentlich und geschickt. Kuthfektil-rasp hat sein Reich nicht allein durch Reden vergrößert. Diese Erdlinge arbeiten *für uns*.

Hohe dünne Säulen ragten in der Ferne auf. Aus ihrer Spitze strich Rauch. Der Wind wehte weit kräftiger, als es zur angenehmen Kühlung nötig gewesen wäre. Wasser fiel in großen Tropfen. Der Himmel war von einem sich ständig verändernden Grau, unendlich weit und fern.

Über allem hing schwach, aber unverkennbar der Geruch der Beisetzungsgrube.

Fukertih ging zur Rampe hinab, dorthin, wo Birithart-jämp wartete. Sie schlangen ihre Grifflinge ineinander. »Deine Gegenwart besprengt mir den Rücken.«

»Willkommen auf meinem Gebiet, Gefährte meiner Jugend«, grüßte ihn Birithart-jämp förmlich. Dann hob er seine Grifflinge. »Ich bin wahrhaft froh, dich zu sehen. Als ich hörte, du würdest herkommen, habe ich es so eingerichtet, daß ich dich selbst begrüßen konnte. Komm mit, ich will dir die Schlammräume zeigen.«

»Ich danke dir.« Sie gingen über die harte ebene Fläche. Die Schwerkraft von Winterheim zerrte an Fukertih. Der Himmel war so ungeheuer *weit*, erstreckte sich über Entfernungen, die er seit dem Krieg in Kansas nicht gesehen hatte. »Kann man nicht — gibt es keine Möglichkeit, die Toten zu begraben?«

Birithart-jämp nahm Witterung auf. »Ich hatte es schon fast vergessen. Nach einigen Tagen merkst du den Geruch überhaupt nicht mehr. Vielleicht noch nachts, oder wenn du aus der frischen Luft der Schlammräume kommst. Wir haben in unserem Gebiet alle Toten beigesetzt, Fukertih. Außerhalb aber ...« Er beschrieb mit den Grifflingen einen Bogen zum endlos fernen Horizont hinüber. »Das Meer hat so große Mengen ertränkt, daß ihre Zahl jede Vorstellung übersteigt. Wenn der Wind aus jener Richtung oder von dorther weht, ist der Geruch am stärksten. Heute ist er ziemlich schwach.«

Fukertih erschauerte.

»Er wird sich legen, spätestens nach einer oder zwei Jahreszeiten.« Sie hatten jetzt die befestigte Fläche des Raumhafens hinter sich. Ihre Füße sanken in weichen Lehm, und ein anderer Geruch erfüllte die Luft. Spiralige Pflanzen umstanden sie kniehoch. Winterblumen waren als winzige Ranken unmittelbar über dem Boden kaum sichtbar. In einem Jahr würden sie schließlich blühen.

»Du siehst, der Tod macht das Land fruchtbar. Die fliegenden Gesundheitswächter — Geier nennt man sie hier — tun ihre Pflicht, auch die Tiere, die auf Beinen laufen, sowie Würmer und Insekten. Alle erfüllen ihre Aufgabe und tragen dazu bei, daß der Garten ergrünt. Ist es nicht stets so?«

»Du sprichst wie ein Priester«, sagte Fukertih.

Birithart-jämp klopfte dem Freund mit den Grifflingen auf die Schulter. »Alter Spötter! Hier ist der Schlammraum. Alle Offiziere erwarten mich bereits dort. Einer wird gleich noch nachkommen. Du kennst ihn, es ist Tshintithpit-mäng.«

»Ja.« *Ein Abtrünniger.* Fukertih war ihm stets aus dem Weg gegangen.

»Rasch noch eine Frage: Warum bist du überhaupt hergekommen?« sagte Birithart-jämp neugierig.

»Du kannst es dir sicher denken. Der Gefährte meiner Mutter möchte durch meine Nüster riechen und durch meine Grifflinge tasten. Er vertraut Kuthfektil-rasp, möchte aber auch noch aus anderem Munde Informationen bekommen. Also wurde ich geschickt.«

»Gut. Das hatte ich in der Tat gehofft. Der Herr der Herde wird deine Gedanken schnüffeln und dir glauben. Wir stehen vor dem Sieg, Fukertih. Der Weg ist lang und gewunden, aber wir können ihn beschreiten — und das Reich ist endlos groß!«

Der Schlammraum machte den Eindruck einer einfachen Behelfslösung. Gewiß, ihm fehlte der durch die Rotationsschwere erzeugte Schwung, er war gestaltlos — ein bloßes Loch in der Erde, mit beheiztem Wasser angefüllt, das um- und umgerührt wurde. Aber er war doppelt so groß wie der Gemeinschafts-Schlammraum auf der *Bote.* An seiner Rückseite stürzte unaufhörlich ein Wasserfall in ein zweites Becken.

So stellte sich ein Fi' einen Schlammraum vor! Fukertih gab sich der wohligen Wärme hin, ruhte seine von der Schwerkraft auf Winterheim angestrengten Muskeln aus und hielt mit halbgeschlossenen Augen seinen Snnfp knapp über die Wasseroberfläche. Er war froh, aus dem stinkenden Wind heraus zu sein. »Man hat uns von einem Tier berichtet, groß, ähnlich wie ein Fi'...«

»Die Erdlinge nennen es *Elefant*«, sagte Birithart-jämp. »Stell dir ein riesiges Fi' mit einem einzigen Griffling vor. Sie sind wahrhaft gigantisch. Ich werde dir gelegentlich eines dieser Geschöpfe zeigen. Es hat mehr als das Achtfache deines Gewichts.«

Ungläubig schnaubte Fukertih.

»Ich verstehe deinen Zweifel, aber es stimmt.«

»Und sie sind nicht die herrschende Gattung auf diesem Planeten?«

»Nein. Viele Erdlinge halten sie aber mit Ausnahme ihrer selbst für die intelligentesten Lebewesen hier.«

»Verständlich. Sogar mit einem einzigen Griffling läßt sich Werkzeug handhaben.«

»Ja, aber nicht sehr gut. Er ist recht primitiv. Die Elefanten sind groß und mächtig, doch die Erdlinge sagen, sie würden ausgerottet, wenn man sie nicht beschützte.«

»Ausgerottet? Wieso das?«

»Die einfacheren Erdlinge töten sie, um sie zu essen. Es sind die, gegen die wir in den wilden Gebieten kämpfen. Zwar sind wir siegreich, aber du kennst noch nicht die Tapferkeit ihrer Krieger.«

Fukertih ließ warmen Schlamm an seinen Flanken entlangtreiben. Ein so gewaltiges Geschöpf müßte doch alles niederwalzen können ... dennoch wurde es von Erdlingen getötet. Mit technischen Mitteln?

Er spürte eine Masse über sich und griff nach oben, um Tshintithpit-mäng die Grifflinge zu schütteln.

»Willkommen, Gefährte meiner Jugend.« Tshintithpit-mängs Stimme klang merkwürdig kühl. Das Fi' wies neue Narben auf. Es war bewaffnet und trug das Geschirr eines Achtschaft-hoch-drei-Führers. An ihm hingen eine infrarote Nachtsichtbrille und andere Ausrüstungsgegenstände, deren Zweck Fukertih unbekannt war. Tshintithpit-mäng stand wie eine Mauer in der Schwerkraft, die Fukertih zu Boden zog. Sein Blick bereitete ihm Unbehagen.

»Willkommen«, antwortete er. »Willst du dich nicht zu uns gesellen?«

Birithart-jämp erklärte: »Tshintithpit-mäng ist einer unserer besten Dschungelkrieger. Die meisten von ihnen sind Schläfer. Sicherlich kennst du Berichte ...«

»Gewiß. Tshintithpit-mäng, bist du schon Elefanten begegnet?«

»Ja. Sie sind groß.«

»Und furchteinflößend?«

»Weniger furchteinflößend als die Erdlinge, die Elefanten und Fithp unterschiedslos töten.«

Eine Maschine spricht mit ebensolcher Wärme wie du. »In den Berichten heißt es, daß wir in den Dschungeln viele Fithp verloren haben und noch mehr sich einfach weigern, dort zu kämpfen. Woran liegt das?«

»Im Dschungel lauern Tod und Wahnsinn«, erklärte Tshintithpit-mäng. »Winterheim ist voll sonderbarer Dinge für Fithp, die nur die begrenzten Räumlichkeiten der *Bote* kennen.«

Zwei junge Krieger kamen herein, um ihrem Anführer beim Ablegen des Geschirrs und der Waffen behilflich zu sein. Fukertih erkannte in ihnen Angehörige der Fithp des Jahres Null. Sie sahen einander ähnlich, aber nicht auf dieselbe Weise wie die Abtrünnigen des Jahres Null, die Fukertih gerade auf *Thaktan Flishithy* zurückgelassen hatte.

Womöglich hatte Tshintithpit-mäng seine Untergebenen noch gar nicht wahrgenommen, denn sein Blick war starr über die Wände des Schlammraums hinaus gerichtet. »Wir sind Krieger und für unsere Feinde im offenen Feld nur allzu sichtbar. Du hast den Dschungel noch nicht gesehen, aber du kennst die Spiralpflanze im Garten. Denk dir ihre Größe als durchschnittlich, und ganze Achtergruppen zur dritten Potenz von ihnen wachsen davon, kleinere Pflanzen stehen dicht an dicht um sie herum.«

Das klang verwirrend und beängstigend. Doch Tshintithpit-mäng fuhr fort: »Anfänglich haben wir uns im Dschungel sicher gefühlt. Wir mußten dort die grauenvolle Endlosigkeit des Himmels und der Landschaft nicht sehen und konnten uns zwischen diesen riesigen Pflanzen vor den hinterhältigen Erdlingen verstecken, die als einzelne unvermittelt auf uns schossen.« Er schnaubte, und es klang wie ein Gewehrschuß. »Im Dschungel bewegen sich die Erdlinge selbst noch an Stellen, wo wir eingekeilt und bewegungsunfähig sind. Es gibt auch tückische Schlinggewächse. Hinter den Pflanzen bleiben Heckenschützen der Erdlings-Fithp weit besser verborgen als wir. Sie stecken angespitzte Pfähle, die sie mit giftigen Stoffen bestreichen, mit dem stumpfen Ende nach unten im Winkel in die Erde. Wenn ein Fi' im Geschoßhagel in Deckung stürzt, findet es sich auf solchen im Unterholz lauernden Pfählen aufgespießt.

Wir haben gelernt. Es hat Unruhe unter den Kriegern gegeben, die nicht bereit waren, in den Dschungel zu gehen. Schließlich haben wir die Elitetruppe der Dschungel-Fithp-Krieger ins Leben gerufen ... Aber die meisten Raumgeborenen finden sich einfach nicht zurecht. Fukertih, du kannst deinem Vater berichten, daß unter den Kriegern in Afrika auf die Dauer wohl Schläfer die höchsten Ränge erobern werden.«

»Aber du hast dich doch auch angepaßt.«

»Das stimmt. Fällt dir etwas an mir auf, Fukertih?«

»Verändert hast du dich.« Fukertih war dem Gedanken ausgewichen. Jetzt merkte er, daß sich Tshintithpitmäng verhielt wie ein Fi', das im Begriff stand, zum Einzelgänger zu werden.

»Krieger jagen allein auf sich gestellt, ziehen durch weite Ebenen und Dschungel auf der Suche nach gemeingefährlichen Erdlings-Einzelgängern. Wenn wir sie finden, fordern wir von den Grifflingsschiffen Laserfeuer an. Eine Achtschaft könnte unmöglich Einzelgänger aufspüren. Den größten Erfolg haben Jäger, die allein oder paarweise streifen. Ohne sie müßten wir uns im Dschungel den Erdlingen geschlagen geben, aber ich habe Angst vor dem, was das unserem Wesen antut. Fithp sind für ein solches Massentöten nicht geschaffen. Wir erwähnen die Zahl der Toten nicht, sprechen weder untereinander noch zu untergebenen Kriegern darüber. Doch Gerüchte entstehen, und stets liegt der Gestank in der Luft. Wir sind uns immer im klaren darüber, was uns unser Stützpunkt hier gekostet hat, an Erdlings- wie auch an Fithp-Kriegern.

Dein Vater und der Herr des Angriffs haben untersagt, ganze Erdlings-Herden wegen des Einzelgängerverhaltens einzelner zu töten. Dennoch geht die Massenabschlachtung weiter, da sie wirkungsvoll ist. Täglich werden die Erdlinge fügsamer, und viele stehen schon auf unserer Seite.«

»Und so gewinnen wir also«, sagte Fukertih leise vor sich hin.

»Ja, aber der Sieg hat seinen Preis. Vielen Fithp haben unsere anfänglichen Wahrnehmungsschwierigkeiten das Leben gekostet. Unser Leben an Bord der *Bote* hatte uns nicht darauf vorbereitet zu erkennen, was wir sehen. Fithp sind über Klippen gestürzt, haben sich Beine in Erdlöchern gebrochen oder sind vor völlig harmlosen Dingen erschrocken und angstvoll zurückgewichen und dadurch in wirkliche Gefahr geraten. Den Feind entziehen die einfachsten Verstecke auf simple und wirksame Weise unseren Blicken. In gefleckter grüner Kleidung scheint er einfach zu verschwinden. Viele haben Gewehre, doch sie töten uns auch ohne solche Waffen, benutzten statt dessen zugespitzte Hölzer.« Tshintithpit-mäng verstummte, und sein Blick konzentrierte sich plötzlich auf Fukertih, als nähme er den Schlammraum zum erstenmal wahr.

»Fukertih, ich habe um Erlaubnis gebeten, zur Paarungszeit an Bord der *Bote* zurückkehren zu dürfen.«

Das kann ich verstehen. »Man hat mir gesagt, daß die Bitte genehmigt ist.«

»Gut.« Tshintithpit-mäng ging in den Schlamm hinaus und schob eine Bugwelle vor sich her. Mit halbgeschlossenen Augen ließ er sich in den Schlamm sinken, und es hatte den Anschein, als wolle er nichts mehr sagen. Doch unvermittelt fuhr er fort: »Ich fürchte die Wege, die mein Geist gehen würde, wenn ich die Paarungszeit nicht miterlebte. Ich habe mich schon viel zu weit von dem Leben entfernt, das ich kannte.«

»Ich bin gekommen, um etwas über solche Dinge zu erfahren. Kannst du mir auch sagen, wie Phigoren umgekommen ist? Ich habe gehört, du warst dabei.«

»Ja.« Jetzt lag Tshintithpit-mäng tief im Schlamm, die Augen vollständig geschlossen. Nur die Wölbung seines Schädels sah oben heraus. »Es bestand damals keinerlei Gefahr. Ich würde nicht einmal sagen, daß wir uns töricht benommen haben, aber verstanden haben wir Afrika zu jener Zeit noch nicht so wie jetzt. Du mußt den Dschungel sehen. Wir hatten ihn bereits gezähmt, als ich ankam, aber der Preis war hoch. Als ich von der Luftkissenfestung herunterstieg, sah ich Phigoren etwas näher in Augenschein nehmen, was wie ein primitives Grabwerkzeug aussah ...«

Tshintithpit-mäng sprach mit monotoner Stimme. Es war, als seien die Empfindungen, die sein entsetzlicher Bericht in Fukertih hervorrief, bei ihm längst von der Zeit oder von noch schlimmeren Ereignissen verdrängt.

✿

Phigoren sagte: »Seht, Achtschaft-hoch-drei-Führer, an einem Ende hat er eine blattförmige Verbreiterung. Die Eingeborenen der Landmasse Afrika werfen den Stock, vermutlich in der Hoffnung, das Blattende möge einen von uns so gut treffen, daß es die Haut durchdringt.«

Einem Freund hätte Tshintithpit-mäng auf die Schulter geklopft. *Spötter!* Aber Phigoren war ein Untergebener, ein Schläfer und noch dazu ein Fremdling — »Machst du Scherze?«

»Nein. Mit denen töten sie uns. Wie kommt es, daß das Blattende voraus fliegt? Wie können sie es so kräftig schleudern?«

Tshintithpit-mäng überlegte. Eine lange schmale Masse hätte dann das richtige Trägheitsmoment, wenn man sie geradeaus schleuderte. Nur wie? »Vielleicht, wenn man ihn richtig hält? Möglicherweise am Ende?«

»Leitet mich.«

Tshintithpit-mäng faßte mit seinen Grifflingen den langen Schaft, hob ihn so über und hinter den Kopf, daß die Spitze nach vorn wies, und warf. Das seltsame Ding, das er im stillen bei sich ›Stockblatt‹ nannte, flog etwa vier Srapkithp weit und blieb quer zur Wurfrichtung liegen.

Taktvollerweise gab Phigoren keinen Kommentar ab. Tshintithpit-mäng sagte: »Ich muß überlegen. Vielleicht, wenn ich ...« Er holte den Speer zurück und wikkelte sorgfältig alle acht Abschnitte seines Snnfp in derselben Richtung darum. »Wenn ich jetzt loslasse, müßte es einen Drall bekommen, nicht wahr?«

»Leitet mich, Achtschaft-hoch-drei-Führer.«

Der Speer flog erneut vier Srapkithp und blieb quer zur Wurfrichtung liegen.

»Gib ihn einem Gefangenen«, sagte Tshintithpit-mäng, »und laß es dir von ihm zeigen!«

Tshintithpit-mäng richtete unvermittelt den Blick auf Fukertih. »Bestimmt hatte Phigoren das bereits probiert. Er war Zeuge geworden, als der Speer tötete. Er hatte sich länger als ich mit ihm befaßt. Gewiß betrachtete er mich als geschwätzigen Grün-Snnfp, als unwissenden Großsprecher. Er war ein gutes Fi', ein guter Offizier und hätte einer der besten sein können.«

»Was ist geschehen?«

»Er hat meinen Befehl befolgt.«

Der Mann war sehr schwarz, sehr groß, fast nackt, und seine Haut war so gut wie unbehaart. Das Gesicht unter dem zu einer hohen Schmuckfrisur aufgetürmten

Haupthaar war bemalt, und seine Haut wies zahlreiche Schmucknarben auf. Er war der einzige nicht verwundete Gefangene. Er hatte sich mit einem Speer in der Hand zu nahe an den Marschsäulen aus dem Gebüsch hervorgewagt. Ein Krieger der Nachhut hatte ihn mit einem Kolbenhieb zu Boden geschleudert, auf den Rükken gedreht und dann seine Unterwerfung angenommen.

Er trug merkwürdiges Geschirr. Alte Fellstücke lagen um seine Fußknöchel und Handgelenke. Einst leuchtend bunte, aber jetzt schmuddlige Federn hingen ihm zerfetzt um den Hals. Um die Stirn lag ihm ein grunes pelziges Band. Alles, was er am Leibe trug, war alt und stand kurz vor der Auflösung, war von Erde und Schweiß befleckt.

Viele so gekleidete Erdlinge hatten die Fithp gesehen.

Der Mann befolgte den Befehl, den man ihm erteilte, ohne Zögern. Angesichts einer Zuschauerschaft von etwa hundert Fithp-Kriegern trat er ohne zu antworten oder auch nur zu nicken zu dem Speer, nahm ihn auf und faßte ihn in der Mitte.

Es war Tshintithpit-mäng unerfindlich, wieso der Krieger nicht zu Boden stürzte. Sogar nach den Maßstäben der Erdlinge war er schmal und hochgewachsen, und wenn er fiele, müßte er sich den Hals brechen. Aber er blieb stehen, nahezu bewegungslos, nur ganz leicht vor- und zurückwippend, während ihm Phigoren das Ziel zeigte.

»Wirf ihn so nahe an diesen Punkt wie möglich«, rief er aus. Er stand sichere acht Srapkithp beiseite. Würde es so ausgehen, wie er es erwartete? Phigoren mußte wissen, wie aufmerksam sein Achtschaft-hoch-drei-Führer zusah.

Der Mann hielt den Speer parallel zum Boden auf das Ziel gerichtet. Er hob sich auf die Zehenspitzen. Trotzdem fiel er nicht um. Unversehens schlug er mit der freien Hand so gegen den Schaft, daß sich der Speer um neunzig Grad drehte, folgte mit seinem Körper der Bewegung, und Phigoren sah sich der Spitze des Speers genau gegenüber.

Er wandte sich zur Flucht. Acht Srapkithp oder nicht, er rannte, so schnell er konnte, und seine Krieger hoben ihre Waffen. Der Speer flog.

Er drang Phigoren tief in die Seite. Tshintithpit-mäng sah, daß der Schwarze gelassen dastand und die Arme herabhängen ließ. Einen Sekundenbruchteil darauf zerfetzten ihn die Geschosse der Fithp.

Er hatte sich Phigoren ergeben. Sie denken anders als wir ... Wie auch immer, das Stockblatt ist geradeaus in Längsrichtung geflogen. Ich habe es mit eigenen Augen gesehen.

Der Heilkundige sah Phigoren prüfend an, ohne ihn zu berühren. »Legt ihn hin!« sagte er. »Haltet ihn, während ich den Stock herausziehe!«

Zwei Krieger drückten mit ihrer ganzen Masse gegen Phigoren, während der Arzt zog. Phigoren schrie vor Schmerz auf. Das Blatt saß tief in ihm und riß auf dem Weg nach außen eine große Wunde. Dann war es heraus und wurde ihm blutig, wie es war, vor das Gesicht gehalten. Entsetzt sah Tshintithpit-mäng zu, er konnte den Schmerz, den Phigoren beim Atmen empfand, körperlich nachfühlen.

»Gut. Haltet ihn weiter fest! Phigoren, kannst du mich hören? Beuge dich nach links! Am besten legst du dich hin.«

Phigoren konnte sich nicht bewegen. Der Arzt schob, und da Phigoren ohnehin nach links geneigt stand, wurde er auf die linke Seite gelegt. Sein eigenes Gewicht drückte ihm die Lunge zusammen. Ausatmen war trotz des Schmerzes einfach, aber beim Einatmen kam es ihm vor, als müsse er einen Berg anheben. Der Arzt sagte: »Das wird die Schmerzen lindern. Vermutlich hat das Stockblatt einen Lungenflügel durchbohrt. Ich muß ihn aufschneiden und die Wunde nähen.«

»Rette ihn, wenn du kannst«, sagte Tshintithpit-mäng.

Phigoren lag im Sterben. Sicher hatte er es gewußt. Er mußte jetzt sprechen oder schweigend sterben. Seine Blicke suchten Tshintithpit-mäng. »Habt Ihr gesehen? Gefährlich sind ...« Er keuchte nur noch. Als das Messer des Heilkundigen in ihn fuhr, verschleierten sich seine Augen. Er versuchte den Mund zu bewegen, doch es kam nur noch ein Flüstern heraus. Tshintithpit-mäng hielt sein Ohr nahe an Phigorens Mund. Phigoren raffte seine ganze Willenskraft zusammen, zwang seinen Brustkorb, sich zu bewegen, holte Atem, daß es ihn durchfuhr wie tausend Dolche, und sprach.

»*Die Daumen*«, hauchte er, und starb.

»Sein Dorf«, schrie Tshintithpit-mäng gebieterisch. »Koordinaten!«

Jemand antwortete. Tshintithpit-mäng rief in die Fernmeldemuschel.

Fünf Achtel Makasrapkithp entfernt fuhren grüne Striche in engen Spiralen zu Boden. Als alles vorüber war, wandte sich Tshintithpit-mäng den Gefangenen zu.

»Wer gehört zu seinem Stamm?«

Alle. Als die schwere Aufgabe erledigt war, schickte Tshintithpit-mäng zwei Gefangene, die er hatte leben lassen, aus, um davon zu berichten.

»Es ist klar, was er mir sagen wollte. Ihre Daumen machen die Erdlinge geschickter als uns unsere Grifflinge. Bevor wir auf diesen Planeten kamen, waren wir die überlegenen Werkzeugbenutzer. Wir waren falsch vorbereitet. Einiges haben wir richtig eingeschätzt: die größere Anzahl der Beutewesen, ihre Kenntnis des eigenen Landes, ihr Verständnis einer an sich unterlegenen Technik, die sie aber selbst entwickelt haben, ohne Anleitung durch Thaktanthp.

Noch im Tod dachte Phigoren daran, mich zu warnen.

Ich habe seither von anderen Ähnliches gehört. Aber es ist nicht recht! Wenn nun tatsächlich ihre Daumen der Grund dafür sind, daß sie kleinere Maschinen herstellen können? Wir haben die Thaktanthp, die uns in den Stand setzen, überlegenes Werkzeug herzustellen, sie dagegen haben nur sich.«

»Du hast befehlswidrig eine vollständige Erdlings-Fithp vernichtet«, merkte Fukertih an.

»Ja, in meiner Wut, und um meinen Fehler wiedergutzumachen. Lerne daraus! Wir haben in dem Bezirk lediglich zwei weitere Fithp verloren«, verteidigte sich Tshintithpit-mäng. »Die anderen Eingeborenen bringen uns jetzt Vieh und Milch.«

»Habt ihr so etwas seither wieder getan?«

»Nein. Seither nicht. Aber dieser Krieg macht aus mir ein anderes Wesen. Ich brauche die Weisheit der Weiber. Mir fehlt die Gefährtin.«

36 Verrat

Wie kommt es, daß Verrat nie im Schwange ist?
Weil ihn dann niemand Verrat zu nennen wagt.

SIR JOHN HARRINGTON

Leichter Nieselregen zwang sie, ihre wasserdichten Mäntel geschlossen zu halten. Sie schwitzten darin. Dabei war es heute nicht einmal besonders schlimm. Tagelang hatten sie Zuflucht vor regenschweren Sturmböen suchen müssen, die Harrys Motorrad von der Straße zu wehen drohten.

Auf dem Schild stand BELLINGHAM CITY. Die Autobahnausfahrt führte auf eine ehemalige Hauptstraße. Sie wirkte recht verlassen. Tankstellen, Motels und Restaurants, an denen sie vorüberkamen, waren geschlossen, bis auf eine Tankstelle. Vor ihr verkündete ein Schild: KEIN BENZIN. KEIN ÖLWECHSEL. ICH WEISS SELBST NICHT, WARUM ICH OFFEN HAB. WIE WÄR'S MIT TEE?

Die Fenster der meisten Häuser waren mit Brettern vernagelt.

»Sieht unwirtlich aus«, rief Roger Harry ins Ohr.

Wo, zum Teufel, war denn nur die Abzweigung? Auf der Karte war deutlich zu sehen, daß sich die Hauptstraße gabelte, nach Westen um die Universität herum und weiter zum Hafen führte — aha, da. Harry nahm die andere Abzweigung. Er wandte sich nach Osten, unterquerte die Autobahn und fuhr an einem Einkaufszentrum vorüber, in dem nicht alle Läden geschlossen zu sein schienen. Danach kamen nur noch Wohnhäuser.

Die *Wagenburg* war nicht leicht zu finden. Sie lag am Ende eines gewundenen Weges und hatte nicht viel Ähnlichkeit mit dem, was man Harry einst geschildert hatte. Sie kam ihm klein und schäbig vor. Dort, wo einst der Tennisplatz gewesen war, erhob sich jetzt ein Gewächshaus. Ein dichter Zaun umgab das ganze Anwesen. An einem Tor war ein riesiger Gong angebracht. Sie hätten absteigen, an einer Betonschranke vorbeigehen und auf ihn schlagen müssen. »Die ermutigen ihre Besucher ja nicht gerade. Kann man ja auch verstehen ...« Langsam fuhr Harry vorbei. Von einem kleinen Gehölz am Ende des Weges aus hatte er freie Sicht auf die Fläche vor der Garage.

»John Fox ist da!« rief Roger.

»Fox? Ich hab von ihm gehört, aber ich kenn ihn nicht«, sagte Harry. »Woher willst du das wissen?«

»Was glaubst du, auf wie vielen Nummernschildern in Kalifornien statt der Zahlen-Buchstaben-Kombination ÖKOFREAK steht?«

»Ach, der ist das.« Harry wendete. »Was machen wir jetzt?«

»Reingehen. Zuerst wollte ich nur duschen, jetzt möchte ich unbedingt deine Freunde näher kennenlernen.«

»Von mir aus.« Harry blieb am Tor stehen. Der große Gong dröhnte nicht annähernd so laut, wie er es erwartet hatte.

Auf Jack McCauleys rundem Gesicht waren neuerdings Falten zu sehen. Ein kurzgeschorener, schwarzer Bart hatte seine Züge verändert. Seine Schultern und Arme waren weit muskulöser als zuvor, so sehr, daß sein altes Hemd sie nicht mehr bändigen zu können schien. »Ich sag euch gleich, daß wir keinen Platz haben«, begrüßte er die Ankömmlinge, »aber kommt erst mal rein. George wird sich freuen, dich zu sehen, Harry. Was, zum Teufel, will ein Zeitungsfritze hier?«

Roger lächelte. »Mein Blatt plant eine Serie über neue

Lebensstile. Die Leute brennen darauf, Anregungen zu bekommen.«

McCauley faßte Roger näher ins Auge. »Kann ich mir denken. Aber hier gibt es keine Geschichte.«

Haus und Grundstück machten auf Harry den Eindruck einer Baustelle. Er parkte das Motorrad neben Fox' Kleinlaster.

George Tate-Evans arbeitete am Gewächshaus. Er hämmerte und trieb einen Nagel ins Holz. Als er Harry sah, stieß er einen Pfiff aus. »Na so was, der Rote Harry.« Er lächelte freundlich. »Hol's der Teufel, Harry, du bist zwar nicht so sauber wie früher, aber irgendwie siehst du um einiges besser aus. Wie geht's dem Rükken?«

»Großartig. Ich hab seit Monaten mit keinem Anwalt gesprochen. Das ist Roger Brooks von der *Washington Post*. Wir waren in Kansas.«

»So, so. Harry, ich glaube, alle würden gern erfahren, was da eigentlich los war. Kommt ihr etwa den ganzen Weg von Washington her?«

»Nee, aus Colorado Springs«, sagte Harry.

»Colorado Springs«, sagte George vorsichtig. »Ihr könnt gern zum Abendessen bleiben, immer vorausgesetzt, ihr habt Verständnis für unsere Lage. Wir haben keinen Platz, kein einziges freies Bett.«

»Wir zelten.«

»Seht euch um. Die einzige Stelle, wo ihr ein Zelt aufschlagen könntet, wäre die Auffahrt.«

»Wir finden schon was«, sagte Harry grinsend. »Sieh mal, George, ich bin es gewöhnt, mit Erzählungen für mein Abendessen zu bezahlen. Meinst du, ihr könntet heute abend noch ein Duschbad drauflegen?«

✿

In der Mitte des großen Eßzimmers stand ein langer Tisch. An einem Ende befand sich ein Lesepult. Das

Ganze erinnerte Roger an das Refektorium im Kloster der Christlichen Brüder, wo sie auf dem Weg von Colorado Springs hierher Station gemacht hatten. Die Brüder nahmen Reisende auf, wie das Klöster im Mittelalter zu tun pflegten. Außerdem hatten sie alle Müßiggänger am Ort an die Arbeit in Gärten und Weinbergen gestellt.

Allmählich füllte sich der Raum. John Fox schien sich über Rogers Anwesenheit aufrichtig zu freuen. Die Namen prägten sich Roger wie von selbst ein, während sie ihm genannt wurden: für einen Journalisten eine wichtige Fertigkeit. Fox' Freund Marty Carnell, George und Vicki Tate-Evans. Harry hatte Georg als »Super-Überlebenskünstler« bezeichnet; seine Frau war schweigsam. Offenkundig behagte ihr der Besuch nicht. Isadore und Clara Leiber. Clara wollte wissen, was in der Hauptstadt vor sich ging. Dann war da noch der Mann vom Tor, Jack McCauley. Seine Frau hieß Harriet.

Bill und Gwen Shakes saßen am Kopf der Tafel. Eine ganze Anzahl von Shakes-Kindern sprang herum — überhaupt gab es hier viele Kinder.

Shakes machte sich Sorgen wegen des Berichts, den Roger zu schreiben gedachte. »Wir haben mit der Öffentlichkeit nichts am Hut. Ich würde Ihnen sagen, wie schlimm es steht, wenn ich annehmen dürfte, daß Sie mir glauben.«

»Über Bellingham schreibe ich nicht viel«, sagte Roger, »und Ortsnamen nenne ich grundsätzlich nicht. Im übrigen brauchen Sie keine Angst zu haben, daß jemand herkommt. Harry und ich hätten ohne weiteres ein halbes Dutzend Mal hopsgenommen werden können. Dabei ist es nur ein Motorrad, und wir haben einen Presseausweis und eine Benzin-Zuteilungskarte von der Regierung! Niemand kommt so leicht nach Bellingham.«

Auch niemand, der etwas über den Ort veröffentlichen will. Bevor wir von Colorado Springs abgefahren sind, hab ich alle

Unterlagen durchgesehen. Nichts, nicht das Schwarze unterm Fingernagel, und das lange bevor die Rüßler ihre Dinosaurier-Keule abgeworfen haben. Ich wittere es förmlich: ein Geheimnis, das seit einem ganzen Jahr vor Rüßlern und Bürgern gleichermaßen gehütet wird.

»Es sind aber doch viele Leute hergekommen«, bemerkte Harriet McCauley.

»Ja, allmählich wird es eng«, fügte Clara hinzu. »Auf dem Markt drängeln sich die Kunden und stehen in langen Schlangen.«

»Es könnte schlimmer sein. In den meisten anderen Orten gibt es kaum noch etwas«, sagte Harry. »Vielleicht geht es euch besser, als ihr wahrhaben wollt.«

Es gab Spaghetti. Die Soße enthielt kein Fleisch, aber frische Tomaten aus dem Gewächshaus, und Käse war auch da.

Nach dem Essen verließen fast alle den Raum.

»Wir haben verschiedenes zu erledigen«, erklärte Fox. »War nett, dich mal wiederzusehen, Roger.«

Bill Shakes und George Tate-Evans halfen das Geschirr hinaustragen, dann kamen sie zurück. »Ihr könnt gerne 'nen Schnaps haben, aber es wird allmählich dunkel«, sagte Bill Shakes. »Vielleicht wollt ihr euer Zelt lieber aufschlagen, solange ihr noch was seht?«

»Keine Sorge, das schaffen wir schon«, sagte Roger.

»Wir haben schon öfters im Dunkeln unser Zelt aufgebaut«, bestätigte Harry.

»Na schön. Am besten ist es wohl hinten am Weg, da, wo er in den Wald übergeht. Fahrt knapp einen Kilometer, hinter dem Bach ist eine kleine Lichtung. Paßt auf, daß ihr nicht zuviel Holz verbrennt und schneidet nichts ab.«

»In Ordnung.«

Isadore brachte zwei Flaschen kalifornischen Schnaps. »Die letzten beiden Kartons«, sagte er, nahm dünnwandige Schnapsgläser aus einer Anrichte und gab jedem eins. George Tate-Evans füllte sein Glas zur Hälfte und schenkte dann den Gästen ein.

Bill Shakes wartete, bis alle saßen. »Harry, du hast gesagt, du hättest eine Benzin-Zuteilungskarte.«

»Ja.« Harry grinste. »Statt Tapferkeitsorden. Ich hab nämlich 'nen Rüßler gefangen.«

George Tate-Evans wollte etwas sagen, aber Shakes' leise Stimme verschaffte sich Gehör. »Wir haben eine Quelle für Dünger. Ein Milchviehbetrieb etwa fünfzig Kilometer von hier entfernt will uns welchen abtreten, nur herschaffen müssen wir das Zeug selber. 'nen Lastwagen haben wir, aber keinen Sprit. Wie ist es — können wir dir was abkaufen?«

»Nichts zu machen«, sagte Harry, »die Karte ist auf mich ausgestellt.« Er hielt eine in Kunststoff eingeschweißte Karte hoch. »Hier, auf der einen Seite der Führerschein, auf der anderen die Zuteilungskarte, beide mit Paßbild. Niemand kann was damit anfangen, außer du läßt dir 'nen Bart stehen und färbst ihn wie meinen.«

»Sehr witzig«, sagte Shakes ohne die Spur eines Lächelns. Er reichte Harry höchstens bis zur Schulter.

»Vielleicht können wir ein Tauschgeschäft machen«, schlug Roger vor. »Wir holen euch die Kuhscheiße, wenn ihr uns euren Lastwagen für ein paar Tage überlaßt.«

Harry sah ihn mit gerunzelter Stirn an. »Wozu denn? Noch dazu so 'ne Klapperkiste wie das Ding da draußen?«

»Ich würde mich gern ein bißchen in der Gegend umsehen, und mein Steiß ist rot wie ein Pavianarsch«, sagte Roger.

»Versteh ich. Schön Bill, wir holen euch das Zeug.«

»Vielen Dank.«

Harry hob das Glas. »Ihr habt euch hier ziemlich gut eingerichtet.«

»Es geht.« Shakes lachte. »Weißt du Neues über Los Angeles?«

»Die Leute da unten schlagen sich so durch«, sagte Harry.

»Du warst also nicht selber da?« wollte George wissen. Er holte die Flasche und schenkte nach.

»Nein«, sagte Harry, »aber sie kommen zurecht.«

»Wie darf ich das verstehen?«

»Nun, glänzend steht es nirgends«, erklärte Harry. »Meist viel schlechter als hier. Aber irgendwie wursteln sich die Leute durch. Mit Gewächshäusern, Gemüsegärten, Hühnerkäfigen auf Dächern und dergleichen.«

»Nicht zu fassen«, staunte Bill Shakes.

»Ja, wenn man bedenkt, daß die Regierung nicht viel tun kann«, sagte Roger. »In Colorado Springs haben sie nicht mal die Möglichkeit festzustellen, was die Leute so treiben, geschweige denn ihnen unter die Arme zu greifen.«

»So läuft der Hase also«, sagte George. Er kippte seinen Schnaps und goß erneut nach. »Kaum ist die verdammte Regierung aus dem Weg, schon können sich die Leute helfen. Wartet nur, wenn es etwas besser läuft und zwar so gut, daß die Regierung ein Interesse daran hat, sich wieder einzumischen, geht alles sofort wieder den Bach runter. Junge, Junge, haben wir eine Regierung! Die kann uns doch im Arsch lecken.«

Roger wechselte das Thema. »Clara hat vorhin gesagt, hier seien viele neue Leute hergekommen. Was wollen die denn?«

Unbehaglich sah Bill Shakes zu George hinüber. »Ein großes Regierungsprojekt am Hafen«, erläuterte George. »Ständig kommen mehr — Marineleute, Programmierer, Schiffsbauer, Klempner. Unsereins muß sämtliche Installationsarbeiten selber machen, weil anscheinend alle Klempner im Umkreis von hundertfünfzig Kilometern unten im Hafen gebraucht werden.«

»Und Schwarzarbeit machen die sicher nicht?« fragte Harry.

»Die kämen nicht mal zu Besuch.«

»Haha.« Harry leerte sein zweites Glas. »Und ihr Jungs habt euch hier verkrochen, weil ihr weit vom Schuß sein und mit niemandem etwas zu tun haben wolltet!« kicherte er und goß sich, ohne zu fragen, ein drittes Glas ein.

»Man kann es mit Humor sehen.« Nach wie vor trug Bill Shakes sein rätselhaftes Lächeln zur Schau.

»So richtig schlecht geht es uns aber doch nicht«, sagte George.

»Nein, aber Bellingham ist nicht mehr das verschlafene Hafenstädtchen mit der verschlammten Zufahrt«, sagte Isadore. »Die Straßen sind schwarz von Menschen, alles ist teurer geworden, überall mischt sich die Militärpolizei ein.«

»Der Teufel soll sie holen!« knurrte George.

»Aber was *machen* die da unten?« wollte Roger wissen.

»Wer weiß das schon?« sagte Isadore. »Sie geben vor, Gewächshäuser für Weizen zu bauen. Wer's glaubt, zahlt 'nen Dollar.«

»Und wer es nicht glaubt?«

»Mirandas Freund, ein Polizist, hat gerüchtweise gehört, daß es ein Gefängnis sein soll«, fuhr Isadore fort. »Für politische Gefangene aus Kansas, Kollaborateure. Sie haben zwar Gewächshäuser gebaut, aber drinnen arbeiten angeblich Gefangene. Ein Sklavenlager.«

»Geschieht den Rüßler-Freunden recht«, sagte Harry.

»Vielleicht hatten sie keine andere Wahl«, sagte Roger.

»Kämpfen hätten sie können!«

»Schön, du hast einen gefangen, Harry«, sagte Roger zurückhaltend. »Aber er war allein.«

Bill Shakes beugte sich begierig vor. »Ihr wart im besetzten Gebiet? Erzählt uns mehr davon!«

Rogers Uhr zeigte drei. Zwei Schnapsflaschen waren leer, und von der dritten war kaum mehr die Hälfte da.

Irgendwann hatte Miranda Kevins Gitarre heruntergebracht, Harry hatte gespielt, und fast alle waren gekommen, um seinen Liedern zu lauschen. Dann aber waren alle bis auf George, Isadore und Bill schlafen gegangen.

Kevin Shakes arbeitete am Regierungsprojekt mit — und war nicht heimgekommen, seit er sich im Hafen zur Arbeit gemeldet hatte. Er schickte Briefe, und gelegentlich gelangte eine Mitteilung über Mirandas Freund nach draußen.

Roger spürte, wie es sich in seinem Unterleib zusammenzog. *Ich hätte nicht soviel von dem Schnaps trinken sollen. Irgendwas läuft da unten am Hafen. 'ne ganz große Sache. Und George weiß mehr, als er sagt.*

»Wird Zeit, 'n paar Takte zu schlafen«, sagte Bill Shakes.

Er ist nicht die Spur betrunken. Wieviel er intus hat?

»Ich will nur noch mein Glas austrinken«, sagte Roger mit stockender Stimme. Ihm war klar, daß er sich rasch unbeliebt machte. *Aber eine bessere Chance wird sich mir kaum mehr bieten.* Er ging zu George hinüber und hob sein Glas. »Tod den Tyrannen! Nieder mit dem Staat!«

»So ist es!« Grinsend stieß George mit ihm an.

»Verdammte Geheimnistuerei«, sagte Roger. »Immer hatten sie Geheimnisse vor uns. Wie damals in Vietnam, als sie der Öffentlichkeit vorenthalten haben, daß sie Ziele in Kambodscha bombardierten. Aber war es geheim? Alle haben es gewußt. Ich möchte wetten, daß sie es sogar den Russen gesagt haben. Nur wer hat es nicht gewußt? Wir!«

»Stimmt«, sagte George. »Genau.«

»Und jetzt also wieder ...«

»George«, mahnte Bill Shakes mit leiser Stimme.

George hörte nicht auf ihn.

»Was, zum Teufel, können sie da bloß verstecken?« Roger schüttelte den Kopf.

»Rüßler«, flüsterte George in verschwörerischem Tonfall. »Sie haben Rüßler da unten.«

Roger erwachte auf dem Wohnzimmerfußboden. Sein Kopf dröhnte.

Rüßler. Kein großes Geheimnis. Nichts als ein Versteck für gefangene Rüßler ...?

Lächerlich! Bellingham war schon ein blinder Fleck in den Medien, lange bevor der erste Rüßler gefangen wurde! Nie im Leben würden sie General Gillespie die Leitung eines Gefangenenlagers für außerirdische Zwergelefanten übertragen.

Aber Bill Shakes glaubt es. Er wollte nicht, daß ich es erfuhr. Wenn Shakes nicht weiß, was da unten wirklich los ist, weiß es niemand hier. Wir müssen da rein.

Er hörte Harrys Stimme aus dem Nebenzimmer. »Wie Shina, die Dschungelkönigin. Mrs. Dawson hat sich draufgesetzt, und dann sind wir losgezogen. Mann o Mann, richtiger Kaffee!« Andere Stimmen und Gelächter wurden laut, Kinderstimmen plärrten.

Wenn er etwas von dem Kaffee abhaben wollte, würde er sich Harrys Geschichte noch einmal anhören müssen ...

✿

Also. Wir erreichen Austrittsgeschwindigkeit, dachte Pastempih-keph. Ab hier lassen wir uns treiben. Wir werden den afrikanischen Kontinent für immer besetzt halten, und sobald sich neuer Widerstand regt, werden wir ihn aus dem Weltraum zertrampeln. Letztlich mögen die Abtrünnigen die *Bote* beherrschen, während meine Nachkommen mit ihnen Tauschhandel treiben: Lebensmittel gegen Metalle.

Die Tür zum Schlammraum öffnete sich. Glücklich winkte Pastempih-Keph aus dem Schlamm. Endlich war die Paarungszeit seiner Fithp gekommen.

»Ich habe einen Gast«, sagte K'tarfukeph.

Was? Das jedoch sagte Pastempih-keph nicht, sondern: »Tretet ein und erquickt eure müden Leiber.« *Wehe, wenn es nichts Dringendes ist!*

K'tarfukeph kam mit Tshaupin-talk herein. Die Weiber ließen sich behaglich in den Schlamm gleiten. Einige Augenblicke vergingen in Schweigen, und die Spannung wich nicht von Tshaupin-talk. Dann sagte sie: »Mein Gefährte wurde ermordet, Herr der Herde. Was habt Ihr unternommen, um den gemeingefährlichen Einzelgänger zu finden?«

Er hatte gedacht, das hinausschieben zu können. Immerhin war Krieg, und es fielen zahlreiche Fithp. Selbstverständlich hatte der Herr der Herde Schritte unternommen, denn eine solche Tat konnte sich wiederholen, aber auf ihn warteten wahrhaftig drängendere Aufgaben.

Er sagte also: »Sag mir zuerst, was du getan hättest!«

Tshaupin-talk überlegte. »Einen Einzelgänger *erkennt* man. Er spricht nicht mit seinen Fithp, verläßt seine Gefährtin und gibt sich keine Mühe zu verbergen, wie er denkt.«

»Davon haben wir genug«, warf der Herr der Herde ein. »Die Krieger auf Winterheim sind uns bisher unbekannten und schrecklichen Belastungen ausgesetzt. Aber hier? Du müßtest ihn bemerkt haben. Gibt es an Bord einen Herdenlosen? Ein Mitglied der Ziehenden Herde, dem sich niemand beigesellen will? Nein? Wer hätte so unbemerkt kommen und gehen können?«

Tshaupin-talk schüttelte den Kopf. Sie wirkte äußerst angespannt. Dazu hatte sie auch allen Grund — immerhin war sie in den privaten Schlammraum des Herrn der Herde eingedrungen!

»Also es war kein Einzelgänger«, sagte Pastempihkeph. »Dann aber muß er das Geheimnis mit anderen teilen. Was schlägst du vor?«

»Fragt alle! Kein Fi' kann vor dem Herrn der Herde lügen.«

»Daran ist etwas Wahres. Ich habe mit den Häuptern

jeder einzelnen Fithp an Bord gesprochen. Die Schläfer erwarten von mir nicht, daß ich einen Mörder suche, sie wollen, daß ich unverzüglich einen Berater aus ihrer Mitte wähle. Es schien mir vielversprechend, bei ihnen zu suchen, und so habe ich mein Augenmerk auf sie gerichtet. Als das nichts nützte, habe ich willkürlich herausgegriffene Fithp befragt: Fistartih-thaktans Gehilfen, Tashajämp, Waffenoffiziere an Bord, gerade von Winterheim zurückgekehrte Krieger, Mütter, unverpaarte und frisch verpaarte Weiber, sogar Erdlinge.

Manche wollten an diesem oder jenem Fi' Einzelgänger-Verhalten beobachtet haben. Ich habe die Betroffenen befragt — in keinem Fall war die Beschuldigung begründet. Niemand weiß, wie Fathistih-talk ums Leben gekommen ist. Nur wenigen ist bekannt, was er wollte, wo oder wie er möglicherweise ein Geheimnis weitergeben konnte, das es wert war, verborgen zu bleiben.«

»*Wenige?* Was habt Ihr in Erfahrung gebracht?«

»Was du bestimmt längst weißt, Tshaupin-talk. Dein Gefährte hat sich für die Gefangenen von Winterheim interessiert und einen von ihnen, Dawson, befragt, während er im Absonderungs-Pferch untergebracht war.«

»Aha«, sagte sie, »schon Tage vor seinem Verschwinden wollte er mir zwar im gemeinschaftlichen Schlammbad nichts von seinen Plänen sagen, bemerkte aber, daß er glaubte, etwas in Erfahrung bringen zu können. Es ging um die Frage, ob es sich lohnt, Winterheim zu besetzen.«

»Das kann ich mir denken. Wie soll ich jetzt weiter vorgehen? Hat er die sowjetischen Gefangenen befragt? Hat er etwas von ihnen erfahren? Erdlinge können ohne weiteres auch mich, den Herrn der Herde, belügen, denn ich vermag ihre Körpersprache nicht zu deuten. Die Umerzieher waren nicht imstande, mir zu helfen. Es macht nichts. Selbst wenn wir annehmen, daß ein Erdling, der sich unterworfen hat, ein Fi' in hoher Stellung ermordet, muß ein weiteres Fi' mit im Bunde sein. Kein schwacher Erdling könnte Fathistih-talk allein umgebracht haben. Außerdem muß ein Fi' anschließend den Schlammraum erneut auf ›Gefrieren‹ geschaltet haben. Ein fithploser Mörder ist unter uns. Er hat unter den Höchsten getötet, aber nichts an ihm verrät ihn. Er weiß, daß er den Herrn der Herde zum Narren gehalten hat.«

»Wir hatten schon geglaubt, du habest vergessen«, sagte K'tarfukeph in entschuldigendem Tonfall.

»Nur, weil ich meine Fithp durch thermonukleare Bomben, Holzknüppel und Wahnsinn verliere? Keineswegs — aber ich habe hier keinen weiteren Fußhalt! Wonach soll ich suchen? Irgendein Fi' ist gekommen, hat getötet und sich unbemerkt davongemacht, ohne mit jemandem ein Wort zu sprechen.«

Tshaupin-talk besprühte ihn mit Wasser, doch er rührte sich nicht. »Ein Einzelgänger ist gekommen und gegangen. Einfach so. Tshaupin-talk, binnen acht Tagen bringe ich dir den Mörder deines Gefährten. Laß uns jetzt allein.«

Tshaupin-talk war klug genug zu schweigen. Sie erhob sich aus dem Schlamm und ging tropfend hinaus. Pastempih-keph fragte: »Gab es keinen anderen Ort, wo du mir mit ihr entgegentreten konntest?«

»Keph, sie hat mich überredet. Auch andere fragen sich ...«

»Tu das nie wieder! Jetzt vergiß es, Mutter meiner Unsterblichkeit. Die Paarungszeit geht immer viel zu rasch dahin.«

✿

Langsam schob sich die Marschsäule über das Veldt. Nachtmärsche und nächtliche Aktionen waren unmöglich. Die Rüßler hatten ausgezeichnete Infrarot-Nachtsichtgeräte. An einem guten Tag konnte das Kommando zu Fuß dreißig Kilometer schaffen.

Das und vieles andere hatten sie gelernt.

Sonderbare Beziehungen bestanden zwischen den Weißen und den verschiedenen schwarzen Stämmen, fand Julius Carter.

Van Der Stel, der dürre Südafrikaner, der immer von »Kaffern« sprach und erwartete, daß ihn die Schwarzen »Baas« nannten, respektierte die Zulu-Kundschafter durchaus und hörte stets auf ihren Rat. Mwubi, der vor Van Der Stel zu kriechen schien und Carter als seinesgleichen behandelte, ließ sich dennoch von Carter Befehle erteilen.

Dann waren da noch die Russen, die von nichts etwas verstanden. Von dem Dutzend, das sich Carter angeschlossen hatte, sprachen lediglich zwei Englisch, keiner beherrschte eine der Verkehrssprachen Südafrikas.

Eigentümlich war das Land auch schon gewesen, bevor die Eindringlinge gekommen waren, jetzt aber ...

Jetzt ist die ganze Welt eigentümlich.

Trotz des eiskalten Windes schwitzte Carter unter seiner schweren Last. Sie zogen vorsichtig in kleinen Gruppen dahin und nutzten jede Deckung. Mwubi und seine Zulu-Kundschafter waren weiter vorn fast nicht zu sehen. Gleichmäßiges Rauschen in Carters linkem Ohr zeigte ihm, daß sein Funkgerät auf Empfang geschaltet war. Senden würde Mwubi nur im äußersten Notfall. Zwar würden die Rüßler eine kurze, mit geringer Senderenergie abgesetzte Mitteilung nicht mitgekommen — doch warum unnötige Risiken eingehen?

»Es ist nicht mehr weit«, sagte Van Der Stel. »Dahinten von den Bäumen aus kannst du den Raumflughafen sehen. Von da läßt sich die Rakete abfeuern.«

»Gott sei Dank«, murmelte Sergeant Harrison, und Leutnant Iwan Semejusow sah ihn mißbilligend an. Russische Unteroffiziere sprachen nicht unaufgefordert ihre Vorgesetzten an, und ein guter Kommunist führte den Namen Gottes nicht im Munde. Colonel Carter verkniff sich ein Grinsen. »Gönnen Sie den Männern zehn Minuten Pause, Sarge.«

»Zu Befehl, Sir.« Harrison pfiff leise; er wußte, daß Mwubis Leute ihn hören würden. Dann begab er sich zur Kolonne zurück, um Amerikaner und Russen zu informieren.

Carter suchte sich den bestmöglichen Schutz. Könnte er doch wenigstens eine Pfeife rauchen. *Wie gut wohl ihr Geruchsempfinden entwickelt ist?* Der Wind wehte unausgesetzt. Vorsichtig sah er sich in der unwirtlichen Landschaft um. Nach all den Monaten hing immer noch der Geruch des Todes in der Luft. »Zumindest regnet es nicht mehr«, sagte er.

»Es ist kalt für November«, sagte Van Der Stel. »Der Sommer wird auf sich warten lassen.«

Wenn es überhaupt einen gibt, dachte Carter. Eigentlich müßte dort um die Zeit etwa das gleiche Wetter herrschen wie im Mai in Südkalifornien, warm und trocken, nicht kalt und böig. Der russische Offizier holte ein Päckchen Zigaretten hervor. »Nein«, sagte Carter.

Der Mann steckte das Päckchen wieder weg.

»Ein Wahnsinnsplan«, sagte Van Der Stel.

»Ach ja? Und warum machen Sie dann mit?« fragte Leutnant Semejusow. Sein Mund verzog sich zu einem breiten Grinsen.

Jedenfalls lernt er sich langsam zu benehmen, dachte Carter.

»Es hat sich ja wohl herumgesprochen, daß ich verrückt bin«, sagte Van Der Stel. »Die Engländer haben längst gemerkt, daß wir hier in Südafrika allesamt dazu neigen. Jetzt müssen wir es den Olifanten zeigen. Sagen Sie mir, Leutnant, was veranlaßt Sie, mich so weit von Ihrer Heimat entfernt bei meinen Wahnsinnstaten zu unterstützen?«

Semejusow dachte nicht daran, darauf einzugehen. »Sind Sie sicher, daß heute ein großes Schiff startet?« fragte er statt dessen.

»Sicher kann man bei so etwas nie sein, aber unsere Freunde am Raumflughafen, die die Schiffe beladen, glauben, daß heute abend oder morgen früh eins startet. Mehr habe ich nicht gesagt. Habt ihr Sorge, ich leg euch rein?«

»Nee«, sagte Lieutenant Carruthers. »Das nicht, Mijnheer. Der Iwan ist nur nervös wie wir auch.«

Dazu hat er allen Grund. Carter warf einen Blick zur Sonne. »Da wir nicht wissen, wann sie starten, dürfte es sich empfehlen, die Stellung möglichst früh zu erreichen, Also los!«

»Es sieht aus, als würden sie den Laderaum schließen«, berichtete Carruthers. Er gab das Fernglas an Carter zurück. »Laden in letzter Minute?«

Julius Carter lag im Gras und richtete das Glas auf das, was früher ein Flughafen gewesen war. Es lag acht Kilometer entfernt.

Sein erstes ›Raketenschiff‹. Anders als die Raumfähren, die er kannte: Rumpf war flach, und das gesamte Ding war so groß wie eine Lagerhalle — neben ihm sah das C-47-Frachtflugzeug aus wie ein Spielzeug. Ohne den riesigen Kegel hinten hätte es am ehesten noch einem Flugzeug geähnelt, aber nur eben geähnelt. Zu kurz, zu breit, zu kleine Tragflächen. Die einzigen Fenster lagen in einer Kanzel von der Größe des Rumpfes einer Boeing 727 und befand sich *unterhalb* der Nase. An ihrer Spitze glänzte etwas wie Brillenglas, aber zu sehen gab es nichts. Womöglich eine Laserkanone?

Van Der Stel hatte wie gewöhnlich recht gehabt; der Platz eignete sich ausgezeichnet zur Beobachtung des Raumflughafens. Er lag hoch genug, um ihnen eine gute Aussicht zu gewähren, aber nicht auffällig hoch.

Vielleicht maß Carruthers dem, was er sah, zuviel Gewicht bei, vielleicht aber auch nicht. Im Verlauf der letzten Stunde hatten die Außerirdischen zwei Luken an dem großen Schiff geschlossen, zwei Ladekräne weggefahren und die Mehrzahl der anderen Gepäckwagen auf die gegenüberliegende Seite des Flugfelds gebracht. »Auf jeden Fall sieht es aus, als ob sich irgend etwas tun würde. Wie steht es mit den Rußkis?«

»Mit uns steht es ziemlich gut, Colonel«, sagte eine Stimme hinter ihm.

Peinlich! »Danke. Leutnant. Haben Sie Ihre Rakete in Stellung gebracht?«

»Ist gleich soweit.«

»Gut. Sieht aus, als hätten wir noch eine halbe Stunde Zeit.«

»Ich werde den Leuten sagen, sie sollen sich beeilen.«

Carter saß im hohen Gras und nahm seine Pfeife heraus.

»Das Gute an einer Pfeife«, sagte Carruthers, »ist, daß man sie auch kalt rauchen kann. Colonel.«

»Raus mit der Sprache!«

»Wird es klappen, Sir? Ich meine, sie mußten das Ding weit schleppen und ...«

»Haben Sie einen besseren Plan?«

»Nein, Sir.«

»Auf jeden Fall ist es den Versuch wert.«

»Ja, Sir.«

Nein, ich hab deine Frage nicht beantwortet, mein Junge. Wie könnte ich auch? Carter grinste. *Bisher hat es uns außer etwas Schweiß nichts gekostet. Mal sehen, wie es weitergeht.* Sobald sie die russische Rakete abgeschossen hatten, würde es richtig losgehen. Sie würden um ihr Leben rennen und sich im Gelände verteilen müssen. Dann konnten sie nur hoffen, daß alle den vereinbarten Treffpunkt erreichten. Carter warf einen Blick auf die Uhr, dann nach hinten, wo die sowjetischen Soldaten ein niedriges Gerüst errichtet hatten. »In Ordnung, Sergeant. Die Leute sollen sich verteilen.«

»Zu Befehl, Sir.«

Auf dem Raumflughafen herrschte geschäftiges Treiben. Alle Hilfs- und Versorgungsfahrzeuge waren abgezogen. Der gewaltige Rumpf des Raumschiffs stand verlassen da.

Ein turmhoher Betonbau in der Nähe öffnete sich.

»Der Laser«, sagte Carter. »Wenn Sie den treffen, fliegt der ganze Flughafen in die Luft.« Er gab Carruthers das Glas und wandte sich dem sowjetischen Offizier zu. »Alles in Ordnung?«

»Ja.« Erwartungsvoll blitzten Semejusows Augen. »Es ist eine gute Rakete. Wirklich gut.«

»Das will ich hoffen.«

»Colonel!«

»Ja, Carruthers?«

»Sie haben einen Hangar geöffnet. Etwas kommt raus — er kommt direkt auf uns zu. Scheiße!«

Carter griff nach dem Fernglas.

Mehr als ein Dutzend der leichten Bodenfahrzeuge, die Carter bei sich als ›Gleiter‹ bezeichnete, schwebten schnell über das Flugfeld. Sie setzten sich über den Zaun hinweg und fächerten dann über das Veldt aus. Eins kam genau auf ihren Hügel zu.

Den Gleitern folgten acht Schwebepanzer.

Leutnant Semejusows Stimme blieb ausdrucksvoll. »Ihre Befehle, Genosse Colonel?«

»Abwarten, ob sie uns sehen.«

Ein Gleiter kam gefährlich nah an die Stelle heran, wo sich Mwubis Kundschafter versteckt hielten.

»Sie kommen noch näher«, sagte Carruthers. »Wenn sie Mwubis Leute nicht gesehen haben, bemerken sie uns auch nicht.«

»Aber wenn sie direkt an uns vorbeifahren, entdekken sie die verdammte Rakete«, sagte Carter. *Sie können jeden Augenblick hier sein. Sobald sie vorbei sind, müssen sie die Rakete sehen.* Er drückte den Kanalwähler an seinem Helm-Funkgerät. »Sergeant Harrison. Wenn das Ding auf fünfzig Meter rankommt, feuern!«

»Zu Befehl, Sir.« Harrison war irgendwo zur Linken, unsichtbar.

Lieutenant Carruthers nahm ein leichtes, panzerfaustähnliches Rohr zur Hand.

Semejusow sprach rasch in sein Funkgerät. »Bereit!«

Der erste Gleiter erreichte den Fuß des Hügels. Ein zweiter folgte ihm.

Carter hob den Sender an den Mund. »Mwubi. uSuthu!«

»Tschaka!« Einen Augenblick später bellten automatische Waffen aus dem Gelände zwischen Carter und dem Raumflughafen. Der Gleiter neigte sich, stürzte ab und explodierte.

»Schießen Sie das verdammte Ding schon ab!« befahl Carter. »Es ist zu spät, um das Raumschiff zu kriegen. Sehen Sie zu, daß Sie den Laser erwischen.«

»Mit Verlaub, Colonel, vielleicht starten sie ihr Schiff trotzdem. Es ist ein besseres Ziel.«

»Warum, zum Teufel, sollten sie es starten, während sie aus dem Hinterhalt beharkt werden?«

Als Antwort wies Semejusow auf die Plattform unter dem Raumschiff. Dort erhob sich ein dichter weißer Rauch.

»Der Schweinehund. Na warte!«

»Wir müssen jetzt die Panzer aufhalten«, gab Carruthers zu bedenken. »Ich glaube nicht, daß Mwubis Leute das lange allein schaffen.«

»Wir tun, was wir können!«

Mit einemmal hob sich das Raumschiff in die Luft. Die Raketenplattform, die den Schub lieferte, fiel zurück, während ein blendender, blaugrüner Strahl aus dem Betonbau senkrecht nach oben stieß, der in der Mitte des Raumflughafens stand.

»Jetzt jeden Augenblick!« schrie Carter. Leutnant Semejusow sprach rasch in sein Mikro.

Der vorderste Gleiter kam den Hügel empor auf sie zu. Aus dem Gebüsch rechts von ihnen blitzte es auf.

Ein dunkler Schatten bewegte sich auf das Luftkissenfahrzeug der Außerirdischen zu, berührte es …

Der Gleiter detonierte in einer Feuerkugel.

»Nummer zwei wäre auch erledigt! Hurra!« jubelte Carruthers. »Jetzt können die verdammten Panzer kommen!«

Die sind mir egal, wo bleibt die Rakete?

Donner rollte auf sie zu. Das Raumschiff stieg auf seinem grünen Feuerstrahl empor.

Drei kleinere Strahlen stießen in einem sonderbaren Muster nach unten.

Ein Blitz, und die russische Rakete ging in Rauch und Flammen auf.

Die kleineren Strahlen strichen den Hügel empor, zu Carter hin, an ihm vorbei, wandten sich zurück und kamen auf ihn zu.

Eine große grüne Spirale hüllte ihn ein. Sie wurde enger.

Das Raumschiff verschwand in den Wolken.

37 Die stählerne Krabbe

Eine Minute bei ihm ist alles, was ich verlange; eine Minute mit ihm allein, während du um den Priester und den Arzt läufst.

Sean O'Casey
Der Pflug und die Sterne

Der Klein-Lkw erwies sich als älterer Ford mit Doppelkabine. Der zusätzliche Raum hinter der Sitzbank für Fahrer und Beifahrer brachte Roger auf einen Gedanken. Er grübelte.

Der Lastwagen rumpelte und stank nach Kuhmist, aber die Sitzpolster waren weicher als ein Motorradsattel, ein Unterschied, den Roger dankbar vermerkte.

»Rüßler«, sagte er, »Harry *warum* sollten die da hinten in Bellingham ausgerechnet Rüßler verstecken?«

»Keine Ahnung.«

»Ich auch nicht. Auf jeden Fall ist das Stoff für eine Geschichte, und das Publikum hat ein Recht darauf, sie zu erfahren.«

»Möglich.«

»Vielleicht reicht es sogar für den Pulitzer-Preis«, überlegte Roger laut.

»Du kannst Gift darauf nehmen, daß alle Tore bewacht sind«, gab Harry zu bedenken, »da kommst du gar nicht erst rein.«

»Mir fällt schon was ein.« *Das haben die sich hundertprozentig in Colorado Springs ausgedacht. Das Reinkommen wird kein Problem sein, das Rauskommen schon eher.* »Wollen wir es versuchen?«

»Von mir aus. Aber wie willst du bloß da reinkommen?«

»Mein Name ist Harry Reddington. Ich habe einen Brief von Mrs. Carlotta Dawson an Mrs. Linda Gillespie. Falls Sie es noch nicht wissen sollten — Mrs. Dawson und ich haben gemeinsam drüben in Kansas einen Rüßler gefangengenommen.«

»Das ersetzt keinen Passierschein, und genau den brauchen Sie hier.«

»Davon weiß in Colorado Springs kein Aas was«, sagte Harry. »Dawson — haben Sie den Namen mitgekriegt? Das ist der arme Kerl da oben im Raumschiff.«

»Ich hab seine Ansprache gehört«, sagte der Posten. »Auf welcher Seite steht der eigentlich?«

»Natürlich auf unserer. Zufällig ist er unser einziger Spion! Und hier ist mein Ausweis. Ich hab sogar eine Zuteilungskarte für Benzin. Auf persönliche Empfehlung des Präsidenten. Bitte, hier ist der Brief. Für Linda Gillespie«, fuhr Harry fort, »die Frau von General Edmund Gillespie.«

Rogers Herz klopfte. Wenn sie den Wagen durchsuchten …

Wenn Harry wüßte, wie ernst die Sache wirklich ist, hätte er nie mitgemacht. Gefangene Rüßler im Staate Washington? Unsinn. Nicht schlecht ausgedacht, denn die Rüßler auf dem Mutterschiff würden es keinesfalls riskieren, ihresgleichen bei einem Angriff zu töten. Außerdem war in dem Fall Geheimhaltung angebracht, weil sich sonst die guten Bürger der Stadt zu Ausschreitungen gegen die gefangenen Rüßler hinreißen lassen könnten. Aber warum haben die Behörden alle CB-Funkgeräte beschlagnahmt?

Hier wurde irgend etwas Krummes gedreht, das die Rüßler veranlassen würde, sofort aktiv zu werden, sobald sie davon Wind bekämen. Die Funkgeräte mußten weg. Bellingham mußte aus den Nachrichten verschwinden — und was, wenn sie Roger Brooks von der

Washington Post hinter den Sitzen des Kleinlasters fanden?

Ein langes Schweigen trat ein. Roger hatte keine Möglichkeit festzustellen, was draußen geschah. Schließlich hörte er erneut die Stimme des Wachmannes.

»In Ordnung. Mrs. Gillespie sagt, ich soll Sie mit dem Brief zu ihr schicken. Ihr Haus liegt unterhalb des Offizierskasinos. Es ist das ehemalige Gebäude der Studentenvereinigung. Ich hab es Ihnen hier auf dem Plan eingezeichnet. Unmittelbar vor dem Kasino kommen Sie an eine zweite Torwache. Man erwartet Sie dort. Fahren Sie auf dem kürzesten Weg hin, und von da unmittelbar zu Mrs. Gillespies Haus und sonst nirgendwohin! Hier Ihr Passierschein. Sie brauchen ihn, um das Gelände zu verlassen. Kommen Sie auf demselben Weg zurück, wie Sie reingefahren sind, und melden Sie sich wieder hier! Nirgendwo sonst! Alles klar?«

»Danke, Sergeant.«

»Nichts zu danken.«

Der Wagen fuhr an. Nach einer Weile hielt er erneut. »In Ordnung, du kannst kurz rauskommen«, sagte Harry.

Sie hielten auf einem Hügel. Zur Linken lag der Hafen. Dunst hing über dem Wasser. Undeutlich waren Schiffsrümpfe zu erkennen. Vor ihren Silhouetten erhoben sich riesige Anlagen, Kuppeln, teils an Land und teils offensichtlich auch auf dem Wasser. Weiter draußen im Hafen ließ sich undeutlich der Umriß einer *wirklich* großen Kuppel erkennen. Etwas Rundes aus Metall lag im Bereich der Kais.

»Sieht mir ganz nach Gewächshaus aus«, sagte Harry.

»Viel zuviel Betrieb«, sagte Roger. »Hör doch nur, sieh dich um!« Fahrzeuge verkehrten zwischen den Kuppeln. Der Lärm von Industrieanlagen — Nieten, Hämmern, Bohren — drang zu ihnen.

Etwas wie der Panzer einer überdimensionalen metallenen Krabbe bedeckte mehrere Kais. Es war eine Kugelkalotte, gekrümmt und mit gebogenen Kanten wie ein Stück vom Druckbehälter eines Atomkraftwerks, bevor die einzelnen Teile zusammengeschweißt werden. Gebogen, keilförmig und fast zwei Meter dick! Wenn hier ein Kraftwerk gebaut wurde, war es das größte der Welt.

Laut sagte Roger: »Es wird viel gearbeitet, aber alles *drinnen.* Die Kuppeln machen die hier nicht, die sind schon *fertig.* Was also verstecken sie darunter? Womit hat das Stück Stahlgehäuse wohl zu tun?«

»Nicht mit Rüßlern?«

»Doch, schon möglich. Aber woran lassen sie die arbeiten? Wir sollten uns das mal näher ansehen.« Roger tauchte hinter die Sitze zurück.

✿

Für das Domizil eines Generals war es kein besonders aufwendiges Haus. Auf dem Dach wuchs Moos, und die Fassade war schon seit Jahren nicht gestrichen worden.

»Und was, wenn sie mich kriegen?« wollte Harry wissen.

»Wobei kriegen?« fragte Roger. »Beim Herumlaufen? Harry, das ist doch die reinste *Stadt.* Sieh mal, viele sind zwar in Uniform, aber es gibt auch eine ganze Menge Zivilisten. Benimm dich ganz natürlich, dann merkt kein Aas, daß du nicht hierhergehörst.« Er sah auf die Uhr. »In einer Stunde treffen wir uns wieder hier.«

»Einverstanden.«

Roger wartete, bis Harry nicht mehr zu sehen war, dann stieg er die steile Treppe zu der halbzerfallenen hölzernen Veranda hinauf und klopfte.

Die Tür ging auf. »Na so was — Roger! Was in aller Welt treibst du denn hier?«

»Ich bin Carlottas reitender Bote. Sie läßt grüßen«,

sagte er. »Willst du mich etwa hier draußen stehen lassen?«

Automatisch trat sie beiseite, und Roger zog die Tür hinter sich zu. »Ist Ed da?«

»Er ist bei der Arbeit. Er arbeitet immerzu. Roger, was *treibst* du hier?«

»Ich spiele Postillion für Carlotta.«

»Sei nicht albern.«

»Nun, wir ziehen zu zweit durchs ganze Land und lassen uns berichten, wie die Leute leben. Es ist nicht einfach Zeitungsarbeit, manches gebe ich auch nach Colorado Springs weiter. Als ich zu Carlotta sagte, ich führe in den Nordwesten, hat sie mich gebeten, bei euch vorbeizusehen.« Obwohl ihm nicht im entferntesten danach zumute war, gab er sich Mühe, den Eindruck zu erwecken, als verschlinge er Linda mit den Augen. »Du scheinst von meiner Gegenwart ja nicht gerade begeistert zu sein.«

»Diesmal ist Ed nicht im Orbit, Roger! Und dann die Frage der Sicherheitsüberwachung. Ich habe keine Ahnung, wie streng das Haus bewacht wird, aber — wenn Ed dich erwischt, wäre es besser für dich, du spioniertest für die Rüßler!«

✿

Um vier Uhr strömten die Menschenmengen aus den Hallen. Männer und Frauen, die meisten in Arbeitskleidung. Sie verliefen sich im Nieselregen des trüben Nachmittags. So viele Rüßlerbewacher waren nie im Leben nötig. Die Männer wirkten kräftig und sprachen laut miteinander, viele trugen noch Schutzhelme und Arbeitsanzüge. Typische Bauarbeiter. *Was, zum Teufel, geht hier vor?*

Etwa ein Dutzend ging auf ein kleineres Gebäude zu. Obwohl kein Schild an der Tür war, verstand Harry sofort. Irgendeine Art von Lokal.

Es gelang ihm, den Anschein zu erwecken, als gehöre er zu ihnen. Er schlenderte auf das Lokal zu und bemühte sich, seine Nervosität zu verbergen. Drinnen war es ziemlich laut. Ein Kreischen übertönte das Lärmen der Männer, dann ein Geräusch ähnlich dem Trompeten eines Elefanten, aber doch irgendwie anders. In der Nähe mußte es einen Rüßler geben. Einstweilen achtete Harry nicht darauf.

Niemand hinderte ihn am Eintreten.

An der Theke standen die Männer in mehreren Reihen. Harry schob sich dazwischen. Er nahm Geldscheine aus der Tasche. *Erst trinken, dann reden, sonst wirkt es unecht.*

Schutzhelme waren neben der Tür aufgestapelt. Zwar trug Harry keinen, aber seine Kleidung unterschied sich kaum von der der anderen. An den Tischen wurde bereits eifrig dem Bier zugesprochen. Aus den Augenwinkeln sah Harry jemanden einen Krug leeren, einen weiteren bestellen und einen Schluck daraus trinken, während sich der große runde Tisch um ihn füllte. *Der Junge ist bestimmt schon soweit, daß er gern redet.*

Auch Harry bestellte einen Krug. Der Mann hinter der Theke sah neugierig auf sein Geld. »Wohl neu hier, was?« fragte er.

»Ja.«

Die mattblauen Scheine, die er herausbekam, trugen den Aufdruck »Ersatzgeld Nordwest-Getreide-Projekt«.

Harry ging mit seinem Krug an den großen Tisch. »Stört es, wenn ich mich dazu setze?«

»Nur zu!« Der Mann mit dem kurzgeschnittenen weißblonden Haar war größer und breiter als Harry und hatte Hände von eindrucksvoller Größe.

Dem Tonfall nach kam er aus dem Süden. *Viele hier reden so. Sind alle nicht aus der Gegend. Warum nicht?* Harry setzte sich neben ihn und steckte seine Banknoten aus Colorado Springs erst ein, nachdem der andere sie gesehen hatte. *Damit er merkt, daß ich neu hier bin.*

»Whitey Lowenstein«, stellte sich der andere vor. »Und du?«

»Man nennt mich den Roten Harry.«

Lowenstein lachte. »Kann ich mir denken. Zu welcher Gruppe gehörst du?«

»Nun ...«, druckste Harry herum.

»Ich verstehe«, sagte Lowenstein und lächelte. »Das gibt sich nach einer Weile. Die ganze Geheimnistuerei ist maßlos albern. Ich bin Schweißer.« Er musterte Harry aufmerksam. »Ich wette um 'nen Krug, daß ich rauskrieg, was du machst.«

»Ist gebongt.« Harry tat demonstrativ einen tiefen Zug.

Lowenstein klopfte Harry auf die Brusttasche. »Hmm. Kein Dosimeter. Vielleicht hast du's auch weggesteckt. Saubere Kleidung. Kräftiger Bursche. Bist du gebildet?«

Harry lachte. »Ja, in der Schule des Lebens.«

»Nun, ich hab so ein Gefühl. Alle Neulinge kriegen eingetrichtert, ›Feind hört mit‹, aber du hast *überhaupt* nichts gesagt. Bestimmt bist du ein Atomheini, Harry.«

In einem Rüßlergefängnis? »Ich zahl dir den Krug, und wir vergessen die Sache.« *Was, zum Henker, mag das sein, ein Atomheini?*

Eine Stunde später wußte er es. Es war nicht schwer zu erfahren — alle im Lokal waren im Bilde.

Irgendwo in Bellingham — niemand schien genau zu wissen oder auch nur genau wissen zu wollen wo — lagerten über tausend Atombomben. Die Atomheinis kümmerten sich um sie. *Tausend Atombomben! Ach du große Scheiße! Was tu ich hier bloß?*

✿

»Du mußt von hier verschwinden, Roger.«

»Linda, was wird hier gespielt?«

»Glaub mir, es geht dir besser, wenn du es nicht weißt.«

Ein eiskaltes Weib. Mein Gott — »Linda, du machst mir richtig angst!«

»Das will ich hoffen.«

Noch nie hatte er sie so sprechen hören. »Was, glaubst du eigentlich, habe ich vor? Das finstere Geheimnis der gefangenen Außerirdischen enthüllen? Meinst du wirklich, ich wüßte nicht, was hier gespielt wird?«

Sie sah nachdenklich drein. »Ich habe dich nie für dumm gehalten, Roger.«

»Sieh mal, Linda, ich könnte doch einfach warten. Und wenn Ed zurückkommt ...«

»... bist du nicht mehr hier.«

»Linda, ich gebe auf. Was soll ich tun?«

»Verschwinden, und dich nie wieder hier sehen lassen!«

»Das war deutlich!«

»Und warum bist du dann noch da?«

»Linda, ich bin Tausende von Kilometern gekommen, um dich zu sehen!«

»Ich habe dich nicht darum gebeten.«

»Schon, aber sonst war ich immer willkommen. Ich weiß, daß du mich nicht gerade liebst, aber zumindest könntest du nett sein.«

»Das ist alles vorbei, Roger.«

»Das meinte ich nicht mit ›nett‹.« Roger seufzte. Schlagartig wurde ihm klar: *Es ist aus.*

Da ist noch was anderes — »Sieh mal, ich wollte dich wiedersehen. Aber ich hab eine Freundin in Colorado Springs, wahrscheinlich heirate ich sie. Ich weiß nicht, warum ich zuerst mit dir darüber sprechen wollte, aber so ist es nun mal.« *Das hat gesessen!*

»Ich ... wer ist sie?«

»Sie heißt Rosalee. Linda, du wirst es nicht glauben, ich hab sie auf der Straße kennengelernt.«

Sie lachte. »Nein, das glaube ich wirklich nicht.«

»Aber es stimmt, und sie ist großartig.«

»Hat sie dich durchschaut, Roger?«

»Besser als du.«

»Dann solltest du sie wirklich heiraten«, sagte Linda. »Und zwar bald. Das Problem besteht darin, dich hier rauszuschaffen. Ich ruf am Tor an.«

Roger fuhr sich durch den Bart. Wenn Linda den Posten anrief, konnte er mit dem Lastwagen hinfahren und sich als Harry Reddington ausgeben, denn es war inzwischen dunkel. Vielleicht war der Posten sogar schon abgelöst worden. Aber nein. Lieber auf Harry warten. Vielleicht war er schon wieder beim Wagen? Er sah auf die Uhr. Bestimmt nicht. Zu früh. *Ich muß noch ein bißchen Zeit schinden*

»Sag ihnen den Namen Reddington.«

»Was?«

»Ich konnte ihnen nicht meinen richtigen Namen angeben. Können wir nicht zur Erinnerung an alte Zeiten noch einen zur Brust nehmen?«

»Vielleicht schäme ich mich dieser alten Zeiten ein bißchen, Roger.«

»Ich vielleicht auch. Jedenfalls zum Teil. Aber ganz früher, Linda, als du Ed noch nicht kanntest? Hätte ich dich doch bloß geheiratet. Hättest du mich genommen?«

»Ja. Damals schon.«

»Das kommt ja wie aus der Pistole geschossen.«

»Ich habe oft darüber nachgedacht.«

»Tut es dir leid, daß ich dir keinen Antrag gemacht habe?«

»Ich hol dir was zu trinken, Roger.«

»Gute Nacht, Linda.«

»Auf Wiedersehen, Roger.«

»Und du meinst, es ist endgültig.«

»Absolut. Komm nie wieder, Roger! Beim nächstenmal rufe ich die Wachen.«

»Da wir gerade davon sprechen ...«

»Klar, ich sehe zu, daß sie dich rauslassen. Reddington also.«

»Einen Kuß noch — zur Erinnerung an die alten Zeiten.«

»Soviel Whiskey hast du doch nicht getrunken. Also, mach's gut, Roger!«

Er stieg die Holztreppe hinab zum Lastwagen.

»Na, sie hat sich bestimmt gefreut, dich zu sehen.«

»Harry. Ich hatte gehofft, daß du zurück wärst.«

»Ja. Komm, laß uns bloß abhauen!«

»Hast du was rausgekriegt?«

»Nee.«

»Schade. Ich hätte dich für intelligenter gehalten. Ich hatte leider Pech. Sie hat sich *nicht die Spur* gefreut, mich zu sehen.«

»Das war deutlich zu erkennen. Hier, kriech hinter den Sitz, und ab geht die Post. Hat sie am Tor angerufen, damit die Posten uns rauslassen?«

»Ja. Wir sind wohl beide zu blöd, um was rauszukriegen.«

»Nun, vielleicht weiß ich ja doch ein wenig«, sagte Harry. »Auf keinen Fall ist das hier ein Gefängnis.«

»Was du nicht sagst!«

»Doch. Wächter gibt es keine, wohl aber scharenweise Schweißer, Schlosser, Installateure und Bauhandwerker. Weißt du, was die meisten von den Jungs machen? Sie schweißen eine unheimlich große halbkugelförmige Stahlplatte zusammen. Was wir da auf den Kais gesehen haben, war nur ein Stück davon. Und weißt du noch was? Hier lagern tausend Atombomben.«

»Unsinn!«

»Wenn ich es dir doch sage! Tausend verdammte A-Bomben!«

Wozu tausend Atombomben? Schweißer, große Stahlplatte. Atombomben. Unheimlich große halbkugelförmige Stahlplatte. Längst vergessene Erinnerungen stiegen in Roger auf. Freeman Dyson und Ted Taylor. Vorlesungen bei einer Sitzung der L-5-Gesellschaft, der Gruppe von Fanatikern, die sich für Weltraumkolonien einsetzten. Aus Stahlplatten und Atombomben wollten die eine ganze Mondkolonie basteln. Macht euch um die Landestelle keine Sorgen, denn da, wo ihr aufsetzt, ist alles topfeben … »Himmelkreuzdonnerwetter!«

»Was ist?« Harry nahm die Schlüssel aus der Tasche und stieg auf den Fahrersitz.

»Nichts.« *Rein kommt man. Wenn sie aber den Wagen auf dem Rückweg durchsuchen …*

Roger wartete, bis sich Harry ganz auf das Fahrzeug konzentrierte. Dann nahm er die große Wagenheberkurbel vom Kabinenboden und erhob sich leise.

»Reddington?« sagte der Wachmann. Erleichtert seufzte Roger auf. Wie er sich schon gedacht hatte, hatte die Schicht gewechselt. Am Tor stand ein neuer Wächter. Er leuchtete Rogers Gesicht mit seiner Taschenlampe an. Roger kniff die Augen gegen den blendenden Schein zusammen und verzog dabei das Gesicht.

»Könnten Sie mal die Decke wegziehen?«

»Klar.« Roger wandte sich um und hob die Decke hinter den Sitzen hoch. *Wenn ich jetzt da läge …*

Der Wachmann war gründlich. Er spähte hinter die Sitze und unter den Wagen. Er prüfte den Passierschein, kontrollierte die Vermerke auf dem Laufzettel und verglich Uhrzeiten.

Doch er war so rücksichtsvoll, Roger nicht noch einmal mit der Taschenlampe in die Augen zu leuchten …

✿

Harry erwachte in einem Raum mit kahlen Wänden. Er lag auf einer Pritsche. Zwei Militärpolizisten der Luftstreitkräfte saßen an einem Tisch am anderen Ende des Raums. Als Harry stöhnend die Augen aufschlug, ging einer von ihnen hinaus.

»Was, zum Teufel, ist hier los?« wollte Harry wissen.

Er bekam keine Antwort. Der Militärpolizist schien ihn überhaupt nicht zur Kenntnis zu nehmen.

Unvermittelt öffnete sich die Tür. Der Mann, der hinausgegangen war, kam mit einem anderen zurück, der eine Fliegerkombi trug. Vier Sterne schimmerten auf seinen Schultern.

»Danke, Airman«, sagte der General. Dann richtete er sein Augenmerk auf Harry. »Nun, Mr. Reddington, würden Sie mir sagen, was hier vor sich geht?«

»Sie sind sicher General Gillespie.« Harry hatte die Fernsehberichterstattung vom letzten Start der Raumfähre gesehen. Das lag ein Leben zurück. Gillespie wirkte viele Jahre älter.

»Das zu wissen ist kein Kunststück. Und wer sind Sie?«

»Sie haben doch meinen Namen gesagt.«

»Ich gebe Ihnen zwanzig Sekunden Zeit, um mir zu erklären, was hier gespielt wird.«

Scheiße. »General, könnten Sie nicht eine Minute daraus machen. Ich muß mich gerade noch mit dem Gedanken abfinden, daß mir Roger eins über den Schädel gegeben hat.«

»Roger?«

»Roger Brooks, Sir.«

O verdammter Mist, der Name hat aber gezündet.

»Heißt das, daß der Mann, der mit Ihrem Passierschein das Gelände verlassen hat, Roger Brooks war?«

»Ja, Sir.«

»Und Sie sind mit ihm gekommen, um Mrs. Gillespie zu besuchen? Der Einfall dürfte von Roger stammen.«

»Klar. Hat ihm allerdings nichts genützt.«

»Was wollen Sie damit sagen?«

»Sie hat ihn rausgeworfen.«

»Aha.«

Ach du dickes Ei, worauf hab ich mich da bloß eingelassen?

»Ihre Minute ist um, Reddington.«

»Ja, Sir. Also sehen Sie, es hat alles in Colorado Springs angefangen. Eigentlich sogar eher.« *Rasch reden!* Harry erläuterte, wie ihn der Kongreßabgeordnete Wes zum Hüter seines Hauses eingesetzt, wie er mit Carlotta Dawson einen Rüßler gefangen und vom Präsidenten eine Belobigung und eine Zuteilungskarte für Benzin bekommen hatte …

»Später«, unterbrach ihn Gillespie.

»Zum Henker, General, ich sage die Wahrheit!«

»So seltsam es klingt, ich glaube Ihnen sogar. Jetzt aber habe ich eine andere Frage. Was glauben Sie, wohin Roger Brooks verschwunden sein könnte?«

✿

Die *Wagenburg* sah ruhig aus. Außer Miranda Shakes war niemand in der Nähe des Tores. Roger näherte sich vorsichtig.

Er war versucht vorbeizufahren, über den Holzabfuhrweg und die Brandschneisen ins Nooksack-Tal, dann weiter ostwärts am Mount Baker entlang. *Blendender Einfall. Nur kennt Harry die Feuerschneisen.*

Aber selbst wenn Harry nichts über den Weg verriet, würde Roger mit dem Kleinlaster nie und nimmer bis Colorado Springs kommen. Er brauchte das Motorrad.

Wirr jagten die Gedanken durch seinen Kopf. *Ich habe ein Geheimnis, ein großes Geheimnis, das größte, das es je gegeben hat. Unfaßlich! Kein Wunder daß sie Bellingham gleichsam vom Erdboden haben verschwinden lassen.*

Wenn sie mich kriegen, sperren sie mich ein, bis der Krieg vorbei ist. Ich brauche Rückhalt. Da gibt es nur eins: ich muß jemanden bei der Zeitung informieren, und zwar so schnell, daß die Post *mich suchen läßt, wenn ich spurlos verschwinde.*

Großartiger Gedanke. Nur — es gibt keine Telefone, keine Funkgeräte, nicht mal ein CB-Gerät. Wie soll ich es der Post *mitteilen?*

Wenn ich die Zeitung nicht informieren kann, wen dann?

»Hallo, Roger«, begrüßte ihn Miranda Shakes. »Wo ist Harry?«

»Er versucht irgendwo was Eßbares zu organisieren. Ich fahr ihm mit dem Motorrad entgegen, und dann verschwinden wir. Hier ist der Schlüssel von eurem Laster.«

»Wohin?«

»Zurück nach Colorado Springs.« *Ich muß weg. Harry kann jeden Augenblick zu sich kommen.*

»Stimmt was nicht, Roger?«

»Wieso? Nein, es ist nur eine lange Fahrt. Ich freu mich nicht besonders darauf.« Die Packtaschen standen neben dem Motorrad. Es dauerte nicht lange, sie auf den Gepäckträger zu schnallen. *Und jetzt weiter? Wenn sie mich fassen, können sie mit mir machen, was sie wollen.*

Was, wenn ich es schaffe? Eine heiße Geschichte, die heißeste aller Zeiten. Etwa so, als hätte jemand die Sache mit der Atombombe herausbekommen, bevor sie über Japan abgeworfen wurde. Man kann es nicht bringen, die Rüßler dürfen keinesfalls dahinterkommen, aber …

Aber die Leute müssen es erfahren. Sie müssen wissen, daß es Hoffnung gibt. So viele schon haben die Flinte ins Korn geworfen, weil sie meinen, daß es aussichtslos ist. Sie müssen wissen, daß nicht alles verloren ist.

Wie nur? Wie kann man es der Öffentlichkeit mitteilen, ohne daß es auch die Rüßler erfahren? Es muß eine Möglichkeit geben. Wenn sie mich kriegen, erfährt es niemand. Sie sperren mich ein, Geheimhaltung, die ganze Stadt ist ein riesiges Gefängnis. Die Aussichten stehen gut, daß sie mich schnappen und einfach verschwinden lassen, eine Unperson aus mir machen. Ich brauche diesen Rückhalt. Vielleicht brauche ich noch was — jemand muß mir aus Bellingham raushelfen. »Ist Fox da?«

»Im Gewächshaus.«

John Fox. Wenn es jemand aus Bellingham raus und nach Colorado Springs schafft, dann Fox. Er hat überall Freunde. Schon, daß ich es ihm sage, kann mir Rückhalt verschaffen.

Der Geruch, der im Gewächshaus hing, hatte etwas Beruhigendes an sich. Es roch nach Leben, nach Pflanzen und fruchtbarem Boden, nach Wachstum und Zerfall.

John Fox wandte sich bei Rogers Eintreten nicht um. Er war noch dürrer, als Roger ihn in Erinnerung hatte. Das Wildlederhemd und die Lederhose schlotterten ihm um die Knochen. Er goß Schößlinge in einer Pflanzschale. »Die müssen in ein paar Tagen umgepflanzt werden«, sagte er.

»John?«

»Ja — Roger? Was gibt es?«

»Die Marine bunkert unten im Hafenkomplex tausend Atombomben.«

Fox wandte sich um und sah Roger mit aufgerissenen Augen an. »Warst du etwa da?«

»Ja. Tausend Atombomben, und sie schweißen eine riesige Stahlhalbkugel zusammen. Ed Gillespie leitet das Ganze. Was sagst du dazu?«

»Orion.« Ein Lächeln flackerte auf und erstarb. »Sie bauen einen Orion.«

»Ja, und kannst du dir vorstellen, was mit Bellingham passiert, wenn sie das Ding starten?«

Fox nickte. »Willst du das veröffentlichen?«

»Veröffentlichen? Ich sage es erst mal *dir.* Zumindest könnt dann ihr in der *Wagenburg* die Köpfe einziehen, wenn es losgeht. Aber was ist mit Bellingham? Sollten nicht zumindest die Einwohner davon erfahren?«

Fox nickte wieder. »Und wer noch?«

Das war der springende Punkt. »John, da bin ich nicht ganz sicher. Möglicherweise kann man es den Leuten nicht sagen, ohne daß es auch die Rüßler erfahren. Andererseits ...«

»Dir wird schon was einfallen.«

Völlig überraschend schlug Fox zu. Roger knickte zusammen. Etwas ungeheuer Schweres bohrte sich durch seinen Solarplexus nach hinten gegen die Wirbelsäule.

Durch einen Schleier des Schmerzes versuchte er sich zu orientieren. Fox' knochiger Ellbogen lag um seinen Hals und drückte ihm die Luft ab. Er wurde fortgeschleift.

Wegen des Drucks konnte er nur flüstern. »Ich wollte es ... nur dir sagen ... dir ... Weiter hatte ich ... noch nicht gedacht. John, laß mich ...«

Fox stieß mit der freien Hand eine Tür auf. Roger schlug wild um sich. Der Ellbogen wurde mit aller Kraft abgewinkelt. Gott im Himmel, Fox war *unglaublich* stark. »Deine Sorte kenne ich«, sagte Fox. »Du bist wild auf den Pulitzer-Preis und würdest die Geschichte veröffentlichen, komme, was da wolle. Wenn es nicht anders ginge, würdest du es sogar den Außerirdischen erzählen.«

Roger wurde nach vorn gerissen. Fox' Gewicht drückte ihn nach unten, mit dem Gesicht ins Wasser. Rogers Hände krallten sich um etwas Kühles, Glattes, und er stemmte sich mit aller Kraft dagegen. Der Rand einer Toilettenschüssel. Er wurde in einer Toilettenschüssel ertränkt ... und bekam sein Gesicht nicht hoch genug aus dem Wasser ... Seine Kräfte schwanden, er bekam keine Luft mehr. *Ich hatte doch noch gar nichts Endgültiges beschlossen!*

38 Gebete

Höret zu, ihr tolles Volk, das
keinen Verstand hat, die da Augen haben,
und sehen nicht, Ohren haben, und hören
nicht!

JEREMIA 5, 21

Zeit: Zehn Monate nach dem Fußfall

Grifflingsschiff Neunundvierzig brachte Vitamine für die gefangenen Winterheim-Eingeborenen, Pflanzen und gefrorenes Fleisch zur näheren Untersuchung, Saatgut, Kleintiere und einen Jungelefanten. Außerdem kehrten mit ihm drei raumgeborene Krieger für die Paarungszeit zurück. Als Tshintithpit-mäng eintraf, wurde er unverzüglich zur Beisetzungsgrube beordert.

Wer mochte wohl gestorben sein? Der Wächter an der Zugangsschleuse, der ihm den Befehl übermittelt hatte, wußte nichts. Tshintithpit-mäng war nach Winterheim in den Krieg gegangen, hatte das Raumschiff vor Beginn der Paarungszeit verlassen, keinerlei Kontakt gehabt ... und obwohl der Geruch der Paarung in der Luft hing, empfand er nichts als Furcht. Wer war während seiner Abwesenheit gestorben?

Eine kleine Verzögerung war wohl nicht schlimm, und so machte Tshintithpit-mäng einen Umweg durch den Garten.

Er fand ihn nicht so vor, wie er erwartet hatte.

Der Garten war klein, beengt. Die einzelne Säulenpflanze, die dort gedieh, war eine klägliche Erinnerung daran, daß die Ziehende Herde einst Dschungel gekannt hatte. Doch Tshintithpit-mäng hatte in Dschungeln gekämpft, die größer waren als die *Bote!* Er eilte erschrokken aus dem Garten und betrat den Abschiedsraum, der einen Halbkreis um die Beisetzungsgrube bildete. Es roch nach Winterheim ...

Eine ganze Anzahl von Fithp wartete dort. In der Menge stand auch Shreshlimäng. Er sprach sie an: »Mäng ...«

Seine Gefährtin antwortete nicht. Aller Blicke ruhten auf ihm: Der Herr der Herde Pastempih-keph, K'tarfukeph, Fukertih, ein Weib, das er noch nie gesehen hatte, Umerzieher Rästapisp-mins, außerdem ein Erdling, den Tshintithpit-mäng erkannte — alle sahen ihn an. »Wer ist gestorben?« fragte er.

»Fathistih-talk«, gab der Herr der Herde zur Antwort. »Ich habe mir vorgenommen zu ermitteln, wie er starb. Tshintithpit-mäng, du bist von der ersten Schlacht auf Winterheim mit Grifflingsschiff Sechs zurückgekommen?«

»So ist es.«

»Was hast du damals getan?«

»Ich habe meine Fracht und meine Gefangenen einer anderen Achtschaft übergeben, dann bin ich zu meiner Gefährtin gegangen.«

»Shreshlimäng, wann kam dein Gefährte bei dir an?«

»Zwei Achtel eines Tages nach der Ankopplung von Grifflingsschiff Sechs«, sagte sie. Selbst im Geruch aus der Beisetzungsgrube erkannte er ihren Duft — sie war hitzig —, aber ihre Stimme war kalt wie der Winter.

»Was hat dich aufgehalten, Tshintithpit-mäng?« fragte der Herr der Herde.

Tshintithpit-mäng hatte Angst zu sprechen. Der Herr der Herde stieß leise und verärgert Luft aus den Nüstern. »Was hätte dich auf dem Weg zu deiner Gefährtin, die du zum erstenmal seit mehreren Acht-hoch-zwei-Tagen aufsuchen durftest, aufhalten können? Ein hochgestelltes Fi'? Ein dringender Auftrag? Oder hatte es etwas mit deiner Zugehörigkeit zu den Abtrünnigen zu tun? Gib es zu — der Berater Fathistih-talk hat dich abgefangen!«

Das sah sehr böse aus. Tshintithpit-mäng sah keine andere Möglichkeit, als so viel von der Wahrheit preiszugeben, wie unerläßlich schien. »Er hat mich auf einem der Gänge angesprochen und aufgefordert, ihn zu begleiten.«

»Wohin? Warum?«

»Einen Grund hat er nicht genannt. Wir sind in den Schlammraum gegangen. Jemand hatte ihn aufgetaut. Fathistih-talk sagte: ›Kalt wäre es hier für uns unbehaglich, und mein Gast würde erfrieren, Tshintithpit-mäng. Ich habe darauf bestanden, daß er allein kommt, und er hat verlangt, daß ich es ebenso halte, obwohl er ein Sklave ist.‹

Ich fragte ihn: ›Was ist er denn, ein gemeingefährlicher Einzelgänger?‹ Doch dann erfuhr ich, daß er sich mit einem Erdling verabredet hatte.

›Ich möchte ihn befragen‹, sagte Fathistih-talk. ›Ich glaube, er hat mir viel über eine mögliche Nutzung des Weltraums zu sagen. Wenn ich vor den Fithp des Jahres Null über diese Zusammenkunft spreche, möchte ich nicht nur auf meine Worte angewiesen sein. Du sollst ungesehen zuhören, damit du als Zeuge über die Unterredung berichten kannst.‹

Ich blieb am anderen Ende des Schlammraums, durch eine Biegung den Blicken entzogen. Hinter einem Gitter tauchte der Erdling auf. Ich hörte zu, Herr der Herde. Ich hasse und fürchte die Erdlings-Fithp, aber dieser hier sagte Dinge, die mir einsichtig schienen. Er wußte mehr vom Reichtum der Räume zwischen den Welten, als wir uns je träumen ließen! Er sprach von wunderbaren Dingen, von unermeßlicher Beute, von den Abbaumöglichkeiten auf Asteroiden, von einer Welt jenseits der Umlaufbahn um den Planeten . . .«

»Mich wundert überhaupt nicht, daß er den Berater in der Ansicht bestärkte, die Abtrünnigen hätten recht«, sagte der Herr der Herde kalt.

»Aber mit einemmal löste sich das Gitter und prallte so fest gegen Fathistih-talk, daß er ganz benommen schien. Der Erdling trat ihn und sprang in den Luftkanal zurück.«

»Was hat der Berater gesagt?«

»Nichts. Er ist dem Erdling nachgestürzt, um ihn zu bestrafen.«

»Augenblick! Was hatte diesen so erregt? Du warst als Zeuge dabei. Was hat der Berater gesagt, das einen Erdling, der sich unterworfen hatte, so in Wut geraten ließ?«

Jetzt saß er in der Falle. Im Vergleich zu dem, was er getan hatte, wäre eine Lüge ins Gesicht des Herrn der Herde ein lächerlich geringes Vergehen. Was aber wußte der Herr der Herde bereits?

Die Anklage des Herrn der Herde kam unverzüglich. »Du bist mir im Garten entgegengetreten, um mir zu sagen, daß die Erdlings-Fithp schreckliche Feinde sind und daß wir ihnen den Rücken kehren sollen. Dennoch hast du dich nach einem einzigen Tag an Bord der *Bote* freiwillig zur Rückkehr nach Winterheim gemeldet. Du hast gut gekämpft. Tshintithpit-mäng, was hier an Bord hast du mehr gefürchtet als den Krieg? Hattest du Angst, ein Fi' könnte dich fragen? *Was hat Fathistih-talk dem Erdling gesagt?*«

Die Wahrheit zu leugnen war unmöglich. »Er hat gesagt, man werde der Ziehenden Herde Nachkommen der Gefangenen im Weltraum als Diener beigeben, wegen ihres geringeren Nahrungsbedarfes, ihrer geschickten Grifflinge und ihres größeren Wissens von den Welten um die Winterheim-Sonne.«

»Hat das den Erdling so erregt?«

»Ja.«

»Würdest du ihn wiedererkennen?«

»Er war es! Der da hinter Euch steht!«

Der Herr der Herde wandte sich um. »Wes Dawson, hast du ein zweites Mal mit meinem Berater gesprochen? Tshintithpit-mäng hat dich gesehen. Hast du ihn auch gesehen?« Der Mensch schwieg. »Wir haben die Abdrücke der Leine, die man dir zum Säubern der Luftkanäle gegeben hat, tief in Fathistih-talks Snnfp eingedrückt gefunden.« Dawson schwieg nach wie vor. Der Herr der Herde sagte: »Du mußt sprechen.«

»Das glaube ich nicht.«

»Tshintithpit-mäng, warum hast du dem Berater nicht geholfen?«

»Ich war wie vor den Kopf geschlagen.«

»Ist es dir in den Sinn gekommen, daß der Berater Dinge sagen könnte, die du nicht ausgesprochen wünschtest?«

»Nein! Ich hatte überhaupt noch nicht nachgedacht. Ich wußte damals so wenig von den Erdlingen. Ein Gefangener, der sich unterworfen hatte, griff ein Fi' der Herde an!«

»Und du warst wie vor den Kopf geschlagen. Sprich weiter!«

»Fathistih-talk folgte ihm. Ich dachte, er wolle nach dem Erdling greifen, um ihn herauszuholen und zu töten. Aber lange geschah nichts, und ich überlegte krampfhaft, was ich tun sollte. Dann wurde Fathistih-talk in den Schlammraum gestoßen. Er war tot.«

»Und du?«

»Ich habe das Gitter abgenommen und in den Luftkanal gesehen. Da war nichts. Dann habe ich ... das Gitter wieder aufgesetzt ... ich konnte die Muttern nicht finden ... die Leine von Fathistih-talks Snnfp gelöst ... und ihn in den Schlamm geschoben, bis er vollständig bedeckt war. Dann bin ich gegangen. Im Notsteuerraum habe ich den Schalter für den Schlammraum erneut auf ›Gefrieren‹ gestellt.«

»Warum?«

»Der Erdling hätte seine Worte wiederholen können, wenn man ihn faßte, und das hätte den Abtrünnigen geschadet.«

»Pah! Du warst wie vor den Kopf geschlagen! Konntest du aus der Reaktion des Beraters nicht schließen, daß selbst ein Erdling in der Lage sein müßte, eine Lektion zu lernen? Du warst doch auf Winterheim, du weißt, daß sie klug sind. Beim nächstenmal hätte er gesagt: ›Natürlich haben wir uns schon gefragt, ob es nicht Dinge im Weltraum gibt, deren Besitz erstrebenswert ist; die Meteore legen den Gedanken nahe, daß es Asteroiden gibt, die vollständig aus Metall bestehen, auch in Fels eingeschlossene Eisschichten und Sauerstoff. Aber danach Ausschau gehalten haben wir noch nicht.‹ Nun?«

»Der Gedanke ist mir nicht gekommen.«

»Ich glaube, du lügst. Du wirst ausgestoßen. Niemand soll je wieder mit dir reden. Wenn du mir etwas mitzuteilen hast, ruf einen Wächter.«

Die Blicke der Weiber ruhten auf Tshintithpit-mäng, und er krümmte sich schuldbewußt zusammen. Er brachte ein klägliches »Mäng ...?« heraus, doch seine Gefährtin wandte sich ab.

Der Herr der Herde hatte ihn bereits vergessen. »Dawson, wir pflegen gemeingefährliche Einzelgänger zu töten.«

»Wir tun das mit Mördern, oder wir sperren sie ein.«

»Wenn sich Fithp zum Mord verschwören, töten wir sie nicht unbedingt. Es kommt auf ihre Motive an. Hast du allein gehandelt?«

»Allein? Selbstverständlich. Ihr hattet mich doch eine ganze Woche ein Einzelhaft gehalten.«

»Und hast du danach anderen davon erzählt?«

Dawson schwieg.

»Du wirst abgesondert. Niemand soll mit dir reden. Wenn du mir etwas mitzuteilen hast, ruf einen Wächter.«

Der Herr der Herde sah ihnen nach, während sie abgeführt wurden. Er hatte mit dem Gedanken gespielt, sie gemeinsam einzusperren — aber sicherlich würde Tshintithpit-mäng den Erdling töten. Pastempih-keph wollte mehr erfahren. *Warum* hatte Dawson die Tat begangen? Gab es keine Möglichkeit, diese Erdlinge auf ihre Unterwerfung zu verpflichten?

Wenn die Ziehende Herde eine intelligente Gattung ausrottete, würde sie wirklich auf einer Stufe mit den Vorlingen stehen. Gottähnliche Verbrecher. Während ihrer ganzen Geschichte hatten die Priester den Fithp-Nachwuchs in den Worten des Squaff-Thaktan unterwiesen. Er berichtete vom Untergang der Heimatwelt. »Unsere Fehler sind hier verzeichnet, damit ihr sie vermeiden könnt ...«

Die Einzelhaft würde Dawsons Widerstand rasch brechen, und wenn es länger dauerte, spielte es auch keine Rolle. Sie hatten Zeit ... und er mußte ihn genau beobachten. War der Erdling lediglich ein Einzelgänger, konnte er als bestaunenswerte Rarität gelten. Im anderen Fall jedoch ...

Tshaupin-talk stand stolz und siegreich da; doch der eigentliche Sieg gehörte Pastempih-keph. Ihr Gefährte hatte sein Leben eingebüßt, weil er der Sache der Abtrünnigen untreu geworden war. Aber sie würde seine Botschaft verbreiten. Fortan war die Macht der Abtrünnigen gebrochen. Nie wieder würden sie zwischen Winterheim und der Ziehenden Herde stehen.

❁

Etwas hatte sich an Tashajämp verändert. Sie kam immer seltener in den Pferch der Gefangenen und sprach kaum noch mit ihnen. Am Vormittag nach John Woodwards Tod tauchte sie in der Luke auf, sah ohne Neugier hinab und zog sich schon wieder zurück, als Jeri zu ihr emporrief: »Tashajämp! John Woodward ist in der Nacht gestorben. Tashajämp?«

Die Gefährtin des Lehrers sah auf die kleine Gruppe hinab, die sich um Carrie Woodward und Johns leblosen Körper drängte. »Ich dachte, er schläft. Augenblick.« Tashajämp verschwand.

Sie hatte sich geirrt. Johns Gesicht war friedlich, seine Augen standen offen, er atmete nicht. Wie konnte jemand nichts von der Anwesenheit des Todes bemerken?

Fithp-Soldaten kamen mit der Aufzugplattform herab. Carrie verbarg ihr Gesicht zwischen den Knien. Die Kinder hielten sich im Hintergrund; sie konnten nicht helfen. Als die Krieger die Grifflinge um Johns Schultern und Fußknöchel wickelten, sprang Carrie auf die Füße und beobachtete starr, wie John Woodward auf die Plattform gelegt und nach oben transportiert wurde.

Die Krieger folgten ihm. Tashajämp sah nach unten. »Wie ist er gestorben?«

Carries Stimme war haßerfüllt: »Langsam. Schon seit Wochen ist er immer kranker geworden. Er hat die veränderten Schwerkraftbedingungen nicht ausgehalten. Er konnte nicht richtig schlafen. Ihr habt ihm nicht die richtigen Vitamine gegeben. Wir haben keinen Arzt. Er hat es nicht ertragen, hier wie ein Tier eingesperrt zu sein und dabei zu wissen, daß ihr unsere Welt zerstört. Jetzt ist er tot.«

»Kommt mit«, sagte Tashajämp, »alle!«

Über spiralförmig angelegte Rampen führte Tashajämp sie zur Längsachse des Schiffes.

Als sie den Abschiedsraum erreichten, schwebten sie fast schwerelos dahin. Über ihren Köpfen, jenseits der gläsernen Decke, brodelte dunkler Schlamm. Sein Gestank hing dick in der Luft.

Zwei Fithp erwarteten sie: der Leitbulle und der Priester.

Die Russen schwiegen, sie schienen resigniert zu haben. Jeri wußte, daß sie absichtlich diesen Eindruck erweckten. *Aber was können wir schon unternehmen? Ohne Hilfe von außen ist kein Entkommen möglich, und helfen wird uns niemand.*

Von Wes Dawson abgesehen waren sie die einzigen Menschen im Umkreis von dreißigtausend Kilometern. Alice war unruhig; ihre Blicke schweiften immer wieder zu den Eingängen, als erwarte sie, daß er endlich auftauche.

Vor über einer Woche war er verschwunden. Keiner der Fithp erwähnte ihn den Gefangenen gegenüber. Da sie ihn auch hier nicht sah, hielt Jeri ihn schließlich für tot.

Sie legte eine Hand auf Carries Schulter. »Wie fühlst du dich?«

»Ich komme schon zurecht. Man kann hier ja gar nicht den Verstand verlieren, denn sie würden uns einfach zusammengesperrt lassen, nicht wahr? Dann würde einer nach dem anderen durchdrehen. Sieh mich nicht so an, Alice, ich komm schon drüber weg.«

Fistartih-thaktan sprach so rasch zum Herrn der Herde, daß sie kein Wort verstanden. Dieser nickte zu Tashajämp hin, und sie wandte sich an die Gefangenen: »Frage: Spricht Fistartih-thaktan die letzten Worte für John Woodward? Oder einer von euch?«

»Wir haben keinen Priester«, sagte Melissa.

Carrie trat mit mechanischen Bewegungen vor. »Ich tu's selbst. Ich habe genug Beerdigungen miterlebt und kenne die Worte. Immerhin war er mein Mann.«

Jeri stand nahe genug, um zu hören, was der Herr der Herde zu Tashajämp sagte. »Übersetze nicht, aber merke es dir.«

Durch die Glasscheibe sah sie zwei Fithp am Rande der Beisetzungsgrube auftauchen. Sie trugen John Woodward wie einen Sack Getreide zwischen sich.

»›Ich bin die Auferstehung und das Leben‹, spricht der Herr. ›Wer an mich glaubt, der wird leben, ob er gleich stürbe, und wer da lebet und glaubet an mich, der wird nimmermehr sterben.‹

›Ich weiß, daß mein Erlöser lebt, und als der letzte wird er über dem Staub sich erheben. Und ist meine Haut noch so zerschlagen und mein Fleisch dahingeschwunden, so werde ich doch Gott sehen. Ich selbst werde ihn sehen, meine Augen werden ihn schauen und kein Fremder.‹«

Die Fithp-Soldaten senkten Woodward in den braunen Schlammwirbel hinab. Langsam und steif trieb er dahin; die Totenstarre hatte schon eingesetzt.

»Gedenke dieses guten Mannes, Herr. Gedenke seiner und gib ihm deinen Frieden. Laß ihn in deinen Armen ruhen. Laß ihn zu Jesus eingehen.«

Aus dem langsam wie durch ein Rührwerk bewegten Kompost tauchte ein Totenschädel mit leeren Augehöhlen auf. Er lief fast kegelförmig zu — ein Tierschädel, mit knopfartigen Ansätzen am Hals, wo einst die Sehnen des Rumpfes angesetzt hatten.

»›Der Herr ist mein Hirte; mir wird nichts mangeln. Er weidet mich auf einer grünen Aue und führet mich zum frischen Wasser. Er erquicket meine Seele. Er führet mich auf rechter Straße um seines Namens willen. Und ob ich schon wanderte im finstern Tal, fürchte ich kein Unglück; denn du bist bei mir, dein Stecken und Stab trösten mich. Du bereitest vor mir einen Tisch im Angesicht meiner Feinde. Du salbest mein Haupt mit Öl und schenkest mir voll ein. Gutes und Barmherzigkeit werden mir folgen mein Leben lang, und ich werde bleiben im Hause des HERRN immerdar.‹«

Carrie wandte sich den Fithp zu, gealtert und doch alterslos, eine mit der Scholle verwachsene Frau. »Jetzt könnt ihr ihm nichts mehr anhaben. Er ist in Jesu Armen.« Sie hob die Hände. »Errette mich, mein Gott, von meinen Feinden und schütze mich vor meinen Widersachern. Errette mich von den Übeltätern und hilf mir von den Blutgierigen! Erwache, komm herbei und sieh darein! Du, Herr, Gott Zebaoth, Gott Israels, wache auf und suche heim, wer Ärgernis gibt einem dieser Kleinen! Es wäre besser, daß ein Mühlstein an seinen Hals gehängt und er ersäuft würde im Meer, wo es am tiefsten ist. Der Herr aber spottet ihrer. Einst wird er mit ihnen reden in seinem Zorn, und mit seinem Grimm wird er sie schrecken. Denn er hat einen Tag gesetzt, an welchem er richten wird den Erdkreis mit Gerechtigkeit!«

Sie verstummte.

Was werden sie tun? Davor, daß man sie verflucht hat, haben sie bestimmt keine Angst. Gott, mein Gott, hast du uns alle verlassen? Bist du da? Hörst du zu? Kannst du überhaupt zuhören?

Tashajämp wartete.

Gott führe uns hier heraus!

»Kehrt an euren Platz zurück«, wies Tashajämp sie an. »Folgt den Wächtern!« Sie selbst ging mit dem Leitbullen und dem Priester davon.

✿

»Iß sie! Wüte und iß sie, damit sie ums Leben kommen und begreifen, daß Gott überall den Weg zeigt! So ungefähr kann man es übersetzen«, endete Tashajämp.

»Seht ihr!« trompetete Fistartih-thaktan. »Natürlich hätten wir etwas erfahren, wenn wir das Wesen aufgeschnitten hätten, aber nicht *das!* Nie zuvor haben wir eine solche Zeremonie miterlebt.«

»Und was glaubt Ihr erfahren zu haben?«

»Ich hatte mich anfänglich geirrt«, sagte der Priester. »Trotz ihrer Gestalt sind sie nicht wirklich anders als wir. Wir können sie leiten. Seht Ihr das, Herr der Herde? Sie haben keine Vorlinge. Niemand leitet sie, deshalb müssen sie sich selbst leiten. Sie haben sich einen Vorling *erdacht!*«

Pastempih-keph gab durch Gesten zu verstehen, daß er diese Ansicht teilte. »Es muß ein erdachtes Geschöpf sein. Existierte dieser ›Gott‹, hätte er unsere Überfälle kaum geduldet. Es würde mich interessieren, *wie* sie ihn sich vorstellen. Mit Daumen, wie sie selbst? Auf jeden Fall sehen sie ihn als männlich an.«

»Sie sehnen sich nach einem Anführer, der bedeutender ist als sie selbst! Tashajämp, hast du den Satz richtig wiedergegeben? Gott *fürchten?*«

»Ich denke schon. Wir haben aus Kansas ein Buch mit Wörtern mitgebracht. Dort will ich *fürchten* nachsehen.«

Sie hatten die Kommandobrücke erreicht. Der diensthabende Krieger bedeckte seinen Kopf. »Herr der Herde, eine Botschaft. Tshintithpit-mäng möchte mit Euch sprechen.«

»Ich höre.«

»*Wir* werden ihre Vorlinge sein«, erklärte Fistartihthaktan. »Ich muß mehr erfahren. Könnte ich doch nur nach Afrika.«

»Das geht nicht. Wir brauchen Euch hier. Besorgt Euch, was Ihr nötig habt, von Takpassih-jämp. Tashajämp, ist dein Gefährte.«

»Leicht abgelenkt, aber zu Euren Diensten«, sagte Tashajämp. Der Paarungsgeruch hing schwer in der Luft.

Der Herr der Herde trat in die Kommandozentrale. Dort herrschte Geschäftigkeit — auf irgendeinen Ort in Afrika sollte eine Ladung Meteore abgeworfen werden. Der Herr der Herde hockte sich auf sein Polster und rückte sich den Bildschirm zurecht.

Tshintithpit-mäng lag als braune Kugel in der Mitte seines Pferchs. Der Herr der Herde beobachtete ihn eine Weile. Wie er so in seinem Elend zusammengerollt war, hätte man annehmen können, er schliefe, wären nicht Nüster und Grifflinge in rastloser Bewegung gewesen, als führten sie ein Eigenleben.

Acht volle Tage! Das muß man sagen, ein zähes Fi'. Leise sprach der Herr der Herde. »Tshintithpit-mäng, sag mir, was du zu sagen hast.«

Das Fi' zuckte zusammen und sah in die Kamera.

»Herr der Herde, ich möchte zu den Abtrünnigen sprechen.«

»Das hast du bereits getan. Ich habe unsere letzte Unterhaltung aufgezeichnet und ausgesendet. Was willst du ihnen noch sagen?«

»Fathistih-talk hat erklärt, die Hilfe der Erdlings-Fithp sei bei der Eroberung des Weltraums unverzichtbar, da sie sehr ehrgeizig sind, weniger Nahrungsmittel brauchen und geschickte Grifflinge haben. Winterheim muß erobert und die Erdlings-Fithp in die Ziehende Herde eingegliedert werden.«

»Das hast du schon vor acht Tagen gesagt. Was hast du hinzuzufügen? Du hättest Fathistih-talk helfen sollen, statt zuzulassen, daß er starb.«

»Er hätte der Sache der Abtrünnigen geschadet, sie sogar zunichte gemacht.«

»Das stimmt. Und doch erhebt niemand die Stimme für dich. Warum hast du die Leiche versteckt?«

Tshintithpit-mängs Grifflinge lagen wie festgeschweißt auf seinem Schädel. »Ich war wie vor den Kopf geschlagen. Der Berater war unserer Sache untreu geworden! Wäre der Erdling gefaßt worden, hätte er Fathistih-talks Worte wiederholen können!«

»Dawson hält sich besser als du. Du hast nicht einmal versucht, ihn zu decken. Soll ich wieder Stille in deinen Pferch einkehren lassen?«

»Ich habe ein Schnauben gehört.«

»Wann?«

»Etwa vierundsechzig Atemzüge, nachdem der Erdling den Berater für tot hatte liegen lassen. Da ich mir nach wie vor keinen Rat wußte, habe ich nichts unternommen. Ich hörte ein Schnauben, wandte mich um und sah, wie sich Fathistih-talks Brust hob und senkte.«

»Sprich weiter!«

»Ich wußte, was er sagen würde. Deshalb preßte ich seinen Kopf in den Schlamm, bis das Schnauben aufhörte. Anschließend versteckte ich ihn ganz darin.«

Zwar hatte der Herr der Herde genau das zu hören befürchtet, dennoch hatte er Hoffnung gehabt. »Was soll ich eigentlich jetzt mit dir tun, Tshintithpit-mäng? Ich kann dich doch nicht frei auf der *Bote* herumlaufen lassen.«

»Tötet mich! Ruft die Herde zusammen, wie es die Überlieferung verlangt.«

»Wir vergießen schon genug Blut. Ich kann meiner Fithp nicht gebieten, dich zu zertrampeln und gleichzeitig erwarten, daß sie keinen Aufruhr anzettelt! Außerdem verdanken dir zu viele ihr Leben oder das ihrer Gefährtinnen. Der Herr des Angriffs bedauert deine Abwesenheit, Tshintithpit-mäng. Willst du nach Afrika zurückkehren, um dort zu kämpfen?«

»Ja, wenn Ihr es gestattet.«

»Ich *befehle* dich dorthin! Auf immer, Tshintithpit-mäng. Ich kann verstehen, daß dich die Belastung zum Einzelgänger gemacht hat, aber wenn dergleichen erneut vorfällt, wirst du zertrampelt.« Der Herr der Herde betätigte ein paar Tasten.

So ist es gut. Tshintithpit-mäng wird uns treu dienen. Ich ordne weitere Fithp des Jahres Null nach Afrika an. Dort können sie sühnen. Der Bildschirm verdunkelte sich, dann erschien ein neues Bild auf ihm.

Wes Dawson lief ... aber wohin? Pastempih-keph sah eine Weile zu. Dawson rannte, kam aber keinen Schritt voran, und seine Vorderläufe schwangen im Rhythmus der Hinterläufe mit, obwohl sie den Boden nicht berührten. War er verrückt geworden? Träumte er, daß er eine fliegende Jagdbeute verfolgte oder daß ihn jemand jagte?

»Wes Dawson.«

Im Lauf wandte Dawson sein Gesicht der Kamera zu, antwortete aber nicht. Sofern er das verzweifelte Verlangen empfand, jemandes Stimme zu hören, ließ er sich nichts davon anmerken.

»Tshintithpit-mäng hat mir gestanden, daß er den Berater getötet hat. Fathistih-talk lebte noch, als du ihn losgelassen hast«, sagte der Herr der Herde.

Um Dawsons Mundwinkel zuckte es. In recht gutem Fithpisch sagte er: »Beim nächstenmal mache ich es besser.«

Pastempih-keph schaltete den Bildschirm aus. Wessen Geist wurde durch diese Behandlung eigentlich gebrochen?

39 Die Teufel mit der silbernen Zunge

Und wie kann ein Mann besser sterben
als indem er gegen eine Übermacht angeht
für die Asche seiner Vorfahren
und die Tempel seiner Götter?

Thomas Babington
Lord Macaulay, *Horatius*

Zeit: Zehn Monate nach dem Fußfall

Das in den Augen schmerzende Licht hörte auf. Harry schob die Schweißermaske hoch. »Gute Arbeit.« Er fuhr mit der Hand über das Gitter. »Jetzt kann der Elektrokram rein.«

»Was, zum Teufel, *soll* das?« knurrte sein Gefährte. Schmale Schienen liefen auf eine Öffnung in dem Zylinder zu, in dem sie arbeiteten, und endeten über dem Boden.

»Startschienen«, sagte Harry. »Sie haben da diese Verstärkerbomben. Ich weiß nicht genau, wie sie funktionieren, aber wenn eine A-Bombe in ihrer Nähe losgeht, rollen sich die Dinger irgendwie zusammen und zerfallen, und dabei schießen sie einen starken Gammastrahl-Laser ab. Mit dem Ding hier können wir die Verstärkerbomben rausschmeißen, und zwar dorthin, wo sie einen Teil der Energie von den Bomben aufnehmen, die das Schiff antreiben.«

»Wie werden die denn gezielt?«

»Keine Ahnung. Durch schwarze Magie. Ich weiß

nur, daß man sie rausschmeißen muß und daß wir das Ding bauen, mit dem das gemacht wird ...«

»Von mir aus.« Der Schweißer wies auf das Gewirr aus Drähten und Leitungen um sie herum. »Großer Gott, das Schiff ist ein einziges Durcheinander.«

»Tja.«

»Und es wird jeden Tag schlimmer.«

»Schon möglich. Hier jedenfalls sind wir fertig, du und ich.«

Harry ging in das leere Abteil voran. Die Öffnungen für die riesigen Verstärkerbomben waren drei Meter hoch und dreißig Zentimeter breit. Harry stieg eine Leiter hinunter, zwängte sich seitlich zwischen den Halterungen für die Verstärkerbomben durch und betrat durch eine noch nicht zugeschweißte Öffnung die geneigte Halbkugelfläche.

Über ihnen ragte der stählerne Wald von Stoßdämpfern ins Leere. Der von den Männern wegen seiner simplen Bauweise als ›Klotz‹ bezeichnete Aufbau, der später Männer und Raumfahrzeuge aufnehmen sollte, fehlte noch. Die Schächte für die Antriebsbomben waren weit größer als die vier Schächte für die Verstärkerbomben. Über Transportbänder und zwei Geschütze, die bereits angebracht waren, würden die Startbomben unter den Rand der Halbkugel an die richtige Stelle gelangen. Alles war mit der halbrunden Schale verschweißt, und sechs Türme erhoben sich um die Stoßdämpfer herum. Das Ganze war so massiv wie möglich gebaut. Feinmechanik war an Bod der *Michael* nicht gefragt!

Über eine stählerne Leiter gelangten sie auf den Betonboden.

»Ich frage mich, wie du dich hier zurechtfindest.« Whitey Lowenstein nahm Schweißermaske und Schutzhelm ab. »Noch zehn Minuten bis Feierabend. Hast du Lust auf ein Bier?«

»Sobald ich Zeit hab, komm ich nach.«

Im *Chuckanut* herrschte drangvolle Enge, aber Whitey hatte in einer Nische Plätze freigehalten. Bei ihm saßen zwei junge Frauen. Dankbar ließ sich Harry auf einen Stuhl sinken und bestellte einen Krug.

»Wir hatten schon nicht mehr mit dir gerechnet«, sagte Lowenstein. »Du kennst doch Pat.« Er nahm Pats Hand und hielt sie fest. »Und das ist Janet. Was war denn noch los?«

»Rohrs wollte noch dies und das mit mir besprechen. Hallo, Pat. Nett, dich kennenzulernen, Janet. Was treibt ihr denn so?«

»Pat arbeitet im Büro«, sagte Janet, »und ich schweiße, wie Whitey.«

»Schwerarbeit.« Sie sah eigentlich nicht besonders kräftig aus.

»Ist halb so schlimm«, sagte Janet.

Whitey sah zu, wie Harry einen ordentlichen Zug nahm. »Weißt du, Harry, ehrlich gesagt versteh ich nichts mehr. Ich hab gesehen, wie du General Gillespie die Aktentasche getragen hast, ich kenne deine Geschichte über Kansas und nehme sie dir sogar ab — dann hab ich dich Hallenböden fegen und elektrische Leitungen legen sehen. Heute hast du mir gezeigt, wie man das Schienending für die EM-Waffen einschweißt, dann besprichst du dich eine ganze Stunde lang mit Rohrs. Was für eine Position bekleidest du hier eigentlich?«

Harry lachte. »Das würdest du nie raten, Whitey — eine Vertrauensposition.«

»Wieso?«

Pat kicherte.

»Erinnerst du dich noch daran, wie wir uns kennengelernt haben?«

»Ja, damals dachte ich noch, du wärst ein Atomheini.«

»Weißt du auch noch, daß damals Sicherheitsalarm war?«

»Nein.«

»Na schön. Aber du darfst mir gern glauben, daß es damals Alarm gegeben hat — und zwar meinetwegen. Ich hatte geholfen, einen Zeitungsreporter in General Gillespies Haus zu schmuggeln.«

»Bei dir weiß man doch nie, wann du einem was vorflunkerst.«

»Großes Ehrenwort. Der Junge hieß Roger Brooks. Ich weiß nicht, wie er dahintergekommen war, daß es hier was zu berichten gab, jedenfalls er hat mich dazu überredet, ihn mit meinem Motorrad aus Colorado Springs herzufahren. Er kannte Mrs. Gillespie noch von früher.«

»Und das hast du getan?« fragte Janet recht unfreundlich.

»Nun ja, ich hatte gehört, hier würden Rüßler versteckt, und ich hatte doch einen gefangen.«

»*Was* hattest du?« fragte Janet ungläubig.

»Einen Rüßler gefangen.«

»Das stimmt, ehrlich«, sagte Whitey. »Er erzählt es dir lang und breit, wenn du ihn darum bittest. Wenn du ihn nicht bittest, tut er's aber auch.«

»Na ja, jedenfalls gefiel mir damals die Idee, Roger hierherzubringen. Aber er ist wohl vor mir dahintergekommen, worum es beim Projekt *Erzengel* ging, hat mir eins über den Schädel gegeben und ist abgehauen. Als ich dann in General Gillespies Vorgarten zu mir kam, standen haufenweise Militärpolizisten um mich rum und richteten ihre Knarren auf mich. Zum Schluß kam der General persönlich. Besonders freundlich sah er nicht drein.«

»Kann ich mir denken«, sagte Whitey. »Was hast du dann gemacht?«

»Ich? Um Gnade gebettelt.«

»Das scheint ja funktioniert zu haben.«

»Ja. Zum Glück hatte ich mal für den Abgeordneten Dawson gearbeitet.«

»Ach ja, das hast du schon erzählt. Der Kerl, den die Rüßler für sich Reden schwingen lassen. Und seine Frau hast du auf 'nem Rüßler reiten lassen.«

Janet taute langsam auf. »Harry, es muß ja richtig Spaß machen, dich näher zu kennen.«

»Was hast du anderes erwartet? Wie auch immer, der General hat mir wenigstens zugehört, weil ich seine Freunde kannte. Er muß dann zu dem Schluß gekommen sein, daß ich doch nicht so ein übler Bursche bin und stellte mich vor die Wahl: entweder bei ihm Mädchen für alles spielen oder ab nach Port Angeles.«

»Da kommen alle hin, die nicht mitmachen«, sagte Whitey.

»Ja«, bestätigte Pat. »Dort muß es ziemlich schlimm zugehen. Ich kenne bestimmt ein Dutzend Leute, die man dahin geschickt hat und die lieber wieder hier wären. Richtig schlecht geht es zwar keinem, aber es gibt nichts zu tun außer Gemüse anbauen.«

»Das hat mir Gillespie auch gesagt«, bestätigte Harry. »Ich habe keine zehn Sekunden gebraucht, um mich zu entscheiden. Wo ich doch in Colorado Springs schon vor Langeweile eingegangen bin, hätte ich in Port Angeles sicher den Verstand verloren.

So bin ich also an meinen Posten gekommen. Ich tu, was der General will, werde ziemlich gut bezahlt und bin immer mitten drin, wo was los ist. Ich habe das *gesamte* Schiff gesehen und kenne mich bestimmt genausogut damit aus wie jeder andere, mit Ausnahme vielleicht von Max Rohrs. Ich hab Steuerleitungen mitverlegt, den Marinejungs geholfen, die riesigen Geschütze von der *New Jersey* anzubringen, und den Leuten vom Heer mit ihren Raketenstartanlagen.« Harry verzog den Mund zu einem breiten Grinsen. »Wenn die Rüßler das Ding zu sehen kriegen, denken sie bestimmt, ein Berg kommt auf sie zu!«

Whitey hob sein Glas. »Das wär mal 'ne angenehme Überraschung, darauf wollen wir trinken.«

»Von mir aus könnte langsam Schluß sein. Die Zwölf-Stunden-Schichten schlauchen ganz schön.«

Whitey nickte zustimmend. »Es dauert bestimmt nicht mehr lange.«

»Glaub ich auch. Jetzt kommt nur noch der ›Klotz‹ auf die Trägerplatte und darauf die Raumfähren. Mir wär's ja recht, wenn es mehr als nur die eine Möglichkeit gäbe, die Wirksamkeit der Stoßdämpfer zu prüfen.«

»Und wie sieht die eine aus?«

»Das Ganze starten. Das Schiff ist bis zum Stehkragen voll mit allem möglichen Kram. Mir tut jeder leid, der damit losfliegen muß.«

»Vielleicht gehörst du selbst zu den Auserwählten.«

Harry lachte verächtlich. »Das könnte euch so passen. Aber Spaß beiseite, die meisten Besatzungsmitglieder kenn ich schon. Nette junge Männer.«

»So ungerecht geht es im Leben zu«, sagte Janet.

»Du bist ja wohl verrückt«, mischte sich Pat ein, »warum würdest du denn *da* mitfliegen wollen?«

»Sie könnten uns ja zumindest mal fragen!«

»Gillespie meint, Frauen seien dafür nicht robust genug«, erklärte Harry.

»Unsinn!« sagte Janet.

»Whitey, du schuldest mir ein Bier«, sagte Harry.

✿

Hier schlug das Herz von *Michael.* Die Brücke sah aus wie eine halbfertige Kulisse für einen *Krieg der Sterne*-Film. Große Bildschirme bedeckten die Wände, viele von ihnen waren in Querrichtung zweigeteilt. Davor ragten Steuerkonsolen auf. Mit Gurtband bespannte Beschleunigungsliegen standen überall, und in der Mitte zwei große Steuersessel. Scheinbar wahllos im Raum verteilt waren Werkbänke und mit Plänen und Zeichnungen bedeckte Schreibtische und Zeichentische.

Die untere Hälfte der meisten zweigeteilten Bildschirme zeigte jeweils die Konstruktionszeichnung, die obere eine Kameraansicht des betreffenden Werkstücks. Während Harry hinsah, leuchtete ein weiterer Bildschirm auf.

»Mein Gott, geschafft!« Max Rohrs erhob sich. »Harry, hol den Schampus!«

»Wird gemacht!«

General Gillespie erhob sich von seinem Sessel an einem der Schreibtische. »Sind wir tatsächlich fertig, Max?«

»Nun — Sie und ich wissen, daß das Schiff nie *ganz* fertig wird. Bis zum Start werden wir ständig weiter daran arbeiten, aber im großen und ganzen sind wir fertig. Sie können dem Präsidenten sagen, daß wir, ab morgen mittag gerechnet, binnen vierundzwanzig Stunden startklar sind.«

Harry entnahm einer kleinen Kühlbox eine Flasche Mumm und drei schwere Kristallgläser. Die Kühlbox würde bis zum Start ebenso verschwinden müssen wie Tische und Aktenschränke.

Er drehte am Korken, bis er mit einem lauten ›Plopp‹ an die Decke flog, goß ein, gab den beiden anderen ein Glas und nahm selbst das dritte. »Auf sie mit Gebrüll!«

Gillespie verzog das Gesicht. »Ob mit oder ohne Gebrüll, jedenfalls will ich gewinnen.«

»Es ist das reinste Wunder«, sagte Max Rohrs. Er trat an den Kalender und zog einen roten Kreis um das Datum. »Ein richtiges, hundertprozentiges, lebendiges Wunder.« Er hob sein Glas.

Gillespie schenkte Harry nach. »Es gibt noch genug zu tun«, sagte er. »Wir müssen die Fähren anbringen. Morgen früh schicken wir alle außer den Startmannschaften und Besatzungen nach Port Angeles.«

Harry ließ sich in einen der Steuersessel sinken. »Und was ist mit den Bewohnern von Bellingham?«

»Das sehen wir später.«

»Wenn die Rüßler merken, daß hier kein Mensch mehr ist, werden sie bestimmt mißtrauisch.«

»Was die Stadt betrifft«, sagte Gillespie, »werden wir dem Polizeichef soviel sagen, wie nötig ist. Zerbrechen Sie sich darüber nicht meinen Kopf, Harry. Für die Leute, die im letzten Augenblick weggeschafft werden müssen, haben wir Tragflächenboote.«

»Wie weit müssen die denn weg sein?«

»Einige Kilometer, wenn ein Schutzraum da ist. In Hiroshima hielten sich die Schäden außerhalb eines Umkreises von acht Kilometern durchaus in Grenzen. Natürlich zünden wir hier mehr als nur eine Bombe.« Er leerte sein Glas.

»Am sichersten ist man selbstverständlich im Raumschiff selbst«, sagte Max Rohrs.

»Lauter Logenplätze für das Militär.«

»Denkste«, sagte Rohrs. »Ich bin auch mit von der Partie.«

»Du?« Fast hätte Harry laut herausgelacht.

Max lachte nicht. »Ja. Maximilian Rohrs, zuständig für Reparaturen, zu Diensten. Wer außer mir weiß schon so genau, wie das Schiff funktioniert?«

»Nun, zum Beispiel Harry«, sagte Ed Gillespie.

»Augenblick mal!«

»Stimmt.« Rohrs trat zu Harry und schlug ihm energisch auf die Schulter. »Weißt du noch, wie du die Leute im *Chuckanut* mit einem Lied unterhalten hast, in dem du dich als Held hinstelltest?«

»Nun, wie wär's?« fragte Gillespie. »Wollen Sie Ihre Heldenlaufbahn nicht wieder einschlagen?«

Harry versuchte sich zu erheben, aber Rohrs' Hand lag schwer auf seiner Schulter. »Das geht doch gar nicht, ich bin kein Astronaut.«

»Ich auch nicht«, sagte Max Rohrs.

»Du gehst ja auch freiwillig. Außerdem hast du mit dem General das Schiff *konstruiert*. Wenn ...«

»Trink mehr Schampus, Harry!«

»Klar, danke. Die Besatzung ist aber doch komplett. Wollen Sie etwa in letzter Minute noch Lücken füllen?«

»Nein, nein, ich habe schon ziemlich lange mit dem Gedanken gespielt«, sagte General Gillespie. »Das Zeug darf nicht warm werden, Harry.«

Harry trank erneut. Gillespie setzte zu einer Erklärung an. »Die Männer kennen das Schiff, sie kennen auch sein Schicksal. Sie sind der Sache treu ergeben. Wir haben ihnen beigebracht, Entbehrungen zu ertragen. Und wie steht es mit Ihnen, Harry? Sie haben mehrere Angriffe der Außerirdischen überlebt, zwei Frauen verloren, und trotzdem nicht die Flinte ins Korn geworfen, alles, um ein Versprechen zu halten. Dabei hatten Sie keineswegs versprochen, *das* alles zu tun! Ich möchte, daß meine Astronauten mit Leib und Seele bei der Sache sind, und ich wünsche, daß Sie mitkommen.«

»Und was ist mit meinen Wünschen?« erkundigte sich Harry höflich.

Der General schloß die Augen. Er schien es mit der Antwort nicht eilig zu haben. Rohrs leerte sein Glas und schenkte sich nach. Er warf einen Blick auf die Bildschirme.

Die Anzeigen zeigten unverändert alles im Normalzustand. Auf einem Bildschirm war die *Michael* in ihrer ganzen Größe zu sehen. Zwei riesige Türme erhoben sich über die halbkugelförmige Schale. Unter ihrem Rand erkannte man nach innen laufende Geschützrohre. Daneben standen vier kleinere Türme. Über dem Ganzen erhob sich etwas, das wie ein gigantischer Bauklotz aussah und deshalb von den Arbeitern den Spitznamen ›Klotz‹ bekommen hatte. Er war weit weniger massiv als die Schale und trug Raumfahrzeuge an den Seiten: kleine Kanonenboote, vier Fähren mit Treibstofftanks, aber ohne Zusatzraketen. Die glatte Dachfläche des ›Klotzes‹ ragte über die Seiten hinaus, um Raumfähren und Kanonenboote zu schützen.

»Falls wir unser Ziel erreichen, ich sage ausdrücklich: falls«, erklärte Gillespie, »werden wir eine ganze Anzahl Rüßler umbringen, und die übrigen werden sich ergeben. Tausende, ach, was sage ich, alle werden versuchen, sich dem anzuschließen, was unser Krisenstab die Kletternde Fithp nennt. Tausende von Rüßlern werden versuchen, gute Menschen zu werden. Wer wird dann nicht alles den Namen des Mannes erfahren wollen, der den ersten Rüßler gefangen hat?«

»Gießt mir noch was von dem Zeug nach!« sagte Harry.

40 Das Ende der Heimtücke

Es wird sie ihr Silber und Gold nicht erretten können am Tage des Zorns des HERRN …

ZEPHANJA, I, 18

Vor ihm her geht ein verzehrend Feuer
und nach ihm eine brennende Flamme.

JOEL 2, 3

Zeit: Stunde M

Jenny zwinkerte Jack zu und betrat dann das Büro mit dem Balkon. Im Lagerraum unter ihr drängten sich die Menschen in Gruppen vor den Computern: alle waren gekommen, außer den Diensthabenden auch die meisten Angehörigen des Krisenstabs sowie alle anderen, die einen Vorwand für ihr Dabeisein gefunden hatten.

»Kommen Sie rein, Colonel«, sagte Admiral Carrell. »Hier ist Ihre Gefechtsstation.« Er wies auf einen Tisch mit Blick auf die jenseits der gläsernen Trennwand befindlichen großen Bildwände. Auf ihm standen eine kleine Vermittlungszentrale und ein Computer-Terminal. Jenny setzte sich das Wechselsprechgerät auf, das ein Ohr zum Mithören dessen frei ließ, was im Raum um sie herum geschah, und drückte auf Knöpfe.

»Einsatzgruppe, Colonel Walters.«

»Hier Einsatzzentrale. Ich prüfe die Leitung.«

»Verstanden. Ich empfange Sie einwandfrei.«

Ein weiterer Knopf.

»Hier Träumer-Fithp«, meldete sich eine Stimme.

»Hier Einsatzzentrale. Ich prüfe die Leitung.«

»Empfang okay.«

Sie drückte weitere Knöpfe. Schließlich nickte sie Admiral Carrell zu. »Alle Verbindungen überprüft, Sir. In der Leitung zur *Michael* rauscht es stark.«

»Das wird sicher noch schlimmer. Also los!« Carrell trat zur Tür. »Mr. Clybourne, teilen Sie bitte dem Präsidenten mit, daß alles bereit ist und er jederzeit kommen kann. Colonel, leiten Sie jetzt die Operation *Erzengel* ein!«

»Ja, Sir.« Jenny drückte einen weiteren Knopf. Im Lageraum heulte eine Sirene auf, und rote Lichter blitzten auf. »Harpune, geben Sie den Abschuß frei!«

Sie konnte die Hurrarufe durch die Glaswand hören. Dann trat im Lageraum Stille ein. Gespannt beugten sich Gesichter über die Computer.

Einer der Bildschirme zeigte die Lage des Mutterschiffs der Außerirdischen und all der Kleinschiffe, die man hatte orten können. Es waren sechzehn. Alle befanden sich auf einer geostationären Umlaufbahn über Afrika. Bisher stellten sie keine Gefahr dar. Der Mond ging gerade unter; Rüßler-Einrichtungen dort würden nichts sehen. Afrika lag in tiefer Nacht. Vermutlich würde der Angriff die Außerirdischen aus dem Schlaf schrecken.

Acht Kleinschiffe schwebten auf Zwölf-Stunden-Umlaufbahnen in gleichmäßigen Abständen voneinander um die Erde, und drei von ihnen überquerten alle drei Stunden die Vereinigten Staaten. Eines würde über dem Südpol sein, wenn die *Michael* startete. Die anderen mußten abgelenkt werden.

Ein weiterer Bildschirm zeigte alle der Regierung der Vereinigten Staaten noch zur Verfügung stehenden Raketen. Lichter blinkten, und bunte Linien liefen über die Bildschirme, während der Haupteinsatz-Computer die Raketen gegen Einrichtungen der Eindringlinge in Stellung brachte.

General Toland kam herein. »Bei mir ist alles bereit«, sagte er.

»Gut.« Carrell stand auf dem Balkon an der Trennscheibe und hielt den Blick auf die unter ihm liegenden Bildwände gerichtet. Nach einer Weile setzte sich General Toland an einen der Schreibtische.

Das Bild auf einem Schirm wurde durch eine Karte des Südatlantik-Gebiets ersetzt. Eine leuchtendrote Linie stieg aus dem Ozean und krümmte sich auf Johannesburg zu.

»Großer Gott, und wenn das Ding tatsächlich trifft?« sagte Toland zu sich selbst.

»Tut es nicht, keine Sorge«, sagte Carrell.

Weitere gekrümmte Linien stiegen aus dem Südatlantik auf. Eine erhob sich senkrecht. Die EMP-Bombe. Mit einemmal umzog ein leuchtendblauer Kreis das Gebiet.

»Die Verbindung zur *Ethan Allen* ist unterbrochen«, berichtete Jenny. »Jetzt startet die *Nathaniel Greene.*« Die EMP-Bombe zerplatzte zu einem roten Fleck, weit oberhalb der Erde. Weitere Linien stiegen auf, diesmal von weiter südlich, fast unmittelbar unterhalb des Kaps der Guten Hoffnung. Nach wenigen Augenblicken zeigte sich auch dort ein blauer Kreis.

»Keine Verbindung mit der *Nathaniel Greene*«, sagte Jenny. »Und für die nächsten Stunden auch mit sonst niemandem. Sie haben den elektromagnetischen Puls ausgelöst.«

Die Tür ging auf, und Jack Clybourne geleitete den Präsidenten herein. General Toland erhob sich. Jenny sah ihn zwar, blieb aber sitzen.

»Guten Tag«, sagte Präsident Coffey, »fahren Sie mit Ihrer Arbeit fort.« Er setzte sich an den großen Tisch in der Mitte des Raums.

»Im Augenblick gibt es nur sehr wenig zu tun«, sagte Admiral Carrell. »Die Hauptarbeit war die Planung. Jetzt klappt es entweder, oder es geht daneben.«

Beruhigendes Geschwafel, dachte Jenny. *Kein Schlachtplan wird je so durchgeführt, wie er auf dem Papier steht. Siebzehn Kleinschiffe zerstört. Drei können wir nicht finden. Nehmen wir an, eins ist zerstört, ohne daß man es weiß, und zwei sind in Afrika am Boden und können nicht rechtzeitig aufsteigen. Sollten wir wirklich soviel Glück haben?*

Ein weiterer Bildschirm glomm auf und zeigte das Gebiet der Staaten Georgia und South Carolina. Ein Netz aus roten Linien sprang zu den Kleinschiffen empor, die auf niedrigen Umlaufbahnen die Erde umkreisten.

Zehn Minuten vergingen. Rasch verblaßten die roten Linien. Südlich der Stadt Atlanta tauchten rote Flecken auf.

»Die Burschen sind verdammt schnell«, knurrte Toland.

»Ja. Zu schnell«, pflichtete ihm Admiral Carrell bei. Er wandte sich dem Präsidenten zu. »Wir hatten gehofft, sie eine halbe Stunde oder sogar noch länger ablenken zu können.«

»Für wann ist denn der Start der *Michael* vorgesehen?« fragte der Präsident.

»In achtzig Minuten,«, sagte Admiral Carrell.

»Gott helfe den Einwohnern von Bellingham«, murmelte Präsident Coffey.

Gott helfe uns allen.

✿

»Bitte nicht, Miranda. Ich bin im Dienst!«

»Ganz wie du willst.« Lässig knöpfte sie sich die Bluse wieder zu, rutschte zur Beifahrertür des Streifenwagens hinüber und sah betont gelangweilt zum Fenster hinaus ins Lummi-Indianerreservat. »Du kannst mich ja nach Hause bringen ...«

»Aber nicht sofort.« Er rutschte näher an sie heran.

»An alle Einheiten, an alle Einheiten, Beginn Operation *Großer Tango*, Beginn Operation *Großer Tango*«, quäkte es aus dem Funkgerät am Armaturenbrett.

Überrascht ließ Leigh sich zurücksinken.

»Was ist das?« wollte Miranda wissen. Sein Gesichtsausdruck jagte ihr Angst ein.

»Ich habe doch keinen Schimmer, wo ich anfangen soll!«

»Womit anfangen, zum Kuckuck!«

Mit zitternden Händen brachte er seine Kleidung in Ordnung. »Wir sollen die Stadt evakuieren. Alles im Umkreis von acht Kilometern um den Hafen.«

»Acht Kilometer?«

»Euer Haus liegt außerhalb der Zone«, sagte Young. »Bis dahin sind es vom Hafen ja fast zehn Kilometer. Aber das Reservat hier liegt innerhalb. Er beugte sich vor und ließ den Motor an. »Am besten kommst du mit, Miranda. Wie soll ich den Indianern bloß klarmachen, daß sie ihre Siedlungen räumen müssen?«

»Und warum mußt du ihnen das klarmachen?«

»Was weiß ich! Man hat mir nur gesagt, daß wir, sobald die Operation *Großer Tango* begänne, eine Stunde hätten — eine lächerliche Stunde! —, um alle Bewohner aus ihren Häusern zu bringen und fortzuschaffen.« Er fuhr an. »Also an die Arbeit, auch wenn es wahrscheinlich nichts nützt!«

Das Gebiet sah nicht so aus, wie man sich ein Indianerreservat vorstellen mochte, sondern eher wie das Elendsviertel einer Großstadt, in dem nur hie und da ordentliche Häuser standen. Es gab nur eine einzige befestigte Straße. Diese Straße fuhr Leigh entlang und machte in Abständen über den Dachlautsprecher des Streifenwagens Durchsagen.

»Hier spricht die Polizei. Die Außerirdischen beabsichtigen Bellingham zu bombardieren. Ihnen bleibt etwa eine halbe Stunde, um den Ort zu verlassen. Fahren Sie mit Autos oder Fahrrädern, rennen oder laufen Sie, tun Sie, was Sie können, aber entfernen Sie sich so weit wie möglich vom Hafen!«

Miranda verstand nicht. *John Fox rechnete damit, daß et-*

was geschehen würde, rückte aber nicht mit der Sprache heraus. Was kann ich tun? Eine halbe Stunde lasse ich Leigh Zeit, damit er die Indianer hier wegkriegt, aber dann soll er mich, zum Kuckuck, nach Hause bringen, damit ich Papa Bescheid sagen kann!

Die Straße endete in einem Wendeoval. Von dort hatte man einen guten Blick auf den Hafen. Schnellboote verließen ihn in Richtung Südwesten. Was war ihr Ziel? Port Angeles? Wovor flüchteten sie?

Leigh fuhr zurück. »Laufen Sie in die Berge!« dröhnte seine Stimme durch den Lautsprecher. »Nehmen Sie jedes beliebige Transportmittel, lassen Sie alles stehen und liegen! Drehen Sie sich nicht um, der Feuerschein zerstört sonst Ihr Augenlicht!«

Es herrschte bereits reger Verkehr auf der Straße. »Ein paar haben auf dich gehört«, sagte Miranda. »Leigh, wir müssen Papa warnen, wenn die Rüßler Bomben auf uns werfen ...«

»Das tun sie ja gar nicht.«

»Was?«

»Das hab ich nur so gesagt«, erklärte Leigh.

»Und warum dann das ganze Theater?«

»Der Teufel soll mich holen, wenn ich das weiß.«

»Dann frag doch deinen Vorgesetzten!«

»Hab ich schon, er hat aber nichts gesagt.«

»Dann frag ihn noch mal! Jetzt muß er es sagen!«

»Na schön.«

Miranda gab ihm das Mikrofon. »Los, frag ihn! Was kann es denn schaden?«

»Nun ja.« Leigh schaltete das Mikrofon ein.

»Zentrale.«

»Ist der Chef da?«

»Er hat zu tun.«

»Ich muß mit ihm reden.«

»Augenblick.«

»Hier Lafferty. Sind Sie das, Young?«

»Ja, Sir. Ich bin im Reservat. Die meisten Indianer

verschwinden, aber ein paar wollen nicht. Was soll ich ihnen sagen, damit sie abhauen?«

»Daß niemand, der hier bleibt, überleben wird.«

»Ich habe ihnen bereits gesagt, daß die Rüßler Bellingham bombardieren werden.«

»Die Rüßler! Guter Witz. Leigh, wir werden uns selbst bombardieren, wir haben hier A-Bomben ...«

Dann hörte man nur noch Rauschen.

»Was soll das?« Leigh drehte an den Knöpfen. »Als würde man uns absichtlich stören.«

»Vielleicht tut man das auch«, gab Miranda zu bedenken.

»Was ...?«

»Leigh, was meint er damit, wir werden uns selbst bombardieren?«

»Keine Ahnung.«

»Findest du es nicht komisch, daß die Funkverbindung gerade in dem Augenblick unterbrochen wurde, als er das gesagt hat? Leigh, ich habe Angst.«

*

So weit, so gut. Jenny sah befriedigt auf den großen, die ganze Wand einnehmenden Bildschirm.

»M minus fünfundvierzig Minuten«, verkündete sie. Die Tür ging auf, und eine Ordonnanz brachte auf einem Tablett Kaffee herein. Auf dem Gang stand ein halbes Dutzend Militärangehörige, unter ihnen Jack Clybourne, der sich größte Mühe gab, nicht hereinzuschauen, damit er die großen Bildschirme im Parterre nicht sehen konnte, auf die das Kampfgeschehen projiziert wurde. Der Präsident lächelte. »Mr. Clybourne ...«

»Sir.«

»Lassen Sie Maileys Leute die Türsteher machen! Kommen Sie herein und schauen Sie zu!«

»Sir?«

»Kommen Sie ruhig! Sie haben sich Ihren Logenplatz redlich verdient.«

»Aber ... nun, vielen Dank, Sir.« Clybourne lehnte sich an eine Wand im Hintergrund.

Gleich verkriecht er sich in der Mauer, dachte Jenny. Gerade als sie sich umdrehen und ihm zuzwinkern wollte, summte es in ihrem Kopfhörer.

»Hier Gimlet.«

»Gimlet, hier Harpune. Wir haben eine undichte Stelle entdeckt. Das hier ist vor vier Minuten in Bellingham über Polizeifunk gegangen. Ich spiele es ab ...«

»Sofort starten«, sagte General Toland.

»Es befinden sich noch Menschen in Bellingham«, gab der Präsident zu bedenken, »und zwar ziemlich viele.«

»Dann haben die leider Pech gehabt! Start! Colonel, sagen Sie den Leuten, sie sollen sich bereit halten!«

»Ja, Sir.« Jenny sprach in ihr Mikrofon. »Zum Start in fünf Minuten bereit machen! Start in fünf Minuten!«

Sirenen jaulten im Stockwerk unter ihnen auf.

»Admiral?« sagte der Präsident.

Carrell sah über seine gegeneinandergelegten Fingerspitzen hinweg auf die Lagekarte. »Geben Sie mir eine Minute Zeit!«

»Viel mehr aber nicht«, sagte General Toland.

»Schön. Erstens ist der Zeitpunkt denkbar ungünstig. Wir haben noch nicht genug von den Kleinschiffen getroffen, und durch den vorverlegten Start wird die Abschußbahn ungünstiger.«

»Und wenn die Außerirdischen Gesteinsbrocken auf die *Michael* werfen, sind wir erledigt!« rief Toland erregt.

»Ja. Das stimmt.« Carrell sah auf die Uhr. »Aber wovor haben wir eigentlich Angst? Laserstrahlen können der *Michael* nichts anhaben, und einen Meteor abzuwerfen dauert seine Zeit.«

»Er könnte aber *jetzt* schon unterwegs sein ...«

»Ich schlage dennoch vor zu warten. Startbereit machen, so daß der Abschuß binnen zehn Sekunden nach Aufforderung erfolgen kann. Wenn möglich, warten wir die volle Stunde ab. Sollte aber Gillespie Lichtschein am Himmel sehen, wird die *Michael* sofort gestartet. Ein Meteor leuchtet in achtzig Kilometern Höhe auf und kommt mit etwa acht bis zehn Kilometern pro Sekunde runter. Wenn er aufschlägt, sind wir schon in der Luft. Die *Michael* müßte es also überstehen.«

»Mr. President, Sie haben alles auf diese eine Karte gesetzt«, sagte Toland, immer noch zweifelnd.

»General, ich bin mir der Bedeutung dieser Sache bewußt.«

»Wir müssen die verdammten Kleinschiffe doch sowieso bekämpfen! Warum dann nicht gleich?«

»Damit bringen wir alle um, die sich noch in Bellingham aufhalten«, beharrte Präsident Coffey.

»Besser als die ganze Menschheit!«

»Großer Gott im Himmel!« Präsident Coffey sah unverwandt auf die Lagebildschirme. »Admiral Carrell, Sie sind mein Marineberater. Übernehmen Sie das Kommando.«

»Jawohl, Sir. Colonel Crichton, verbinden Sie mich direkt mit General Gillespie.«

»Sir.« In den ersten drei Leitungen, die sie probierte, rauschte es nur. Dann kam die Verbindung zustande. »General Gillespie, Sir.«

»Ed, hier spricht Thor Carrell.«

»Ja, Herr Minister?«

»Wir vermuten, daß es ein Leck in der Geheimhaltung gegeben hat. Ihr örtlicher Polizeichef hat sein Funkgerät benutzt.«

»Ach, deswegen die Störung? Wir können mit unseren eigenen Militärpolizisten nicht sprechen.«

»So ist es. General, Sie bereiten alles für einen Sofortstart vor. Behalten Sie den Himmel im Auge! Sobald sich da oben ein Lichtschein zeigt, starten Sie! Von jetzt an sind Sie Oberbefehlshaber an Bord.«

»Verstanden.«

✿

John Fox hörte es als erster. Er wendete den Komposthaufen. Außer ihm kümmerte sich niemand mehr darum, dafür hatte er gesorgt. Vorsichtig schob er die Mistgabel hinein und arbeitete um die dichtere Masse in der Mitte herum, damit nicht zum Vorschein kam, was von Roger Brooks noch übrig war. Plötzlich sah er einen Knochen, an dem noch Fleisch hing — ein Fuß. Fox verzog angewidert das Gesicht und nahm eine Gabel voll Kompost auf.

Mitten in der Bewegung hielt er inne und neigte den Kopf. Über dem Geräusch des kräftigen Windes, der etwas Regen brachte, hörte er etwas.

Motoren.

Er breitete den Kompost über den Knochen. Dann eilte er rasch zum Haus, öffnete die Tür und rief dem ersten besten zu, den er sah: »Marine. Sagt allen Bescheid. Ich gehe ans Tor.«

Schon zweimal waren Marineleute gekommen. Ihr erster Besuch hatte den CB-Funkgeräten gegolten, der zweite Roger Brooks. Beide Male waren sie in großer Zahl gekommen, aber im Vergleich zu diesem Aufgebot war das nichts gewesen. Man konnte über dem Dröhnen der Motoren kaum noch den Wind hören.

Gepanzerte Lastwagen standen die ganze Straße entlang. Ziemlich ärgerlich, dachte John Fox, wie die das knappe Benzin vergeuden. Aber sie wissen, daß wir Waffen haben, und irgend jemand könnte sich zu etwas Unbedachtem hinreißen lassen, wenn sie mit nur *einem* Wagen kämen.

Er zählte acht Militärlastwagen und dahinter weitere

Fahrzeuge — neue und alte Pkw, klapprige Zivil-Lkw. Es waren so viele, daß das Ende der Kolonne im Regen verschwamm.

Dem dritten Fahrzeug entstiegen vier Männer und traten ans Tor. Der eine war der Polizeichef, Ben Lafferty. Die anderen waren hohe Marineoffiziere. Einen von ihnen, Commander Arnold Kennedy, hatte Fox schon beim vorigenmal gesehen. Kennedy trat vor und sagte: »Sie wissen, daß wir ins Haus kommen, wenn wir das wollen. Wir haben das alles schon mal durchexerziert.«

Fox machte sich Sorgen. Warum kam eigentlich niemand von den anderen? Bereiteten sie sich auf einen Schußwechsel vor?

Nun traten auch Miranda Shakes und der Polizist ans Tor, mit dem sie immer ausging.

»Es ist in Ordnung, John«, sagte Miranda.

»Was ist jetzt schon wieder los? Und wer, zum Teufel, sind *die* da?« Fox wies die Straße entlang.

»Ihre Nachbarn«, sagte der Polizeichef.

»Zivilisten, die Schutz suchen«, sagte Commander Kennedy, »und den werden Sie ihnen bei Gott gewähren, sonst pusten wir Ihnen das Dach über dem Kopf weg. Wir wollen etwa zwei Stunden lang Ihren Bunker mitbenutzen.«

Fox nickte. *Aha,* dachte er, *Orion. Jetzt geht es los.* »Wie viele sind es?«

»An die dreihundert.«

»Wahnsinn! Sogar wenn sie dichtgedrängt wie die Sardinen stehen ...«

»Dann stapeln Sie sie eben übereinander! Es wird ernst, sagen Sie das Ihren Leuten da drinnen, sehr ernst. Sollte jemand das Feuer eröffnen, schießen wir Ihnen die Bude über dem Kopf zusammen. Sie wird sowieso bald nicht mehr stehen. Kommen Sie jetzt mit mir zum Haus!«

Sie gingen um das Gewächshaus herum zur Haustür. Kennedy läutete.

Die ungebetenen Gäste strömten durch das Haus und durch die ›Geheim‹-Tür in den unterirdischen Raum.

Da waren Ladenbesitzer, Marineangehörige, Indianer; Alte, Kinder und Säuglinge. Alles, was sie mitbrachten, blieb im Wohnzimmer: Koffer, Aktentaschen, Körbe, Mäntel, sogar einige Rollstühle. Es sah aus wie in einem Trödelladen. Der Teppich war voller Dreck. Clara war viel zu wütend, als daß sie sich hätte zur Wehr setzen können, aber Bill Shakes tobte.

»Wir müssen den ganzen Betonboden herausreißen, sonst kriegen wir den Mist nie wieder aus dem Haus! Wir haben eine einzige Toilette da unten — und jetzt seht euch mal an, wieviel Leute das sind! Sogar in den Lokus müssen wir noch welche stopfen. Wir werden das Ganze ausräuchern müssen — Commander, wer *zahlt* uns das eigentlich? *Was gibt es da zu lachen?*«

»Entschuldigung, Mr. Shakes. Sie schicken einfach eine Rechnung und beantragen Entschädigung. Ich garantiere Ihnen, daß sie bezahlt wird. Ich an Ihrer Stelle würde aber noch eine Stunde mit dem Schreiben warten.«

George Tate-Evans überkam kalte Panik. »Commander, was geht hier eigentlich vor?«

»Das ist nach wie vor streng geheim.«

»Sind Sie denn noch bei Tro ...«

»Ich sage es Ihnen gern, sobald ich kann. Wirklich.«

»Aber worauf warten wir? Wie lange müssen wir hierdrin bleiben?«

»Nur ein paar Stunden. Ohne uns wären es Tage«, sagte Kennedy. »Wir haben Entseuchungsmaterial mit, es ist einsatzbereit.«

»Entseu ...«

Auf der Treppe herrschte ein entsetzlicher Lärm. Menschen drängten sich hinab, bis hin zu der stabilen stählernen Falltür. »Wir sollten an *alle* Schnaps austeilen, Bill«, sagte Isadore. »Das ist mein Ernst. Du hast doch gehört, daß die Marine für die Unkosten aufkommt. Wir müssen die Leute unbedingt ruhig halten. Bestimmt passiert was Entsetzliches, und du hörst ja, wie sie jetzt schon durchdrehen.«

»In Ordnung, hol auch die Erste-Hilfe-Ausrüstung!« sagte George. Im Wohnzimmer befanden sich ausschließlich Marineangehörige und Hausbewohner. »Commander, könnten Sie Leute abstellen, die den Schnaps runterbringen? Wir richten uns dann auf der Treppe ein. Sorgen Sie dafür, daß diese Nestbeschmutzer wenigstens die freihalten. Anschließend lade ich Sie zu einem Drink ein.«

»Jetzt sind es noch ...« Der Commander sah auf die Uhr. »In zwanzig Minuten bin ich bereit, mit Ihnen auf das Gelingen anzustoßen.«

✿

Auf der *Michael* gab es keine Fenster. Die Steuerzentrale lag tief im Innern zwischen den Wassertanks verborgen, und auch die Türme schirmten sie ab. Für Harry und die anderen Besatzungsmitglieder gab es Sichtkontakt mit draußen lediglich über Fernseh-Bildschirme.

»Wie lange noch?«

»Acht Minuten.«

Die Kuppel des Raumschiffs, in und auf der monatelang Tag und Nacht geschäftiges Treiben geherrscht hatte, stand jetzt verlassen da.

Gillespie wandte sich an die Wartungsmannschaft. »Fünf Minuten. Visiere *jetzt* schließen!« Dann, durch die Gegensprechanlage: »Kann mich jeder hören?«

Sie antworteten.

»Alles draußen befindliche Personal in die Schutzräume! Und vielen Dank an alle!«

Auf den am Boden verankerten Beschleunigungsliegen lagen Harry, Rohrs, Gamble und die anderen angegurtet wie Patienten in einer Nervenheilanstalt, mit dem einzigen Unterschied, daß sie ihre Arme frei bewegen konnten. Eine Versorgungsleitung in der Wand lieferte Sauerstoff. Harry kam sich eingesperrt vor. Gleichzeitig aber war er erregt. Harry, der fahrende Sänger, wartet in einem Raumanzug darauf, in den Weltraum geschossen zu werden!

»Für die Shuttlepiloten wird es besonders hart, weil die da draußen alles mitansehen müssen.«

Weder Tische, Telefone noch sonstige Einrichtungsgegenstände befanden sich mehr im Raum. Alles war aufgeräumt und sauber. An Wänden und Decke waren gepolsterte Haltegriffe befestigt worden.

Harry mußte an die Männer in Kansas denken, die ausgezogen waren, den Feind mit Panzern zu bekämpfen. Sie hatten sich wenigstens durch Reden Mut gemacht. Hier dagegen herrschte Schweigen. Harry kannte kaum einen der anderen Männer. Was würden sie, jung, gesund, kräftig, wie sie waren, wohl sagen, wenn er ihnen von seinem schlimmen Rücken erzählte?

»Eine Minute«, sagte eine blecherne Stimme, »dann geht es los.«

Das Schweigen wurde immer lastender, und Harry konnte die Spannung plötzlich nicht mehr ertragen. Er rief: »Sancho! Meine Rüstung!«

Die jugendlichen Gesichter fuhren zu ihm herum. Einige grinsten unverhohlen. Er hörte das mißbilligende Knurren des Generals auf dem Bildschirm, wie sich sein Ellbogen nach vorn bewegte. Dann gingen unter Harry Reddingtons Hintern tausend Atombomben hoch.

✽

Sich hier unten an die einfachsten Maßregeln zivilisierten Benehmens zu halten, würde schwieriger werden, als Isadore sich das anfangs vorgestellt hatte. Noch nie hatte er Menschen so dicht an dicht gedrängt gesehen. Miranda und ihr Polizist teilten sich eine Koje. Obwohl sämtliche Kojen mit zwei oder drei Personen belegt waren, bestand keine Gefahr, daß sie umfielen, sollten die Stützen der dreistöckigen Betten der Belastung nicht standhalten: dazu war einfach nicht genug Platz.

»Gott, vielleicht wieder ein Meteor!« hörte er und hätte es am liebsten überhört. So etwas konnte eine Panik auslösen, außerdem stimmte es zu allem Überfluß womöglich. Bill Shakes überschüttete mit seinen Zornesausbrüchen nach wie vor Commander Kennedy, der jedoch nicht die Ruhe verlor.

»He!« brüllte Isadore zu Bill hinüber. »Wir bereiten uns immer auf die falschen Katastrophen vor. Weißt du noch, wie du das gesagt hast?«

Shakes wandte sich um. »Nun, und der Trottel hier will mir nicht verraten, was für eine wir *jetzt* gleich erleben werden.«

»Ach, übrigens«, rief ihm Commander Kennedy zu. »Wie haben Sie das hier eigentlich gebaut?«

»Solide. Zwei Schichten Beton. Aber warum fragen Sie eigentlich? Erst stopfen Sie mir hier zehntausend Indianer rein, und *jetzt* wollen Sie wissen, ob es sicher ist?«

»Sie haben es erfaßt.«

»Da können Sie ganz beruhigt ...«

Plötzlich hämmerte der dröhnende Hall des Weltuntergangs gegen die Decke.

Einen Augenblick lang war die Menschenmenge völlig still. Dann krachte es erneut: RUMMS.

Commander Kennedy jubelte: »Sie haben es geschafft! Sie sind oben!«

RUMMS

41 Ausbruch

Helden werden auf allgemeinen Wunsch geschaffen, bisweilen aus völlig unzulänglichem Material.

GERALD WHITE JOHNSON

Zeit: Stunde M

Gott klopfte an, und er wollte *unbedingt* herein.

WUMM

WUMM

WUMM

Stille

»Die Pause wird nur kurz sein«, brüllte Gillespie. Harry hörte ihn kaum in der Stille, die auf die Detonation der Bomben gefolgt war. *Wie viele sind das eigentlich? Zwanzig? Dreißig?*

»Bleiben Sie angegurtet und stellen Sie sich auf die Beschleunigungsphase ein.«

Gott im Himmel! Wir haben es geschafft! Die Bildschirme zeigten kaum etwas außer Wolken. Harry erhaschte einen Blick auf Vancouver Island und die Meerenge von Juan de Fuca. Außer dem Pazifik würde es ohnehin nichts zu sehen geben. Die Erde war jetzt schon ein verschwommener, wolkenweißer Bogen, und an seinem Rand sah man ein Licht aufblitzen — »Kleinschiff unter Antrieb, zwei Uhr!«

»Verstanden und gesehen«, bestätigte Gillespie.

»Noch eins!« rief Fähnrich Franklin ins Mikrofon, senkte dann die Stimme und versuchte, sie wie die eines routinierten Astronauten klingen zu lassen. »Neun Uhr, weit weg. Es beschleunigt.«

»Verstanden. Achtung: Beschleunige. Zünden!«

Harry wurde fest gegen seine Liege gedrückt. In dem Augenblick, bevor der Schub wieder einsetzte, zeigten Striche auf den Bildschirmen an, daß ringsum Büschelbomben von ihren Startschienen abgefeuert wurden. Sie sahen aus wie um eine Achse herum angeordnete Röhrenbündel. In gerader Linie bewegten sie sich am Rand der Schale vorbei, drehten sie sich ... dann

WUMM

WUMM

WUMM

Das nähere der blitzenden Lichter war erloschen. Erneut erweiterte sich das Sichtfeld auf einem der Bildschirme. Etwas wurde undeutlich vor dem Sternenhintergrund erkennbar. Wie weit es wohl entfernt sein mochte?

»Flugobjekt neun Uhr.« Franklin beherrschte jetzt seine Stimmte. »Vielleicht ist es gar die Große Mama selbst.«

»Verstanden. Beschleunige.«

WUMM

WUMM

Büschelbomben regneten in den Lichtblitz hinein. Der Blick nach vorn wurde undeutlich. Weitere Kameras stellten sich auf das Ziel ein: Der leuchtendgrüne Stern war ein Kleinschiff, und es hatte sie mit seinen Laserstrahlen gefunden.

Harry schaltete die Gegensprechanlage auf Raumgespräch. »Max, wann setzen wir die Shuttles ab?«

»Noch lange nicht.«

»Aber ...«

»Im Augenblick können wir alles abschießen, was sich bewegt.«

»Aber wenn wir zu lange warten ...«

»Harry, wir haben alle zu tun. Der General fliegt das Schiff, und wir halten Ausschau nach den Grifflingsschiffen.«

»In Ordnung.« *Und wenn das Schiff Löcher kriegt, dürfen wir sie flicken. Das ist Demokratie.*

WUMM

WUMM

Harry kam mit dem Zählen der Detonationen nicht mehr nach.

»Blauer Lichtschein um das Hauptziel«, meldete Fähnrich Franklin. Seine Stimme war wieder laut und erregt. »Sir, ich glaube, sie beschleunigen.«

»Verstanden.«

WUMM

WUMM

Harrys Universum war ein Durcheinander aus Lärm und wilden, ruckenden Bewegungen, als habe ihn ein Riese in eine Mülltonne gesteckt und benutze sie als Eishockeypuck.

Stille.

Harry wartete. Nichts. Dann ertönte Gillespies Stimme über die Gegensprechanlage.

»Sieht aus, als ob es eine Weile ruhig bleiben würde. Bleibt angeschnallt und ruht euch ein bißchen aus!«

Harry klappte sein Visier auf, und die anderen Angehörigen des Reparatur- und Wartungstrupps taten es ihm nach.

»Ich glaube, das erste Kleinschiff haben wir erledigt. Das zweite zieht sich zurück. Es kann nicht rechtzeitig genug abbremsen, um uns gefährlich zu werden, und das dritte ist jetzt gerade hinter der Erde. Vermutlich sehen wir in der nächsten Stunde keins mehr von ihnen. Wir sind auf dem Weg zum Hauptziel. Es entfernt sich. Die Computer verarbeiten die Flugdaten, damit wir sehen, in welche Richtung wir müssen. So groß und schwerfällig, wie das Ding ist, läßt es sich nicht ohne weiteres wenden, wenn es erst mal beschleunigt. Wenn wir die Fähren absetzen, müssen wir für die Laserwaffen die Automatik ausschalten. Also behalten wir Fähren und Kanonenschiffe so lange wie nur möglich an Bord.«

Harry versuchte sich zu entspannen. Seine drei Bildschirme zeigten unverändert Ansichten der Zugangsschleusen im ›Klotz‹. Er begann mit den Bildanzeigen zu spielen. Er sah Dampfleitungen über Dampfleitungen. Dann schaltete er nach draußen, spähte an den Lage-Stabilisierungsdüsen vorbei unter den Überhang der vorderen Abschirmung ...

»Rüßler«, sagte Franklin. »Ein halbes Dutzend pulsierender Lichter west-südwestlich ... noch mehr ... gerade oberhalb der Erdkrümmung. Sie wollen wohl zum Hauptziel. Alle beschleunigen.«

»Na bitte«, sagte Gillespie.

Alle schlossen ihre Visiere. Die Lichter lagen weit auseinander. *Keine Panik.* So gelassen er es vermochte, stellte Harry seine Haltegurte nach. *Michaels* Nase war ein dicker Schild, und die Prallplatte unten mußte eigentlich allem Widerstand leisten können. Wer eins von beiden einer Gefahr zuwandte, war dahinter sicher. Wenn allerdings die Gefahr aus einem halben Dutzend Richtungen gleichzeitig kam ...

WUMM
WUMM
WUMM

Auch die *Michael* pulsierte jetzt, und die Büschelbomben schleuderten Gammastrahlen-Laser. *Todesstrahlen!*

WUMM
WUMM

Eines der pulsierenden Lichter erlosch.

»Wieder einer ... im Süden, direkt über Europa.«

»Achtung. Manöver.«

Harry hörte das leise Zischen von Dampfdüsen. Die Antriebsdetonationen hörten auf, und die *Michael* drehte sich, bevor Harry die anderen Lichter erkannte.

»Objekte an Steuerbord. Vermutlich Raketen.« Winzige Flammen, die vor dem Sternenhintergrund standen.

»Verstanden.«

Rumms. Rumms. Nach den gewaltigen Schlägen der antreibenden Bomben kamen ihm die der großen Raketenabwehrgeschütze fast leise vor...

»Achtung! Manöver. Beschleunige.«

WUMM

✲

Sie greifen nachts an, so gut kennen sie uns. Hier ist Nacht. Bei ihnen ist Tag. Ich hätte damit rechnen müssen. Haben die Beutewesen weitere Überraschungen für mich bereit?

Der Herr der Herde hatte begriffen, daß er hereingelegt worden war. Seit einer Stunde lag er jetzt angegurtet auf seinem Beschleunigungspolster bereit, um weitere dringende Aufgaben zu erledigen, aber *damit* hatte er nicht gerechnet.

Was er da sah, pulsierte wie ein Grifflingsschiff, aber langsamer. Ein halber Atemzug verging zwischen zwei Explosionen. Das haben sie von uns gelernt, dachte der Herr der Herde. Das Objekt war wohl größer als ein Grifflingsschiff, aber kleiner als die *Bote*.

Vier Grifflingsschiffe, die sich auf niedrigen Umlaufbahnen um Winterheim befanden, gingen jetzt gemeinsam gegen den Eindringling vor. Der Herr der Herde bemerkte, daß bei einem von ihnen der Antrieb ausfiel. Noch während er hinsah, ging ein weiteres verloren.

Wie haben sie das gemacht? Sie bringen meine Fithp um!

»Herr der Verteidigung, Ihr führt jetzt die *Bote!*«

»Ich gehorche.«

Laute Geräusche ertönten. Auf den Bildschirmen sah man, wie sich sechzehn Grifflingsschiffe aus ihren Halterungen um das Heck der *Bote* lösten und einen sich erweiternden Ring um das Mutterschiff bildeten.

»Bereithalten! Keine Rotation! Bereithalten!« Die Stimme des Herrn der Verteidigung klang durchs ganze Schiff.

Rotation vermindert sich. Grifflingsschiffe zur Bildung eines Verteidigungsschirms abgesetzt. Wo sind die anderen?

Eine Stunde zuvor hatte er schon welche verloren.

Acht Grifflingsschiffe waren auf zwölfstündigen Pol-Umlaufbahnen über Winterheim gekreist. Zwei von ihnen waren durch Raketen von See aus angegriffen worden. Der Herr des Angriffs, Kuthfektil-rasp, hatte seiner Einschätzung beigepflichtet: Die Raketen waren ein Ablenkungsmanöver, wie damals der Angriff, der dem Bombardement des Stützpunktes in Kansas vorausgegangen war. Die Beutewesen hatten bereits eine Rakete auf den Stützpunkt der Fithp in Johannesburg abgefeuert. Bestimmt kamen noch mehr. Pastempih-keph hatte mehrere Grifflingsschiffe im Konvoi nach Afrika beordert, um auf den dortigen Stützpunkt gerichtete Raketen erforderlichenfalls zu zerstören.

Eine falsche Entscheidung! Fünf, vielleicht sechs von ihnen waren nun nicht imstande, den Eindringling rechtzeitig zu erreichen.

Er klopfte rasch mit seinen Grifflingen auf die Konsole und dachte nach. Vier Grifflingsschiffe stiegen bereits vom Mond auf. Sie hatten Meteoriten für den Kriegseinsatz gesammelt. Doch nicht einmal die beiden von ihnen, die in der Eile leer gestartet waren, würden rechtzeitig eintreffen. Dennoch, Meteoriten würden auf jeden Fall gebraucht werden — denn irgendwo mußte das feindliche Schiff ja aufgestiegen sein.

Konnte er die Schiffe einsetzen, die über Afrika patrouillierten? Sechzehn umkreisten die Erde auf exzentrischen, erdsynchronen Umlaufbahnen: sie hatten Afrika beständig im Auge. Zehn von ihnen befanden sich im oberen Bogen ihrer Umlaufbahn, oberhalb der *Bote.* Die übrigen sechs waren niedrig genug, um sich dem Feind zu stellen. Der Herr der Verteidigung tat in größter Eile sein Bestes, um ihre Bemühungen zu koordinieren ... doch drei von ihnen reagierten nicht.

Der Herr der Herde hörte den Funkverkehr mit ...

Das Fi', das gerade mit dem Herrn der Verteidigung sprach, klang verstört. »... so ähnlich, als hätte uns ein Laser getroffen. Große Hitze im ganzen Schiff, als schiene ein unsichtbares Licht durch den Rumpf. Vielleicht Gammastrahlen, aber woher nehmen sie die Energie? Wir waren acht Makasrapkithp hoch drei entfernt!«

»Könnt ihr kämpfen?«

»Nein. Wir können nicht einmal richtig atmen. Shukerintbath' Atem steht bereits still. Ich kann Griffling und Beine nicht mehr bewegen. Die Steuerzentrale ist ausgebrannt.«

Das genügte. *Bei Tageslicht wird getrauert.* Tantarentfid unterbrach den Kontakt mit dem verstörten Fi'.

»Herr der Verteidigung, seht zu, daß sich der Herr des Angriffs, Kuthfektil-rasp, über die Lage im klaren wird«, sagte Pastempih-keph.

»Herr der Herde, ich tue, was ich kann. Was hätte er uns zu sagen?«

»Wahrscheinlich nichts. Das ist Euer Thaktan. Gut, ich nehme die Sache selbst in die Grifflinge.« Er wies auf eine seiner Ordonnanzen. »Es ist wichtig, daß Ihr und der Herr des Angriffs für einen gleichzeitigen Vorstoß der Grifflingsschiffe sorgt.«

»Das wird geschehen, Herr der Herde.«

»Sprecher, gib mir Takpassih-jämp!« *Auch kleine Freuden genießen.* Die Paarungszeit war vorüber. »Umerzieher-Zwei, ist Tashajämp in der Nähe? Gut. Schick sie zum Absonderungs-Pferch der Erdlinge! Sie soll Rogatschow hierher auf die Brücke bringen! Du selbst kommst ebenfalls sofort her!«

✿

Nacht. Jeri hatte sich an Arwids Brust gekuschelt. Laute in der Sprache der Außerirdischen erklangen. Der Raum neigte sich zur Seite. Arwid spürte, wie sich Jeris Nägel in seinen Arm gruben.

Alle wachten auf. »Was ist los?« wollte Jeri wissen.

Mit einemmal flammte das Licht an der Tür auf. Tashajämp stand im Eingang. »Rogatschow. Mitkommen!«

Takpassih-jämp bewegte sich eilig, doch ohne zu rennen. Die *Bote* lag in einem eigentümlichen Winkel, und er stemmte sich dagegen. Allmählich hörte die Rotation auf. Offenbar beabsichtigte der Herr der Herde, eine Beschleunigungsphase einzuleiten.

Auf der Kommandobrücke herrschte emsige Geschäftigkeit. Der Herr der Herde winkte Takpassih-jämp zu sich und wies auf drei Bildschirme. »Ich möchte wissen, was wir *davon* zu halten haben.«

Takpassih-jämp sah auf die Bildschirme, die Ansichten des Himmels zeigten. Schwarz vor Sternengesprenkel eine große Sichel — Winterheim —, dahinter ein schwarzer Punkt, um dessen Rand sich merkwürdiges Licht ausbreitete. Es sandte Funken aus.

»Ich bin kein Techniker.«

»Technische Einzelheiten vermag ich selbst in Erfahrung zu bringen. Wir halten es für ein Raumschiff der Erdlinge. Seine Länge dürfte zweimal acht Skrapkithp hoch drei betragen, vielleicht auch etwas weniger, seine Breite ungefähr die Hälfte davon. Es bewegt sich etwa wie ein Grifflingsschiff, aber weniger elegant. Wahrscheinlich arbeitet sein Antrieb mit Fissionsbomben und nicht mit Deuteriumfusion, denn man könnte sagen, es hoppelt. Frage: Können Erdlinge Rütteln besser ertragen als wir?«

»Ja.«

»Wir vermuten, daß sie über zumindest eine Waffe verfügen, die wir nicht beschreiben können. Frage: Was werden sie damit tun wollen?«

»Uns besiegen.«

Jetzt hatte das seltsame Raumschiff aufgehört zu pulsieren.

Der Herr der Herde sagte: »Ich denke eher, sie wollen ...«

»Nein, hört *zu,* Herr der Herde! Das ist keine Machtdemonstration mit dem Ziel, nach der Unterwerfung einen höheren Rang zu erlangen. Besäßen sie zwei solche Schiffe, hätten sie beide geschickt. Wenn sie das eine für unzulänglich hielten, würden sie warten, bis sie zwei davon fertig hätten. Ich bin kein Vorling und kann nur mutmaßen. Meiner Ansicht nach ist der Zweck dieser Konstruktion, einen Erdlingsfuß auf die Tshaptisk-Fithp zu setzen.«

»Wie wollen sie das anstellen?«

»Ihr habt von einer neuen Waffe gesprochen. Denkt daran, daß die Erdlings-Fithp ihre eigenen Thaktanthp schreiben müssen.«

In dem Augenblick schien das unbekannte Schiff förmlich zu explodieren. So mußte den Erdlingen die *Bote* erschienen sein, als die Grifflingsschiffe auf die Raumstation der UdSSR zugerast waren. Zahlreiche Pünktchen schwärmten um das unbekannte Schiff aus.

»Herr der Verteidigung, wie groß sind die Schiffe?«

»Winzig. In die kleinen würde vermutlich kein Fi' passen. Sie müssen automatisch gesteuert sein. Zwei oder drei von uns könnten sich in die größeren hineinzwängen.«

»Vielleicht sind sie automatisch gesteuert«, sagte Takpassih-jämp, »es könnte sich aber auch in jedem von ihnen ein einzelner Erdling befinden.«

Das dürften dann wohl kaum Freiwillige sein ... wahrscheinlich gemeingefährliche Einzelgänger, eingefangen, in die Schiffe getrieben, gestartet, und jetzt sollen sie im Weltraum auf sich allein gestellt und unter Beschuß etwas Schwieriges vollbringen ... ohne Gleichgesinnte in der Nähe, ohne Verbindung zur Herde ...? »Ah bah, lächerlich. Wahrscheinlich sind es automatisch gesteuerte Einrichtungen. Wir hätten sie so groß nicht gebaut.«

»›Endlich sind meine Grifflinge wieder heil‹, erinnert

Ihr Euch? Erdlings-Einzelgänger arbeiten durchaus zusammen.«

Trotzdem, Unsinn. Die Schiffe waren *winzig.* Nicht einmal ein einzelner Erdlings-Einzelgänger würde da hineinpassen. »Nimm dir ein Beschleunigungspolster, Takpasssih, und bleib! Herr der Verteidigung, ist das Triebwerk bereit?«

»Noch nicht, Herr der Herde. Es wird noch weitere sechzehn Vierundsechzig-Atemzüge dauern, bis es soweit ist. Die Konstruktion der Erdlings-Fithp braucht sechzehnmal so lange, bis sie uns erreicht. Mit Grifflingsschiffen an Bord könnten wir schon jetzt manövrieren, aber so ...«

»Es war besser, sie zu unserem Schutz abzusetzen.«

Die Tür öffnete sich. Tashajämp kam mit dem Erdling herein. Takpassih-jämp rollte seine Grifflinge zusammen, ein Zeichen der Zuneigung. Sie tat, als sehe sie es nicht.

»Tashajämp! Gut, daß du da bist.« Der Herr der Herde bedeutete ihr, näher zu treten. »Du sollst mir dolmetschen. Arwid Rogatschow, sieh!«

Der Erdling stand vorgebeugt und sah sich auf der Kommandobrücke um. Dann kam er schwankend näher und hielt sich, wo er konnte, an Computergehäusen und Maschinen fest. Auf den Bildschirmen sah er den Eindringling vor der dunklen Nachtseite von Winterheim pulsieren. »Was ist das?«

»Das sollst du mir sagen!«

»Leite mich.« Rogatschow stemmte sich gegen ein Computergehäuse und sah weiter zu.

Der Eindringling beschleunigte erneut, diesmal langsamer. Kleinere Schiffe strebten von ihm weg, dem Düsenfeuer nach wurden sie von Raketen angetrieben: einige befanden sich nahe den beiden jetzt aus der niedrigen Umlaufbahn über Afrika aufsteigenden Grifflingsschiffen, andere strebten auf die *Bote* zu. Einer der Feinde leuchtete hell auf, dann erlosch das Pünktchen.

Rogatschow sagte in der Sprache der Thaktanthp: »Da hat ein Fi' gut gezielt. Es ist ein Raumschiff, das kleinere Raumschiffe transportiert.«

»Das wissen wir bereits. Das größte dürfte zweimal acht Srapkithp hoch drei lang sein. Die kleinsten sind fünf Srapkithp lang, höchstens einen Srapk dick.«

»Aha. Meine Fithp kann auch so kleine Schiffe steuern.«

»Das Schiff ist vom nordamerikanischen Kontinent aufgestiegen«, erklärte Takpassih-jämp. Anders war es nicht möglich, man hätte es sonst viel früher sehen müssen. »Rogatschow, sie haben etwas, das unsere Fithp an Bord der Grifflingsschiffe tötet. Kannst du eine Einrichtung herstellen, die Gammastrahlen enggebündelt schleudert?«

»Ich verstehe nicht.«

»Tashajämp?«

»Leuchtendes Licht wie Laser mit zweimal acht hoch minus zwölf Srapkithp Wellenlänge.«

»Ich weiß nicht«, sagte Rogatschow. »Ich brauchte dazu erst ...« Er tippte mit den Fingern der einen Hand auf die andere.

»Aha. Er möchte das Rechengerät aus ihrer Raumstadt«, erläuterte Tashajämp.

Warum habe ich das nicht verstanden? Es war klug von mir, Tashajämp zur Gefährtin zu wählen. »Soll ich es holen lassen, Herr der Herde?«

»Ja. Rogatschow, der Funke dort ...«

»Versteh ich auch nicht. Frage: Haben die Vereinigten Staaten eine Einzelgänger-Einrichtung gebaut? Sie haben uns nichts davon gesagt!« Rogatschow lachte, es klang merkwürdig und furchteinflößend.

Das sollte er nicht tun.

Der Herr der Herde stampfte ungeduldig auf. »Tashajämp, bring ihn zurück in den Absonderungs-Pferch!« Er wandte sich an Takpassih-jämp. »Der Fi'-Töter hat in mehr als vierundsechzig Tagen keine Fithp- oder Erdlings-Stimme gehört. Wird er geistig gesund und der Stimme der Vernunft zugänglich sein?«

»Herr der Herde, ich weiß es nicht, nehme aber an, daß er sowohl geistig gesund als auch vernünftig ist, auch wenn unsere Fithp bei solcher Behandlung zu gemeingefährlichen Einzelgängern würden. Dawson versteht, wie man Maschinen im Weltraum einsetzen kann. Vielleicht können wir von ihm lernen.«

✿

Endlich schlagen wir zurück! Nein, die Vereinigten Staaten schlagen zurück, korrigierte sich Arwid. *Macht nichts. Womit? Haben sie Aussicht auf Erfolg? Können sie uns überhaupt erreichen?* Die Rotation hatte aufgehört. Schwerkraft war nur noch ganz hinten federleicht zu spüren. Auch wenn das Triebwerk von *Thaktan Flishithy* Zeit brauchte, um Beschleunigungskräfte aufzubauen, war möglicherweise das Raumschiff der Ziehenden Herde schneller als das der Amerikaner.

»Tashajämp. Frage: Hast du nicht gewöhnlich Krieger bei dir?«

»In diesem Atemzug haben sie Besseres zu tun!« verwies sie ihn. »Hier.« Als Schlüssel diente ihr ein Metallstab — der Schließmechanismus arbeitete magnetisch, wie Arwid schon längst erkundet hatte. Die Luke schwang beiseite. »Es ist genug Polstermaterial da, aber die Beschleunigung kann aus den verschiedensten Richtungen kommen. Sei vorsichtig, halte dich fest, wenn du kannst. Du wirst ebenso sicher sein wie die Fithp an Bord. Jetzt hinein!«

Die anderen sahen zu, als sich Arwid um den Lukenrand schwang, Tashajämps Snnffp ergriff, sich mit den Füßen feststemmte und ihre Grifflinge von dem Haltegriff löste.

Tashajämp kreischte auf. Ihr instinktiver Impuls war nicht, Arwid Rogatschow zu zermalmen, sondern sich festzuhalten. Als sie ihre Grifflinge um den Lukenrand wickelte, sprang Dmitri sie von unten an und prallte wie ein vorwärts stürmender Footballspieler auf sie. Dann zogen Arwid und Dmitri, in zwei Richtungen an den Grifflingen zerrend, das Weibchen durch die offene Luke hinein.

Tashajämp erholte sich vom ersten Schock, und Arwid flog in hohem Bogen durch die Luft. Er rollte sich zusammen, prallte gegen die Wandpolsterung, etwas schwächer gegen eine weitere, streckte sich und ging wieder auf sie los. Die anderen hatten inzwischen verstanden. Mrs. Woodward kauerte sich mit den Kindern in eine Ecke. Jeri, Dmitri und Nikolai attackierten Tashajämps Grifflinge, Arwid faßte nach ihrem Geschirr und kletterte ihr auf den Rücken. Dort fand er die Schnalle und löste sie.

An den Geschirr-Riemen war eine Art Paket befestigt. Arwid öffnete es und schleuderte den Inhalt beiseite. Mit wütendem Kreischen schlug Tashajämp um sich und kam einer Wand gefährlich nahe. Wenn Sie sich dort im Polstermaterial festkrallen konnte ... Rasch schwang sich Arwid um ihren Unterleib herum und stieß sich mit den Füßen von der Wand ab, so daß Tashajämp der Zellenmitte zutrieb.

Das Fi'-Weibchen schien zu ermüden. Arwid gesellte sich zu den Gefährten vorn am Kopf. »Schiebt sie hier rein«, rief er und faßte nach einem Griffling, der sich wie ein Feuerwehrschlauch wand ...

Fünf Minuten später starrte Tashajämp sie wütend über den Rand eines großen Sacks an. Ihre Ohren waren mit Riemen festgeschnürt. Dmitri führte weitere Riemen um ihre Vorderläufe und verknotete sie. Er trat beiseite und betrachtete nachdenklich sein Werk. »Warum tut ihr das? Wir haben es ehrlich mit euch gemeint.«

»*Thaktan Flishithy* wird angegriffen«, antwortete Arwid. Er hörte Jeri keuchen.

»Vorwärts!« rief Alice.

»Von wem?«

»Von den Amerikanern. Ein Mutterschiff mit Raketen und kleineren Raumschiffen. Die letzte Chance der Erde, Dmitri. In die Luftkanäle können uns die Fithp nicht folgen. Wir kämpfen von dort aus!«

»Ich verstehe. Einverstanden.« Dmitri sagte rasch etwas auf russisch.

»Nein«, gab Arwid zur Antwort.

»Was, nein?« wollte Jeri wissen.

»Er will das Fi' hier töten«, sagte Arwid.

»Kommt überhaupt nicht in Frage«, schnaubte Jeri.

»Meint denn einer von euch, daß die Riemen sie lange halten können?« schrie Dmitri. »Zwar hoffe ich das, aber was *wissen* wir? Denkt an Indien und bringt sie um!«

»Nur über meine Leiche«, sagte Jeri. Sie schob sich näher an Tashajämp heran.

Dmitri schrie etwas auf russisch.

Arwid antwortete. »Ich denke, was ich für richtig halte. Hier führst nicht du das Kommando. Überleg doch, Dmitri! *Thaktan Flishithy* wird angegriffen.«

»Schon.«

»Bis sie die Gefährtin des Lehrers finden, sind wir außerhalb ihrer Reichweite. Es gibt keinen Grund, sie zu töten.«

»Du läßt Frauen für dich denken.«

»Er braucht keine Frauen, um das zu erkennen«, sagte Jeri.

Dmitri sah sich um. Arwid, Alice, Jeri und Mrs. Woodward standen zwischen ihm und dem Fi'-Weibchen ... Es schlug nicht mehr um sich, da es mitbekommen wollte, was die Erdlinge beratschlagten. »Vielleicht tut es dir eines Tages leid, Arwid. Jetzt also los! Der Garten ist nie abgeschlossen, Mrs. Woodward. Gehen Sie mit den Kindern dahin! Dort müßten Sie sicher sein, wenn überhaupt jemand irgendwo sicher sein kann. Nikolai, Arwid ... ihr kommt mit mir. Alice? Jeri?«

»Ihr geht beide mit in den Garten«, befahl Arwid.

»Und was ist mit Wes?« rief Alice.

Dmitri schnaubte verächtlich. »Hast du eine Ahnung, wo er sich aufhält? Vergiß ihn! Er hat immer wieder bewiesen, wie unzuverlässig er ist.«

Wütend zuckte Alice die Achseln.

»Ich komme mit dir«, sagte Jeri zu Arwid.

»Mutter ...«

»Du bleibst bei Carrie«, sagte Jeri zu Melissa und tätschelte sie. »Geht jetzt!«

Sie drehten Tashajämp in der Mitte der Zelle mehrmals um die eigene Achse und verließen sie dann. Im Gang löste Arwid am ersten Gitter die Flügelmuttern und führte die Hälfte der Gruppe in den Lüftungsschacht. Die übrigen setzten ihren Weg fort.

42 Die Erdlinge in den Wänden

Ich erschieße niemanden, weil er nicht zum Werk des Teufels taugt — wohl aber, wenn er dazu taugt. Dafür genügt bereits Bewunderung für dessen Vorgehensweise.

LAURENCE VAN COTT NIVEN, D. Litt.

Vier Grifflingsschiffe näherten sich. Sie waren etwa achthundert Kilometer entfernt. Das genügte nicht, um Raketen einzusetzen, wohl aber, um die Schiffe als hellglänzende, wabernde Sonnen zu erkennen. Gewiß ließ das Laserlicht *Michaels* Rumpf sieden. Kühleinrichtungen pumpten unerwünschte Hitze in die Kühlkörper: zwei Wassertanks, die beim Start gewaltige Eisberge gewesen waren.

Noch immer detonierte Bombe auf Bombe, WUMM WUMM WUMM. Dennoch war Gillespies Stimme klar zu hören: »Shuttle Eins, ich setze Sie ab. Kanonenboote Eins bis Sechs, ich setze Sie ab. Sehen Sie zu, daß Sie ein paar Banditen erwischen!«

WUMM
WUMM
STILLE

Durch den Rumpf hallte es *klong klong:* Verankerungen fielen, Flammenschweife zogen davon. Sie waren hellgelb: Feststoffraketen. Das Triebwerksfeuer des Shuttle leuchtete schwach blau: Sauerstoff und Wasserstoff. Die Schiffe strebten dem Feind entgegen.

Ausschau nach Banditenschiffen halten. Auf Beschädigungen achten. Die Temperaturanzeigen im Auge behalten. Horchen, aufpassen, weitermachen. Beständiges Gebrabbel in der Sprechanlage …

»Es sind zu viele Kleinschiffe«, sagte Gillespie. »Nur wenn wir ein paar von ihnen erledigen können, können wir den anderen entkommen. Jason?«

»Ziele sind angesprochen. Kann feuern, wenn bereit.«

»Achtung. Beschleunige.«

WUMM

»Sag den Piloten, sie sollen das Schiff, das uns am nächsten ist, mir überlassen und sich in sicherer Entfernung halten. Feuer!«

WUMM

»Banditen, acht Uhr oben.«

»Überhitzung mittschiffs an Steuerbord.«

WUMM

»Erbitte Salve …«

»Zeitschwierigkeiten.«

»Ich brauche sie.«

»Na schön, sagen Sie, wann!«

»Bereithalten! Ziel ist angesprochen. Fertig.«

Das Rohr der Kanone ruckte kaum hörbar. »Achtung! Beschleunige.«

WUMM

»Bandit auf elf Uhr.«

WUMM

Harry biß die Zähne zusammen. Die Temperatur mittschiffs an Steuerbord fiel wieder. Keine größeren Treffer auf der *Michael*. Ein Kanonenschiff leuchtete grellgrün auf, das Licht hielt sich eine Weile, erstarb …

»Ofenrohr Fünf, hier spricht der Große Vater.«

»Großer Vater, hier spricht Ofenrohr Vier, Ofenrohr Fünf abhaken. Ich wiederhole: Ofenrohr Fünf abhaken.«

»Bandit auf acht Uhr.«

»Großer Vater, hier spricht Ofenrohr Drei. Ich übernehme das neue Ziel.«

WUMM

»Erbitte Salve.«

»Verstanden. Achtung! Beschleunige.«

WUMM

WUMM

Drei Grifflingsschiffe fauchten als grellgrüne Sonnen hinter ihnen auf.

»Temperatur steigt, Unterseite Heck vier.«

»Dampfbildung, Unterseite Heck sechs.«

WUMM

»Großer Vater, hier spricht Ofenrohr Drei, Sie können einen Banditen abhaken.«

Zwei helleuchtende Sonnen im Heck.

»Großer Vater, hier spricht Ofenrohr Vier, Ofenrohr Drei abhaken.«

WUMM

WUMM

Die Temperaturen sanken wieder, näherten sich dem Normalwert. Zwei Lichter zeigten sich im Heck. Die Kanonenschiffe waren unsichtbar, jetzt weit vom Kampfgebiet entfernt. Niemand wußte, ob sie noch in das Geschehen eingreifen konnten oder schon abgeschossen waren.

»Kurze Pause«, sagte Gillespie. »Sie versuchen sich zu sammeln. Vermutlich wollen sie uns massiert angreifen. Auf die nächste Gruppe von ihnen stoßen wir dann aber erst in zwei, drei Stunden.«

Gott sei Dank! Begierig riß Harry sein Visier nach oben.

»Genau die richtige Gelegenheit für einen Kontrollgang«, sagte Max Rohrs. »So gewöhnt man sich gleich an die Bewegung in der Schwerelosigkeit.«

»He, wie wär's mit 'ner kleinen Pause?« sagte Harry.

»Sag's den Rüßlern!«

Harry schloß das Visier wieder.

Platz gab es in den Lüftungskanälen reichlich. Sie ließen sich, durch ihren quadratischen Querschnitt bedingt, mit vorgefertigten Platten abschotten. An den Seiten waren eiserne Leitern angeschweißt, deren Rundungen jetzt, gepolstert, als Haltegriffe dienten.

Obwohl Harry die Lüftungskanäle wie seine Westentasche kannte, stieß er immer wieder an die Seitenwände, so daß er Fähnrich Franklin nicht einholen konnte. Zwar hatte dieser beim Bau der Kanäle nicht mitgewirkt, wohl aber eine Astronautenausbildung bekommen, wo er in einem beschwerten Druckanzug in einem Schwimmbecken unter Bedingungen ähnlich denen der Schwerelosigkeit üben durfte.

»Achtung! Beschleunige.«

Das Schiff schoß vorwärts. Gillespie benutzte die Schubverstärkungsbomben weniger dazu, Schub zu erzeugen, als um Energie für die Büschelbomben zu bekommen. Gerade rechtzeitig gelang es Harry, sich festzuhalten.

»Wo sind wir?« fragte ihn Franklin.

»Etwa in der Mitte vom Klotz. Das vorhin war der mittlere Seitentunnel. Unter uns liegt der Backbord-Wassertank. Hier ist eins von den Teilelagern.« Er sah hinein, und Franklin spähte ihm über die Schulter. »Nichts hat sich losgerüttelt. Schweiß- und Schneidmaterial, Reparaturplatten — genauso groß wie die Wände. Man muß sie schräg kippen, um sie durch die Kanäle zu kriegen.«

»Weiß ich.«

»Flickstücke für Dampfleitungen, Handräder für Ventile, elektrische Leitungen ... Werg für Rohrdichtungen.«

Sie gingen weiter. Harrys Versuch, sich von den Rungen der Leiter abzustoßen, um dann von der gegenüberliegenden Wand schräg wegzuprallen, mißlang. Am besten hielt er sich parallel zu den Leitern und in ihrer Griffweite. »Sich hier bewegen ist schwieriger, als ich gedacht hatte, und man wird auch sehr schnell müde.«

»Ja, es überrascht einen jedes Mal aufs neue«, sagte Franklin.

Die Öffnung wurde größer und gab den Blick auf ein Rohrgewirr frei. Leitungen mit einer lichten Weite von einem Meter fünfzig erweiterten sich zu Kegeln von sechs Metern Durchmesser. Sie führten durch die Rumpf-Außenhaut und wiesen in Viererreihen in drei um jeweils neunzig Grad versetzte Richtungen. »Das sind die Lage-Steuerdüsen. Wir sind jetzt in der oberen Backbord-Ecke vom Klotz«, sagte Harry. »Noch ist alles schön ordentlich. Ich kann mir jetzt schon vorstellen, wie es nach der Schlacht aussehen wird.«

»Als ich zum erstenmal etwas von ›Dampfleitungen‹ hörte, hab ich mich gefragt, ob ich wohl Kohlen schaufeln muß.«

Harry lachte. »Wollen wir den Querkanal nehmen und auf der anderen Seite wieder runtergehen?«

»Nur zu. Ich weiß sowieso schon nicht mehr, wo wir sind.«

»Achtung! Beschleunige.«

WUMM

✿

Nikolai lief den anderen voraus. Nach wie vor war die Schwerkraft so gering, daß sie mit gewaltigen Sätzen vorwärtskamen.

Bei mehr Schwerkraft geht es langsamer, dachte Jeri. Es fiel ihr schwer, Schritt zu halten. Die Russen waren offenkundig nicht bereit, ihretwegen das Tempo zu drosseln. Jedesmal, wenn sie an einem der ringförmigen Roboter vorbeikamen, beschlich Jeri Angst. Und wenn das Ding sie nun mit zuckenden Tentakeln verfolgte ...?

Sie zogen durch die Kanäle, immer tiefer ins Schiff. *Wohin sie nur wollen?* Was auch immer ihr Ziel sein mochte, keinen Augenblick zögerte Nikolai an Abzweigungen. Gelegentlich fielen Jeri Markierungen auf. *Kyrillische Buchstaben. Natürlich!*

»Wir sind da, Genosse Kommandant.«

Obwohl Dmitri das Kommando beansprucht hatte, sprach Nikolai ausschließlich mit Arwid Rogatschow und hörte auch nur auf ihn. Wahrscheinlich kann er den Kommissar ebensowenig leiden wie ich, dachte Jeri.

Der Raum unter ihnen war voller Metallschränke und -behälter, doch weit und breit war kein Rüßler zu sehen. Ungeduldig wartete Dmitri darauf, daß sich Nikolai und Rogatschow Zugang verschafften, dann stürzte er sich vor ihnen auf die Behälter, öffnete sie und schleuderte ihren Inhalt achtlos zu Boden.

Auf dem Etikett stet etwas auf russisch. Wo sind ... oh!

Dmitri öffnete einen weiteren Behälter. »Hah!« Er griff hinein, holte eine großkalibrige Pistole hervor und suchte eine Weile weiter, bis er Munition fand.

»Das hat dem anderen Amerikaner gehört, Greeley«, sagte Arwid. »Ist noch eine da? Die Amerikaner hatten mehrere und haben mir eine geschenkt.«

»Ja, hier.« Dmitri nahm eine weitere Pistole heraus und gab sie zusammen mit einer Patronenschachtel Arwid.

Nur zwei. Ob Dmitri so gut schießen kann wie ich? Vermutlich sinnlos, ihn danach zu fragen.

Arwid lud die Pistole durch und hielt sie hoch. »Nur gut, daß mein Arm wieder heil ist!« rief er ihr zu.

Und was haben die Rüßler mit dem Bild gemacht? »Ist da noch was? Vielleicht ein Messer? Als sie uns gefaßt haben, hatte ich eine Walther PPK. Ist die dabei?«

»Nein.« Arwid öffnete Wandschränke. Wie Schaufensterpuppen hingen Raumanzüge dort. »Vermutlich ist es zuviel zu erwarten, daß wir gefüllte Atemluftflaschen finden.«

»Kämen wir nicht auch ohne die aus«, fragte Dmitri, »wenn man die Anzüge luftdicht kriegte?«

»Höchstens ein paar Minuten.«

»In der Zeit kann man viele Fithp umbringen«, sagte Dmitri. »Mal sehen, ob sie uns passen.«

✿

Mrs. Woodward schwankte. »Wenn wir an die große Steinplatte rankämen, den Podo Thaktan verehren sie doch, oder? Wir wären sogar sicherer ...«

»Sie halten ihn unter Verschluß«, sagte Alice. »Sie schließen außer Küche, Garten und Beisetzungsgrube alles ab. Und in der Grube willst du dich ja wohl nicht verstecken!«

»Pfui Teufel! Was hast du vor?«

Alice löste die großen Flügelmuttern an einem Gitter. »Ich suche Wes. Geh doch mit den Kindern in den Garten. Versteckt euch da!«

»Wozu? Die Rüßler werden ja wohl Kindern nichts tun.«

»Wenn Arwid und die anderen Russen erst mal loslegen, sollte möglichst keiner von uns den Rüßlern unter die Augen kommen.«

»Oh.« Carrie legte schützend einen Arm um die Kinder. »Hör zu, Alice ...«

»Um mich mach dir keine Sorgen. Wes braucht mich.«

Carrie nickte zustimmend. »Ich wäre auch meinem John gefolgt. Gott schütze dich.«

»Vielen Dank.«

Ein Tonband trompetete auf fithpisch: »Festhalten, Schub setzt ein!«

Alice tauchte in den Luftkanal. Hinter ihr krallte sich Carrie Woodward in den feuchten Bodenbelag des Gangs, beide Kinder hielten sich an ihr fest.

Eine gewaltige Kraft zerrte an ihr. Alice kämpfte sich durch die Luftkanäle vor. Irgendwo da vorn war Wes Dawson.

Die Fithp-Krieger gestikulierten wortlos.

Nun denn, dachte Dawson. Sie versuchen immer noch, mich verrückt zu machen. Haben sie es geschafft? Seit wann habe ich mit niemandem mehr gesprochen?

Sie waren nur zu zweit, einer ging vor ihm, und einer hinter ihm. *Ich bin gut durchtrainiert. Ich halte mich fit. Ich bin hier bestimmt schon zweitausend Kilometer gelaufen. Außerdem sind und bleiben sie Elefanten. Viel zu klobig und unbeholfen.*

Ich bin so schnell wie sie. Ach was, schneller. Ein Sprung zurück, und ich kann dem einen die Knarre wegnehmen! Was wollen sie überhaupt von mir?

Keine Rotation. Beschleunigung nach so langer Zeit. Schub.

Warum sie mich wohl rausgeholt haben?

Eine sanft geneigte Spirale empor ging es zum Bug des Schiffes. Dort betraten sie einen Raum mit Fenstern, den Wes noch nie gesehen hatte ... Das also war die Steuerzentrale. Sie war schwach erhellt, vor allem vom Widerschein quadratischer Bildschirme. Außer klappbaren Polstern gab es keine Sitzgelegenheiten, in die Wände waren Halterungen für die Füße der Fithp eingelassen. Jetzt, ohne Rotationsschwerkraft, lagen die Polster flach. Die Veränderung des Schwerefeldes hatte Wes gleich zu denken gegeben. Jetzt wußte er es: *Thaktan Flishithy* befand sich auf dem Kriegspfad.

Die Krieger, die ihn hergeführt hatten, hielten sich beiseite.

Vier Fithp standen in der Mitte der Kommandobrücke beeinander. Einen von ihnen erkannte er: Takpassihjämp. Ein Fi' sah sie und bedeutete ihnen näherzutreten. Der Leitbulle? Ja, denn die Krieger schoben Dawson sogleich hin, die Grifflinge um seine Arme gewikkelt.

»Dawson«, sagte der Herr der Herde. »Bist du bei klarem Verstand?«

Wes unterdrückte den Impuls, augenrollend mit dem

Zeigefinger seine Unterlippe auf und ab schnalzen zu lassen. »Ja, aber das ist nicht dein Verdienst.«

Der Herr der Herde wies auf einen Bildschirm. Die Optik holte ein fernes, verschwommenes Objekt heran. Dawson sah, daß es leuchtendgrün flackerte, dunkler wurde und erneut aufleuchtete. Schwache blaugrüne Fäden zogen von Grifflingsschiffen aus darauf zu.

Mit einer ungeduldigen Bewegung forderte ihn der Herr der Herde auf: »Sieh es dir an und sag mir, was es ist.«

Dawsons Lippen verzogen sich zu einem Lächeln. »Eine Szene aus *Krieg der Sterne*«, sagte er. »Wir schlagen zurück!« murmelte er vor sich hin. *Hätte ich den Soldaten doch anspringen sollen? Aber nein. Von hier aus wird alles geleitet. Abwarten. Auf die Gelegenheit lauern, ein Gewehr zu ergreifen und ...*

»Sprich in der Sprache der Thaktanthp, Dawson! Die Zeit ist zu kostbar für sinnloses Gebrabbel. Du hast zu Fathistih-talk gesagt, du weißt, wie man Geräte zur Verwendung im Raum herstellen kann. Jetzt erkläre es mir. Sagst du nichts, werde ich dich in dein Schweigen zurückbringen lassen.«

»Ich kann nicht mal genau sehen, was da vor sich geht. Ist das da — ich meine das blinkende Ding — unseres?«

»Nein. Es ist von den Vereinigten Staaten aufgestiegen. Es hat eine Waffe an Bord, die wir für einen Laser halten würden, wenn sie nicht auf einer äußerst hohen Frequenz arbeitete. In unseren Thaktanthp gibt es so etwas nicht. Was kannst du uns darüber eigentlich berichten?«

Das letzte, was Wes wünschte, war, in die bedrückende Stille seiner Zelle zurückzukehren. Jetzt war er dort, wo die Entscheidung fiel. Ohnehin würde er mit dem, was er sagte, keine wichtigen Geheimnisse verraten. »Gammastrahlen-Laser sind technisch machbar. Sie zerstören sich selbst, daher feuert man sie nur einmal ab. Die Energie dafür gewinnt man aus explosiven Kernfusionen.«

Der Herr der Herde trompetete etwas.

Takpassih-jämp sprach so rasch, daß Wes nicht folgen konnte. Ein weiteres Fi', das er noch nie gesehen hatte, hörte nachdenklich zu und ergriff dann gelassen das Wort.

»Vielleicht. Die Thaktanthp sagen nichts darüber. Das würde erklären, warum sie so viele Bomben verwenden.«

»Was will der Eindringling?«

Ob die Frage ernst gemeint war? Wes Dawson erklärte: »Die Männer führen Krieg.«

»Krieg hat ein Ziel. Welches? Wollen sie eine Nicht-Unterwerfung-Unterwerfung?«

»Ich verstehe das nicht. Sie wollen euch auslöschen. Sie kommen, um euch zu töten.«

»Die ganze Fithp? Weiber und Kinder?«

»Denk an Indien.«

»Das war nicht die ganze Erdlings-Fithp.«

»Wenn ihr euch nicht unterwerft, wird das Raumschiff *Thaktan Flishithy* zerstört.«

Der Herr der Herde schien nicht überrascht. Er sprach das vierte Fi' der Gruppe an. »Ihr habt es gehört, Herr der Verteidigung. Krieger, behaltet ihn hier, bringt ihn an eine Stelle, wo er nicht stören kann!«

Die Wächter zerrten ihn zu einer der Trennwände. Dort legten sie seine Hände gegen die feuchte, schwammige Wand. »Faßt zu!« Jede Hand wurde von Tentakeln umschlungen. Die Fithp-Krieger gruben ihre Krallen in den Boden.

✿

Der Herr der Herde hielt sich in so großem Abstand, daß Dawson nicht hören konnte, was gesagt wurde.

Der Schub war jetzt gleichmäßig. Die sechzehn Grifflingsschiffe, die die *Bote* als letzter Verteidigungswall umgeben hatten, fielen rasch zurück. »Herr der Verteidigung.«

»Leitet mich.«

»Können wir die Auseinandersetzung vermeiden?«

»Herr der Herde, dafür ist die Geschwindigkeit des Eindringlings schon zu hoch. Wenn wir seitlich zu seiner Flugbahn Schub gäben, würde er auf eine Entfernung von wenigen Makasrapkithp herankommen. Daher lenke ich das Schiff von ihm fort, in Gegenrichtung zu Winterheim. Auf diese Weise muß er die letzten Grifflingsschiffe hinter sich bringen, um uns zu erreichen.«

»Das ist Euer Thaktan.« *Tu, was du für richtig hältst!* »Takpassih-jämp.«

»Leitet mich.«

»Rästapisp-mins hat gesagt, daß Erdlinge in Afrika häufig Bedingungen stellen, bevor sich der Fuß auf ihre Brust senkt. Welche Worte hat er dafür benutzt? ›Nicht-Unterwerfung-Unterwerfung‹?«

»Ja. Es bedeutet soviel wie ›vereinbarter Ansehensverlust‹.«

»Entwirf mir einen Lösungsvorschlag für den Fall, daß wir diese Schlacht verlieren sollten.«

»Ist das denkbar, Herr der Herde?«

»Gewiß, aber nicht wahrscheinlich. Du hast selbst gesagt, daß es ihr letzter Versuch ist, unserem Fuß zu entkommen. Sobald der Eindringling beseitigt ist, werden wir den Erdlingen Gelegenheit geben, sich zu überlegen, wie sie sich uns unterwerfen wollen. Bis dahin denk dir etwas aus! Bereite für uns einen vereinbarten Ansehensverlust vor, bei dem sie so wenig wie möglich bekommen!«

»Herr der Herde?«

Der Ruf kam von einem der Rangniederen. »Sprich!«

»Kamera achtundzwanzig.«

Der Herr der Herde drückte zwei Knöpfe. Auf einem

der Bildschirme wurde ein Luftkanal sichtbar ... und darin ein rothaariges Erdlings-Weibchen.

»Es ist ... sie befindet sich unmittelbar vor dem hinteren Steuerraum und sieht durch das Gitter herein.«

»Laß sie von einem Krieger holen! Schick außerdem einen — nein, *drei* zum Absonderungs-Pferch der Erdlinge! Wenn sie frei herumläuft, tun es die anderen womöglich auch. Und laß Tashajämp kommen!«

✿

Ein halbes Dutzend Fithp standen auf der anderen Seite des Gitters. Was sie sahen, schien sie nicht besonders aufzuregen. Sie schalteten lediglich an ihren Einstellgeräten für die Bildschirme herum. Eine Ansicht blieb. Sie zeigte einen Raum ähnlich dem, in dem sie sich befanden, nur weit größer. Er hatte Fenster, hinter denen man Sterne sah.

Dort stand Wes Dawson zwischen zwei der Scheusale, die ihn festzuhalten schienen, an einer Wand.

Mit einemmal sah Alice auf einem weiteren Bildschirm sich selbst, wie sie durch das Gitter eines Luftkanals spähte. Zeit zu verschwinden, dachte sie. Auf die Spitze zu. Wenn das Raumschiff Fenster hatte, mußten sie vorn liegen ...

43 Dampf

Herr, du hast diese Welt unter dem Schatten
eines Traumes geschaffen.
Und, von der Zeit darin unterwiesen, nehme ich sie
so — immer mit Ausnahme des Dampfes.

Rudyard Kipling
McAndrew's Hymn

Die große digitale Zeitanzeige oberhalb der Lage-Bildschirme zählte die seit dem Start der *Michael* vergangenen Sekunden. Nach Ablauf von sechs Stunden sagte Admiral Carrell: »Jetzt können sie es versuchen.« Er setzte sein Wechselsprechgerät auf.

Jack Clybourne schob sich wie ein englischer Butler unauffällig durch den Raum, räumte schweigend Kaffeetassen ab und leerte Aschenbecher, bevor er wieder seinen Platz an einer der Wände einnahm. Jenny gab auf der Computer-Tastatur Befehle ein, die sich blitzschnell über den halben Globus ausbreiteten.

Irgendwo da draußen steckt ein U-Boot seine Nase in die Luft, damit wir einen Bericht bekommen …

Die Lage-Schirme hatten in den vergangenen zwei Stunden nur wenig Änderungen gezeigt. Wo sich die Raketenstellungen in Georgia und Missouri befunden hatten, waren jetzt Bombentrichter, und ein eigentümliches Muster von Spuren todbringender Meteore zog sich über den Südatlantik. Bellingham war noch nicht angegriffen worden. Harpanet zeigte sich entsetzt, als er erfuhr, daß man das Symbol des friedfertigen Rüßlers auf die Kuppel der *Erzengel* gemalt hatte. Vorausgesetzt, das Projekt schlug fehl, würde den Menschen diese Heimtücke heimgezahlt werden.

In Jennys Kopfhörern rauschte es. »Versuchen Sie es über Florida.«

»Jawohl, Sir.«

Und wenn das nicht klappt ...

»Gimlet, wir haben Nasenbluten.«

Das Computer-Programm identifizierte Nasenbluten: *Ethan Allen.*

»Das Boot muß tief runtergegangen sein«, sagte Admiral Carrell. »Ich hatte schon gedacht, wir hätten es verloren.«

»Gimlet, wir haben Windpocken.«

Ein weiteres Atom-U-Boot.

»Zwei mögliche Verbindungen. Das genügt. Versuchen Sie durchzukommen«, gebot Carrell.

»*Michael,* hier spricht Gimlet.« *O ihr Throne, Herrschaften, Reiche oder Gewalten ...*

Unvermittelt rauschte es so laut in Jennys Kopfhörern, daß sie zusammenzuckte.

»Können Sie es auf den Lautsprecher legen?« wollte der Präsident wissen.

»Gewiß, Sir.«

»Gimlet, hier *Michael.*«

Hurra! »*Michael,* hier Gimlet. Ihre Befehle sind unverändert. Setzen Sie Ihre Mission fort. Gott mit Ihnen, Ed. Erbitte Bericht.«

»Ich berichte. Wir sind gut dreißigtausend Kilometer über Afrika und steigen weiter, gegenwärtige Geschwin ...« Die Stimme wurde ausgeblendet.

»Weiter, Herrgott«, flüsterte General Toland.

Rauschen »... aber keine ernsthaften Schäden. Bisher nur geringe Verluste. Wir haben fünf Kanonenboote und eine Fähre abgesetzt, die beim Durchbruch ...« *Rauschen*

Verdammt!

»... gegen eine Formation Kleinschiffe über Afrika helfen soll. Nach einer Stunde — *Rauschen* — seinen Antrieb. Wir vermuten, daß das feindliche Mutterschiff die Flucht ergriffen hat ...« *Rauschen*

»Sie müssen es abfangen!« sagte der Präsident.

»*Michael*, setzen Sie die Verfolgung fort!«

»... im Begriff. Wir schätzen, daß wir in sechs bis zwölf Stunden in Reichweite sind. Wir müssen uns durch eine Formation aus sechzehn Kleinschiffen kämpfen, die uns ganz offensichtlich den Weg verlegen und hinhalten sollen ...« *Rauschen*

Die Zeitanzeige ließ erkennen, daß seit dem Start der *Michael* sechs Stunden und zwölf Minuten vergangen waren.

»Seit vier Stunden hat es keinen Angriff gegeben. Vielleicht wird der nächste schlimmer als die vorigen. Wir haben mehr Raketen verbraucht, als mir lieb ist, aber es sind noch reichlich da, und der Vorrat an Büschelbomben ist ...« *Rauschen Rauschen Rauschen*

Die Störungen wurden stärker.

»Die Verbindung zu Nasenbluten ist abgerissen.«

»Soll ich versuchen, eine neue herzustellen?« fragte Jenny.

»Wie lange dauert es eigentlich, bis wir Kontakt bekommen?«

»Etwa zwei Stunden. Wenn wir über die Relais-Station an der Ostküste gehen, eine halbe.«

»Irgendwelche Befehle für die Leute, Mr. President?« wollte Admiral Carrell wissen.

»Sie sind der Oberkommandierende, Admiral.«

»Wir warten. Die U-Boote bleiben einstweilen unter Wasser«, entschied Admiral Carrell.

»An alle Fische, hier Gimlet. Versteckt euch!«

✿

»Banditen voraus, knapp in Raketenreichweite.«

»Auf, Kinder, die Mittagspause ist zu Ende!«

Erschreckt fuhr Harry hoch. Er hatte geschlafen! Erstaunlich. Er hatte angenommen, das werde ebenso schwierig sein wie das Wasserlassen, für das die Bemühungen zweier Männer und jeweils eine Viertelstunde zum Öffnen und Schließen des Druckanzugs erforderlich war. Nach der Ruhe fühlte er sich großartig. Und jetzt weiter …?

Die Bildschirme mit der Sicht nach vorne zeigten sechzehn Kleinschiffe in einem sich weit ausbreitenden Fächer. Der von ihnen ausgehende Lichtschein, ein höllisches Grün, überflutete die Sterne. Im Mittelpunkt zwischen ihnen blendete ein ins Violett spielendes Weiß.

Das wird bestimmt haarig, aber wir holen gegenüber der Großen Mutter auf!

»Achtung: Beschleunigung.«

WUMM

WUMM

WUMM

Drei Tritte in den Hintern. Eine der grünen Sonnen verblaßte, dann entstand an ihrer Stelle eine Feuerkugel. »Wie haben wir denn das geschafft?« fragte Harry laut.

»Möglicherweise haben Gammastrahlen im Deuterium eine Fusion ausgelöst«, sagte Tiny Pelz. »Das ist aber reine Spekulation. Wir wissen immer noch nicht genau, wie ihre Triebwerke funktionieren.«

»Eins ist sicher«, sagte Jeff Fraklin, »heiße Gammastrahlen tun ihren Schiffen bestimmt nicht gut.«

»Und den Besatzungen auch nicht, wenn die uns nur entfernt ähnlich sind.«

»Bandit auf ein Uhr hoch ändert die Farbe.«

»Verstanden. Nehmen Sie ihn sich vor, Jason. Achtung: Beschleunige.«

WUMM

»Guter Schuß!«

Jason Daniels klappte sein Visier auf. »Seid ihr nach Colorado Springs durchgekommen?«

»Trotz aller Bemühungen habe ich keine neuen Befehle. Vielleicht entgeht denen der ganze Spaß.«

»Da vorne kommt noch mehr Spaß«, sagte Jason. Er kratzte sich die Nase und schloß dann das Visier. »Raketen genau voraus.«

Sie wirkten wie ein Schwarm von Glühwürmchen. *Kugeln wären ebenso gefährlich, und die würde man nicht sehen.* Harry zuckte zusammen. Bei diesen Geschwindigkeiten würden sogar Bonbons die Hülle durchsieben.

»Achtung: Wir drehen.«

Dampfdüsen zischten. Schwerfällig bewegte sich die *Michael.*

»Zeigt ihnen nicht die kalte Schulter, sondern euren gepanzerten Hintern«, sagte Franklin.

»Und wenn wir uns nicht schnell genug drehen?« wollte Harry wissen.

»Schluß mit dem defätistischen Gequatsche!« sagte Gillespie.

Ach Scheiße! Harry schaltete sein Gegensprechgerät auf Raumfunk. Jeff Franklin tat es ihm gleich.

Fernsehkameras spähten an den Flanken des Klotzes entlang, den Kleinschiffen der Außerirdischen entgegen, die sich über den Himmel ausbreiteten. Die massive Vorderkante des Klotzes würde einen Teil des grünen Glühens zurückwerfen und einen weiteren Teil aufsaugen. Einiges allerdings kam durch. Die vordere Abschirmung war nicht imstande, sie vor allen sechzehn Feinden zugleich zu schützen, doch da sie dem Feind die Kehrseite zuwandten, konnten sie auch nicht beschleunigen.

Die Kanonen mittschiffs feuerten nach vorn. Das half, das Schiff zu drehen. *Meine Kanonen. Ich hab sie eingebaut.* Harry sah es zwischen den Raketen hell aufblitzen.

Erneut zischte Dampf in den Leitungen. Die Drehung der *Michael* hörte auf. Kameras an langen Auslegern sahen über die Prallplatte hinaus auf den Ring aus Kleinschiffen.

Die erste Rakete schlug auf. Ganz gleich, was für einen Sprengkopf sie hatten, er war nichts gegen die A-Bomben vom Antrieb der *Michael.*

»In zehn Minuten drehen wir erneut und beschleunigen wie ein geölter Blitz«, sagte Gillespie. »Amüsiert euch schön.«

Na klar.

»Ofenrohre Sieben und Acht. Shuttle Zwei. Ihr seid dran. Achtung.«

Die Kanonenboote lösten sich und beschleunigten seitwärts, Shuttle Zwei folgte ihnen. Harry sah, wie die Flammen kleiner wurden, dann eine Kurve beschrieben, sich nähernden Raketen auswichen und auf die Kleinschiffe zurasten.

»Es ist ihre letzte Gelegenheit, uns fertigzumachen«, sagte Tiny Pelz. »Sie werden uns eindecken wie mit Hagelkör ...«

»Wir drehen. Achtung!«

Dampfdüsen zischten.

»Gegrüßet seist du Maria, voll der Gnade ...«

Franklin hatte wohl vergessen, daß die Gegensprechanlage eingeschaltet war. *Ich kann's ihm nicht übelnehmen.* Das war der schwierigste Teil: während sie den von Kleinschiffen gebildeten Ring durchflogen, mußten sie sich so drehen, daß sie dem dichtesten Geschoßbündel die Rückseite zuwandten und sich mit ihrer Prallplatte schützten. Damit aber bot die *Michael* seine vergleichsweise ungeschützten Flanken anderen Kleinschiffen offen dar.

Schwerfällig machte sich das Schiff daran, seine Lage zu ändern. *Dreh dich schon, Miststück!*

Raketen explodierten. Licht überflutete zwei Bildschirme. Das Schiff ruckte leicht. *Bummbumm bumm*

Pause *bumm:* Raketen der Außerirdischen detonierten unter der Prallplatte.

»... jetzt und in der Stunde unseres Todes, Amen. Temperaturanstieg an Steuerbord mittschiffs.«

»Geschützturm vier antwortet nicht.«

»Bandit auf neun Uhr.«

»Dampfbildung Bugabschnitt drei.«

Weitere Raketen kamen. Die *Michael* erbebte unter den Druckwellen.

»Ihr schafft es nicht, ihr schafft es nicht ...«

Ein deutlich stärkerer Stoß schob die *Michael* zur Seite. Jemand kreischte auf. Ein halbes Dutzend Bildschirme wurde weiß und dann dunkel. »Mannomann«, entfuhr es Tiny Pelz.

»Erbitte Schadensmeldung!«

»Augenblick«, sagte Max Rohrs. »Tiny, was, zum Kuckuck, war *das?*«

»Wir haben zwei weggeputzt! Zwei Kleinschiffe sind erledigt!« rief Harry.

»Komisch, ich hab gar nicht geschossen«, wunderte sich Daniels. »Wer die wohl runtergeholt hat?«

»Wir taumeln«, sagte Gillespie. »Ich habe keine Lagesteuerung mehr. Reparaturtrupp, tun Sie etwas!«

»Ich weiß, was es war«, sagte Pelz. »Ich kann es nur nicht *sehen.* Setz mal jemand 'ne Kamera drauf an.«

»Gamble. Reden Sie schon, Tiny!«

Hamilton Gamble verließ seinen Sitz mit einem Sprung. Tiny Pelz erklärte: »Ich vermute, daß wir eine der Büschelbomben-Lasten verloren haben. Die Detonation einer Rüßler-Atomrakete in unmittelbarer Nähe hat wohl ein paar von den Bomben gezündet. Vielleicht ist sogar das ganze Abteil in die Luft gegangen. Eine ungeheure Detonation von Gammalasern. Es ist aber nicht so schlimm, wie es klingt — hoffe ich jedenfalls ...« *Es hat uns erwischt!* Die Erkenntnis traf Harry wie ein Schlag. *Wir waren die einzige Chance. Ach, Scheiße!*

»Kasanowski, bewegen Sie sich! Ich möchte wissen, was mit unseren Dampfdüsen los ist.«

Eine weitere Gestalt im Raumanzug verließ die Kommandobrücke.

Gleich bin ich dran. Harry schaltete auf die Bordkameras um. Innenbords war nichts zu sehen. *Jetzt mal um das Schiff rum inspizieren. Vermutlich ist das mittlere Bomben-Abteil weg. Nein. Also weitersuchen. Ach du dickes Ei!*

Etwas hatte eine riesige Beule in die Backbordseite der *Michael* getreten. Der Leitungsraum dort war ein graues Chaos, in dem alles regellos durcheinanderwirbelte.

»Hier ist Ham Gamble. Ich habe es. Sehen Sie es sich selbst an, Kanal Alpha sechs.«

Harry schaltete den Fernsehschirm ein. *Da!*

Der Bildschirm leuchtete auf und zeigte den Himmel. Kleinschiffe bildeten verschwommene grüne Leuchtpunkte, Sterne waren nicht zu sehen. Die Kamera schwang nach unten.

Das Büschelbomben-Abteil Nr. 1 war verschwunden. Nur die Grundplatte ragte noch als riesiges Stück geschmolzenes Metall von der gekrümmten Schale auf. Der weit größere Turm, das Schubbombenlager Nr. 1, sah aus, als habe jemand mit Riesenzähnen darauf herumgekaut. Während Gamble die Kamera schwenkte, wurde die Flanke des Klotzes sichtbar. Sie war von Meteorlöchern geradezu durchsiebt. Die Grundplatte war zerfetzt. Dichte Nebelschwaden drangen mit hoher Geschwindigkeit nach außen.

Max Rohrs betete mit sachlicher Stimme eine ganze Liste von Katastrophen herunter. »Backbord-Wassertank zerstört. Ich habe den Backbord-Meiler stillgelegt. Für ihn ist sowieso kein Kühlwasser mehr da. Das gesamte Düsensystem für die Lagesteuerung auf der Backbordseite ist tot.«

»Verlangsamte Reaktion im Steuerbord-Steuersystem«, kam Gillespies Stimme.

»Von den Ofenrohren oder dem Shuttle nichts. Vermutlich hat es sie erwischt.«

»An Steuerbord mittschiffs Überhitzung.«

»Wir werden immer noch getroffen«, sagte Gillespie, »Max, wenn Sie mir so ungefähr ...«

»Lageeinschätzung kommt sofort«, sagte Rohrs. Seine Gelassenheit war erstaunlich.

»Schön, ich bin im Bilde«, sagte Pelz. »Es hätte schlimmer kommen können. Die Energie dürfte größtenteils nach vorn gegangen sein. Wir müssen wohl annehmen, daß wir alle von uns gestarteten Schiffe selbst außer Gefecht gesetzt haben, wie auch die beiden Rüßlerschiffe, die keine Laser mehr abfeuern. Seitlich haben wir einige Überlaufenergie.«

»Hat es bei dem Gerüttel und Geschüttel Schäden am Schiff gegeben?«

»Nicht, soweit ich sehen kann«, sagte Rohrs.

»Bereithalten! Ich versuche, das Schiff zu stabilisieren. Jason, fertig machen! Schießen Sie was ab! Achtung: Beschleunige und drehe!«

»Augenblick, Bomben frei — jetzt sind Sie dran.«

WUMM
WUMM
WUMM
Stille

»Theoretisch klappt es einwandfrei«, sagte Tiny Pelz.

»Was?« erkundigte sich Franklin.

»Zum Ausgleich für Drehkraft Bomben exzentrisch abschießen. Klingt in der Theorie bestimmt ganz phantastisch.«

Auf den Bildschirmen war zu sehen, daß sie sich noch immer drehten, aber langsamer als zuvor. Die *Michael* bildeten den Mittelpunkt eines Ringes aus blendend grünen Lichtern ... die allmählich nach hinten verschwanden.

»Wir sind durch, oder so gut wie«, sagte Jason. »Ihre Raketen können uns nicht treffen, und wir können ihnen auch nichts tun. Der Dampf, den wir verlieren – vielleicht ist die Kühlwirkung das einzige, was uns rettet.«

»Ohne Lagesteuerung sitzen wir in einem verdammten Riesenrad! Beschleunige. Achtung, Jason!«

»Bomben frei. Ziel angesprochen. Sie sind dran.«

WUMM

»Versuchen Sie's noch mal, Jason!«

»Verstanden.«

WUMM

»Shuttles Drei und vier. Möglicherweise schaffen wir es nicht. Wir müssen das Mutterschiff mit irgendwas treffen. Ihr seid an der Reihe. Achtung!«

»Verstanden.«

»Max, sehen Sie zu, daß ich Stabilisierungsdüsen kriege!«

Harry hatte sein Visier bereits geschlossen.

Mit einem Lichtgriffel zeichnete Max Umrisse auf den Schirm. »Im Steuerbordsystem ist reichlich Druck, und wir haben funktionierende Lage-Stabilisierungsdüsen an Steuerbord, in der Mitte, und hier und hier am Heck.« Der Griffel tanzte über eine schematische Zeichnung der *Michael.*

»Die Backborddüsen sehen auf den Bildern aus, als ob sie in Ordnung wären, wahrscheinlich sind sie aber nicht mehr druckfest. Auch die Elektronik taugt nicht mehr viel.«

Kein Wunder! Die Hälfte der Leitungen auf der Backbordseite ist zum Teufel!

»Wir müssen den funktionierenden Teil des Backbordsystems außer Betrieb setzen und dann Dampf von den Steuerbordgeneratoren in das verbleibende System leiten. Ohne die elektronische Ventilsteuerung bleibt uns nichts anderes übrig, als den Dampf von Hand Schritt für Schritt an die Düsen zu bringen.«

Harry lachte. Sein Bildschirm zeigte eine Leitung von

neunzig Zentimetern lichter Weite, in der ein Abschnitt von etwa fünf Metern Länge fehlte. Dahinter gähnte ein Loch im Rumpf, ein sauberes Oval, dessen Rand sich nach außen wölbte. Sterne schienen herein.

Rohrs wies auf Harrys Anzeige. »Unmögliches wird sofort erledigt, Wunder müssen warten, bis wir im Trokkendock liegen. Sieh zu, daß du die verdammten Leitungen in Ordnung bringst, streng dein Köpfchen an! Flick, was du flicken kannst und sperr alles andere mit den Handventilen ab. Lambe, Donaldson, ihr kümmert euch um das Steuerbordsystem und prüft es. Stellt alles so ein, daß Dampf nach Backbord umgeleitet wird und haltet euch bereit. Wir brauchen Prüfdruck. Reddington, Franklin ...«

Jetzt kommt es.

»Fangt mit dem großen Loch im Backbordsystem an und arbeitet euch langsam zu den Düsen vor. Es geht darum, die Backborddüsen mit Dampf von Steuerbord zu versorgen. Alles klar, Harry?«

»Alles klar.«

»Also los!«

✿

Rumpelrumpel: Roy Culzer im Shuttle Vier, das einst den Namen *Atlantis* getragen hatte, spürte, wie sich die Fahrzeugnase löste. Der Haupttank war mit der *Michael* über die Halterungen verbunden, in denen sich in friedlicheren Zeiten Feststoffraketen für den Zusatzantrieb befunden hatten. Jetzt bestand eine Verbindung nur noch über das Heck, und die *Atlantis* ragte unter dem Überhang vom Dach der *Michael* empor.

Jay Hadley schaltete die Triebwerke ein. Blaue Flammen zuckten an der Flanke des Klotzes entlang. Die Heckhalterungen wurden gelöst, die *Atlantis* war frei.

Der Himmel war ein heißes Grün.

»Achtung: Wir wenden.« Während des Abflugs beschrieb das Shuttle eine Kurve. Die Erde und die *Michael* lagen hinter ihr, die violett-weiße Flamme des Hauptziels vor ihr. Vier, fünf grüne Leuchtpunkte sanken unter den Rand des Fensters. »Also los!« sagte Jay Hadley. »Wir verbraten erst mal den ganzen Treibstoff aus dem Haupttank, bevor uns der um die Ohren fliegt.«

Seit nahezu acht Stunden hatte die *Michael* unter direkter Sonneneinstrahlung operiert. Der Druck in den Haupttanks war bereits zu hoch und stieg noch immer. *Da kann man nichts machen.*

Shuttle Drei war schon nicht mehr zu sehen. Roy sah die gelbliche Flamme eines Kanonenschiffs, unmittelbar bevor es in einer Raketenexplosion verschwand.

»Achtung! Manöver.«

Roys Gleichgewichtsgefühl protestierte, während Jay das Shuttle drehte. »Was haben wir hier?«

»Raketen. Wir sind acht Sekundenkilometer schneller als die Rüßlerschiffe. Ihre Raketen sind nicht lenkbar. Wenn wir immer schön hin und her tänzeln, können sie uns nicht treffen.«

»Dein Wort in Gottes Ohr.«

»Immer mit der Ruhe, Kumpel. Sag mir Bescheid, wenn du glaubst, was zu sehen, auf das zu feuern sich lohnt.«

»Mach ich.« Ihre eigenen Raketen lagerten im Hauptabteil, seine großen Luken waren geschlossen.

Der Ring aus grünen Lichtern blieb deutlich zurück. »Los, Schätzchen, los!« drängte Roy. »Vielleicht sollten wir den Laderaum doch öffnen.«

»Kommt nicht in Frage!« Die entsetzlichen grünen Lichter verblaßten. »Wir kommen mit unseren Raketen nicht an sie ran. Heben wir sie lieber für die Große Mutti auf. Wie lange dauert es, bis wir in Reichweite sind?«

»Vielleicht eine Stunde, wenn wir nicht getroffen und sie nicht schneller werden.« Roy gab Zahlen in den Bordcomputer ein. »Sieht mir ganz so aus, als ob sie alles losjagten, was sie haben.«

»Tun wir ja auch. Roy...«

»Ja?«

»General Gillespie meinte, die *Michael* würde es vielleicht nicht schaffen.«

»Hab ich gehört.«

»Dann hängt also alles an uns.«

»Nun, es gibt auch noch Shuttle Drei.«

»Hast du denn was von Big Jim gehört?«

»Nein.« *Big Jim Farr. Gut einsneunzig, aber in den amtlichen Unterlagen fünf Zentimeter kleiner, damit er mitdurfte.* Laurie Culzer bewohnte mit Jane Farr und fünf Kindern ein Haus in Port Angeles. »Glaubst du, daß es ihn erwischt hat, Joe?«

»Tun wir mal so, als gäbe es ihn nicht mehr.«

»Also nur noch wir.«

»Nur noch wir. Achtung! Manöver.«

✿

Der gesamte Backbordaufbau war heiß.

»Röntgenstrahlung«, sagte Tiny Pelz. »Sie heizt auf, was sie nicht durchdringt. Das kann sie großartig.«

Harry zog Luftschläuche hinter sich her. Der Inhalt der Atemluftflaschen auf seinem Rücken reichte für eine Stunde, aber ohne Kühlung würde er nicht einmal die Stunde überstehen. Unbehaglich war es ihm schon jetzt. Die Luftleitungen absorbierten die Hitze.

Schweiß trat auf seine Stirn. Bewegte er sich, lief er ihm über Gesicht, Arme und Beine hinab. Rührte er sich nicht, kam er nicht vorwärts.

»Siebzehn-Tango ist zu«, berichtete Harry, »ich geh jetzt weiter. In diesem Abschnitt seh ich keine Unterbrechungen.«

»Wart mal 'nen Augenblick! Ich schick probehalber Dampf rüber.«

»Verstanden.« Harry legte seinen Helm dicht an den

Jeff Franklins und schaltete die Wechselsprechanlage ab. »Genau, was wir brauchen — noch mehr Hitze.«

»Ich hoffe nur, daß es hält — nee. Sieh mal!«

Ein dünnes Wölkchen kräuselte sich vor ihnen: Heißdampf, gut einen halben Meter von der Bruchstelle entfernt. »Leg die Umleitung tot«, sagte Harry. »Wir verlieren Druck.«

Gillespies Stimme meldete sich: »Sie konnten mir keinen größeren Gefallen tun, Reddington — gerade jetzt gewinne ich wieder die Gewalt über das Schiff zurück.«

»Dafür verlieren Sie Dampf.«

»Können Sie das in Ordnung bringen?«

»Klar, wenn Sie den Druck mindern!«

»Zehn Minuten.«

»Harry«, meldete sich Rohrs.

»Ich weiß ja, daß er es nicht so gemeint hat.«

»Harry, sieh dich vorne mal um! Wie ist es da?«

»Heiß!«

»Gut zu wissen.«

»Max, hat dir schon mal jemand gesagt, du solltest ein anderes Deodorant benutzen? Ich geh jetzt nach vorn.«

Es war nicht einfach, an dem austretenden Heißdampf vorbeizukommen. Harry machte einen so großen Satz, daß ihm der Schweiß in Strömen über das Gesicht lief, und wartete auf Jeff.

Das Schiff hob sich, dann noch einmal. Gillespies Stimme klang erregt. »Gott im Himmel! Wir drehen uns auf die Große Mama zu. Es klappt. Wir haben es fast geschafft ... Jason!«

»Bereit!«

»Achtung! Beschleunige.« Harry griff haltsuchend nach einer Leiter.

WUMM

WUMM

Harry legte eine Blechtafel auf die Reparaturstelle

und stemmte sich gegen das Schott, während Jeff Franklin eine Schweißraupe darüber zog. Metall glühte. Franklin war fast fertig.

»Achtung! Manöver.«

»Scheiße, eine Minute noch!« rief Harry aus.

»Achtung!«

Dampf trat dort aus, wo die Schweißnaht noch nicht fertig war. Die *Michael* drehte sich. Harry war schweißgebadet.

»Manöver beendet. Beschleunige. Achtung! Jason ...«

»Ziel ist angesprochen. Für dich, liebste Mutti.«

»Beschleunige.«

WUMM

WUMM

»Achtung! Manöver ...«

»Wie kann man es anstellen, aus dieser Klapsmühle rauszukommen?« fragte Harry.

»Bau Scheiße, bis sie dich nach Hause schicken.«

»Und wie komm ich dahin?«

»Achtung! Manöver. Beschleunige.«

»Ziel im Visier.«

WUMM

»Hier spricht Turm Fünf. Wir haben ein Ziel. Bitten um Feuererlaubnis.«

»Raus damit!«

WUMM

»Achtung! Manöver.«

Dampf entströmte dem Leck. Harry drückte einen Kuhfuß in das Schott und verkeilte das andere Ende mit der Reparaturplatte. »Hammer!« Er spürte ihn in der rechten Hand. Mit der linken suchte er festen Halt und ließ dann den Hammer auf den Kuhfuß sausen. »Erledigt. Ich geh jetzt weiter nach vorn.«

Die nächste Abteilung enthielt ein Lager mit Schweißausrüstung. Kühlluft-Auslässe führten dorthin. Harry prüfte den Luftdruck. »He, Jeff, kühle Luft.«

»Genau das Richtige.«

»Das kannst du laut sagen. Das Thermometer an meinem Anzug zeigt vierzig Grad.«

»Das ist nicht die Anzugtemperatur, sondern deine Körpertemperatur.«

»Ach, du dickes Ei!«

Dankbar zwängte sich Harry in eine Ecke, und Jeff Franklin gesellte sich zu ihm. Das Schiff beschleunigte weiter.

Franklin nahm Verbindung mit der Steuerzentrale auf. »Wir brauchen etwas Zeit. Die Hitze setzt uns sehr zu.«

»Einverstanden, zehn Minuten.«

»Das wird genügen.«

Die Kühle wirkte wunderbar, als sauge die Haut gutes Bier in sich auf. Luft strömte durch den Raumanzug. Harry wedelte mit Armen und Beinen, um ihren Durchzug zu beschleunigen.

✲

Jetzt waren keine Kleinschiffe mehr zu sehen. Auf dem Bildschirm der *Atlantis* zeigte sich ausschließlich das Hauptziel — unverkennbar das Mutterschiff, gedrungen, wie in der Übertragung aus Kosmograd. Es zog einen speerförmigen Schweif weißvioletten Lichts hinter sich her. Die Triebwerksflamme drehte sich.

»Es versucht uns abzuschütteln«, freute sich Jay Hadley.

Mit einemmal verminderte sich der Schub des Shuttles. Roy fuhr hoch.

»Immer mit der Ruhe!« sagte Jay. *Klongklong:* der leere Haupttank löste sich. Lagesteuerungsdüsen setzten ein, und die *Atlantis* fiel zurück, bis das Mutterschiff hinter dem Haupttank verschwunden war.

»Jetzt haben wir sie. Sie können nicht schnell genug wenden. Wir sind auf Abfanggkurs und in Raketenreichweite. Laß uns abwarten, was passiert. Machst du jetzt den Laderaum auf?«

»Noch nicht. Mit offenen Luken sind wir zu verwundbar. Du weißt ja wohl, was sie mit uns anstellen, wenn wir in Reichweite sind.«

»Als ob sie das nicht längst machten. Ich hab schon Raketen gesehen, bevor ich gedreht hatte.«

»Tatsächlich?« *Abfangkurs.* Roy brachte es nicht einmal mehr fertig, ein Gefühl der Überraschung zu empfinden. *Er will rammen.*

Der Haupttank des Shuttle war inzwischen ein grüngeränderter schwarzer Schatten, der immer heller aufleuchtete. Die Große Mama hatte ihre eigenen Verteidigungseinrichtungen. Mit einemmal verschwand der Schatten in einem halben Dutzend gleichzeitig aufblitzender Flammen. Raketen hatten ihr Ziel gefunden, allerdings das falsche. Das Shuttle beschrieb eine Kurve, und Roy spürte förmlich, wie Bruchstücke des Tanks gegen den Keramik-Hitzeschild hämmerten. Für die *Atlantis* würde es keinen Wiedereintritt in die Erdatmosphäre geben.

Jay griff nach unten, um vom Boden aufragende Hebelarme zu betätigen. Sie stellten die Verbindung zu Ventilen auf der unteren Ebene her. Wasser, das beim Start Eis gewesen war, strömte aus Öffnungen in der Nase des Shuttles. Wasserdampf hüllte die Schuttwolke vor ihnen ein.

Vielleicht konnte sich die *Atlantis* dahinter tarnen ... aber für die Große Mama gab es kein Versteck. Ihre Triebwerksflamme mußte auf der halben Erde zu sehen sein. Jay startete die EMU-Triebwerke, die ihren Treibstoff aus dem eingebauten Tank des Shuttles bezogen.

»Sind wir noch immer auf Abfangkurs?«

»Ja.«

»Dann machen wir mal die Luke auf. Aber die Vögel lassen wir erst fliegen, wenn wir näher dran sind. Falls du alles richtig gemacht hast ...«

»Die halten uns bestimmt längst für tot«, rief Jay lachend.

✿

Das Thermometer zeigte Harrys Körpertemperatur mit neununddreißig Grad an. *'n bißchen hab ich sie ja gedrückt, aber nicht genug.*

»Da kommt was rein. Warten.«

Scheiße!

Die *Michael* erbebte.

»An Backbord vorn haben wir was abgekriegt«, sagte Gillespie. »Der Dampfdruck geht runter.«

»Läßt sich schwer steuern.«

»Etwas ist an Backbord vorn nicht in Ordnung.«

»Harry!«

»Ja, Max. Bin schon unterwegs. Jeff, an die Arbeit!«

Sie kamen nur langsam vorwärts. Je weiter sie nach vorn gelangten, desto wärmer wurde es. Überall ließen sich Schäden erkennen. Haltegriffe fehlten, die Wandungen hatten neue Löcher.

Das muß ja ordentlich gerummst haben. Die Panzerung der *Michael* bestand aus mehreren Schichten: Panzerstahl, Glasfasermatten, Panzerstahl, Schicht auf Schicht abwechselnd aus hartem und elastischem weichen Material. Was diese Wandungen durchschlagen wollte, mußte sich sehr schnell bewegen — und durfte nicht geschmolzen sein.

Etwas zupfte an Harry. Er sah sich um. Seine Luftschläuche waren straff gespannt. »Ich bin am Ende der Fahnenstange.«

»Max, wir kommen nicht weiter«, berichtete Jeff Franklin.

»Ihr müßt! Unmittelbar vor euch verlieren wir Druck.«

»Tja, so ist das — das mächtigste von Menschenhand gebaute Raumschiff gibt aus Mangel an Dampf den Geist auf.«

»Schön, ich seh mal nach«, sagte Harry und löste die Leitung. Jetzt war er auf den Luftvorrat in seinen Atemluftflaschen angewiesen.

Die Große Mama war ganz nah. Die Triebwerksflamme, der dunkle Zylinder an ihrer Spitze — das plötzliche grüne Aufblitzen, die Glühwürmchen-Lichtpunkte von Raketen, die aus vier Positionen an seiner Flanke kamen …

»Feuer!« sagte Roy.

»Ich warte noch.«

»Schön. Raketen eins bis fünf sind unterwegs. Ich spreche jetzt das Ziel für die nächste Gruppe an. Wir haben doch ein paar Minuten Zeit, nicht wahr?«

»Sagen wir zwei, bis die Raketen da sind.«

»Raketen sechs bis zehn, los!« Das grüne Licht war dunkler geworden. Die Laser der Großen Mama hatten interessante Ziele gefunden: die Raketen der *Atlantis*.

»… aber hier wird es immer wärmer. Hol's der Teufel, lange machen wir es nicht mehr. Wie sieht es bei dir aus?«

»Ziel angesprochen, Raketen elf bis fünfzehn sind unterwegs. Das war's. Dreh jetzt! Schnell!«

Triebwerke sprangen an. Die *Atlantis* wandte sich, die Unterseite der Großen Mama zugedreht. Erneut öffnete Roy die Ventile. Vielleicht bremste die Wasserdampfwolke eine Rakete oder verwirrte ihre Spatzenhirne hinlänglich.

Etwas drückte sie schlagartig in die Sitze. »Der Wiedereintritt in die Atmosphäre wird schwierig«, sagte Jay und lachte.

Das Shuttle schwankte: eine Explosion hämmerte gegen eine der Tragflächen. Jay stabilisierte das Schiff mit den Lagesteuerungsdüsen.

»Wenn ich doch nur was sehen könnte!« beschwerte sich Roy.

Außer Sternen und einem grünen Lichtschein war vor dem Fenster nichts zu erkennen. Der Hitzeschild kochte förmlich unter den Laserstrahlen der Großen Mama. »Sind wir immer noch im Ziel? Es würde mir sehr leid tun, nach alldem jetzt daneben zu schießen.«

»Die Große Mama ist ein riesiges Ziel«, sagte Jay. Viel mehr gab es wohl kaum zu sagen.

✿

Die Backbordseite im Bug war ein einziges Chaos. Dampf entströmte geborstenen Leitungen und suchte sich seinen Weg durch den zerfetzten Rumpf nach draußen.

»Stellt den verdammten Dampf ab!« schrie Harry.

»Achtung! Manöver. Harry, wenn wir den Dampf an Backbord abstellen, kann ich nicht manövrieren.«

»Da kommt was. Achtung!«

Erneut erbebte die *Michael.*

Max Rohrs bewahrte die Ruhe, aber es klang, als koste es ihn Mühe. »Dampfdruck fällt. Wir versuchen, die Sekundär-Wasserversorgung hinzuleiten.«

Was soll das, wenn wir das Leck nicht dichtkriegen? Harry sah sich um. Das Abteil vor ihm war ein dampferfüllter Trümmerhaufen. Er konnte die Wärmestrahlung durch sein Visier spüren. *Wenn ich fix bin, kann ich vielleicht …* »Jeff, ich geh schnell nach vorn und dreh das Ventil zu. Neun Alpha.«

Rohrs meldete sich, bevor Franklin antworten konnte. »Laß das sein, wenn du nicht Neun Bravo öffnen kannst. Wir brauchen den Dampfweg.«

Ach du Scheiße! »Verstanden! Wird gemacht.«

Er stieß in den wabernden Dampfnebel hinein. Die Haltegriffe fühlten sich selbst durch die Handschuhe heiß an. Da das Schiff manvörierte, war er nicht ganz schwerelos. Die Schwere allerdings war kaum spürbar. Er schob sich vorsichtig an schartigen Metallenden vorbei, die ihm Löcher in den Raumanzug reißen konnten.

Er erreichte das Handrad des Ventils. »Max!«

Nichts. »Ich glaube nicht, daß er dich hören kann«, sagte Jeff Franklin. »Harry, brauchst du Hilfe?«

»Hier ist nicht genug Platz für zwei. Sag Max, daß ich jetzt Neun Bravo aufmache!«

Das große Handrad ließ sich nicht drehen, und er hatte nichts, wogegen er sich stemmen konnte. *Langsam. Vorsichtig. Überlegen.* Er tastete mit beiden Füßen so vorsichtig nach Halt wie ein Alpinist in einer steilen Felswand. Schließlich hatte er festen Stand gefunden, den linken Fuß in einem großen Riß in einem der Schotts gekeilt.

»Nun dreh dich doch schon! Na also! Auf zu Neun Alpha.«

Er wagte nicht, auf die Temperaturanzeige an seinem Handgelenk zu schauen. Das Handrad für das Ventil lag ganz vorn. Davor gähnte ein Loch von mehr als einem Meter Durchmesser. Zwischen seinen glatten Rändern schimmerten Sterne herein.

Vor Harry trat ein Dampfstrahl aus.

»Jeff, sag, sie sollen einen Augenblick lang nicht beschleunigen. Ich muß springen.«

»In Ordnung. Kommandobrücke, hier spricht Franklin. Reddington braucht eine Minute lang ruhige Lage.«

Rauschen in Harrys Funkgerät. Dann Franklins Stimme. »Du kannst zwei Minuten haben, genau in vier Minuten von jetzt ab gerechnet.«

»Verstanden.« *Hoffentlich lebe ich dann noch.* Jeder Herzschlag dröhnte wie eine Baßtrommel in seinem Kopf. *Langsam! Ruhig! Entspann dich!* Das Entspannen verschlimmerte das Hämmern.

Draußen blitzte es. Schatten fielen durch das Loch im Rumpf.

Jeri. Melissa. Sie haben ihre Leichen nie gefunden. So, jetzt komme ich!

»Achtung, Harry. Noch zehn Sekunden. In Ordnung? — Jetzt.«

Harry sprang über den Spalt. Über ihm strömte Dampf aus.

Auf der anderen Seite war es kühler. Die Schwärze draußen schien Wärme in sich aufzusaugen. »Ich hab das Ventil. Ich drehe es. Mist! Ich muß mich abstützen.«

»Harry, können sie jetzt manövrieren?«

Er spürte die Dringlichkeit in Franklins Stimme. »In Ordnung.«

»Ich geb dir die Durchsagen weiter. Achtung! Beschleunigung.«

WUMM

Hier den linken Fuß, da den rechten. Na bitte. Jetzt drehen. Drehen! Er glitt aus. Scharfer Schmerz lief an seinem linken Unterschenkel empor. Ein kleines Dampfwölkchen drang aus dem Fußgelenk. *Ist es in meinem Anzug so heiß?* Erneut versuchte er, den Fuß aufzusetzen. Das ganze Universum schrumpfte auf das klemmende Handrad eines Dampfventils zusammen.

Das Dampfwölkchen hinter ihm war winzig, fast so klein wie das aus seinem Raumanzug.

»Du hast es, Harry. Jetzt hau ab, so schnell du kannst!«

»Ich komme.« *Dreh dich, Miststück. Dreh dich!* Sein Fuß schmerzte höllisch. Vor ihm lag die Schwärze des Weltraums, die Kühle. *Wenn ich mich in das Loch keile, hab ich Hebelkraft.* Er schob sich vor. *Ein kurzer Blick nach draußen.*

Das Mutterschiff befand sich weit voraus, immer noch zu weit, als daß man Einzelheiten hätte erkennen können; aber die Triebwerksflamme war jetzt ein Speer, kein Punkt mehr. Es hatte sich zur Seite gedreht, versuchte, ein möglichst kleines Ziel zu bilden, wollte wahrscheinlich einem der Shuttles entkommen. Harry sah den vertrauten dreieckigen Umriß, der sich vor der Helligkeit abzeichnete. Plötzlich barst nahe der Mitte Feuerschein aus dem Zylinder. Die Jungs haben das Mutterschiff gerammt, dachte Harry. *Gut gemacht!* Die Triebwerksflamme der Großen Mama wandte sich hierhin und dorthin, und mit einemmal ließ sich in dem Violettweiß ein hellerer Streifen erkennen. Er war gelborange. Die unruhige Flamme bewegte sich wieder geradeaus, aber jetzt durchzog den violettweißen Speer etwas Rötliches wie ein Freudenfeuer.

»Jeff!«

»Ja? Harry, verschwinde da!«

»Gleich. Jeff, sag dem Chef Bescheid. Shuttle Vier, die *Atlantis,* hat gerammt. Sie haben die Mutter beschädigt. Ich seh von hier aus, daß mit dem Triebwerk was nicht in Ordnung ist. Sie haben sie rangekriegt!«

»Harry, fehlt dir nichts? Verschwinde da unten!«

»Hurra! Sie haben gerammt und das Schiff beschädigt! Das Triebwerk hat was abgekriegt. *Jetzt* packen wir sie. Irgendwas an ihrem Triebwerk stimmt nicht, man sieht es am Triebwerksstrahl. Die Aufschlagstelle ist ein richtiger Krater, und ich kann bestimmt vier Schichten tief reinsehen. Wir haben sie rangekriegt.«

»Ja ...«

»Sag es Gillespie, zum Kuckuck!«

»Sag es ihm selbst! Komm, Harry!«

Harry leuchtete nach unten. Der kleine Dampfstrahl aus seinem linken Fußgelenk war rosa gefärbt. Noch für fünf Minuten Luft. Hier draußen war es kühl, der größte Teil seines Körpers befand sich außerhalb des Schiffsrumpfes. Seine Beine waren drinnen. Dort war es heiß. Und da hinein zurück?

Noch fünf Minuten. Drei oder vier dauert es, um da durchzukommen. Und es ist heiß ... »Achtung! Manöver. Beschleunige.«

WUMM

Da rein? Unter Beschleunigung?

Da rein? Unter Beschleunigung?

»Da kommt was. Harry, beeil dich!«

»Ich kann nicht, Jeff. Ich hab ein Leck im Anzug.«

»Harry! Ich hol dich ...«

»Ach was! Wenn du auf 'ne Tapferkeitsmedaille scharf bist, rette jemand anders.«

»Harry!«

»Da kommt was! Raketen.«

»Harry — ach, Scheiße! Achtung! Manöver.«

»Da kommen noch mehr Raketen«, rief Harry. »Sag Gillespie, daß wir sie erwischt haben. Sag es ihm!«

44 Aufprall

> Und es erhob sich ein Streit im Himmel: Michael und seine Engel stritten mit dem Drachen; und der Drache stritt und seine Engel, und siegten nicht, auch ward ihre Stätte nicht mehr gefunden im Himmel.
>
> DIE OFFENBARUNG DES JOHANNES, 12, 7–8

Bisweilen meinte Jeri Wilson Erschütterungen zu hören — oder zu spüren —, aber meist war da nichts als die ständig zunehmende Beschleunigung, die etwa der Kraft der Erdanziehung entsprach. Niemand — jedenfalls kein Fi' — hatte sich für den Lagerraum interessiert. Das Zeitempfinden war Jeri vollständig abhanden gekommen.

»Arwid, wir können nicht einfach hier rumsitzen und Däumchen drehen!«

»Und was sollen wir deiner Ansicht nach machen?«

Jeri warf ihm einen Zornesblick zu. »Was weiß ich? Du bist doch der Fachmann! Jedenfalls irgend *etwas.*«

Dmitri sagte in scharfem Ton etwas auf russisch.

»Dmitri möchte, daß du leiser bist«, übersetzte Arwid.

»Das ist auch so was. Wieso hat er das Kommando? Du bist klüger als er. Du verstehst was von Raumschiffen, er nicht.«

Sie spürte, wie sich Arwids Finger in ihre Schultern krallten. »Es war dein eigener Wunsch, mit uns zu kommen.«

Und du schickst mich weg? Aber er drohte nicht damit.

Schlimmer als Drohungen. Er erinnert mich an Versprechen. »Wir könnten — wir könnten die Luftkanäle öffnen. Einen Weg zum luftleeren Raum finden. Weibchen und Kinder bedrohen.«

»Du dürstest ja richtig nach Blut«, sagte Arwid.

»Nein. Gewalt ist mir zuwider. Aber wir müssen doch was *tun!* Wir brauchen sie ja nicht gleich umzubringen, es genügt schon zu zeigen, daß wir es könnten. Vielleicht ergeben sie sich ja, wenn sie merken, daß sie nicht nur von dem Schiff da draußen angegriffen werden, sondern auch von uns.«

Dmitri brummte etwas auf russisch.

»Sag es ihr selbst!« forderte Arwid ihn auf.

»Der Plan ist zum Scheitern verurteilt«, sagte Dmitri.

»Warum?«

»Weil wir nicht *alle* Weibchen und Jungtiere bedrohen können«, erläuterte Dmitri. »Ohne Atomwaffen sind wir nicht in der Lage, alles hier an Bord des Schiffs zu bedrohen. Warum sollten sie sich also ergeben?«

»Aber ...«

»Wir würden uns schließlich auch nicht ergeben«, fuhr Dmitri fort. »Nicht mal Genosse Rogatschow. Warum dann die Außerirdischen?«

Jeri kauerte sich in ihre Ecke.

»Wir warten«, sagte er. »Irgendwann wird sich uns eine Gelegenheit bieten, und die dürfen wir nicht verpassen.«

»Und wenn sie nie kommt?« fragte Jeri tonlos.

Das Schiff erdröhnte wie eine riesige Bronzeglocke. Die Wand schlug ihnen entgegen.

Thaktan Flishithy erschauerte unter dem Aufprall.

Alice erhob sich mühsam vom Boden des Luftschachts. Sie hatte am ganzen Körper Prellungen. Vor ihren Augen tanzten bunte Flecken. Ein Pfeifen und

Kreischen hallte durch die Kanäle. Die Schwerkraft ging gegen Null, baute sich dann erneut auf.

Was, zum Teufel, war das?

Das Kreischen erstarb, oder Alice wurde taub. Sie schob sich an das nächste Lüftungsgitter heran.

Da draußen in dem großen Raum war ein Scheusal: ein bewaffneter Rüßler trieb benommen und willenlos dahin. Ohne lange zu überlegen, löste Alice mit fliegenden Händen die Flügelmuttern und zwängte sich durch die Öffnung. Noch immer traf das Scheusal keine Anstalten, sich festzuhalten. Alice stieß sich ab, auf den Rüßler zu.

Der kaum spürbare Aufprall eines Menschenleibes weckte ihn nicht auf.

Alice zog ihm das Gewehr aus dem Holster. Der Kolben war kurz und sehr breit. Der Abzug lag in der Mitte ... Wo nur der Sicherungshebel war? Mußte die Waffe gespannt werden?

Tentakeln wickelten sich um sie und zerrten.

Aufkreischend drückte sie den Lauf gegen das Fleisch und zog durch.

Das Gewehr flog quer durch den Raum. Der Rüßler bewegte sich in die Gegenrichtung, drehte sich langsam und versprühte dabei eine Wolke dunkelroten Blutes. Alice sprang der Waffe nach. *Das verdammte Ding hätte mich umgebracht, wenn ich es an die Schulter gelegt hätte. Beim nächstenmal gegen eine Wand oder so was halten. Muß links schießen.* Ihr rechter Arm hing kraftlos herab. Er begann zu schmerzen.

Alice bemerkte den geneigten Kanal erst, als der zweite Rüßler wie eine Bombe aus ihm hervorschoß. Am Geschirr erkannte sie, daß es ein Weibchen war. Es sah die Waffe auf sich gerichtet, die Erdlingin dahinter.

An Flucht war für Alice nicht einmal zu denken, da die Wände nicht in Reichweite waren. Das Fi' ergriff die Waffe, schleuderte sie hinter sich und packte Alice. Der feste Griff der Tentakeln sandte einen sengenden

Schmerz durch ihre Hand und ihren Arm. Alice kreischte auf und fiel in Ohnmacht.

✿

Der Aufprall hatte Jeri benommen gemacht. Aber es war nicht nur Benommenheit. Sie trieb fast frei, suchte verzweifelt nach einem Halt und ergriff ein Stück Wandbespannung. Irgendwo trat Luft aus: *Thaktan Flishithy* schrie auf wie ein weidwunder Dinosaurier.

Arwid, der bereits festen Halt hatte, ergriff Jeris Hand.

Nikolai rief etwas auf russisch. Dmitri antwortete ihm.

»Die Amerikaner kommen!« sagte Jeri.

»Ja«, sagte Dmitri. »Etwas hat das Schiff beschädigt. Es kann nur von dem amerikanischen Raumschiff gekommen sein, das man dem Genossen Rogatschow gezeigt hat.«

Nikolai sprach erneut sehr rasch auf russisch.

»Er hat recht!« sagte Arwid. »Dmitri, er hat recht.«

»Ja.«

»Recht womit?« wollte Jeri wissen.

»Der Antrieb des Schiffs ist beschädigt«, sagte Arwid. »Man spürt es. Der Andruck ist jetzt sehr viel geringer. Er hat sich vermindert und dann wieder aufgebaut, aber den ursprünglichen Wert bisher nicht erreicht. Nehmen wir an, das Triebwerk ist beschädigt und die Amerikaner verfolgen das Schiff. Dann werden sich die Außerirdischen bemühen, ihr Triebwerk zu reparieren.«

»Rogatschow!« Dmitri schwang die Beutepistole in der Luft und rief etwas, das wie ein Befehl klang.

»Da, towarischtsch. Jeri, wir müssen diese Reparatur verhindern. Nikolai führt uns zur Steuerzentrale des Maschinenraums. Wir werden versuchen, sie zu zerstören.« Rogatschow nahm seine Pistole heraus, inspizierte sie und schob sie befriedigt in den Hosenbund.

Nikolai befand sich bereits im Luftschacht. Dmitri winkte heftig. Arwid schob sich dem Schacht zu.

»Jeri, du folgst mir!« sagte er. »Los!«

Von mir aus. Jeri Wilson, die bekannte Amazone, mit der ganzen Wucht ihrer fünfundfünfzig Kilo. Die Russen hatten Raumanzüge, sie nicht. *Vielleicht sollte ich mir das noch mal überlegen?*

✿

Fithp-Krieger flogen auf der Kommandobrücke durcheinander. Wes Dawson schlug haltsuchend um sich und krallte sich schließlich in das Geschirr eines Fi's.

Es reagierte, indem es seine Grifflinge erdrückend fest um ihn wickelte. »War die Waffe, die du gesehen hast, ferngesteuert?« fragte es erregt.

Wes hatte in der letzten Minute vor dem Aufprall auf den Bildschirmen und auch durch das Fenster zugesehen. »Meine Fithp ist gekommen, um bei euch anzuklopfen«, sagte er.

»Ich bin der Herr der Verteidigung, Tantarent-fid, und bestehe auf einer Antwort. Ich habe ein Recht darauf! Sind eure automatischen Fahrzeuge so manövrierfähig? Es ist unseren Geschützen entkommen.«

Dawson grinste in die Augen, die so groß waren wie Apfelsinen. »Es war ein ganz gewöhnliches Shuttle. Gesteuert von Männern! Wir haben euch gerammt.«

»Sie haben dabei ihr Leben eingebüßt! Seid ihr denn *alle* Einzelgänger?«

»Warum fragst du mich? Frag deinen Umerzieher!«

Das Fi' schleuderte ihn beiseite. Er kam auf die Beine und krallte sich haltsuchend in eine Wandbespannung. Diesmal war keine Warnung gekommen! *Wir haben ihnen tatsächlich Schaden zugefügt!*

Der Korb hatte ein Loch, und die Bienen waren in heller Aufregung.

Ein Krieger war aufbrüllend quer durch den Raum gerollt, hatte durch den Anprall das Gehäuse eines Computerterminals beschädigt, selbst aber noch mehr abbekommen. Er wurde ärztlich versorgt. Die anderen hielten Dawson jetzt wieder fest.

»Herr der Herde, ich habe unseren Schub wieder auf fünf Achtel der Schwerkraft gesteigert, aber fünfhundertzwölf Atemzüge dieser Belastung werden den Antrieb ruinieren. Wir müssen reparieren.«

»Mehr Zeit bleibt uns nicht?«

Tantarent-fid sagte etwas in sein Mikrofon und horchte auf die Antwort. »Herr der Herde, für einen längeren Zeitraum kann ich nicht geradestehen.«

Nachdem wir den ganzen Weg von der Heimatwelt hergekommen sind, nun das. Das Raumschiff der Angreifer zielte unmittelbar auf sie. Es glühte fortwährend, bei jedem Aufglühen gingen Gammastrahlenlaser durch Rumpf, Wände, Fleisch und Knochen. Winzige Raumfahrzeuge waren vom Feind ausgeschwärmt und schleuderten jetzt Raketen, um *Thaktan Flishithy* zu zertrampeln. Kleinraketen sprangen aus dessen Rumpf, um die Angreifer abzufangen. *Das Schiff kommt näher.*

»Dawson! Werden sie uns zertrampeln, wie es das Shuttle getan hat?«

»Herr der Herde, mein Volk tut, was es kann, um euch auszulöschen. Das ist die Vergeltung für den FUSS.«

Es überrascht mich nicht. Das hätte er auf jeden Fall gesagt, um seine Position für die Verhandlungen zu festigen. »Herr der Verteidigung.«

»Leitet mich.«

»Stärksten Schub beibehalten!«

Einen Augenblick lang zögerte Tantarent-fid. »Wie Ihr befehlt.«

»Takpassih-jämp.«

»Leitet mich.«

»Du hilfst! Wir müssen Botschaften an ...« er hatte

Schwierigkeiten mit dem ungewohnten Namen — »an die Vereinigten Staaten von Amerika schicken. Dawson hilft dabei.«

Erdlinge in Afrika hatten ihnen sechs mögliche Orte genannt, an denen sich die überlebende Regierung dieser Fithp aufhalten konnte. Sie alle würden das Ziel enggebündelter Strahlen werden. *Jetzt muß ich wissen, was ich sagen soll.*

Der Herr der Herde schaltete auf einen anderen Kanal. Er hätte sich über den Gang beugen und mit Takpassih-jämp sprechen können, aber er wollte nicht, daß Dawson mithörte. Es hatte sich gezeigt, daß es auf die Gedanken dieses Erdling-Einzelgängers ankam.

»Umerzieher-Zwei, hast du schon einen — du weißt schon, was — vorbereitet?«

»Zwei Fassungen eines ausgehandelten Ansehensverlustes, Herr der Herde. Es tut mir leid, daß Ihr danach fragen müßt. Hier, Kanal 46.«

Der Herr der Herde las. *Ich muß. Wir können diesem seltsamen Ding nicht entfliehen. Vielleicht zerstören wir es, wenn es näher kommt, aber es wird trotzdem Feuer und Gammastrahlen auf uns schleudern. Unsere Gefährtinnen und Kinder sind Geiseln, und was Umerzieher-Zwei vorschlägt, ist annehmbar. Die Abtrünnigen wird es freuen ...* »Bleibt auf diesem Kanal.« Er bedeutete dem Krieger mit einer Bewegung eines Grifflings, den Erdling näher zu ihm zu führen.

»Wes Dawson, ich möchte über einen Ansehensverlust verhandeln.«

»Ich verstehe nicht.«

»Takpassih-jämp?«

»Der Herr der Herde bietet die Kapitulation an, sofern gewisse Bedingungen akzeptiert werden.«

Dawson stieß die Luft aus. »Sprich weiter!« sagte er.

»Ihr behaltet Winterheim — also die Erde. Wir behalten das Sonnensystem.«

»Warum bietet ihr das jetzt an?«

»Du siehst die Bildschirme. Euer Schiff nähert sich. Es kann uns schaden. Ich möchte den Schaden vermeiden — aber, Dawson, deine Fithp hat kein weiteres Schiff, sonst hätten sie es zusammen mit diesem geschickt. Zerstören kann es uns nicht, sondern uns lediglich schaden, unsere Weiber und Kinder töten. Das möchte ich gern verhindern.«

»Ich bitte mir Bedenkzeit aus.«

Dawsons Blick ging zu den Bildschirmen. Der Rumpf der *Bote* war aufgerissen, die Ränder des Lochs glühten noch rot und orangefarben. Plasma, so heiß wie die Sonne, mußte die Gänge entlang gewirbelt sein. Vor dem dunklen Hintergrund von Winterheim pulsierte ein Licht. Kleinere Flammen näherten sich und leuchteten grün.

Die *Bote* erdröhnte unter einer weiteren Explosion. Raketen, die gegen den Rumpf schlugen, prallten so gedämpft auf, daß man es kaum hörte. Detonierte aber eine Rakete in der von der Raumfähre gerissenen Öffnung, kamen Schwingungen von überallher, und es klang wie ein zerfetztes Banjo.

»Dawson, entweder handelst du jetzt oder überhaupt nicht!«

»Ich schicke eure Botschaft nicht.«

Ein Nachrichtencomputer meldete sich summend. Pastempih-keph gebot dem Umerzieher mit einer Handbewegung zu antworten. »Dawson, es ist genau das, was du Fathistih-talk angeboten hast! Wir verlassen Afrika, die ganze Tshtaptisk-Fithp mit allen Angehörigen der Erdlings-Fithp, die sich uns anzuschließen wünschen. Wir folgen den Pfaden, die wir beide kennen, ernten die Reichtümer des Weltraums, tauschen Metalle gegen eure landwirtschaftlichen Produkte und …«

Dawson fiel ihm ins Wort. »Ich sehe jetzt, daß Fathistih-talk mich richtig verstanden hatte. Ich möchte das Sonnensystem für mich allein. Sollte ich verrückt sein, hast du dir das teilweise selbst zuzuschreiben.«

»Das bist du in der Tat. Wenn wir den Eindringling zerstört haben, werden wir eurem Planeten vernichtende Schläge zufügen. Das Schiff haben die Erdlinge unter dem Zeichen des Friedens erbaut. Dies Zeichen werden wir nie wieder anerkennen und jeden Ort zertrampeln, an dem es je benutzt worden ist, sei er groß oder klein.«

Dawson schwieg.

Das hatte ich mir schon gedacht.

Takpassih-jämp hatte das Gespräch beendet. Er sah selbstzufrieden drein. *Es ist sein Thaktan. Er verdient eine letzte Chance.* »Umerzieher-Zwei, sprich noch einmal mit diesem Einzelgänger!«

Takpassih-jämp wandte sich um. »Dawson! Wir haben deine Gefährtin gefangen. Peikartänk, die Gehilfin des Priesters, hat sie gefunden, als sie aus einem Luftschacht kam.«

»Meine Gefährtin ist auf der Erde«, sagte Dawson.

»Das stimmt nicht. Wir wissen, daß sie deine Gefährtin ist, denn wir haben gesehen, wie ihr euch in den Schächten gepaart habt.«

Dawson errötete. »Na und? Auch wir haben gesehen, wie ihr euch in euren Räumen gepaart habt.«

»Wir reden nicht zu unserem Vergnügen miteinander, Dawson! Du behauptest, ein Einzelgänger zu sein, hast aber eine Gefährtin. Die Gefährtin eines Fi' ist für ihn verantwortlich! Mit deiner Verstellung ist es vorbei.«

»Zum Teufel! Wenn wir gewußt hätten ... Augenblick. Ihr habt Alice *gefangen?*«

Der Herr der Herde war außer sich vor Wut. »Ich würde dich sofort töten, Dawson, wärest du nicht der Vertreter deiner Fithp im Rate. Willst du nun unsere Bedingungen bekanntgeben oder — ja, Umerzieher-Zwei?«

»Gewiß hat euer Präsident das Recht, ein solches Angebot wenigstens zu hören.«

Dawson schwieg.

Ich habe ihn!

»Daran ist doch etwas Wahres«, sagte Dawson schließlich.

»Wir werden deine Welt zufrieden lassen, damit sie sich von ihren Wunden erholt«, setzte der Herr der Herde nach. Er hatte nicht wirklich geglaubt, daß der Plan gelingen würde. Ein durch Verhandlungen herbeigeführter Verlust des Ansehens! »Niemand von uns wird auf der Erde sein, aber es wird Erdlinge in unserer Fithp geben. Gewiß können eure Fithp und unsere nebeneinander leben«, fuhr er fort, ohne auch nur ein Wort von dem zu glauben, was er da sagte. »Erdlinge werden auf unseren Schiffen mitreisen. Von uns werdet ihr schließlich lernen, selbst solche Schiffe zu bauen.« Doch eine Verlierer-Fithp wurde von der des Gewinners aufgenommen. Es war nie anders gewesen.

Dawsons Einwand zeigte, daß er ganz anderer Ansicht war. »Wir sollen euch abziehen lassen, was? Damit ihr auf dem Saturn euer Schiff reparieren könnt? Und dann?«

»Dann ... ich verstehe nicht. Umerzieher-Zwei?«

Takpassih-jämp sagte: »Wir sehen deine Schwierigkeit nicht.«

»Was hindert euch daran, mit einem weiteren FUSS zurückzukommen?«

»Unsere Unterwerfung, begriffsstutziger Einzelgänger!«

»Wollt ihr damit sagen, daß ein vereinbarter ...« Dawson verstummte.

Was hat er jetzt wieder? Aha. Sein rothaariges Weibchen. In Peikartänks Grifflingen wirkte Alice, die gerade in dem Augenblick auf die Brücke gebracht wurde, besonders zerbrechlich. *Sie ist verletzt, ihr rechter Vorderlauf hängt lose herunter.* Sie verzog vor Schmerzen das Gesicht.

»Wes! Die Russen laufen frei im Schiff herum! Ich habe einen Rüßler umgebracht!«

»Gut! Alice, wir packen sie. Der Leitbulle möchte, daß

ich Übergabebedingungen an die Erde weitergebe. Leider können wir ihnen nicht trauen.«

Alic sah von Dawson zu den Bildschirmen hin.

Ein Weibchen. Wir wissen zuwenig. Wird sie ihn beruhigen können? Wie wird sie ihm raten? War es vielleicht ein Fehler, sie herzubringen?

Der Herr der Herde hörte zu, während Dawson Alice die Lage erläuterte. Ihrem Gesicht konnte er nichts entnehmen, wohl aber die blutrünstige Wonne deuten, die sie beim Anblick des sich nähernden, blitzenden Eindringlings empfand. Als Dawson zu Ende gesprochen hatte, sagte sie: »Die kommen bestimmt wieder!«

»Das glaub ich auch. Herr der Herde, Takpassih, soll euer ›vereinbarter Verlust des Ansehens‹ dasselbe sein wie eine Kapitulation?«

Der Herr der Herde überließ es Takpassih-jämp zu antworten: »Unsere Unterwerfung gilt auf immer. So gut kennst du uns.«

»Niemand hat mir eine Unterwerfung angeboten«, sagte Dawson.

»Was verlangst du?« Doch der Herr der Herde wußte die Antwort und trompetete jetzt schmerzvoll auf. »Willst du meine Brust unter deinem Fuß? Das nie!«

Alle Fi' in Hörweite sahen neugierig her. »Auf eure Posten, kämpft!« trompetete er. »Noch ist diese Schlacht nicht zu Ende! Wir verschwenden nur Zeit. Tötet den Feind! Schickt eine Mitteilung an den Stützpunkt auf dem Mond! Zertrampelt den Planeten, bis sich seine Führer auf den Rücken legen! Dawson, wir töten nie ohne Grund. Du hast uns mehr als genug Grund dazu gegeben!«

»Wartet noch einen Augenblick!«

»Wenn wir warten, wird uns das Schiff Schaden zufügen. Sobald es nahe genug ist, zerstören wir es. Dann gibt es nichts mehr zu verhandeln. Sprich mit eurem Präsidenten oder kehre in deinen Pferch zurück!«

»Dein Angebot ist nicht annehmbar!«

»Es war mein letztes Wort. Wähle!«

Aber das Erdlings-Weibchen verdarb alles. »Wes! Sieh nur!«

»Großer Gott!«

Dawson und Alice sahen wie gebannt am Herrn der Herde vorbei. Er wandte sich um ...

Vier Bildschirme zeigten vier verschiedene Ansichten der Maschinenzentrale. Ihr Boden war förmlich mit Blut bedeckt, und in der Luft hing rötlicher Dunst. Neun Leichen lagen zerfetzt am Boden, als hätten Raubtiere sie gerissen: acht Fithp-Krieger und der beinlose Russe in seinem merkwürdigen Raumanzug ohne Beinlinge. Die übrigen drei Erdlinge zerstörten, was sich zerstören ließ.

✿

Wes war hin und her gerissen.

Mit seiner Behauptung, daß es Coffeys Thaktan war, hatte der Leitbulle vollständig recht. Aber Coffey würde das Angebot annehmen und das Sonnensystem hergeben!

Dawson stand nun im Begriff, die Erde preiszugeben. Konnte diese eigenartige Konstruktion die *Bote* zerstören? Oder kam sie nur in dessen Nähe, um selbst zerstört zu werden? Würden sich die Fithp an die Bedingungen einer Kapitulation halten? *Wir haben ihnen diese Art der Unterwerfung beigebracht. Haben sie auch von uns gelernt, wie man sein Wort bricht?*

»Wes! Sieh nur!«

Die Worte ›nicht jetzt, verdammt noch mal‹ blieben ihm in der Kehle stecken.

Noch nie zuvor hatte er den Raum gesehen, aber es sah ganz nach der Steuerzentrale des Maschinenraums aus. Bildschirme, Anzeigegeräte, Tastaturen mit Tasten von der Größe einer Kinderfaust, Fithp-Leichen und Blut, erstaunlich rot, es sah aus, als habe ein Wahnsinniger eine Bombe in eine Blutbank geworfen. Nikolai war tot, Anzug und Mann waren von den großkalibrigen Kugeln der Fithp buchstäblich in Fetzen gerissen.

Arwid trug einen Raumanzug. Unter dem offenen Visier grinste er ein wildes Kosakengrinsen, mit dem er jedem Kind Angst hätte einjagen können. Er drückte ein Fithp-Gewehr gegen eine Steuerkonsole und feuerte wahllos auf verschiedene Schalttafeln.

Dmitri ging hierhin und dorthin, besah sich alles voller Neugier, blieb dann an einer Konsole stehen und hebelte ihren Deckel mit einer Art Brechstange auf und begann Leitungen herauszureißen.

Arwid, dessen Waffe leergefeuert war, verzog das Gesicht und lächelte dann breit in die Kamera.

Jeri Wilson betrachtete die Szene nachdenklich. Sie stieg auf eine Konsole, um nahe an eine der Kameras heranzukommen. Sie rief, aber man sah nur, daß sich ihr Mund öffnete und schloß.

»Ton!« forderte der Herr der Verteidigung.

»Nein«, gebot der Herr der Herde. »Dawson, wie lautet deine Antwort?«

Was befürchtete der Herr der Herde? Daß Dawson etwas hören konnte? Es spielte keine Rolle. Wes grinste das Fi' herausfordernd an. »Sie waren in den Schächten, nicht wahr? Und dort werden sie bleiben und durch eure Luftzuführungs-Leitungen ziehen. In *Thaktan Flishithy* gähnt ein riesiges Loch, nicht wahr? Vielleicht können sie noch mehr Löcher aufreißen. Euer Tod kommt aus dem Lebenserhaltungssystem!«

Der Herr der Herde sagte: »Dawson. Wir verlassen Afrika, wir verlassen eure Erde. Ihr sollt euer Sonnensystem haben. Wir fliegen zu einem anderen Stern.«

»Das könnt ihr nicht.«

»Selbstverständlich, wenn wir Zeit haben und ihr uns helft. Wir werden die *Bote* auftanken und ein neues Siskjisspath bauen. Ihr werdet uns helfen. Wenn wir euer Sonnensystem verlassen haben, habt ihr euer eigenes Siskjisspath.«

»Ich verstehe das Wort nicht.«

»Das Siskjisspath ist die Einrichtung, mit deren Hilfe wir aus der Heimatwelt zum Saturn gelangt sind. Es nimmt Energie vom Haupttriebwerk auf und benutzt sie dazu, gegen interstellare Materie zu drücken. Es wird eure Tür sein, nicht zu den eigenen Planeten, sondern zu den Welten anderer Sterne. Dawson, was glaubst du, warum wir es abgeworfen haben?«

Dawson sah ausdruckslos vor sich hin und brachte dann seine Lippen dazu zu formulieren: »Es war zu klobig. Ihr hättet damit Saturn nicht erreichen können.«

»Nein. Wir mußten mit der Möglichkeit rechnen, daß ihr stärker wart als die Ziehende Herde. Wir sind gekommen, um zu siegen oder uns zu unterwerfen. Für den zweiten Fall konnten wir das Siskjisspath als Verhandlungs-Unterpfand einsetzen. Wir haben es zerschellen lassen, damit ihr es nicht näher untersuchen und nachbauen könnt.«

»Das hatte ich falsch verstanden. Auf diesen Gedanken wäre ich nie und nimmer gekommen. Aber ihr habt Bänder von Thaktanthp.«

»Wir haben den Podo Thaktan, Einzelgänger! Das ist der Siskjisspath. Die Halterungen des Podo Thaktan sind explosiv. Um euren Stern zu verlassen, brauchen wir einen neuen Siskjisspath, und den müßt ihr mit uns zusammen bauen. Wenn wir fort sind, werdet ihr wissen, wie ihr für euch einen bauen könnt. Dawson, ich *weiß,* daß du mehr willst als die Planeten. Nimm unseren vereinbarten Ansehensverlust, oder du wirst deinen Stern nie verlassen.«

»Wes, er ist verrückt! In zehn Jahren haben wir es sowieso! Sobald wir *wissen,* daß etwas möglich ist — Denk an die A-Bombe: kaum wußte man, *daß* sie gebaut werden konnte, haben sich alle daran gemacht, eine zu bauen ...«

Die Bildschirme flackerten. Man sah Dmitri zurückfahren. Einer seiner Füße fehlte plötzlich. In den Wänden waren Löcher. Die Erdlinge drängten sich in einer Ecke zusammen. Jeri Wilson fuhr fort, lautlos in die Kamera zu schreien.

Unerheblich! Alles unerheblich!

Der Herr der Herde sagte: »Die Vorlinge haben das Siskjisspath entwickelt. Es hat mehr als acht hoch zwei Umläufe der Winterheimsonne gedauert — wie sagst du dazu? Jahre. Die Erdlings-Fithp ist eine Herde, die von ihren eigenen Einzelgängern belagert wird! Ihr werdet keine vierundsechzig Jahre überdauern! Diese Schlacht können wir immer noch gewinnen, Dawson.«

Alice rüttelte an seinem Arm. »Wes, es wird sich immer wiederholen. Sie kommen bestimmt wieder!«

Ich wollte Präsident werden! Warum? »Alice, falls sie gewinnen — können sie das überhaupt?«

Langsam löste sich ihr Griff. »Ich weiß nicht.«

»Ich auch nicht.« *Das kann ich nicht entscheiden.* »Gebt mir das Mikrofon! Ich spreche mit dem Präsidenten.«

45 Übergabebedingungen

Ein gegebenes Versprechen ist eine unbezahlte Schuld.

Robert W. Service

Seit mehr als einer Stunde hatte sich auf den Bildschirmen nichts geändert.

General Toland setzte die Kaffeetasse ab. »Wie viele Rüßler braucht man, um eine Glühlampe auszuwechseln?«

Der Präsident legte nachdenklich die Stirn in Falten. »Keinen. Sie haben die Fackeln erfunden.«

»Nein, sondern ...«

»Ich hab was«, sagte Jenny.

»Gimlet, hier *Michael*.«

Sie leben!

Im unteren Geschoß jubelten alle laut.

»*Michael*, hier Gimlet. Keine neuen Befehle. Gebt Nachricht, wenn ihr könnt!«

»Gimlet, hier *Michael*. Wir haben das feindliche Mutterschiff schwer beschädigt, sind allerdings selbst auch mächtig in Mitleidenschaft gezogen worden. Die Hälfte unserer Besatzung ist ausgefallen. Der Feind flieht. Wir setzen die Verfolgung fort. Auf Empfang bleiben, wir senden digitale Daten.«

Ein Bild tauchte auf dem Lageschirm unten auf: Die *Michael* mit zerschmetterter Backbordseite. Eine der Büschelbomben-Halterungen war verschwunden, und der Antriebsturm auf der Backbordseite war verbeult und durchlöchert.

»Großer Gott!« murmelte General Toland.

Kein Wunder, daß Ed so müde klingt.

Weitere Daten kamen. Ein unscharfes Bild des feindlichen Raumschiffs mit einem gähnenden Loch im Rumpf.

»Geschätzte Zeit bis zum Abfangen eine Stunde«, sagte Gillespie. »Jenny, bist du das?«

»*Michael,* hier spricht Gimlet. Colonel Crichton auf Sendung.«

»Jenny, sag Linda, daß ich sie liebe.«

Jenny warf rasch einen Blick auf die Schirme im Raum unter ihr. Die Bilder auf ihnen änderten sich fortwährend, je nachdem, was der Bordcomputer der *Michael* ausspie. *Sie haben nicht mehr genug Bomben zum Bremsen für den Wiedereintritt in die Atmosphäre. Ein Zurück gibt es für sie nicht.*

»Admiral, meinen Sie, ich sollte etwas sagen?« fragte Präsident Coffey.

»Der Politiker sind Sie, Mr. President.«

»Schon. Nun ja, Colonel, sagen Sie ihm ... — ach was, schalten Sie mich auf!«

»Sir. *Michael,* bleiben Sie auf Empfang für Nummer Eins.«

»General, hier spricht David Coffey. Ich werde Ihre Mitteilung an Ihre Gattin weiterleiten. Sonst noch etwas?«

»Postume Ehrungen für Zivilisten. Ich schlage zur Freiheitsmedaille vor: Dr. Arthur Grace Pelz, Mr. Samuel Cohen und Mr. Harry Reddington. Angehörige der Streitkräfte — Entschuldigung, ich schalte auf automatische digitale Datenübertragung. Hier ist gerade ziemlich dicke Luft.«

»Gott mit Ihnen, General.«

»Die *Michael* unterbricht den Kontakt.«

Im Lageraum sah man auf den Bildschirmen das schwer mitgenommene Raumschiff *Michael.* Bomben detonierten um sein Heck, während es beschleunigte.

Ein weiterer Bildschirm zeigte eine von bunten Punkten umgebene winzige Erde. Aus den Punkten stießen Pfeile hervor — Geschwindigkeitsvektoren. Die Marine würde eine ganz neue Art des Kartenlesens lernen müssen, falls das jemals allgemein eingeführt würde. Der außerirdische Eindringling war ein großer roter Speer; die *Michael,* blau, verfolgte ihn hartnäckig,; beide Vektoren wiesen von der Erde fort. Der Vektor der *Michael* war länger. Sie würden binnen einer Stunde aufeinandertreffen.

Die Kleinschiffe der Außerirdischen waren als orangefarbene Flecken zu erkennen. Die meisten schwärmten in Erdnähe umher, einige befanden sich weiter oben, Zehntausende von Kilometern entfernt. Ihre Pfeile wiesen ebenfalls auf den Ort der Auseinandersetzung.

Admiral Carrell betrachtete lange den Bildschirm. »Die Kleinschiffe stellen keine Bedrohung dar. Bis die da ankommen, ist alles vorbei.«

»Ob er rammt?« fragte General Toland.

»Zurück kann er nicht«, sagte Admiral Carrell.

»... Sir. Hier kommt etwas herein ...«

»Gimlet, hier Harpune. Hier kommt eine Mitteilung über die Frequenz herein, auf der die Außerirdischen den Präsidenten schon einmal angefunkt haben. Auch diese Botschaft ist für ihn bestimmt.«

»Aha, Friedensangebote!« sagte General Toland.

»Geben Sie her!« gebot David Coffey.

»Sagen Sie den Leuten vom Krisenstab, sie sollen zuhören«, befahl Admiral Carrell.

»Harpune, schalten Sie sie auf! Halten Sie sich bereit, Antworten zu senden!«

»Verstanden. Halte mich bereit.«

»Mr. President, Mr. President. Hier spricht Wes Dawson. Bitte kommen, Mr. President. President Coffey, hier spricht Wes Dawson.«

»Kongreßabgeordneter Dawson, hier spricht Präsident David Coffey. Können Sie mich hören?«

»Mr. President, hier spricht Dawson. Ich höre Sie. Ich habe Auftrag vom Herrn der Herde, über die Bedingungen einer Übergabe zu verhandeln.«

Jenny kannte die Stimme. Es schien Wes recht gut zu gehen. Im Untergeschoß konnte sie Carlotta Dawson lächeln sehen.

»Wenn die von Übergabe reden«, murmelte Toland, »müssen wir ihnen ja mächtig auf die Zehen getreten sein.«

Admiral Carrell machte eine ungeduldige Handbewegung.

»Wie sehen die Bedingungen aus?« wollte der Präsident wissen.

»Das ist genau das Problem. Wir sollen den Angriff abbrechen. Der Feind, also die Ziehende Herde, wird die Erde sofort räumen. Das Sonnensystem werden sie verlassen, sobald es ihnen möglich ist. Das bedeutet, daß wir ihnen helfen müssen, ein ...« — Dawson brachte das folgende Wort immer noch nicht ohne zu stottern über die Lippen — »ein Siskjisspath zu bauen. Ihres haben sie nach Umrundung der Sonne abgeworfen, damit wir uns die Technik nicht aneignen konnten. Es handelt sich im Prinzip um nichts anderes als ein modifiziertes Bussard-Staustrahl-Triebwerk. Am besten lassen Sie sich das von einem Fachmann näher erläutern. Es ist der Schlüssel zu den Sternen, und wenn wir ihnen eins gebaut haben, wissen wir, wie wir auch für uns eins bauen können.

Andererseits hat der Herr der Herde *nicht* die Unterwerfung seiner Herde in aller Form angeboten. Ich soll keinem Fi' den Fuß auf die Brust setzen, das wurde deutlich gemacht. Verstehen Sie mich?«

»Ich verstehe. Wurde ein Zeitraum für die Räumung der Erde festgesetzt?«

»Nein. Ich bin ohnehin nicht sicher, ob die Fithp imstande wären, das durchzusetzen. Die unten befindlichen können sich in kleinere Herden aufspalten, und es ist keineswegs sicher, ob sie überhaupt aus Afrika weg wollen ...«

»Dawson! Dawson! Melden Sie sich, Dawson!«

»Afrika soll selbst zusehen«, sagte General Toland. »Die Rüßler können nicht lange kämpfen, wenn niemand sie durch Meteorabwürfe unterstützt. Von mir aus dürfen sich die Zulus ruhig mit ihnen amüsieren.«

»Das stellt keine Bedrohung für uns dar, da bin ich Ihrer Meinung«, sagte Admiral Carrell. »Ist die Verbindung unterbrochen?«

»Hier Dawson. Ich war nicht befugt, das zu sagen, deshalb haben sie mich nicht ausreden lassen. Was in Afrika geschieht, ist unerheblich! Die Fithp sind froh, wenn sie einen Waffenstillstand bekommen. Mr. President, ich kann Ihnen nicht sagen, was draußen vor sich geht. Wissen Sie Bescheid?«

»Wes, wir stehen in Verbindung mit *Erzengel*. General Gillespie befehligt es. Es ist anzunehmen, daß wir in den nächsten zwei Stunden das feindliche Mutterschiff zerstören können. Wir sind genauestens über die Situation informiert.«

»Der Herr der Herde wünscht, daß ich das Angebot wiederhole. Sie sollen — wie hieß das Schiff? *Erzengel?* Guter Name! Wenn Sie Ed Gillespie zurückpfeifen, sind die Fithp bereit, mit ihren Grifflingsschiffen sein Raumschiff und die Raumfähren zu retten. Wer Afrika verlassen möchte, bekommt Gelegenheit dazu. Sollten welche von ihnen bleiben, so stellen die kein Problem dar. Die Fithp werden uns sagen, wie man ein interstellares Triebwerk bauen kann. Mr. President, sie würden andernfalls alle Pläne für dieses Triebwerk vernichten. Sie haben die Sache seit Jahren geplant, lange bevor sie ins Sonnensystem gelangten.«

»Sollen wir das Angebot annehmen?« fragte der Präsident.

»Es tut mir leid, Präsident Coffey. Ich weiß nicht genug, und die Entscheidung liegt nicht bei mir. Ein früheres Angebot der Fithp habe ich gar nicht erst weitergeleitet. Sie wollen Ihnen etwa zehn Minuten Bedenkzeit geben, Mr. President, betonen aber, daß sie bereit sind, *Erzengel* zu bekämpfen. Ich habe jedoch keine Ahnung, womit.«

»Hören die Fithp mit? Können sie mich verstehen?«

»Sie hören zu. Einige verstehen Englisch.«

»Sagen Sie ihnen, daß sie warten müssen, bis ich mich beraten habe.«

»Das verstehen sie, Sir.«

»Schön. Dann warten Sie!«

»Sie wollen, daß Sie *Erzengel* eine Feuerpause befehlen, während Sie überlegen. Sie verhandeln lediglich, weil sie weitere Schäden an *Thaktan Flishithy* vermeiden wollen, da alle ihre Weibchen und Jungen an Bord si ...«

»Wes. Wes, was ist?«

Eine fremde, kalte Stimme meldete sich zischelnd: »Hier spricht Lehrer Takpassih-jämp. Sucht Rat. Wir hören.«

»Geben Sie mir die *Michael*«, befahl Admiral Carrell.

»Kann er uns denn genug sagen?« fragte Präsident Coffey.

»So oder so, wir müssen mit ihm reden«, gab Carrell zurück.

»*Michael,* hier Gimlet. *Michael,* hier Gimlet ...«

»Sprechen Sie, Gimlet!«

Jenny wies zu Admiral Carrell hinüber.

»General, obwohl wir ziemlich sicher sind, daß unsere Codes nicht entschlüsselt werden, bitte ich Sie um Verständnis dafür, daß ich den Tatbestand umschreibe.«

»Verstanden.«

»Mama möchte, daß das Kind wieder lieb ist. Wir leben getrennt, und ihr sollt aufhören, mit Geschirr nach ihr zu werfen. Der Große Weiße Vater braucht Rat. Von Ihnen.«

»Aha. Verstanden. Sagen Sie dem Großen Vater, daß wir noch keine Maulsperre haben, aber man weiß ja nie.«

»*Michael*, haben Sie genug Geschirr?«

»Das wird allmählich knapp. Außerdem muß die Familienkutsche repariert werden. Den Scheidungsprozeß kann ich gewinnen, aber ich habe nicht genug Zeit, über Unterhaltszahlungen zu verhandeln.«

»Danke, *Michael*. Machen Sie weiter! Gimlet Ende.« Admiral Carrell nickte und sagte halblaut: »Dachte ich mir schon. Wenn er jetzt stillhält, laufen sie ihm davon. Die *Michael* kämpft also weiter, während wir beraten.«

»Lassen Sie Hap Aylesworth kommen und geben Sie mir den Krisenstab!« sagte der Präsident.

✿

Nat hatte auf das Klingeln des Telefons gewartet. »Träumer-Fithp, Nat Reynolds hier. Wir haben mitgehört und sind im Bilde.«

»Was ist Ihre Meinung zu dem Angebot? Sollen wir es annehmen oder ihnen *Erzengel* auf den Hals hetzen? Wobei wir stets die Möglichkeit im Auge behalten müssen, daß *Erzengel* es vielleicht nicht schafft.«

Die anderen drängten sich dicht um Reynolds. Harpanets riesiger Kopf ragte über den Schultern der Menschen auf.

»Geben Sie uns fünf Minuten«, bat Nat.

»Vier müssen genügen.«

Nat legte auf. »Wir wollen mal abstimmen. Es eilt. Sherry?«

»Ich bin für annehmen. Sie halten bestimmt Wort.«

»Bob?«

Bob Burnham schüttelte sein massiges, weißes Haupt. »Wenn wir sie laufen lassen, können sie sich auf dem Mond festsetzen und nachher mit uns machen, was sie wollen. Ob sie das allerdings auch tun werden ...?«

»Curtis?«

»Knallt ihnen A-Bomben vor den Latz, bis sie nicht mehr wissen, ob sie Männchen oder Weibchen sind, und dann ab mit ihnen in den Weltraum. Sherry, du ka ...«

»*Schluß!* Joe?«

Joe Ransom dachte einen Moment lang nach und sagte dann eilig: »Ich halte mich da raus. Es steht zu sehr auf der Kippe.«

»Also keine Mehrheit. Diskussion. Jeder hat eine Minute. Sherry?«

»Ist doch ganz einfach. Wenn sie sagen, daß sie sich ergeben, meinen sie das auch.«

»Schon, aber ... — na, von mir aus. — Wade?«

»Das glaube ich nicht. Sie kehren zum Saturn zurück, reparieren da ihr Raumschiff und kommen mit 'nem neuen Klein-Mond wieder. Wenn wir sie jetzt nicht schlagen, dann nie. Übergabe ist Unsinn, Sherry. Die einzige Art der Unterwerfung, die ein Fi' anerkennt, ist ein Fuß auf der Brust, dann tritt es als Sklave in die Herde ein. Davon aber haben sie in ihrem Angebot nichts gesagt.«

»Joe?«

»Stimmt. Aber in Afrika haben sie ähnliche Angebote gemacht und eingehalten. Sie verstehen also, wie so etwas vor sich geht.«

»Klar«, sagte Curtis. »Es gibt viele Leute, die Verträge verstehen, das muß nicht unbedingt bedeuten, daß sie sie auch einhalten!«

»Und du, Nat?«

»Nun ja. Die Sache ist knifflig. Harpanet? Als du dich der Träumer-Fithp angeschlossen hast, hattest du noch nie etwas von einer Übergabe unter vereinbarten Bedingungen gehört.«

»Das stimmt nicht. Ich kenne einen solchen Fall aus unserer Geschichte.«

»Erzähl, aber faß dich kurz!«

Das Fi' berichtete: »Es herrschte Krieg. Er wurde mit Kernwaffen ausgefochten, wie auch schon frühere. Die Fithp der südlichen Landmasse entwickelten eine Seuche, mit der sie das Futtergras der östlichen Landmasse vernichten konnten. Sie sagten das der Fithp der östlichen Landmasse und erfuhren, daß diese etwas Ähnliches erfunden hätten ...«

»Wir haben keine Zeit, Harpanet!«

»Leitet mich. Der Planet wäre verseucht worden. Alles wäre noch unerträglicher geworden, vielleicht so sehr, daß alle Fithp den Vorlingen in den Tod hätten folgen müssen. Die jeweiligen Herren der Herde trafen zusammen und vereinbarten, mit dem Wissen des Himmels-Thaktan ein Raumfahrzeug zu bauen. Die höheren Ränge einer Fithp würden zum nächsten Stern fliegen, von dem bekannt war, daß ihn intelligente Wesen bewohnten. Als *Thaktan Flishithy* fertig war, entschieden die beiden Fithp durch das Los, wer fortgehen durfte.«

»Wurde das Abkommen eingehalten?«

»Natürlich. Wir sind hier.«

»Kennst du ein weiteres, ähnliches Ereignis?«

»Innerhalb einer Fithp sind solche Abkommen alltäglich. Zwischen Fitph äußerst selten.«

»In Ordnung.« Reynolds nahm den Hörer auf. »Mr. President?«

✿

Durch die dicke, schalldichte Tür war das Klopfen kaum zu hören. Jack Clybourne öffnete. Hap Aylesworth, beleibt, bärtig, mit wirrem Schopf, trat ein. »Sie wollten mich sprechen, Sir?«

»Sofort, Hap. Ja, Mr. Reynolds?«

»Wir können uns nicht einigen. Man darf annehmen, daß sich die Fithp an eine Kapitulation halten werden.

Es gibt sogar einen Präzedenzfall. Trotzdem gefällt uns die Sache nicht.«

»Danke.« Der Präsident legte auf. »Hap, ich brauche einen Rat. Haben Sie mitgehört?«

»Ja, Sir.«

Sekunden verstrichen auf der großen, digitalen Zeitanzeige.

»Sechs Minuten«, sagte Jenny.

»Ich hatte angenommen, der Krisenstab könnte mir helfen«, sagte Coffey. »Aber das ist nicht der Fall. General. Admiral. Sie haben es gehört. Was raten Sie mir?«

»Sicher wird die Menschheit vor den Eindringlingen erst dann sein, wenn sie entwaffnet sind«, gab General Toland zu bedenken.

Der Präsident wies auf die großen Bildschirme im unteren Geschoß. »Und wenn sie die *Michael* vernichten? Das liegt durchaus im Bereich des Möglichen, wie Sie ja wohl wissen.«

»Ist aber unwahrscheinlich«, sagte Admiral Carrell.

»Entschuldigung, Admiral?«

»Die *Michael* nähert sich ihnen rasch. Vorausgesetzt, er macht keinen Fehler, kann Gillespie sie rammen. Ich denke, Sie können sich darauf verlassen, daß er jede Bombe an Bord hochgehen läßt, sobald er nahe genug dran ist.«

»Ihr Rat, Admiral?«

Carrell hob eine Augenbraue und sah auf die Zeitanzeige. »Ich denke, wir sollten die Sache so laufen lassen.«

»Alle ihre Weibchen und Kinder. Sie sind von den Sternen gekommen. Sie bieten uns ein interestellares Triebwerk an. Das würden wir nicht bekommen, wenn ...«

»Dafür aber die Erde behalten«, sagte Carrell.

»Aber um welchen Preis? Hap?«

»Ich passe. Ich weiß, wie man Wahlen gewinnt, aber hiervon verstehe ich nichts.«

»Gimlet, hier *Michael*. Die Große Mama ist sehr böse; beeilt euch!«

Einer der Bildschirme unten flackerte stark und hektisch auf.

»Die dreschen wie wild aufeinander ein«, sagte General Toland. »Gib's ihnen, Gillespie.«

»Nein«, sagte Präsident Coffey. »Colonel, geben Sie mir General Gillespie. Sagen Sie ihm, daß ich neue Befehle für ihn habe. Dann möchte ich mit Wes Dawson sprechen. Wir können ehrenvoll aus dieser Sache herauskommen.«

»Bitte nicht, Mr. President«, sagte General Toland. »Das Risiko ist einfach zu hoch! Thor, sag es ihm!«

»Ich habe Ihren Rat gehört, General. Ich will ihn nicht noch einmal hören. Colonel, wenn Sie bitte ...«

Langsam und zögernd betätigte Jenny die Tasten. Die Erinnerung an Puppen und zerquetschte Kinder stieg unwillkürlich in ihr auf, Bilder von aufgetürmten Leichenhaufen in einer Straße von Topeka. Sie erhob sich. »Nein, Sir.«

»Colonel ...?«

»Ich quittiere den Dienst.«

»Admiral Carrell ...«

»Nein, Mr. President.«

Coffey wandte sich zur Tür. Jack Clybourne stand bewegungslos davor. »Sie auch, Mr. Clybourne?«

Jack schwieg.

»*Ich* bin hier der Oberste Befehlshaber! Hap, sagen Sie ihnen ...«

»Ich bin *nicht* der Oberste Befehlshaber, David.«

»Colonel, würden Sie zumindest die Güte haben, Mrs. Coffey an den Apparat zu holen?«

Jenny sah auf Admiral Carrell. Dieser schüttelte den Kopf. »Sir, die Zeit würde nicht reichen, ihr die Sache hinreichend zu erklären.«

»Ich lasse Sie alle miteinander vors Kriegsgericht bringen!«

»Möglich«, sagte General Toland. »Morgen. Aber im Augenblick bleiben uns noch etwa drei Minuten.«

»Der Teufel soll Sie holen, einen wie den anderen! Diese Kreaturen werden die *Michael* zerstören, und dann wird ihnen die Erde gehören.«

»Nein, Sir«, sagte Admiral Carrell. »Wenn hier jemand die Erde aufs Spiel setzt, dann sind *Sie* das! *Wir* bedeuten lediglich eine Gefahr für die Feinde der Menschheit.«

Coffey ließ sich in einen Sessel sinken und vergrub den Kopf in den Händen. Nach einer Weile nahm Admiral Carrell das Mikrofon auf. »Colonel, geben Sie mir Mr. Dawson.«

»Jawohl, Sir.«

»Kongreßabgeordneter Dawson, hier spricht Admiral Carrell. Der Präsident ist verhindert.«

»Was?«

»Sagen Sie dem feindlichen Kommandanten, daß wir sein Angebot zurückweisen.«

✿

Jetzt verdeckten Stahlplatten die Fenster. Am Himmel zuckten grüne Blitze auf und blendende weiße Explosionen. Fithp in Druckanzügen schoben sich durch die Wandung des schwer beschädigten Rumpfes und schlepppten Ausrüstungsteile hinter sich her. Immer neue Einschläge erschütterten die *Bote,* und der Herr der Herde trompetete: »Wie machen sie das? Herr der Verteidigung?«

»Die Wunde in Abschnitt Fünf ist vom Eindringling abgewandt, seit Ihr den Befehl gegeben habt, Herr der Herde, aber die winzigen Schiffe umkreisen uns und feuern in sie hinein. Sie nehmen dazu keine Raketen, und unsere Laser können träge Projektile nicht erfassen.«

»Dann vernichtet diese fliegenden Kanonen! Takpassih-jämp, hat sich der amerikanische Präsident entschieden?« Doch er kannte die Antwort bereits. Takpassih-jämps Grifflinge lagen starr auf dem Kopf. Sie umkrallten noch immer den Hörer, durch den er Dawsons Gespräch mitgehört hatte.

»Dawson.«

»Sagt Adieu, Herr der Herde. Wir werden unseren eigenen Weg zu den Sternen finden, und ihr werdet dort nicht auf uns warten.«

»Könntest du nicht versuchen ...?«

»Der Präsident ist verhindert. Ich kenne David Coffey. Er muß tot sein oder im Sterben liegen. Jetzt ist Admiral Carrell zuständig. Unser Herr des Angriffs. Er möchte euch auslöschen, und er würde nicht auf mich hören, wenn ich versuchte, ihn zu überreden. Alice, jetzt dauert es nicht mehr lange.«

Der Herr der Herde fragte: »Was willst du von mir, Dawson?«

»Zwei Monate Einzelhaft, Herr der Herde, aber so viel Zeit bleibt uns wohl nicht.« Dawson krallte sich fester in die Wandbespannung, als ein Anprall von der Seite die *Bote* ins Schwanken brachte.

»Holt meine Gefährtin!« befahl der Herr der Herde.

Der Sicherheitsraum Zwei war voller Weiber und Jungtiere. Der Lärm war entsetzlich: tröstende Erwachsenenstimmen, das Jammern verschreckter Kleintiere, *die Herde wird angegriffen!* »Keph, was ist? Die Kinder benehmen sich wie Einzelgänger!« schrie seine Gefährtin.

»Keph, ich möchte mich unterwerfen.«

Entsetztes Schweigen trat ein. Dann erhob sich die letzte Stimme, die Pastempih-keph zu hören wünschte: es war Tshaupin-talk. »Unterwerfen wollt Ihr euch, und damit die ganze Ziehende Herde — *Ihr?* — Törichter Einzelgänger! Mein Gefährte hätte uns jetzt längst sicher zum Saturn gebracht, hättest du ihn nicht seines Ansehens beraubt!«

»Ich gebe das zu. Ihr im Sicherheitsraum Zwei müßt

für die anderen sprechen. Stimmen die Weiber einer Übergabe zu?«

»Ich will mit dem Herrn der Verteidigung sprechen!«

Tantarent-fid kam auf den Bildschirm. Doch Pastempih-keph hörte nur mit halbem Ohr zu. Schäden ... Waffen ... der Eindringling kam mit fünf Makasrapkithp pro Atemzug näher, genau auf das Raumschiff zu, war beweglicher als die *Bote* in ihren besten Tagen ... »Wenn wir den Feind zerstäuben, kondensieren die Tröpfchen und töten uns. Wenn wir die Besatzung an Bord des Erdlings-Schiffs töten, detonieren seine Bomben, sobald es näher kommt. Unsere einzige Aussicht, der Vernichtung zu entgehen, besteht darin, daß der Feind sein Schiff von uns weg lenkt.«

»Unterwerft euch, Keph!« sagte Tshaupin-talk. »Legt euch für den Mord an meinem Mann auf den Rücken!«

»Unterwerft Euch! Alle sind einverstanden.«

Der Herr der Herde taumelte in den Gang zwischen den Polstern. »Dawson. Das Schiff gehört dir.«

»Ich möchte mit den anderen gefangenen Erdlingen sprechen.«

Auf den Bildschirmen zeigten sich undeutlich Umrisse, dann wurde das Bild klarer. Arwid Rogatschow und Jeri Wilson standen dicht beisammen, inmitten von Gemetzel und Zerstörung. Dmitri rag reglos in einer Ecke.

»Gebt ihnen Waffen und bringt sie her!«

»Ich gehorche.«

»Jetzt schaltet euren Antrieb ab! Sprengt alle in der Luft befindlichen Raketen! Feuert keine weiteren ab!«

»Einverstanden. Sag deinem Herrn Bescheid! Das Schiff darf nicht auf unseres treffen.«

»Erst nachdem ich gehört habe, daß du die Befehle gibst.«

»Tantarent-fid! Zerstöre sofort unsere Raketen! Schirme herankommende Waffen weiterhin mit Lasern ab! Schalte den Antrieb ab!«

Der Herr der Herde hätte sich nicht träumen lassen,

wie sehr diese Worte schmerzten. Die Blicke all seiner Fithp ruhten auf ihm. Pastempih-keph rollte sich im Gang auf den Rücken.

Der Herr der Herde Wes Dawson sagte: »Alice.«

Er streckte die Hand aus. Der zierliche Rotschopf kam auf ihn zu. Dawson nahm ihre Hand. Cemeinsam traten sie vor und setzten dem Berater des neuen Herrn der Herde einen Fuß auf die Brust.